CARNETS DE ROUTE AU CŒUR DE L'AFRIQUE

JAN CZEKANOWSKI

CARNETS DE ROUTE AU CŒUR DE L'AFRIQUE

Traduit du polonais et annoté par Lidia Meschy

Préface de Georges Balandier

LES ÉDITIONS NOIR SUR BLANC

Cartes établies par Lidia Meschy
Dessins de Marta Augustynowiczowa et Gertruda Kilz
Toutes les photos du cahier, sauf le portrait de l'auteur et la photo du groupe, sont de Jan Czekanowski
Les photos des pages 5 et 6 sont reprises de l'édition originale polonaise
Les autres photos nous ont été aimablement communiquées par Anna Czekanowska

Titre original : *W głab lasów Aruwimi. Dziennik wyprawy do Afryki Środkowej*

ISBN : 2-88250-112-9

PRÉFACE

Le journal ethnographique d'un homme de qualité

Tout commence au début du siècle dernier lorsque le duc de Mecklembourg, oncle paternel du prince régnant et frère de l'époux de la reine Wilhelmine de Hollande, prépare puis dirige une grande expédition scientifique en Afrique centrale. Il s'agit de procéder à un inventaire global dont les hautes montagnes du Rift, la région interlacustre, la forêt congolaise, les sources du Nil définissent l'extension. L'entreprise est à la mesure de cette ambition. Elle rassemble dix Européens, sept cents porteurs, une escorte de trente-cinq *askaris* prélevée sur l'effectif des troupes coloniales allemandes de l'Afrique orientale. Elle a pour points d'appui sept entrepôts de ravitaillement, répartis selon l'itinéraire prévu, qui ont imposé la mobilisation de deux mille deux cent trente porteurs. Elle est révélatrice de l'esprit du temps – les premières années du XXe siècle – lorsque l'exploration conquérante des pays une fois accomplie commence à entraîner l'exploration savante des sociétés, des cultures, des mentalités. Celle-ci, comme l'autre, s'effectue avec une organisation dont le modèle reste militaire et dont l'objectif est la collecte itinérante de toutes les connaissances accessibles. Derrière le pavillon du duc de Mecklembourg, en 1907 et 1908, les chercheurs et leurs caravanes rassemblent au long de leurs déplacements tout ce qui peut être traduit en mesures, représenté cartographiquement, décrit et illustré, exposé dans les musées comme expression des cultures matérielles, et tout ce qui contribue à la connaissance des langues indigènes et des principaux langages sociaux.

Dans la petite équipe des chercheurs, l'ethnologue Jan Czekanowski occupe une position centrale – il est seul observateur des hommes. Une position personnelle d'autant mieux assurée qu'il bénéficie de l'amitié du duc, initiateur de cette vaste entreprise. Il en tire le privilège de pouvoir poursuivre son inventaire de manière autonome, en direction du sud Soudan et du Nil, alors que les autres membres de l'expédition sont de retour en Europe. C'est un homme jeune qui, ses études tout juste terminées en Suisse, vient d'occuper brièvement un poste d'assistant boursier au Musée ethnographique royal de Berlin. Il est à la fois de « bonne condition », comme l'on disait autrefois, et de statut cosmopolite : polonais par origine familiale et attachement, disposant d'un passeport russe par contrainte, éduqué en Suisse et polyglotte, accueilli comme ethnologue au Musée royal de Berlin, puis membre de cette expédition allemande en Afrique centrale. De cette ouverture multiple, autant que de l'obligation professionnelle d'un « contact rapproché avec les populations », Czekanowski reçoit ce qui le préserve de l'emprise des stéréotypes dépréciatifs des colonisés. Il s'indigne contre les violences disciplinaires des pouvoirs coloniaux et de leurs complices, contre l'« exploitation » des indigènes, il tire fierté d'avoir pu accomplir sa mission, sans avoir perdu un seul homme de sa caravane. Et il est critiqué, parce que trop proche des Africains, par les autres chercheurs de l'expédition.

C'est bien là ce qui donne tout son prix à son journal de voyage, ce qui fait mesurer, à la lecture de ces « carnets de route », la perte résultant des péripéties dont a souffert l'ensemble des publications. Des détournements de matériaux par une autorité scientifique peu scrupuleuse, des retards de rédaction en raison de l'abondance des informations collectées, des lenteurs et des litiges de publication, et puis la Seconde Guerre mondiale qui entraîne la destruction d'une grande partie des *Carnets de route* lors d'un bombardement. Ces *Carnets* ont rendu public tardivement une partie de ce qui a pu en être préservé. Ils paraissent pour la première fois en français, dans la précise et élégante traduction du polonais qu'en donne Lidia Meschy, elle-même anthropologue et géographe, et auteur des nombreuses notes qui éclairent le texte.

Czekanowski dit de sa longue expédition qu'elle est un « voyage exotique » – ce qui peut donner l'impression de n'être que l'occasion initiatique d'une formation d'homme jeune et privilégié – et en même temps l'accomplissement d'une chance, celle de « pouvoir étudier une région des moins connues de l'Afrique ». Les notations les plus personnelles, l'entretien d'un certain style de vie et de ses exigences jusqu'en pleine forêt congolaise, l'affirmation des principes devant régir les relations entre toutes les personnes, les confidences concédées à la nostalgie, les obsessions dont celle de vouloir rencontrer des Pygmées insaisissables, sont autant de signes révélant à quel point l'entreprise est aussi (d'abord ?) une aventure personnelle, un révélateur de soi.

Mais les *Carnets* témoignent surtout d'une curiosité compétente constamment en éveil, d'une capacité de collecteur d'informations scientifiques et d'impressions ne s'accordant pas de répit, d'un talent à faire de toute rencontre, de toute conversation, de tout entretien une occasion de capitaliser des connaissances, et des objets destinés au travail muséographique. On est, aujourd'hui encore, étonné de ce qui a été collecté au cours de ce qui avait l'aspect d'une exploration aventurée. Déjà, par les *Carnets*, il est possible d'accéder à des informations précises sur l'état de l'Afrique orientale et congolaise au tournant du XXe siècle, aux premiers temps des colonisations modernes. Le Rwanda, monarchie aristocratique, sorte de « grande réserve peu perturbée par les Européens », apparaît avec ses fortes densités, sa « justice rude » et ses expéditions répressives, ses paysans Bahutu « mangeurs » de forêt, et ses Batwa pygmoïdes, victimes d'un ordre « pénible et injuste », recrutés par le souverain pour des besognes dangereuses, des basses œuvres et pour fournir à la cour des « musiciens de grand talent ». Le Rwanda répond à une double préoccupation de l'ethnographe : la curiosité du fragile univers d'origine pygmée, l'observation comparée « des États féodaux dominés par une aristocratie pastorale d'origine étrangère ». Il observe le Rwanda monarchique, et dans l'Uganda voisin les royaumes du Toro et du Bunyoro. Il pressent la diversité et la vigueur des pouvoirs africains, il devine l'importance d'une sociologie politique comparée et africaniste. On en mesure d'autant plus la perte résultant de la destruction des sections des Carnets, qui relataient le séjour à la cour du souverain rwandais.

La plus grande partie des *Carnets de route* porte sur le Congo de Léopold II, sur l'État indépendant du Congo, juste avant sa cession à la Belgique. C'est le domaine de la forêt auparavant livrée au « pillage » des Zanzibarites, une expansion du monde arabe qui a ouvert les routes de la traite depuis la côte orientale jusqu'au bassin de l'Ituri, qui a établi « une véritable colonisation marchande » et fait du *kisuaheli* une langue de large diffusion. Stanley a d'abord favorisé cette expansion, et les Britanniques indirectement qui, en supprimant l'esclavage dans leurs colonies de l'Est africain, ont contribué « à la création de l'empire zanzibarite au cœur du continent noir », en entraînant la conquête de nouveaux espaces de traite. Cette quasi-colonisation arabe a su créer son assise dans le bassin congolais, une « couche sociale » à son service : les Wangwana, des « arabisés sur fond noir-africain », convertis à l'islam. Parmi ceux-ci une figure très controversée, le « grand potentat Tippu-Tib » utilisé par Stanley dans l'une de ses expéditions et élevé par Léopold II à la fonction de chef du district de Stanley Falls.

Dans son exploration du Congo, le jeune Czekanowski laisse libre cours à une indignation que sa relative indulgence à l'égard des colonisations allemande et britannique avait entravée. Il dénonce l'exploitation des populations par les « conquistadores européens », les trafics marchands et la réduction des porteurs composant les caravanes à l'état d'« esclaves modernes dotés d'une liberté factice », les corvées et la charge des prestations en vivres, les sanctions et les châtiments corporels. Il constate le rôle de l'impôt qui enferme dans le piège des besoins et devient le moyen d'une « exploitation forcenée », il dénonce l'utilisation des femmes – attribuées/confisquées – pour attacher les hommes au service de l'État congolais. Il évoque les « village de vétérans », anciens de la Force publique ou des petits emplois de l'État, où prévalent les manières de Blancs et le mépris des indigènes. Il leur oppose les villages désertés afin de fuir les servitudes, les villages incendiés en répression des révoltes, puis reconstruits par contrainte. Alors, l'État indépendant du Congo n'apparaît plus comme la réalisation grandiose d'un projet humanitaire, mais comme l'œuvre d'un « cynisme » qui se développe sans souci du coût humain, « sans tenir compte des indigènes ». C'est aussi sévère que le sera, plus tard, le récit du voyage au Congo d'André Gide.

Czekanowski est bien davantage qu'un homme de culture se consacrant à une sorte d'exploration ethnographique nomade. Il découvre, mettant en œuvre sa culture scientifique et une pratique orientée par des objectifs précis. Une culture qui néanmoins reste marquée par les interprétations dominantes en son temps et en son lieu de formation. À partir des caractères physiques individuels – des informations, des mesures, des collections nécessaires à l'anthropologie physique –, à partir des complexes de culture matérielle identifiés selon les formes des habitations et des objets, des frontières linguistiques aussi, à partir de ces traits cumulés il tente de définir le contenu de chacune des multiples dénominations « tribales » et de repérer des ensembles culturels plus vastes. Il s'efforce de réaliser ainsi un de ses objectifs : dresser précisément la carte ethnographique des territoires étendus entre Nil et Congo. Mais l'apport le plus important n'est pas le fruit de cette obligation, il tient aux qualités de l'observateur et du meneur d'entretien. Sans devenir dupe des pièges de l'enquête, car l'ethnographe sait que les indigènes sont habiles à « se débarrasser des questions du Blanc », en invoquant la coutume ou en imaginant « un conte rationnel ».

Par l'art du détail ethnographique, Czekanowski fait œuvre scientifique et en même temps littéraire. Il le fait aussi en se constituant ethnographe du milieu colonial : « Les Blancs vivant dans des conditions exotiques étaient aussi intéressants que les autochtones », dit-il. Ce qui le conduit à donner des images de ce milieu, à en montrer non pas seulement l'arrogance et la violence élémentaire, mais aussi les peurs, les faiblesses, les rites qui séparent et sécurisent à la fois. Les anecdotes révélatrices précisent ces images au cours des chapitres. L'homme de qualité ne se transforme pas pour autant en une sorte de chroniqueur colonial, même lorsqu'il évoque de singulières figures dont un certain colonel Harrison « en tournée » avec « six Pygmées vêtus de frusques fleuries ». Il révèle son art d'écrire et manifeste sa réserve distinguée lorsqu'il exprime sa nostalgie, ses souvenirs, son manque d'une « vie civilisée ». Il ne triche pas. Il sait accueillir la grandeur et la beauté que lui offre une Afrique où le Ruwenzori et le lac Victoria entrent dans la composition des paysages, même lorsqu'il établit des analogies, s'abandonne au jeu des correspondances avec les paysages de *son* Europe. Sa traversée de la forêt congolaise, dont il avait été dissuadé, le mène à évoquer une façon d'ennui – « la forêt, la forêt et rien que la forêt, tout était sombre et lassant » – plus que les risques encourus. Il entraîne dans un autre voyage au cœur des ténèbres, tout y est suggéré sans aucune recherche d'effets alors propres aux relations exotiques.

Georges Balandier
28 août 2001

AVANT-PROPOS

À la naissance de Jan Czekanowski, en 1882, seules les côtes africaines étaient colonisées. Vingt-cinq ans plus tard, lorsqu'il arrive au cœur de l'Afrique, le continent est déjà divisé en « empires coloniaux » mais leurs frontières, si nettement tracées sur la carte, le sont beaucoup moins sur le terrain. Contrairement à l'idée répandue, la conférence de Berlin n'a pas entériné, en 1885, le partage de l'Afrique; elle l'avait plutôt déclenché, en décidant qu'une colonie appartenait au pays qui l'occupait effectivement et qui avait délimité ses frontières par des accords bilatéraux. Czekanowski explore un territoire convoité par les Allemands, les Britanniques et le roi des Belges Léopold II, au moment où le litige frontalier entre le Congo et l'Ouganda suscite de vives tensions. Aux confins des possessions coloniales, il observe la mise en place des trois modes d'administration et note ce que les Africains pensent de chacun d'eux. Les Allemands soutenaient le roi du Rwanda dès 1897 et l'aidaient à centraliser son pouvoir, en s'efforçant de garder le pays dans l'état où ils l'avaient trouvé. Au nord, les Britanniques venaient de réunir les royaumes du Buganda, du Bunyoro, du Nkore et du Toro en *Uganda Protectorate*. Des « véritables nations en puissance[1] » furent ainsi brisées et l'avènement d'une monarchie solide dans la région compromis. Cette restructuration politique s'accompagnait de mesures économiques libérales et d'un impôt qui favorisait l'initiative privée, au dam des traditionnelles solidarités

1. Jean-Pierre Chrétien, *L'Afrique des Grands Lacs, deux mille ans d'histoire*, Paris, Aubier, 2000, p. 255.

collectives. À l'ouest, l'immense bassin du Congo, proclamé État indépendant ouvert à tous, était en fait la colonie privée du roi des Belges Léopold II, soumise à l'exploitation effrénée de l'ivoire et du caoutchouc. Les chefs africains dépendaient des chefs de postes européens qui administraient le pays directement, imposant diverses corvées. Pour les Africains, tous ces Blancs venus de pays inconnus, sans en donner la raison, avaient des noms imprononçables qui ne signifiaient rien ! Et puisqu'il fallait bien les nommer, il y aura *Fimbo Mingi* – « Beaucoup de bâton » pour un officier sévère, *Nyama Mingi* – « Beaucoup de viande » pour un missionnaire bon chasseur, *Komandani Moto* – « Commandant feu » pour un pacificateur. Les deux mondes se côtoient mais ne communiquent pas.

Czekanowski le remarque et il lui semble que les Arabes de Zanzibar, qui avaient envahi le haut Congo à partir du milieu du XIXe siècle, avaient réussi à mieux s'y implanter. Solidaires, dominateurs et entreprenants, même après la guerre perdue contre les Européens, ils substituaient aux frontières terrestres, dont ils ne voyaient pas l'utilité, une frontière de la hiérarchie sociale qui séparait leurs collaborateurs africains convertis à l'islam – les Wangwana – de tous ceux qui ne l'étaient pas et qu'ils appelaient *washenzi :* les sauvages.

Jan Czekanowski, envoyé en Afrique par le Musée ethnographique de Berlin, devait élaborer des cartes ethnographiques et des monographies, photographier, enregistrer la musique, collecter des objets et même des crânes pour les besoins de l'anthropologie physique d'alors. Quel que soit le critère choisi pour décrire son itinéraire – géographique, géopolitique ou ethnographique –, sa présentation relève du défi : allant des volcans du Rwanda au lac Édouard, franchissant le Rift occidental par les pentes du Ruwenzori jusqu'aux forêts de l'Ituri au Congo, il traverse des paysages variant à l'infini et des territoires des royaumes, des clans et des villages, réorganisés selon la logique étrange des hommes blancs venus y installer leurs colonies. Les voyageurs qui avaient sillonné l'Afrique équatoriale au XIXe siècle étaient des explorateurs d'espaces inconnus; Czekanowski est celui des rapports humains. Il est l'un des premiers à reconnaître que les Africains avaient une civilisation qui ne venait pas « d'ailleurs » et à en découvrir sa spécificité, si frappante dans les royaumes interlacustres dont la complexité rituelle, politique et sociale contrastait avec les techniques rudimentaires, mais conciliant fort bien conservation et exploitation du milieu naturel. L'ingéniosité des outils et de leur maniement se révèle à lui lorsqu'il les teste sans *a priori* et tient compte des ressources et des contraintes locales. En déplacement constant, marchant vite pour gagner du temps afin d'approfondir ses enquêtes, le jeune chercheur devient sociologue, géographe et démographe sur le terrain. Un siècle plus tard, ses observations de tout et de tous restituent une parcelle de l'histoire des Africains – et des Africaines, ignorées à l'époque –, et celle des Européens, en miroir.

Czekanowski guidait sa caravane selon un itinéraire choisi en fonction de ses recherches, mais il faisait aussi équipe avec cinq autres jeunes savants qui établissaient le leur pareillement, se retrouvaient, puis se séparaient de nouveau. Conçue, organisée et dirigée sur place par le duc Adolphe Frédéric de Mecklembourg, grand aristocrate qui s'intéressera à l'Afrique encore dans les années 1960, l'expédition poursuivait des buts scientifiques. Financée par des fonds publics et privés, elle suscitait en Allemagne de l'enthousiasme mais aussi des doutes sur ses résultats pratiques. Avait-elle des visées politiques ou mercantiles occultes? Czekanowski était mal placé pour le savoir. Originaire de la Pologne rayée des cartes de l'Europe, car partagée entre la Prusse, la Russie et l'Autriche, il était peut-être un scientifique brillant et un observateur objectif en tant qu'*outsider* de la compétition coloniale, mais sûrement pas un patriote allemand digne de confiance. D'ailleurs, ses collègues ne manquaient pas de le lui rappeler, et seul le soutien du duc, qui appréciait sa culture et ses dons de polyglotte, l'aidait à supporter leurs chicanes. Quoi qu'il en soit, l'Allemagne était alors une puissance militaro-industrielle redoutable, la perspective d'administrer le Congo après la mort de Léopold II n'enchantait pas les Belges, et la France, sûre de son droit de préemption sur le Congo, l'aurait volontiers échangé pour récupérer l'Alsace-Lorraine... Selon Yves Lacoste[1], si les Allemands attachaient de l'importance à la

1. « La géopolitique d'une Afrique médiane », *Hérodote,* 86/87, 1997.

Mittel Afrika, c'est parce qu'ils espéraient raccorder leurs colonies est-africaines à la Namibie et au Cameroun, à l'instar des Français qui tentaient de s'implanter en Égypte jusqu'à ce que l'incident de Fachoda les en écarte, des Anglais obstinés à relier Le Caire au Cap, et du roi des Belges qui voulait posséder le bassin du Congo et celui du Nil.

Bien que l'Allemagne soit entrée dans la course coloniale tard, la création d'un empire cinq fois plus grand que le territoire métropolitain a pris au chancelier Bismarck à peine un an, entre 1884 et 1885. Mais Bismarck avait derrière lui un pays puissant et tout son peuple; il n'en allait pas de même pour Léopold II, le roi des Belges, dont l'ambition coloniale paraissait démesurée à ses sujets. Il cherchera une solution pendant plusieurs années et c'est l'exploration du Congo par H.M. Stanley, en 1876-1878, qui lui en donnera la meilleure. À son retour en Europe, le célèbre journaliste-voyageur, émoussé par le scepticisme britannique devant son projet d'annexion du Congo, le propose au roi des Belges. Celui-ci l'adopte sur-le-champ et prie Stanley d'y retourner, afin d'établir des « traités d'amitié et de protection » avec des chefs africains de la rive gauche du Congo. Tout ira bien jusqu'à ce que Savorgnan de Brazza ne s'empare de sa rive droite pour la France ! Il en naîtra un épineux problème frontalier. Il ne sera d'ailleurs pas le seul car l'histoire de l'État indépendant du Congo, étendu sur un dixième du continent et reconnu en 1885 à Berlin, sans frontières mais avec Léopold II à sa tête, sera ponctuée de litiges territoriaux. Czekanowski analysera avec acuité les méfaits des partages multiples et arbitraires des territoires densément peuplés à forte cohésion interne. Certaines de ses réflexions sont à ce titre prémonitoires car elles touchent aux racines des drames qui affectent de nos jours les régions qu'il avait explorées en 1908.

L'obligation d'occuper un territoire pour en faire sa colonie, laissait à Léopold II une chance d'étendre ses possessions jusqu'au Nil. L'Égypte, qui dépendait alors de l'empire ottoman et des Anglais, fut confrontée au Soudan à une révolte des musulmans. Dirigés par un *mahdi* appelant à restaurer la pureté de l'islam et à refuser la domination turco-égyptienne, ils s'emparèrent de Khartoum en 1885, isolant du monde la province soudanaise d'Equatoria et son gouverneur Emin Pacha. La voie du Nil s'ouvrait à celui qui saurait les vaincre. Pour cela et aussi pour repousser les Zanzibarites du Congo, avant que ceux-ci ne rejoignent les mahdistes, Léopold II décida de créer une armée. En attendant la formation de la Force publique congolaise, on recruta des soldats à l'étranger et des officiers en Belgique et en Europe du Nord. Vingt ans plus tard, Czekanowski, ex-canonnier du tsar russe, observe les soldats en connaisseur : il en résulte une véritable étude comparative des forces armées coloniales, d'où les Allemands sortent vainqueurs. L'histoire lui donnera tort, car ses préférés se feront battre lorsque la Grande Guerre enflammera l'Afrique orientale.

La conquête militaire du Congo et les expéditions vers le Nil épuisèrent les fonds personnels que Léopold II destinait à sa colonie. Ruiné, le roi finit par établir un monopole sur le commerce de l'ivoire et du caoutchouc et sur les terres « vacantes », faisant fi de ses engagements internationaux et du système foncier local. Dès 1889, les compagnies privées peuvent louer les forêts à caoutchouc, à condition de céder la moitié de leurs actions au roi. Estimant la production congolaise faible et onéreuse, malgré la hausse du prix mondial du latex, elles exploitent sans limites la population, les forêts et leurs propres agents. Entre 1890 et 1900, la production quadruple, mais le pays est exsangue. Czekanowski, sensible aux mauvais traitements infligés aux cueilleurs de caoutchouc et à toute la population écrasée par des travaux obligatoires, dénoncera l'hypocrisie du système d'exploitation organisé sous couvert des idées humanitaires, qui lui rappelle l'esclavage. En dépit de la méfiance de l'administration coloniale devant un chercheur, membre d'une expédition allemande, donc incontrôlable et gardant son libre arbitre, il parvient à recueillir les confidences des agents recrutés dans divers pays, en accord avec le statut international du Congo. Il y rencontre des Belges, des Scandinaves, un Suisse et un Bulgare, sans savoir que son compatriote Joseph Conrad, *alias* Konrad Korzeniowski, avait piloté un vapeur sur le Congo en 1890. Conrad mémorisa son expérience dans *Au cœur des ténèbres* dont s'inspirera plus tard Francis Coppola pour tourner *Apocalypse now*.

Le Congo est pour Czekanowski la quintessence de l'Afrique imaginée dans l'enfance. Il n'en sera pas de même pour l'Ouganda. Fort Portal, avec l'Agence Reuter, le télégraphe, le pharmacien gallois, le négociant italien, le contrebandier boer et la jeune infirmière anglaise, enchantera ce broussard et le rendra nostalgique. Mais il y rencontrera aussi un roi noir qui écrivait l'histoire de sa lignée illustre remontant au XVIe siècle !

Dawdi Chwa Kassagama était le descendant d'une branche cadette de la dynastie royale de Bunyoro qui s'installa au Toro et le détacha du Bunyoro au début du XIXe siècle. Son grand-père et son père y avaient régné, résistant à l'annexion avant de capituler devant le belliqueux roi Kabarega du Bunyoro en 1876. Pendant l'invasion, le roi du Toro mourut et son épouse se réfugia, avec le tout jeune Kassagama, au Nkore, puis au Buganda. Ils vivaient au nord-ouest du lac Victoria quand le capitaine Lugard, qui explorait la région pour le compte de l'Imperial British East Africa Company (IBEAC) en 1891, les rencontre et décide de restaurer Kassagama sur le trône du Toro. Lorsque Czekanowski visite le roi du Toro à Fort Portal, celui-ci habite « à l'anglaise », porte un costume et lui offre un whisky. Ses relations avec les autorités coloniales sont bonnes et rien ne laisse deviner qu'il en ait été autrement jadis. Pourtant ce roi, à qui Czekanowski rendra hommage après son séjour au Toro, avait résisté près de dix ans à l'emprise britannique, jouant un rôle actif dans le conflit qui opposait protestants, catholiques, musulmans et agents coloniaux sur tout le territoire ougandais.

Les missionnaires anglicans et les Pères Blancs, arrivés au royaume du Buganda en 1877 et 1879, donc bien avant l'administration coloniale, présentèrent d'abord un front uni face à l'islam introduit à la cour du roi Mutesa par les commerçants arabes. Offrant une alternative à la pression musulmane, ils y étaient bien reçus, mais les malentendus finirent par s'accumuler entre les représentants des trois confessions et le roi. Il y eut des exilés, des rebelles, des morts et des martyrs. À l'arrivée de l'IBEAC, en 1890, chaque confession jouait un rôle autonome, calqué sur les rivalités internationales et impliqué dans la politique locale. Le capitaine Lugard, fils de missionnaires anglicans, ne parvint pas à mettre de l'ordre sans parti pris : il relégua les musulmans dans le nord, les catholiques dans le sud et laissa les protestants libres de s'installer partout. Ainsi, la « guerre des religions » déborda les frontières du Buganda, entravant la liberté de confession que l'administration coloniale tentait en vain d'instaurer. Au Toro, le roi Kassagama, élève des protestants, demeurait leur allié fidèle car leur protection lui permettait de ne pas se laisser manipuler par les autorités coloniales. Il savait bien que les chefs pratiquant deux religions qui se combattent présentent un risque pour l'intégrité du royaume. À Fort Portal, Czekanowski notera à quel point ce conflit marquait encore la vie quotidienne de ses habitants.

Au Rwanda, la situation était différente. Les Pères Blancs, rebutés par l'hostilité du roi et de la cour, y avaient pénétré dans le sillage des Allemands, vingt ans plus tard qu'en Ouganda. Lors de son séjour au Rwanda entre août et décembre 1907, Czekanowski recherchera leur contact, en respectant les instructions du musée de Berlin qui appréciait leur connaissance du pays. Les pères avaient des relations correctes avec les autorités coloniales et médiocres avec le roi. Yuhi Musinga, intronisé en 1896 à la place de l'héritier légitime et considéré par son peuple comme un usurpateur, avait accueilli les Allemands en alliés. Il leur restera favorable jusqu'à leur départ, après la Grande Guerre, et se méfiera toute sa vie des missionnaires.

À l'issue de l'expédition, Jan Czekanowski publie en Allemagne les cinq tomes de ses *Recherches sur la dorsale Congo-Nil*[1]. La guerre de 1914-1918 perturbe l'édition de l'ouvrage qui pâtit

1. *Forschungen im Nil-Kongo-Zwischengebiet von Dr Jan Czekanowski,* Leipzig, Klinkhardt & Biermann, 1911 : t. III, *Ethnographisch-Anthropologischer Atlas, Zwischenseen-Bantu, Pygmäen und Pygmoiden, Urwaldstämme* (mit 139 Tafeln in Lichtdruck) ; 1917 : t. I, *Ethnographie, Zwischenseengebiet Mpororo : Ruanda* (mit einem musikalischen Anhang von E.M. v. Hornbostel) ; 1922 : t. IV, *Anthropologische Beobachtungen* ; 1924 : t. II, *Ethnographie : Uele/Ituri/Nil-Länder* ; 1927 : t. V, *Ethnographisch-Anthropologischer Atlas, Azande/Uele-Stämme/Nilote* (mit 167 Tafeln in Lichtdruck).

du désintérêt des Allemands pour l'Afrique après la perte de leurs colonies. Rédigé comme un compte rendu scientifique, sobre et minutieux, il est aussi en décalage avec les recherches de l'entre-deux-guerres, conditionnées par la politique coloniale. En France, il faudra attendre que celles-ci se renouvellent[1], dans les années cinquante, pour que son ouvrage soit connu et cité. En ce temps, Jan Czekanowski, l'homme qui parlait huit langues et avait parcouru plus de cinq mille kilomètres à pied en Afrique centrale, finissait sa carrière isolé du monde par le rideau de fer. Malgré l'intérêt croissant pour ses travaux, rares sont ceux, même parmi ses compatriotes, qui savent qu'il avait publié le récit de son voyage. Il le rédigea en polonais – comme il l'avait souhaité dès le début de l'expédition – à partir des notes de terrain et de sa correspondance qui contenait des réflexions trop intimes ou trop « politiquement incorrectes » pour figurer sur le journal d'expédition qu'il envoyait par courrier au musée de Berlin. Édité tardivement (1958) par les soins de la Société polonaise d'ethnologie, c'est ce livre que les Éditions Noir sur Blanc proposent aux lecteurs francophones sous le titre C*arnets de route au cœur de l'Afrique*.

Après son retour en Europe, Czekanowski devient professeur à l'université de Lwów, où il enseigne jusqu'à la Seconde Guerre mondiale. Pendant l'Occupation, il anime l'université clandestine et échappe à la persécution nazie grâce à son amitié avec le duc de Mecklembourg[2]. Plus tard, sous le régime stalinien, il travaille à l'université de Lublin puis à celle de Poznań, mais sa participation à l'expédition allemande, pourtant bien ancienne, et ses contacts avec les chercheurs occidentaux lui valent brimades et mise à l'index. La réclusion du professeur au grenier et le « déménagement » de ses livres, jetés des fenêtres du premier étage sur un camion, faisaient partie de la mémoire de l'université de Poznań, lorsque j'y fis

1. G. Balandier, *Sociologie actuelle de l'Afrique Noire*, Paris, PUF, 1955; *Georges Balandier, lecture et relecture, Cahiers internationaux de sociologie*, vol. CV, janvier-juin 2001.

2. Anne Czekanowska, Catalogue de l'exposition « Sur les traces de Jan Czekanowski en Afrique centrale, 1907-1909 », Varsovie, Musée de l'université de Varsovie, 2000, p. 12.

mes études. Les *Carnets* seront le seul ouvrage publié par Jan Czekanowski après la guerre. Il mourut en 1965, à l'âge de quatre-vingt-trois ans, sans avoir réécrit le premier tome de ces carnets, détruit pendant l'insurrection de Varsovie en 1944, ni rédigé le troisième, concernant le sud du Soudan, et sans rééditer ses *Recherches*, de nos jours introuvables. Le temps, et peut-être aussi le cœur, lui avaient manqué pour parachever son œuvre africaine, celle qui lui vaudra, à titre posthume, l'estime des scientifiques et des amateurs de récits de voyage.

Lidia Meschy
École des hautes études en sciences sociales

NOTE LINGUISTIQUE

Pour les noms propres et les toponymes africains la traduction respecte l'orthographe du texte original, correspondant aux règles de l'école allemande, plus proche de la graphie actuelle que des transcriptions phonétiques employées en France au début du XXe siècle. La prononciation est la même pour toutes les langues bantu : ***e*** n'est jamais muet ; ***g*** est toujours dur (Kagera se dit Kaguera) ; ***s*** est toujours ***ss*** ; ***u*** et ***w*** sont ***ou*** (Basuku : Bassoukou, Wangwana : Ouangouana). Pour certains noms propres les lettres *r* et *l* ont été confondues (Lukara : Rukara), car il n'y a pas entre elles de différence phonétique notable. Quelques toponymes ont changé. Ainsi le pays et le fleuve, appelés au début du XXe siècle et à présent *Congo*, ont porté le nom du Zaïre pendant près de trente ans. Fort Portal a retrouvé son ancien nom : Kabarole, tout comme les lacs Victoria (Nyanza), Albert (Rwitanzige) et Édouard (Rweru). Ces problèmes existaient déjà au temps de Czekanowski qui nomme parfois un lieu en kiswahili, en langue locale et dans une langue européenne. Les principales rectifications sont indiquées dans l'index entre parenthèses. Les notes et l'avant-propos respectent la graphie actuelle, sauf quelques cas contraires où, par souci de clarté, l'orthographe de l'auteur a été reprise.

En langues bantu, la signification d'un mot est déterminée par des préfixes. Pour la bonne compréhension du texte, il suffit de chercher la racine (p. ex. *hunde*) et de retenir que *Bu* désigne le pays (Buhunde) ; *Ba* (ou *Wa* en kiswahili) – ses habitants au pluriel (Bahunde, Wangwana) ; *Mu* – son habitant au singulier (Muhunde), *ki, lu, ru* – la langue (ruhunde).

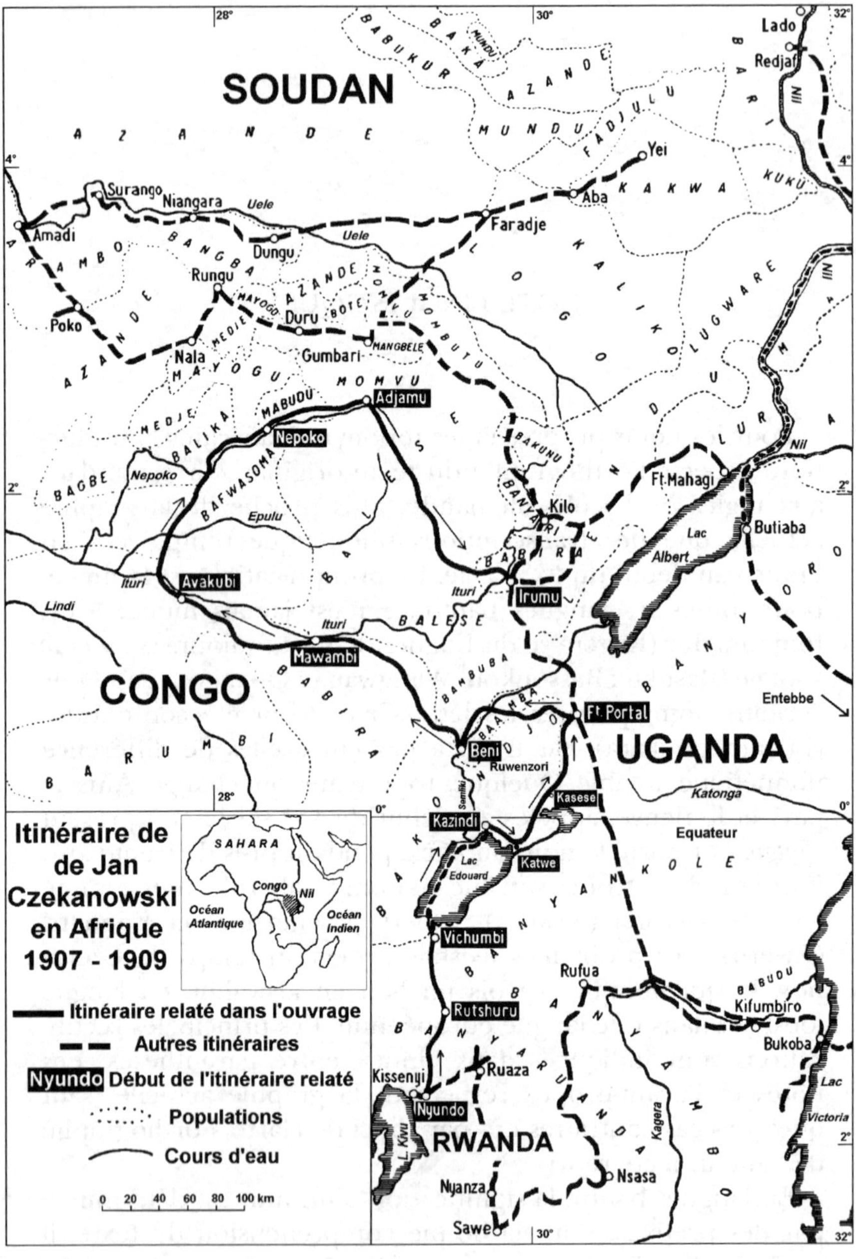
SOUDAN
CONGO
UGANDA
RWANDA
Itinéraire de de Jan Czekanowski en Afrique 1907 - 1909
Itinéraire relaté dans l'ouvrage
Autres itinéraires
Nyundo Début de l'itinéraire relaté
Populations
Cours d'eau
0 20 40 60 80 100 km
SAHARA
Congo
Nil
Océan Atlantique
Océan Indien
Lado
Redjaf
Yei
Aba
Faradje
Surango
Niangara
Amadi
Dungu
Rungu
Poko
Nala
Duru
Gumbari
Mangbele
Adjamu
Nepoko
Avakubi
Mawambi
Irumu
Kilo
Ft.Mahagi
Butiaba
Lac Albert
Entebbe
Ft.Portal
Beni
Ruwenzori
Kasese
Kazindi
Katwe
Lac Edouard
Vichumbi
Rutshuru
Kissenyi
Nyundo
Ruaza
L. Kivu
Nyanza
Sawe
Nsasa
Rufua
Kifumbiro
Bukoba
Lac Victoria
Kagera
Katonga
Equateur
Uele
Ituri
Epulu
Lindi
Semliki
Nil
AZANDE
BABUKUR
BAKA
MUNDU
FADJULU
BARI
KAKWA
KUKU
LOGO
KALIKO
LUGWARE
MOMVU
MOMBUTU
LENDU
ALUR
BAKUNU
BANYARI
BABIRA
BALESE
BAMBUBA
BABIRA
BAAMBA
BAKONJO
BANYORO
BANYANKOLE
BABUDU
BAMBO
BANYARUANDA
BARUMBI
BAFWASOMA
BALIKA
MABUDU
MEDJE
MAYOGU
BAGBE
AMBO
BANGBA
BOTE
ARAMBO
28°
30°
32°
4°
2°
0°

INTRODUCTION

Le journal d'expédition

Voici une partie du journal de voyage en Afrique centrale de la colonne anthropo-ethnologique de l'expédition organisée et dirigée par Son Altesse Adolphe Frédéric de Mecklembourg dans les années 1907-1908, et poursuivie par moi jusqu'en 1909. Le voyage dura vingt-cinq mois : du 9 mai 1907, date de mon départ de Zurich, jusqu'au 9 juin 1909. Après avoir terminé mes études en Suisse, je travaillais depuis le 1er novembre 1906 comme assistant boursier au Musée ethnographique royal de Berlin *(Königliches Museum für Völkerkunde)* mais gardais mes quartiers à Zurich, car le passage problématique de la frontière qui séparait du reste du monde la partie de la Pologne annexée par la Russie, m'empêchait d'aller souvent chez moi. Ainsi, pour rejoindre Naples, lieu de départ de l'expédition en Afrique, j'avais quitté Berlin pour Zurich le 1er mai, et n'y revins qu'à l'issue de l'expédition, le 23 juin 1909, après un détour par Zurich, où un examen médical m'assura que je n'avais pas contracté la maladie du sommeil. Les dates du départ et du retour à Berlin ne peuvent donc pas être considérées comme le début et la fin de mon voyage exotique.

Trois parties autonomes constituent mon journal de voyage originel : I. *Aux sources du Nil*, II. *Vers les tréfonds d'Aruwimi*, III. *À la frontière du Soudan*[1].

1. Seule la deuxième partie de cette trilogie fut éditée : l'auteur en donne l'explication plus loin. Hormis une note de l'auteur au chapitre IV, toutes les notes sont de la traductrice.

Les chapitres I à VI de la première partie relatent les préparatifs du départ de la caravane de Bukoba, poste de l'Afrique orientale allemande, au bord du lac Victoria-Nyanza[2], et ne constituent pas le journal d'expédition au sens strict du terme. Le premier chapitre évoque la réalisation de mes projets juvéniles de voyager en Afrique, le deuxième le trajet maritime de Naples à Mombasa, les deux suivants la traversée de l'Afrique de l'Est britannique, depuis le débarquement à Mombasa, le 30 mai 1907, jusqu'à l'arrivée à Bukoba, le 10 juin 1907 ; le cinquième décrit le séjour à Bukoba et la situation générale de cette partie des colonies allemandes ; le sixième présente l'organisation et l'équipement de la caravane, la technique ancienne du voyage à pied avec les porteurs et sous escorte militaire, dans une zone encore peu contrôlée par les Européens et – ce qui comptait le plus pour nous – inexplorée par les savants. Le véritable journal de voyage commence à partir des chapitres suivants, traitant de la période comprise entre le départ de Bukoba, le 15 juin, et l'arrivée à Nyundo, au Ruanda, au pied des volcans et au bord du lac Kivu, en fin novembre 1907. Cette étape de près de neuf cents kilomètres fut accomplie en trente-sept jours (cent quatre-vingt-sept heures de marche). La recherche et la collecte d'abondants matériaux, surtout anthropologiques, m'avaient pris cent trente-deux jours.

Mon principal objectif, outre la recherche anthropologique, était de recueillir des observations pour une monographie sociologique des États féodaux dominés par une aristocratie pastorale d'origine étrangère et assimilée à la population rurale soumise uniquement par la langue. Les conditions de cette recherche étaient exceptionnelles : le terrain exploré constituait une réserve, à la superficie plus grande que celle de la Suisse, fermée aux colons et aux commerçants européens, arabes, indiens et même africains. Les seuls étrangers admis aux royaumes du Ruanda et de l'Urundi étaient les Pères Blancs, missionnaires catholiques de la congrégation

2. Nyanza : litt. grande masse d'eau, nom swahili du lac appelé Victoria par l'explorateur J.H. Speke, à la gloire de la reine d'Angleterre. L'emploi simultané des termes « lac » et « nyanza », y compris pour les lacs Albert et Édouard, fréquent aux XIXe et début du XXe siècle, sera évité dans cette édition.

du cardinal Lavigerie, en majorité français et alsaciens. L'île Kwidshwi, sur le lac Kivu, était réservée aux protestants. L'administration allemande se bornait à maintenir une petite garnison à Kissenyi, à la périphérie du Ruanda, et une grande à Usumbura, aux confins de l'Urundi, deux postes situés à la frontière séparant les colonies allemandes de l'État indépendant du Congo. L'ingérence allemande était réduite à l'essentiel : visite annuelle de courtoisie chez les rois et leur protection armée en cas de révolte des vassaux frondeurs. Le Résident impérial dispensait discrètement ses « bons conseils » aux souverains, sans se mêler outre mesure des affaires internes des royaumes. Leurs sujets vivaient à l'ancienne, gouvernés par des dynasties royales selon la loi coutumière consacrée par la tradition. Dans cette grande réserve, les rapports sociaux rappelaient ceux de l'Europe au début de son histoire. Pour explorer la région interlacustre, je m'appuyais, selon l'instruction du musée de Berlin, sur les missions, uniques foyers de vie culturelle. Les Pères Blancs, souvent passionnés d'ethnographie, connaissant la langue de la population locale et jouissant de sa confiance, facilitaient mes contacts et étaient une bonne source d'information sur le pays et ses habitants.

La deuxième partie de mon journal, contenue dans cet ouvrage, commence début décembre 1907 et se termine fin mars 1908. Elle couvre le trajet entre Nyundo au Ruanda et Fort Portal en Uganda britannique, la traversée du flanc nord-ouest du Ruwenzori et l'exploration du bassin de l'Aruwimi par l'itinéraire allant de Fort Beni à Irumu par Mawambi, Avakubi et Nepoko. Cela représente trois cent cinquante-sept heures de route, autrement dit près de mille sept cents kilomètres parcourus en soixante et un jours de marche, cinq jours de navigation le long de la rive ouest du lac Édouard et soixante-six jours d'études menées pendant les courtes haltes. Je passai dix-huit jours à Fort Portal, où j'avais de bonnes conditions de travail mais aussi fus malade quelque temps. À Irumu, la réception du matériel laissé par mes collègues qui retournaient en Europe et la réorganisation de ma caravane, avant le départ pour le sud du Soudan, me prirent huit jours.

Le but de cette partie du voyage consistait à entrer en relation avec les Pygmées pour mes recherches anthropologiques, éclaircir la situation ethnique de la dorsale Congo-Nil et déterminer la limite entre les peuples soudanais qui émigraient depuis le Nord, et les groupes de la famille linguistique bantu qui reculaient devant eux et s'enfonçaient dans les forêts du Sud.

Le contact avec la population m'a permis de comprendre la technique coloniale d'exploitation de l'État indépendant du Congo : elle s'appuyait sur le système introduit dans cette partie de l'Afrique par les Zanzibarites, avant que les Européens ne les chassent de leurs postes par les armes. Leur expansion rappelait les conquêtes scandinaves, survenues à une autre époque et dans un contexte différent. Leur réussite prouvait que la création d'un empire colonial de plusieurs millions de kilomètres carrés n'exigeait guère une foule d'envahisseurs et pouvait être l'œuvre de quelques dizaines d'hommes audacieux, pugnaces et bons organisateurs. La minuscule île de Zanzibar, tout comme jadis la Scandinavie peu peuplée, était incapable d'installer de nombreux colons sur le terrain conquis. En Afrique, les Zanzibarites les avaient remplacés par une nouvelle couche sociale qu'ils avaient créée à partir d'autochtones vaincus et éblouis par la civilisation arabe[3]. Quant aux Européens, incapables d'en faire autant, ils demeurent jusqu'à présent totalement étrangers à la population de l'Afrique centrale.

Dans un deuxième temps, durant quatre mois, ma colonne s'appuya sur les postes de Kazindi, Fort Beni et Irumu, dans l'État indépendant du Congo, et sur Fort Portal, centre administratif et commercial du Toro, en Uganda britan-

---

3. Les Arabes de Zanzibar, dits Zanzibarites, trafiquants d'esclaves et d'ivoire, pénétrèrent dans le bassin du Lualaba, depuis les rives du lac Tanganyika, au milieu du XIXe siècle. Leurs résidences fortifiées (*zeriba*) et prospères attirèrent certains chefs locaux qui devinrent leurs alliés. Ces chefs, et les esclaves africains affranchis et convertis à l'islam, s'appelèrent les Wangwana (hommes libres, enfants de Dieu). Avec la propagation des armes à feu, ils se transformèrent en conquérants et fondateurs des fiefs territoriaux dont les produits d'exploitation furent exportés à Zanzibar. Le chapitre XVIII retrace leur histoire.

nique. À Fort Portal, je bénéficiai de l'hospitalité de l'administration coloniale et des Pères Blancs qui me permirent de consulter leurs archives. En dix-huit jours, grâce aux entretiens avec le roi écrivant l'histoire de son pays et avec les missionnaires et les commerçants, je pris du recul par rapport à mes propres observations. Je compris aussi la particularité du système colonial britannique, fondé sur l'économie monétaire et non sur les redevances en nature, comme au Congo. Vint ensuite la pénible traversée des forêts vierges dans une région perturbée par les révoltes indigènes. Ce fut la partie la plus variée et la plus épuisante du voyage. Ma réussite fut d'avoir mené la caravane sans perte en hommes, hormis les cas de maladie du sommeil, toujours mortelle, qui pouvaient se déclarer plus tard.

Le troisième volet du journal couvre la période du 12 avril 1908 au 1er avril 1909. Pendant que l'expédition retournait en Europe par le fleuve Congo et l'Atlantique, je marchais, cette fois-ci totalement autonome, vers la frontière du Soudan, puis vers Gondokoro où je congédiai ma caravane et pris le bateau pour descendre le Nil. Ce trajet de trois mille sept cent cinquante kilomètres fut parcouru en cent soixante-quinze jours, comptabilisant sept cent quatre-vingt-trois heures et demie de route. Épuisé par la malaria, je fis le chemin d'Entebbe à Hoïma (quarante-quatre heures, en sept jours) dans une *rickshaw* louée à Entebbe. Durant les cent quatre-vingt-dix jours restant de cette année de longues marches (mais moins épuisantes qu'en forêt), je menai des recherches dans des lieux où je pouvais camper. Je stationnai le plus longtemps à Gumbari, ma base opérationnelle sur la Bomokandi, affluent de l'Uele. Les marches de cette période étaient moins forcées que les précédentes, car je n'étais plus astreint à joindre les points de ravitaillement en temps déterminé.

À la périphérie du Soudan, au voisinage de la grande forêt du bassin congolais, mes investigations portèrent sur la situation ethnique et anthropologique des États barbares soudanais, dont le système féodal s'appuyait sur les tributs en femmes. Elles y jouaient un rôle comparable à celui des vaches dans les royaumes pastoraux interlacustres. L'emprise de l'État indépendant du Congo sur ces territoires contribuait à leur stabilisation : la population, désormais protégée de l'offensive arabe venant du Nord, ne migrait plus vers le Sud. Auparavant, l'avancée méridionale des ethnies soudanaises avait provoqué autant de dévastations que les razzias des chasseurs d'esclaves opérant pour le compte des Arabes. Les Azande (Nyam-Nyam) et les Mangbetu soudanais étaient anthropophages et traitaient les peuples méridionaux vaincus comme du bétail à abattre. Ils pratiquaient cette coutume encore pendant mon séjour, quoique secrètement et à une échelle réduite. Les Azande avaient, paraît-il, annoncé qu'il n'y avait plus de cannibales car ils avaient dévoré le dernier à la dernière lune !

Ce journal d'expédition donne l'image de l'évolution d'une région sous l'influence de la colonisation européenne et de l'exploitation de ses populations. Les idées-forces de ce processus étaient : pacification, stabilisation, exploitation. Cette dernière s'appuyait, au Congo, sur le travail obligatoire et les tributs *in natura*, et dans les colonies britanniques sur l'économie monétaire – stimulant bien plus efficace de l'effort productif. L'administration coloniale allemande, qui s'inspirait du modèle britannique mais l'appliquait avec circonspection, était appréciée des Arabes et des arabisés alors que la population noire se montrait foncièrement anglophile. Dans cette région où les trois puissances coloniales – allemande, britannique et l'État indépendant du Congo – étaient en contact, existait aussi un territoire préservé – le Ruanda et l'Urundi – où on pouvait étudier les conditions de vie anciennes car l'intervention étrangère y restait faible.

Expédition

Après avoir terminé mes études universitaires à Zurich en juillet 1906, je fus nommé, le 1er octobre, assistant (*Wissenschaftlicher Hilfsarbeiter*) au département africain du Musée ethnographique royal de Berlin. À ce poste de boursier de l'État, chargé de recherches et de collectes ethnographiques et anthropologiques, s'attachait la promesse d'un voyage en

Afrique qui devait aboutir à la publication d'un compte rendu scientifique.

Cette promesse ne précisait aucune date (mon collègue, l'excellent africaniste le Dr Bernard Ankermann, attendait depuis des années son expédition au Cameroun) mais, dès avant Noël, le directeur du musée, le professeur Félix von Luschan[4], me conseilla en grand secret de me documenter sur la dorsale Congo-Nil en vue d'une expédition. Début février, je fus présenté à Adolphe Frédéric de Mecklembourg, oncle paternel du Grand-Duc régnant et frère de l'époux de la reine Wilhelmine de Hollande[5]. Après un accueil cordial, le Duc annonça qu'il m'embauchait comme anthropologue et ethnographe dans son expédition en Afrique centrale : je devais être prêt pour la première quinzaine du mois de mai. Je me rendis en Pologne à Pâques pour saluer mes proches. À mon retour, je fus invité à un banquet au mess du 2e régiment du train, organisé pour remercier le Duc d'avoir choisi le topographe de l'expédition parmi ses officiers. À cette première réunion des membres de l'expédition je retrouvai un ami du lycée de Libawa[6], de deux ans mon aîné, Egon Frédéric Kirschstein, devenu géologue. À l'occasion de son baccalauréat en 1899, nous avions même

4. Félix von Luschan, né en Autriche (1854-1924), docteur en médecine, anthropologue et ethnographe, explora l'Asie Mineure, la Syrie, la Nouvelle-Zélande et la Namibie avant de diriger le département de l'Afrique et de l'Océanie du Königliches Museum für Völkerkunde entre 1904 et 1910, puis d'enseigner à l'université de Berlin.

5. Le duc de Mecklembourg, né en 1873, septième enfant du grand-duc Frédéric François, embrassa la carrière militaire dans la cavalerie. Ses premiers séjours en Afrique (1902 et 1905), consacrés surtout à la chasse, lui donnèrent l'idée de l'explorer en compagnie d'une équipe de chercheurs de diverses disciplines. Il dirigea deux expéditions scientifiques et publia deux ouvrages : *Ins innerste Afrika* (1909) concerne l'expédition présentée ici et *Vom Kongo zum Niger und Nil*, 2 vol. (1912), relate l'exploration de l'Afrique de l'Ouest (1910-1911). Il fut gouverneur du Togo entre 1912 et 1914. Après la perte des colonies allemandes en 1918, il continua de mener en Afrique diverses activités économiques jusqu'aux années 1960 et fut membre des comités olympiques. Le duc de Mecklembourg décéda à l'âge de 96 ans, en 1969.

6. En Lettonie, à l'époque partie de la Prusse orientale.

bu *Brüderschaft*[7], jurant de partir en Afrique après nos études. L'accomplissement de ce vœu devint pour tous un heureux présage et le leitmotiv des discours de circonstance. Peu après eut lieu la réception donnée en l'honneur du Duc par le professeur von Luschan, où je fus le seul chercheur invité. À la place de mes collègues furent conviés leurs chefs et quelques « lumières », tel le géologue Albrecht Penk ou l'historien Édouard Meyer qui jouissait des faveurs de l'empereur Guillaume II. J'étais abasourdi par la gentillesse dont m'entouraient ces célébrités berlinoises, tout en sachant que je ne la devais qu'au rang social élevé de mon futur chef.

Le corps scientifique de l'expédition, appelée *Deutsche Zentral-Afrika-Expedition*, se composait comme suit :

Le Dr Johannes Mildbraed, du Musée botanique de Dahlem, était l'assistant du professeur Engler, spécialiste de la systématique. Il deviendra rapidement grand connaisseur de la flore africaine, accompagnera le Duc en Afrique occidentale lors de l'expédition suivante et mènera ses recherches botaniques au Cameroun, où il sera prisonnier des Français pendant la Première Guerre. Mildbraed dirigera ensuite le jardin botanique de Berlin. Reconnu grand botaniste-explorateur, il mourra en 1955.

Le zoologiste était le Dr Hans Schubotz, assistant à l'université de Berlin. Il suivra le Duc en Afrique de l'Ouest, tout comme Mildbraed, mais trahira la zoologie à la fin de la Grande Guerre, choisissant la diplomatie après son mariage avec la fille d'un riche banquier. La rumeur voulait qu'il le fît surtout pour protéger le capital de son épouse de l'inflation. En 1925, Schubotz était secrétaire de la légation allemande à Stockholm. Un jour je naviguais de Constantinople à Constanta avec un diplomate allemand, professionnel de la vieille école, qui me dit que Schubotz était tout désigné, en bon zoologiste, pour soigner les canards de la presse. Plus tard, Schubotz dirigera la radio de Berlin et organisera, en 1932, le vingt-cinquième anniversaire de notre départ en Afrique. Après le coup d'État hitlérien, en raison des origines de sa

7. Geste scellant le tutoiement entre deux convives qui boivent leurs coupes, bras entrecroisés.

femme, il émigrera en Namibie et deviendra un éleveur de bétail très prospère. Lorsque sa santé déclinera, il vendra tout pour s'installer en Suisse. Il mourra à Lugano, fin 1955.

Le Dr Egon Frédéric Kirschstein était l'assistant du professeur Branka, directeur de l'Institut de géologie et de paléontologie de l'université de Berlin. Son destin fut encore plus africain que ceux de Mildbraed et de Schubotz. Il y retourna définitivement en 1912, à titre de spécialiste du charbon et du chemin de fer. Sujet russe d'origine lettone, Kirschstein échappa à l'internement anglais pendant la Première Guerre mondiale. Il revint en Allemagne, début 1932, pour participer à l'anniversaire du départ de l'expédition en Afrique, mais retourna vite sous l'équateur de peur que son séjour en Europe ne l'amène à épouser l'infirmière qui le soignait à Berlin, où il était tombé gravement malade. Il décéda chez lui, au bord du lac Tanganyika.

Le topographe de l'expédition, le lieutenant Max Weiss, avait déjà travaillé en Afrique en 1902-1905 en tant que membre de la Commission germano-britannique de délimitation de la frontière nord de l'Afrique orientale allemande. Ses clichés photogrammétriques des volcans l'avaient rendu célèbre. Atteint d'un ulcère du foie, il quittera notre expédition après six mois et sera évacué en Europe. Déprimé par la défaite allemande de 1945, Weiss fusillera toute sa famille et se suicidera à l'entrée de l'armée soviétique dans les faubourgs de Berlin, où il vivait dans une modeste villa. Ce nationaliste allemand de la pure tradition prussienne était un ennemi intraitable du régime hitlérien.

Le Dr Werner von Raven était spécialiste des maladies tropicales et des parasites. Bactériologiste de formation, médecin de la cour par tempérament, il s'occupera peu de ses patients noirs car, début 1908, il faudra l'évacuer en Europe, tout comme Weiss, à la suite d'un accident de chasse. Un buffle blessé par son compagnon occasionnel lui déchirera le thorax et il ne sera sauvé que grâce aux soins donnés sur place par un médecin italien, le Dr Mortula, au service de l'État indépendant du Congo. W. von Raven décédera quelques années après la Première Guerre mondiale.

Le quartier général de l'expédition comprenait, outre les chercheurs, le lieutenant Walter von Wiese und Kaiserswaldau, notre organisateur technique. Cet officier de l'armée coloniale (*Schutztruppe* – troupe de protection) nous attendait à Bukoba avec une escorte de trente-cinq *askaris*[8] d'une compagnie de Dar es-Salam, commandés par le sergent Czeczatka, et sept cents porteurs. Walter von Wiese avait auparavant établi sept entrepôts de ravitaillement sur notre trajet, mobilisant pour cela deux mille deux cent trente porteurs. Grâce à ce dispositif, notre expédition comptant près de huit cents hommes se déplaçait librement sur le terrain, y compris dans les régions pauvres en vivres, sans peser sur la population locale. W. von Wiese avait aussi engagé, à Dar es-Salam, nos domestiques. Bon collègue et excellent organisateur, il deviendra plus tard le *landrat*[9] de Nieder-Barnim, un des plus grands cantons de la région berlinoise. Interné dans un camp de prisonniers de guerre à Potsdam, il y mourut ou y fut assassiné, en 1945 ou 1946.

Le sergent Czeczatka, qui m'avait confié qu'il parlait avec sa mère « en morave », était un Silésien de Racibórz. Sous-officier exemplaire, il se sacrifia en défendant les colonies est-africaines allemandes pendant la Grande Guerre.

Le dixième Européen de l'expédition était l'intendant Frédéric Weidemann, maréchal des logis et hussard émérite. Aide de camp, trésorier et homme de confiance du Duc qu'il avait déjà accompagné en Afrique à deux reprises, Weidemann soignait notre expédition comme son propre bien. Droit, discret, courtois et aimé de tous, il s'occupait de nous, veillant à la juste répartition des provisions. Comme j'étais économe, surtout pour les boissons, Weidemann gardait ma part en prévision de mon voyage dans le sud du Soudan. Elle fut d'ailleurs si abondante qu'à la fin je pus vendre le surplus, sans dépenser le fonds personnel qui m'attendait à Entebbe ou recourir au service de la firme d'Aladin Visram. Avant de décéder dans les années vingt, Weidemann était l'inspecteur-trésorier de l'hôpital de Rostock.

---

8. Initialement, ce terme emprunté à l'arabe désignait les Africains recrutés sur la côte de l'océan Indien par les explorateurs pour protéger les caravanes ; il fut ensuite étendu aux soldats de carrière dans toute l'Afrique orientale.

9. Sous-préfet.

Grâce à la bonne organisation de l'expédition, les chercheurs pouvaient travailler en toute sérénité. Chacun disposant de sa propre caravane, celles-ci se joignaient et se séparaient au gré de nos objectifs. La mienne se détacha la première, pour retrouver la colonne principale sur la route qui longe la rive gauche de la Kagera et va de Kifumbiro au remuant Mpororo[10], puis rejoindre celle de Czeczatka jusqu'au lac Mohasi, à l'est du Ruanda. Ensuite je marchais seul, excepté la traversée du lac Édouard en compagnie de Schubotz. Les travaux anthropologiques, ethnologiques et sociologiques exigeaient un contact rapproché avec la population, m'obligeant à suivre un autre chemin que mes collègues et à être autonome. Seul boursier de l'État, j'appliquais, avec l'approbation du Duc, l'instruction du musée de Berlin qui m'imposait des charges particulières. Je pus les accomplir au-delà des attentes, en prolongeant mon séjour en Afrique grâce au Duc qui tenait à la réussite scientifique de notre voyage. Le géologue et le topographe avaient travaillé ensemble jusqu'à Kissenyi. Le botaniste préférait suivre la colonne de réserve guidée par le sergent Czeczatka et l'intendant Weidemann, pour pouvoir se consacrer entièrement à son travail. Le Duc était accompagné par le médecin et parfois par le zoologiste qui adorait chasser en sa compagnie. Nous l'appelions *Jegermaister* – maître de chasse – car il tirait presque aussi bien que le Duc.

Jeunes chercheurs choisis par les plus grands professeurs berlinois, nous avions trouvé au sein de l'expédition des conditions de travail exceptionnelles. Chacun œuvrait librement à condition de garder contact, dans son propre intérêt, avec la colonne de réserve ou les entrepôts de ravitaillement. Cette obligation était d'ailleurs facultative : Kirschstein, par exemple, resta quelques semaines bloqué sur les volcans et ne put rattraper l'expédition que sur sa route de retour en Europe. Le Duc, très accommodant, avait surtout en vue la future publication de nos résultats scientifiques.

---

10. Province méridionale de l'Ouganda de nos jours, ancien petit royaume politiquement défait depuis le XIXe siècle, le Mpororo résistait à l'emprise coloniale.

L'aventure africaine ne créa pas de liens particuliers entre les membres de l'expédition. Après le retour en Europe, le Duc resta notre seule force d'attraction, tout comme en Afrique. Chacun continua à lui témoigner sa fidélité jusqu'à la fin de sa vie. Les membres de l'expédition se réunirent pour la dernière fois à l'occasion du vingt-cinquième anniversaire du voyage. À défaut de pouvoir nous réunir le 13 mai, date du départ de Naples, nous nous vîmes le 1er août 1932, dans le mess des officiers de l'ancienne garde de la cavalerie, dont le Duc était le colonel. Le Dr von Raven, décédé, était représenté par son beau-frère, le baron von Brandenstein, vice-président du club automobile impérial que présidait l'empereur Guillaume II en personne. Kirschstein, venu pourtant en Europe spécialement pour cette cérémonie, tomba malade et fut également absent. La célébration du cinquantième anniversaire, en 1957, n'eut pas lieu en raison des nombreux départs dans l'au-delà : seuls le Duc et moi étions en vie et les bouleversements de ces cinquante dernières années n'avaient en rien altéré nos relations.

La publication des résultats de l'expédition

Le projet initial de la publication *Wissenschaftliche Ergebnisse der Deutschen Zentral-Afrika-Expedition 1907-1908 unter Führung Adolf Friedrichs, Herzogs zu Mecklenburg*[11], prévoyait l'édition des résultats ethnographiques et anthropologiques en deux tomes et sous un titre autonome : *Forschungen im Nil-Kongo-Zwischengebiet von Dr Jan Czekanowski*[12]. Il me fallait les rédiger en cinq ans à dater de mon retour en Europe. Au-delà de cette période je perdais le droit d'exclusivité sur les documents confiés aux musées de Berlin et de Leipzig et dont les directeurs pouvaient ensuite disposer selon leur bon vouloir.

L'attribution d'une édition signée, avec un titre et une tomaison appropriée, me distinguait de mes collègues. Ce fait

11. *Résultats de recherches de l'expédition allemande en Afrique centrale 1907-1908, sous la direction du duc Adolphe Frédéric de Mecklembourg.*

12. *Recherches sur la dorsale Congo-Nil du Dr Jan Czekanowski.*

mettait en valeur mon autonomie au sein de l'expédition et prouvait qu'on avait confiance que j'allais d'abord me consacrer à l'édition des rapports scientifiques, en remettant à plus tard la publication de mon journal en Pologne, stipulée parmi droits et obligations d'un membre de l'expédition sans autre rémunération que d'éventuels droits d'auteur.

La situation de mes collègues était différente car leurs matériaux étaient traités par un personnel qualifié. Ils n'assumaient que la rédaction de quelques chapitres et la direction de l'ouvrage. Quant à moi, en contrepartie de la chance de pouvoir étudier une région des moins connues de l'Afrique, je dus consacrer plusieurs années à traiter mes matériaux et renoncer à participer à une nouvelle expédition du Duc. Repartir sans avoir publié des résultats du voyage précédent risquait de me confiner dans la catégorie des collecteurs chargés des recherches auxiliaires.

Au début de l'année 1911, je quittai Berlin pour m'installer au Musée ethno-anthropologique de l'Académie impériale des sciences à Saint-Pétersbourg. Je choisis cette solution pour mettre mon droit d'auteur à l'abri des potentats berlinois, après que Félix von Luschan, mon grand protecteur, l'eut lui-même violé. Sans m'en parler, il avait cédé mes matériaux linguistiques au Dr Bernard Struck, futur professeur de l'université d'Iéna, qui put ainsi déchiffrer les vocabulaires d'Emin Pacha[13] et publier, sans m'en informer, ce sensationnel résultat. Le secrétariat d'État aux Colonies (*Reichskolonialamt*) qui s'occupait de ma publication, exigea alors que le musée me rende les copies de mes carnets de route pour éviter tout incident à l'avenir. Je

13. Edouard Schnitzer, dit Emin Pacha, né en 1840 en Silésie, converti à l'islam. Médecin, explorateur et gouverneur de la province de l'Equatoria au Soudan égyptien dès 1876. La prise de Khartoum par les mahdistes (1885) l'obligea à reculer avec sa troupe (*Kuturia*) au nord du lac Albert. Isolé du monde pendant plus de trois ans, il continuait à administrer correctement le territoire qui dépendait encore de lui lorsqu'il fut « retrouvé » par l'explorateur H.M. Stanley et prié de rentrer à Zanzibar en 1889. Emin Pacha explora ensuite, avec Franz Stuhlmann, le nord-ouest du Tanganyika pour les Allemands, fondant les stations militaires à Tabora, à Bukoba et à Mwanza. Il mourut assassiné, en 1892, au sud-ouest du lac Albert. (*Die Tagebücher von Dr Emin Pacha,* 5 vol., F. Stuhlmann (éd.), Braunschweig, 1917-1927.)

fus ainsi impliqué dans un règlement de comptes entre le professeur von Luschan – qui semblait reporter sur moi ses griefs contre le Duc à propos d'une médaille convoitée et point reçue – et le ministère qui reprochait au musée son intransigeante mainmise sur les matériaux ethnographiques collectés par les officiers et les fonctionnaires coloniaux.

En ce temps, un différend sur la qualité des illustrations du troisième tome m'opposa à mon éditeur. Ma défense fut assurée par Son Excellence Ebermayer du *Reichskolonialamt*, pendant que l'éditeur était représenté par le président de la Fédération des éditeurs allemands, le professeur Hans Meyer[14]. L'excellent Georg Schweinfurth[15], seigneur des voyageurs africains, fut invité à y tenir le rôle de super-arbitre.

Après avoir obtenu gain de cause dans ces deux conflits, je préférais surveiller mes affaires à distance, depuis Saint-Pétersbourg. Cette solution semblait la meilleure au moment où je perdais mes deux protecteurs les plus puissants et cordiaux : Son Excellence Ebermayer entrait dans sa fonction de gouverneur du Cameroun, et le Duc, dont on savait déjà qu'il deviendrait le gouverneur du Togo, préparait une nouvelle expédition en Afrique.

Comme je travaillais sans relâche sur mes matériaux, il fut évident, dès 1910, que la publication des recherches ethnographiques et anthropologiques dépasserait les deux tomes prévus. Afin de pouvoir demander une aide supplémentaire à l'État, on édita en premier lieu le tome III (1911), contenant les illustrations retenues pour le tome I, non achevé à l'époque. À cette occasion, il fut décidé que mes travaux sortiraient en six tomes et non en deux : quatre ethnographiques et deux anthropologiques.

---

14. Hans Meyer (1858-1929), géographe et voyageur. (Hans Meyer, *Les Barundi*, préface de J.-P. Chrétien, Paris, Société française d'histoire d'outre-mer, 1984.)

15. Georg Schweinfurth (1836-1925), naturaliste allemand, explora l'Égypte, l'Éthiopie et le haut Nil, avant de découvrir l'Uélé en 1868 et étudier les Mangbetu et les Azandé. Lors de son séjour à la cour du roi mangbetu Munza (1871), il rencontra les Pygmées Aka de l'Ituri. Ils composaient la garde d'un chef qui vivait dans le bassin de la Nepoko, où Czekanowski passera en 1908. *(Im Herzen von Afrika*, 1874. En français : *Au cœur de l'Afrique 1868-1871*, Paris, Hachette, 1875.)

Le musée de l'Académie impériale m'offrait un emploi qui ne m'éloignait pas trop de mes préoccupations. Nommé conservateur du département africain, je traitais les collections provenant d'un terrain voisin du mien, celles de Wilhelm Junker[16] qui, en loyal Allemand balte, avait confié ses matériaux à l'Académie impériale russe... Quant à moi, j'allais consulter les miens à Berlin et à Leipzig pendant mes congés annuels.

Fin 1911, nommé professeur à l'université de Lwów[17], je retardais ma prise de fonction pendant deux ans, prévoyant les charges de cette promotion. Je restais à Saint-Pétersbourg jusqu'à ce que la monographie ethnographique de la région des lacs soit achevée. En préparation à mes activités universitaires, je pus néanmoins éditer *L'Esquisse des méthodes statistiques*. S'agissant d'un développement de l'introduction à ma thèse de doctorat, ce travail demanda peu d'effort.

Je commençai mes cours au second semestre de l'année 1913-1914. Comme je l'avais craint, la responsabilité d'une chaire, les cours, l'organisation de l'Institut et la nécessité d'aborder les problèmes théoriques de l'anthropologie me laissèrent juste assez de temps pour corriger les épreuves d'imprimerie. Je ne pus avancer qu'après l'arrêt des activités universitaires pendant les deux premières années de la Grande Guerre et, en l'absence d'étudiants, continuer à rédiger mon manuscrit les deux années suivantes. Lorsque l'édition de mes études anthropologiques redevint d'actualité, après la guerre, on constata que le manus-

---

16. Wilhelm Junker (1840-1892), médecin et explorateur d'origine allemande et de nationalité russe, explore le Nil Blanc et la Sobat (1876 et 1878), avant de descendre l'Uélé jusqu'à la confluence de l'Ubangui pendant son second voyage. Il traverse le pays des Azandé, puis le bassin d'Aruwimi, où vivent les Mabudu. Empêché de rentrer chez lui par les mahdistes révoltés contre l'Égypte au nord et par des conflits religieux qui secouent le Buganda à l'est, Junker est bloqué dans le sud du Soudan, avec le gouverneur de l'Equatoria, Emin Pacha, avant de rentrer finalement en Europe, et de déclencher une campagne en faveur de sa délivrance. Ce sera le but de la dernière expédition de H.M. Stanley. (W. Junker, *Reisen in Afrika,* 3 vol., Wien und Olmutz, 1889-1892.)

17. Ville polonaise située dans le Sud-Est annexé par l'Autriche (Lemberg en allemand), aujourd'hui ukrainienne.

crit traitant des matériaux craniologiques, envoyé à Leipzig peu avant la défaite allemande, avait disparu. En attendant sa reconstitution, possible mais fastidieuse, il fut décidé d'éditer mes observations sur les individus vivants. Le tome IV parut ainsi en 1922, en partie grâce aux fonds que Weiss et Kirschstein n'avaient pas dépensés. Leur volume, consacré à la topographie, à la géologie et à la météorologie n'atteignit qu'un petit tiers du projet initial. Kirschstein séjournait depuis dix ans en Afrique et ne pouvait pas rédiger le chapitre géologique car il n'y avait personne pour traiter ses collections à Berlin.

La reprise universitaire d'après-guerre retarda de nouveau mes publications. Cependant, l'étude ethnographique du bassin de l'Uele était suffisamment avancée pour paraître en 1924, en tome II. Malgré ses imposants quarante-cinq feuillets, elle était sans illustrations qui furent éditées seulement trois ans plus tard, en tome V. Le décès de mon éditeur, le Dr Werner Klinkhardt, à qui j'avais dédié le dernier tome paru, copropriétaire de la maison Klinkhardt & Biermann de Leipzig, et celui du professeur Hans Meyer, rendaient la parution du tome VI improbable. Hans Meyer, africaniste, célèbre pour avoir atteint le premier le sommet du Kilimandjaro, s'intéressait à mon ouvrage à titre de président du *Landeskundliches Komitee des Reichskolonialamtes*[18] qui liquidait les affaires coloniales allemandes après la Grande Guerre. Ma publication avait trop tardé : le tome V, publié au moment du vingtième anniversaire du départ de l'expédition en Afrique concernait alors un temps révolu. On estimait que mon apport ethnographique était suffisant pour qu'on ne me demande plus de peiner sur une monographie anthropologique. L'édition des *Forschungen* avait de toutes les façons dépassé l'ensemble des publications de l'expédition, réalisées avec le concours de nombreux spécialistes. La communication des observations sur les individus vivants et le legs d'abondants matériaux anthropologiques au département correspondant du Museum für Völkerkunde de Berlin avaient scellé l'accomplissement total de mes obligations dans ce domaine.

18. Comité géographique du secrétariat d'État aux Colonies.

D'ailleurs, compte tenu du changement de situation, il n'était plus possible de demander des subsides pour le sixième tome, bien que le Duc et moi tenions à rendre la publication des *Forschungen im Nil-Kongo-Zwischengebiet* aussi imposante que possible. Après les années consacrées à l'Afrique, il me fallait aborder les problèmes de la science polonaise.

[...]

La proposition, en 1937, d'éditer en Pologne le *Journal d'expédition* en trois tomes m'empêcha de reconstituer le manuscrit perdu à Leipzig. Le premier tome du journal était chez l'imprimeur dès Pâques 1939. Cependant, pour que mon ouvrage puisse être conseillé aux bibliothèques scolaires et avant de décider de son tirage et de la qualité des illustrations, il fallait attendre l'avis du ministère de l'Éducation. La Seconde Guerre mondiale mit fin à toutes ces tractations. En 1944, le ministère fut bombardé et tout ce qu'il contenait, y compris mon manuscrit, disparut dans les flammes. Seul restait le deuxième tome, inachevé à l'époque, le sommaire du premier, et mes notes et carnets de route. Voilà pourquoi la publication de mon journal commence par le tome II, de façon analogue à celle des *Recherches sur la dorsale Congo-Nil,* qui avait débuté par le tome III.

CHAPITRE I

ADIEU AU RUANDA

Idylle à Nyundo. – Discipline dans la caravane. – Déjeuner d'adieux. – Départ ajourné. – Réflexions critiques. – Problème des Batwa forestiers. – Longues tractations. – Vocabulaire ruhunde. – Jour de courrier. – Les nouvelles de Ruaza. – Dangereux touristes. – Excitation des indigènes. – Trophée de chasse de Schubotz. – Excursion chez les Batwa forestiers. – Leur village. – Situation désespérée des chasseurs. – Identité de leur culture matérielle. – Essai d'estimation des Batwa. – Les Batwa et les Pygmées. – Le retour. – Achèvement du vocabulaire. – Dernier dimanche à Nyundo.

Pendant les cinq semaines de séjour de ma colonne chez les Pères Blancs à Nyundo, au pied des volcans, la caravane campait à l'extérieur du mur d'enceinte de la mission, sous la voûte du ciel africain. Quant à moi, j'occupais deux confortables pièces dans son bâtiment principal. Je travaillais d'arrache-pied et, à mes moments perdus, j'allais déguster les belles fraises dans le jardin soigneusement cultivé par le père Weckerlé. Elles étaient la fierté de cet Alsacien, grand patriote français rêvant de revanche[1].

---

1. Le père Léon Weckerlé, né à Durrenzen près de Colmar (1872-1920), fonda la mission de Nyundo en 1901, avec les pères P. Barthélémy et L. Classe. Il y resta jusqu'en 1912. Son rêve, la restitution à la France de l'Alsace-Lorraine annexée par l'Allemagne, se réalisera en 1918, deux ans avant sa mort au Rwanda, à la mission de Kabgayi.

Après les péripéties vécues à Ruaza, une discipline exemplaire régnait chez les porteurs. En récompense de leur bonne conduite, je ne refusai à personne un ou même plusieurs jours de vacances à Kissenyi, où mes hommes s'adonnaient aux plaisirs urbains. Ils avaient des économies assez importantes que je déboursais à leur demande, et ils les dépensaient, peu soucieux de ce qu'il adviendrait du solde au terme de *l'engagement*[2]. On appréciait mon libéralisme qui débordait d'ailleurs les affaires financières : depuis que le chef de poste de Kissenyi, distant de trois heures de marche, s'était chargé de la discipline des porteurs, ceux-ci ressemblaient à des agneaux innocents et mon rôle éducatif se limitait au strict minimum. Le lieutenant allemand Keil, commandant une vingtaine d'askaris à Kissenyi, endossait l'entière responsabilité de mes galopins, gardant en réserve un éventuel recours à la persuasion physique, applicable dès que l'un de ses soldats lui présentait la carte de service du porteur présumé délinquant. Par bonheur pour moi et pour mes subordonnés, rien de tel n'arriva. Il fallait y voir l'effet de la réorganisation de ma caravane après le conflit qui l'avait opposée aux habitants de Ruaza et la tentative de mutinerie[3]. Le remplacement d'une partie des Wasukuma par des Bakusu me permettait désormais d'appliquer le principe millénaire *divide et impera* : les porteurs wasukuma dénonçaient ardemment leurs collègues bakusu – « ces anciens cannibales islamisés » – qui leur rendaient la pareille, mal disposés envers « ces païens impurs, non circoncis »[4]. J'apprenais tout cela grâce

2. Les termes français en italique sont en français dans le texte.

3. L'auteur mentionne ces événements à plusieurs reprises, sans autre précision.

4. Les Bakusu dits Manyema, comme leur région d'origine (sud-est du Congo), descendaient d'anciens esclaves des Zanzibarites qui quittèrent le Congo avec eux, après la victoire des Européens. Convertis à l'islam, ils devinrent porteurs professionnels. Leurs ancêtres étaient réputés anthropophages. Les Wasukuma, animistes, venaient des villages du sud du lac Victoria. Ils s'engageaient pour le portage sporadiquement et pour des distances plus courtes que les Bakusu. Ils circulaient surtout entre la rive sud du lac Victoria, Tabora et l'océan Indien. En langues bantu, le préfixe *Ba* ou *Wa* (en swahili) détermine le pluriel et *Mu* le singulier : Batwa – Mutwa, *Muzungu* (un Européen) – *Bazungu* ou *Wazungu* ; le préfixe *ki* ou *ru*, les langues (ruhunde, kinyarwanda), le préfixe *Bu* ou *U*, le pays (Bunyoro, Buganda, Usukuma).

aux confidences du cuisinier Simba à mon dévoué aide de camp, Abd Allah ibn Massoud, surnommé Auguste. La connaissance de la vie de la caravane dans ses moindres détails me permettait d'y intervenir en douceur, car mes remontrances ironiques ne manquaient jamais leur cible. D'ailleurs, le camp vivait sous la férule du soldat gradé Pendakula, l'incarnation du règlement prussien et de l'honneur militaire interprétés à l'africaine, donc de la façon la plus rigoureuse qui soit. Les dernières semaines au Ruanda devenaient idylliques.

Le 1er décembre 1907 tombait un dimanche, qui aurait dû être le dernier passé à Nyundo. Les pères célébrèrent mon départ cordialement et avec faste, offrant un déjeuner d'adieux auquel fut convié le commandant de la station de Kissenyi, le lieutenant Keil. Nous étions honorés d'un repas « d'archevêque » avec un fameux flan. Un excellent café du pays fut servi après le déjeuner et la liqueur d'eucalyptus compléta le lourd vin de messe algérien pris au repas.

L'ambiance était chaleureuse du fait que le lieutenant Keil parlait le français. Le R.P. Barthélémy[5], un Lorrain, s'efforçait de me retenir sur place, prétextant la nécessité de terminer l'étude, menée depuis quelques semaines avec l'aide des pères, sur le dialecte ruhunde employé au nord-ouest de la frontière ruandaise. Il avait appris avant le déjeuner que le contrebandier du Congo – ma source d'information sur cette langue – revenait avec de l'ivoire pour acheter des chèvres et comptait sur mes cadeaux. La tentation était d'autant plus forte qu'il me fallait, selon mes hôtes, dix jours à peine pour joindre Kazindi, sur la rive nord du lac Édouard, afin d'y passer le réveillon que toutes nos colonnes espéraient fêter ensemble avant de réfléchir aux futurs travaux. Les pères me retenaient car ils s'étaient habitués à ma présence. Ils trouvaient en moi un partenaire idéal pour parler de leurs activités messianiques et de leurs recherches sur les secrets de l'âme noire. Seuls leurs devoirs ecclésiastiques interrompaient notre incessant colloque ethnographique.

---

5. R.P. Paul Barthélémy, né à Liepure en 1872, arriva à Bukoba (Tanganyika) en 1899. Au Rwanda, il participa à la fondation de la mission de Save, de Zaza et de Nyundo. Nommé économe général du vicariat de Bukoba, il quitta l'Afrique en 1937 et décéda à Pau en 1943.

Lorsque les pères se rendirent aux vêpres, j'accompagnai Keil à mi-chemin. Nos relations étaient cordiales. En revenant au crépuscule « à la maison », j'évaluais ma situation pour conclure que je retardais inconsciemment mon départ au Congo, paralysé à l'idée de travailler seul en terre inconnue, sans l'aide des missionnaires. Je leur devais l'abondance des résultats, disproportionnée avec la durée de ma recherche et dépassant de loin l'attente de mon chef berlinois, Félix von Luschan. Même en anthropologie, où j'étais le plus autonome, les pères avaient facilité mon travail. La collection de mille cinq crânes, venant de Bukoba et du Ruanda, était une réussite dans son genre. Et à présent, moi qui rêvais d'exotisme, je reculais devant la chance de vivre l'aventure tant désirée... Il me fallait quitter au plus vite l'accueillant, mais déjà banal Ruanda ! Ma décision de quitter l'Afrique orientale allemande et de poursuivre mes recherches au Congo était irrévocable, malgré la nostalgie qui m'avait envahi après mon entretien avec Keil, qui devait peu après succomber à la maladie du sommeil, contractée probablement sur les rives du Tanganyika.

Entrer en contact avec les Batwa forestiers n'était ni facile ni sans danger. Toujours à la poursuite du gibier, ils étaient introuvables dans leurs hameaux. Les recherches anthropologiques étaient pour eux des rites de sorcier et il ne fallait pas s'étonner qu'ils les aient refusées. Le père Barthélémy, très estimé des Batwa pour ses exploits de chasseur, décida de m'aider. Ils l'appelaient *Nyama Mingi* – Beaucoup de viande – car la chasse en sa compagnie était toujours une bonne occasion de ripailles. Qu'ils lui aient donné un nom en kisuaheli, et non en local kinyoruanda, indiquait leurs rapports avec les commerçants ou plus exactement contrebandiers de l'ivoire du Congo, dont la langue leur semblait – à juste raison – plus familière aux Européens, même si les missionnaires, bons connaisseurs du kisuaheli, parlaient avec les indigènes en dialectes locaux.

Les tractations que les pères menaient patiemment depuis deux semaines avec le vieux Chuma, gagné à ma cause, aboutirent enfin et la date de ma visite fut fixée à jeudi. Chuma était un Noir de la tribu Banyaruanda[6], chargé par le roi de nombreuses fonctions dans le hameau batwa dont il était maire. Les Batwa échangeaient chez lui une partie du gibier contre des produits agricoles, lorsqu'ils ne pouvaient pas se les procurer autrement, c'est-à-dire en chapardant sur les plantations des paysans bahutu. Sachant que le brave maire ne jouissait pas d'une grande autorité chez les Batwa, nous lui conseillâmes de se procurer du vin de banane et de la bière de sorgho et de répandre bruyamment cette bonne nouvelle. Connaissant le penchant des chasseurs pour les libations, on pouvait raisonnablement espérer que l'agréable perspective d'une beuverie freinerait suffisamment leur ardeur cynégétique pour que le jour dit ils m'attendent, au lieu de s'éparpiller dans les abîmes forestiers.

L'excursion chez les Batwa n'exigeant aucune préparation spéciale, je m'occupai de mon courrier pour l'Europe. Il devait partir pour la dernière fois par Bukoba où quelques porteurs, inaptes à poursuivre notre longue route, devaient le déposer à l'occasion de leur retour dans les villages de l'Usukuma. À Bukoba, on le chargeait sur un vapeur anglais desservant le lac Victoria et faisant jonction avec le train qui allait à Mombasa. Le lundi et le mardi furent consacrés à la rédaction des rapports et des lettres et au vocabulaire ruhunde avec l'aide du contrebandier, parfumé cette fois-ci plus que d'habitude à l'huile de ricin rance, peut-être pour mieux honorer mon départ. Le père Delmas[7], qui m'assistait comme interprète, supportait ce cosmétique congolais encore moins bien que moi, car il était habitué exclusivement au beurre rance, onguent typique du Ruanda.

---

6. Banyaruanda : les Rwandais. L'emploi du terme « tribu » pour désigner les habitants du Rwanda est inapproprié. La tribu, au début du XXe siècle, est une société sans État et dont l'organisation socio-politique, économique et religieuse ne dépend pas des institutions distinctes mais de l'ordre de la parenté et des alliances matrimoniales – ce qui n'était pas le cas du royaume du Rwanda, doté d'un système politique et économique hiérarchisé et centralisé, typique de la monarchie.

7. Le père Léon Delmas arriva au Rwanda en 1905 et y sera actif jusqu'en 1950. Auteur souvent cité de *Généalogies de la noblesse (les Batutsi) du Ruanda*, Kabgayi, 1950.

Le mercredi 4 décembre. Jour du courrier ! Les envoyés de la mission de Ruaza ont apporté mes coffres avec le phonographe, les rouleaux enregistrés et les textes du père Dufays[8], patriote luxembourgeois francophile, fils d'un volontaire de la guerre contre la Prusse de 1870. J'ai reçu des lettres amicales de lui et du révérend père Loupias, un Français de Toulouse. Ils me confiaient aussi leur volumineux courrier pour l'Europe afin que les porteurs l'amènent à Bukoba avec le nôtre. La lettre du père Loupias, allègre comme toujours, devait être la dernière qu'il m'adressa. Il fut quelques jours plus tard assassiné par Lukara, celui-là même que j'avais tiré des mains du roi du Ruanda, en lui sauvant la vie à grand renfort de subterfuges diplomatiques, sur la demande du révérend[9]. Le père Loupias me remerciait de mes menus colis et relatait avec humour l'effroi des Noirs qui n'avaient jamais vu tant de Blancs dans le Mulera. En effet, peu après l'arrivée de notre expédition y apparurent les premiers « touristes » : le Dr Römer, un potentat financier attiré, sûrement dans un but intéressé, par les affaires coloniales, et son subalterne, le Dr Autentrieth.

J'avais reçu ces visiteurs pendant mon séjour de trois semaines à la résidence du roi du Ruanda, à Nyanza. Chargé de la coordination de nos colonnes dans le royaume, je profitais de la notoriété de l'expédition pour protéger les pères Loupias et Dufays qui bâtissaient là une école, avec le consentement réticent du roi. Le Dr Römer me surprit par son hostilité envers les autorités militaro-coloniales qu'il accusait de jouer aux féodaux noirs et de freiner l'exploitation économique des territoires qu'ils administraient. Il se montrait également mal disposé à l'égard de mon chef bien né. Lorsque les pères sortirent leurs pipes, au café-

8. Le père Félix Dufays est l'auteur du dictionnaire *Wörterbuch Deutsch-Kinyaruanda*, Mosella-Verlag, Trier, 1912.

9. Le père Paulin Loupias, né dans l'Aveyron (1872). Père blanc dès 1897, il séjourne en Ouganda, puis au Rwanda (Save et Rwaza). Il fut mortellement blessé par les serviteurs du chef hutu Rukara (Lukara), lors d'une querelle à propos des vaches que celui-ci prit à un Tutsi, le 1er avril 1910. L'auteur (qui se trompe sur cette date) en fut d'autant plus bouleversé qu'il était, en 1907, personnellement intervenu auprès du roi du Rwanda pour obtenir la grâce de Rukara, condamné à mort pour avoir insulté la reine mère. Après le décès du père Loupias, Rukara se cachera, complotera contre le roi et sera pendu en 1912.

liqueur, il m'offrit un cigare et après mon refus, car à l'époque je ne fumais pas, il me demanda, avec une certaine agressivité, si la raison en était que son cigare avait une seule marque et non trois, comme ceux que nous offrait le Duc.

Je ne pensais pas alors que la visite de ces touristes aurait pu me nuire. Deux ans plus tard, à Berlin, on me fit confidentiellement part au ministère des Colonies d'une dénonciation insinuant, avec photographie d'homme empalé à l'appui, ma responsabilité dans cet acte barbare. En réalité, l'affaire fut la suivante : à quelques jours de marche de la résidence royale, la colonne postale de notre expédition fut attaquée et pillée. Les soldats conduisirent alors les porteurs blessés au poste le plus proche, donc chez moi, annonçant qu'ils avaient employé leurs armes et peut-être même tué un agresseur. Je dus intervenir auprès du roi pour réclamer le courrier volé. Le roi Yuhi Musinga régla l'affaire avec tant d'énergie que non seulement je pus tout récupérer, mais de plus j'appris, ahuri, qu'il avait ordonné d'empaler un pauvre bougre ! Mes hôtes en prirent un cliché et m'associèrent à cet événement. Par chance, l'incident fut suffisamment grave pour être éclairci sur place, lorsque j'étais encore au Congo. Ce fut un préambule à l'expédition punitive menée à la demande du roi au Mulera, lors de mon séjour à Ruaza, par le Résident impérial, le capitaine Werner von Grawert[10], qui y défendit l'autorité royale.

L'intervention militaire et les incursions des Blancs à l'intérieur de l'Afrique allemande, encore peu accessible aux « touristes », inquiétaient la population. Plus tard, cette excitation causera la mort du père Loupias, mais déjà mon collègue Kirschstein avait dû repousser une attaque contre sa colonne, sauvant sa vie de justesse. Une caravane qui avance à la file est toujours une proie facile car les soldats ne peuvent protéger les

10. Chef du district d'Usumbura depuis 1899, Résident impérial au Rwanda de 1906 à 1907. Renforcer le pouvoir royal était, selon lui, le meilleur moyen de consolider le pouvoir colonial. W. von Grawert attacha à l'Allemagne l'île Ijwi sur le lac Kivu (1899), pacifia le nord-ouest du Rwanda en 1904, après le pillage subi par le père Barthélémy sur la route entre Rwaza et Nyundo et autres violences ; puis le Mulera en 1907, dont parle l'auteur. Son surnom *Tikitiki* – imitation supposée du bruit de la mitraillette – témoignait davantage de la stupeur des Rwandais devant cette arme que de ses effets meurtriers.

porteurs que lorsque ceux-ci restent groupés. Par chance, les hommes de Kirschstein, effrayés par l'hostilité de la population, se suivaient de près et le clan guerrier des Barashi, confiant en sa supériorité numérique, les attaqua à découvert. Toute la caravane s'amassa autour de l'homme blanc et de l'escorte. Les soldats noirs, effrayés, tiraient en aveugle et n'ayant que vingt cartouches par arme, ils furent rapidement à court de munitions. Pis, dans le tumulte on ne trouvait pas la caissette de munitions pour les fusils de calibre onze ! À la fin Kirschstein était le seul à tirer et, au moment critique, lorsque les indigènes le serraient au plus près menaçant ses hommes de leurs lances, il parvint à tuer leur chef, le frère de Lukara, vêtu du plaid de coton rouge, *nota bene* offert par moi. Sa mort suscita une telle panique chez les valeureux Barashi qu'ils disparurent en un clin d'œil, et la caravane put repartir.

Le père Dufays me rapportait que les colonnes du zoologiste, le Dr Schubotz et du botaniste, le Dr Mildbraed, demeuraient à Ruaza, tandis que le topographe, le lieutenant Weiss était retenu sur les volcans. Sa santé s'étant détériorée, le rythme de son travail s'en ressentait. D'habitude, il s'acharnait à travailler avec une minutie incroyable : nous étions en compétition dès le début et il voulait éclipser mes succès, tant encensés à Berlin. Le père Dufays décrivait ensuite son escapade avec le zoologiste sur le lac Luhundo, où fut enfin tué le légendaire hippopotame, objet d'innombrables contes narrés par les paysans. De sa prose émanait le grand regret que ce ne soit pas lui, chasseur célèbre et estimé, qui eût tué la bête. Si Schubotz avait pu obtenir ce trophée, écrivait-il, c'était seulement parce que lui-même, à force d'en avoir trop entendu parler, ne croyait plus à son existence. L'animal était devenu à ses yeux un de ces mythes dont les Africains sont friands. En tout cas, le bifteck d'hippopotame devait être bien savoureux, car le père encensait le cuisinier de Schubotz et vantait les mérites du cognac que je lui avais envoyé.

Le soir, on m'apporta le courrier du lieutenant Keil. Il l'expédiait normalement par Usumbura, siège du Résident impérial du Ruanda et de l'Urundi, ce qui prenait, à défaut de liaison entre Kissenyi et Bukoba, un mois de plus. Pour éviter cela, Keil profitait parfois du courrier des pères. Allant de mission en mission avant d'arriver à Bukoba, son trajet était souvent aussi lent que celui qui passait par Usumbura et par Tabora. L'expédition du courrier variait également selon le passage des caravanes apportant les marchandises envoyées d'Europe. On vivait ici loin du monde civilisé et de sa façon fébrile de traiter les affaires courantes.

Cependant, la nouvelle la plus remarquable de cette journée « postale » venait du vieux Chuma : aucune complication ne s'opposait à mon expédition chez les capricieux Batwa, aucune escapade surprise, que nous avions déjà subie deux fois, ne devait avoir lieu. En l'occurrence, l'argument « liquide » avait joué en ma faveur.

Ainsi, le jeudi 5 décembre 1907, je partis avec le père Delmas dans les montagnes dominant le lac Kivu, au sud de Nyundo. Un pays montagneux est appelé ici Rukiga – tout comme à Ndorwa ou dans l'ouest du Mpororo – et ses habitants les Bakiga, ce qui est à l'évidence le nom commun des montagnards. À l'altitude de 2 100 mètres, les plantations de bananiers se firent rares et le paysage perdit son aspect exotique. Vue de loin, la forte concentration de champs verdoyants rappelait les collines de l'Europe centrale. Dans de nombreux hameaux éparpillés vivaient les clans dont les noms me sont devenus familiers : Bahindi, Bahoma, Bahuma[11]...

11. Malgré son grand intérêt pour les catégories sociales locales, Czekanowski confond les clans, les lignages et parfois même les noms désignant l'origine géographique d'un groupe, en particulier dans le nord-ouest du Rwanda. Il en fut de même pour d'autres chercheurs, jusqu'aux années 1950. (M. d'Hertefelt, *Les Clans du Rwanda ancien,* Musée royal de l'Afrique centrale, Tervuren, 1971.) Il faut souligner qu'à son époque, les termes tribu, ethnie, clan, lignage, n'étaient pas précisément définis. Le clan est un groupe dont les membres s'identifient à un ancêtre mythique, avec lequel les liens de parentés se sont perdus. Ils vivent groupés ou dispersés, possèdent un totem, respectent des tabous et sont liés par la solidarité, l'entraide, la participation aux cérémonies, le devoir de vengeance. C'est aussi une unité politique de base pouvant déboucher, par des alliances et fédérations, sur une structure politique plus complexe (royaumes, États). Le lignage, fraction d'un clan, groupe tous les descendants d'un ancêtre connu qui l'avait fondé et lui avait donné son nom. La profondeur d'un lignage varie de cinq à dix générations, ses membres connaissent leurs liens de parenté réciproques. Il est exogame : les mariages entre ses membres sont exclus. Le terme polonais *ród,* qui combine filiation et parenté connues, terre d'origine et patrimoine, est traduit ici par *lignage.*

La multitude de greniers sur pilotis en forme d'énormes paniers à couvercle rappelant un chapeau chinois géant, attestait l'abondance des pois et du sorgho africain.

Tout d'abord, pendant une heure et demie nous ne vîmes guère de terrain qui ne fût cultivé. Cette situation rappelait celle que nous avons connue au pied des volcans de Bugoye. Mais la lave altérée et fabuleusement fertile ne formait pas la glèbe en altitude. Plus loin seulement, nous découvrîmes quelques essartages. La présence des grands arbres et des rangées de buissons entre les champs de pois verts, encore jeunes, indiquait qu'ils étaient récents.

Après trois heures d'une marche forcée, nous arrivâmes devant la demeure du vieux Chuma, à la lisière d'une forêt dense aux arbres géants. Le village des Batwa qui vivent de la chasse et ne cultivent pas, était tapi à un kilomètre de là.

Il n'y a pas si longtemps, ce village était profondément enfoncé dans la forêt qui couvrait alors un espace bien plus étendu, dont les seuls heureux habitants étaient les Batwa. Mais à présent les paysans les cernaient de plus en plus et leurs coups de hache semaient l'inquiétude dans le cœur des chasseurs. Trop peu nombreux pour s'opposer à l'offensive pacifique de la houe, ne pardonnant pas aux agriculteurs la fuite du gibier, ils ne pouvaient désormais que déplorer les dégâts. Toute tentative de résistance armée était abandonnée car même le roi du Ruanda, amadoué par les dons de vivres et de bétail des cultivateurs, ne les défendait pas. Les pauvres Batwa ne peuvent plus lui fournir d'ivoire, car ils ont inconsidérément décimé les éléphants dont ils vont bientôt partager le sort. Voilà les conséquences d'une destruction insouciante de la base de l'existence ! Ils sont devenus un élément social sans grande valeur pour le roi. Que leur tribu mobile et jadis cohérente soit devenue un ramassis de parias désemparés et éparpillés à travers le pays ne gêne pas le monarque qui peut ainsi plus facilement les recruter pour des besognes dangereuses. Ils fournissent à la cour des musiciens de grand talent ou travaillent dans la police, espionnent et deviennent parfois des bourreaux. D'autres, entassés dans ce qui reste de la jungle ou à sa lisière, se soumettent aux bons offices d'un Chuma et payent le tribut par son entremise. De plus, chaque Batwa tient la garde chez le roi pendant un mois, en souffrant de faim. Ce service est bien plus important que le tribut qui déclenche pourtant une avalanche de lamentations. Voilà les signes d'un ordre nouveau, pénible et injuste. À notre arrivée, nous dûmes écouter en guise de bienvenue toute une litanie de plaintes entrecoupées des railleries habituelles.

Kazu, leur hameau, forme un cercle serré de huit huttes sur la crête d'une colline qui sépare le lac Kivu d'une vallée creusée par un petit cours d'eau, affluent de la Sebeya coulant au pied de Nyundo. Son chef, nommé Kahima, a en plus sous ses ordres la population d'une vingtaine de huttes dispersées dans les environs : toute la horde ne compte pas plus de trente hommes adultes.

Les habitants de Kazu, des Batwa forestiers, ne cultivent pas la terre. Poussés par la faim, ils besognent parfois sur les champs des paysans, offrant leur aide pour les sarclages, car cette tâche proche de la cueillette leur est moins pénible. À l'occasion, ils chapardent dans les plantations, causant de fréquentes querelles. Les conflits sanglants sont cependant rares, car les paysans craignent ces pauvres bougres autant qu'ils les méprisent. Quant aux Batwa, ils évitent les cultivateurs détestés, volent ce qu'ils peuvent et fuient dans la forêt où personne n'ose les chercher.

Les huttes de Kazu étaient misérables. Les chaumières trouées laissaient passer les rayons du soleil nuisant à la prise de photographies. Sans mobilier et sans estrade pour dormir, les Batwa couchent par terre, contrairement aux autres habitants du Ruanda. Quelques récipients et bols-assiettes en bois sont leurs seuls biens domestiques. En revanche, presque dans chaque case il y avait des instruments de musique : ce sont bien eux, les musiciens et les chanteurs du roi. J'ai vu dans leurs cases des cithares (*inanga*), des flûtes et des grelots pour rythmer les chants du chœur, très estimés pour leur valeur musicale. Dotés d'une excellente oreille, ils semblent doués pour la musique, bien que je fusse incapable de les apprécier à leur juste valeur lorsque j'assistai aux exploits de l'orchestre royal. Les Batwa chasseurs possèdent toutes sortes d'armes : arcs, flèches, lances. Dans une hutte, il y avait une botte de pitons pour tendre les peaux. Les Noirs de l'Afrique centrale ignorent le tannage et sèchent les peaux tendues au soleil. Auparavant, ils les débarrassent de la chair et de la graisse par grattage, les enduisent d'un mélange de graisse et de cendres, puis les pressent longuement entre les mains. Les peaux ainsi traitées se conservent parfaitement et les poils ne tombent jamais.

Les liens des Batwa avec les agriculteurs bahutu, leurs voisins cordialement haïs, sont certainement anciens, vu la similitude de leurs cultures matérielles, et reposent pour l'essentiel sur l'échange des produits de la chasse et des récoltes. Il existe cependant des différences sensibles même pour un observateur dilettante, par exemple l'absence d'estrade pour dormir. L'élément le plus spécifique de la culture batwa est l'arc composé. Sa construction complexe évoque l'énigmatique parenté indienne, déjà remarquée par le Dr Richard Kandt[12], de son vrai nom Kantorowicz et qui vient de Poznań, d'après les officiers qui parlaient de l'auteur du beau livre *Caput Nili* avec une certaine réserve.

Les Batwa considèrent la forêt comme leur royaume souverain. Ce que respectent les paysans désignés au Ruanda et en Urundi sous le nom de Bahutu (probablement une ancienne appellation tribale de la population agricole), puisqu'ils se laissent dépouiller dans la jungle sans la moindre résistance. Les paysans sont convaincus, à juste titre, que sans une permission tacite des Batwa, nul n'en ressortirait vivant. S'ils savaient écrire, les Batwa auraient pu accrocher le panneau « Entrée interdite » sur le premier arbre, mais même sans cela, il va de soi qu'une promenade dans la forêt est un délit comparable à la dévastation d'un champ.

La faiblesse numérique des Batwa habitant les vestiges forestiers s'explique probablement par le caractère extensif de leur économie, fondée sur la chasse. Entre le lac Bolero, dans le Mulera, et la partie nord du lac Kivu, donc sur un

---

12. Né en 1867, médecin et géographe, il explore l'Afrique de l'Est à partir de 1897, en particulier le lac Kivu et le bassin de la Kagera. Il publia *Caput Nili. Eine empfindsame Reise zu den Quellen des Nils*, à Berlin, en 1905. Nommé Résident impérial du Rwanda (1908-1913), il s'installe à Kigali, future capitale. Bon connaisseur du pays, Kandt défend ses frontières naturelles et politiques contre le partage arbitraire du territoire, négocié en Europe. Il introduit, à titre d'impôt, la plantation de vingt pieds de café *Arabica* par famille. Gazé pendant la Première Guerre mondiale, il meurt en 1918.

territoire assez grand, j'ai constaté, par mes contacts directs ou par des entretiens, la présence des groupes suivants : la horde de Chuma, dépendante de Kahima, et la horde de Sebuleza qui avait parmi les siens le même rang que Kahima, comptaient au total, y compris les estimations du Dr Raven, un peu plus de cent individus ; celle qui avait pour chef Ngunzu et dépendait du maire royal Mutabalu en comptait une cinquantaine. Bien que j'aie vu ce hameau à distance, en allant de Ruaza à Nyundo, ses huttes collées à la forte pente, une centaine de mètres au-dessus de notre sentier, étaient bien visibles. Sur les flancs du volcan Muhawura habitaient deux « grandes » familles, de dix à vingt membres chacune, sinon plus car sept hommes et six femmes se sont présentés pour mes études anthropologiques, grâce à l'intervention de Lukara lya Bishingwe[13], futur meurtrier du père Loupias, avec qui nous étions alors en bons termes. La horde que Lukara administrait en tant que représentant du roi devait sûrement être aussi grande que les trois précédentes. Enfin, à la frontière du Ruanda, du Congo et de l'Uganda vivait un chef insoumis, le menaçant Ngurube (Sanglier), effroi de ses voisins. Il dirigeait des clans de Batwa indépendants, sporadiquement dominés par les rois du Ruanda. Le pouvoir royal n'avait pas beaucoup d'autorité dans cette province périphérique où les conflits frontaliers entre trois puissances coloniales – allemande, congolaise et britannique – compliquaient tous les rapports. Le nombre de ces Batwa indépendants s'élevait à une centaine. En voyageant dans le pays, j'avais rencontré de plus un petit nombre de Batwa potiers, éparpillés sur tout le territoire. À la mission de Kapgaye, par exemple, vivaient deux familles comptant, avec les parents dispersés, plus ou moins vingt personnes. Ainsi, pendant mes déplacements sur une superficie d'environ 30 000 km^2, j'avais dénombré un peu plus de mille Batwa, hommes et femmes. Ce que l'on entend dire sur ces parias à chaque pas au Ruanda est sans commune mesure avec leur nombre, en constante diminution suite à l'expansion des cultivateurs qui dévastent la forêt vierge.

13. Ou Rukara rwa Bishingwe – Rukara fils de Bishingwe.

Bien que la transformation anthropologique des Batwa forestiers soit déjà profonde, tout au moins chez ceux que j'ai pu voir, il n'est pas faux de les considérer comme des Pygmées métissés. Surtout, lorsqu'on les compare avec les habitants de l'île Kwidshwi sur le Kivu, des Batwa voisins de la horde de Chuma mais isolés par l'eau. Le Dr Schubotz, qui avait visité cette île supposée aussi riche en autres vestiges, y rencontra les Batwa locaux et en apporta un cliché qui le présente en leur compagnie. Cette photographie, dont il m'a donné un double à Kissenyi, fier d'avoir vu les Pygmées avant moi, est un document important car elle atteste sans le moindre doute que les Batwa de Kwidshwi sont encore de vrais Pygmées. D'ailleurs, les Batwa de Chuma gardent aussi un mode de vie et des rapports avec la forêt typiques des Pygmées, mais cela ne prouve rien car il faut tenir compte de l'influence du milieu de vie, identique dans les deux cas.

Toute la journée fut consacrée aux mesures et aux photographies. Celles-ci nous donnèrent bien du tracas, les braves Batwa les craignant plus que les mesures. Après avoir vu les clichés de Noirs que j'avais exhibés pour les encourager, ils suspectaient que j'allais emporter dans mon appareil une partie de leur personne, celle qui, selon leur vision synthétique, entrait dans le boîtier... Pour les rassurer, nous avons dû nous photographier mutuellement, le père Delmas et moi-même.

La soirée était déjà bien avancée lorsque nous songeâmes au retour. Les Batwa nous congédiaient en nous reprochant de n'avoir pas amené les moutons, prétendument promis par le père Barthélémy. C'était un pur mensonge car nous ne pouvions tout de même pas nous charger de moutons pendant notre marche forcée ! Les perles et le tabac du père Weckerlé qui acclimatait diverses variétés et en fabriquait des cigares fort appréciés, finirent par calmer quelque peu ces insupportables quémandeurs éméchés. Vers vingt heures, très fatigués, nous rejoignîmes Nyundo. La marche était harassante et je décidai de ne pas partir avant dimanche.

Les trois derniers jours furent consacrés à l'élaboration du vocabulaire ruhunde avec le contrebandier. Le père Delmas était un interprète enthousiaste : seul l'expert d'une usine de cosmétiques saurait apprécier le sacrifice consenti pour nos recherches, tant notre source d'information était odorante ! Passons... Le brave homme n'était pas responsable de son origine forestière, si éloignée de l'économie pastorale permettant l'emploi du beurre rance. Notre informateur ne brillait pas par l'intelligence, mais le père Delmas prit ce vocabulaire tant à cœur qu'il atteignit un volume respectable. Je lui donnai une copie de ce travail dont il était le coauteur méritant. Nos épreuves finirent le samedi 7 décembre, quand nous dîmes adieu au contrebandier. Récompensé au-delà de ses attentes, il ne réclama plus rien et partit laissant flotter dans l'air le parfum de ricin. Le dimanche 8 décembre était un autre jour d'adieu, selon le programme déjà éprouvé, avec toutefois un changement : au lieu d'accompagner Keil, cette fois-ci absent, je me rendis aux vêpres. Keil attendait chez lui la visite officielle du nouveau commandant du poste congolais voisin. Son prédécesseur, le lieutenant Ogg, rentrant une nuit de chez Keil quelque peu éméché, tomba du bateau dans le lac si discrètement que ses soldats-pagayeurs ne remarquèrent sa disparition qu'à l'accostage.

Après le souper, j'emballai mes bagages et mes papiers. Le départ me rendait nerveux et je n'avais pas fermé l'œil de la nuit. Je quittai Nyundo regrettant les bons moments passés en compagnie d'hommes cultivés qui œuvraient avec dévouement sur ces postes avancés.

CHAPITRE II

DU RUANDA AU CONGO

Départ sous la pluie. – Chemin pénible. – Aux confins de Bugoye. – Ruagari. – Collecte de l'eau. – Nuit supportable. – Busizi. – Buhumba. – Arrivée à la *barabara*. – Enthousiasme des porteurs. – Les Batutsi. – Magicien Baytalama. – Kivumba. – Villages de forgerons. – Griefs des indigènes contre les *Bergiti*. – Vêtements forestiers. – Gardien d'étape et ses plaintes. – Étape de Burunga. – Ordre ostentatoire. – Sur les traces de Kirschstein. – Catastrophe de sa colonne. – Le chemin de lave vers Rulenge. – Clan Banioni. – État d'approvisionnement. – Les Barega et les tribus pastorales. – Gwasigwembe ou Busingizi. – Traversée du pont. – Véritable frontière du Ruanda. – Les Barundi. – Entrée solennelle au fort de Rutshuru.

Le lundi 9 décembre, je quittai Nyundo après avoir passé quarante-cinq jours chez les missionnaires. La marche s'annonçait plus que pénible. La pluie tombait depuis le matin, tournant parfois en subite averse. À chaque ondée brutale, les porteurs recevaient l'ordre de jeter les bagages à terre et de se cacher comme ils pouvaient. Il y avait un risque qu'un homme exposant son dos nu à une pluie brutale meure sur le coup, à la suite d'un arrêt du cœur. Moi-même, légèrement habillé, j'avais du mal à respirer. Je surveillais donc mes hommes, inconscients du danger et ignorant mes consignes au point que Pendakula devait les pousser dans les broussailles avec son bâton de marcheur. Ils finissaient par s'y allonger, prostrés comme un troupeau de vaches car la pluie les menait au désespoir. Les pères m'avaient dit de ne pas partir par ce temps, mais il ne fallait guère espérer qu'il s'améliore : la saison humide culminait. La pluie suivait la route du soleil vers le sud.

Aux prises avec la pluie depuis une heure, je regrettais déjà mon obstination à atteindre Kazindi en temps voulu, sans doubler les étapes et sans renoncer à la recherche de terrain. Mon manteau imperméable commençait à prendre l'eau dans le dos. Les sentiers longeant les champs clos se transformaient en ruisseaux. On pataugeait dans la boue grasse et glissante jusqu'aux chevilles. Mes souliers étaient trempés alors qu'ils devaient, selon la garantie donnée à Berlin, résister à tous les aléas d'un voyage tropical. Les hommes dérapaient et tombaient dans le fracas des caisses de bois et des coffres métalliques. Après cinq heures d'une marche éprouvante, la caravane s'arrêta pour la nuit.

Nous venions de traverser les terres fertiles de lave altérée. Au départ, elles s'élevaient doucement vers le col séparant les volcans Karisimbi et Nyiragongo. Les vestiges de nombreux petits cratères agrémentaient le terrain plat. Pendant les deux premières heures la caravane, guidée par l'homme de confiance du père Barthélémy, se traîna sur des sentiers qui coupaient l'espace compact des champs cultivés en toutes directions. Nous suivions un raccourci, repérant l'échiquier de bananeraies et de champs de pois à travers la bruine. C'était une zone très peuplée. Au Ruanda, dans des conditions analogues, je dénombrai cent quatre-vingts habitants au kilomètre carré.

Durant la troisième heure, les champs devenaient rares, cédant place à un herbage touffu, totalement inhabité. Pourtant il ne s'agissait pas d'une steppe stérile mais d'un riche pâturage. Nous étions, comme au nord de Ruaza, dans une zone peu peuplée faute d'eau. Les sources coulaient certainement sous la couche de lave. Ce terrain, délaissé par les paysans et occupé par les conquérants pasteurs batutsi, servait à présent aux éleveurs et à leurs grands troupeaux de bovins.

Après cinq heures de marche, le guide nous mena vers deux hameaux comptant huit et six huttes. C'était Ruagari (Ruhereri d'après la carte), la dernière contrée, paraît-il, du Bugoye sur notre trajet. La caravane s'y arrêta pour la nuit. Le chemin du col entre les deux volcans devait nous mener le lendemain au Bgisha, une province qui appartenait au Ruanda avant le tracé des frontières entre les possessions allemandes et le Congo. Sa population, inconsciente du changement ou refusant de l'admettre, considérait les collectes de vivres organisées par l'administration congolaise comme des rapines. Cela dit, personne ne s'empressait davantage pour payer tribut au roi du Ruanda, comme l'avait démontré la bagarre sanglante à la périphérie nord du Mulera, où les percepteurs du roi furent secourus par l'expédition punitive allemande, venue soutenir l'autorité royale défaillante.

Lorsque notre campement fut installé, je réalisai à quel point la pluie qui nous avait molestés toute la journée et que nous avions tant injuriée, était précieuse. Sur place, il n'y avait aucune source d'eau et il fallait la chercher très loin. Les villageois recueillaient la pluie dans des cavités ressemblant à des flaques profondes, dans lesquelles se déversaient tous les détritus ménagers. Les ruisseaux coulaient ici sous la lave. Prévenus de l'absence d'eau dans les environs du col, nous en avions pris une réserve à Nyundo, mais elle fut perdue sur les sentiers glissants. Et maintenant, grâce au ciel, nous pouvions recueillir la pluie dans la toile de ma tente. Elle tombait en telle quantité que je pouvais même prendre un bain. Pour les badauds (j'avais établi la caravane dans les cases les plus proches), mon bain n'était qu'un honteux gaspillage. Ici, on ne se lavait pas : l'eau péniblement gagnée par les femmes était un bien de première nécessité, trop rare pour servir à cela.

L'installation de notre camp prit deux heures. Les villageois apportèrent quantité de bananes en échange de perles de verre, grandes et dorées, qu'ils appréciaient beaucoup. Mes hommes se réchauffaient dans les cases et leurs éclats de rire prouvaient que l'atmosphère s'améliorait. Les Wasukuma entassés dans une hutte se mirent même à chanter. Mais, comme on le découvrira le lendemain, ils n'avaient pas fini leurs portions – fait plutôt rare – tant ils étaient fatigués. Quant à moi, je dois avouer que ni le soir ni le matin je n'eus le courage de m'entretenir avec les paysans.

Après avoir rédigé mon journal, je reçus le rapport vespéral de Pendakula : la caravane avait bien supporté l'épreuve d'une rude journée. Le surveillant des porteurs, le *mnyampara* Salimu, devait en principe assister au rapport de Pendakula, mais cela parut vite inutile : il n'avait aucune autorité, pas même chez ses Wasukuma qui appréciaient pourtant son bon coup de fusil. Salimu ne voulait ou peut-être ne pouvait pas apprendre ce qui se passait autour de lui et ne faisait, à vrai dire, que flâner pendant que Pendakula, au courant de tout, soignait la caravane comme son propre bien.

Qu'il était navrant de me coucher dans un lit humide et de constater le matin que mes vêtements, malgré les efforts d'Abd Allah, n'étaient pas secs. Même à deux mille mètres au-dessus de la mer, l'air était lourd et étouffant.

Le mardi 10 décembre, départ à six heures. La journée s'annonçait belle. Les gouttes de pluie et de rosée brillaient au soleil de toutes les couleurs de l'arc-en-ciel, tels des diamants. Le sentier restait humide mais personne ne tombait. L'oisiveté prolongée à Nyundo avait fini par agacer les porteurs qui reprenaient volontiers notre marche vers un monde inconnu. Les Bakusu, déserteurs du Congo, menaient la danse en vieux coureurs des routes, bien qu'ils ne soient jamais allés si loin dans le Nord, et racontaient des merveilles sur l'ordre nouveau et sur les maîtres blancs. Les maîtres précédents du Congo oriental, les Zanzibarites, appréciaient beaucoup la tribu Bakusu. Arabes fortement métissés de sang africain, connus en Europe comme esclavagistes, les Zanzibarites sont appelés ici Wangwana. Ce nom englobe également les Africains convertis à l'islam.

Après une heure de marche, nous escaladâmes le versant nord d'une crête plutôt plate reliant les flancs du volcan au lac Kivu. Près de Busizi, j'ai dénombré, sans jumelles, cinquante-sept cases groupées en neuf hameaux serrés. Sur ma carte allemande au millionième, ce village correspondait à Buhara. La densité humaine relativement élevée, résultat de la politique des nouveaux maîtres du pays, est ici frappante.

L'administration du Congo réduit, avec son habituelle intransigeance, le pouvoir des pasteurs batutsi et bahima, et leur déclin politique se traduit par l'expansion des champs au détriment des pâturages. Les agriculteurs travaillent désormais exclusivement pour l'État et ses nombreuses garnisons concentrées à la frontière orientale, en partie litigieuse.

Le brouhaha des cris et des tam-tams s'envolait des hameaux, bien qu'il fût trop tôt pour un marché. Selon le guide, c'était la beuverie de la veille, à laquelle participaient les habitants de Ruagari où nous avions dormi la nuit précédente, qui n'en finissait pas.

En dépassant la colline suivante, nous abordâmes la contrée de Buhumba. J'y distingue trente-sept huttes groupées en trois hameaux. Le guide qui m'avait dit la veille que Ruagari était le dernier village du Bugoye sur notre chemin, affirmait à présent que nous y étions encore, bien qu'ayant déjà franchi la frontière de l'État indépendant du Congo. Toutes ces contrées dépendent, d'après lui, de Lwakadygi qui est un vassal de Bushakwe, courtisan du roi du Ruanda. Quant au Bgisha, il est, au nord ou au nord-est, réduit, comme le Mulera en son temps, de grande province du royaume ruandais à une petite contrée. Je supposais que nous suivions la frontière entre le Bugoye et le Bgisha. La participation des habitants de Ruagari à la libation organisée à Buhumba laissait croire que nous étions encore au Bugoye, à sa périphérie retranchée du Ruanda par la Commission de délimitation anglo-allemande. Celle-ci avait tracé la frontière en ignorant l'avis de la population locale qui ignorait maintenant la frontière.

Nous approchâmes enfin la forêt qui signalait sa présence d'abord par de vastes tapis de buissons, puis par de petits arbres qui annonçaient les grands, déjà visibles au loin. Le chemin étroit qui nous y conduisait débouchait sur une large route forestière. Cette réussite du pouvoir belge – limitée, comme nous le constaterons plus tard, à la zone frontalière – était la première trace de l'économie européenne depuis notre départ de Bukoba, en juin. Enchantés par la sollicitude des Européens à l'égard des voyageurs, mes porteurs rendirent aussitôt hommage à la nouvelle route en criant leur joie et en martelant les coffres et les caisses avec leurs bâtons de marcheurs.

Déjà six mois passés dans les tréfonds africains épargnés par les conquistadores européens ! Le poste militaire établi à la périphérie du Ruanda, à Kissenyi, et les rares visites armées du Résident impérial, venant de la lointaine Usumbura, perturbaient peu la vie interne du royaume et n'avaient d'autre but que de renforcer l'autorité royale. La vie au Ruanda et en Urundi suivait un rythme ancestral sous le règne des rois-gardiens des traditions. Les missionnaires tentaient de s'y adapter : en rendant à César ce qui lui revenait, ils cherchaient à concilier les traditions séculaires avec les idées humanistes qu'ils apportaient. Les changements fondamentaux de l'existence restaient cependant invisibles. Mes porteurs, victimes de l'action désagrégeante de l'ordre européen, ne regrettaient pas le passé légendaire. Même les Bakusu, très favorisés au temps des Zanzibarites, aimaient leur relative autonomie de vagabonds et appréciaient, comme les Barbares, ce qui soulageait leur peine. Esclaves modernes, dotés d'une liberté factice, ils se réjouissaient sincèrement à la vue d'une bonne piste, surtout après une rude journée de marche sur les sentiers glissants, ravis de quitter le pays des sauvages (*washenzi*), pour découvrir les splendeurs d'une culture étrangère.

Leur joie m'emporta. En dépit des problèmes disciplinaires, d'ailleurs assez rares, chaque jour me rapprochait davantage de mes hommes. Je connaissais déjà leurs caractères et depuis longtemps ne pensais plus que leur peau avait une autre couleur que la mienne. J'étais devenu le meneur d'une bande que je devais nourrir et il m'arrivait même, en cas de difficulté, de m'imposer énergiquement aux autochtones – ces sujets d'adoration de l'ethnographe. Le fait que je sortais victorieux de diverses chicanes et que la bande avait toujours à manger cimentait notre entente. *Chakula* (nourriture) sera là ! Telle était la devise ou en tout cas l'acte de foi de ces braves en mes capacités. Sur les pistes des forêts congolaises, il arrivait encore qu'on laisse à la merci du destin les porteurs affamés.

Sur la *barabara*, comme on appelait une grande route en kisuaheli, la caravane avançait vite. Les premiers voyageurs rencontrés furent deux Batutsi. Ils portaient des récipients de bois, remplis de lait et posés dans de beaux filets tressés, attachés aux extrémités d'une perche servant de palonnier. La caravane ne les avait pas effrayés et même la femme, leur compagne de route, entama avec nous une joyeuse causette sans la moindre gêne. Je pus alors voir comment certains de mes hommes savaient conter fleurette, en vrais courtisans-séducteurs, tout en balançant les coffres sur leurs têtes pour se faire admirer.

D'autres marcheurs cependant, des paysans surchargés de victuailles, détalaient devant nous à toutes jambes jusqu'à ce que le guide se mette à brailler que nous étions « les hommes de Baytalama ». Cet incident me permit d'apprécier l'étendue spatiale de l'autorité du père Barthélémy.

À la sortie de la forêt, nous entrâmes dans des bananeraies plantées à l'infini et en partie abandonnées. L'exubérance des mauvaises herbes indiquait que ces bosquets avaient été cultivés, ce que le guide confirma : la population délaissait ces contrées et partait au Ruanda pour échapper aux corvées imposées par les Belges.

Au bout de deux heures, nous atteignîmes Kivumba, un village habité exclusivement par des forgerons qui fabriquent des houes exportées jusqu'au fin fond du Ruanda. Après avoir compté cent cinquante huttes dans mon champ de vision, je cessai cette activité lassante pour prendre soin de la caravane. Le village était vide car ses habitants l'avaient subitement quitté avant notre arrivée. Les porteurs se mirent à piller leurs cases, clamant qu'un tel manque de confiance méritait la punition. J'avais, bien entendu, une autre opinion sur cette affaire, et lorsqu'on eut enfin trouvé un bougre caché dans ses pénates, j'ordonnai aux porteurs de lui remettre tout le butin afin qu'il le rende à ses propriétaires. Ce geste l'assura sur mes bonnes intentions, car il ne se doutait point qu'il était lui-même mon butin le plus précieux et dont je n'avais aucune intention de me priver. Le guide de Nyundo ne sachant plus comment rejoindre la route allant de Kissenyi à Rutshuru, il me fallait trouver son remplaçant à tout prix, quitte à le tenir en laisse. Par bonheur, cela fut évité grâce au tabac qui rendit l'homme plus confiant. En bavardant, lui, le guide-interprète et moi, nous prîmes vite la tête de caravane. Notre nouveau cicérone se plaignait des *Bergiti* (les Belges) dont les constantes demandes de vivres condamnaient la population à la famine.

Après avoir dépassé la plus proche colline, nous tombâmes si soudainement sur un village que sa population, surprise, se mit à fuir quand nous abordions déjà les premières cases. Pour calmer les gens affolés, le nouveau guide se mit à crier que c'était un *mugaragu*, un vassal de Yuhi Musinga, roi du Ruanda, qui avançait. Son succès fut plus franc encore lorsqu'il ajouta que les *Bergiti* ne marchaient pas avec nous. L'autorité de Baytalama n'avait plus cours ici.

En dépit de la rivalité entre les cultivateurs et les pasteurs (paysans – noblesse), conduisant à la reconversion des champs en pâturages et à la spoliation des paysans, ceux-ci ne vouaient pas une grande reconnaissance à l'administration étrangère qui les avait libérés de la suprématie nobiliaire. Ils ne voulaient même pas entendre parler du nouvel ordre qui se confondait dans leur esprit avec la construction des routes et autres corvées imposées par les libérateurs. La devise de leur existence était de ne jamais rien faire pour les occupants et de courir au Ruanda où tout restait « comme d'antan ». Pour le moment, ils se montraient enchantés que ma caravane n'ait rien de commun avec le détestable « ordre nouveau ». Forgerons, tout comme les habitants de Kivumba, ils se considéraient sujets du roi du Ruanda, ce qui était, selon l'interprète de Nyundo, incontestable. Quant à leur appartenance ethnique, les avis des deux guides divergeaient : lorsque le guide de Nyundo affirma qu'ils étaient bahunde, le guide local prit cela pour une injure envers ses compatriotes... Selon lui, les Bahunde vivaient plus au nord et se bornaient à fournir le fer avec lequel on forgeait ici des houes et d'autres objets. Les houes étant l'une des principales monnaies au Ruanda, il concluait que nous nous trouvions dans la Monnaie du roi du Ruanda ! Je ne savais évidemment pas qui avait raison. À l'évidence, nous n'étions plus au Bugoye. Les deux informateurs soutenaient que ces terres n'appartenaient pas au domaine de Lwakadygi, car elles étaient peuplées par des paysans libres, non soumis aux pasteurs. Cependant, ces paysans n'étaient pas des *bagabo* – une sorte de petite noblesse – car ils n'étaient pas obligés de répondre, l'arme en main, à l'appel du roi et ne portaient pas le typique bracelet en bois que les *bagabo* attachent au poignet gauche pour se protéger du retour de la corde de l'arc.

En somme, ils étaient forgerons et se considéraient comme un peuple libre, sujet du roi du Ruanda. Ce qui fit croire au guide de Nyundo qu'ils étaient bahunde, c'était leur indépendance par rapport à la noblesse pastorale. Contrairement à notre expert du ruhunde, rencontré à Nyundo, qui appartenait à cette tribu et qui s'enduisait d'huile de ricin, les forgerons employaient le beurre rance. De même, ils ceignaient leurs hanches d'une cotonnade, tandis que l'expert du ruhunde, tout comme le guide de Nyundo, s'habillait comme les gens de la forêt, en passant une étoffe en écorce de ficus entre les jambes et en la serrant, devant et derrière, dans une ceinture portée aux hanches[1]. Nous étions ici à la frontière de ces deux façons de se vêtir.

Sans nous attarder dans le village, nous suivîmes un bon moment les sentiers tortueux avant d'atteindre une grande route, bien entretenue mais sans pont, ce qui excluait l'usage d'une charrette. Nous y rencontrâmes un homme vêtu d'une sorte d'uniforme en coutil bleu marine et d'un chapeau européen ceint de percale blanche. Il était armé d'un antique fusil à piston, sans baïonnette. Dans sa grande cartouchière, de petits bouts de bois cylindriques remplaçaient les projectiles. Après un salut militaire exécuté adroitement avec le fusil, à la manière belge, il se présenta comme gardien du *gîte d'étape* de Burunga. Il venait à nous, prévenu de notre arrivée par les indigènes. Ainsi nous eûmes notre troisième guide ! Voyant mes soldats le traiter avec condescendance, comme s'il était un civil jouant au soldat, je compris à quel point le pouvoir allemand avait déjà réussi à leur inculquer le sens prussien de la caste. Désolés de leurs Mauser modèle 1871, tirant des cartouches de plomb (coniques tout de même) de 11 mm, alors que les Blancs avaient des fusils à répétition de calibre 18 utilisant des balles dum-dum, les soldats noirs allemands pouvaient bien mépriser un farceur armé d'un fusil à piston, fabriqué à partir d'un fusil à silex datant, me semble-t-il, de 1767[2].

---

1. L'écorce détachée par plaques et débarrassée de la partie extérieure par l'épluchage est battue à l'aide d'un maillet en bois ou en ivoire jusqu'à l'obtention d'une matière sèche, souple et résistante, naturellement blanche, orange ou brune et rappelant le daim. Plongée dans la boue, elle se colore en gris.

2. De 1777 (*Larousse universel*, 1922).

Le gardien appartenait à la tribu des Bakondjo, venait de la région de Fort Beni et se disait Mbene : l'homme de Beni. Employant le kisuaheli officiel, il affirmait qu'il ne connaissait pas la langue locale, ce qui était un snobisme frôlant le mensonge. Le kisuaheli était un héritage des Arabes, anciens maîtres du pays, ou plutôt de leurs esclaves, des Bakusu pour la plupart, qui s'étaient établis près de Fort Beni où F. Stuhlmann[3] les avait rencontrés. Notre nouvel ami demeurait donc fidèle aux us d'une époque révolue et sans doute méprisable. Ses incisives supérieures limées, signe de barbarie forestière, contrastaient avec ses vêtements européens bien entretenus. Il parlait intelligemment. Me sachant chef d'une expédition allemande, il ne se plaignait que des Belges et des punitions corporelles : elles allaient, même pour des petits larcins, jusqu'à cinquante coups de fouet, tandis que chez les Allemands, la punition maximale était *hamsa esherin* (vingt-cinq). Son appréciation positive de la douloureuse réalité n'était, bien sûr, qu'un acte de politesse sinon de flagornerie.

En bavardant de ceci et de cela, nous atteignîmes le gîte. Pendakula y déploya aussitôt le drapeau mecklembourgeois. Ce drapeau était porté en route par un homme libéré de son fardeau en récompense de sa bonne conduite. Il faut dire qu'à mesure de l'épuisement de nos réserves, le nombre de porteurs sans charge grandissait. Lorsque le porte-drapeau commettait une bévue, il perdait sa fonction honorifique, le plus souvent en faveur de son dénonciateur. Ainsi, le bâton ne servait qu'en cas d'abus grave, survenant plutôt pendant les haltes prolongées.

Le spacieux gîte d'étape, rectangulaire, en torchis, se divisait en deux parties. On y entrait par une ouverture dépourvue de porte. Agréablement frais, le gîte mettait le voyageur fatigué en bonne disposition vis-à-vis du gardien, car il résistait même à un examen minutieux. Une propreté impeccable, apprise à l'aide du fouet, était ici indispensable pour empêcher que les poux de sable, les moustiques et toute une faune typique des lieux abandonnés ne débarquent en masse.

---

3. Franz Stuhlmann (1863-1928), naturaliste, assistant scientifique d'Emin Pacha lors de son dernier voyage dans la région des lacs, au service des Allemands, entre 1889 et 1892. (*Mit Emin Pascha ins Herz von Afrika,* 1894.)

Devant la maison s'étendait une cour magnifiquement entretenue et sans un brin d'herbe, le tout entouré de planches de légumes et de patates douces. La femme du gardien, qui n'avait pas d'enfant, les cultivait et recevait pour cela, en plus des vivres, une marchandise équivalant à un (!) franc par mois. Ici l'argent ne circulait pas, mais servait de référence pour le calcul des indemnités en nature.

Dans la cour il y avait aussi une petite cabane servant de cuisine aux voyageurs ou d'abri aux serviteurs et la maison du gardien. Celui-ci gagnait, hormis la nourriture, la solde d'un fantassin belge : vingt et un centimes par jour. L'étape de Burunga appartenait à l'État et son gardien était un ouvrier de l'État. Il avait été désigné pour cette fonction par son village natal, dans le cadre d'un recrutement obligatoire. Ce même village avait obligation de le pourvoir en épouse, tout comme il le faisait pour une recrue qu'il livrait à l'armée appelée la *Force publique*[4].

Dans l'entrée du gîte, des paquets d'un kilogramme de sorgho, de pois et, je crois, de farine de bananes séchées, tous soigneusement enveloppés de feuilles de bananier, reposaient sur le sol. C'était une réserve de vivres pour les voyageurs. Quant aux bananes et au manioc frais, il fallait les acquérir auprès des vendeurs qu'on payait directement. Au Ruanda, pour obtenir des vivres le voyageur offrait des cadeaux, parfois coûteux, à un représentant local du pouvoir royal. Le paiement étant inconnu, du moins sous son aspect formel et juridique, il s'agissait d'un acte de civilité politique qui consistait à échanger des dons entre l'hôte du roi et son représentant. Le petit cadeau donné pour le transport des vivres était en fait un pourboire. Ici, en revanche, on ignorait le pouvoir local, obligeant le voyageur, de façon assez démagogique, à traiter directement avec ceux qui ne le craignaient pas et lui apportaient des vivres, pas forcément les leurs. Tout cela n'était évidemment qu'un faux-semblant : le ravitaillement était obligatoire et il n'y avait aucun marché libre. Les paysans se réjouissaient quand ils pouvaient partir après la

4. À la fois troupe de répression des rébellions, armée d'occupation et police, créée en 1888.

transaction, le voyageur était content lorsqu'il avait assez de vivres pour sa caravane, et le gardien d'étape était le plus heureux de tous quand l'affaire se terminait sans coup de bâton à cause d'une faute ou de la mauvaise humeur du Blanc. Cela dit, Burunga était une étape exemplaire : on pouvait même y obtenir des chèvres ou des bovins sur pied. Le plus remarquable fut cependant le panneau routier flambant neuf et non entamé par les termites, donc posé récemment, peut-être même à l'intention de notre expédition, autorisée de si mauvais gré à entrer au Congo. Écrit en français, il ornait la *barabara* juste en face du gîte, mais comme il n'indiquait que Bobandana, c'est-à-dire la direction d'où notre expédition devait arriver, on pouvait présumer qu'il exprimait clairement le souhait de ceux qui voulaient se débarrasser de nous au plus vite.

Pour atteindre ce centre de culture européenne, il nous fallut marcher trois heures et demie. Mes hommes, pourtant habitués de la « grande route » reliant Tabora soit à Ujiji, sur le lac Tanganyika, soit à Mwanza, au bord du lac Victoria, étaient enchantés. Ils n'avaient rien vu de pareil même sur l'itinéraire historique allant de l'océan Indien vers l'intérieur du continent et bordé des villes attrayantes pour les hommes munis d'argent durement gagné. Quand ils n'en avaient plus, ils remettaient un lourd fardeau sur leur tête ou sur les épaules, et en avant...

Burunga plaisait non seulement à mes porteurs : mon collègue des bancs d'école, le géologue Egon Frédéric Kirschstein, et ses hommes en étaient également enchantés, comme je pus le voir sur le registre d'étape présenté par le gardien pour consigner les vivres pris dans la réserve. En partant ce matin même sur les champs de lave du volcan actif Namulagira, Egon déposa ici ses bagages. Selon son habitude, il avait probablement bien récompensé le gardien, l'encourageant ainsi à nous accueillir sur la route dans son bel uniforme.

Après le repos et le repas, quand notre source d'information – le gardien loquace – se tarit, nous partîmes. Je réfléchissais à tout ce qu'il m'avait dit : il était intéressant de voir les affaires de l'État indépendant par les yeux d'un intelligent ouvrier forcé.

Au départ, je voulais suivre les traces de Kirschstein que je n'avais pas rencontré depuis l'épilogue de mon conflit avec Weiss. N'y voyant qu'un malentendu, Egon y joua un rôle ambigu mais je lui gardais, peut-être à tort, l'affection aveugle de l'ami d'enfance. Je désirais aussi connaître sa dernière aventure. Il lui en arrivait plus qu'à nous tous, des graves et des dangereuses, mais il s'en sortait toujours. Déjà à Nyundo, Keil m'avait raconté l'escarmouche sanglante de Kirschstein contre les hommes de Lukara lya Bishingwe. Celui-ci me rendit auparavant de précieux services, après avoir échappé à la mort grâce à mon intervention, surtout pour mes études des Batwa sur le flanc sud du volcan Muhawura. Supposés Pygmées, ils étaient en fait des Pygmoïdes, mais moins métissés que les Batwa du vieux Chuma. Grâce à l'appui du père Loupias, que Lukara tuera plus tard, je pus les étudier sans problème majeur.

Le désastre subi par Kirschstein sur le volcan Karisimbi suscitait des rumeurs inquiétantes. Je ne savais pas ce qui s'était passé, mais les échos rapportés par les porteurs à mon cuisinier Simba, pendant qu'il les « plumait » au jeu des osselets, se révélèrent véridiques. Tout près du sommet du volcan, la colonne d'Egon fut prise dans une bourrasque de neige. Les porteurs affolés s'étaient couchés et pour rien au monde ne voulaient reprendre la marche. Kirschstein et ses soldats, qui tenaient bon, s'efforçaient de les mettre debout en les flagellant avec les cordes qu'ils avaient sous la main : ceux qui s'étaient levés furent sauvés mais les autres périrent pris dans la neige. Je redoutais une telle catastrophe le jour de notre départ de Nyundo, lorsque la pluie tourna en averse.

Après une demi-heure de marche nous atteignîmes Rulenge. Ici aussi les paysans fuyaient d'abord, emportés par la panique, puis revenaient vers nous dès qu'ils apprenaient que nous étions les hommes de Baytalama. Ils m'apprirent que le géologue avait planté sa tente à cinq heures de route de là. L'indication de la distance consistait, ici comme au Ruanda, à montrer quelle serait, en partant à l'aube, la position du soleil dans le ciel au moment de l'arrivée à destination. Comme le géologue campait sur une lave coupante hors sentier, j'abandonnai mon projet pour épargner les pieds de mes porteurs. Seuls les soldats et le *mnyampara*, contremaître des porteurs, avaient de bons souliers. Les soldats les chaussaient aux moments solennels et Pendakula pour son rapport vespéral, mais habituellement ils marchaient tous pieds nus, juchant les chaussures sur le dos des porteurs. Selon le règlement, il y avait un porteur pour deux soldats, mais ceux-ci ne devaient se séparer ni des fusils ni des baïonnettes.

Dans les environs de Rulenge où vivait le puissant clan Banioni, je pus dénombrer plus de trois cents huttes. Une telle concentration de membres d'un seul clan – qui ne s'observait au Ruanda qu'en périphéries lointaines et imparfaitement pacifiées – indiquait les lieux où la vendetta clanique garantissait la sécurité individuelle. Au centre du pays en revanche, où la royauté assurait la paix, les clans se dispersaient et se mélangeaient sans crainte.

Vu que le temps était à la pluie et que les balles d'étoffe de coton restaient humides après l'averse de la veille, nous décidâmes de dormir sur place, préférant ce lieu à un gîte d'étape. Les villageois avaient confiance dans les hommes de Baytalama, donc les porteurs pouvaient loger dans leurs huttes et l'installation de ma tente ne posait aucun problème. Il fut en revanche plus difficile de leur faire comprendre pourquoi je refusais le *mazimano* – le ravitaillement gratuit des voyageurs. Mon obstination à payer les vivres et l'hébergement dépassait leur entendement. Mais je voulais établir ma réputation une fois pour toutes et gagner la confiance de la population. Sans l'aide des missionnaires, la qualité de mes recherches dépendait de la sincérité des réponses à mes questions. Ici, en tant que « homme de Baytalama », je profitais encore de la renommée du père connu dans tous les villages, excepté le hameau des forgerons. D'ailleurs, en matière de coûts, il s'agissait de broutilles ! La population invitée à improviser un marché apporta quatre-vingts sacs de farine de sorgho ou de sorgho concassé, deux cruches de bière et deux de miel. Tout cela me coûta quatre *upande*[5] de calicot blanc et trois cents perles dorées d'une valeur totale de sept francs vingt, selon l'index officiel des prix. Lorsque j'ajoutai à cela, en cadeau pour le chef du clan, un mètre et demi de fil de laiton pour les bracelets, le vieil homme, heureux comme un enfant, s'excusa de n'avoir ni chèvre ni œuf, car son village venait de se faire piller par les *Bergiti*. Voilà les coulisses

5. Un *upande* : deux mètres.

d'une gestion efficace et épatante lorsqu'on la regardait depuis un gîte d'étape bien organisé ! L'ordre qui régnait à Burunga n'était qu'une façade derrière laquelle l'intendance exécutait des réquisitions impromptues, sans se donner la peine de répartir équitablement les charges. Lorsqu'on pouvait, ou plutôt lorsque les paysans se laissaient surprendre, on leur prenait jusqu'à la dernière chèvre, la dernière poule et le dernier œuf. Le versant nord des volcans, très densément peuplé, était le grenier de l'importante garnison de Fort Rutshuru. Les voyageurs payaient seulement des broutilles et pesaient sur la population d'autant plus que les fonctionnaires qui empruntaient cet itinéraire étaient nombreux. Toute la partie orientale de la zone frontalière, jusqu'à Fort Beni au nord, communiquait avec l'Europe par cette *barabara,* obviant à la forêt par le sud. Par là aussi on rejoignait le fleuve Congo et ses bateaux à vapeur.

Rulenge est situé à 1 865 mètres au-dessus de la mer, donc déjà bien avancé sur les flancs nord des volcans. La culture matérielle de ses habitants – vêtements, armes et maisons – diffère peu de celle du Bugoye voisin. Seule l'absence de l'estrade pour dormir est frappante : on dort ici sur des nattes étalées sur la terre battue, comme chez les Batwa du vieux Chuma. Faut-il y voir la percée de l'influence des Nilotes dans le sud du Rift occidental ? J'avais déjà remarqué cette particularité du mobilier la veille, à Ruagari.

Les habitants de Rulenge se disaient sujets du roi du Ruanda et citaient Nyamuhanga comme leur chef direct, gouvernant au nom du roi. Il séjournait à la cour. À l'évidence, la frontière de l'État indépendant du Congo n'est qu'une ligne sur la carte dont la population ne tient aucun compte. On disait aussi que les pillages des *Bergiti* transformaient le Bgisha, si riche naguère, en pays de la faim.

L'alimentation de base est ici le sorgho et non les pois, si abondants sur les pentes sud des volcans. En cela, le Bgisha était proche du pays des Nilotes. Son altitude semblait trop élevée pour les bananiers. Pourtant, avant Kivumba, le village des forgerons, nous avions traversé une plantation abandonnée. Les bovins n'étaient visibles qu'au-dessus du gîte de Burunga. Les paysans regrettaient leurs beaux troupeaux pris par les *Bergiti* et enfermés dans les kraals du Fort Rutshuru. Il n'y a pas longtemps,

Rulenge était un pays de lait et de miel. Les abeilles y étaient nombreuses, certes, mais moins que dans le Mulera. On nous proposa un pot de miel de dix litres pour deux brasses de calicot. Les porteurs arbitraient le marchandage en se pourléchant les lèvres : le guide de Nyundo critiquait le miel, dénonçait son prix, plongeait son doigt sale dans le pot, le suçait avec délectation, puis crachait par terre avec un dégoût bien feint. Nous eûmes finalement deux pots pour une brasse.

Le mercredi 11 décembre, nous partîmes à l'aube. Les hommes apercevaient déjà le lac, qui ne pouvait être que celui d'Édouard-Nyanza, mais moi, avec mes excellentes jumelles Zeiss, je ne voyais rien. Le Namulagira fumait abondamment dans le sud. Le bord ouest du Rift formait un majestueux massif montagneux, dont les pentes abruptes et violettes semblaient couvertes de fleurs. Nous étions toujours dans les environs de Rulenge, habités par le clan Banioni.

Les Banioni, de même que la population du Ruanda, appellent les habitants des montagnes occidentales les Barega. Ce nom désigne aussi les voisins occidentaux des Banyoro et même des Abyssins ! Si toutes les tribus pastorales vivant entre l'Abyssinie et les lacs appelaient leurs voisins occidentaux « Barega », en imposant ce terme aux agriculteurs soumis, comme au Bunyoro, cela pourrait signifier qu'il existait dans le temps reculé des liens entre les ancêtres des Batutsi et des Bahima contemporains et les Galla[6] couchites du sud de l'Abyssinie.

Pendant une heure et demie, nous traversâmes un pays populeux, sans terre en friche. Puis, durant trois quarts d'heure, tout fut vide jusqu'au gîte d'étape Gwasigwembe, appelé ici Busingizi. Ce qui était étrange car mes Manyema appelaient ainsi la maladie du sommeil, toujours mortelle. Elle n'y sévissait pourtant pas, et personne ne savait si la mouche

6. Le nom « Galla » est un sobriquet désignant les Oromo. J.H. Speke, dans *Journey of the Discovery of the Source of the Nile* (1863), attribue aux pasteurs hima l'origine hamitique et relie l'existence des royaumes est-africains à l'hypothétique invasion des Galla. Czekanowski subit son influence, mais échappe aux théories fantaisistes en vogue sur leur origine caucasienne, arabe, voire portugaise. (J.-P. Chrétien, *L'Afrique des Grands Lacs,* Paris, Aubier, 2000, chap. II.)

Glossina palpalis, vecteur de la trypanosomiase y vivait. Le nom de cette maladie effraya les porteurs et nous partîmes vite.

Une heure et quart plus tard nous abordâmes un champ de lave parsemé de petites collines et déjà altéré par la végétation qui dépassait le stade des buissons. À l'horizon s'étendaient les bananeraies de rares hameaux. Les gens portaient ici des sandales tressées en feuilles de bananier, dont les semelles épaisses, bien adaptées à la lave, me rappelaient les *Kletterschuhe*, les chaussures touristiques employées dans les dolomites des Alpes du Tyrol.

En quittant le champ de lave, nous aboutîmes sur un terrain plat, couvert de *Pennisetum purpureum – matete* en kisuaheli – que je n'avais pas vu depuis les steppes de Mpororo, en premier mois du voyage. Il y avait aussi le premier ruisseau depuis Nyundo ! J'arrêtai la marche pour que les hommes puissent se laver, ce qu'ils n'avaient pas fait depuis la pluie du lundi. J'avais du mal à les tirer de l'eau, même par les cheveux ! Il fallait pourtant se hâter pour être à Rutshuru avant la nuit.

À la cinquième heure de marche, depuis Rulenge, nous pénétrâmes dans la fraîcheur d'une bananeraie et atteignîmes la rivière Rutshuru. Une heure de route nous séparait encore du fort du même nom. La difficulté de l'atteindre par la *barabara* était due au mauvais état des ponts, redoutables pour mon ânesse. Celle-ci, à vrai dire, m'encombrait plus qu'elle ne m'était utile, mais il fallait la traîner pour le prestige. Aux yeux des indigènes, elle faisait de moi un privilégié, moins toutefois qu'un propriétaire de mules.

À défaut de pouvoir suivre les bords escarpés de la rivière, nous empruntâmes un sentier sinueux, traversant quatre ravins sur des ponts suspendus. Le passage par le premier, le plus long, se révéla épuisant, grotesque et psychiquement éprouvant. Ce chef-d'œuvre technique était fait de deux grands arbres couchés au-dessus de l'abîme, distants de deux mètres et couverts de rondins de bois, longs de trois mètres et épais de dix centimètres. Ces perches, peut-être jadis attachées aux arbres par des liens – seul moyen connu des Africains pour joindre deux bouts de bois – ne l'étaient plus et c'était sur cette espèce de clavier mobile que les fins sabots de mon ânesse devaient jouer. Dès qu'elle y montait, ses pauvres pattes passaient au travers, la faisant pendre par le ventre. Par bonheur, elle était flegmatique et attendait le secours des hommes sans s'énerver. Il fallut étaler nos couvertures sur le pont, sortir le quadrupède, le poser dessus et le faire avancer tout doucement, de peur que les plaids usés ne craquent. Aux moments les plus périlleux, les porteurs soucieux d'épargner leur bien soulevaient légèrement l'ânesse par la queue et les oreilles.

Quel tracas avec ces ponts ! Après le premier, il en restait encore trois, par chance plus courts, tous sur la Rutshuru. Mais les pentes escarpées et couvertes de broussailles rendaient tout autre chemin pire.

Nous découvrîmes enfin un pays différent. Les indigènes ne se nommaient plus Banyaruanda mais Barundo, donc presque comme les habitants de l'antique royaume Urundi, au sud du Ruanda. Cela pouvait être un ancien nom du peuple de deux royaumes dont les dialectes, appelés par les missionnaires le kinyoruanda et le kirundi, étaient presque identiques. L'ancien terme Barundo fut peut-être remplacé par Banyaruanda lors de la création du royaume Ruanda. Par rapport à l'Urundi, il s'agirait alors d'un royaume plus récent. C'était sûrement pour cela que mes efforts, trois semaines durant, pour tirer du souverain Yuhi Musinga des informations sur l'histoire de son royaume et de sa dynastie furent vains[7]. Sa généalogie ne devait pas remonter aussi loin que celle, par exemple, de Bahinda ou

---

7. Conjecture erronée : le royaume du Rwanda coexistait avec celui du Burundi dans un relatif statu quo. Yuhi Musinga, intronisé par sa mère (sœur du roi précédent, Kigeri Rwabugiri) après le suicide du prétendant légitime, en était-il gêné au point de taire sa généalogie ? Son attitude ressemble davantage à un acte de résistance passive. Les premiers Européens, y compris le capitaine Ramsay venu à la cour, en 1897, pour annoncer la prise du Rwanda sous la « protection » allemande, se retrouvèrent le plus souvent devant un sosie. L'erreur de l'auteur témoigne de l'ignorance de l'histoire de cette région en Europe. Speke est le premier explorateur qui approcha le Rwanda sans y pénétrer (1861) ; Stanley visita sa périphérie orientale (1875) et essuya une volée de flèches. L'expédition du comte G.A. von Götzen sera la première à le traverser et à découvrir le lac Kivu (1894). Le père Loupias est l'auteur du premier texte sur les traditions historiques des Tutsi (*Anthropos* 3-1, 1908), mais la première liste dynastique dictée par les chroniqueurs de la cour sera obtenue par R. De Briey, en 1917. (J. Vansina, *Le Rwanda ancien*, Paris, Karthala, 2001, p. 15.)

de Babito. Il fallait compter avec l'éventualité que le Ruanda soit l'œuvre du grand roi Lwabugeri Kigeri[8], père du roi actuel, Yuhi Musinga.

[...]

Bien que Lwabugeri Kigeri eût beaucoup de forgerons dont les descendants me parlaient si bien de lui, il n'avait pas mis une borne de fer dans le Rutshuru pour marquer la frontière de son royaume. Cela n'était d'ailleurs nullement nécessaire car la rivière constituait une limite naturelle évidente de son expansion. Le jour où il faudra reconstruire les ponts, apporter et jeter à travers les ravins les arbres immenses en employant la technique africaine, on comprendra mieux son extraordinaire qualité d'obstacle naturel.

Passé les ponts, les gens ne disaient plus *a masho, a mashongore*, pour nous saluer comme au Ruanda. Leur attitude envers la caravane changea aussi. Ils ne se jetaient plus dans la broussaille en hurlant et nous cessâmes de clamer que nous étions les « hommes de Baytalama » et non les *Bergiti* pour les rassurer.

La densité humaine augmentait à mesure que nous approchions du fort. Nous gravissions une pente surplombant la vallée qui s'élargissait au loin. Les champs du bas-fond n'étaient pas séparés par des sillons drainant l'eau et dont la terre servait à remonter le niveau des planches, comme au Ruanda. Le trop-plein s'évacuait autrement : la terre était amassée en buttes, assez hautes, portant une variété de haricot. Dans les marais ruandais poussaient des patates douces, si sucrées que je les arrosais de vinaigre pour les manger en guise de pommes de terre.

La vallée débouchait sur une plaine qui se perdait dans le lac Édouard, but des voyages des habitants du Ruanda qui cherchaient sur sa rive nord le sel tiré des salines de Katwe et vendu au marché de Katana.

---

8. Kigeri Rwabugiri (*ca.* 1860-1895) donna au Rwanda une extension territoriale inégalée dans son histoire. Le roi attaqua tous ses voisins, sauf le royaume du Karagwe à l'est. Il en rapporta surtout des butins, car ses victoires ne furent pas suivies par l'annexion administrative. Sa plus grande réussite fut l'intégration au royaume des périphéries dont la population parlait le kinyarwanda. Sur le plan intérieur, il renforça et centralisa son pouvoir en établissant un système de redevances et de contrôle sur la terre et le bétail.

Vers trois heures, pendant notre dernier repos au pied de la colline coiffée par le fort, nous vîmes les porteurs qui allaient à Bobandana, près de Kissenyi mais du côté congolais. Ils me dirent que leur patrie se nommait en kisuaheli *Kilima na Mungu* – la Montagne du Dieu. C'était certainement le volcan actif Namulagira.

Dès l'arrivée de l'arrière-garde, nous préparâmes notre entrée solennelle dans le premier poste congolais sur notre trajet. Pendakula s'en occupa avec une verve digne de la *Kaiserparade*[9]. Les soldats mirent leurs chaussures, dont ils étaient d'autant plus fiers que la Force publique paradait pieds nus. Même Salimu enfila les siennes car cet instrument de torture l'élevait au rang des soldats. Et les soldats étaient presque des Blancs...

Enfin, nous étions prêts à entrer à Rutshuru derrière le drapeau du Mecklembourg, fixé à un bambou. Le Duc me l'avait confié dans la capitale du Ruanda, à titre de responsable de l'étape principale après son départ pour le Nord, afin qu'il symbolise mon pouvoir à intervenir en son nom auprès du roi. Mes collègues rechignaient sur le fait que j'avais un étendard mecklembourgeois, comme le Duc, et non allemand, comme toutes les autres colonnes. Près du porte-drapeau marchaient les deux guides : notre *kirongozi* occasionnel et le guide du père « Baytalama ». Je les suivais en précédant mes serviteurs. Hiérarchiquement le premier, Abd Allah portait ma carabine et un parapluie raccommodé ; Simba, muni de mon appareil photographique, lui emboîtait le pas ; Djuma avançait avec l'ânesse harnachée et si bichonnée qu'on n'aurait jamais deviné les frayeurs qu'elle avait endurées sur les ponts. Ensuite venait Pendakula guidant la colonne des porteurs fermée par un soldat de l'arrière-garde. Salimu circulait entre les soldats et les porteurs – raison pour laquelle Pendakula le réprimanderait plus tard. Nous n'avions pas d'orchestre mais mes hommes, qui ne pouvaient pas vivre sans tambour, tapaient sur les malles en fer et les coffres en bois, scandant : *Safari na muaka ou ou ou...* Voyage annuel, ou ou ou...

Les officiers de la garnison venaient à nous en compagnie du Dr Mildbraed qui « botanisait » ici depuis quelques jours.

9. La parade en l'honneur de l'empereur allemand.

Après les salutations, ils me conduisirent vers la maison où il habitait déjà et nous nous retrouvâmes tous deux comme à Naples, dans la cabine du bateau *Bürgermeister* appareillant pour l'Afrique sept mois plus tôt.

CHAPITRE III

RUTSHURU

Le fort. – Situation de la garnison. – Mildbraed. – Quartier commun. – Mess de la garnison. – Histoires de lions. – Retour sous escorte. – Visite du lion. – Jurons arabes. – Zone frontalière. – Conflits territoriaux. – Politique du fait accompli. – Ambiance antianglaise. – Complexe d'infériorité belge. – Force publique. – Officiers et soldats. – Manque de confiance. – Péripéties avec les vétérans. – Femmes de soldats et ménagères. – Pistoniers. – Indigènes. – Poids des tributs. – Problèmes de communication. – Idées humanitaires et réalités. – Départ précipité. – Pays mystérieux. – Conséquences de la révolte des soldats. – Par les montagnes ou par le lac ? – Route vers le Nord.

La vaste vallée de la Rutshuru constitue le fond du Rift occidental, barré par la chaîne des volcans Virunga dont les dépôts séparent le lac Kivu du lac Édouard de même manière que les matériaux érodés du Ruwenzori séparent les lacs Édouard et Albert plus au nord[1]. Sur le petit sommet plat d'une colline pentue, crochetant la vallée comme un cap et reliée au versant nord des volcans par un col guère plus large que la route qui le

1. Le Virunga compte huit volcans en activité, dont déjà cités : Karisimbi (4 507 m), Muhawura (4 127 m), Nyiragongo (3 471 m) et Nyamuragira (3 058 m), avec son cratère de deux kilomètres de diamètre, rempli des laves les plus fluides du monde. Le Ruwenzori (Monts de la lune de Ptolémée) n'est pas un massif volcanique mais un socle de granit et de gneiss soulevé en bloc. Deux cents kilomètres environ séparent les cratères en feu du Virunga des neiges éternelles du Ruwenzori (pic Marguerite 5 119 m).

traverse, s'élève un véritable fort portant le même nom que la rivière : Rutshuru. Côté route, l'accès du fort est défendu par des remparts armés de trois canons légers de montagne, et tout autour les pentes abruptes et inaccessibles assurent sa défense naturelle si bien qu'il n'était même pas nécessaire d'y planter les haies d'euphorbes dont les Batutsi entourent habituellement leurs kraals pour protéger le bétail des prédateurs.

Une large allée traverse le fort jusqu'à son extrémité surplombant l'abîme. Les huttes des soldats de la garnison, comptant plus de deux cents personnes, la bordent de chaque côté mais plutôt près des remparts, et tout au bout, au-dessus du ravin, se perchent les maisons étincelantes du personnel européen. La plus éloignée est celle du *chef de poste*, chargé des affaires administratives du territoire, des magasins, du transport et... des visiteurs. La maison d'hôte avoisine la sienne, tandis que les entrepôts, aménagés dans des baraques, et l'habitation du magasinier qui en assume la lourde responsabilité, sont situés à l'abri des remparts.

Mildbraed travaillait à Rutshuru depuis quelques jours déjà, en compagnie de son assistant noir. Simple porteur, cet homme était un spécialiste phénoménal de botanique ; il ne lui apportait jamais le double d'un échantillon, même lorsqu'ils prospectaient le même terrain à plusieurs jours d'intervalle. Mildbraed s'était installé dans la maison d'hôte en torchis, impeccablement tenue. Elle ressemblait à tous les gîtes d'étape, sauf qu'elle était plus grande et pourvue de portes et de volets avec des gonds en fer. Puisque le botaniste occupait la chambre du fond, je pris la pièce de passage donnant sur une véranda ombragée par un petit toit.

Depuis notre dernière cohabitation, nous étions devenus de vieux Africains que les dangers exotiques ne perturbaient plus guère. Le soleil brûlant, les averses tropicales, les relations avec les gens – Noirs et Blancs – nous avaient changés et surtout m'avaient changé. Mon collègue approuvait visiblement l'ordre et la rigueur avec lesquels mes hommes bien nourris avaient déchargé mes bagages avant de se rendre à leur bivouac.

Les serviteurs de Mildbraed m'ayant préparé un bain, j'y étais encore quand apparurent les autochtones pour les études anthropologiques. En bon maître des lieux, le chef de poste me les avait envoyés, après avoir réceptionné les vivres qu'ils avaient apportés au fort à titre de redevance. En travaillant avec eux, je pansais les petites blessures, comme d'habitude, et distribuais le bon tabac du père Weckerlé.

La séance à peine terminée, Mildbraed proposa d'aller prendre *l'apéritif* chez le chef de poste. Pendant qu'il rangeait son herbier, je fis ma toilette et, à cinq heures et demie, nous étions installés dans des chaises longues devant la maison du chef, où toute son équipe nous accueillit avec un whisky soda. Après une heure de conversation, où il fut surtout question de notre expédition et des ponts locaux qui m'étaient désormais familiers, nous allâmes souper au mess.

Bâti près des entrepôts, presque au bord du précipice, il s'ouvrait au sud-ouest. Depuis sa terrasse s'étendait une vue resplendissante d'une étrange beauté. Le soleil déjà couché éclairait de ses derniers rayons l'imposante chaîne volcanique. Culminant à plus de quatre mille mètres, elle brillait à l'horizon de tous les feux, pendant que nous baignions déjà dans l'obscurité. La nuit envahissait doucement le ciel qui lui opposait une discrète clarté violette. J'avais connu des couchers de soleil splendides dans les Alpes bernoises et dans le canton de Glaris, mais je n'avais encore jamais vu un phénomène lumineux si insolite. Seuls les damnés rêvant de lumière dans les enfers d'Hadès pouvaient avoir de telles visions.

Dans les garnisons de l'État indépendant du Congo, la présence au repas relève d'un devoir de service dont seule une grave maladie peut dispenser. La table est toujours présidée, comme sur un paquebot, par le chef de poste, quel que soit son grade. Les visiteurs sont placés à ses côtés, puis les Européens de la garnison suivant leur grade militaire ou civil équivalent. À grade égal, c'est l'ancienneté qui l'emporte. Cet ordre prévaut même lorsque le chef de poste est un sous-officier. Cela me surprit : chez les Allemands, il était impensable que les sous-officiers puissent partager la table des officiers. Nous découvrions cela au Congo.

Le mess était étroit et long : à sept, nous occupions à peine la moitié de la table recouverte d'une nappe en coton immaculée. Des deux côtés de la porte donnant sur la terrasse s'ouvraient des fenêtres par lesquelles j'admirais la tombée de la nuit sur les volcans. À l'opposé, il y avait l'entrée de la cuisine et la crédence. Au moment où le serviteur apportait le premier plat, un bref ordre retentit sur la terrasse et une section d'hommes manipulant des carabines déglinguées s'adossa au mur du mess, l'arme au pied. Voyant mon étonnement, le chef de poste me dit que cela était nécessaire à cause des lions qui rôdaient dans les parages, prêts à agrémenter notre dîner d'une distraction non prévue au programme. Je jetai un coup d'œil à Mildbraed assis en face : les paroles du chef de poste ne lui faisaient aucun effet, tant il semblait absorbé par une magnifique pièce de rôti dont il garnissait son assiette. Les croyant tous de mèche pour se moquer de moi, je répondis au chef, un charmant lieutenant belge, que lorsque petit je voyageais en carrosse, mon père et le cocher me faisaient peur en disant qu'avant d'entrer en ville je devrais embrasser une vilaine vieille mégère... Le lieutenant s'étonna d'abord qu'en Pologne il y eût encore des régions sans train, puis observa que ma réplique prouvait mon inexpérience : je plaisantais sans avoir la moindre idée du danger. Mildbraed arrosait pendant ce temps son rôti d'un bon vin rouge. Certes, il aimait le vin, peut-être même trop, mais était-il possible que ce breuvage le rende sourd aux propos alarmistes du lieutenant ? Trop vieux renard pour m'y laisser prendre, je ne le croyais guère.

Avec le vin les langues se déliaient. Oh ! quelles merveilleuses histoires de lions j'apprenais ! En voici une qui datait de deux semaines à peine : un jour, les cantinières étaient assises dans la grange servant de cuisine et préparaient la bouillie de sorgho moulu sur pierre quand tout à coup... un lion apparut à la porte ! Sans perdre son sang-froid, la femme la plus proche de l'animal jeta de toute sa force la casserole pleine de bouillie brûlante en sa direction : le lion, durement frappé sur le nez, s'écroula et rendit l'âme sur place. Les ménagères effrayées après coup furent prises de folie : elles attrapèrent le roi des animaux par la queue et le traînèrent ainsi jusqu'à la maison du chef de poste, traitant les hommes de *goi-goi* (bons à rien), incapables de protéger les femmes exposées à une pareille aventure. Une autre visite de lion fut en revanche tragique. Il y a deux ans, un lion sauta du rempart sur un soldat de garde. Lorsque ses collègues entendirent son cri terrifiant, au lieu de le secourir, ils s'enfermèrent dans le corps de garde. – Et la victime ? – Seuls les reliefs du festin royal furent trouvés au petit matin, répondit-on à ma question indiscrète. Mais il arrivait aussi que ce ne soit pas l'homme qui prenne peur mais l'animal. Il n'y a pas si longtemps, un lion mordit l'avant-bras d'un soldat qui tenait un fusil ; le coup partit accidentellement, le fauve prit la fuite et le soldat, choqué, en fut quitte pour un coude éraflé.

Voilà ce qu'on racontait en dégustant d'abord le vin rouge, puis le café et le « Cointreau ». Le vin entrait dans les fournitures à titre de supplément *in natura* des salaires. Ceux-ci n'étaient pas payés directement mais versés à Bruxelles sur un compte bancaire spécial, bloqué pour la partie correspondante à la moitié des salaires perçus pour le service en Afrique, de même que les primes variant selon les mérites et dépassant parfois le salaire. C'était, en langage humanitaire, *l'allocation de retraite*. La part disponible pouvait être transmise à la famille, mais généralement elle servait à l'achat des marchandises commandées depuis le Congo, y compris les boissons. Tout ce qui était essentiel pour la vie des fonctionnaires venait de la centrale bruxelloise de l'État indépendant. Elle remplissait ses fonctions consciencieusement, et même le vin, consommé plutôt par des gens aisés en Belgique, était de bonne qualité. Dans les fournitures officielles entrait aussi le champagne, considéré comme *confort médical* parmi d'autres médicaments, mais en quantité dépassant largement l'huile de ricin. Cela dit, le champagne manquait à Rutshuru car tout le stock fut envoyé à l'automne à Kissenyi, afin d'y recevoir dignement notre expédition qui attendait le permis d'entrer dans l'État indépendant du Congo depuis longtemps. Finalement, le pauvre lieutenant Ogg paya de sa vie, en se noyant dans le Kivu, cet excès de champagne.

Le Cointreau offert au café provenait du colis personnel du chef de poste. Le faire venir d'Anvers coûtait en principe cinq francs-or le kilogramme, mais *de facto* bien plus car on le portait à dos sur l'ancienne piste d'esclaves depuis le haut Congo (appelé là-bas le Lualaba) jusqu'à Albertville (que les indigènes appellent Mtoa[2]), au bord du Tanganyika, puis sur la piste du nord et la même *barabara* qui nous mena à Rutshuru. Les bouteilles n'arri-

2. Aujourd'hui Kalemi.

vaient pas à destination sans dommage. Ceux qui savent ce qui se passe sur les pistes racontent que plus d'une est « protocolairement cassée », pour son contenu et non pour soulager les porteurs. Le vin officiel est en revanche transporté en bonbonnes de vingt-cinq litres, entourées de rotin tressé. Celles-ci ne cassaient pas : s'agissant d'un contenu moins attractif et d'un colis officiel, on évitait de s'exposer au châtiment corporel ou à la *retenue de traitement*, infligée pour tout gaspillage de *mali na serkali* – le bien de l'État. La retenue de deux semaines était fréquente, même pour une faute mineure. Quant au vin, il y en avait assez pour tous, et ceux qui l'aimaient au point d'être inassouvis étaient rares.

Notre réunion, riche en informations diverses, s'étira au-delà de vingt-deux heures. Lorsque nous sortîmes sur la terrasse, quelque peu euphoriques, les soldats nous entourèrent promptement, puis se mirent à nous escorter vers nos maisons. Le profond silence et leurs armes prêtes à tirer me déroutaient, mais je persistais à n'y voir qu'une plaisanterie de l'aimable lieutenant. Ils ne nous lâchaient d'un pas et quittèrent l'allée avec nous pour accompagner le magasinier jusqu'à sa porte. Celui-ci nous salua rapidement et s'enferma aussitôt. Il en fut de même pour les autres. Quand il ne resta que trois locataires de la dernière maison, le chef de poste dit : « Bon, il faudra maintenant que le toit flambe au-dessus de leurs têtes ou qu'on sonne l'alarme pour qu'ils sortent ! » et me déconseilla fermement toute promenade, au cas où le café m'empêcherait de dormir.

Une fois à la maison, enfin seuls, Mildbraed m'apprit qu'on l'accompagnait ainsi tous les soirs. Après une brève concertation, nous conclûmes qu'il s'agissait d'une opérette mise en scène par des gens avides de distraction dans ce fort isolé. Les officiers belges, pour la plupart issus du milieu urbain modeste, ne pratiquaient ici aucun sport, contrairement aux garnisons britanniques, et ne chassaient même pas. On racontait qu'ils s'occupaient en revanche beaucoup de leurs ménagères et que s'ils n'étaient pas pendus à leurs jupes, c'était uniquement parce qu'elles s'habillaient toutes, les favorites des officiers comme les femmes des soldats, à la mode de la côte, dictée par Zanzibar. Elles enveloppaient leurs formes élancées dans deux mètres d'une cotonnade dont la double largeur était assemblée par une couture plus ou moins bien faite. Le tissu les couvrait depuis les aisselles rasées jusqu'aux pieds, et tenait sur le corps par un bord enroulé sur les seins et soutenu de côté par le coude droit. Telle était la mode des Wangwana arabisées, et la mode est tyrannique non seulement en Europe ou en Amérique.

L'air me paraissait chaud et étouffant, très différent de celui du nord montagneux du Ruanda, où j'avais passé les deux derniers mois. De plus, avant le coucher du soleil, Abd Allah avait fermé les volets pour éviter les moustiques. Une fois la fenêtre ouverte, je me jetai sur le lit tout habillé. La fatigue des derniers jours se faisait sentir mais le sommeil ne venait pas. Trop de café ! Mildbraed, tout aussi éveillé, vint chez moi pour me raconter les résultats de sa recherche botanique : Comment préciser le degré d'affinité des associations végétales ? Comment définir les rapports entre la flore du Kilimandjaro, du mont Kenya et des volcans ruandais ? Pour traiter ces sujets paisibles je pouvais bien rester en position horizontale, et pourtant j'ai sauté brusquement à pieds joints, saisissant ma carabine posée à la tête du lit : il y avait un lion là, sur la terrasse ! Un lion face à ma porte ! Son horrible rugissement me coupa le souffle. Le botaniste s'abrita derrière mon arme, hélas ! déchargée par Abd Allah dans le but de ménager le ressort en forme de « M » qui guidait la cartouche, pièce la plus fragile de mon Mauser. Il y avait bien quelque part dans la chambre deux caisses de munitions, mais dans la panique je n'en trouvais aucune ! Mildbraed me rappela que j'avais dans ma poche un chargeur qui me servait parfois de presse-papiers. Donc je le tenais, mais qu'il était difficile de l'enclencher en présence du lion rugissant ! Quand cela fut enfin fait, nous nous regardâmes : que faire ? Les rugissements cessèrent et nous fûmes soudainement plongés dans un silence lugubre. Couvert par mon arme, Mildbraed regarda par la fenêtre mais ne vit rien dans l'obscurité. Je voulus tirer en l'air pour donner l'alerte, mais il m'en empêcha : personne ne viendrait et on rirait bien de nous, le lendemain... En fermant les volets, nous entendîmes jurer les sentinelles qui marchaient dans l'allée. Leur répertoire me rappelait étrangement celui que j'avais entendu pendant mon service dans l'armée russe. Ainsi, les soldats de S.A.R. Léopold II combattaient des émotions bien pires que les nôtres, car leur risque de se trouver nez à nez avec le lion était bien réel, en employant le même langage que les soldats du tsar !

Leur peur nous fit rire. Il était ridicule de se laisser terroriser par un lion dans une forteresse, alors qu'en brousse nous n'avions que le feu de camp pour nous protéger. À tout hasard – car les lions en général n'entrent pas dans les maisons, contrairement aux léopards – nous poussâmes nos caisses contre la porte, faite en planches assez minces, récupérées des caisses d'emballage des bidons de pétrole. Après cela nous dormîmes comme des souches. À trois heures du matin, le lion rugit de nouveau. Mildbraed, lorsque je lui demandais s'il l'avait entendu, répondit : *Naa Herrschaften, man schläft weiter*[3] et se retourna dans son lit. Je m'endormis aussitôt.

En allant au mess pour le petit déjeuner, peu avant huit heures, le botaniste m'exhorta de passer sous silence notre aventure nocturne. Cependant, une fois à table, je ne pus m'empêcher de demander : Que s'est-il passé au juste cette nuit ? Notre hôte m'expliqua, souriant, qu'un lion avait effrayé le bétail enfermé dans un kraal, à deux kilomètres de la station. La clôture renforcée par les épineux l'empêcha d'y pénétrer, mais un taureau s'en échappa et courut jusqu'à la station avec le lion à ses trousses, ce qui était contraire aux habitudes du roi des animaux. Ils se poursuivirent ainsi toute la nuit, puis le taureau rentra au kraal à l'aube, se rappelant peut-être les vaches.

Je n'ai pas insisté pour savoir pourquoi les soldats avaient si méchamment juré cette nuit, préférant aborder ce sujet indirectement et susciter l'intérêt général de nos hôtes. L'emploi des mêmes jurons par les soldats ici et en Russie n'était pas fortuit, disais-je. Les Africains avaient en fait adopté les jurons arabes, et le fameux répertoire russe, inconnu d'autres peuples slaves, puisait à la même source linguistique. Il fut implanté en Russie par les commerçants arabes pénétrant en Europe orientale par la Volga, au Moyen Âge, de façon moins brutale qu'à la fin du

3. « Allons, monsieur, dormons ! » Mildbraed a la manie de commencer ses phrases par *Herrschaften* – littéralement « Mesdames et messieurs » et dans la version familière « Messieurs dames » – même en l'absence de femmes.

XIXe siècle au Congo. Mon allusion discrète aux mérites de l'État indépendant qui mit fin à la cruelle gestion zanzibarite, scella définitivement mon amitié avec les habitants du Fort Rutshuru.

Deux jours entiers, les 12 et 13 décembre, furent consacrés à l'anthropologie. Mon travail trouvait ici aide et compréhension, et je pouvais aisément approcher les paysans qui livraient leur redevance à la garnison détestée. En deux jours, je vis cent treize autochtones, nombre suffisant pour comprendre la différence entre les habitants des flancs nord et sud des volcans : les traces du métissage avec les pasteurs batutsi, évidentes sur les versants sud, l'étaient moins au nord.

Les discussions menées à table m'apportaient par ailleurs de précieuses informations sur l'administration, l'exploitation du territoire et la politique coloniale autres que celles observées en Afrique allemande ou britannique. Bien évidemment, il n'en allait pas de même pour les rapports ethniques car les officiers en savaient moins que les missionnaires. Je recueillais ces données au cours des entretiens fastidieux avec les autochtones.

Rutshuru est situé dans une zone frontalière à forte concentration de forces armées, appelée le territoire Ruzizi-Kivu[4]. Celui-ci fait partie du district de la Province-Orientale qui englobe en plus les zones suivantes : Haut-Ituri, Stanley Falls, Ponthierville, Manyema et le territoire de la Concession du Katanga, doté de grandes richesses minières. Ruzizi-Kivu forme une étroite bande frontalière (trente à soixante kilomètres) allant de 5° de latitude sud à 0°45' de latitude nord. Sur ses six cents kilomètres de longueur court le sentier militaire longeant la frontière orientale d'une colonie au nom étrange : État indépendant du Congo. La militarisation de cette zone se traduit par la présence de garnisons regroupant deux mille soldats, donc presque autant que sur l'ensemble de l'Afrique de l'Est allemande, couverte par douze compagnies d'infanterie (hormis les compagnies de police que je n'avais pas rencontrées). Dans la sphère frontalière allemande, trois fois plus étendue, moins longue mais plus profonde, l'ordre est

4. L'État indépendant du Congo était divisé en districts, en zones, en secteurs et en postes.

maintenu par trois compagnies (la septième, la neuvième et la onzième) et il n'y a pas de police. Elles comptent à peine quatre cents personnes, dont dix officiers et un peu plus de vingt sous-officiers blancs, dont près d'un tiers était en congé en Allemagne. La couverture militaire du territoire frontalier britannique (*Uganda Protectorate*) est encore plus faible. À l'échelle africaine, l'État indépendant du Congo est une puissance militaire.

Le nord du Ruzizi-Kivu, faisant partie de mon itinéraire, se divise en trois secteurs : Bobandana et sa filiale Goma ; Rutshuru ; Beni et sa filiale Kazindi. Dans la région litigieuse germano-congolaise, au poste frontalier congolais de Goma correspond, du côté allemand, Kissenyi. Kazindi est aussi un poste frontalier, mais situé sur le territoire contentieux anglo-congolais. Tous les habitants vivant des deux côtés de la frontière arbitraire règlent leurs problèmes dans ces postes. Cette frontière est arbitraire parce que, *primo*, les autochtones ne la reconnaissent pas ; *secundo*, près de Kissenyi, elle prive le Ruanda d'une partie de son territoire nord-ouest, et le royaume du Toro, en Uganda britannique, de ses confins sud-ouest, près de Kazindi. Il faut savoir que les postes de Kazindi et de Kissenyi ne sont pas des lieux de passage de la frontière, car celle-ci est fermée sur tout le territoire Ruzizi-Kivu. Seuls la passent les contrebandiers qui troquent l'ivoire et le caoutchouc du Congo contre les cotonnades. Ce trafic, financé par le commerce indien, reste entre les mains des anciens esclaves des Arabes, les Wangwana. Traqué par les autorités de l'État indépendant, il est soutenu par ses voisins déloyaux – les autorités coloniales britannique et allemande. Le développement du commerce illicite complique la situation au point d'embrouiller même les relations personnelles entre les représentants du pouvoir blanc, forcés à vivre isolés au fond de la brousse. En fait, tout dépend du caractère de ces hommes. Dans le secteur du lac Kivu par exemple, les relations étaient convenables parce que les représentants de chaque partie – le lieutenant belge Ogg et le lieutenant allemand Keil – étaient courtois. Notre accueil chaleureux à Rutshuru devait sûrement quelque chose à leur amitié.

Il faut dire que les autorités qui répriment impitoyablement la contrebande organisée en réseaux étendus jusqu'à l'océan Indien, tolèrent le commerce ancestral des indigènes qui exportent vers le Ruanda le sel et les houes en fer, fabriquées dans les villages que nous avons traversés en allant à Rutshuru. Ces deux articles sont payés surtout en chèvres. On ferme les yeux sur ce commerce, pourtant illégal du point de vue juridique, pour ne pas irriter les autochtones.

Du seul fait de son existence, le litige frontalier est une source d'incidents incessants et plus graves que la contrebande. Il s'agit d'un territoire auquel les deux parties peuvent également prétendre à la suite de l'erreur commise par Stanley[5], lors du tracé du méridien 30° est. Au moment de la création de l'État indépendant du Congo par l'Acte de Berlin, on s'appuya sur ce méridien pour déterminer la limite orientale des possessions de Léopold II, le roi des Belges, sur les terrains inoccupés par les Européens. Lorsqu'il devint évident que le célèbre explorateur avait placé le méridien 30° quelques dizaines de kilomètres trop à l'ouest, à cause de ses chronomètres usés par deux années de voyage, le Congo exigea la rectification de sa frontière selon la position réelle du méridien. Ses voisins s'y opposèrent plaidant le fait accompli : les Anglais occupaient déjà le terrain délimité par

---

5. Les ouvrages de Stanley et ses biographies étant disponibles en France, le but de cette note est d'aider le lecteur à se repérer dans les remarques de Czekanowski à son sujet. Henry M. Stanley (John Rowlands) est né en pays de Galles en 1841. Enfant naturel, abandonné tôt par sa mère, à 14 ans il s'engage comme mousse, émigre aux États-Unis, prend le nom de son père adoptif Stanley et devient journaliste. En 1869 il part en Afrique équatoriale, chargé par le *New York Herald* de retrouver D. Livingstone. À son retour, il publie *Comment j'ai retrouvé Livingstone* (1872). L'année suivante, il séjourne au Ghana, et couvre en tant que reporter la guerre des Achanti. En 1875, il repart à Zanzibar et s'apprête à traverser l'Afrique équatoriale d'est en ouest. Il explore le lac Victoria, visite le roi du Buganda, aborde le lac Albert, découvre Ruwenzori et les lacs Édouard et George, atteint le lac Tanganyika, poursuit sa route vers l'ouest jusqu'au cours supérieur du Congo qui le mène à l'océan Atlantique. Son retour en Europe et son récit *À travers le continent mystérieux* (1878) le rendent célèbre, mais sa proposition d'ouvrir le Congo à l'Angleterre n'ayant pas de succès, il accepte de travailler pour Léopold II. Stanley remonte le Congo à la tête d'une forte expédition (1879-1884) et assure au roi la possession de sa rive gauche *(Cinq années au Congo,* 1885). En 1887, Stanley repart en Afrique pour retrouver Emin Pacha, bloqué par les mahdistes dans le sud du Soudan *(Dans les ténèbres de l'Afrique,* 1890). Installé ensuite en Angleterre, il se marie, siège au Parlement et devient sir Henry Morton. Il mourut à Londres en 1904.

le relevé erroné de Stanley, et les Allemands, qui n'occupaient pas encore le leur, préféraient respecter la carte de Stanley plutôt que l'acte qu'ils avaient signé[6].

À proximité de la frontière entre le Congo et l'Afrique orientale allemande, il n'y avait pas de terrain libre de l'occupation européenne. Un accord provisoire arrêtait la frontière au lac Kivu et à la crête des volcans. Les Allemands avaient cédé les versants nord à l'État indépendant du Congo pour avoir la main libre sur les flancs sud. Aux confins du Protectorat de l'Uganda, où aucun accord n'eut lieu, les fonctionnaires de l'État indépendant vivaient dans la crainte d'une soudaine modification de la frontière. Ce seul fait justifiait la présence de nombreuses garnisons qui accablaient la population locale. De même, les canons de montagne n'avaient sûrement pas été montés à Rutshuru en prévision d'une éventuelle révolte des autochtones contre les corvées inhumaines. Pour cela les mitraillettes auraient suffi. Je le savais depuis que le hasard me fit témoin de la pacification des vassaux révoltés contre le roi du Ruanda par le Résident impérial d'Usumbura. Mais les soldats de la Force publique n'étaient pas armés car on ne leur faisait guère confiance.

J'avais déjà appris, à Kissenyi, la raison des ressentiments antianglais, très vifs chez les fonctionnaires de l'État indépendant du Congo. Ce n'était ni la crainte des incidents frontaliers, ni l'attitude de la population noire qui regardait le territoire

---

6. Czekanowski résume un litige complexe et mal connu à l'époque. La frontière orientale de l'État indépendant, négociée en 1890, devait longer le lac Albert, la Semliki et les rives ouest et sud du lac Édouard, jusqu'au point de jonction du méridien 30° E avec le parallèle 1°20' S, d'où elle rejoignait, en ligne oblique, le nord du lac Tanganyika. Une partie des terrains qu'elle traversait formait une tache blanche sur la carte de Stanley. Après l'expédition de von Götzen (1894), il devint évident que la frontière ainsi tracée coupait en deux les royaumes à forte cohésion interne, sans tenir compte des lacs et des montagnes du Rift occidental – barrières naturelles par excellence. Négociations, marchandages et actions militaires vont se succéder jusqu'à la conférence de Bruxelles, en 1910. Après la Grande Guerre, le traité de Versailles (1919) attribuera le Rwanda et le Burundi à la Belgique, à l'exception de leurs confins orientaux rattachés à l'Ouganda, et le Tanganyika à la Grande-Bretagne. (J.-P. Chrétien, *L'Afrique des Grands Lacs,* Paris, Aubier, 2000, pp. 185-190.)

britannique comme un paradis (dont parlaient les missionnaires) sur terre : l'anglophobie des Belges répondait au dédain que leur témoignaient les snobs britanniques vivant de l'autre côté de la frontière. Selon le lieutenant Couche, *chef de secteur* de Bobandana avec lequel j'avais abordé ce sujet à Kissenyi, les gentlemen anglais prenaient les Belges pour des gardiens d'esclaves. Couche accompagnait le commandant du territoire Ruzizi-Kivu, le major Derche, dans son déplacement à Kissenyi où il devait accueillir le chef de notre expédition au nom du roi Léopold II. Parlant français mieux que mes collègues, je pus m'entretenir avec lui pendant sa visite. Il reprochait aux Anglais, apparemment très corrects, de mener une campagne de presse contre les supposées « cruautés » des Belges. Ils agissaient, disait-il, moins dans leur intérêt commercial et économique que parce qu'ils ne pardonnaient pas aux Belges l'affaire Stokes. Cet Anglais avait été arrêté à la tête d'un convoi d'armes et de munitions pour les Zanzibarites combattant l'État indépendant et pendu sur l'ordre du major Lothaire[7]. Je dois dire que les Blancs vivant dans des conditions exotiques étaient aussi intéressants que les autochtones mais on leur prêtait moins attention.

Les soldats noirs de la Force publique m'intriguaient tout autant. Cette armée, dans l'ensemble incomparablement moins bonne que la Schutztruppe allemande, paraissait même pire que les compagnies de police anglaises que j'avais vues à Kissumu et à Entebbe. Il faut dire que mes soldats, détachés de la compagnie d'infanterie, méprisaient leurs collègues des compagnies de police, appelés ironiquement *askari na ndege* – soldat à l'oiseau. Les policiers portent en effet l'aigle impérial sur leurs couvre-chefs, là où les soldats d'infanterie affichent le numéro de leur unité – signe évident de leur supériorité. De

7. Charles Stokes, Irlandais, commerçant et trafiquant d'armes. Arrêté à l'ouest du lac Édouard en 1895, il fut pendu, sans procès. Cet acte suscita un tollé en Grande-Bretagne. Le commandant Lothaire fut deux fois jugé et acquitté, grâce à ses excellents états de service. À la suite d'une campagne de presse et des rapports parus en Europe, l'opinion publique découvrit que l'administration centrale du Congo y menait, sous couvert d'actions huma-nitaires, une exploitation forcenée du caoutchouc et de l'ivoire qui conduisait à de nombreux abus.

plus, ils sont commandés par des vrais officiers et non par des civils qui font semblant de l'être. Le matériau humain de la Force publique est de qualité très inégale. Le gros des militaires provient du recrutement obligatoire pour lequel les villages désignent ceux dont ils veulent se débarrasser, comme jadis partout. Aucune sélection n'a lieu ici, à l'instar de celle que les officiers allemands, passionnés par leur métier, appliquent pour la Schutztruppe. Parmi les déserteurs de la Force publique que j'avais rencontrés, il y avait pourtant des hommes admirables, tel Tingi-Tingi, soldat de la 11e compagnie d'Usumbura, qui m'escortait au Ruanda. Le pouvoir congolais accusait les Allemands de favoriser la désertion, à juste titre, car ils payaient plus et attiraient les meilleurs. Récemment, pour désamorcer les tensions frontalières, la Schutztruppe avait réduit au minimum le recrutement de ces volontaires. Mais rien n'y fit et, malgré les chances infimes de s'engager ailleurs, la désertion continue à affaiblir les garnisons frontalières de la Force publique qui maltraite, paie peu et bat ses soldats pour la moindre faute. Un militaire reçoit l'uniforme, le plaid, les vivres pour lui et sa famille et une solde (vingt et un centimes par jour) en marchandises fournies par l'État. Sa femme perçoit en nature un franc par mois pour l'entretien du potager qui ravitaille le personnel européen. Les soldats mariés habitent à deux couples et les célibataires à quatre, pendant que dans la Schutztruppe chaque homme dispose d'une maison entretenue par sa femme.

L'uniforme militaire se compose d'une blouse de coutil bleu marine et d'un pantalon bouffant de la même couleur, boutonné sous le genou. La coupe de la blouse rappelle la *roubachka gymnastiorka* russe, échancrée sous le cou pour qu'elle soit facile à enfiler. L'encolure bordée d'un feston rouge est fermée par de lourds boutons de laiton brillant. Pour les cérémonies, la taille est ceinte d'une large écharpe rouge sur laquelle on fixe une ceinture en cuir avec une cartouchière devant et une gaine à baïonnette sur le côté. Enfilé sur l'uniforme, un chandail en laine, décoré sur la poitrine d'une étoile à cinq branches, emblème de l'État, protège du froid. Un fez rouge orné d'un gland noir couvre la tête. Les soldats ne portent pas de souliers.

Les militaires sont armés de fusils Albini de calibre 11, munis de courtes baïonnettes, à l'ancienne, rappelant les baïonnettes russes. Cette arme, datant de la fin du XVIIIe siècle, fut transformée en fusil à piston dans les années 1860. Sa qualité réside en sa construction simple et robuste : même manipulé négligemment, le fusil reste incassable et les balles de plomb causent des blessures terribles. Heureusement pour leurs adversaires, les soldats tirent mal, manquant d'exercice par pingrerie : pour économiser des munitions, on ne leur apprend pas à tirer. D'ailleurs, ces vieux fusils sont imprécis et provoquent un fort recul.

Le peloton constitue l'unité tactique, composée de cinquante hommes commandés par un officier ou un sous-officier blanc. Une compagnie – l'unité administrative – regroupe les recrues après une année passée dans un camp d'instruction. On y réforme aussi de vieux soldats corrompus par le service dans des petites garnisons qui négligent les exercices car l'unique Européen est surchargé par la paperasserie. Et puisqu'on fait peu de cas de l'apprentissage et du comportement des soldats, la discipline se relâche rapidement, contraignant les gradés à recourir aux châtiments corporels. Fait significatif, le baron Dhanis[8], un excellent officier au temps des combats contre les Arabes, était appelé par ses soldats *Fimbo Mingi* : Beaucoup de bâton. Les Noirs ignorent généralement les vrais noms des Blancs et leur inventent des sobriquets en relation avec leur personnalité psychique ou physique. Le personnel africain et les indigènes les connaissent généralement sous ces noms-là.

Les soldats de S.A.R. Léopold II sont moins privilégiés que leurs collègues de la Schutztruppe. Par exemple, ils n'ont pas de serviteurs personnels, tandis que le règlement allemand prévoit un porteur pour deux soldats et *de facto* un militaire dispose d'un porteur-réserviste qui le suit avec son bien. Ici, chacun porte lui-même ses *biloko* (affaires) dans un plaid, faute

8. Francis Dhanis (1862-1909) participa à plusieurs expéditions géographiques et militaires au Congo et reçut le titre de baron en 1895, pour ses états de service lors de la guerre contre les Zanzibarites (*cf.* chap. XVIII). En 1896, il administra la Province-Orientale et mena la campagne contre les mahdistes avec L.N. Chaltin, dans le but de rattacher le haut Nil au Congo, selon les vœux de Léopold II. Avant de rentrer en Europe en 1909, il fut vice-gouverneur de l'E.I.C.

de besace. Le bagage réduit et le fait qu'en campagne les cantinières ne suivent pas les soldats augmentent la mobilité de la Force publique.

Les militaires semblent écrasés par une brutale contrainte qu'aucun sens de l'honneur ne compense. L'armée qui avait battu les négriers arabes sombre à présent dans la grisaille de la vie de garnison. Le bruit courait que lors de la croisade humanitaire contre les esclavagistes, ses soldats s'étaient parfois discrètement nourris de la dépouille de l'ennemi. Sachant cela, les nôtres, en majorité musulmans, les regardaient de haut, comme les esclaves des *Bergiti*.

Au Congo, les soldats ne jouissent pas de la confiance de leurs supérieurs qui ne savent pas les éduquer. Pourtant mon Tingi-Tingi, déserteur congolais rengagé et formé dans la Schutztruppe, était un soldat exemplaire qui ne mentait jamais. Le sens du devoir inculqué selon la méthode de *Fimbo Mingi* échouait à long terme. L'ignorance du facteur psychologique, telle la persuasion calme et raisonnée, venait du fait que les officiers blancs étaient moins militaires que fonctionnaires intéressés par l'exploitation économique du pays qui leur rapportait les plus fortes primes.

Je fis remarquer un jour à un officier que le garde-à-vous exécuté avec le petit doigt sur la couture du pantalon et les paumes tournées vers l'avant, geste peu naturel, forçait les hommes à se courber légèrement. « Eh oui ! C'est beau à voir, un soldat qui fait son rapport à trois pas devant vous, droit comme une flèche, en vous regardant dans les yeux, me dit-il, mais moi, je veux être sûr que le troupier qui m'approche ne cache pas un couteau dans sa manche. » Un autre exemple de la méfiance était l'interdiction réglementaire d'envoyer un homme armé, même pendant l'attaque, hors du champ de vision de son supérieur blanc. Du point de vue européen, cela se justifiait car les militaires lâchés armés sur le terrain violentaient souvent les indigènes. À leurs yeux, le fusil légitimait toutes sortes d'exactions. Même dans notre escorte, composée des meilleurs soldats de la Schutztruppe, il y avait quelques vauriens. Après qu'ils eurent pris du fouet au Ruanda plus rien ne se produisit, et pourtant ils étaient tout le temps sur les routes pour assurer les liaisons entre les colonnes de notre expédition.

La Force publique se compose de deux éléments : les volontaires engagés pour trois ou quatre ans et les recrues livrées par les chefs de village pour sept ans. Dans cette armée qui compte, paraît-il, près de seize mille hommes, le rengagement des vétérans au-dessous du grade de sous-officier et le volontariat jouent un rôle de moins en moins important. À mesure que l'emprise sur la colonie se renforce, on enrôle davantage de recrues. Venant de villages perdus, ces hommes ahuris sont plus maniables que les vieux briscards familiers des Européens et de leurs faiblesses. Les vieux soldats connaissent bien leurs droits et savent revendiquer le respect du règlement ou s'en protéger pour échapper à un traitement qu'ils estiment bon pour les recrues. Les officiers blancs, parfois très jeunes, ont du mal à commander ces hommes plus âgés, connaissant parfaitement le milieu et leur propre situation. La révolte de la troupe du baron Dhanis restait encore dans toutes les mémoires[9]. Les soldats de la tribu Batetela s'opposèrent, l'arme à la main, à ce que leurs femmes servent de concubines à leurs supérieurs blancs. Le tragique malentendu venait du fait que les officiers européens avaient auparavant commandé les Ababua qui toléraient ces pratiques galantes, à condition que leurs femmes soient bien récompensées. Les Batetela avaient à ce propos une opinion diamétralement opposée et un dédommagement n'y changeait rien. À la suite de cette révolte, la composition ethnique des sections cessa d'être homogène.

Les vétérans posaient à l'administration congolaise un problème encore plus grave : on ne savait littéralement pas quoi faire d'eux. Dans les premières années de l'État indépendant du Congo, lorsqu'il fallait lutter contre les Zanzibarites, son armée était composée de mercenaires recrutés surtout au Nigeria, parmi les Hausa. Cette formation s'est distinguée par son sens du devoir et de l'honneur militaire. Ils ont laissé un

9. Déclenchée par une avant-garde de Batetela et de Bakusu en février 1897, la révolte fut rejointe par la majorité de la troupe un mois plus tard. Le baron Dhanis recula jusqu'à Avakubi, puis combattit les rebelles pendant deux ans. La mésentente de leurs chefs précipitera leur défaite en 1899. Cette révolte, dite des Arabisés du Nil, ne doit pas être confondue avec une autre, dite des Batetela, qui eut lieu en 1895, près de Kananga, sur le Lualaba.

bon souvenir, toujours vivace. Mais de tels soldats coûtaient cher et on cessa de les employer dès qu'il fut possible d'engager des autochtones. Les volontaires étrangers ne posaient aucun problème car ils rentraient chez eux, avec leurs économies, dès l'expiration du contrat. Pour les militaires congolais, le retour au village natal, dont ils devenaient parfois les chefs, était la meilleure solution, si seulement ils voulaient devenir des indigènes normaux ! Hélas ! Profondément démoralisés par le contact prolongé avec les Européens, ils n'avaient plus aucun lien avec leur village qui les avait « poussés dehors » lors du recrutement. Certains ne savaient même pas où aller car leurs villages avaient été dispersés par l'administration. Il fallait donc les établir dans des agglomérations créées spécialement pour eux[10]. Ces colonies regroupent les vétérans et les ouvriers retraités formant une seule couche sociale, hardie, démoralisée et dispensée, grâce au service militaire, d'impôt direct qui écrase les autochtones. Cela dit, il faut souligner qu'en dépit de leurs nombreux défauts, dans leurs hameaux règne la prospérité.

Cette aisance matérielle des vétérans n'est due ni au fait qu'ils ont peu d'enfants – car en Afrique ceux-ci ne coûtent que ce qu'ils mangent – ni à l'exonération d'impôt. Un autre facteur entre ici en jeu, celui qui devait plus tard contraindre d'autres Noirs au travail productif : ayant acquis certaines habitudes des Blancs, les vétérans et les ouvriers émérites portent des vêtements et habillent aussi leurs femmes. Devant la menace constante d'être délaissés par les plus jeunes et les plus jolies, ils se jettent sur le travail pour pouvoir échanger les fruits de leur labeur contre les trésors exposés dans les magasins du poste le plus proche. Ils triment, de peur que sans vêtements ils ne soient réduits au niveau des indigènes qu'ils méprisent. Le déclassement est en fait plus craint que le travail de la terre, tâche peu pénible d'ailleurs car traditionnellement assumée par les femmes. Aimant boire, ils doivent produire pour consommer et cela aussi stimule leur

10. L'administration appelait une telle agglomération *village de licenciés*. Pour éviter tout malentendu, le terme *licencié* est remplacé ici par *retraité* ou *émérite*.

effort. Et il faut dire qu'ils savent travailler. Les Européens le leur ont appris, souvent de manière désagréable. Il est vrai aussi qu'ils ne sont pas dérangés dans leur labeur par des corvées de portage ou des redevances alimentaires. Bref, ils produisent plus que les autochtones. Cependant, le manque d'enfants condamne ces établissements apparemment florissants à être constamment complétés par de nouveaux soldats réformés. Les femmes des soldats ou les cantinières, en grande partie d'anciennes prostituées repenties, sont stériles ou souffrent de maladies vénériennes – véritable plaie de ces lieux – contre lesquelles on ne fait rien. Ainsi, il n'y a guère d'espoir qu'il s'y forme un jour une couche sociale apte à cohabiter avec les Européens.

Les femmes des soldats actifs sont encore plus gênantes que les soldats émérites. Elles changent d'homme sans raison apparente et l'administration doit en tenir compte pour modifier la distribution des vivres. Parfois, le pouvoir s'engage lui-même sur cette voie pleine d'embûches et punit un soldat en le privant de sa femme et en la donnant à un autre. Peine disciplinaire lourde, elle est de loin plus pénible que la correction physique maximale : cinquante coups de fouet répartis sur deux jours consécutifs et appliqués à même la peau, pour protéger les pantalons de service. Après cela, le châtié reçoit deux semaines de congé – preuve touchante de souci pour sa santé – et se console en pensant qu'un « veuf » disciplinaire est davantage à plaindre : pour préparer sa bouillie, il doit moudre lui-même le mil, ce qui n'est pas une mince affaire ! De plus, s'il espère obtenir un jour la femme d'un collègue puni à son tour, il a intérêt à prendre son service à cœur. Cette peine relève d'un abus de pouvoir, même si elle ne s'applique qu'aux concubins. Les soldats peuvent contracter, s'ils le désirent, un mariage devant un préposé à l'état civil – le chef de poste en l'occurrence – qui établit un acte de mariage officiel. Le divorce disciplinaire ne touche pas un couple légitime que les Blancs voient d'un mauvais œil car il affaiblit leur pouvoir.

La punition corporelle des femmes est interdite, sous peine de prison pour le fonctionnaire coupable. Les femmes le savent et leur arrogance dépasse toutes les bornes, surtout lorsqu'elles ont la faveur d'un maître blanc. Les ménagères des Blancs forment en fait une troisième catégorie dangereuse. Fortement privilégiées, elles animent la morne vie de garnison par les intrigues dont elles maîtrisent tous les arcanes. Certains Européens, surtout âgés et haut placés, nourrissent envers elles de tendres sentiments et cèdent à leurs requêtes, bien sûr sans s'en vanter. Toutes ces beautés noiraudes ne sont pas forcément des femmes de soldats qui avaient fait carrière. Certaines sont offertes aux Blancs en cadeau par les chefs de village qui deviennent ainsi les beaux-pères ou les beaux-frères (*zemeki*) des Européens, bien entendu *de facto* et non *de jure*. Du point de vue de la politique locale, le placement de ces « représentantes » apporte des bénéfices et compromet parfois les pantouflards, car les chefs de village savent profiter des faiblesses des maîtres blancs.

Le règlement interdit d'envoyer des soldats armés sur le terrain, mais le soldat désarmé est un déserteur aux yeux des autochtones qui s'empressent de l'attraper et de le conduire au poste afin de s'assurer quelque faveur. Une catégorie spéciale d'employés, les *pistoniers*, maintient le contact entre les autochtones et les postes. Armés de vieux fusils à canon lisse chargé par la culasse, ils portent dans leurs cartouchières des pièces de bois habilement taillées en guise de munitions qu'on ne leur donne pas. Leur armement est une sorte de carte d'identité professionnelle et suscite le respect des autochtones. Ces troufions de second ordre qui s'efforcent d'imiter dans le moindre détail les vrais, occupent des postes d'ouvriers d'État et sont rémunérés comme les soldats.

Quant aux autochtones, ils appartiennent à un autre monde. Leur résistance passive à l'ordre nouveau n'est pas vaine. Les actes de révolte sporadiques et désordonnés, telle la fuite dans des lieux inaccessibles ou au Ruanda voisin, ont des répercussions fatales. Ils mènent leur propre vie et ne reconnaissent que l'ancien pouvoir. Pour briser l'organisation politique traditionnelle, dépendante du roi du Ruanda qui réside dans la zone d'occupation allemande, l'administration élève des vassaux et même des petits chefs de village au rang de souverains autonomes, subordonnés au poste de Rutshuru. Dotés d'un pouvoir administratif important, eux seuls sont autorisés à infliger à leurs sujets des punitions corporelles. La bastonnade d'un indigène par un fonctionnaire européen est un abus sévèrement sanctionné.

À la fonction du chef s'attachent aussi des devoirs, dont le plus lourd consiste à tirer des indigènes les redevances pour le compte des occupants. Les autochtones doivent *per capita* un impôt variant théoriquement entre six et vingt-six francs. Il s'agit d'obtenir sur le papier, en calculant selon les prestations *in natura*, une imposition égale à quarante heures de travail par mois pour le compte de l'État qui assure en compensation l'ordre et la sécurité. Cette belle phraséologie, répétée ici *bona fide* à table, couvre en fait l'exploitation forcenée. En pratique, l'impôt se présente tout autrement. D'abord, les charges sont mal réparties et par conséquent injustes, faute d'un appareil administratif efficace. Ce n'est pas la mauvaise volonté mais la négligence des hommes malades ou fatigués qui cause les dégâts. Les indigènes les moins malins accomplissent les corvées qu'ils doivent mais aussi celles de leurs voisins qui parviennent à se cacher. Cette situation donne lieu à d'incessantes plaintes. Pire, au moment de calculer les impôts, des abus regrettables sont commis pour satisfaire les supérieurs hiérarchiques. Les charges supplémentaires ne sont pas consignées par écrit, dans des circulaires, car il vaut mieux, en cas d'enquête, que toute la responsabilité retombe sur l'exécutant, et non sur l'État indépendant « humanitaire ». Ainsi, pour les porteurs par exemple, on ne compte ni le temps nécessaire pour rejoindre le lieu de chargement, ni le retour à vide.

Fait remarquable, les indigènes sont indemnisés pour leurs prestations. Je ne parvenais pas à savoir si on réglait la valeur globale de la capitation après l'accomplissement total des obligations ou à chaque redevance. En réalité, l'impôt n'était qu'une astuce pour familiariser les indigènes avec les produits industriels européens et préparer ainsi le futur marché. Il fallait créer chez un Noir des besoins et l'astreindre à un travail productif, car on se doutait bien que le système d'exploitation coloniale, bâti sur la peur, ne durerait pas. Et les expériences avec les vétérans et les ouvriers d'État témoignaient déjà d'une belle réussite. Le niveau du gain, que l'autochtone méprisait, importait moins que le fait qu'on le récompensait dans un but déterminé : pour l'enfermer dans le piège des besoins imaginaires.

L'indemnisation du travail obligatoire n'était pas simple. Il fallait que le magasin d'État dispose de la marchandise relevant du chapitre budgétaire adéquat ; il était interdit de puiser dans un budget pour régler ce qui relevait d'un autre. Il régnait ici une stricte hiérarchie des priorités : l'armée et le personnel européen d'abord et tous les autres loin derrière.

Il arrivait souvent qu'aux postes budgétaires *Vivres* et *Transports*, destinés à payer les indigènes, il n'y ait rien ou une marchandise de second choix, déjà rejetée. Ceux qui la refusaient recevaient des bons de caisse remettant le paiement *ad feliciora tempora*. Un fonctionnaire veillait à ce que les bons soient effectivement pris, pour pouvoir justifier qu'il avait accompli son devoir. Les indigènes affrontaient ainsi un problème supplémentaire : n'ayant aucune poche, ils portaient ces bouts de papier à la main et les perdaient facilement. En tout cas, ils venaient parfois chez moi avec un bon à la main et quand ils se sentaient à l'aise, ils y enroulaient le tabac que je leur offrais et en faisaient des *sigletti* (cigarettes). Ils manifestaient ainsi, à leur façon, leur attitude positive à l'égard des articles fournis par l'État qui les avait libérés des vassaux du roi du Ruanda. Ils savaient bien que ces bons ne les dispensaient nullement des prochaines redevances.

Le portage était certainement la corvée la plus lourde, même si les indigènes rencontrés après le passage de la frontière du Congo se plaignaient uniquement des fournitures obligatoires des vivres. Ce n'était peut-être qu'une ruse diplomatique inventée pour calmer les appétits de mes porteurs qui se tapaient sur le ventre dès qu'ils les voyaient en râlant : *Ndjara anauma ou ou ou !* – La faim fait mal, ou ou ou ! En fait, leur pays était si prospère qu'ils pouvaient me vendre tout ce dont j'avais besoin pour nourrir quelques dizaines d'hommes. Lorsqu'ils étaient payés avec ce qui leur convenait, ils le faisaient d'ailleurs volontiers. Quant au portage, il était pénible surtout parce qu'il était fait à jeun. Un porteur marchant plusieurs jours avec un colis de trente kilos prenait sa nourriture à la maison, ce qui était pour lui une charge supplémentaire, et la complétait seulement avec ce qu'il parvenait à voler en route. Comme un Noir mange tant qu'il a des réserves, la nourriture finissait par lui manquer et il revenait chez lui affamé. Les porteurs dormaient à la belle étoile, les gîtes d'étape étant réservés aux Européens. Toutes ces caravanes tourmentaient les villages établis au bord de la route et les faisaient reculer dans la brousse, à bonne distance des pistes. Voilà pourquoi la mort d'un porteur épuisé n'étonnait personne.

La communication dans les confins orientaux du Congo, pourtant si habilement exploités, était franchement absurde. On envoyait le courrier de Rutshuru et même de Fort Beni, situé plus au nord, d'abord à Uvira, sur la rive nord du lac Tanganyika. De ce centre administratif du territoire Ruzizi-Kivu, il allait encore plus au sud, à Albertville, ancien Mtoa arabe, et de là, longeant plus ou moins le sixième parallèle sud, il passait à l'ouest où commençait le transport fluvial. Tout ce qui arrivait ici passait par cette déviation. Mes porteurs bakusu soutenaient que la rivière Lukuga, reliant le lac Tanganyika au Lualaba n'était pas empruntée. Cela m'étonnait, mais ils s'entêtaient sur ce point, ayant pris cette route plusieurs fois avant de fuir en Afrique orientale allemande où ils étaient devenus professionnels du « grand itinéraire » passant par Tabora. Ils m'avaient même cité les villages situés sur la piste allant de Mtoa au Lualaba. Le plus absurde était qu'après avoir atteint le Lualaba, le courrier revenait dans le nord – à la hauteur de Fort Beni – puis se dirigeait au nord-ouest, porté sur des dizaines de kilomètres à dos d'homme jusqu'à Stanley Falls. Cette absurdité venait du fait que sur l'ancien itinéraire reliant Fort Beni à Stanley Falls, l'étape entre Beni et Mawambi incommodait les porteurs qui mouraient de faim dans la forêt où seuls rôdaient de petits groupes de Pygmées.

L'amélioration de la communication – tâche la plus urgente de l'État indépendant – aurait soulagé la population épuisée par le portage, moyen peu efficace pour vaincre l'espace. Mais à cette fin, il fallait d'abord transporter à dos d'homme, depuis la côte jusqu'à l'intérieur, tout le matériel nécessaire pour tracer les routes et les chemins de fer, et bâtir les ponts. Avant la construction de la voie ferrée contournant les cataractes du Congo entre Matadi et Léopoldville, les bateaux destinés à desservir le bassin intérieur avaient voyagé sur le dos des Africains. En l'absence de train, ce trajet, si innocent lorsqu'on le regarde de la fenêtre d'un wagon, était devenu un immense cimetière. À présent y court le rail qui apporte à ses actionnaires des profits fantastiques. Voilà l'envers de la médaille du travail pionnier qui passionnait les Européens, ignorants que ces réussites « gigantesques » coûtaient beaucoup de sueur et de sang d'ouvriers noirs, volontaires attirés par l'alcool ou recrutés de force, et de leurs contremaîtres blancs, venus chercher ici un Eldorado ou une aventure pour rompre la grisaille de leur vie[11].

La consommation de l'eau-de-vie en Afrique centrale est à présent l'apanage de l'homme blanc. Néanmoins, sans l'alcool qui submergea la côte Ouest, il aurait été plus difficile d'exploiter le pays. C'est un des grands paradoxes de la vie africaine : pour réaliser les idéaux humanitaires, les occupants recouraient à l'alcool pour contraindre la population à un travail obligatoire. L'effet de l'alcool était rapidement efficace, certes, mais en même temps il détruisait les hommes dont dépendait l'avenir africain. Cet avenir serait-il radieux ? Je ne le savais pas, bien entendu, mais je voyais parfaitement combien le présent en était éloigné.

Pendant les six mois de préparation de l'expédition, je m'étais occupé surtout du Congo. Le voyage depuis Naples et la traversée de l'Afrique interlacustre avaient duré sept longs mois, pendant lesquels je pus lire la littérature disponible sur ce pays. Je guettais toutes les rumeurs venant de l'État indépendant, vagues et invérifiables à cause de la frontière fermée à l'est, d'où je l'approchais. Seuls les porteurs bakusu, les déserteurs du Congo et l'intelligent Tingi-Tingi m'avaient parlé de ses habitants, de ceux qui « en profitaient » et de ceux qui « n'en profitaient pas ». Et à présent, les entretiens menés à Rutshuru dévoilaient l'envers de la médaille : celui des civilisateurs européens.

Ce que je savais déjà du génie des administrateurs comme de leur infini cynisme, m'épatait. Et dire que tout cet embrouillamini, lié à l'Europe par la personne de l'entreprenant et incontestablement grand roi des Belges, fut créé au nom d'idéaux humanitaires clamés par de naïfs philanthropes, surtout anglosaxons ! Il s'agissait d'explorer l'Afrique centrale, de protéger ses habitants des esclavagistes arabes et d'accroître la civilisation sur un territoire encore largement anthropophage. En réalité,

11. Il fallut huit ans (1890-1898) pour poser près de 380 km de rail sur des amas rocheux et construire 99 ponts au-dessus des ravins pour contourner les cataractes du bas Congo par le sud. L'ouvrage coûta la vie à 1 800 Africains et Asiatiques et à 132 Européens, selon les sources officielles. (R. Cornevin, *Histoire du Congo*, Paris, Berger-Levrault, 1970, p. 160.)

on créa un puissant empire colonial que le grand roi et la capricieuse Belgique exploitaient avec un minimum d'investissement, sans tenir compte des indigènes (dont le nombre devait baisser à la suite de cette politique) et ignorant les obligations internationales garantissant le principe des portes ouvertes.

Certes, le rapt des esclaves par les marchands arabes et l'expédition du bétail humain chargé d'ivoire vers les marchés de la côte orientale (*Mrima*) prirent fin, mais l'exploitation la plus primitive fut remplacée par un système qui attachait les indigènes *ad glebam*. Il leur fallait à présent cueillir le caoutchouc dans la brousse, porter des marchandises entre les postes et travailler chez eux, afin d'y fournir les produits de leur labeur. Par rapport au passé, le progrès était net, mais les principes au nom desquels on brandissait le drapeau bleu de l'État indépendant du Congo, avec l'étoile dorée maçonnique à cinq branches, n'étaient guère appliqués. Six mois de séjour en Afrique m'avaient enlevé plus d'une illusion, et pourtant ce que j'avais entendu à Rutshuru me déprimait. J'avais du mal à croire les récits des porteurs ; à présent je constatais qu'ils avaient dit la vérité. J'avais hâte de partir pour voir tout de plus près.

Il y avait pour cela une excellente occasion : le chef du secteur de Rutshuru, le lieutenant Spiltoire, séjournait avec ses deux pelotons sur la rive sud-ouest du lac Édouard où il menait une opération de pacification et d'organisation. Le commandant du deuxième peloton, le sous-lieutenant Dewat, appelé par ses soldats *Mafuta Mingi* (Beaucoup de graisse), l'accompagnait. Puisque les deux hommes jouissaient de la sympathie de toute la station et avaient la réputation d'hommes de grande qualité, même chez leurs domestiques, je décidai de les rejoindre, sûr d'être aussi bien accueilli qu'à Rutshuru. Après avoir amassé moult observations anthropologiques et consigné sur le papier durant des nuits entières les informations sur la vie des Blancs et des Noirs, je fus soudainement las. Le contact avec les indigènes était difficile, d'ailleurs il s'agissait des Banyaruanda, dont la présence périphérique fut éclaircie par l'anthropologie. Plus rien ne m'attirait ici, tandis que les Bakondjo, que je ne connaissais pas et qui étaient, selon Stuhlmann, les plus anciens autochtones de l'Afrique interlacustre, m'intriguaient. La population contemporaine, objet de mes recherches, était supposée refléter l'influence des pasteurs bahima et batutsi sur ce fond archaïque.

La population de l'Ouest et du Nord-Ouest m'attirait tout autant car son territoire était une tache blanche sur la carte. La difficulté d'apprendre à Rutshuru quoi que ce soit sur le bassin du moyen Congo et sur les régions au-delà de la zone frontalière m'étonnait. Le flanc ouest du Rift occidental semblait inaccessible. Les indigènes y régnaient sans partage ; on s'en prenait à eux depuis le fleuve Congo mais insuffisamment pour établir un lien avec la zone frontalière orientale.

Jadis ces terrains étaient gérés par des marchands d'esclaves, eux-mêmes esclaves des Zanzibarites. Ils y organisaient des razzias, s'infiltrant jusqu'aux sites défensifs des Barega anthropophages, chasseurs d'éléphants. Plus tard s'y établirent les soldats révoltés du baron Dhanis. Leur soulèvement survint près d'Irumu, sur l'Ituri, où ils livrèrent une bataille contre les soldats hausa, mercenaires recrutés par l'État indépendant au Nigeria britannique. L'affrontement eut lieu parce que les Hausa, fidèles à leur devoir, ne s'étaient pas joints aux révoltés mais les avaient combattus, guidés par leurs sous-officiers noirs après la fuite de leurs chefs blancs. Luttant jusqu'à la dernière cartouche, les héroïques Hausa périrent tous, fidèles à leur parole de soldat, comme jadis les mercenaires allemands décimés par les Cosaques de Chmielnicki, dont parle Sienkiewicz[12] dans son roman *Par le fer et le feu.*

Les soldats congolais se retirèrent, après leur victoire, dans les forêts, à l'ouest du lac Édouard où personne ne se hasarda pendant dix ans. Ce territoire, resté pour cette raison tache blanche, m'inquiétait et m'attirait à la fois. Malheureusement, le temps me manquait pour des entretiens. Notre colonne de réserve, conduite par le sous-officier Czeczatka, devait atteindre Édouard-Nyanza le 17 décembre pour s'embarquer ensuite en direction du nord. La traversée du lac, prévue pour quelques jours, m'intéressait. Suivre sa rive occidentale par la route semblait difficile car les pistes n'étaient pas entretenues du fait que tout le trafic passait par le lac. Soit je prenais le bateau, soit

---

12. Henry Sienkiewicz (1848-1916), romancier polonais, prix Nobel de littérature 1905.

je traversais les broussailles et les ravins. Il était dangereux, paraît-il, de quitter le bord du lac sans s'exposer à l'hostilité des indigènes qui ne se laissaient pas « libérer » par l'État indépendant. Il s'agissait de la périphérie de la tache blanche qui m'intriguait tant. Ma décision n'était pas prise : tout dépendait des informations que j'espérais obtenir du lieutenant Spiltoire. Il tenait son camp près de l'embarcadère d'où devaient partir les barques transportant nos bagages vers Kazindi.

Comme le temps pressait, je partis le 14 décembre. Mildbraed restait à Rutshuru pour terminer ses recherches sur la flore volcanique avant d'aborder le massif du Ruwenzori. Il devait aussi attendre Schubotz que le Duc avait prié de se dépêcher : s'il ne rejoignait pas la colonne de réserve, il risquait d'être en retard pour le réveillon à Kazindi.

CHAPITRE IV

ITINÉRAIRE FRONTALIER VERS LE NORD

Katobela. – Triomphe du kisuaheli. – Estimation de la densité de population. – Trophée de chasse. – Nuit dans une *zeriba*. – Lion en fuite. – Route du sel des Barega. – Chaleur. – Rencontre avec Dewat. – Reconnaissance anglaise. – Club au bord du lac. – Sonnette. – Entretiens ethnographiques. – Les Bakondjo. – Expédition à Mutambuka. – Hippopotames. – Les pêcheurs bakingwe. – Leur culture matérielle. – Les sommeilleux. – Le retour. – Réflexions historiques. – Soucis prévisibles.

Après avoir quitté Rutshuru le 14 décembre, lors de notre descente dans la vallée nous visitâmes Katobela, un village ou plutôt une agglomération établie près du fort et habitée par des vétérans et des ouvriers retraités. Originaires des environs de Fort Beni, ils sont bakondjo et s'appellent eux-mêmes Banande, ou Wanande en kisuaheli. Les autochtones vivant dans les villages voisins, qui se disent barundi, leur témoignent une profonde répulsion et les accusent d'avoir amené les *Bergiti* détestés chez eux. Rancune justifiée dans la mesure où Rut-shuru est une filiale de Fort Beni d'où vient le personnel civil suppléant de la garnison. Ces ouvriers d'État recrutés pour un service obligatoire, à l'instar des soldats, forment une catégorie inférieure du personnel du poste.

Si les habitants de Katobela gardaient conscience d'appartenir à la tribu des Banande, dans leur hameau régnait déjà sans partage le kisuaheli, introduit récemment par les Zanzibarites et désormais employé par les fonctionnaires de l'État indépendant pour parler au personnel africain. Qu'il soit devenu la seconde langue officielle prouve que l'occupation européenne emboîte le pas aux Zanzibarites qui deviennent de fait les vrais fondateurs de l'ordre nouveau. Le kisuaheli assure une sorte de filiation directe entre les deux occupants, bien que les Zanzibarites n'aient pas atteint le site isolé où s'élève à présent Rutshuru. Cet avant-poste de Fort Beni fut édifié par l'agrandissement d'un site voisin, une *zeriba* installée par les Zanzibarites, ou plus exactement par leurs esclaves Bakusu. Appelés localement Manyema, les Bakusu s'approvisionnaient en ivoire et en esclaves dans les parages, comme sur tout le territoire qu'ils avaient conquis. Les esclaves étaient indispensables pour porter l'ivoire en amont du Congo et de là vers l'océan Indien. L'État indépendant avait vaincu les Zanzibarites après une confrontation sanglante, mais leur langue persistait et fut même imposée aux soldats, ouvriers et indigènes de dialectes divers. Si l'introduction du français avait échoué, c'était sans doute parce que l'influence des Européens était moins profonde que l'action brutale des Zanzibarites. À mon grand amusement, même mes collègues, à défaut de français, employaient ce volapük qu'est le kisuaheli.

Nous marchâmes à travers une steppe qui tapissait la belle vallée de la Rutshuru. Égayée de bosquets de bananiers et de hameaux, elle abritait un peuple parlant un dialecte septentrional du kinyoruanda. En progressant vers le nord, je comptai cinquante huttes-ruches dans mon champ de vision. Le rayon de l'espace visible n'allant pas au-delà de trois kilomètres, sa superficie ne dépassait pas une trentaine de kilomètres carrés. En comptant six personnes par hutte, la densité de la population s'élèverait à dix habitants au kilomètre carré, mais comme depuis la route on ne voit en général que la moitié des huttes existantes, elle en approcherait plutôt vingt. Au sud de la Rutshuru le peuplement était sans doute quatre fois plus important. Sur le flanc sud des volcans, dans le nord du Ruanda, on voyait encore plus d'hommes. La densité humaine devait y atteindre plus de cent personnes au kilomètre carré et jusqu'à deux cents, d'après mes calculs, dans les régions de lave altérée très fertile, à Nyundo par exemple. Il faut dire que dans le rayon d'action de la mission, la population n'était pas inquiétée : les envoyés du roi du Ruanda se bornaient à y collecter les tributs sans violence et l'administration respectait l'autonomie de la mission sur les terres qui lui avaient été cédées et son autorité sur les paysans qui les habitaient.

La population se raréfiait à mesure qu'on approchait du lac Édouard. Les bananeraies se cachaient dans des ravins profonds et les hameaux donnaient l'impression de fuir pour coloniser les lointains coteaux surplombant la vallée à l'est. Le vent en rapportait les sons des tambours annonçant quelque beuverie prolongée. Imperceptiblement, nous abordions une steppe vide et triste, couverte d'une herbe rase. Après avoir traversé la gorge profonde de la petite rivière Nkendua, nous atteignîmes le gîte Mai na Nkendua, dit Mainakwenda. Là aussi les bananiers colonisaient le ravin, la steppe étant trop sèche pour eux.

Après un court repos, nous avançâmes vers le nord, découvrant soudainement un terrain très giboyeux. Dans ce paradis les animaux paissaient en toute quiétude et on pouvait approcher les troupeaux d'antilopes sans précaution. Je décidai d'abattre une grande antilope gnou pour faire plaisir à mes hommes qui, à Rutshuru, râlaient contre les modestes rations et regrettaient le Ruanda, où ils avaient mangé tout ce qu'ils voulaient car le lait et le miel y coulaient à flots. Une antilope tomba comme foudroyée, puis se leva à notre approche et nous dûmes courir pour la garder en vue. Fort robuste, car je l'avais touchée une seconde fois au moment de sa fuite, elle parcourut encore un kilomètre avant de s'écrouler. Le partage de la viande, charge supplémentaire pour les porteurs, nous prit trois heures. Nous reprîmes notre chemin à jeun mais d'excellente humeur. Les porteurs tapaient sur les caisses et scandaient leur joie : *Nyama mingi ou ou ou !* Beaucoup de viande, ou ou ou !

Les derniers rayons du soleil saluaient la terre africaine lorsque nous arrivâmes au passage de la Rutshuru. Le nom du gîte d'étape : Mai na Moto – l'eau chaude – indiquait l'existence d'une source chaude que je n'avais pas visitée[1]. La traversée de la rivière en deux pirogues, poussées par les gardiens d'étape,

---

1. Sources d'eau dont la température est de 90 °C. Mai na Moto est de nos jours une curiosité touristique.

fut lente et malaisée. Nous atteignîmes l'autre rive et le gîte vers huit heures du soir.

C'était une *zeriba* – terme par lequel les Zanzibarites désignent un poste fortifié – entourée d'une palissade haute de trois mètres et couronnée de grosses tresses de branches épineuses. L'entrée était barrée par des faîtes d'arbres dont les rameaux taillés court formaient un obstacle hérissé et infranchissable. Cette magnifique forteresse de bois protégeait bien, certes, mais quel danger en cas d'incendie ! Il était tout aussi difficile d'en sortir que d'y entrer, la porte étant laborieusement bloquée chaque soir. On craignait moins les indigènes hostiles que les lions qui peuplaient les steppes environnantes. Les gardiens en avaient une peur chronique et rêvaient de retourner à Rutshuru, d'où ils avaient été détachés. La narration de leurs fascinantes aventures, touchante par sa fraîcheur, me rappelait les histoires que j'avais entendues et même vécues à Rutshuru. Mes hommes, entièrement subjugués, se délectaient des récits fleuris et gavaient les conteurs d'antilope tendineuse. Mon butin de chasse fut d'autant plus apprécié que nous avions obtenu peu de provisions sur place. Pour les gardiens, c'était un mets rare. Nous étions tous ravis, même si la viande était dure...

Dimanche, le 15 décembre, nous quittâmes le gîte tôt le matin pour être à l'heure du déjeuner à Vichumbi, au bord d'une baie du lac Édouard qui entaillait les terres vers le sud. La quantité d'animaux rencontrés était fantastique, mais l'herbe s'appauvrissait et la piste soigneusement entretenue jusqu'à Mai na Moto devenait une quelconque sente de la steppe africaine. Je dépêchai un soldat pour prévenir le lieutenant Spiltoire de notre arrivée et, après avoir confié la caravane à l'irremplaçable Pendakula, je suivis sa trace avec mon aide de camp, Abd Allah ibn Massoud dit Auguste. Je progressais rapidement vers le nord sur un sentier sinueux, relevant le chemin avec le podomètre et la boussole. Ce travail mécanique et absorbant rendait la route moins monotone.

Mais il ne me fut pas donné de m'ennuyer ce jour-là car tout d'un coup retentit un cri angoissé d'Auguste : *Bana ! Simba !* Monsieur ! Le lion ! Tirant le revolver de ma ceinture, je bondis pour porter secours à mon serviteur ! Cependant Auguste, rejetant le parapluie rapiécé qui le protégeait du soleil, courait vers moi, fusil en main et hurlait : *Hapa ! Hapa !* Là ! Là ! Puisqu'il pointait dans ma direction, je virevoltais pour voir le lion, à trente pas devant moi, détaler la queue entre les pattes comme un vulgaire cabot... Il sauta dans les buissons et disparut. Nous avions probablement interrompu sa sieste près du sentier. La fuite du roi des animaux m'avait d'autant plus déçu que j'avais entendu tant d'histoires palpitantes à son propos... Ma déception les fit pâlir toutes.

À partir de Mai na Nkendua il n'y avait âme qui vive, excepté les deux gardiens. Dix kilomètres avant Vichumbi nous vîmes enfin quelques indigènes qui portaient sur le dos des poissons séchés destinés à Rutshuru. Cette façon de porter les charges était pour nous nouvelle, car les habitants de l'Afrique lacustre posaient tout sur la tête, gardant l'équilibre avec de beaux gestes, souples et gracieux. Mes hommes hissaient les charges soit sur la tête, soit sur les épaules. Le portage sur le dos étant une coutume des peuples forestiers, il n'y avait plus de doute que nous approchions des forêts vierges du mystérieux Congo.

Les marcheurs, visiblement habitués aux Blancs, me saluaient gentiment. Personne ne semblait vouloir fuir. Ils tenaient à la main des lances avec lesquelles ils pêchent les poissons – au lieu d'employer pour cela les arêtes – ou chassent l'hippopotame. À la pointe inférieure de la lance est fixé un flotteur en liège (*Herminiera*) en forme de cigare, relié au fer par une ficelle qui longe la hampe. Si jamais la lance se casse, la cordelette munie de flotteur permet de la récupérer. Cet outil ou arme – une sorte de harpon sans crochet – est une pièce caractéristique du patrimoine culturel des Bakondjo, que les pêcheurs du sud du lac Édouard ont en partage.

Après deux heures et demie d'une marche que la chaleur rendait pénible, nous arrivâmes au croisement des pistes reliant la vallée de Mombo, venant de l'ouest, au lac Édouard et à Katana, connu pour son marché de sel. C'est par ces pistes que les Barega cannibales descendent de leur forêt. Katana est livré en sel par bateau depuis les salines de Katwe, situées sur la rive nord-est, au fond d'une étroite baie. Bien que la population de Katana ait quitté la côte pour une île, de peur des Barega, le marché se tenait sur la terre ferme, comme avant. Lorsque les

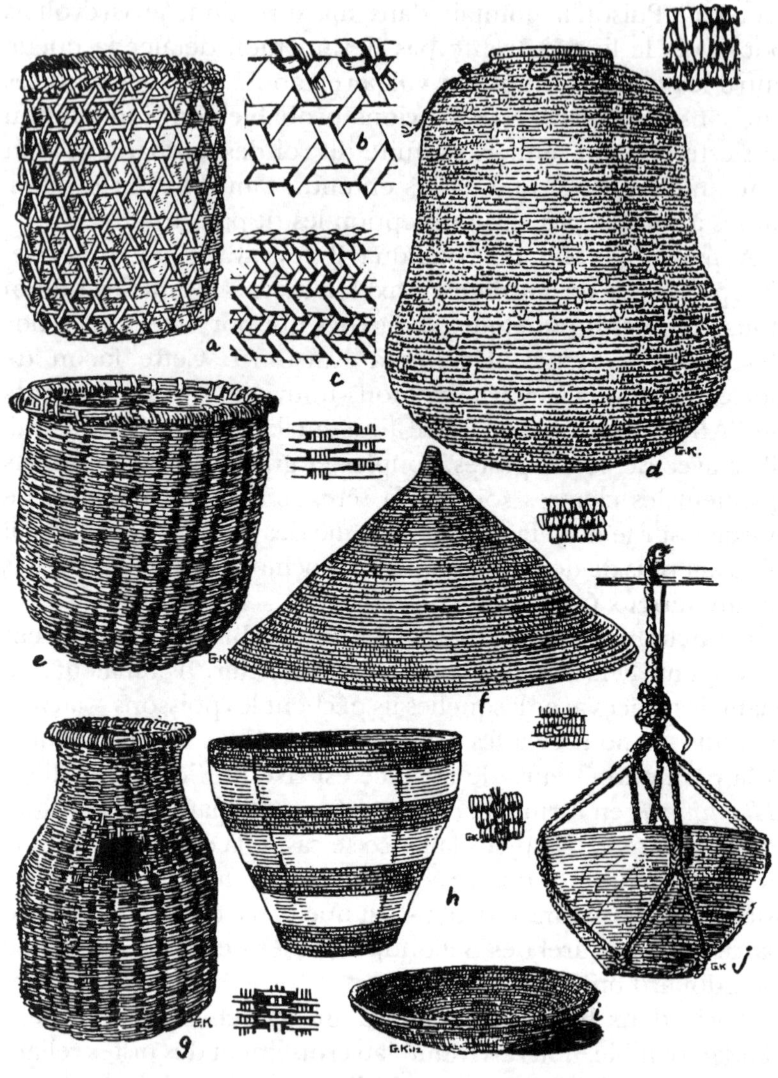

La vannerie bakondjo : a) panier en rotin ; b) et c) tressages typiques de la zone forestière ; d) panier à grain, exécuté à la manière interlacustre ; e) panier pour la récolte ; f) parasol-parapluie ; g) piège à rat ; h) panier de Kazindi (influence bahima) ; i) plat tressé selon la technique interlacustre ; j) panier porté dans un filet à la manière bahima.

habitants du Ruanda et les Bahunde y venaient pour acheter du sel, ils suivaient, toujours par crainte des Barega, la rive droite de la Rutshuru et ne la traversaient qu'en amont de l'affluent Nkendua, serrant de près le versant est de la vallée, très périlleux à cause de nombreux ravins. Pour éviter cet obstacle, la *barabara* passe par Mai na Moto, où nous n'avions rencontré aucun porteur de sel vers le sud.

Steppe stérile, grandes flaques desséchées : pendant les deux dernières heures nous marchions dans un pays vide, tout au moins dans la partie de la vallée proche de la rivière. Le vent apportait l'écho des tam-tams depuis le flanc ouest du Rift occidental, signalant une beuverie de ces fêtards Bahunde que les Barega agressent parfois à l'occasion du trafic de sel. La densité humaine devait y être aussi élevée que sur le flanc est, où les royaumes du Ruanda, du Burundi ou du Nkole assurent la sécurité de la population. Et pourtant le flanc ouest n'est protégé par aucun État puissant. Cela dit, je n'y voyais aucun village, même avec mes jumelles Zeiss, à cause d'une brume grisâtre qui planait dans l'air. Ici et là brûlaient des herbes voilant l'horizon de fumées. La chaleur intense – 33 °C à l'ombre – favorisait sa diffusion. Il faisait plus chaud qu'à Mombasa. Jusqu'à présent, depuis le départ de Voï, la température n'avait pas dépassé 28 °C. L'écart de cinq degrés semblait insignifiant, mais mon long séjour au Ruanda tempéré le rendait pénible.

Absorbé par la lecture de ma boussole, je n'avais pas vu l'homme qui émergea de la brousse. Je le contemplais à présent avec plaisir : corpulent, il avait une grande barbe taillée au carré et un regard doux et enjoué brillait sous son casque colonial blanc. Il n'avait sur lui qu'un pantalon et des chaussures, et on pouvait ainsi admirer son torse et ses épaules bronzés. C'était le sous-officier Dewat, célèbre baroudeur belge, membre de l'expédition du lieutenant Spiltoire dans le nord du secteur dont celui-ci était responsable. Chasseur invétéré, cas assez rare chez les Belges, Dewat profitait du dimanche pour traquer le gibier en vadrouillant seul avec son fusil sur l'épaule. J'avais déjà entendu parler de lui à Nyundo, par le capitaine Couche, chef du secteur Bobandana. Couche exprima à cette occasion l'espoir que nous ne remercierions pas les

Belges de leur hospitalité à la façon des naturalistes anglais Wollastone et Woosnam.

C'était justement Dewat qui les avait escortés, en tant que membre de l'équipe de Fort Beni, sur les versants occidentaux du massif de Ruwenzori, partie du territoire litigieux anglo-congolais. Dépendant de Dawdi Chwa Kassagama, roi du Toro soumis aux Anglais, c'était un lieu perdu et abandonné aux belliqueux cannibales baamba. Les Baamba prirent l'expédition anglaise en embuscade, d'où elle ne s'en sortit que grâce à Dewat. Le courageux soldat écarta le danger en essuyant des pertes – un de ses soldats fut tué et plusieurs autres, dont lui-même, blessés. Ainsi les sauvages n'avaient pas dévoré les savants qui, une fois chez eux, s'empressèrent de faire part dans la presse de leur indignation devant les cruautés belges et de leur pitié envers les indigènes blessés ! Les fonctionnaires de l'État indépendant étaient, selon eux, immatures et incapables d'accomplir leur belle mission civilisatrice. Si ces reproches pouvaient se justifier sur le plan général, ils étaient blessants et perfides car les savants anglais accablaient un innocent qui leur avait sauvé la vie. À Bruxelles, le Conseil central de l'État indépendant qui n'avait pas la conscience tranquille et qui était très sensible aux voix de la presse, surtout anglaise, décida d'instruire l'affaire. L'héroïque Dewat fut conduit devant un tribunal qui, pour ne pas provoquer les Anglais par un laxisme excessif, le muta à Rutshuru où il ruminait à présent ses tristes péripéties. L'État indépendant – création d'un roi génial qui savait cacher son cynisme sous une hypocrisie désarmante – sacrifiait ses meilleurs serviteurs, coupables d'excès de zèle ou d'initiative, recourant au besoin à un procès prétendu « objectif ». Sur le terrain, les fonctionnaires déploraient que le pouvoir central ne tienne compte que des aspects politiques des prétentions, justes ou injustes, de leurs puissants voisins. Les Belges étaient des représentants classiques d'un pays politiquement impuissant, récemment créé par la décision des grandes puissances et assemblant deux ethnies qui n'avaient que la religion en commun. C'était cela qui les rendait si différents des Suisses, que je connaissais bien, élevés dans la tradition des batailles héroïques menées pendant des siècles contre les grands pays voisins.

En bavardant, nous pressions le pas pour arriver à l'heure du déjeuner à Vichumbi, traversant les marécages et les lagunes par un raccourci. Dewat connaissait bien le chemin du camp du lieutenant Spiltoire, au bord du lac Édouard. À l'embarcadère, les vagues berçaient les chaloupes et les pirogues qui devaient amener, le jeudi 19, les bagages de notre colonne de réserve à Kazindi.

Comme ma caravane lourdement chargée n'arrivait pas, *nolens volens* je me suis attablé – sans me changer et sans même me laver – pour déjeuner sous un abri fait de branches et d'herbes par les soldats. Dormant sous les tentes, nos hôtes fréquentaient souvent cette grange qu'une brise venant du lac rendait plus fraîche. À mon étonnement, Dewat se présenta à table dans un uniforme tiré à quatre épingles, donnant à notre réunion un air de service plutôt que de fête. Cette tenue amusa son supérieur qui nous proposa aussitôt d'enlever nos vestes à cause de la chaleur. Mais Dewat ne pouvait pas le faire car sous son bel uniforme il était torse nu !

Derrière nos chaises se tenaient trois serviteurs, dont Auguste et « la sonnette » : un petit Noir de huit ans, coiffé d'un haut fez rouge, restait planté comme un piquet à gauche de notre hôte. Lorsque le lieutenant posait son doigt sur le nombril du garçon, celui-ci poussait, visiblement ravi, un cri aigu et le serveur qui circulait entre la cuisine et la grange apparaissait sans tarder. Le fonctionnement parfait de la « sonnette » laissait penser que tout le service était coutumier du rite. Le petit, enlevé par les Barega et libéré par l'expédition punitive, ne savait pas où se trouvait son village ; Spiltoire l'adopta et s'attacha à lui de tout son cœur.

Après le déjeuner, nous dégustâmes le café jusqu'à trois heures de l'après-midi. Je ne me séparais pas de mon calepin, car mes convives connaissaient bien la région. Elle englobait un réseau d'étapes auquel s'ajoutait une étroite zone avoisinant le territoire britannique à l'est et délimitée à l'ouest par la lisière de la forêt vierge où opéraient des colonnes militaires. Nous étions dans un poste chargé de pacifier l'arrière-pays, au sud-ouest du lac Édouard. C'était Dewat[2] surtout qui savait le mieux ce qui se passait au nord du lac.

---

2. J'ai revu Dewat en Europe, en 1919, employé alors comme vétéran au musée du Congo à Tervuren, près de Bruxelles. En vieux amis, nous avions beaucoup à nous raconter sur les dix années écoulées. Grâce à lui, j'ai pu consulter les manuscrits du musée. Je travaillais à cette époque sur le volume consacré aux bassins de l'Aruwimi et de l'Uele. (Note de l'auteur.)

Ma caravane arriva après quatorze heures. Fatiguée, elle ne se présentait pas très bien, mais une heure plus tard l'ordre parfait régnait dans mon camp. Pendakula tenait à ce que notre colonne se distingue autant par son efficacité et sa discipline que par son apparence. L'impression qu'elle avait produite sur les Belges l'enchanta, même si, au fond de son âme saturée de règlement allemand, il les boudait un peu. N'étant pas un déserteur du Congo, il ne les détestait pas mais se sentait offensé par la façon dont ils traitaient leurs soldats. Pour lui, les militaires étaient des êtres supérieurs et ses collègues congolais lui paraissaient indignes de cette caste.

Je pris un bain et dormis dans ma tente surchauffée jusqu'au soir. Avant le dîner, je rangeai mes notes et traçai l'itinéraire. Au repas, j'assistai à une nouvelle avalanche de récits. Ma curiosité stimulait nos amphitryons. Comme je connaissais bien la Belgique et avais quitté l'Europe depuis peu, ma présence les distrayait. Qu'avaient-ils au juste ici ? Des tractations éternelles avec des chefs africains apeurés et dépourvus d'autorité, des chefs de lignage surtout, qui promettaient beaucoup mais tenaient rarement leur parole.

Après quelques heures passées à Vichumbi, j'ai saisi enfin l'étendue du territoire des Bahunde, ce que le contrebandier qui m'enseignait leur dialecte à Nyundo, ne parvenait pas à m'expliquer. Ils habitent, paraît-il, une étroite bande de terre sur le flanc ouest du Rift, au nord-ouest des champs de lave du volcan actif de Namulagira qui forment les confins méridionaux de leur territoire. De là, la limite de leurs terres traverse une steppe, tout aussi vide, à l'est de la Rutshuru, pour aboutir à Vichumbi. À l'ouest, leurs hameaux atteignent la lisière de la forêt vierge et la rivière Loshi ou Loasi, et au nord celle de Mono. La forêt est peuplée des Barega. Terrifiant voisinage ! Au nord, les Bahunde voisinent avec les Bakondjo des versants du Rift situés à l'ouest et au nord du lac Édouard. Enfin, leurs voisins méridionaux sont les Batembo qui occupent, avec leurs voisins du Sud, les Banyabungu, les versants du Rift bordant le lac Kivu à l'ouest. Selon le lieutenant Spiltoire, les enfants de ces deux tribus appartiennent au clan de leur mère et non à celui du père, comme chez les Bakondjo et chez les habitants du Ruanda. Fait d'autant plus étrange que leurs dialectes semblent proches du kinyoruanda.

Le lundi 16 décembre à neuf heures, j'ai commencé à étudier les paysans qui ravitaillaient la colonne du lieutenant Spiltoire. Ils venaient de Makokoma, à l'ouest de la baie de Vichumbi. Les soldats les appelaient Wanande, mais eux-mêmes affirmaient que leur langue s'appelait lukondjo ou bien rukonjo. Cela confortait ma supposition que sous le nom de Wanande les fonctionnaires blancs englobaient toute la tribu de Bakondjo. Il restait à vérifier si l'appellation Wanande-Banande ne désignait pas d'abord un sous-groupe de la région de Fort Beni, étendue ensuite à l'ensemble de la tribu Bakondjo. Pour administrer ce territoire, on avait en effet établi un contact plus étroit avec les Bakondjo des environs de Fort Beni, ce qui a permis ensuite d'organiser le secteur de Rutshuru.

Trois heures plus tard, je dus interrompre mon travail à cause du déjeuner servi plus tôt à la demande de Dewat. Je voulais le reprendre dans l'après-midi, mais les villageois s'inquiétaient pour leur retour, craignant les lions. En les laissant partir, j'avais gagné leur sympathie et ils me promirent d'apporter des objets pour ma collection en échange d'une récompense. Je pouvais y songer à présent car leur acheminement à Kazindi était assuré. Sur les terres de Bakondjo, j'avais confié la collecte ethnographique à von Wiese qui s'en occupa d'autant plus volontiers qu'il espérait obtenir, à son retour en Europe, la médaille de Saxe. Les Bakondjo étant peu représentés au musée de Berlin et von Wiese restant toujours mon bon et loyal camarade, je décidais de compléter sa collection pour Berlin.

Tout de suite après le déjeuner, nous partîmes avec Dewat à Mutambuka, un village de pêcheurs. Selon Stuhlmann, compagnon du dernier voyage d'Emin Pacha, ce village établi sur une île du même nom, se trouvait, il y a quinze ans, sur la terre ferme. Nous prîmes un bateau qui n'était pas une lourde pirogue, seule embarcation rencontrée jusqu'à présent, mais un frêle esquif de planches lissées au couteau et assemblées à l'aide de fibres. Il était si léger que nous sortîmes de la baie en ramant sans effort à tour de rôle. Le lac ressemblait à une mer tranquille. À l'ouest, ses berges escarpées se voilaient de brume, bien que nous fussions en plein soleil. Au nord et à l'est, les eaux immobiles s'étendaient jusqu'à l'horizon. La rive sud paraissait marécageuse. Il s'agit probablement du delta secondaire de la

Rutshuru qui coule parallèlement à la baie de Vichumbi, à une dizaine de kilomètres de distance. La baie que nous venions de traverser serait donc le résidu du lac qui s'étendait sûrement davantage avant que la Rutshuru au sud et les rivières drainant les collines et le plateau du Nkole à l'est ne l'ensablent.

Un troupeau d'au moins deux cents hippopotames s'ébattait au soleil, près de notre embarcation. J'en avais dénombré une centaine, puis mes calculs se sont brouillés car ils plongeaient et replongeaient, sans cesser de bâiller à s'en décrocher les mâchoires. Les petits, allongés sur le dos de leurs mères, bâillaient tout autant, nullement dérangés par leurs acrobaties nautiques. Je voulais voir de près cette drôle de compagnie qui nous ignorait superbement, mais Dewat m'en dissuada : chassant récemment les oiseaux, ici très nombreux, il blessa un hippopotame solitaire qui plongea aussitôt sous le bateau et le renversa. Par chance, tout se termina par un bain forcé et la perte du fusil. Comme la baignade ne me tentait point, nous nous éloignâmes prudemment. Peu après nous débarquions à Mutambuka.

Les habitants de ce hameau, comptant quarante huttes, étaient tous pêcheurs. Interrogés sur le nom de leur tribu, ils se disaient bakingwe et niaient obstinément appartenir aux Bakondjo. Cependant, à mesure que notre conversation s'engageait, il apparut qu'ils parlaient lukondjo – la langue des Bakondjo – et seulement un petit nombre d'entre eux connaissaient le kisuaheli. Ceux-ci nous servaient d'interprètes. Les Bakingwe constituaient probablement un sous-groupe des Bakondjo qui occupaient la rive sud du lac, avant d'être repoussés sur les îles où ils demeuraient à présent. Ils désignaient comme leurs frères les habitants de trois villages : Makanga, Makindo et Katana. Ce dernier, disaient-ils, était construit sur pilotis au bord du lac, tandis que les deux autres se trouvaient sur les îles. Interrogés sur leurs ennemis, ils citaient les habitants de Katanda, de Kayumba et de Lumiri, et considéraient comme bons voisins les Barundo et les Bahutu, ce qui pouvait signifier que l'Urundi, dont s'était détaché plus tard le Ruanda, atteignait jadis Édouard-Nyanza. Les Bakingwe n'employaient pas le nom de Banyaruanda. Il était aussi possible que certains habitants des pentes et des piémonts des volcans étendus jusqu'au lac Tanganyika s'étaient établis si loin dans le nord à cause du commerce du sel ; leurs hameaux suivaient la rive droite du Rutshuru jusqu'à sa confluence avec l'Iwi. Les razzias des Barundi qui avaient repoussé les Bakingwe sur les îles, devaient être assez récentes. Ils affirmaient aussi que leurs plus anciens voisins étaient les Banyambo, sujets du roi du Nkole. Les Banyambo avaient certainement reculé devant les Barundi lors de la plus forte expansion du Ruanda, au temps du puissant roi Lwabugeri Kigeri, père de Yuhi Musinga qui reçut notre expédition dans sa capitale. Les Banyambo commençaient à revenir sur leurs sites d'origine, mais l'arrivé des *Bergiti* les fit retourner dans les montagnes.

Voilà, ce que j'avais appris des pêcheurs. Il s'agissait d'un complément essentiel pour ma carte ethnographique, car il concernait une période récente. Mes nouveaux amis écoutaient gentiment mes questions et répondaient sincèrement, ne cherchant pas d'excuse pour leurs trous de mémoire. Je devais ce rapport amical à Dewat que les pêcheurs connaissaient bien. Son accoutrement les émerveillait : il portait de vieilles chaussures de tennis, un pantalon, un chapeau ceint de percale blanche et rien d'autre. À l'occasion, et parfois sans, il serrait sur son imposante poitrine les beautés locales qui voyaient dans ce geste un hommage. Ils étaient tous habitués à Dewat qui chassait ici souvent les oiseaux aquatiques, et tous l'aimaient car il était gai, n'exigeait rien et ne les interrogeait que sur les oiseaux.

Pour moi, une autre affaire était importante. Les Banyaruanda, que je connaissais bien et dont la couche paysanne se nommait Bahutu, étaient désignés à la fois comme les Barundo et les Bahutu aussi bien près de Rutshuru qu'ici, chez ces pêcheurs repoussés sur les îles. La supposition formulée à Rutshuru se confirmait : je commençais à comprendre pourquoi, malgré tous mes efforts et de nombreux entretiens, je n'avais pu obtenir du roi du Ruanda aucune information ni sur sa généalogie ni sur l'histoire du royaume en rapport avec sa lignée. À l'évidence, le Ruanda était la création récente d'un usurpateur ou d'un vassal révolté du roi de l'Urundi et qui n'appartenait pas à sa lignée illustre. C'est pour cela que le roi du Ruanda n'avait pas de généalogie très ancienne dont il pouvait être fier. Dans tous les autres royaumes de la région des lacs, les généalogies n'étaient pas un secret d'État mais une source d'orgueil des régnants. Le Ruanda semblait être une création du roi Lwabugeri Kigeri dont les actes firent naître une grande légende qui éclipsa le passé.

Les pêcheurs s'habillent comme les Bakondjo vus hier à Vichumbi et venant de Makokoma. L'écorce de ficus battue à l'aide d'un maillet en bois constitue l'essentiel de leurs vêtements, comme dans toute la région lacustre. Seule la façon de la porter diffère. Les hommes la passent entre les jambes, coinçant les extrémités dans une ceinture de cuir portée sur les hanches (j'avais observé pour la première fois cette manière de s'habiller sur le contrebandier bahunde, rencontré à Nyundo) ; les femmes ont un petit tablier de même matière, serré à la taille par une ceinture d'herbe tressée. Un morceau de cuir brillant de graisse leur couvrait les fesses. Les atours de ces hommes et femmes ressemblent à ceux des habitants de la forêt, excepté le tablier en peau et une grande quantité de bracelets d'herbe tressée, de type fort répandu dans la région lacustre. Certains sont caractéristiques : à Kiziba, on entourait les brins d'herbe d'un mince fil de cuivre si étroitement que le bracelet semblait en métal.

Les pêcheurs partagent avec les gens de la forêt une pratique cosmétique ignorée à l'est : ils se poudrent avec un talc provenant d'un bois rouge écrasé sur une pierre. Comme on se préparait ici pour les danses et les beuveries, les dames étaient déjà bien enduites de graisse et de poudre. Le chevaleresque Dewat en portait les traces : à force de les serrer, il ressemblait à un zèbre. Encore une chance qu'il fût sans chemise : son torse nu facilitait le débarbouillage et le pantalon était sauf, grâce aux tabliers de ces dames. Ses cordialités me surprenaient, car les pêcheurs étaient couverts de poux. Les dames les pourchassaient avec la plus grande application, tout en menant de joyeuses causettes. Je n'avais jamais vu des Noirs envahis de tant de poux ! Ils différaient en cela radicalement des habitants de la région des lacs. S'ils se graissaient tous les jours et non seulement pour la fête, les poux seraient peut-être moins agiles...

Les insectes m'intéressaient peu, mais j'avais tout de même remarqué que l'un de mes porteurs était la risée de toute la caravane, à cause des poux justement. D'ailleurs, on riait souvent de lui, surtout lorsqu'il eut donné son argent, pris la veille à titre d'avance sur solde, à un Arabe rencontré sur la route et dont il était l'esclave. Lorsque l'effronté sémite s'adressa à moi pour toucher le reste du salaire du malheureux, je lui avais gentiment conseillé d'aller se faire voir ailleurs s'il ne voulait pas recevoir, à la place des roupies[3], autant de coups de bâton. Il dit alors, en s'excusant, que le porteur s'était engagé dans l'expédition pour un an afin de pouvoir se racheter.

Pour revenir aux pêcheurs de Mutambuka, ils partageaient un bon nombre de traits avec les habitants des forêts vierges, mais leurs parures et leurs vêtements ressemblaient aussi à ceux de la population de la région des lacs, en particulier du Ruanda. Certaines ressemblances pouvaient résulter des contacts commerciaux mais pas toutes. On remarquait surtout le tablier de cuir, porté par les femmes, même s'il était ici en peau de chèvre et non de vache, comme au Ruanda. J'avais déjà men-tionné les bracelets d'herbe tressée : ils ornaient ici les poignets, les chevilles, les mollets, sous les genoux, et les bras au-dessus des biceps, selon la coutume forestière. Leurs colliers sont faits de perles de porcelaine blanche et de verre bleu. Les torsades de perles en verre multicolores couvrent l'arrière des têtes rasées, à la façon des paysans ruandais. Les éleveurs les enfoncent plutôt sur le front.

Le lien avec la région des lacs est visible aussi dans le type d'habitat. Les huttes sont entièrement tressées en roseaux, seul matériau disponible, à défaut du bois. On y entre par un couloir qu'une cloison sépare de la partie centrale abritant un foyer. Au bout du couloir, une entrée mène vers la pièce principale et une petite chambre contenant une estrade pour dormir, surélevée d'une quarantaine de centimètres. À l'intérieur règne une obscurité totale et la hutte reste fraîche même aux heures les plus chaudes.

Mes observations attestent que même les Bakondjo les plus méridionaux, attachés par la langue à la région des lacs et sans contact direct avec les peuples forestiers, leur sont proches par la culture matérielle. Cela concerne surtout les éléments mobiles, comme les vêtements, les ornements et la façon de les porter ; les éléments plus stables – le langage et les maisons – indiquent

3. Monnaie indienne, adoptée par l'administration coloniale allemande en 1904 et réglée sur le mark (une roupie vaut 1,33 mark).

en revanche une affinité avec la région des lacs. Les Bakondjo ne sont pourtant pas un chaînon reliant le groupe compact des tribus interlacustres aux peuples de la forêt : ils forment un groupe périphérique dont la culture s'est modifiée partiellement sous l'influence de leurs voisins forestiers, et qui n'a pas résisté aux apports des pasteurs, visibles chez tous les peuples de l'Est africain. La hutte d'herbe tressée et le tablier en cuir des femmes en témoignent.

Sur l'île de Mutambuka, je vis pour la première fois des hommes atteints de la maladie du sommeil. Les pauvres ! Ils se plaignaient de maux de tête qu'ils soignaient en appliquant sur le front un fer chauffé à blanc. Ce traitement barbare, très répandu chez ceux qui souffrent de façon chronique, laisse des cicatrices caractéristiques. Ces maux s'accompagnent en général d'une constipation qui semble plus fréquente chez les Africains que chez les Européens ; les laxatifs, dont les pharmacies des missions sont toujours bien pourvues, étaient fort appréciés à Mutambuka.

J'avais entendu dire, déjà à Rutshuru, que la maladie du sommeil atteignait les rives sud-est du lac Édouard. Mais on me parlait uniquement de Katana, affirmant qu'elle y fut apportée par les Baganda qui livraient le sel au marché. Cette supposition aurait pu se justifier, car les caravanes de l'État indépendant qui traversaient les terrains infestés entre le Congo et le Tanganyika auraient contaminé tout le trajet, mais ce n'était pas le cas. Le mal se répand partout où apparaît *Glossina palpalis.* À Rutshuru, on prévoyait qu'il toucherait bientôt les marécages au sud du lac. Les indigènes y voient une conséquence de l'arrivée des Européens, qui n'en souffrent pas. Leur raisonnement s'appuie sur la mémoire des vieillards : plus on recule dans le passé, moins la maladie est fréquente. Les Noirs croient naïvement qu'elle voyage par les fils télégraphiques. Cette explication fantaisiste a pourtant un sens : les déplacements des indigènes entraînés par les Européens dans diverses activités accélèrent la propagation de la maladie du sommeil. Le trafic est plus intense sur les itinéraires les plus animés et ceux-ci sont équipés de fils télégraphiques. Jadis, quand les Noirs n'étaient pas obligés et même ne pouvaient pas franchir les limites de la région la plus proche, les risques de contamination étaient incomparablement moindres.

À seize heures passées, nous songeâmes à notre retour. Mais il fallait tout d'abord écoper l'eau de la barque, le fin assemblage des planches n'étant pas étanche. Les hippopotames s'apprêtaient à paître au bord du lac et nageaient à quelques mètres du bateau. Ainsi mon vœu de les voir de près se réalisa et il fallut même les contourner. Heureusement, ils ne nous prêtaient guère attention.

Une obscurité profonde nous surprit au milieu de la baie. Les feux de notre camp, abritant plus de cent cinquante personnes, indiquaient le cap. L'atmosphère de ce retour était indescriptible. Je m'enfonçais au cœur des mystères africains. Les heures d'immobilité et l'envol de mes pensées, habituellement entravées par les observations et les notes, me donnaient une joie intense. Je commençais à comprendre ce que j'avais vu au Ruanda : je l'apercevais dans une perspective qui estompait les détails et mettait en avant la puissante figure du grand roi qui n'était peut-être qu'un parvenu.

Nous arrivâmes au camp assez tôt pour que je puisse développer les clichés du jour avant le dîner, retardé à cause de nous. Ils étaient réussis et d'autant plus grande fut ma peine quand, au retour du dîner, je constatai que la plupart des émulsions sur les plaques en verre, les seules dont je disposais, étaient gondolées et bonnes à jeter ! L'eau du lac exposée à la température journalière de 36 °C et employée sans un adjuvant approprié en était la cause. J'avais oublié que je n'étais plus au Ruanda tempéré.

Toute la journée suivante, le mardi 17 décembre, je fis des études anthropologiques. Le lieutenant Spiltoire prit à cœur mes recherches et organisa la collecte des vivres pour notre caravane de réserve en deux temps, le matin et à midi. Je pouvais ainsi répartir mon travail sans me presser. Mais la meilleure surprise vint des indigènes qui m'apportèrent un tas d'objets hétéroclites, surtout ceux auxquels ils tenaient le moins.

Lors de mes recherches, j'ai pu constater que les Bakondjo des environs de Makokoma appartiennent aux clans dont les noms m'étaient familiers depuis la région des lacs : Badangi, Baswaga, Bamori, Bashu, Bakira, Babinga et Bashugari. Ils venaient en groupes compacts, ce qui indiquait qu'ils vivaient ensemble. Des individus venant seuls appartenaient aux clans suivants : Banyansa, Basambo (Bashambo ?), Bakunda, Bashuhoni, Barambo et Batwi. L'absence dans les environs de Vichumbi des clans très présents aux alentours de Rutshuru, et que j'avais connus au Ruanda et dans les États bordant le lac Victoria, m'avait surpris. C'était une preuve du lien étroit et probablement ancien entre les Bakondjo locaux et la population interlacustre.

L'excursion à Mutambuka marqua la fin de ma recherche sur le Ruanda et l'achèvement de mes premiers travaux autonomes. J'allais à présent rejoindre l'expédition, mais je tenais à retrouver ma liberté au plus vite. Mon conflit avec Weiss, malgré son heureux dénouement à Kissenyi, m'avait laissé une certaine amertume. Je tenais grief à Kirschstein qui n'avait pas voulu attester, en prévision de sa collaboration avec le topographe, que les indigènes avaient raison de se plaindre de Weiss. Ma jonction avec Schubotz ne me réjouissait pas, bien que dans ma brouille avec Weiss il eût été correct. Il risquait d'altérer mes bons rapports avec les Belges qui me rendaient de grands services, comme l'excursion à Mutambuka par exemple. J'appréhendais les jours à venir et la vanité crispée de Schubotz mais, pour donner sa chance à l'entente, je décidai avec Dewat que nous irions le chercher en bateau à Katana pour lui épargner la traversée des marécages.

CHAPITRE V

SUR ÉDOUARD-NYANZA

Départ pour Katana. – Raisons de cordialité. – Schubotz. – Hameau de pêcheurs. – Retour à Vichumbi. – Retrouvailles avec le botaniste. – Dîner d'adieux. – Dissonance désolante. – Départ pour Kazindi. – Cigognes. – Nostalgie. – Ibis et analogies égyptiennes. – Makokoma. – Deuxième jour en pirogue. – Simba laryngologue. – Conflit avec Schubotz. – Humiliation du snob de Potsdam. – Amakoma. – Repos dominical. – Preuve de la diffusion de la maladie du sommeil. – Interview ethnologique. – Éléments ouest-africains. – Dernier jour sur le lac. – Arrivée à Kazindi. – Accueil et jonction de l'expédition.

Le mercredi 18 décembre commença pour nous très tôt, c'est-à-dire peu après minuit. La veille, Dewat et moi, nous rejoignîmes nos tentes surchauffées tout de suite après le dîner pour dormir un peu avant de nous retrouver sur le ponton vers une heure du matin, prêts pour le départ. Les pagayeurs ne traînaient pas et nous partîmes aussitôt chercher Schubotz à Katana. C'était bien plus loin que Mutambuka : avec un bon vent, lorsqu'on pouvait mettre à la voile, l'expédition demandait près de quatre heures ; sans vent, quand il fallait ramer ou pousser à la perche, la même distance exigeait au moins cinq heures. Nous prîmes une lourde chaloupe pour pouvoir embarquer les bagages de Schubotz et de sa caravane. Sans charge, ses porteurs pouvaient atteindre Vichumbi, à travers le delta marécageux de la Rutshuru, en une journée.

Somnolents, et sans la moindre aventure, nous arrivâmes sur la place vide du marché de Katana. C'est ici qu'à chaque nouvelle lune les bateaux apportent le sel de Katwe. Des foules d'acquéreurs arrivent alors du Ruanda, du Kiziba et même des pays plus méridionaux, avec de la nourriture et des troupeaux de chèvres qui servent de monnaie d'échange. Mais pour l'heure, il n'y avait personne, à l'exception de la caravane du Dr Schubotz.

Il nous reçut au petit déjeuner avec une avalanche de nouvelles, car nous étions séparés depuis deux mois. Sa cordialité contrastait avec nos relations habituelles, polies mais distantes. Schubotz savait par Kirschstein que j'appartenais à ce qu'on appelait chez nous la haute société, que j'avais séjourné durant mes études dans un presbytère dont le baron Ropp, futur archevêque de Wilnus, était l'abbé, que j'avais habité ensuite chez la baronne Krüdener[1] et que je portais un uniforme doublé de soie. Pour toutes ces raisons, Schubotz se montrait quelque peu guindé dans nos rapports, me laissant comprendre que, parmi les chercheurs, il détenait la première place. Cela pouvait se justifier du fait que je n'étais qu'un ex-canonnier du tsar russe et le plus jeune membre de l'expédition tandis que lui, il était le *Reserveleutnant* du roi de Prusse, c'est-à-dire un civil que les officiers subalternes, dont l'armée n'exigeait même pas un baccalauréat, pouvaient taper dans le dos. Kirschstein et Mildbraed étaient des civils endurcis, mais le premier, philistin d'une corporation hautement nobiliaire, était un aventurier célèbre, aguerri par des duels d'étudiants, ce qui compliquait l'affaire... De plus, en tant qu'Allemand balte, il avait le droit incontestable de dédaigner les Allemands ordinaires : lorsque les *Balten* et les Polonais avaient le choix des armes dans un duel sérieux, ils préféraient toujours les pistolets, solution scrupuleusement évitée par les autres. Cela imposait une certaine distance dans les rapports humains et suscitait un respect parfois injustifié.

1. Une de ses parentes, la mystique Juliana Krüdener, fut l'inspiratrice politique du tsar Alexandre Ier.

Fils d'un citadin aisé de Potsdam qui possédait, selon Kirschstein, au courant de tout, une entreprise de transport développée à partir d'une modeste *Droschkenkutscherhalterei* (entreprise de location de coches), Schubotz me témoignait une courtoisie irréprochable. Exemple typique d'un homme éprouvant un sentiment d'infériorité, il le compensait en jouant le rôle de grand veneur de notre altier chef. Il souffrait donc lorsque j'accompagnais le Duc pour les cérémonies et dîners, par exemple au consulat allemand de Mombasa ou chez le gouverneur de l'Uganda à Entebbe, pendant que les autres chercheurs n'assistaient qu'au café (et à l'inévitable peppermint). Je devais cet honneur à ma connaissance des langues, et aussi parce qu'on y invitait des dames auxquelles j'avais tenu compagnie durant le voyage de Naples à Mombasa, ce que mes collègues avaient omis de faire.

Compte tenu de tout cela, la grande gentillesse de Schubotz me paraissait suspecte. S'il se montrait si chaleureux, n'était-ce parce qu'il interprétait mon arrivée en compagnie du Belge comme signe de ma soumission à un collègue plus âgé ? J'aurais bien aimé voir sa réaction s'il avait su que Dewat était sous-officier ! Quant à ma jeunesse, j'en tirais plutôt profit en me déchargeant des problèmes disciplinaires sur un collègue plus mûr. Lorsque Mildbraed se trouvait en pareil cas, à défaut de pouvoir évoquer son inexpérience juvénile, il en appelait à la supériorité de la Schutztruppe et déposait ses soucis sur les épaules du lieutenant von Wiese ou du sous-officier Czeczatka.

Après le déjeuner, nous allâmes dans le hameau de pêcheurs, le vrai Katana, centre du petit monde de la tribu Bakingwe, appelé par leurs voisins : le pays Neire. Katana n'était pas sur pilotis, comme cela m'avait été dit à Rutshuru, mais sur un îlot marécageux surélevé par les dépôts constants de roseaux et d'herbes. Ce ponton tremblait sous nos pas, me faisant craindre à tout moment que mes jambes ne s'enfoncent dans la mare puante. J'étais déçu d'y trouver les mêmes huttes-ruches qu'à Mutambuka, sauf qu'elles reposaient ici sur une litière végétale. De plus, à la place des bateaux en écorce de bois que l'on m'avait décrits, il y avait des embarcations en planches reliées avec une fibre végétale, comparables à celles de Vichumbi. La culture matérielle de Katana ressemble à celle de Mutambuka mais le niveau de vie y est plus élevé et les femmes visiblement mieux nourries, grâce au voisinage du marché qui facilite le troc des poissons contre des produits divers, surtout agricoles, parmi lesquels la première place revient aux chèvres. Les pêcheurs ne vendent pas de sel, mais parfois se chargent de son transport.

Katana, village des pêcheurs bakondjo

Après avoir exploré le hameau, ce qui ne m'avait apporté rien de nouveau, nous rentrâmes au camp pour un deuxième petit déjeuner, puis reprîmes la route. Nous fûmes à Vichumbi à dix-sept heures, cette fois-ci sans voir les hippopotames. Mildbraed et Czeczatka arrivaient tout juste de Rutshuru à la tête de la colonne de réserve déjà fort réduite, presque deux fois moins nombreuse que lorsque je marchais avec elle de Mpororo au lac Mohasi, où j'étais devenu autonome. À mesure que les provisions fondaient, certains porteurs revenaient à Bukoba avec les collectes scientifiques et d'autres remplaçaient les malades renvoyés chez eux ou décédés. L'expédition n'épuisait pas uniquement le personnel africain : Weiss commençait à aller mal mais refusait de consulter notre médecin, le Dr Raven, qu'il considérait, à raison, comme un intrigant et un ennemi.

Pendant le dîner d'adieux, offert par le lieutenant Spiltoire, survint un incident désagréable. Pour répondre au charmant toast de notre hôte, il n'y avait que moi qui pouvais le faire car j'étais le seul à parler français. Je le fis sur l'invitation de Mildbraed qui employa l'expression du Duc : *Naa Czeka los...* Alors Schubotz, qui usurpait ici le rôle du chef – revenant plutôt à Mildbraed, plus âgé et chercheur déjà confirmé –, prit la mouche et depuis ses hauteurs savantes traita Spiltoire avec condescendance. Celui-ci rétorqua, sur un ton très officiel, qu'il avait tout fait pour que l'expédition traverse en sécurité la zone dont il était responsable, puis continua à parler avec verve de la zone forestière à l'ouest du lac Édouard. Schubotz avait bien compris son discret rappel à l'ordre. C'était par égard envers le Duc, dont le charme personnel les avait séduits, que les Belges avaient aidé l'expédition plus qu'ils ne l'auraient jamais fait pour des savants impertinents. Le zoologiste fit ses adieux après la première tasse de café et quitta la grange, prétextant la nécessité de ranger ses affaires avant le départ. Spiltoire regretta alors sa précieuse compagnie, montrant ainsi que sa sortie ne signifiait pas la fin du repas. Aussitôt Mildbraed l'approuva, lançant son habituel : *Na, Herrschaften, so jung sehen wir uns nicht wieder*[2]. Les Belges le comprirent, car ils étaient flamands, et l'ambiance devint sympathique. Nous restâmes tard, buvant du café, du vin et du Cointreau et racontant des histoires étranges. À la fin, il fallut aider Mildbraed à trouver son lit, car il était éméché comme toujours dans de telles occasions.

Le jeudi 19 décembre, nous pliâmes le camp très tôt. Mildbraed, qui s'était vite débrouillé avec le sien, vint me chercher pour un dernier petit déjeuner sous la grange. En attendant Pendakula, pour lui donner quelques consignes, nous parlâmes de l'incident de la veille qui, grâce au tact de Spiltoire, n'avait pas

2. Allons, messieurs, nous ne nous reverrons plus jamais aussi jeunes.

gâché notre soirée. Le botaniste, naturellement indulgent, se demandait qu'est-ce qui avait fait sortir Schubotz de ses gonds. Ne trouvant pas la réponse, il conclut que c'était de l'eau qui lui était montée à la tête, car il se plaignait le jour précédent qu'au lieu d'une caisse de boisson on lui eût apporté de la farine. Disons entre parenthèses que Schubotz n'était pas un buveur.

À Vichumbi, Mildbraed se sépara de nous : ses recherches l'obligeaient à joindre Kazindi par le pénible itinéraire de la rive ouest du lac. Il restait en liaison avec la caravane de réserve qui lui épargnait le souci d'un voyage en solitaire et lui permettait de se consacrer entièrement à ses travaux botaniques, exigeant une constante manipulation des herbiers. Quant à moi, renseignement pris à Vichumbi, je risquais de voir moins d'hommes sur la piste traversant plusieurs ravins que dans les villages bordant le lac. Après les opérations de Spiltoire, qui concernaient pourtant l'arrière-pays, les populations se sont dispersées. Pour cela et aussi pour épargner mes hommes, je décidai de naviguer avec Schubotz, au lieu de marcher avec Mildbraed et Czeczatka.

Au petit déjeuner l'ambiance fut sympathique. Après avoir salué Spiltoire et Dewat à l'embarcadère, nous partîmes à huit heures, avec serviteurs et bagages, en deux bateaux : une grande chaloupe métallique, déjà chargée des affaires de Schubotz depuis Katana, et une pirogue encore plus imposante. Les porteurs libérés de leurs colis partirent aussitôt pour rejoindre la colonne de réserve de Czeczatka, déjà engagée sur la rive ouest. Le commandement de mes hommes fut confié à Pendakula et non à Salimu.

L'amiral de notre flottille était Kassai, de la tribu des Wanande, c'est-à-dire des Bakondjo des environs de Fort Beni. Les pagayeurs, ses subordonnés, étaient des fonctionnaires payés par l'État indépendant. En fait de rameurs, ils n'en avaient que le nom car ils se contentaient de pousser les bateaux à l'aide de perches assez courtes le long de la côte. Ils possédaient des pagaies, mais tout raccourci où il eût fallu les employer était évité.

Les abords du lac, plats et marécageux sur de grandes étendues, cachaient des terrains secs à l'intérieur ; c'était une steppe dégarnie où poussaient quelques rares buissons. Aucune trace de peuplement. Il s'agissait de la partie septentrionale de la steppe que j'avais traversée en abordant Vichumbi par le sud. Nous suivions la rive ouest, moins marécageuse que la rive est, que nous avions longée en naviguant à Mutambuka et à Katana. Cela prouvait bien que les grands marais à l'est de la baie étaient formés par le delta de la Rutshuru et s'étaient développés aux dépens de la baie de Vichumbi.

Une vue ravissante se déployait sous nos yeux à la sortie de la baie. Parmi les multiples oiseaux, il y avait nos braves cigognes qui passaient l'hiver sous l'équateur. Leur présence m'avait ému et d'un coup mon pays, ses prairies et ses étangs peuplés de cigognes – les mêmes peut-être – se mirent à me manquer. Mais cette nostalgie bien sincère n'éveillait aucun désir du retour au pays ! Non ! Les huit mois passés depuis le départ de Berlin n'étaient qu'un début à l'aventure.

En observant les différentes espèces d'oiseaux, notre attention fut attirée par d'immenses marabouts. Leurs plumes, les fameuses aigrettes recherchées pour décorer les chapeaux des dames, étaient d'autant plus précieuses que ces oiseaux étaient protégés. Schubotz, assis sur le même banc que moi, profitait des privilèges d'une expédition scientifique, dispensée de res-pecter l'interdiction de chasser, pour les assassiner *con amore*. Excellent tireur, en peu de temps il eut plusieurs pièces, sans rater un seul coup ! Je fis la remarque prudente qu'à ce rythme, il n'y resterait plus un seul marabout avant notre arrivée à Kazindi. La prenant pour un compliment, Schubotz rétorqua qu'il fallait penser à ses proches, surtout lorsqu'on comptait revenir bientôt en *Ulaya* (l'Europe). Ainsi, il ne rêvait plus de la grande aventure et ses ambitions africaines se limitaient à ce qu'il avait déjà acquis.

Sur la berge se promenaient les mystérieux ibis. En les regardant, j'avais l'impression d'aborder la légendaire Égypte du Sud : la végétation des berges humides me rappelait les peintures murales des magnifiques tombeaux. Je voyais à présent combien leurs couleurs étaient fidèles ! Tout un monde perdu défilait devant mes yeux enchantés. Le déploiement des barques avec des chasseurs visant de leurs projectiles en bois les oiseaux bercés par l'onde légère ne m'aurait pas surpris...

À leur place apparurent des indigènes dans leurs légers bateaux de planches. Ils ramaient énergiquement pour disparaître au plus vite, ne se sentant pas en sécurité tant que nous étions en vue. Pourtant, ils nous savaient incapables de leur donner la course. L'aversion devant tout ce que pouvait apporter l'homme blanc était profonde. L'ordre européen, qu'ils payaient de leur travail, ne les enchantait point.

Dans l'après-midi, nous approchâmes les montagnes bordant la côte. Enveloppées de légères brumes violettes, marquées à la tombée de la nuit de traînées rouge sang, elles se muaient en paysage de conte de fées. Les traînées rouges annonçaient les feux qui embrasaient les herbes sèches et les brumes provenaient, comme il s'est avéré plus tard, d'incendies. À cause de ces rideaux de fumée, nous ne vîmes pas de sites habités, bien que les montagnes fussent très peuplées. Les paysans qui m'avaient permis d'assembler une belle collection ethnographique à Vichumbi en venaient[3].

À la nuit tombante, les hommes prirent les pagaies pour traverser en ligne droite la baie enfoncée dans les terres, mettant le cap sur le gîte d'étape Makokoma, sis sur une presqu'île. J'avais déjà fait la connaissance de ses gardiens à Vichumbi où ils amenaient des indigènes chargés des vivres récoltés sur les collines surplombant le lac. Je touchais terre avec joie après une journée passée dans le bateau, assis sur un banc étroit – grâce au ciel, pas tout le temps – ou sur une chaise de camp munie d'un dossier et d'accoudoirs. Ce n'était donc pas cela qui m'avait fatigué mais un terrible mal de tête. Je ne portais pas de lunettes de soleil, car elles me faisaient ressembler à un espion russe en manteau kaki, et maintenant j'en subissais la conséquence. La lumière reflétée par l'eau frappait les yeux sous le casque, causant un pénible mal de tête.

En attendant le dîner, je parlais avec les gardiens de la maladie du sommeil, présente ici depuis un certain temps déjà et qui m'intéressait beaucoup. Un malade en phase avancée, si épuisé qu'il ne tenait plus sur ses jambes, me fut présenté. Selon

3. Il s'agit des monts Mitumbi. Abritant le lac Édouard des flux humides de l'ouest, ils rendent toute la région exceptionnellement sèche (900 mm de pluie par an), compte tenu de la proximité de l'équateur.

mes informateurs, il n'avait jamais eu de crise de démence mais se plaignait depuis longtemps de maux de tête, soignés avec le fer rouge appliqué sur son front, comme l'indiquaient ses petites cicatrices rondes.

À Rutshuru on ignorait que la maladie du sommeil sévissait déjà sur le trajet menant à Fort Beni. Les gardiens n'en disaient rien à leurs supérieurs, inconscients du danger qui les menaçait. Originaires de Fort Beni, ils se considéraient comme des étrangers, bien que parlant la même langue que les autochtones. Ils ne savaient pas que leurs supérieurs auraient ordonné, dans leur intérêt, de couper les herbes, s'ils leur avaient dit que la terrible maladie menaçait les bords du lac. Le gîte était exposé à la contamination car il occupait un site marécageux, envahi de plantes aquatiques, à l'exception d'une petite plage qui servait d'embarcadère. Comme il était tard, je ne pouvais pas vérifier si la dangereuse *Glossina palpalis* volait dans les roseaux, mais il fallait compter sur cette éventualité.

Nous passâmes la journée suivante, le vendredi 20 décembre, sur l'eau. Après avoir traversé la baie depuis la presqu'île de Makokoma vers le nord, nous suivions de nouveau la côte, avançant par poussées. Les pentes escarpées s'élevaient audessus de nos têtes. Voyant comment le sentier se faufilait entre les ravins, j'étais content de naviguer et d'avoir échappé à ce tourisme romantique. En route, nous mangions des conserves et buvions du thé avec du vin rouge, car le cuisinier Simba, nostalgique de ses deux épouses, avait réussi à maintenir le feu. Profitant de notre lenteur, j'observais les paysages. La température variait comme à Vichumbi : après 17 °C dans la nuit, le jour elle montait à 33 °C. Cela paraissait être ici une norme pour le mois de décembre, excepté le jour de ma rencontre avec le lion pétochard où elle avait atteint un maximum de 36 °C.

Aujourd'hui, il n'y avait pas de soleil, et ma tête allait bien. Comme le paysage était monotone, je m'ennuyais et commençais à analyser mes données anthropologiques. Il n'était pas question de les traiter sur place, mais de me faire une idée générale des résultats. Le plus intéressant était le constat qu'en comparaison avec la population rurale bahutu du Ruanda, les Bakondjo des environs de Makokoma, étudiés à Vichumbi, s'approchaient plutôt des Batwa du Ruanda, donc de la formation la plus extrême et en même temps la plus « forestière » de toutes les formations anthropologiques. Les points communs entre les Bakondjo périphériques et les habitants de la forêt ne se limitaient pas aux vêtements et parures mais atteignaient les bases biologiques, entraînant la métamorphose de leurs formes. Ce résultat important nécessitait une analyse plus détaillée du matériau collecté.

Pour la première fois depuis Rutshuru je revoyais des bananiers ! Ils se balançaient, splendides, dans la brise qui soufflait depuis la côte jusqu'aux versants doucement inclinés. Les champs ne formaient pas ici d'espaces contigus. La densité de population ne devait donc pas dépasser quarante habitants au kilomètre carré. Il était midi et nous naviguions depuis l'aube.

Grâce à ce départ matinal de Makokoma, nous atteignîmes avant la soirée le gîte d'étape appelé Angi par les gardiens et Bunge sur la carte. Dans la journée nous passâmes devant le gîte de Kiranda. Trop absorbé par l'anthropologie, je ne l'avais même pas remarqué. Deux pénibles incidents rompirent la monotonie du voyage.

Tout de suite après l'accostage, Kassai, qui dirigeait la flottille, m'informa que l'un des pagayeurs était gravement malade et qu'il ne survivrait peut-être pas au-delà de la nuit. La médecine ne m'ayant jamais passionné, je n'étais pas au fait dans ce domaine, mais je ne pouvais pas me montrer aussi indifférent que Schubotz, prévenu du malheur avant moi. Je consultai aussitôt mon cuisinier Simba, car il possédait divers talents dépassant de loin l'art culinaire qu'il maîtrisait si bien, du moins dans nos conditions, que Schubotz avait ordonné à son cuisinier de s'en inspirer. Selon les porteurs qui jouaient (et perdaient) aux osselets avec lui, Simba était un grand sorcier, donc un guérisseur. J'avais déjà constaté pendant notre séjour au Mulera qu'il savait en fait soigner la dangereuse *impfura*. Pour cela, quand il m'affirma que notre homme pouvait être sauvé, je fus soulagé. Il confectionna sans tarder un grattoir en roseau et se mit à nettoyer scrupuleusement la gorge du malade. Après une abondante hémorragie, celui-ci se sentit mieux et il ne fut plus question qu'il meure dans la nuit : il ne s'étouffait plus. Les autres pagayeurs ne protestèrent pas contre ce traitement simple et radical, car ils savaient leur collègue condamné, indépendamment des performances chirurgicales de Simba. Il faut avouer que le spectacle était terrifiant : le malade s'étouffait de son sang et aspergeait abondamment les badauds qui observaient la scène avec émotion.

Le second incident était d'une autre nature. Après l'intervention sanitaire, j'entamai une conversation animée avec le gardien de l'étape. Constatant que l'opération m'avait bouleversé, il me témoigna sa sympathie. Nous parlions de la situation socio-politique locale lorsque Schubotz, tendu et sarcastique, s'approcha de moi pour m'annoncer que ma familiarité avec les Noirs dépassait toutes les bornes et qu'il souhaitait que cela cesse à l'avenir. Ensuite, il exprima ce qu'il pensait de ma présence parmi les Allemands, membres de l'expédition scientifique allemande : en tant que Polonais, j'étais certainement un ennemi secret du *Reich* et pour cela, à la moindre occasion, je sabotais l'autorité des Allemands. Mon amitié avec des missionnaires catholiques français et avec des officiers belges, voire des sous-officiers, en témoignait. De plus, je me tenais loin de mes collègues allemands et ne menais jamais avec eux des conversations cordiales. Pour finir, il me fit part de son étonnement qu'un Polonais, qui plus est sujet russe, ait été admis dans une expédition allemande et cela à titre de boursier d'une institution gouvernementale prussienne, sûrement au détriment d'un jeune scientifique allemand.

Le gant fut jeté rudement, comme dans une auberge tenant lieu de club de rencontres des petits-bourgeois de Potsdam. Schubotz employa les mêmes arguments nationalistes qu'il avait dénoncés chez Weiss, lors de notre conflit. Il faisait cela pour me détruire et couper court à toute discussion.

Je relevais le gant poliment mais fermement, lui faisant part de mon étonnement qu'il donnât des leçons à son inexpérimenté subordonné, car le Duc nous avait plus d'une fois signalé qu'il souhaitait un *gentlemen's agreement* au sein de l'expédition : l'ordre alphabétique, et non une hiérarchie selon l'âge, décidait pour toute affaire administrative. Pour cette raison mes coffres, paquets et même mes caleçons étaient marqués du chiffre 2, pendant que Son Altesse avait le chiffre 1. Pour cela aussi et non parce que je m'appelais von Czekanowski, j'étais placé à table à côté du Duc et qui plus est à sa droite. Ma prétendue familiarité avec les Noirs, les missionnaires catholiques français et les officiers belges, voire même les sous-officiers, découlait de l'instruction berlinoise qui pesait plus que la direction même de l'expédition. Cette instruction m'incitait à profiter de chaque renseignement, selon ma convenance. Les missionnaires qui connaissaient les indigènes et parlaient leurs dialectes étaient la source d'information la plus sûre. Il m'était en revanche déconseillé de côtoyer mes collègues qui, *primo*, n'étaient pas une source d'information ; *secundo*, considéraient notre expédition, dirigée par un membre de la famille régnante, comme un tremplin pour leur carrière, pas nécessairement scientifique. Pour ma part, j'étais là pour servir la science, passion transmise par la tradition familiale. Jusqu'à présent, l'application de l'instruction avait donné des résultats plus que satisfaisants, comme l'attestaient les lettres du professeur von Luschan qui lisait les copies de mon journal. Il m'encourageait à mener la recherche selon ma méthode, et même l'intervention du Dr Hans Schubotz ne pourrait rien y modifier. Quant à moi, je n'y changerais rien avant de recevoir d'autres instructions. Le prestige n'avait rien à y faire. Comment imaginez-vous le travail d'anthropologue et d'ethnographe sans familiarité avec les indigènes ? demandai-je à mon savant collègue. Un spécialiste de ces domaines devait rencontrer les autochtones, sans quoi ses efforts seraient vains. Il ne lui resterait comme source d'information que les femmes noires, car dans ce cas même les plus pointilleux défenseurs du prestige se montraient laxistes.

« Eh, Czeka ! On ne peut pas plaisanter de tout », dit Schubotz, apparemment désarmé. Profitant du changement de ton pour enfoncer définitivement la fierté de Potsdam, je lui ai demandé si mes collègues allemands s'interrogeaient sur mes relations ou des qualifications qui me permettaient à moi, un Polonais et de surcroît sujet russe, de faire partie d'un groupe d'élite et partager leurs privilèges ? Pourtant il s'agissait sûrement de cela, lorsque Weiss, évoquant les cendres de son père et de son grand-père, fidèles serviteurs du roi de Prusse, m'avait reproché d'avoir en sa personne insulté l'armée prussienne.

Après cette dramatique dispute, totalement vidés, nous passâmes à table pour le dîner, cette fois-ci mitonné par le cuisinier de Schubotz. Simba, qui s'était pourtant soigneusement lavé les mains, reçut l'ordre de se tenir loin des casseroles. Le souvenir de l'opération du malade de l'*impfura* était encore trop vif. Hélas ! La viande de chèvre était dure, ce que le naturaliste prit pour un affront personnel.

Notre dispute avait pour cause probable le banquet d'adieux du lieutenant Spiltoire. Après avoir témoigné de l'indifférence à Schubotz, personne n'avait tenté de recoller les morceaux pour effacer le regrettable incident. Aujourd'hui, la goutte qui fit déborder le vase, était Kassai : il avait traité l'affaire du malade avec moi et non pas avec le zoologiste qui se croyait chef de nos deux colonnes réunies, ce que je ne contestais pas, trop content d'être libéré du devoir de ravitailler nos hommes. Le rôle de bon *Muzungu,* de bon Blanc qui n'exige rien mais offre le tabac en palabrant, me convenait davantage. Kassai, que je connaissais depuis Vichumbi, était intelligent, comprenait ce que je voulais savoir et répondait exhaustivement à mes questions. Il n'était nullement familier mais encouragé par ma façon de procéder, ce qui était différent. Il était donc normal qu'à propos de l'homme gravement malade, il ait préféré s'adresser à moi plutôt qu'à Schubotz.

Il faut dire qu'après une journée de navigation, nous étions affamés et dans ces conditions un esclandre est vite arrivé. Ce genre de détails complique souvent la cohabitation des Européens en Afrique. J'avais déjà, hélas ! une expérience dans ce domaine. Schubotz, malgré ses faiblesses, n'était pas un mauvais homme – son comportement correct avec les Noirs le prouvait – mais un snob vaniteux qui digérait mal la bévue commise chez Spiltoire. Je l'avais mis devant le dilemme – l'alphabet ou la noblesse – à cause de son snobisme. Cette alternative inattendue et l'appel à la science avaient détendu l'atmosphère.

Le samedi 21 décembre, après avoir navigué trois heures, nous abordâmes près du gîte d'étape Amakoma, dont l'arrière-pays formait une plaine fortement peuplée et étendue jusqu'aux lointains versants du Rift occidental. Nous devions nous y reposer le lendemain, car c'était un dimanche. Selon le règlement, l'équipe œuvrant péniblement avait droit à un jour libre : *pumzika.* Kassai avait choisi ce lieu en raison de la facilité de ravitaillement dans une région bien peuplée.

Le chef d'un lignage du clan Babinga, Lishe, était nommé responsable de cette région par l'administration, tandis que la gestion du gîte d'étape fut confiée à Amakoma[4], le frère utérin (*tumbo modja* : ventre un, c'est-à-dire de la même mère) de notre amiral Kassai. Des deux frères originaires de Fort Beni, l'un avait été recruté pour le service sur l'eau, et l'autre sur la côte, où on l'avait établi avec d'autres membres de son clan Baswaga[5]. Il en était responsable non pas en tant que gardien d'étape, mais à titre de chef de lignage. Grâce à lui, je consacrai tout l'après-midi à la recherche anthropologique. Mais le travail avançait lentement car les deux jours passés dans le bateau encombré de bagages m'avaient épuisé : j'étudiai à peine dix-sept autochtones convoqués par Amakoma pour nous apporter des vivres. Je devais rencontrer les Baswaga plus tard, sur ma route.

Le dimanche 22 décembre fut consacré aux interviews et aux recherches ethnographiques et à l'enquête sur la maladie du sommeil. Huit sommeilleux, dont quatre femmes, végétaient près du gîte. La présence de femmes atteintes indiquait une contamination locale : elles tombaient malades en puisant de l'eau sur des berges couvertes des roseaux, vivier de *Glossina palpalis*. Cette mouche disparaît dès que les rives sont débroussaillées. Dans le cas d'une contamination venue de loin, les malades sont presque toujours des hommes, plus mobiles que les femmes.

L'état sanitaire de la population était médiocre : parmi les quarante hommes appelés par Lishe, il y avait deux cas sérieux d'éléphantiasis. Le nombre de personnes atteintes par cette difformité semblait important. On ne savait en revanche rien des lépreux. Plusieurs individus avaient des blessures purulentes sur les pieds à cause du traitement tardif des poux de sable, grande plaie locale. Il n'y avait aucune aide médicale européenne dans les environs et je n'avais pas entendu parler d'un médecin sur la route de Fort Beni, dernière étape de l'itinéraire frontalier, donc « le bout du monde ».

---

4. D'où le nom de l'étape.

5. Certains clans entretiennent entre eux des relations à plaisanterie. Tel est le cas des clans Babinga et Baswaga, cités ci-dessus. Leurs membres ironisent et se moquent les uns des autres, sans conséquence fâcheuse car il s'agit d'un comportement codé reconnu de tous. Les clans ainsi liés sont supposés partager la même origine mythique.

Parmi les curiosités ethnographiques du lieu, il faut mentionner la pipe confectionnée à partir de la nervure d'une feuille de bananier, élément caractéristique de la culture des peuples forestiers, vue ici pour la première fois. On y fume le tabac enveloppé dans la partie verte de la feuille qui remplace le papier à cigarettes ou le journal utilisés par mes mondains porteurs. Cela dit, cette pipe était fumée par un homme venant de Fort Beni et non par les autochtones. Ceux-ci ne se liment pas les dents, contrairement aux natifs de Fort Beni. Ils apprécient les perles de verre et viennent les chercher de loin, dès qu'ils apprennent que nous avons les variétés convoitées. De même, les perles vénitiennes peintes, dédaignées au Ruanda, ont ici un franc succès. Jusqu'à présent poids mort de ma caravane, elles restent à la mode chez les Bakondjo lacustres.

Les bananes, fournies en quantité si importante que la majeure partie en fut donnée aux habitants d'Amakoma, étaient ici la base de l'alimentation. Dans le village voisin, j'avais vu de grosses boules de bananes pressées qui séchaient au soleil comme les *shikwangi* de manioc – principal aliment des peuples forestiers du Sud-Ouest. Ici, le même procédé de conservation s'appliquait aux bananes. On réduisait également ces fruits en délicate et nourrissante farine, mais dans des conditions d'hygiène inacceptables pour un Européen.

Au cours de mes observations ethnographiques, je constatais la présence de plus en plus fréquente d'éléments de la culture ouest-africaine. La façon de préparer les bananes est importante, car elle concerne la consommation alimentaire et la préparation des réserves. La maison en herbe conserve en revanche sa forme typique de ruche, témoignant du lien avec la steppe est-africaine, même si la cuisine est installée dehors, près de la hutte principale. C'est une cabane plus petite et munie de deux entrées placées face à face. Les maisons locales sont dépourvues de cloisons internes séparant l'entrée et le lit de la pièce centrale. Ces éléments suggèrent plutôt des liens culturels avec la forêt.

Le lundi 23 décembre, une heure après avoir quitté Amakoma, les villages et les bananiers avaient disparu. À perte de vue – réduite depuis le bateau – s'étendait la steppe. Au début, elle avait l'aspect d'un parc, mais à mesure de notre progression vers l'est, les arbres isolés se raréfiaient pour disparaître ensuite

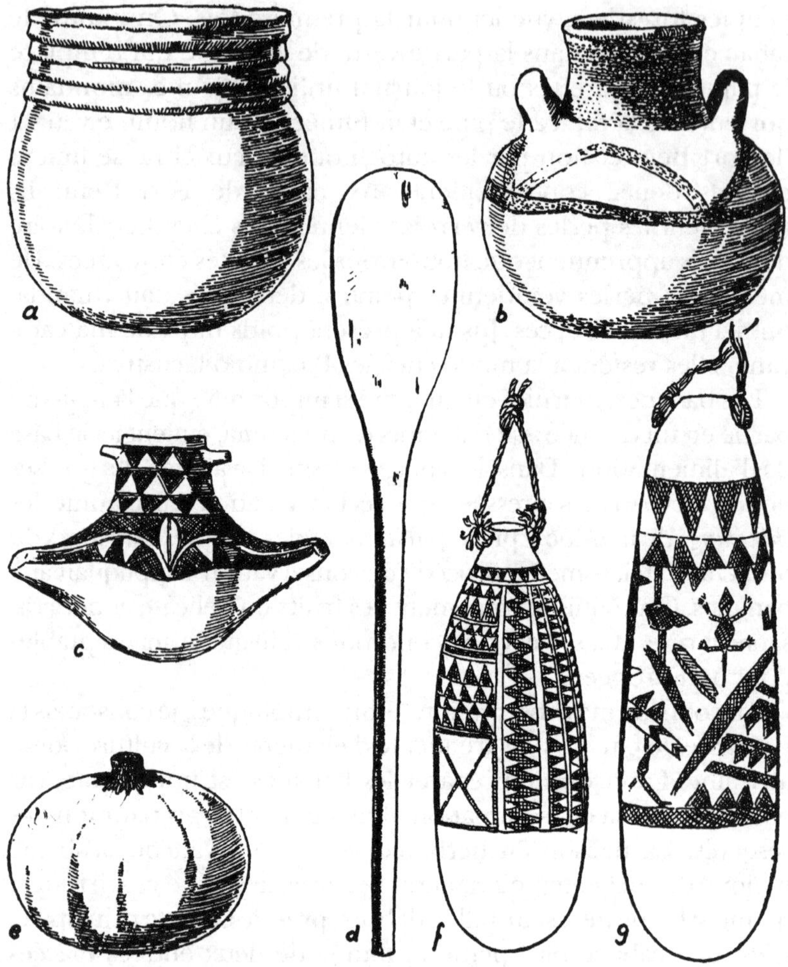

Récipients de cuisine bakondjo : a) marmite ; b) et c) marmites à anses décorées de Karibumba, village dont le chef est mentionné dans le chapitre XIV ; d) cuillère de bois pour mélanger la bouillie ; e), f) et g) gourdes à baratter.

complètement. Nous contemplions les steppes de Busongora sur lesquelles régnaient jusqu'à présent les pasteurs bahima. C'étaient les confins occidentaux du royaume du Bunyoro, fortement réduit à la fin du siècle dernier, à l'issue du conflit avec les occupants anglais.

Après six heures d'immobilité sur le bateau exposé à la chaleur torride, nous atteignîmes l'embarcadère situé à trois quarts d'heure de marche de Kazindi. Nous y arrivâmes dans la soirée, car il fallut attendre les porteurs qu'un pagayeur fatigué était parti chercher à Kazindi, sur l'ordre de Kassai. Compte tenu de la chaleur, on pouvait difficilement exiger qu'il aille vite.

À Kazindi nous fûmes accueillis par le Duc, en compagnie du Dr von Raven, du lieutenant von Wiese, du commandant du poste de Kazindi, M. Boisac et du lieutenant belge Vériter, attaché local du Duc. Schubotz et moi, affamés car privés de déjeuner, prîmes tout d'abord un rafraîchissant apéritif, échangeant nouvelles et potins. Je regagnai ensuite ma tente où m'attendaient mon bain et un abondant courrier d'Europe, grand événement au cœur de l'Afrique. Dans ces lieux perdus, l'occasion de se heurter à ses semblables, irrespectueux des convenances, était fréquente. Quelle consolation apportaient alors les lettres !

CHAPITRE VI

KAZINDI ET KATWE

Recherche à Noël. – Poste de Kazindi. – Le Busongora. – Les Babito, les Bahinda et les Bahima. – Les Bakondjo. – Conflits avec le Bunyoro. – Le réveillon. – Rétrospective, débats, projets. – Divergences de buts. – Incendie de la steppe. – Liaisons postales. – Isolement conséquent. – Excursion à Katwe. – Le sel. – La sensation. – Visite des marchands. – Nouvelle visite. – Commerce et contrebande. – Politesses arabes. – Exploitation du sel. – Délégué du roi. – Prix incroyablement élevés. – *Typhus recurens*. – Retour à Kazindi.

Mardi, le 24 décembre, au lieu de fêter Noël dès le matin, je poursuivis mes études anthropologiques. Les indigènes apportèrent les provisions dans la matinée et je ne pouvais pas laisser passer l'occasion de découvrir les différences entre les populations des rives sud, ouest et nord du lac Édouard. Les Bakondjo locaux semblaient plus proches de la population forestière que ceux de Vichumbi. La ressemblance se voyait dans leurs visages et n'était pas une illusion suggérée par leurs incisives supérieures effilées à la manière des peuples forestiers. Grâce aux autochtones, j'éclaircis la situation ethnique du territoire compris entre le lac et les versants sud du Ruwenzori.

Filiale frontalière de Fort Beni, le poste de Kazindi est fortement militarisé : il y stationne deux pelotons comptant près de cent hommes. Les officiers étaient absents car ils rebâtissaient, avec la plupart des soldats, la mission de Saint-Gustave, détruite par un ouragan. Ils devaient y passer Noël car la mission, située en altitude, à quelques heures de marche au nord du poste, jouissait d'un climat bien meilleur que Kazindi, lui-même établi pourtant en retrait de la côte, sur le dernier piémont du Ruwenzori dont on voyait parfois les sommets enneigés. Le poste, dirigé par *l'agent militaire* Boisac, donnait une pénible impression de provisoire. Les cases, infestées de rats et d'insectes, montées à la va-vite de *matete* – l'herbe de la steppe, haute de plusieurs mètres et épaisse d'un doigt –, penchaient tordues par les vents. Rien d'étonnant à ce que les officiers aient préféré rebâtir la mission au lieu de réveillonner à Kazindi.

La présence d'une si importante garnison en ce lieu s'expliquait par l'aggravation du contentieux frontalier : la Commission chargée de tracer le méridien 30° pour mettre fin au conflit opposant l'État indépendant à la Grande-Bretagne depuis la découverte de l'erreur de Stanley, achevait ses travaux sur le terrain. Lors de la conférence de Berlin, ce méridien fut choisi comme l'un des critères délimitant le territoire de l'État indépendant à l'est. Si l'on voulait respecter ce même critère géographique après la correction de la position du méridien, la frontière de l'État indépendant devrait être déplacée de vingt kilomètres, et même davantage, vers le nord-est. Ainsi, le lac Édouard serait inclus dans l'État indépendant et ne séparerait plus naturellement le Congo du Protectorat de l'Uganda. La frontière deviendrait alors une ligne conventionnelle, tracée sur la carte au mépris des intérêts de la population. Pis, les Anglais seraient forcés d'abandonner le trésor salin de Katwe qui valait bien une mine d'or ! Ils n'en avaient nulle intention car ils détenaient cet important centre économique bien avant que les fonctionnaires de l'État indépendant n'atteignent sa frontière orientale. En ce temps, tout était déterminé selon la carte de Stanley, jusqu'à ce que l'on découvre que ses chronomètres fatigués lui avaient fait placer le méridien 30° beaucoup trop à l'ouest. C'est comme cela que Katwe s'était retrouvé dans la zone d'influence britannique. Un poste de garde y fut installé dans un blockhaus en pierre, appelé pompeusement Fort George en l'honneur du futur roi George V.

Apprenant l'erreur de Stanley, l'État indépendant annonça ses prétentions, créant ainsi un litige territorial. La garnison britannique quitta Fort George, sans conséquence particulière.

Le territoire au nord du canal de Kazinga, y compris Katwe, restait sous la tutelle d'un émissaire du roi du Toro, tandis qu'au sud, entre le canal et le lac, gouvernaient les vassaux du roi du Nkole, lui-même vassal de la Grande-Bretagne[1]. Il était difficile de modifier l'ordre établi. La situation sur le terrain violait l'accord de Berlin, mais la population locale ne voulait pas dépendre de l'État indépendant qu'elle considérait comme une « maison de contrainte ». Ainsi Katwe gardait son importance économique, la frontière fixée arbitrairement semblait trop absurde et la Grande-Bretagne était trop puissante pour que la situation établie depuis plusieurs années puisse être modifiée.

Cependant, l'abandon de Fort George et la destruction du blockhaus inquiétèrent les indigènes. Au-delà de la sphère d'influence directe du pouvoir européen, le risque de l'anarchie était grand. La création d'un poste à Kazindi avait pour but d'assurer la sécurité du transport sur l'itinéraire frontalier et de contrôler les habitants du bouillonnant territoire litigieux. Il fallait absolument trouver des porteurs pour acheminer à Fort Beni les marchandises qui arrivaient à Kazindi par bateaux chargés à Vichumbi, et en ramener des quantités encore plus importantes. Et cette corvée était très lourde.

Dans le territoire dépendant du poste de Kazindi, le nouvel ordre qui subordonne les indigènes directement au chef de poste ne fonctionne pas encore. Ce territoire s'appelle Busongora – pays de ceux qui se liment les dents. Sa population, composée en majorité de Bakondjo, pratique en effet cette coutume des peuples forestiers. Ils cultivent la terre, gouvernés par les pasteurs bahima, eux-mêmes soumis depuis longtemps aux maîtres du Bunyoro, du lignage ou de la tribu des Babito qui se brisent les incisives inférieures. Lorsque l'administration anglaise avait détaché le Toro du Bunyoro, le Busongora était d'abord devenu l'une des provinces du Toro, pour se retrouver ensuite, après la délimitation de l'État indépendant, de l'autre côté de la frontière coloniale et devenir, dès ce moment-là, « souverain ».

1. Nkole (Nkore), royaume voisin du Rwanda, du Toro et du Buganda. Gouverné par les pasteurs hima, il fut mis en difficulté par le roi du Rwanda, Kigeri Rwabugiri. En 1896, Nkore est intégré dans le Protectorat de l'Ouganda, tout comme Buganda, Bunyoro et Toro.

Le Busongora est gouverné à présent par Mudungu, de la même lignée babito que les rois du Bunyoro et du Toro. Ce seigneur féodal de la famille royale fut élevé à cette fonction égalant celle des rois légitimes par l'administration belge. Il s'agit en fait de la création d'une unité territoriale analogue au royaume du Toro, où les Anglais avaient restauré une branche cadette des Babito qui leur était favorable, pour contrer une lignée ancienne, réfractaire à leur présence. En fondant le poste de Kazindi, l'État indépendant manifestait sa volonté d'exploiter la population directement et sans contrepartie. Pour l'heure, la réorganisation administrative n'était pas achevée et la situation demeurait transitoire. Le Busongora avait désormais des frontières stables, ce qui n'avait jamais été le cas : à l'ouest, la rivière Semliki qui coule du lac Édouard au lac Albert ; au nord, les versants du Ruwenzori, comme jadis ; à l'est, les gorges de la Nyamgasani (limite réelle de l'influence britannique) ; au sud, le lac Édouard. Jadis, le Busongora s'étendait davantage : à l'est jusqu'au canal de Kazinga et le lac Dweru (lac George), tandis qu'à l'ouest, la suprématie des chefs du Busongora était reconnue par les Bahima qui dominaient les steppes de la rive gauche de la Semliki. Ces deux frontières oscillaient selon le jeu des forces locales, comme toujours dans le cas des États féodaux, surtout africains.

J'appris au cours de mes entretiens que l'occupation du Busongora par le Bunyoro, ou plutôt par les Babito qui y règnent, n'avait entraîné aucun chamboulement social, contrairement à ce que s'apprêtait à faire l'État indépendant. Il semble que Mudungu, membre de la dynastie babito et chef nominal du Busongora, s'appuie sur les Bahinda qui régnaient ici jadis, dominant dans les temps immémoriaux les pasteurs bahima. Le *katikiro* Bilhoha, son Premier ministre, appartient justement à cette lignée illustre bahinda qui règne encore au Nkole et presque sur tout le territoire dépendant du Résident impérial allemand de Bukoba, à l'ouest du lac Victoria. Bilhoha, deuxième personnalité du Busongora après Mudungu, exerce en son nom un pouvoir réel et s'entretient avec l'administration européenne, grâce à son appartenance à la lignée bahinda, reconnue royale par les pasteurs bahima qui forment la noblesse locale. Les

Babito, malgré quelques siècles de règne, restent aux yeux des Bahima des usurpateurs qui avaient chassé les chefs légitimes bahinda du nord-ouest de la région des lacs.

La population du Busongora se compose de quatre formations ethniques. La couche sociale la plus élevée et en même temps la plus récente est composée des Babito. Nilotes d'origine, apparentés aux Shilluk[2], ils forment en réalité l'une de leurs tribus (ils cassent leurs incisives inférieures à la manière des Shilluk encore maintenant). Les envahisseurs les plus anciens sont représentés par la couche noble comprenant les Bahinda et les Bahima, liés par la tradition de leur ancienne appartenance au Grand Bunyoro gouverné jadis par les Bahinda. Ceux-ci avaient dominé une partie des pasteurs bahima, à l'origine sans doute une tribu hamite, probablement apparentée aux Galla couchites du sud-ouest de l'Abyssinie. Les Bahima parlent exclusivement le runyoro qu'ils avaient emprunté à leurs sujets, les agriculteurs bahiru de la famille linguistique bantu. La coutume de se briser les incisives inférieures leur vient, en revanche, des Babito. Les trois groupes cités – les Babito, les Bahima et les Bahinda – forment la noblesse. Ils dominent les Bakondjo, considérés comme autochtones, qui cultivent la terre à l'aide de houes. C'est à cause de leurs incisives supérieures limées que le pays s'appelle Busongora. *Kusongora meno* signifie : s'aiguiser les dents. Ce nom lui fut donné par les gens qui parlaient kisuaheli, donc récemment, peut-être même par des hommes de Stanley qui furent les premiers à employer ici cette langue répandue dans toute l'Afrique orientale. Ensuite, grâce à la carte de Stanley, Busongora entra dans la littérature géographique européenne. Il s'agirait donc d'une appellation artificielle typique, inconnue des autochtones, introduite par les étrangers et adoptée par les Bahima.

Les Bakondjo des environs de Kazindi appartiennent aux clans que j'avais connus dans la région des lacs : Bashugari, Baswaga, Bakira, Badangi, Bashongere, et quelques autres plus faiblement représentés. À l'instar des habitants de la région des lacs, ils ne sont pas circoncis. Chaque famille vit dans un hameau et les hameaux

2. Peuple du Soudan méridional, vivant au confluent du Nil Blanc et de la Sobat.

forment des agglomérations groupant les membres d'un seul clan. Cela signifie que la « vendetta » assure ici la sécurité personnelle et que les paysans ne sont pas contrôlés par la couche pastorale dominante. Les clans des Bakondjo ne sont ni morcelés ni dispersés, comme dans une grande partie du Ruanda et presque dans toute la région des lacs. Nous étions ici à sa périphérie la plus archaïque.

Les Bakondjo élèvent des chèvres, des poules et des chiens, mais pas de bovins qui assurent l'existence des pasteurs bahima. Les chèvres sont un moyen de paiement employé surtout pour acheter des femmes. Une femme vaut ici une trentaine de chèvres, prix fort élevé, car au Ruanda par exemple, on donne pour une femme une vache, équivalant à vingt chèvres. Rien d'étonnant à ce que les hommes pauvres n'aient point de femmes ! Et la femme est ici la base de l'indépendance économique.

Les Bahima seuls possèdent du bétail, mais ils ne peuvent pas se vanter d'avoir de grands troupeaux. Bien que les steppes locales offrent d'excellentes conditions d'élevage, le vide provoqué par la grande épidémie de peste bovine[3] n'est pas encore comblé. Du reste, même avant ce désastre, l'élevage n'était pas ici aussi florissant qu'au Ruanda ou au Nkole, car le bétail était constamment razzié par les *barussura*, les guerriers de Kabarega, roi du Bunyoro. Il fallut que les Anglais lui infligent une cinglante défaite et le déportent aux îles Seychelles[4], tel un Napoléon noir, pour que la paix s'instaure. Il faut dire, à décharge du roi, que si les Bahima étaient prêts à sacrifier leurs incisives inférieures en signe de soumission, ils profitaient de la moindre occasion pour gagner leur indépendance et échapper au devoir annuel de livrer à la cour une tête de bétail sur vingt. Cette régale (avec les fractions payées en chèvres), obligatoire dans toute la région lacustre, était pourtant supportable pour les pasteurs. Confronté à leur résistance, le roi ordonnait à ses *barussura* d'exécuter la redevance par des expéditions punitives. Violentant les gens, ils prélevaient l'impôt et tout ce qui pouvait être pris en même temps. Ce procédé,

3. En 1891, la peste bovine s'étend de l'Éthiopie à la région des Grands Lacs. Au Rwanda, on l'appela *muryamo* – le grand sommeil.

4. En 1899, en même temps que le roi du Buganda. Kabarega y restera jusqu'à sa mort en 1923.

analogue à la mise en recouvrement de l'impôt majoré en Europe, était perçu ici comme un abus et un rapt. Voilà pourquoi la population locale avait, au début, bien accepté l'occupation européenne. Elle instaurait la paix, permettait de garder son bien et protégeait même contre le pouvoir traditionnel[5].

Mais cette entente conviviale vola en éclats après l'installation du poste à Kazindi et l'imposition de lourdes charges, prix du maintien de l'ordre nouveau. Les paysans devaient fournir des vivres et assurer le portage, les pasteurs bahima de la viande en quantité dépassant de loin ce que réclamait naguère le roi du Bunyoro, et les soldats de l'homme blanc étaient finalement bien plus dangereux que les *barussura* de Kabarega : ils ne commettaient pas de viols mais raflaient le bétail !

Après en avoir terminé avec l'anthropologie et les interviews ethno-sociologiques, je pris des notes et fis du courrier. Le compte rendu pour le musée de Berlin était court car les copies de mon journal rapportaient l'essentiel. La correspondance privée, son complément, était plus prenante. Par prudence, je ne notais pas dans le journal tout ce qui méritait de l'être. Il fallait aussi écrire des lettres pour en recevoir ; comble du plaisir de la vie africaine ! Trop absorbé, je n'avais pas vu arriver l'heure du réveillon. Heureusement, Auguste ne l'avait pas oubliée : vêtu pour la cérémonie, il apportait mon costume blanc fraîchement repassé. Puis, comme pour toute réception spéciale, il emporta ma chaise afin de l'installer à table et se placer dignement derrière elle.

---

5. L'ironie de Czekanowski témoigne de son indépendance d'esprit, compte tenu de l'image de l'armée du Bunyoro et de Kabarega, forgée par les explorateurs, qui prévalait en Europe. Seul Emin Pacha en avait une haute opinion, mais elle fut ignorée. Kabarega confondait les Blancs venant du Nord avec les esclavagistes. Confronté au refus de S. Baker, gouverneur de l'Equatoria, de l'aider à soumettre un prince rebelle, puis au rattachement du nord de Bunyoro à l'Égypte par Gordon Pacha et aux attaques du Buganda, le roi comptait sur les *barussura* pour protéger le royaume contre les menaces externes et aussi internes. Entraînée et équipée de fusils, répartie sur tout le territoire, l'armée formait un contre-pouvoir face aux chefs de provinces, issus de l'aristocratie héréditaire à tradition séparatiste. Elle était par ailleurs un moyen de promotion et de mobilité sociale, car elle recrutait dans tous les milieux, y compris à l'étranger, et son commandement, à tous les échelons, s'obtenait au mérite.

Nous étions tous réunis, à l'exception de Kirschstein égaré sur les volcans du Ruanda. Un araucaria de la steppe, joliment décoré de papiers de soie colorés que von Wiese avait trouvés en déballant la verroterie, remplaçait le sapin de Noël. L'ambiance était cordiale et chargée d'une émotion contenue. Nous parlions peu, dialoguant dans nos cœurs avec nos parents et amis absents. La conscience que tous ceux dont nous étions séparés réveillonnaient en pensant à nous favorisait cette entente silencieuse. Nous ne discutions que du réveillon ou de l'Europe.

Après la cérémonie, au moment du café accompagné de liqueurs, le Duc nous proposa de réfléchir sur les travaux à venir. Il se tourna vers moi, sans doute parce que j'étais le plus jeune, en soulignant l'initiative et l'autonomie dont j'avais fait preuve. En effet, après mon détachement de la colonne de réserve guidée par Czeczatka et de la caravane de Mildbraed qui la suivait, près du lac Mohasi, j'avais rejoint l'expédition à la mi-août dans la capitale du Ruanda, où je fis partie de la suite du Duc lors de l'apparition solennelle du roi exotique, maître de deux millions de sujets et de huit cent mille vaches. Il reçut notre chef à titre du *Mtoto na Kaysari na Wadaki* : l'enfant de l'empereur des Allemands. Ensuite, à la mi-octobre, j'avais déménagé de la mission de Nyundo pour rester deux semaines à Kissenyi où le Duc accomplissait les formalités de notre entrée dans l'État indépendant et organisait une grande réception pour les Belges. J'y avais aussi réglé mon conflit avec Weiss et étudié les porteurs de toutes nos colonnes, car c'était l'unique occasion de les voir ensemble. Enfin, tout récemment, j'avais navigué avec Schubotz de Vichumbi à Kazindi. À l'exception du trajet de Kifumbiro au lac Mohasi et de l'expédition sur Édouard-Nyanza, j'avais marché seul, en nourrissant mes hommes sans toucher aux réserves de l'expédition, presque épuisées par mes collègues. Elles étaient complétées à présent ici, grâce au magasin rempli à temps par une caravane de six cents porteurs, organisée à la demande de von Wiese. Un autre magasin, contenant deux cent trente charges, attendait l'expédition à Fort Beni. Le troisième se trouvait à Irumu, achalandé comme celui de Kazindi. Au Ruanda, où il était pourtant relativement facile de se procurer des vivres, quatre petits dépôts, comptant au total huit cents charges, avaient été épuisés. De plus, les réserves portées depuis Bukoba par deux cents porteurs de la colonne de Czeczatka, étaient en train de fondre. Sa colonne formait le dépôt mobile de l'expédition, desservant les caravanes sur le terrain. Ainsi, en six mois, presque la moitié (45 %) des réserves fut consommée. Il était clair que moins d'un an après notre départ de Bukoba, soit l'expédition retournerait en Europe, soit il faudrait compter sur nos propres ressources pour passer six mois en forêt, où les hommes de Stanley étaient morts de faim.

Sachant que le Duc tenait à ce que son expédition soit réussie, je dis, comme si je n'étais au courant de rien, que nous n'étions qu'au début de notre projet, ayant passé la frontière du Congo depuis quelques semaines à peine. Puis, signalant que mes travaux pour le musée berlinois exigeraient quelques mois supplémentaires d'efforts soutenus, je me déclarai prêt à en débattre.

Le manque d'enthousiasme de mes collègues devant mon projet surprit le Duc. Pourtant, je n'avais annoncé que ce qui avait été écrit dans les journaux au moment de notre départ. Ainsi naquit une divergence quant à la suite de notre voyage. Mes collègues soutenaient qu'il était temps de rentrer. Le Duc gardait une neutralité si parfaite qu'il était difficile de deviner ce qu'il souhaitait au juste. Je ne doutais pas qu'il veuille que je parvienne au moins jusqu'aux Pygmées pour réaliser le projet cher à mon chef berlinois, von Luschan. Évitant le débat, je proposai un voyage sur le territoire du Ruwenzori, avec un grand saut vers les tréfonds du bassin de l'Aruwimi, sur les terres des Pygmées. Je comptais rejoindre l'expédition à Irumu en trois mois. Je prévoyais qu'elle se dirigerait ensuite vers l'ouest avec des réserves – ou plutôt avec ce qu'il en resterait – pour rejoindre par le grand itinéraire forestier le fleuve Congo et l'Atlantique, par le bateau à vapeur et le train. Le Duc réaliserait ainsi son plan : la traversée de l'Afrique d'est en ouest. Cette partie du trajet variant peu des voyages organisés par la compagnie Thomas Cook & Co, je désirais revenir en Europe par le Nil, mais après avoir réalisé mon projet et avec une honnête carte ethnographique en poche.

Mes collègues se mirent à me critiquer, soutenant qu'il était impossible de vaincre de telles distances en si peu de temps. Par chance, j'avais un allié en notre *esculape*, le Dr von Raven, qui brûlait d'envie de me remplacer auprès du Duc en tant qu'anthropologue. Dans ce domaine, ses résultats demeuraient pourtant peu brillants : il m'avait fourni dix-sept observations sur le groupe des Batwa de Bigogo, pendant que mon acquis d'avant Kazindi dépassait déjà quinze cents individus. Mais je profitais de son appui pour affirmer que nos recherches, menées sur les itinéraires différents, pourraient se compléter au profit de l'expédition. À cet instant, l'incendie de la steppe mit fin à notre débat : le feu menaçait déjà les chaumières du poste. Nous sortîmes en courant pour mobiliser nos porteurs, soldats et serviteurs, car la garnison ne parvenait pas à contenir le danger. Il ne suffisait pas de couper les herbes, il fallait encore creuser des sillons, peu profonds mais assez larges, tout autour des lieux menacés. Nous retournâmes dans la salle à manger vers minuit pour finir notre réveillon équatorial par une conversation anodine, évitant d'évoquer nos futures activités.

Le matin de Noël n'était pas une fête pour moi. Les indigènes avaient apporté des vivres et je travaillais avec eux jusqu'au déjeuner. Le jour était férié à partir de l'après-midi : je dormis quelques heures, puis j'écrivis des lettres pour l'Europe, ce qui me demanda un grand effort. Je réagissais au changement de climat. Le courrier partait le lendemain de bonne heure au bureau de poste le plus proche, évidemment anglais. Auparavant, c'était Bukoba qui assurait nos liaisons postales. Maintenant, la poste de Fort Portal nous rapprochait du reste du monde de deux semaines. On raconte ici des merveilles à propos de sa rapidité, surtout parce qu'une lettre envoyée par la poste congolaise met trois mois de plus pour arriver en Europe. Dans toute l'Afrique orientale britannique le courrier est porté – paraît-il – par des coureurs rapides qui se passent les sacs postaux de main en main, jour et nuit. Voici l'illustration du sens du service et de la civilité de la poste anglaise : si nous manquions de timbres, elle acceptait de transmettre notre courrier non affranchi au consulat allemand à Entebbe où on le timbrait pour nous. Je recourais parfois aux services postaux de l'État indépendant dans un but philatélique, ce qui se révéla d'ailleurs fort compliqué, les timbres n'étant disponibles qu'à Kazindi ; à Rutshuru, par exemple, ils manquaient. Mais le plus surprenant était l'absence de liaison entre les postes frontaliers congolais et les colonies voisines allemandes et anglaises. L'État indépendant ne se souciait ni de l'homme noir ni de l'homme blanc et les isolait tous. Pour traverser ce rideau isolationniste, les porteurs de l'expédition convoyaient notre courrier à Fort Portal, sous escorte de soldats dignes de confiance. C'était sans doute une faveur que les soldats noirs étrangers puissent passer la frontière étroitement surveillée avec leurs armes et munitions, faveur d'autant plus grande que le règlement congolais interdisait à ses propres soldats armés de s'écarter du champ de vision d'un supérieur blanc. Nos porteurs mettaient, sans hâte excessive, quatre à cinq jours entre Kazindi et Fort Portal, pendant qu'une lettre envoyée par la poste congolaise voyageait entre ces deux lieux pendant six mois : arrivée à Boma, à l'embouchure du Congo, elle contournait l'Afrique du Sud pour atteindre Mombasa et emprunter ensuite l'itinéraire normal de la poste anglaise – train et vapeur jusqu'à Entebbe, puis, sur le dos d'un coursier, Fort Portal. Voilà les conséquences absurdes de la politique isolationniste de l'État indépendant, qui s'efforçait de cacher son système d'exploitation du pays.

Le surlendemain de Noël, je partis avec le lieutenant Vériter à Katwe, pour visiter les salines – point stratégique de la plus haute importance dans le conflit frontalier anglo-congolais. Elles fournissent en sel presque toute la région interlacustre et une partie du bassin du haut Congo. Ce centre économique indigène, très ancien, étend ses réseaux sur une grande partie de l'Afrique. On peut y apprendre beaucoup sur le pays et les hommes, et surtout nouer de précieuses relations. J'espérais y établir des contacts qui me conduiraient jusqu'aux Pygmées, ce qui paraissait difficile. Je ne pouvais pas manquer Katwe.

Mon expédition sur les flancs ouest du Ruwenzori par la route nord n'était pas certaine, mais je pouvais toujours avancer dans cette direction et aller à Fort Portal. Compte tenu de cela, l'utilité de mon excursion à Katwe était incontestable. *Primo* : il s'agissait de le visiter avant de s'engager sur la route du Fort Portal, pour économiser le temps ; *secundo* : je ne voulais pas trop flâner au sein de l'expédition. Après l'esclandre avec Weiss à Kissenyi, puis avec Schubotz, la tension persistait. Le Dr von Raven, que Weiss détestait, me montrait peut-être trop sa solidarité, Schubotz se rapprochait de Weiss, Mildbraed de moi, et von Wiese s'efforçait de n'irriter personne. Dans ces conditions, lorsque le Duc quittait la halle qui était notre club, cafétéria et bar réunis, elle se vidait en un clin d'œil, chacun ayant des urgences à régler dans sa tente surchauffée.

Le lieutenant Vériter se laissa aisément convaincre de faire une excursion. Afin d'éviter le problème du ravitaillement à Katwe, nous prîmes un bateau assez grand pour amener nos domestiques, les pagayeurs, le matériel de campement et de la nourriture. Pendant huit heures, nous suivîmes la côte marécageuse et buissonnante sur fond de steppe herbacée, piquée de larges traces de récents incendies. Un troupeau d'éléphants qui stationnait à petite distance de la côte fut la seule distraction du voyage. Nous tentâmes en vain de les approcher : plus rapides que nous, ils partirent dans un vacarme terrifiant, cassant les arbres et aplatissant les buissons comme l'ouragan couche un champ de blé.

Nous accostâmes à Katwe à quinze heures. Le camp fut installé à proximité d'un poste anglais à présent abandonné, mentionné sur la carte comme Fort George. Le sol était jonché de pierres provenant des ruines d'un blockhaus, jadis probablement entouré d'une palissade, disparue sans laisser de trace. Il faut dire que le bois est ici un matériau de chauffe trop précieux pour qu'il reste intact. Pour la construction, on utilise surtout l'herbe de steppe, bien plus abondante que les arbres. Fort George et Katwe forment un seul bourg, d'apparence assez modeste et comptant un peu plus de cent huttes. Il niche sur un terrain surélevé, plat et exigu, qui sépare le grand Édouard-Nyanza d'un autre lac, tout petit et aux berges escarpées. Celui-ci est une source inépuisable de sel, raison pour laquelle le Protectorat de l'Uganda ne veut point le céder à l'État indépendant, en dépit de la décision figurant dans l'acte international ratifié par la Grande-Bretagne.

Les petits marchands de sel étaient presque tous des Bahima, appauvris non seulement par la perte des troupeaux emportés par la peste bovine mais aussi par la politique de leur roi, Kabarega de Bunyoro, dont la résistance aux autorités anglaises fut fatale pour le destin de ces anciens privilégiés. L'exploitation du sel est maintenant la régale du Toro, royaume que les Anglais ont rendu souverain. Au nom de son roi, le vassal Musa gère la saline et le commerce du sel, en se faisant remplacer par un collaborateur pendant ses séjours à la cour. Une partie du sel est vendue sur place ; le reste prend la route du Toro. Musa s'occupe également du magasin de sel anglais, le remplissant, paraît-il, gratuitement. Ce sont les femmes Bakondjo, soumises à Musa, qui extraient le sel, compensant ainsi par leur travail les impôts impayés de leurs époux. Le transport d'une charge de sel de Katwe à Fort Portal équivaut à l'impôt annuel dû par une hutte. La population locale était donc très faiblement imposée. On peut supposer – sous réserve que tout cela soit vrai – qu'il s'agissait d'une tentative de rendre l'administration coloniale populaire, sentiment toujours utile lors d'un conflit territorial.

La population de Katwe se procure les denrées alimentaires qu'elle ne produit pas en les échangeant contre le sel. Les chèvres, par exemple, arrivent ici en grand nombre de très loin, sans que je puisse préciser la distance maximale que ces quadrupèdes, sûrement plus résistants que les bovins, sont capables de supporter. J'ai trouvé en revanche, sans la moindre hésitation, que les bracelets d'herbe entourée de fil de cuivre venaient de Kiziba, situé au bord du lac Victoria.

Pour les habitants de Katwe, notre arrivée en bateau était une sensation hors du commun. À peine débarqués, nous avions déjà des visiteurs honorables : deux importants commerçants locaux, un Arabe et un Hindou. Très dignes, ils regardaient avec mépris la foule de commerçants africains qu'ils devaient repousser pour arriver jusqu'à nous. Quelque peu crispés, ils s'assirent sur les chaises que j'avais avancées, et lorsque j'exprimai mon regret de ne pouvoir leur offrir de café, faute d'installation convenable, ils furent déçus. Puis, tournant mes prétextes diplomatiques à leur avantage – si je les avais pris pour des Noirs, me serais-je donné la peine de m'excuser ? –, ils entamèrent une conversation courtoise et guindée. Me sachant membre d'une expédition allemande, ils exprimèrent leur germanophilie, visiblement gênés par la présence du Belge Vériter. Au moment du départ, l'Arabe annonça que j'étais, en tant que ressortissant de l'Afrique allemande, son protecteur.

Dans les tentes installées entre-temps, les baignoires étaient prêtes. Vaquant à mes affaires, j'écoutais Auguste qui me racontait tout ce qu'il avait appris des commerçants qui assiégeaient notre camp comme une nuée de mouches. Nos deux respectables hôtes étaient des potentats financiers locaux qui s'adonnaient moins au commerce du sel qu'au trafic de l'ivoire et du caoutchouc en provenance du Congo. Le but de leur visite était de découvrir la raison de la présence d'un officier belge à mes côtés : annonçait-elle l'occupation belge, tant redoutée, du Fort George délaissé par les Anglais ? À l'évidence, la simple apparition de Vériter sur le territoire neutre fit naître une rumeur inquiétante.

Après le déjeuner, à cinq heures sacro-saintes, je rendis visite à l'Arabe. L'Hindou apparut peu après. Que j'accepte le thé à l'anglaise, bien plus chic que le café, les enchanta ! Le maître de maison pouvait ainsi faire l'étalage de ses manières européennes : le thé servi à cinq heures s'accompagnait de gâteaux secs, que les Arabes ne servent pas avec le café. L'absence de Vériter, jugeant toutes ces relations avec les contrebandiers inconvenantes, facilitait la conversation. Elle devint même franchement amicale, lorsque je leur dévoilai que sa visite n'était qu'un acte de politesse, sans la moindre signification politique. Ils me parlaient des grands circuits commerciaux de l'Afrique orientale, et surtout de Tabora qui, dans le récit fleuri et exubérant de l'Arabe, égalait Zanzibar, pour devenir à la fin une sorte de Paris africain. Le père de mon hôte y était né. Il fut riche. Son grand-père appartenait à la catégorie des planteurs qui avaient quitté l'île en faillite après la crise des plantations de girofliers. Fuyant devant leurs créanciers hindous et parsis, ils s'étaient sauvés à l'intérieur de l'Afrique qu'ils envahirent jusqu'au Lualaba. Tabora fut leur principal centre sur les routes menant au Congo ou en Uganda. L'Hindou, moins bavard, donnait l'impression d'un homme timide, bien qu'il représentât une entreprise valant des millions, celle d'Aladin Visram de Bombay, qui avait probablement notre Arabe dans sa poche. Était-il déprimé par le fait que je sois venu chez l'Arabe, et non chez lui ? Il n'était d'ailleurs qu'un fonctionnaire de la filiale de son entreprise à Fort Portal, tandis que l'Arabe se considérait comme un commerçant autonome et vendait les produits de sa contrebande – après avoir payé la douane ! – sur le marché libre de Kampala. Les autorités anglaises, très soucieuses du sort des éléphants vivant sur leur territoire, se contentaient d'empocher les droits de douane lorsqu'il s'agissait de l'ivoire venu en fraude du Congo. Seules les défenses des femelles étaient confisquées. Pour éviter cela, elles traversaient le territoire britannique clandestinement, par le Nkole, jusqu'à Tabora, sur le territoire allemand, d'où elles suivaient, comme autrefois, la grande route menant à l'océan Indien. Le chemin de fer ugandais était interdit aux défenses femelles.

Les causeries sur le grand itinéraire m'intéressaient, mais je préférais détourner la conversation sur la contrebande transitant par Fort Portal. Je devais y aller après la Saint-Sylvestre, que le Duc désirait fêter avec l'expédition au complet. L'Arabe s'y rendait prochainement et promettait de me préparer le terrain grâce à ses collègues qui entraient au Congo par l'itinéraire septentrional, moins dangereux. S'il tenait sa parole, l'issue des entretiens autour du thé à l'anglaise serait fructueuse.

J'eus rapidement la preuve de son dévouement : le lendemain matin, quinze Bahima se prêtèrent à mes études. L'aimable commerçant arabe était à l'évidence reconnaissant pour mes politesses, si éloignées des humiliations qu'il subissait habituellement de la part des Européens. Il faut dire que leur comportement résultait plutôt de la tendance de garder ses distances face à un monde étranger que de l'intention de l'abaisser. Ah ! J'imaginais ce que Schubotz aurait pensé de mes badinages avec l'autorité de l'homme blanc !

Les entretiens avec les Bahima révélaient qu'en plus du commerce du sel, exercé pour leur compte, ils trafiquaient aussi pour l'Arabe, qu'ils estimaient fortuné. Il pratiquait, de même que l'Hindou, une usure franchement incroyable. Tous deux formaient l'avant-garde de l'exploitation européenne. À Kissenyi, un Grec tenait ce même rôle. Ils vivaient tous à la marge de l'État indépendant qui les traquait pour leur concurrence déloyale mais refusait de donner aux autochtones le peu qu'ils recevaient des contrebandiers pour des articles dérobés à l'administration coloniale.

Le vendredi 27 décembre, après mes études anthropologiques, je me rendis avec Vériter dans la saline. Elle est peu profonde : l'eau n'arrivait nulle part plus haut que le genou, et nous pouvions nous déplacer un peu partout sans craindre qu'elle entre dans nos chaussures. C'est une solution de sel de cuisine mélangé à du sulfate de sodium. Une couche de sel de profondeur inconnue remplit le fond du lac, poli et glissant, et ce sont ses écailles qu'on retire et transporte dans des paniers en forme d'auge, faits de branches assez épaisses. Les digues de terre divisent la partie la moins profonde du lac en multiples bassins rectangulaires qui se remplissent d'eau en saison des pluies et s'évaporent en saison sèche. Leur exploitation consiste à ramasser le sel qui se dépose au fond des bassins sous l'effet de la chaleur. La construction des digues est un investissement qui exige plus de travail que la collecte du sel, car la terre est portée à dos d'homme depuis les berges pentues du lac. Pourquoi n'utilise-t-on pas pour cela les paniers, comme ceux qui servent à transporter le sel sur l'eau, reste pour moi une énigme.

Le sel provenant de l'évaporation est moins fort que celui tiré sous forme d'écailles du fond du lac (il contient probablement un peu plus de sulfate). Il est aussi souvent souillé par la terre provenant des digues qui s'effondrent pendant la saison des pluies. Pour cela sa qualité est inférieure. Après le séchage, le sel du fond lacustre est débité en minces plaques : les blanches, les meilleures, partent à destination de Toro, tandis que les plus foncées sont vendues sur place, de même que le sel d'évaporation. Une grande partie du sel vendu est embarquée sur des pirogues en direction du marché de Katana, d'où il part ensuite vers le Ruanda et dans le sud du Nkole, pour atteindre enfin l'Urundi et les rives du lac Victoria.

Le sel est payé le plus souvent en chèvres qui viennent surtout du Ruanda. Sur le marché local, elles atteignent des prix fantastiques, allant jusqu'à quatre *doti*, c'est-à-dire huit *upande* de cotonnade blanche (*merikani*[6]). En comptant qu'au Ruanda un demi-*doti*, c'est-à-dire un *upande* (deux mètres), vaut une roupie et quinze roupies une livre sterling, le prix d'une chèvre à Katwe est d'une demi-livre, tandis que le prix d'une vache revient à vingt chèvres, donc à dix livres. En somme, ce prix est deux fois plus élevé qu'en Pologne ! La vie à Katwe est très chère et seul le tissu en coton se vend à bon marché par rapport aux prix des vivres importés. L'Arabe, par exemple, estimait un *upande* à une

---

6. *Merikani* – « américaine » : cotonnade blanche importée à l'origine de la Nouvelle-Angleterre et des Indes.

demi-roupie, donc moitié moins qu'au Ruanda. L'argent, ou plus exactement la roupie d'argent, n'a pas de valeur en soi, car en zone litigieuse on ne paie pas d'impôt en monnaie.

Quand nous décidâmes d'acheter du sel, personne ne voulut nous en vendre. On se débarrassait de nous en disant que Musa allait bientôt revenir et qu'il nous donnerait tout le sel que nous voudrions. Il se fit attendre une bonne demi-heure. C'était un Muhima de bonne taille, portant des chaussures américaines et un *kanzu* arabe, une chemise-lévite impeccablement blanche. Très courtois, il souligna d'abord qu'il était de la lignée des Bahinda qui régnait à Nkole, mais qu'il représentait le roi du Toro, propriétaire des salines. Nous nous entendîmes avec lui à propos du sel sans problème. Musa était un homme intelligent, familier de la cour royale et parlant bien le kisuaheli. Apprenant que je comptais rendre visite à Kassagama, roi du Toro, il me déconseilla de m'arrêter dans les gîtes d'étape établis sur la route bien entretenue entre Katwe et Fort Portal, car ils étaient envahis par les tiques, appelées *kimputu*. Plus dangereuses que les moustiques, elles diffusent le *typhus recurens*, rarement mortel mais donnant une forte fièvre et une cécité temporaire. Katwe était également contaminé, nous dit-on, et les Bahima qui fréquentaient le marché, maugréaient contre cette maladie.

Le samedi 28 décembre, nous embarquâmes pour le retour assez tard, vers sept heures. Le marchand arabe vint jusqu'au rivage pour nous saluer. Il me fit à cette occasion un cadeau très précieux en Afrique : une bonne savonnette anglaise, parfumée – un peu trop pour mon nez européen – à la rose. Je lui offris, à mon tour, un paquet d'un solide papier à lettres, qu'il reçut ravi d'être reconnu homme de lettres non seulement commerciales. Les Arabes vouent le même respect au savoir livresque que les Juifs. L'Hindou restait invisible, mais cela ne voulait pas dire qu'il boudait : j'avais constaté la veille qu'il était parti avec sa contrebande à Fort Portal.

Nous arrivâmes à Kazindi avant le soir. À midi, comme rien ne pressait, nous déjeunâmes sur la terre ferme, sous les arbres. Voyager plusieurs heures en plein soleil nous donna un mal de tête terrible. En attendant le repas, je n'arrivais ni à m'endormir ni à prendre des notes. Pendant ce temps, Vériter ronflait. S'il me rappelait parfois Schubotz, c'était par son snobisme, car pour le reste il était courtois, gentil, prévenant et discret : il me laissa aller seul chez l'Arabe, dès qu'il eut compris que je désirais parler de la situation locale. Officier de l'armée belge et non de la Force publique, Vériter appartenait à la catégorie des chasseurs, plutôt rares chez ses compatriotes. À ce sport s'adonnaient surtout ceux qui avaient des liens avec l'aristocratie. Un bourgeois belge moyen ne pêchait même pas et la chasse était pour lui une pure lubie seigneuriale, nuisible à la santé. Le résultat était juste le contraire car les chasseurs tenaient moins à la bouteille, cet ennemi mortel du fonctionnaire colonial.

Le mal de tête ne me gâchait pas la joie d'avoir vu Katwe. Par chance, j'avais obtenu de bons résultats. Le plus important fut le contact avec les contrebandiers. Les potins à propos du thé à l'anglaise allaient me précéder à Fort Portal. J'allais peut-être y rencontrer Musa, qui séjournait assez peu à Katwe. Cette fois-ci, il était venu pour une enquête : son remplaçant avait écoulé en catimini une grande quantité de sel ; pour cette raison il nous était impossible de l'acheter au marché. Les marchands craignaient la justice du roi du Toro et avaient peur d'avoir du sel à Katwe ! Grâce à Musa, nous eûmes une grande quantité de cette denrée précieuse en cadeau « du Roi du Toro pour le Duc de Mecklembourg ». C'était un don d'autant plus estimable que ce produit nous manquait à Kazindi. Il me restait à élucider le problème de l'impôt : le mépris de la roupie signifiait-il qu'elle n'était pas nécessaire pour le payer ? Le travail dans les salines et le règlement du tribut dû au roi par le transport du sel à Fort Portal indiquaient que l'impôt pouvait être réglé en travail. Ce type de redevances rendait les vivres chers, surtout les chèvres, et les étoffes en coton bon marché. Il était difficile de s'y retrouver dans le chaos des prix. Quelle chance que je n'ai rien eu à acheter !

Après le retour à Kazindi, le lieutenant Vériter me prêta des cartes pour que je puisse élaborer mon plan de voyage. Dès que j'eus une esquisse du trajet dans ma poche, je considérais l'affaire à moitié réglée. Mais j'en savais en fait très peu : je connaissais le nombre de jours de marche à partir des distances qui séparaient les postes et aussi par quels postes passaient les itinéraires équipés en gîtes d'étape. Je savais que j'avais deux marches à faire, de douze jours chacune, dans la forêt, sur des chemins déserts. Mon croquis impressionna tant le Duc qu'il m'autorisa à conduire mes recherches dans les environs de Ruwenzori. Avant de rejoindre l'expédition dans un mois, à Fort Beni, il me fallait aller à Fort Portal, pour y contacter les contrebandiers qui pouvaient m'aider à approcher les Pygmées. Il s'agissait de savoir si les Batwa des pentes du Ruwenzori formaient un groupe anthropologique analogue à celui des Batwa du Ruanda, ou s'ils étaient de vrais Pygmées, comme cela découlait des récits des indigènes. Les préparatifs de départ occupèrent les trois derniers jours de l'année.

Le voyage devait durer un mois, mais je me préparais pour trois, ne doutant plus de la prolongation de mon séjour en Afrique. Je n'emportais que la moitié des réserves de trois mois, confiant le reste au dévoué Weidemann qui allait directement à Fort Beni. Pour mes dépenses sur le territoire anglais, il me donna un sac en toile contenant cinq cents roupies d'argent. « Le Duc vous prie de n'en parler à personne », me dit-il.

CHAPITRE VII

DE KAZINDI À FORT PORTAL

Retour à Katwe. – Rwabulia. Visite des déclassés. – *Barabara*. – Terrain érodé. – Manque d'eau. – Dignitaire au parapluie. – Surprise agréable. – Muhoki. – Kasese. – Pression d'impôt. – Hima. – Achat d'un coq. – Prix locaux et monnaie coloniale. – Wimi. – Réaction nostalgique. – Houe archaïque. – Repos à Rubona. – But du voyage. – Fort Portal. – *Boma*. – Amabilités anglaises. – Service de renseignements du roi et des Anglais.

Après la Saint-Sylvestre, je partis rempli d'optimisme. Oubliant les dissensions de l'an passé, nous avions célébré un réveillon solennel et même cordial : Schubotz et moi cessâmes, sur son initiative, de nous appeler « Monsieur ». Mes collègues subissaient une sorte de dépression, supportant mal le climat local après un séjour prolongé sur les revigorantes collines du Ruanda. L'écart entre les températures maximales était faible, de cinq degrés environ, mais sensible.

Le but de cette marche du 1er janvier était Katwe. Après une demi-heure de route, la caravane lourdement chargée déboucha sur un chemin surplombant la gorge d'une petite rivière. Les champs des Bakondjo se cachaient tout au fond. Leurs huttes devaient se tapir plus loin, car près du sentier je ne voyais que les enclos des pasteurs bahima. C'était le village du chef Mudungu dont j'avais fait la connaissance à Kazindi, où il arriva de son village en boitant, avec les vivres pour le poste. Le pauvre homme souffrait d'un épanchement de synovie, à cause d'un accident déjà ancien. N'ayant pas pu attirer l'attention du Dr von Raven sur son cas, je lui avais correctement bandé le genou, et depuis il me témoignait un dévouement sans faille. Les Africains adorent se faire soigner et croient aux pouvoirs magiques de la médecine européenne.

Une steppe desséchée, piquetée çà et là de grands arbres, paysage morne, quatre heures d'une marche monotone... Dans l'attente des premières pluies, les pasteurs brûlaient les herbes fanées, rendant la steppe encore plus déserte. Ni village, ni troupeau, ni gibier. Deux caravanes enfin. Dix hommes éreintés, chargés de grands paniers et de paquets, poussaient devant eux une douzaine de chèvres ; toutes ces marchandises servaient à acheter du sel. Il était impossible de les comprendre car, venant sûrement d'un lieu perdu, ils ne parlaient pas le kisuaheli. La seconde caravane, comptant douze hommes, revenait de Katwe. Ceux-ci marchaient allégrement et portaient des petits paquets de sel enveloppés dans des feuilles de bananier. Originaires de Fort Beni, bavards, ils râlaient parce qu'en échange de tant de bonnes choses, on leur avait donné si peu de sel.

Agacée par la monotonie de la steppe, épuisée par la chaleur, la caravane atteignit la gorge de la Nyamgasani, frontière officielle du Congo indépendant et du territoire litigieux, administré au nom du roi du Toro par son vassal Kimbugwe. Nous n'y vîmes qu'un village de plus de cent cases. Son bas-fond noyé par les crues était intensément cultivé et découpé en nombreux lopins de maïs et de patates douces. Une quarantaine de bovins pâturaient dans un marais. Déjà en traversant la steppe, non loin de là, nous avions aperçu un grand troupeau de chèvres. Le chef du lieu, Rwabulia, était un vassal de Kimbugwe. Les indigènes s'affirmaient fièrement sujets du *mukama*, roi du Toro, vassal d'*Ingeleze* (les Anglais). Nous n'étions plus au Busongora, affirmaient-ils, car ce pays appartient maintenant aux mauvais *Bergiti* qui ont toujours faim et qui empêchent le commerce. Il s'agissait sans doute de la contrebande.

Du village de Rwabulia nous rejoignîmes Katwe et notre ancien campement en une demi-heure. Mon ami arabe n'était pas dans son échoppe. Son petit commerce était en fait affilié à un trafic autrement plus important : il était parti la veille livrer l'ivoire de la contrebande à Kampala, capitale et centre commercial du royaume du Buganda, non loin d'Entebbe où résidaient le gouverneur et l'administration anglaise. L'Hindou restant également introuvable, il n'était plus possible de poursuivre nos causeries. Pis, l'Arabe ne m'avait laissé aucune recommandation pour les commerçants du Toro. C'était pourtant à cela que j'avais songé en lui offrant le papier à lettres. L'idée que même sans lettre une rumeur de notre rencontre, amplifiée par cent bouches, précéderait mon arrivée à Toro, me consola rapidement.

L'absence de ces deux personnalités profita aux commerçants plus modestes, en majorité bahima déclassés, marchands de sel et contrebandiers occasionnels. Nos entretiens étaient fastidieux car plusieurs d'entre eux ne parlaient pas le kisuaheli de manière à pouvoir converser aisément. La mise au propre du relevé de la route et de mes notes acheva la journée. Tout cela m'avait épuisé ! La visite de la saline et les interviews étant faites lors de mon séjour précédent, rien ne m'obligeait à y rester.

Le jeudi 2 janvier 1908, je quittai Katwe par une route bien entretenue, large de trois mètres et taillée dans l'herbe haute de trois à quatre mètres. Sans pont, c'était une route ordinaire, sillonnée par un sentier comme celui que nous avions suivi depuis Kazindi, sauf qu'il serpentait à l'intérieur d'une bande tracée et désherbée. C'était une grande commodité pour le voyageur qui ne craignait plus la rosée matinale et l'assaut des tiques tombant des herbes.

Après trois heures de marche à travers la steppe privée d'eau, nous atteignîmes un terrain troué par de profondes dolines aux bords escarpés et couverts de buissons. Le fond de l'une brillait au soleil, couvert sûrement de sel, les autres portaient des arbres. Ailleurs, des entonnoirs d'une cinquantaine de mètres de diamètre, résultat probable du lessivage des strates salines souterraines, découpaient une plaine presque parfaite. Deux hommes qui allaient chercher du sel à Katwe confirmèrent ma supposition : c'était bien du sel, au fond de la doline, mais il n'était pas bon. Il ne s'agissait donc pas de sel de cuisine. Ayant congédié nos informateurs, nous arrivâmes, une demi-heure plus tard, à l'étape de Karongo. Pour éviter les *kimputu* – ces tiques dont on nous avait parlé à Katwe – nous montâmes notre camp à bonne distance du gîte qui méritait d'être brûlé.

Karongo surplombe un petit lac d'eau saumâtre et non potable. À un mile anglais de l'étape, il y avait une mare d'eau douce, guère appétissante mais il n'y en avait pas d'autre. D'ailleurs, nous apprîmes son existence par hasard, en rencontrant, près de l'étape, un dignitaire muhima. Bien bâti, protégé du soleil par un parapluie, il était accompagné d'un Mukondjo qui portait un tambour servant à appeler les indigènes pour une corvée sur la route. Ce Muhima était la caricature du fonctionnaire pompeux molestant les Bakondjo apeurés. Comme il soutenait avec arrogance qu'il n'avait pas le temps de m'indiquer où se trouvait l'eau, je dus recourir à ma réserve d'injures arabes et menacer d'employer la force s'il refusait de nous y conduire de plein gré et sous son parapluie. Le résultat fut immédiat. Après avoir vérifié que l'eau ne nous manquerait pas, je retournai au camp. Profitant de la confusion, le dignitaire et son secrétaire disparurent. Pendant notre quête d'eau, nous vîmes un groupe d'indigènes en train de dépecer une antilope *swala*. À notre vue, ils prirent la fuite, laissant leur butin sur place. Une demi-heure plus tard, quand mes hommes passèrent pour puiser de l'eau, l'antilope n'y était plus : le lieu était désert, mais quand même...

L'apparition des paysans avec des vivres, vers huit heures du soir, fut une bonne surprise. Hommes de la tribu Bakondjo, ils étaient installés là par le roi du Toro pour ravitailler les voyageurs. En apportant des vivres dans ce lieu désert, ils firent preuve d'un zèle d'autant plus louable que nous devions traverser leur village le lendemain.

Partant à l'aube, le vendredi 3 janvier, nous l'atteignîmes en deux heures. Il s'appelait Muhoki. Les Bahima qui l'administraient au nom du roi, avaient ordonné la veille aux villageois de nous approvisionner dès qu'ils furent prévenus de notre arrivée par les dépeceurs de l'antilope. Leur façon de nous ravitailler était un exploit témoignant de l'autorité du roi et de l'efficacité de son administration omniprésente, car les indigènes n'aiment guère marcher de nuit. En cela le Toro me rappelait le Ruanda. Mon altercation avec le dignitaire au parapluie, qui vivait dans ce village, y était peut-être aussi pour quelque chose...

Muhoki comptait soixante-quatre huttes habitées par les Bakondjo et six par des Banyoro et des Bahima. On racontait que ses habitants étaient plus nombreux avant que la famine ne pousse certains à s'installer au Busongora et à se soumettre au pouvoir de Mudungu. Les champs étaient groupés dans la vallée d'une petite rivière qui coulait du Ruwenzori. Seules les vallées étaient cultivées ici, comme au Busongora, car la steppe s'y prêtait mal.

Après trois nouvelles heures de marche à travers la steppe récemment brûlée (la saison sèche touchait à sa fin), nous arrivâmes dans la région de Kasese, riche en eau. Une dizaine de ruisseaux jaillissaient d'une profonde entaille creusée dans le flanc du Ruwenzori, formant plus loin une rivière. Mes hommes, fortement chargés, peinaient à passer ces cours d'eau guéables mais rapides et tapissés de grands galets glissants. L'air était opaque. Les pentes du Ruwenzori, pourtant proches, restaient invisibles. La fumée des herbes brûlées voilait la steppe et ses rares arbres.

À Kasese, nous fûmes reçus fort gentiment par ses habitants qui savaient déjà que je payais pour la nourriture. Dans plus de cent huttes vivaient quelques centaines d'individus, en majorité des Bakondjo. Il y avait aussi une petite colonie d'agriculteurs banyoro, établie par le roi du Toro pour assurer la sécurité sur la route de Katwe, source primordiale de ses revenus. Kasese est administré par les Bahima, noblesse locale peu nombreuse. Les Bakondjo, véritables autochtones, ne jouissent pas de la confiance du pouvoir. Ils semblent incapables de s'adapter à l'économie monétaire, introduite sous forme d'impôt payable en numéraire (le travail étant réservé aux insolvables). Les percepteurs du roi du Toro prélèvent, par hutte, deux roupies pour lui et trois pour l'administration anglaise. Les célibataires et ceux qui n'ont pas de maison payent deux roupies *per capita*. Il s'agit donc d'une taxe analogue à notre impôt sur le revenu ou sur le capital. Les riches polygames sont imposés davantage car chaque femme ayant une hutte est redevable. L'impôt combat ainsi la polygamie, principal obstacle à la christianisation du pays, déjà bien avancée. Il arrive malheureusement que de vieilles épouses soient chassées pour des raisons fiscales. Le mal est moindre lorsqu'elles ont des parents qui se chargent d'elles. Pour cette raison chaque femme souhaite avoir un fils ; les Noirs aiment sincèrement leurs mères.

Le jour suivant, le samedi 4 janvier, je quittai Kasese à quinze heures. La matinée fut consacrée aux observations anthropologiques, grâce à l'amabilité de ses habitants. Je mis aussi de l'ordre dans le relevé de route et dans mes notes. De toutes les façons, il ne fallait pas fatiguer les porteurs, surtout au début d'un si long voyage. Très chargés, ils avaient déjà bien travaillé sur une longue distance au cours des trois premiers jours. La veille, la traversée des ruisseaux avait été éprouvante. Les distances entre les gîtes d'étape où l'on pouvait se ravitailler étant courtes, il ne servait à rien de partir tôt, d'autant que la chaleur m'empêchait de travailler après une marche forcée. J'avais donc changé l'emploi du temps journalier. J'étais pressé, certes, mais je ne voulais pas doubler les étapes lorsque je pouvais rencontrer les indigènes. La recherche anthropologique primait car il était plus difficile de la financer que d'obtenir un crédit pour la spectaculaire recherche ethnographique.

Les villageois m'apprirent que ce n'était ni la faim ni la rareté des terres cultivables qui forçaient les Bakondjo à chercher leur bonheur au Busongora. Non ! C'était l'impôt qui poussait ces pauvres bougres à s'exiler et à travailler pour les abhorrés *Bergiti*. Les corvées lourdes et constantes leur semblaient moins pénibles que l'obligation de gagner de l'argent pour payer l'impôt. Au Busongora, il était possible de se cacher pour éviter le portage et la corvée de vivres exigés par l'État indépendant, tandis que l'ordre qui régnait au Toro excluait qu'on puisse échapper au percepteur qui collectait l'impôt par l'intermédiaire des Banyoro installés ici dans ce but. Ces départs des Bakondjo de la zone anglaise vers le Congo me surprenaient, car tous et partout se plaignaient des *Bergiti* insatiables et de leur incessant besoin de vivres. Est-ce que les Bakondjo ne comprenaient pas que la corvée de travail était là-bas obligatoire tandis qu'ici, elle n'intervenait qu'en cas d'impôt impayé ? En l'occurrence, le travail exigé au Toro à défaut d'argent, donc à caractère répressif, était si contraignant qu'on préférait fuir chez les Belges. Les Bakondjo spéculaient sur le chaos administratif de l'État indépendant.

Au Congo et en Afrique allemande (où affluaient les habitants du Congo), les indigènes encensaient la zone anglaise qui devenait dans leurs récits un véritable paradis, tandis qu'ici on fuyait du Toro au Congo... En fait, seul Katwe craignait le rattachement au Congo, sachant que l'État indépendant imposerait son monopole sur le commerce lucratif du sel. Et les Bakondjo qui émigraient à Busongora n'habitaient pas Katwe. Ceux qui partaient de l'autre côté de la frontière coloniale comptaient soit sur des parents, soit sur des membres de leur clan pour assurer leur sécurité personnelle, aide et soins. Le clan est le fondement de l'organisation sociale et le sens de la communauté clanique demeure vivant et bien développé.

Au coucher du soleil, après trois heures d'une marche forcée, nous aboutîmes dans le village Hima. Sur la route il y avait un pâturage, beau mais mal exploité car il n'y paissait qu'une centaine de bovins. En l'espace de quelques kilomètres à peine, nous avons franchi huit ruisseaux descendant du Ruwenzori. Les montagnes restaient invisibles, même en plein soleil, tant l'air était embrumé. La plaine tapissée d'herbe tendre était parsemée de bancs de pierres déposées par les ruisseaux qui changeaient souvent leurs lits larges et plats.

Le dimanche 5 janvier, je travaillai toute la matinée avec application. Nous partîmes pour atteindre Wimi en deux heures et demie. En installant notre camp près du gîte, nous attendîmes longtemps le ravitaillement que devait nous fournir un village distant d'une heure de route. Entre-temps, quelques Bakondjo curieux nous rendirent visite. Nous étions passés près de leur village, proche de la route – paraît-il – mais la mauvaise visibilité nous empêcha de le voir. Ils avaient prévenu de notre arrivée le chef du village responsable du gîte. La population locale ne craignait pas les caravanes : il régnait ici une sécurité totale.

Nos visiteurs nous avaient amené un coq. Comme ils avaient besoin d'argent pour payer l'impôt, ils le vendaient une roupie. Ils la reçurent mais seulement à l'arrivée des vivres, preuve qu'ils avaient averti les autorités locales de notre visite. Ce service entrait dans le prix élevé du coq.

Les fournisseurs des vivres, tous des Banyoro, se disaient batoro, pour souligner leur lien avec le royaume du Toro. Bien qu'ils fussent des Bahiru, donc des paysans, on les distinguait mal des Bahima en raison de leurs traits réguliers et de leur grande taille. Il y avait parmi eux des catholiques portant des chapelets autour du cou. Depuis mon départ de Katwe où ils étaient nombreux, surtout parmi les commerçants, je n'en avais plus rencontré. Auparavant, il est vrai, j'avais affaire à des Bakondjo, archaïques autochtones hostiles aussi bien aux missionnaires qu'au roi chrétien du Toro.

Nos nourriciers m'apprirent pourquoi le vendeur du coq exigeait une roupie d'argent et refusait la verroterie, pourtant très convoitée, proposée par Auguste. Mon irremplaçable Auguste ! Quand il tenait la fonction de trésorier, il s'asseyait devant le sac de roupies comme un chien devant un os... Le vendeur préférait l'argent, car trois roupies le dispensaient du portage du sel de Katwe à Fort Portal. Ce dur labeur attendait tous les insolvables. C'était aussi à cause de l'impôt qu'une chèvre coûtait ici trois roupies. Il n'y avait pas moyen d'apprendre pourquoi on parlait tout le temps de trois roupies dues à l'administration, sans un mot sur les deux roupies versées dans la caisse royale. Les autochtones et les Banyoro implantés ici en étaient-ils dispensés ?

Les comparaisons quantitatives m'intéressaient dans la mesure où elles montraient comment l'impôt régulait les prix locaux : une chèvre (impôt annuel pour l'administration) = le salaire mensuel du porteur travaillant chez un entrepreneur privé = le transport d'une charge de sel de Katwe à Fort Portal. Au salaire d'un porteur, son employeur ajoutait les deux roupies du viatique (*posho*). Le travail et le viatique valaient l'impôt total : trois roupies pour l'administration et deux pour le roi.

Je commençais à comprendre pourquoi Katwe nous est paru si cher, à Auguste et à moi. Nous étions subjugués par le prix élevé des cotonnades au Ruanda, pays fermé aux marchands. Au Toro, pays du libre commerce, l'étoffe coûtait moitié moins cher. Pour un *doti* de cotonnade, on comptait ici une roupie et non deux. Une chèvre valait à Katwe quatre roupies, et chez le paysan, au village, trois roupies et une vache soixante (quatre livres sterling) ; prix élevés, mais non exorbitants.

Le système fiscal britannique laisse à l'indigène le choix. Il peut soit régler son impôt par un apport physique, en portant du sel ou en travaillant chez un marchand ou un colon, soit produire des biens pour les vendre, soit enfin commercer. Pour cela, il faut cependant, outre l'impôt, acheter une licence. Les conditions créées par les Anglais favorisent les individus d'un certain niveau culturel, tandis que les plus primitifs, comme les Bakondjo, préfèrent le système de l'État indépendant, fondé sur l'exploitation du petit peuple. Dans la zone britannique, l'occupant exige de l'indigène désargenté un mois de travail physique et personne n'y échappe. L'État indépendant demande un jour de corvée par semaine sur le papier et en pratique quelques jours, mais en fait ne travaille que celui qui se laisse attraper. Nombreux sont ceux qui s'y dérobent et les autres triment à leur place. Ce désordre administratif attire les Bakondjo qui fuient la zone anglaise pour s'installer à l'ouest, au Busongora.

Je quittai Wimi, dernier village bakondjo sur la route de Fort Portal, le lundi 6 janvier de bonne heure. À partir de là notre chemin s'écartait des pentes du Ruwenzori. Nous traversions un pays habité, ayant constamment dans notre champ de vision entre cinq et dix huttes. Les bananeraies soigneusement entretenues ornaient le paysage. La culture matérielle locale était si proche de celle qui dominait sur la rive ouest du Victoria-Nyanza, près de Bukoba, que je me croyais un instant marcher vers le lac et le bateau *Sibyl*, première étape de mon retour en Europe. Tout cela m'a rendu nostalgique. L'envie de rentrer ne m'avait pourtant pas compliqué la vie jusqu'à présent, contrairement à mes collègues. Seraient-ils tout simplement plus sincères que moi ? J'en ressentis une vague inquiétude.

La vue d'une femme fort laide m'arracha à mes pensées lyriques, chassant la tristesse qui me serrait le cœur. Agenouillée, elle retournait la terre avec une houe que je n'avais encore jamais vue, composée d'une lame en forme de feuille de lilas plusieurs fois agrandie et d'une branche à deux rameaux, coupée sous la fourche. Le rameau le plus long servait de manche, tandis que l'autre, taillé court et raboté à plat, supportait la lame dont la soie était attachée au bois à l'aide d'une corde de papyrus tressé. Au Ruanda, je n'avais vu que des lames enfoncées dans un long et lourd manche, percé à l'aide d'un fer chaud. Personne là-bas ne bêchait à genoux, mais debout, en s'inclinant légèrement, comme chez nous pour déterrer les pommes de terre. D'une manière identique, les Noirs emmanchaient leurs haches en forme d'herminette. J'ordonnai un arrêt – *pumzika* – pour examiner la houe avec les porteurs. La vieille femme, d'abord effrayée, retrouva son courage dès qu'Auguste se mit à marchander pour acquérir cette préciosité muséologique. La transaction terminée, toute contente, elle emporta promptement dans sa hutte la belle verroterie, et nous ouvrîmes notre *shauri*, notre débat ethnographique. Les porteurs wasukuma m'apprirent que chez eux on employait des houes de ce type avant l'apparition de celles qui sont répandues maintenant partout au Ruanda.

Tout en observant les autochtones – de bien meilleure apparence que les pauvres Bakondjo – nous rejoignîmes l'étape de Rubona et ses environs bien peuplés. En excellent ordre, elle me rappelait une villégiature estivale. L'air était si doux qu'après avoir tracé l'itinéraire et écrit quelques notes, je paressais puissamment. Il m'était difficile de penser que pendant que je me reposais en admirant un paysage d'été idyllique depuis la véranda de la toute nouvelle maison d'étape, chez nous, en Mazovie, les chanteurs de cantiques visitaient les maisons dans le froid de la fête des Rois. La nostalgie s'approchait à pas feutrés.

Le mardi 7 janvier, après trois heures et demie de marche à travers un pays populeux, nous atteignîmes enfin Fort Portal, étendu sur trois collines assez espacées. Sur l'une résidait le roi, le *mukama* Dawdi Chwa Kassagama avec sa cour ; sur l'autre, un peu à l'écart, s'élevait la mission des Pères Blancs ; sur la troisième enfin le *boma*[1] : fort et résidence du pouvoir colonial anglais. Les missionnaires anglicans, deuxièmes propriétaires, après le roi, des grands troupeaux bovins, donc les plus puissants financiers du royaume, habitaient près du représentant de Sa Majesté Royale.

Je me rendis avec toute la caravane directement au *boma*. Il fallait contacter les représentants du pouvoir au plus vite pour régler les problèmes du passage frontalier et de la douane, puisque j'arrivais de l'État indépendant avec des soldats de la Schutztruppe à peine déguisés : ils portaient des fez rouges à la place de la casquette avec leur numéro de compagnie. En plus des soldats armés, j'avais avec moi une grande réserve de munitions. La gentillesse du pouvoir anglais lors de mon premier passage par l'Afrique orientale britannique m'obligeait à la plus extrême correction.

Nous atteignîmes enfin, sur le sommet de la colline, un fort tout à fait modeste, bâti en rectangle. Un fossé sec, surplombé par une rangée de pieux enfoncés dans le sol, hauts d'un mètre et larges de

1. Camp situé près de l'eau et entouré d'une palissade épineuse. Chez les Massaï, l'enclos protégeant le bétail. Par extension : poste militaire fortifié.

dix centimètres, était son unique défense. Cette « fortification » abritait quelques bâtiments, dont le bureau du chef appelé *collector*. D'après le titre du plus haut fonctionnaire, la tâche principale de l'administration locale consistait à percevoir l'impôt qui obligeait les insouciants indigènes à exécuter un travail productif. Devant le plus petit bâtiment, où logeait le corps de garde, se promenait un askari soudanais, armé d'une carabine à baïonnette rappelant la baïonnette russe, mais bien plus longue.

La caravane s'arrêta à l'entrée du fort et je me dirigeai vers le bâtiment principal d'où courait à ma rencontre un jeune Goanais, dénommé De Suza. Il m'informa, dans un anglais parfait, que le percepteur local, Mr Haldane, regrettait de ne pas pouvoir m'accueillir car il était obligé de partir dans le nord de la zone frontalière où persistaient encore des troubles. Il tenait à ma disposition une maison spécialement préparée : celle du médecin local qui séjournait « temporairement » en Angleterre. Les formalités s'arrêtaient là. Il était vraiment difficile de pousser plus loin la courtoisie. Elle l'emportait sur les instructions bureaucratiques qui détaillaient même les conditions de détention et d'emploi d'un fusil à canon rayé. Cela dit, le collecteur était le neveu du ministre de la Guerre dont la germanophilie n'était un secret pour personne. Haldane avait des chances d'hériter de sa fortune, que l'on disait grande, car le ministre demeurait célibataire[2].

Il s'avéra que le jeune De Suza était bien renseigné sur ma personne. Et ses informations ne provenaient pas de la lettre livrée la veille par l'un de mes soldats, car je n'y annonçais que mon arrivée et le souhait de rencontrer l'administration afin d'étudier, avec son obligeante permission, les habitants des pentes du Ruwenzori. Elles venaient plutôt des fonctionnaires du roi du Toro qui m'espionnaient depuis Katwe pour lui rapporter tous mes faits et gestes, et dont il rendait ensuite compte au collecteur ou à son secrétaire. Mais le plus surprenant était que De Suza me savait titulaire d'un passeport russe que je n'avais montré à personne. Ainsi nous étions l'objet de l'intérêt du service des renseignements britannique ! Cette information ne pouvait venir

2. Richard B. Haldane dirigea le *War Office* de 1905 à 1912.

que de la chancellerie du gouverneur à Entebbe qui l'avait jugée suffisamment importante pour la transmettre à Fort Portal. Ce détail témoignait de l'efficacité de l'administration britannique, capable par ailleurs de traiter très libéralement le règlement le plus rigide, comme je l'avais moi-même expérimenté.

CHAPITRE VIII

DANS LA CAPITALE DU ROYAUME DU TORO

Hospitalité anglaise. – Discours prophylactique. – Trêve de soucis. – Ambiance estivale. – Visite chez le pharmacien. – Protocole diplomatique local. – Projets de voyage. – Visite chez un Italien. – Commerce indien. – Dans une *duka* indienne. – Informations importantes. – Visite chez les Pères Blancs. – État de mes travaux. – La garnison de *boma*. – Visite ratée. – Visite chez le roi. – Contributions à l'histoire du pays. – Obligations envers les musées. – Visite royale. – Rumeur sur la découverte de l'or. – Doutes justifiés. – Mépris d'Abd Allah ibn Massoud. – Réflexions et décisions.

Le serviable De Suza me conduisit dans la maison du médecin absent, située à proximité du *boma*, au milieu d'un jardin bien entretenu. Ma caravane déposa les bagages dans une vaste pièce vide, puis se présenta, à la commande de Pendakula, comme pour l'appel du soir. De Suza apprécia sa discipline, surtout lorsque mes hommes éreintés, après m'avoir entendu dire que nous étions invités des Anglais et qu'ils devaient éviter de me faire honte, scandèrent en chœur : *Hewala bana* (Bien, monsieur). Après cela, je leur fis un discours : Pour la discipline, ils ne relevaient pas ici de moi mais, selon le règlement allemand, du chef du poste qui les jugerait et punirait en cas de délit. Pour des exploits pareils à ceux commis à Nsasa et à Ruaza, on donnait ici cinquante coups de fouet et un an de travaux forcés « à la chaîne ». La même peine s'appliquait en cas de révolte ou de tentative de retour à la colonne principale, comme ce fut le cas à Ruaza. Avez-vous compris ? demandai-je pour finir. Comme un seul homme, ils répétèrent : *Hewala bana.* Mon *Abtreten !*[1] termina l'appel. Pendant leur retraite, De Suza se tint près de moi en posture officielle, incarnant avec gravité le méchant pouvoir étranger.

Lorsque Pendakula accompagna mes hommes dans leurs quartiers, De Suza et moi allâmes sous la véranda où Auguste dressa une table et deux chaises longues, et nous tendit deux whiskies soda. De Suza, satisfait d'être traité en Anglais, se retira rapidement prétextant une surcharge d'affaires à traiter en l'absence du collecteur. Il était à mon service en cas de besoin, précisa-t-il en partant.

Je m'attablai dans l'attente du déjeuner, débordant de cette joie que l'on ressent après avoir accompli des tâches pénibles. Je savais désormais que je pouvais compter sur l'aide des Belges et aussi sur celle des Anglais. La première semaine passée sur un terrain inconnu donnait une telle moisson d'observations anthropologiques, ethnographiques et politiques que le rapport, que je comptais élaborer ici dans de bonnes conditions, inciterait sûrement le musée berlinois à soutenir mon projet de rester une année de plus en Afrique.

La présence de Pendakula dans ma caravane m'ôtait tout souci de discipline, celle-ci s'améliorant d'ailleurs avec le temps. Les porteurs s'attachaient à moi, probablement parce qu'ils voyaient que je me souciais de leur alimentation, marchais à pied comme eux, et quand l'un d'eux molestait des indigènes, je réglais l'affaire d'une torgnole, à la grande joie des plaignants, sans en référer aux instances supérieures, guère indulgentes. D'ailleurs, c'était déjà une histoire oubliée, datant de la période d'essai, quand la caravane testait les limites de ma tolérance. Depuis, nous étions très soudés et ils appréciaient d'être traités comme s'ils avaient la peau blanche. Cela dit, j'étais soulagé qu'ils disparaissent de ma vue pour un temps et que nos relations se limitent au rapport de Pendakula, matin et soir, et à l'octroi d'avances sur salaire. Leur désir de « profiter de la vie »

---

1. Repos !

dans le plus grand centre urbain sur notre route était tout autant compréhensible que mon ravissement de vivre à l'européenne, dans une maison confortable et bien protégée de la chaleur par un haut toit couvert d'herbes. Mais rien ne me réjouissait davantage que d'avoir retrouvé ma liberté, perdue au moment où je pris le bateau avec Schubotz, à Vichumbi. Je n'avais plus d'estime pour mes collègues depuis que j'avais découvert qu'ils s'investissaient peu dans leur travail, à l'exception de Mildbraed et de Weiss, et ne pensaient qu'au retour.

Auguste me réveilla d'un souffle léger dans la figure. Je m'étais endormi sur la table en écrivant mon journal ! Le déjeuner était servi et la maison aménagée : il m'avait préparé deux pièces, et les serviteurs occupaient une véranda latérale, à portée de voix de la cuisine. C'était une transposition miraculeuse de Nyundo à Fort Portal, la chaleur en plus et les fraises du père Weckerlé en moins. Tout était si différent de ce que nous avions vécu depuis un mois que cela semblait irréel.

Après le café, propre et de blanc vêtu, je me rendis chez le pharmacien qui dirigeait le dispensaire public pendant le congé du médecin. Il était l'unique représentant blanc de l'administration en l'absence de Mr Haldane. Hormis ces deux Européens, il y avait là des missionnaires de deux confessions, catholique et anglicane – anciens ennemis s'appréciant toujours peu –, et un représentant de la Societa coloniale italiana qui monopolisait le commerce des peaux de chèvre. Dans la hiérarchie locale, le pharmacien venait après les missionnaires, mais je décidai de le voir en premier, à titre de représentant de l'administration. J'espérais me renseigner sur la situation locale : risquais-je une bévue en fréquentant les missionnaires catholiques, donc en fait des Français ? Même les indigènes les appelaient *Wafarasa*. J'avais envers eux une dette de reconnaissance depuis mon séjour dans les possessions allemandes. De plus, la mission locale détenait les manuscrits du père Achte, décédé en 1903, qui étudia l'histoire de Bunyoro[2]. Cependant, il me fallait éviter de vexer les autorités locales si je voulais obtenir leur aide pour mon

2. Le père Auguste Achte, né en 1861 à Warhem, près de Dunkerque, séjourna au Bunyoro entre 1892 et 1894. (G. Leblond, *Le Père Auguste Achte*, Maison-Carrée, 1928.)

expédition sur les versants ouest de Ruwenzori. Situé en zone litigieuse, ce terrain dépendait du roi du Toro, de même que Katwe. Pour éviter les tracas, il fallait ménager diverses susceptibilités, et même un homme de science devait être ici d'abord diplomate car le moindre faux pas pouvait susciter des rumeurs compromettant son voyage et les conditions de ses recherches.

Le pharmacien, homme direct et sincère, me reçut chaleureusement. Il m'annonça sans détour que ma visite l'honorait : les missionnaires anglicans le prenaient pour un moins que rien, se croyant les seuls *gentlemen* égaux de Haldane – qui l'était réellement, à en juger par ses relations courtoises avec tous. Les missionnaires catholiques n'avaient pas de telles ambitions. Et puisqu'en allant d'abord chez le pharmacien, ma grande gaffe, je l'avais déjà commise, le brave homme se sentait obligé de me raconter tout ce que le collecteur m'aurait dit si j'étais allé le voir en premier. Quant aux Pères Blancs, braves, droits et sages, ils comprendraient ma situation de membre polonais d'une expédition allemande et, selon le pharmacien, ne m'en voudraient pas si je rendais visite d'abord aux anglicans. Mais, il y avait autre chose : si les indigènes, épiant tous les gestes des Européens, voyaient un catholique qui avait séjourné auparavant chez les Pères Blancs, commencer ses visites sur le territoire anglais par les anglicans, ils répandraient la rumeur que celui-ci reconnaissait la supériorité de l'Église anglicane. Voilà pourquoi les protestants auraient souhaité me recevoir les premiers. Ainsi éclairé, je ne pouvais qu'aller d'abord chez les Pères Blancs car ils méritaient toute ma gratitude ! Je fis aussitôt part de cette décision à mon hôte.

À mon étonnement, il s'en réjouit : nulle part je ne serais mieux reçu que chez eux. Il me conseillait cependant d'attendre le retour de Haldane. Je devinais que ma visite chez les catholiques, après celle du pharmacien, risquait de me compromettre définitivement auprès du roi du Toro. L'habileté de Mr Haldane saurait réparer mes bévues. Le pharmacien, comme la plupart des fonctionnaires coloniaux anglais, cachait mal son aversion envers ses propres missionnaires qui profitaient de leurs appuis en métropole pour jouer ici un rôle politique, comploter et s'enrichir à titre personnel. La sympathie des fonctionnaires, souvent victimes de ces intrigues, allait plutôt aux missionnaires catholiques, dévoués et fidèles à leur devoir apostolique. Pendant cette visite, décidément très utile, j'appris aussi qu'au Toro, comme dans tout l'Uganda, les Africains aisés se convertissaient à la religion anglicane, tandis que le peuple devenait en majorité catholique. Ainsi, parmi les dix principaux vassaux du Conseil du roi, un seul était catholique.

Je quittai le jovial pharmacien à la nuit close. Franc et direct, comme il devait étouffer dans ce milieu confiné, hérissé de convenances et baigné de l'aura de la haute diplomatie ! Au moment des adieux, le brave vieux célibataire en quête d'occasion pour un whisky soda, me convia à déjeuner mais pour le surlendemain, car il prévoyait que les Pères Blancs ne me laisseraient pas partir facilement. Il me demanda si je ne voyais pas d'inconvénient à ce qu'il invite également le représentant de la Societa coloniale italiana, un jeune homme de bonne famille. Umberto di Cicuta suivait ici un stage commercial, mais ne désirait pas faire toute sa carrière dans le commerce des peaux de chèvre dont s'occupait son employeur. J'acceptais d'autant plus volontiers de faire sa connaissance qu'il devait avoir des choses intéressantes à me raconter en raison de son activité. Ne pouvant bâtir l'édifice du savoir sur l'Afrique sans parler de tout avec tous, je profitais de chaque occasion pour élargir mes horizons au-delà du trajet de mon voyage. À la maison, je terminai le journal sur lequel je m'étais endormi avant midi.

Le mercredi 8 janvier, j'explorai le lieu de mon séjour dès le matin. Je commençai par le *boma*, pour m'entretenir avec le svelte, beau et jaunâtre De Suza, au sujet d'une lettre que je voulais envoyer à Haldane. Après les politesses d'usage et les remerciements de m'avoir hébergé dans la maison du médecin, j'abordai l'affaire autrement plus importante : ma traversée des flancs septentrionaux du Ruwenzori et du pays des Baamba, réputés féroces cannibales. Par ce circuit, je comptais rejoindre Fort Beni, dans l'État indépendant, où se trouvait le dépôt de notre expédition. Une fois ravitaillé, j'espérais aborder le bassin de l'Aruwimi et explorer la possibilité d'atteindre les marches du Soudan par la forêt du bassin de l'Uele. Le Ruwenzori, et surtout le pays Baamba étendu entre son versant occidental et la rivière Semliki, étaient fermés aux voyageurs, pour cause d'insécurité, et déclarés terrain du litige anglo-congolais. Seuls les contrebandiers s'y hasardaient à leurs risques et périls. L'administration de cette zone par le roi du Toro était – je le savais bien – une pure fiction. Ne voulant pas enfreindre l'interdiction, il me fallait obtenir un laissez-passer des autorités anglaises. Je décidai de le demander, sûr qu'il me serait accordé, ne serait-ce que pour montrer que ce qui s'y passait n'était pas si terrible, contrairement aux déclarations de l'État indépendant. C'est là, justement, que la troupe de Dewat se fit attaquer alors qu'elle escortait l'expédition anglaise du naturaliste H.F.R. Wollastone et de ses compagnons. Quand les Anglais accusèrent Dewat d'avoir provoqué l'incident, l'État indépendant déclara qu'ils favorisaient sciemment l'anarchie dans la zone litigieuse pour la tenir fermée. Compte tenu de ces événements et de leurs répercussions éventuelles sur mon voyage, De Suza supposait que son supérieur m'attacherait une escorte militaire. Après avoir revu avec lui les détails de mon trajet, j'écrivis une lettre à Haldane et me rendis à l'agence de la Societa coloniale italiana.

Umberto di Cicuta m'accueillit avec la verve italienne, tout à sa joie de pouvoir enfin parler italien, après tant d'épuisantes conversations en langues étrangères ! Il m'apprit beaucoup sur les rapports locaux, entre autres sur le commerce indien, de plus en plus prospère. Il existait à Fort Portal une filiale de l'entreprise d'Aladin Visram, l'une des plus grandes firmes commerciales d'Afrique orientale et véritable *curiosum* : ses transactions atteignaient des millions, mais elle ne tenait pas de livres de comptabilité. Cela ne signifiait pas que l'honnêteté de ses fonctionnaires soit infaillible, bien au contraire ! Quand on avait découvert que le directeur précédent avait commis une grave malversation, on le muta à un poste mieux payé pour que la firme puisse se dédommager en opérant une saisie importante sur son salaire. Dans l'entreprise régnaient des rapports patriarcaux : les salariés mal payés cédaient à la tentation du vol et soutiraient des profits illégaux, mais on regardait cela à travers les doigts, laissant planer au-dessus de leurs têtes le spectre de l'intransigeante justice anglaise. On évitait ainsi leur fuite vers les entreprises concurrentes. Les relations internes de la firme reposaient sur les règles d'un jeu psychologique de haut niveau, auquel s'ajoutait une bonne dose de préméditation. À ce jeu, les Hindous sont passés maîtres. Naviguant cyniquement sous le pavillon du chantage, ils prenaient dans leurs filets même les fonctionnaires et les officiers anglais, ouvraient à tous des crédits supérieurs aux salaires et celui qui se laissait attra-per, devenait la proie de leur ruse. Un client trop endetté se voyait contraint de rendre divers services à la firme. Le milieu indien, avec son expérience millénaire de la faiblesse humaine, mettait en sourdine le règne des sahibs blonds, soucieux de l'honneur et des convenances ignorés des Hindous. Je comprenais enfin pourquoi je leur préférais les Africains. De l'humanisme et du sens de l'honneur – deux valeurs les plus hautes de notre civilisation – la comptabilité hindoue n'avait cure, tandis que les Noirs réagissaient vivement à l'attitude humanitaire, comme le prouvait la formidable réussite des missionnaires dans la région des lacs. Bon nombre de tribus africaines possèdent un grand sens de l'honneur et donnent des soldats dignes de la plus grande confiance. Pour toutes ces raisons les Noirs, en dépit de leur primitivisme, me sont plus sympathiques et plus proches que les Hindous.

Après avoir quitté l'éloquent Italien, j'entrai dans la *duka* – magasin de la firme d'Aladin Visram. J'observais avec intérêt les employés qui parlaient bien la langue des Anglais dont ils étaient pourtant si éloignés. Me voyant choisir de menus objets, demander leur prix et les reposer sans marchander, on me proposa un crédit. La firme me connaissait déjà et savait même où j'allais et pourquoi. Je refusai poliment le crédit, expliquant que j'allais au Congo, où ils n'étaient pas représentés, sans savoir si je reviendrais à Fort Portal. Finalement, j'emportai les articles choisis à moitié prix. En dépit de la façon peu honnête de traiter le client, à l'orientale, leur entreprise est fort solide sur un point essentiel : on peut se fier totalement à elle pour transférer de l'argent. Ce grand service, gratuit de plus, est très apprécié, surtout à Fort Portal, lieu d'importantes transactions commerciales où n'existe aucune banque. Les filiales d'Aladin Visram déboursent de l'argent partout sur demande et sans formalité, car en Afrique de l'Est tout le monde se connaît et on sait qui vaut combien.

La *duka* rend aussi volontiers service en diffusant des informations de tout genre. Ainsi, j'y appris l'arrivée prochaine à Fort Portal de leur fidèle client, M. Rocky. Ce Boer sud-africain, fournisseur d'une grande quantité d'ivoire et de caoutchouc venant en contrebande du Congo, était susceptible de me donner quelques détails utiles pour mon voyage à l'ouest du Ruwenzori. Il y réalisait des affaires avec les chefs africains disposant de nom-breux Wambuti, c'est-à-dire des Pygmées qui chassaient pour eux les éléphants. J'appris par la même occasion qu'à Fort Portal vivait un jeune Pygmée, élevé par un commerçant africain qui l'avait trouvé tout jeune enfant dans la forêt. Ce marchand était lui-même client de la firme d'Aladin Visram, ce qui signifiait peut-être qu'elle le tenait dans les griffes de l'usure. Tous ceux qui mènent ici une activité commerciale ont des rapports avec les Hindous : les uns en dépendent entièrement et les autres y collaborent sporadiquement. La firme brasse en effet un capital immense.

Les informations sur les Pygmées étaient les plus précieuses de toutes celles que j'avais entendues. Les Hindous avaient tout de suite deviné ce qui m'intéressait. Pourtant, je ne leur avais pas raconté mes projets, comme au pharmacien ou à l'Italien, qui connaissaient sûrement l'existence du Pygmée mais sous-estimaient son importance pour moi. Les Hindous, en bons marchands, savaient que le secret de la réussite commerciale repose sur la capacité de satisfaire le client et surtout dans l'art de deviner ce qu'il désire le plus.

L'après-midi, je me rendis à Viriko, la colline occupée par la mission des Pères Blancs, construite sur un modèle qui m'était devenu familier. Seuls les arbres y étaient plus grands qu'ailleurs, car cette station était la plus ancienne de toutes celles que j'avais vues. Les pères me reçurent à bras ouverts. Nous parlâmes jusqu'au crépuscule en buvant du vin doux d'Algérie, puis du café et de la liqueur d'eucalyptus. Je dus raconter en détail mes séjours dans les missions sur le territoire allemand, où œuvraient leurs anciens condisciples de Maison-Carrée et de Carthage en Tunisie[3]. Le père supérieur Van Daille était prêt à m'accompagner chez le roi. Cette

3. À Maison-Carrée (El-Harrach), près d'Alger, il y avait un noviciat et à Carthage un séminaire.

visite fut fixée au vendredi, car le lendemain je devais me rendre chez les missionnaires anglicans. Le récit de mes conciliabules diplomatiques avec le pharmacien fit rire le supérieur. Puisque je devais voir le *collector* en dernier lieu, dit-il, mes visites respectaient la hiérarchie suivante : d'abord le pharmacien, puis le roi et enfin le représentant de Sa Majesté Royale britannique. Sur ce, je répondis : *Umgekehrt ist auch gefahren*[4], ce qui provoqua l'hilarité générale. Van Daille étant flamand, les autres alsaciens, ils comprenaient tous l'allemand, bien qu'au quotidien ils parlassent le français et aussi le runyoro, la deuxième langue, après le latin de l'Église. Pour finir, on m'in-vita au déjeuner dominical et je fus encouragé à venir les voir à tout moment. Pour l'ethnographie, les pères se tenaient à ma disposition. Je reçus également les cahiers de notes du feu père Achte, dont nous devions reparler à la prochaine occasion.

Le jeudi 9 janvier, je commençai mes études anthropologiques. Comme le musée berlinois m'avait équipé de quatre cent cinquante grands schémas de Martin pour les mesures, je considérais qu'il était de mon devoir de les remplir. Cependant, la prise en compte du nombre considérable de données que ce schéma contenait semblait superflue pour constater les différences de constitution anthropologique des groupes étudiés. Ainsi, hormis les observations détaillées pour le musée, je menais des études pour mon compte, selon un schéma réduit. À ce jour, j'avais recueilli des observations détaillées sur deux cent quatre-vingt-dix-huit individus, et des observations réduites sur mille deux cent un. En réservant la dernière centaine de grands schémas pour les Pygmées, je poursuivais mes travaux selon le schéma réduit, tenant à étayer la carte anthropologique par le plus grand nombre possible d'observations. À ce rythme, je pouvais espérer, si je restais une autre année en Afrique, réaliser à 100 % les observations détaillées et même atteindre un chiffre record de quatre mille individus étudiés selon le schéma réduit. D'ailleurs, l'ampleur de mes travaux dépassait l'attente la plus optimiste de mon chef berlinois, le professeur von Luschan qui considérait qu'avec quatre cent cinquante grands schémas, je surchargeais inutilement mes bagages de papier.

4. Renversé, c'est tout aussi bien.

Dans le domaine de la musicologie – que je comprends le moins – j'avais envoyé à Berlin quatre-vingt-dix bobines enregistrées (sur cent quarante). Quelques-unes s'étant abîmées, je gardais les autres pour les Pygmées. En prévision des longues marches et des précautions à prendre pour porter puis envoyer ce matériel fragile en Europe dans des caisses tapissées de tôle et scellées, compte tenu de mes piètres talents de tôlier, je n'insistais pas outre mesure pour compléter mon équipement musicologique.

De l'équipement photographique, contenant trente-cinq douzaines de plaques photographiques, deux cent cinquante correctement développées et plus de cent non développées étaient déjà à Berlin. Le musée exigeait qu'elles soient développées immédiatement, cependant le Duc nous conseillait de les envoyer telles quelles, suggérant que le photographe de Leipzig les traiterait mieux que nous. Ainsi j'avais expédié, au début, la moitié de mes plaques non développées, mais depuis que mon colis était arrivé endommagé à Berlin et que les références avaient été confondues au déballage (comme on l'avait d'ailleurs prédit), je développais tout moi-même, marquant au crayon gras les numéros afin d'éviter toute erreur. Le transport des plaques développées était moins périlleux, à condition de souder les caisses tapissées de tôle. J'utilisais uniquement les plaques en verre, car le musée se méfiait des films. Ce matériel encombrait sérieusement ma colonne. Les lourdes caisses demeuraient cependant maniables grâce à leur taille réduite et chutaient moins que les caisses de matériel musicologique, plus légères mais volumineuses. Celles-ci, les porteurs les détestaient.

Les caisses contenant du plâtre pour les empreintes constituaient la troisième catégorie de bagage encombrant : relativement lourdes, elles ne risquaient rien. Les problèmes commençaient dès que je voulais prendre les empreintes, car il fallait négocier âprement, payer cher et surtout convaincre les gens pour qu'ils acceptent cette étrange opération. Les porteurs venaient à mon secours, se laissant plâtrer la face pour l'exemple, encouragés évidemment d'une manière fort onéreuse. Les quarante masques de plâtre avaient déjà atteint Berlin, en bon état. Le plâtre restant était réservé pour les Pygmées. Puisque dans ce domaine je n'escomptais pas épater le professeur von

Luschan, je n'en demandais pas davantage, décidé de m'en tenir aux cinquante masques prévus par le plan des travaux à exécuter en deux ans.

Le journal officiel du voyage, prévu à huit cents pages *in folio* et quatre cents pages *in octavo*, était rempli jusqu'à la page 515 *in folio* et la page 43 *in octavo*. Il me permettait déjà d'écrire une monographie des États pastoraux féodaux de la région des lacs. Il s'agissait d'un matériau d'autant plus précieux que j'avais pu observer le Ruanda au moment où les rapports humains n'y étaient pas modifiés par l'occupation européenne. Sans doute, le rapport ethnographique, même succinct, exigerait deux tomes au lieu d'un.

L'affaire des transcriptions linguistiques se présentait moins bien. Le professeur Carl Meinhoff, spécialiste renommé des langues bantu, surtout de leur phonétique, y attachait tant d'importance qu'il m'enseigna lui-même la transcription correcte des sons des langues africaines. J'avais à mon compte trois vocabulaires, réalisés selon le schéma de von der Gabelentz. Je me limitais aux terrains déjà explorés par les missionnaires, ne pouvant noter systématiquement que les dialectes trouvés sur mon passage. Ma seule négligence était d'avoir remis à plus tard le vocabulaire des Bakondjo. Mais je devais les retrouver prochainement.

L'avancement de mes travaux me permettrait de revenir en Europe avec l'expédition en avril, car j'avais suffisamment de matériaux pour justifier ma bourse. Mais je voulais éviter ce retour précipité, espérant pouvoir lancer joyeusement à mes collègues, sans me faire mal voir du Duc : *Kwaheri !* Salut ! et rester une année de plus en Afrique.

Mon rapport, rédigé à l'attention du directeur du musée de Berlin, allait dans ce sens. J'avais besoin de son approbation pour prolonger mon séjour en Afrique, si jamais mes collègues voulaient revenir en Europe plus tôt que prévu.

Le jour suivant, le jeudi 9 janvier, seuls quelques hommes, envoyés par les pères, étaient venus pour les études anthropologiques. Ensuite, je me rendis au *boma* pour vérifier si ma lettre à Haldane était bien partie. J'en profitais pour regarder de près les soldats de la compagnie de la milice locale. Aussi bien habillés que ceux de la Schutztruppe allemande, même pieds nus, comme leurs collègues congolais, ils étaient élégants dans leurs uniformes composés d'un chandail bleu marine aux épaulettes en cuir, d'un short de scout kaki, de molletières bleu marine et du fez rouge. Leur arme, un Lee-Metford tirant des balles oblongues de calibre 11, ressemblait à celle fournie aux Turcs pendant la guerre de Crimée en 1878, tandis que la baïonnette quadrangulaire rappelait la russe, mais sa longueur et son poids rendaient probablement le tir moins précis. On la portait dans un étui attaché à la ceinture, à côté de la cartouchière ou, pendant le service, fixée sur le fusil. La Schutztruppe avait, comme les armées européennes, une baïonnette en forme de couteau ou de hache, utile pour tailler les buissons et les lianes. À voir la façon dont les soldats locaux maniaient les armes, ils paraissaient moins bien entraînés que les nôtres. Cela dit, ces descendants des soldats révoltés d'Emin Pacha, intégrés dans les forces britanniques par le capitaine Lugard, fondateur du Protectorat de l'Uganda, donnaient plutôt une bonne impression[5]. Il n'y avait ici ni officiers ni sous-officiers blancs. Dans les colonies allemandes cela n'arrivait pas. Les détenteurs du plus grand empire colonial n'avaient pas assez de volontaires pour servir dans ces terres lointaines ! Fait peu encourageant ! Quel avenir pouvait-on prédire à un tel empire ?

J'observais le chef d'une compagnie composée de cent hommes bien armés, un vieux sergent-major, sous-officier du plus haut grade, d'apparence débonnaire et de taille immense,

5. Lorsque Emin Pacha décida de rejoindre Zanzibar, avec H.M. Stanley, en 1889, ses soldats refusèrent de partir avec lui et livrèrent bataille aux mahdistes pour rejoindre l'Égypte. Battus, ils se réfugièrent au sud-ouest du lac Albert, où ils furent recrutés par F. Lugard, en 1891, lors de son expédition visant à réunir les royaumes du Buganda, du Bunyoro, du Nkore et du Toro en *Uganda Protectorate*. Lugard y trouva plus de huit mille soldats dont un millier armés. Il en laissa une partie au Toro, où il venait de restaurer la monarchie, avec consigne de bâtir les forts pour le protéger des attaques du Bunyoro. Les ex-soldats d'Emin Pacha formaient la totalité des forces armées ougandaises. F. Lugard agissait pour le compte de l'Imperial British East Africa Company, une compagnie à charte. Munie de droits souverains, moins liée par la responsabilité politique qu'un gouvernement, elle exerçait la justice, maintenait l'ordre et détenait le monopole commercial sur le territoire qu'elle administrait. Après sa faillite, l'Ouganda fut repris par la couronne britannique en 1896.

âgé de soixante-dix ans environ. Il avait gagné ses épaulettes depuis au moins vingt ans, au temps d'Emin Pacha, puis avait subi certainement un sévère entraînement anglais : ses troupiers noirs, soi-disant abandonnés à leur sort, se déplaçaient et maniaient à peine moins bien les armes que les soldats-automates de la Schutztruppe. Les qualités militaires de ces Soudanais étaient sûrement très appréciées ici. Leur foi musulmane était la trace vivante de leur lien avec le Soudan égyptien. Mais il s'agissait d'un islam bien particulier : le père Van Daille m'avait raconté la veille que le vieux sergent-major avait un jour offert à l'église trente roupies, pour une prière à l'intention d'un enfant malade. S'il voyait dans les *Wafarasa* de puissants sorciers, c'était sûrement parce que la mission l'avait enchanté.

Après la sieste, à seize heures, je me rendis à la mission anglicane. L'un des missionnaires était en congé en Europe avec toute sa famille, et le second accomplissait sur le terrain ses devoirs sacerdotaux. Je pus cependant parler avec son serviteur noir et lui laisser un mot. Puisque l'épouse du pasteur ne se donnait pas la peine de voir un Européen, j'en conclus qu'on me tenait grief d'avoir rendu visite d'abord au pharmacien. Je m'étais hélas déclassé ! Tant pis !

La visite manquée me laissant un peu de temps avant le dîner, je me rendis dans la *factorie* de l'Italien, afin de l'inviter chez moi pour le samedi soir. Nous allâmes ensuite ensemble chez le pharmacien pour bavarder toute la soirée, un peu trop arrosée de café et de boissons plus fortes. Le pharmacien, un Gallois cordial, aimait bien boire.

Le vendredi 10 janvier, la matinée fut consacrée à l'anthropologie, avec bien plus d'hommes que le jour précédant, grâce à la gentillesse du roi qui m'envoya les porteurs de son vassal, le gouverneur de la province Mwenge, située au nord-est de Fort Portal. La veille, le père Van Daille avait informé le roi que j'envisageais d'étudier ses sujets et souhaitais lui rendre une visite officielle au moment qui lui conviendrait le mieux.

Tout de suite après le déjeuner, réconfortés par le café, nous allâmes chez le roi, arpentant de larges rues soigneusement entretenues et bordées de clôtures de *matete (Pennisetum purpureum)* habilement tressé. La propreté et le bien-être étaient frappants ! Les hommes portaient des chemises de coton propres et des rosaires autour du cou. Ainsi, ils étaient catholiques. Mais les catholiques n'étaient pas les seuls à saluer mon compagnon avec déférence : on voyait que le père Van Daille jouissait ici de la reconnaissance de tous. Il s'arrêtait souvent pour bavarder avec les passants. Je ne comprenais pas un mot de ce qu'ils se disaient car ils conversaient en runyoro.

La résidence royale, vue de l'extérieur, paraissait tout à fait banale. C'était une grande maison en brique, munie de fenêtres vitrées, plus grande que la maison de Haldane mais moins que le bâtiment d'habitation de la mission. À vrai dire, elle ressemblait aux maisons des Européens.

Le roi, vêtu à l'européenne, me reçut gentiment et salua le père Van Daille comme un ami. Grand et assez enveloppé, sans être obèse, il avait le visage intelligent et les traits réguliers. Son teint paraissait plus foncé que celui des chefs bahima du sud de la région des lacs. Sa figure reflétait l'héritage du sang soudanais, bien qu'on épousât ici volontiers les femmes des tribus Bahima et surtout Bahinda.

Puisque je ne connaissais pas le runyoro, la conversation se déroula en kisuaheli. Après les salutations d'usage et les remerciements pour les hommes envoyés pour mes études, j'informai le roi de notre expédition, de ses résultats et je parlai aussi des États méridionaux interlacustres. Puis, nous abordâmes l'histoire du royaume du Toro. Ce thème enchantait le roi, tout comme le passé des autres États. Pendant que les domestiques apportaient les rafraîchissements – siphons d'eau gazeuse, jus de citron et whisky – le roi sortit pour revenir aussitôt avec un épais cahier rempli d'une écriture lisible et bien déliée. Depuis que sir Apollo Kagwa, Premier ministre du roi du Buganda, avait publié l'histoire de son pays[6], le roi du Toro, n'ayant pas à son service un ministre-écrivain ou un homme de confiance au courant de l'histoire du royaume, avait décidé de l'écrire lui-même. Comme j'avais mentionné que je possédais le livre de sir Apollo, il me montra son propre manuscrit. Il refusa de me le prêter, mais promit de me le dicter lui-même en le traduisant en kisuaheli.

---

6. Apollo Kagwa, *The Kings of Buganda*, Kampala, 1900 ; Nairobi, East African publishing house, 1971.

Le début traduit pour moi, en partie hélas ! sonnait comme suit : *Ebyabakama abaira Mpuga Rukidi Nyabongo akaruga Bukedi yaija hwentsekura wabakama bona hubo ndukwiya okugamba hanu...*

Ces deux strophes placées au-dessus du tableau généalogique affirmaient que le fondateur de la dynastie régnante dans les royaumes Bunyoro et Toro, Mpuga Rukidi Nyabongo, arriva du pays Rukidi, actuellement appelé Bukedi, situé au bord du lac Chioga, traversé par le Nil, au nord du lac Victoria. C'était le pays des Shilluk soudanais. Il n'y avait donc plus de doute : le Bunyoro et le Toro, qui s'en détacha récemment, avaient acquis leur forme actuelle à la suite de l'invasion shilluk. Ceux-ci avaient repoussé les pasteurs bahima qui avaient dominé ce pays sous le règne des Bahinda. Le Bunyoro, avec le Toro, était le berceau de l'une des plus anciennes lignées bahinda. L'arbre généalogique du roi Kassagama présenté sur la page suivante, montre que le Toro s'était différencié du Bunyoro lorsque Winyi Nyamutukura Kyebambi avait partagé son royaume entre ses deux fils. Le Toro détaché du Bunyoro fut gouverné par Kaboyo, le grand-père du roi Kassagama. Ce qui resta du Bunyoro, fut donné à Nyabongo Mugenyi. Le petit-fils de celui-ci, le belliqueux Kabarega, roi du Bunyoro, voulait récupérer le Toro, après la mort du père de notre hôte. Mais les Anglais, auxquels Kabarega résistait, avaient brisé son projet, espérant tirer profit des luttes intestines des Babito.

LA LIGNÉE ROYALE DES BABITO

Générations

I. Mpuga Rukidi Nyabongo

II. Ocali Nyimba

III. Oyo Kabamgaiguru

IV. Winyi Rubangirasega

V. Nyarwa

VI. Chwa

VII. Winyi Rugaruka

VIII. Olimi Sansa Mutakiaro

IX. Winyi Kyebambi — Luwaga

X. Olimi Isansa

XI. Chwa Luhaga (Rukaga)

XII. Kasoma Olimi

XIII Winyi Nyamutukura Kyebambi

XIV Nyabongo Mugenyi — Kaboyo

XV. Dwakabale Muragwa — Kamurasi — Kazana — Nyeika Kasinga — Kato

XVI. Chwa Kabarega — Dawdi Chwa Kassagama

XVII. Andrea Luhaga

Ce qui comptait pour moi, c'était le constat que les Babito étaient sans doute une tribu du groupe des Shilluk qui avait émigré dans le Sud. J'en avais d'ailleurs déjà rencontré quelques-uns au bord du lac Victoria, à Kissumu. Ils y formaient une petite enclave, la plus méridionale. La preuve qu'ils avaient envahi le Bunyoro, qui incluait à l'époque Toro, venait du fait que sa population, très différente du point de vue anthropologique des Shilluk, avait adopté leur coutume de se briser les incisives inférieures. Celle-ci n'était connue ni au Buganda, ni dans les pays interlacustres soumis aux pasteurs bahima, ni au royaume de Kiziba, près de Bukoba, si fier de son immémoriale dynastie autochtone. Récemment, on a commencé à l'abandonner quelque peu. Les missionnaires la toléraient et se bornaient à remarquer qu'on pouvait épargner cette pénible épreuve aux jeunes.

Pendant que nous abordions les sujets historiques, la reine mère nous honora de sa visite. L'autonomie du Toro et l'intronisation de son fils mineur étaient son œuvre. Elle avait environ cinquante ans, peut-être moins. Déjà déformée, elle était à peine corpulente. Dès que nous parlâmes d'incisives brisées, elle attira notre attention sur sa denture abîmée en souriant coquettement. Sa présence et sa participation à la discussion prouvaient que chez les souverains babito, malgré leur origine shilluk, la reine mère occupait la même position privilégiée que chez les Bahinda, sans que je puisse établir s'il s'agissait d'un emprunt.

La généalogie des rois du Bunyoro de la dynastie babito, avec les quinze générations ascendantes du roi actuel, permettait de situer la période d'invasion des Shilluk au milieu du XVIe siècle, ou un peu plus tard. C'était une conséquence probable du déplacement des Galla à la suite des conquêtes abyssiniennes de Mohamed Ahmed Granja (1525-1544). À cette époque, les Babito auraient chassé de Bunyoro l'ancienne dynastie régnante bahinda, étroitement liée à la tribu pastorale bahima. Les Bahinda restèrent au pouvoir dans les royaumes du Nkole et du Karagwe, ainsi que dans les petits États, issus de ce dernier. Le Karagwe était à présent considéré comme le principal fief de la lignée royale bahinda. La séparation du Nkole de Karagwe eut probablement lieu pendant la crise provoquée par l'invasion shilluk. Le partage du royaume de Karagwe, survenu beaucoup plus tard, était une conséquence de l'évolution déclenchée par des conflits internes. Ainsi se présentait l'histoire des territoires septentrionaux et orientaux de la région des lacs, que j'étudiais depuis plus de six mois.

Le royaume du Toro naquit à la suite d'une mésentente entre les fils du roi Winyi Nyamutukura Kyebambi. Kaboyo se révolta contre son père et déménagea au Toro : *Kaboyo omubiro eby kamera ise yaija kumu Toro* – écrivait le roi dans son cahier. Il fut laissé en paix dans cette lointaine périphérie. Mais il n'en allait pas de même pour son fils, Nyeika Kasinga, qui fut battu et expulsé du Toro par son cousin germain Kamurasi. Ce jeune homme belliqueux parvint ainsi à réunir de nouveau le Bunyoro. Cependant, lorsque le fils de Kamurasi, Chwa Kabarega, commença sa guerre contre les Anglais, pour l'affaiblir, le capitaine Lugard eut l'idée de rétablir sur le trône du Toro, en 1892, le fils mineur de Nyeika Kasinga. Ainsi Kassagama, notre amphitryon, devint roi. À partir de cette date, le royaume du Toro fut séparé du Bunyoro et reconnu par les Britanniques comme un État du même rang. Et comme Chwa Kabarega persistait à ne pas admettre sa perte, on priva son royaume non seulement du Toro, mais aussi de ses provinces orientales que l'on rattacha au Buganda. La guerre que Kabarega livra aux Anglais se termina par sa totale défaite. Le souverain vaincu fut déporté et mourut en exil. Et depuis dans son pays règne la paix, troublée de temps à autre par des explosions mineures de colère des légitimistes noirs. Dans ce qui reste du Bunyoro, la succession de Kabarega est assurée à présent par son fils Luhaga, baptisé Andrea, docile instrument de la politique anglaise dans les confins méridionaux de l'ancien Soudan égyptien[7].

Sous son arbre généalogique le roi Kassagama écrivait : *Kandi hanuningambira Bwana Barozi omuhendo gwenganda ezire omunzi Toro. Enganda ezinya kukira enganda zona uruganda wa*

---

7. Andereya Duhaga (Luhaga) fut intronisé en 1902. Soigneusement préparé à sa fonction par les missionnaires protestants, il maintint avec eux des relations si étroites qu'au moment de la révolte des grands chefs de son royaume contre la domination des agents baganda, il unit ses forces à celles des missionnaires et de l'administration coloniale pour la réprimer. Après son décès, en 1924, le royaume fut gouverné par un autre fils de Kabarega, Tito Winye.

Les royaumes des Grands Lacs au milieu du XIXe siècle

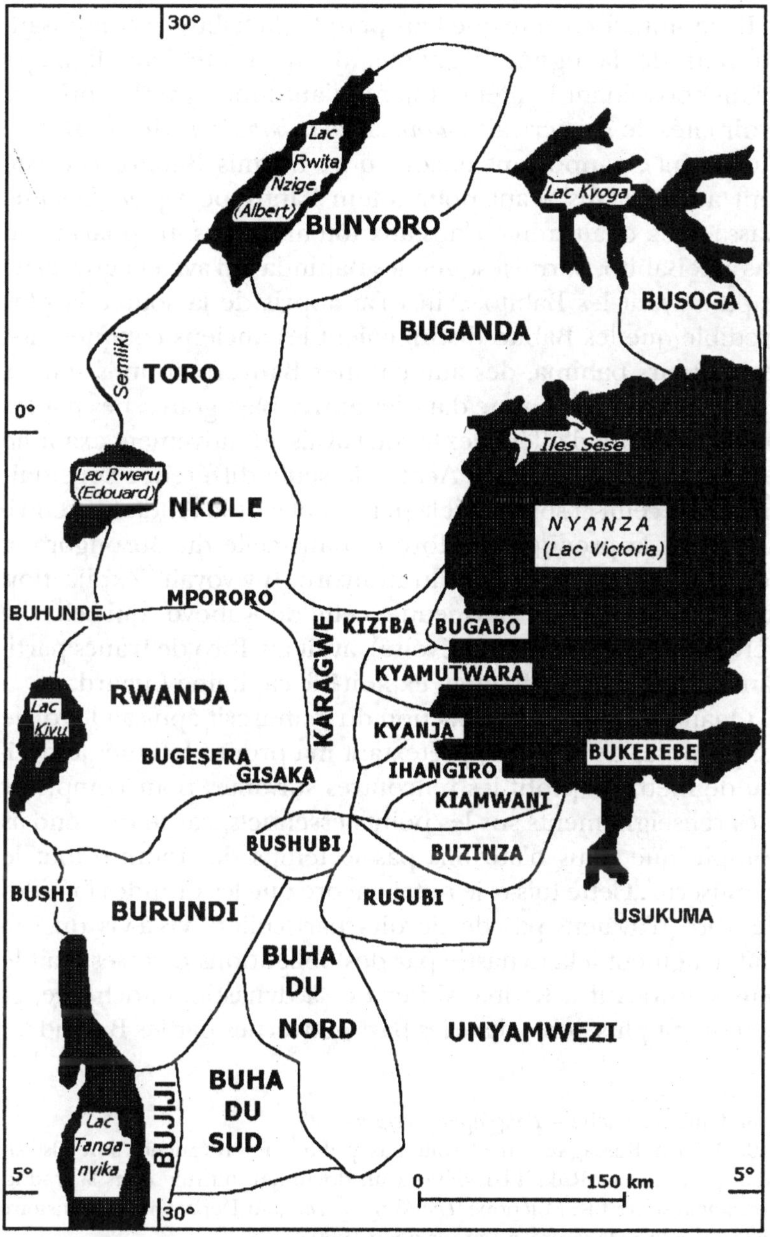

Babito – Et je dis ici à Monsieur le gouverneur le nombre de clans de ce pays du Toro. Le clan (lignage) qui surpasse tous les autres est celui des Babito.

Il expliquait ensuite que leur peuple (la tribu) se composait, en plus de la lignée régnante, de quarante-deux lignages (clans) possédant le même totem : l'antilope *ngabi*[8]. Après les avoir cités, le roi écrivait : *hanu Ababito bahaireyo* (ici les Babito s'achèvent), rapportant encore que, hormis Babito, il existe sept autres clans ayant pour totem l'antilope *ngabi.* Ensuite, Kassagama citait trente clans aux totems divers, n'appartenant pas aux Babito, parmi lesquels les Bahinda qui avaient gouverné le pays avant les Babito. Ainsi j'ai appris de la source la plus crédible que les Babito distinguaient les anciens conquérants, les pasteurs bahima, des autochtones Banyoro connus sous le nom des Bahiru, comme dans les autres pays gouvernés par les Bahinda. Avant d'aller chez le roi, j'avais attentivement examiné le manuscrit du feu père Achte : la seule différence consistait en ce que celui-ci soulignait la persistance de la tendance centrifuge dans la province du Toro et dans celle du Busongora, à l'égard du pouvoir central du Bunyoro. Il y voyait l'explication du fait que la lignée plus jeune, celle de Kaboyo (qui selon le père Achte n'était pas un révolté), avait au Toro de francs partisans, ce qu'avait habilement exploité le capitaine Lugard.

Quand je vis que la traduction du manuscrit épuisait le roi, je lui proposai de l'arrêter, prétextant ma propre fatigue. Je décidai de mettre à profit les rencontres suivantes pour compléter mes renseignements sur les points essentiels, car je me rendais compte que nous n'aurions pas le temps de traduire tout le manuscrit[9]. Cette fois-ci je notai encore que les grandes familles de Toro n'avaient pas de devoirs particuliers vis-à-vis du roi. L'attachement à la dynastie par des obligations diverses était le plus significatif à Kiziba, si fier de sa dynastie autochtone, et nettement plus faible dans les pays gouvernés par les Bahinda.

8. Guib harnaché – *Tragelaphus scriptus.*

9. Le roi Kassagama ne l'avait pas publié. En revanche, son fils, sir George Kamurasi Rukidi III, déposa un document intitulé dans la traduction anglaise de J.R. Muchope *The Kings of Toro*, au Département d'histoire de l'université Makerere, à Kampala, en 1969.

Personne ne savait ici que les grandes familles pouvaient avoir des obligations envers le roi. Le roi lui-même fut surpris, lorsque je citai en exemple certains devoirs – pouvant d'ailleurs être considérés comme des privilèges – de grandes familles de Kiziba, dont certaines étaient représentées au Toro. Il fallait croire que l'invasion du pays par les Babito avait effacé les traces de l'ancienne organisation autochtone, déjà affaiblie sous le règne des Bahinda. Nous passâmes l'après-midi à parler de sujets ethno-historiques. Lorsque je m'apprêtai à prendre congé, le roi me pria de venir mardi matin avec mon appareil photographique, car il donnait une audience au tribunal et voulait avoir une photographie où il figurerait dans l'exercice de sa fonction.

Sur le chemin de retour, j'accompagnai le père Van Daille jusqu'à la mission, mais je déclinai son invitation à souper : la moisson d'informations était si abondante qu'il fallait noter tout cela au plus vite.

Le samedi 11 janvier, dernier jour consacré aux études anthropologiques à Fort Portal ! Le nombre de personnes étudiées, originaires de la région, atteignait la cinquantaine prévue. C'était une série suffisante pour déceler la spécificité anthropologique de la population rurale des alentours de la capitale. J'envisageais aussi d'écrire une brève esquisse monographique du Toro. De plus, profitant de la gentillesse du roi qui m'avait rendu visite pendant tout l'après-midi, je pensais pouvoir envoyer au musée de Leipzig une collection ethnographique complète pour illustrer ma monographie. J'avais déjà reçu au *boma* l'assurance d'obtenir des porteurs pour Entebbe et le roi me prêtait un homme de confiance pour surveiller le transport. Le coût ne posait pas de problème, car les porteurs étaient payés par les fonds de notre expédition déposés au consulat allemand d'Entebbe, qui envoyait ensuite les colis convenablement emballés à leur destination. Je devais régler promptement cette affaire, car le temps pressait. De plus, il fallait achever la collecte ici pour ne plus surcharger la caravane et pour que je puisse, après mon détachement de l'expédition, me consacrer à l'anthropologie, à la linguistique et à la carte ethnographique.

Dans les possessions allemandes, j'avais confié les achats pour les musées de Leipzig et de Berlin (ce dernier, moins intéressé, disposait déjà des collections complètes de cette région) à von Wiese. La perspective de voir son nom sur les vitrines du musée l'enchantait, sans dire qu'il espérait aussi recevoir une médaille. Désormais je ne pouvais plus me contenter de superviser son travail soigneux et patient ; il me fallait l'assumer moi-même. Mon attitude, je dois l'avouer, était égoïste car je m'intéressais surtout à ce qui servait ma publication. Pour les musées, qui avaient largement financé l'expédition, je suivais l'instruction – qui n'incluait pas les intérêts du musée de Leipzig – dans la mesure où cela ne contrariait pas mes recherches. Le Duc m'approuvait du reste, préoccupé par la publication qu'il souhaitait devenir une référence solide dans la littérature africaniste.

En conversant avec le roi qui s'attardait chez moi buvant du café et dédaignant la batterie de boissons dont Auguste avait décoré la table, j'appris que dans les royaumes du Toro et du Bunyoro, contrairement aux dires des Européens, la tribu pastorale Bahima ne formait pas une couche dominante. Envahis par les Babito, ils avaient plus retrouvé que conservé leur haut rang social et le bétail, notamment grâce à la beauté de leurs filles que les Babito épousaient volontiers. Les Bahima s'étaient ainsi érigés en une couche réellement privilégiée, tout en restant sous la domination étrangère. La cohabitation des deux groupes aboutit à une fusion si étroite que les observateurs, superficiels comme la plupart des voyageurs, ne distinguaient pas les Bahima des Babito, surtout depuis que les premiers avaient emprunté aux seconds leur coutume de se briser les incisives inférieures. Pour le roi, en revanche, ces deux tribus étaient tout à fait différentes.

Après avoir raccompagné Sa Majesté, je revins chez moi pour accomplir les ultimes préparatifs et attendre mes invités. Ils arrivèrent avec une information sensationnelle : on venait de découvrir de l'or sur la rive nord-ouest du lac Albert ! C'était probable : à Kilo, dans le bassin de l'Ituri, à cent kilomètres environ du lieu de la nouvelle découverte, l'État indépendant lavait l'or. Le sable de rivière en contenait de petites quantités. On parlait de cela diversement, mais il y avait déjà sur place quelques centaines d'ouvriers. S'agissant d'un secret soigneusement gardé, une chose était sûre : les roches aurifères demeuraient pour l'instant introuvables. Près du lac Albert, le précieux métal apparaissait en quantité importante dans des couches de sable épaisses et propices à l'exploitation rudimentaire. Fait étrange, la nouvelle de la découverte de l'Eldorado, au lieu de nous parvenir de « la Terre promise », arrivait d'Entebbe, capitale du Protectorat de l'Uganda, où elle avait sûrement été apportée depuis Fort Portal. Mes invités grimaçaient à propos de cette histoire, et l'Italien, sceptique, rappelait qu'il arrivait parfois que les orpailleurs chanceux bourrent de sable d'or leurs pistolets, puis tirent sur les parois des sites prospectés pour rouler les acheteurs du lopin, qui obtenaient alors un peu d'or en lavant le sable. En attrapant les nigauds, on pouvait ainsi monnayer les terrains médiocres et inexploitables.

Au café qui éveillait notre esprit critique, après que le whisky soda eut stimulé l'enthousiasme, nous conclûmes que la concentration en un seul lieu de tous les aventuriers, de la lie des Européens qui vagabondaient sur le territoire litigieux, pouvait finalement rendre service à l'administration anglaise : les terrains où la vie était déjà normalisée seraient ainsi vite débarrassés de toute la racaille. En plus, les rumeurs sur la mauvaise santé du roi Léopold II se répandaient et on savait qu'après sa mort, l'enclave de Lado, c'est-à-dire la partie du haut bassin du Nil située au nord du lac Albert et administrée par l'État indépendant, devait revenir au Soudan anglo-égyptien. Il fallait aussi songer à régler des litiges territoriaux qui perturbaient les rapports internes et enflammaient la politique internationale. L'installation dans ce lieu d'un nid de guêpes rassemblant tous les aventuriers britanniques et surtout les orpailleurs désamorcerait sans doute la revendication de ce terrain par l'État indépendant.

Nous passâmes la soirée sur ces subtilités politiques. À la fin, le pharmacien choqua mon Abd Allah ibn Massoud : de peur d'une insomnie, il avait tenté de neutraliser le café à l'aide d'alcool et, victime de ce procédé, s'imagina voir un serpent sous la natte de la véranda. Titubant, il s'était mis à lutter avec l'animal fantomatique, frappant la natte et le sol en brique avec sa canne, et ne se calma que lorsque le précieux support de sa cinquantaine fut brisé. Ne pensant pas que je puisse le voir dans la pénombre de la véranda, Auguste se croyait invisible et ne cachait ni son dégoût ni son mépris des *Ingeleze* et peut-être des

Wazungu en général. J'eus d'ailleurs moi-même honte de mon invité, pourtant si dévoué. Je le confiai à Umberto qui, en bon Italien, n'abusait pas de l'alcool et lui préférait le *caffé nero*. Ils partirent bras dessus bras dessous par le chemin éclairé à la torche par les serviteurs.

Je vivais à Fort Portal dans un état d'euphorie qui me faisait regretter le temps passé à dormir. Je travaillais énormément, sachant que cette énergie serait brisée par le surmenage. Je planifiai mon travail de manière à pouvoir partir avant la fin de la semaine suivante, après avoir complété et expédié mes collections et recueilli des matériaux pour la monographie du Toro. La partie anthropologique de ma recherche était achevée. Je redoutais le retard de mon expédition dans le bassin de l'Aruwimi. Après le départ de mes invités, le café m'aida à rédiger mon journal.

CHAPITRE IX

ETHNOGRAPHIE, NOSTALGIE ET PREMIÈRE MALADIE

Célébration du dimanche. – Le latin français. – Amis communs. – Crise de nostalgie. – Disparition de Djuma. – Lettre de De Suza. – Attente dans la contrition. – Gynécée du sergent. – Cause de l'infraction. – La peau de Djuma aux enchères. – Technique soudanaise. – Obligations envers Leipzig. – Au tribunal. – Halle royale. – Effets misérables de l'indépendance. – Visite chez les Pygmées. – Géant écossais. – Colonel Harrison. – Tragédie du retraité. – Mr Rocky, le Boer. – Informations précieuses. – Belle infirmière. – Spéculations matrimoniales. – Mines de fer. – Distractions dominicales. – Nostalgie de la vie civilisée. – Achèvement des travaux ethnographiques. – Maladie. – Nombreuses visites. – Préparatifs du départ. – Ajournement. – Évaluation critique des vacances à Fort Portal. – Adieu à De Suza. – Attente du guide. – Le thé d'adieux. – Dernière sensation. – Départ à la lueur de la torche.

Le dimanche 12 janvier, je décidai de prendre un repos, selon le commandement « Les dimanches tu sanctifieras », que je respectais rarement. Invité à un déjeuner d'apparat à la mission des Pères Blancs, j'assistai tout d'abord à la grand-messe célébrée par le père Van Daille. Pour un peu, j'aurais été en retard : après la soirée animée et une séance nocturne d'écriture, j'avais eu du mal à me réveiller.

Dans l'église remplie de paroissiens noirs, parfumés au beurre rance, la nostalgie m'emporta tout d'un coup. Le latin à la française, avec le *u* aigu auquel je n'arrivais pas à me faire, me fut cette fois-ci très pénible. Ma maison, la Mazovie, mon pays, tout me manquait et, de plus, je ne supportais plus le latin du père Van Daille ! Seul le latin entendu pendant mon enfance, à l'église de Worów, me semblait correct. J'appréciai en revanche le sermon en bunyoro ; le prêtre prononçait bien le *u*. Je ne le comprenais pas, mais cela ne me dérangeait point. Les vieilles femmes de mon village ne comprenaient pas toujours le contenu du sermon de l'abbé Antoni Woyno, ce qui ne les empêchait pas de renifler d'émotion. Je me réjouissais dès que je parvenais à saisir quelques mots familiers ou deviner le sens des expressions banales.

La nostalgie m'entraînait dans son abîme. La crise s'annonçait bien plus profonde que celle du mois précédent, lorsque j'observais les cigognes sur le lac Édouard ! Était-ce cela que ressentaient mes collègues pendant le réveillon ? Emporté par mes projets, très confiant, je les méprisais alors sans les comprendre. Le réveillon à Kazindi était trop éloigné du Noël familial de Głuchów [1] pour que je cède aux assauts de la mélancolie, tandis que cette église pleine de paroissiens noirs me rappelait obstinément l'église en mélèze de Worów où j'allais avec mes parents. Je compris soudainement le désir de mes collègues de revenir à la maison. La peur me saisit : pourrais-je rester ici, tout seul, pendant qu'ils rentreraient joyeusement chez eux ?

Après la messe, je me promenais dans le jardin de la mission, grand à s'y perdre. Mais on m'y retrouva vite. Au déjeuner je parlai du Ruanda. Les pères s'intéressaient à cette grande réserve, peu perturbée par les Européens que seuls les mission-naires représentaient jusqu'à présent, au risque d'exposer les indigènes à des déceptions le jour où leur pays serait ouvert à tous. Les pères du Ruanda et ceux de l'Uganda étaient condisci-ples.

Le repas et le café durant jusqu'aux vêpres, je rentrai tard à la maison. « Maison »... une nouvelle vague de nostalgie. Mais il fallait tenir ! Le lendemain devait être consacré aux achats

1. Village natal de Jan Czekanowski.

pour le musée de Leipzig. La collecte ethnographique ! Sans l'aide des pères, les indigènes m'auraient arraché la peau du dos et vidé mon sac de roupies, m'obligeant à fuir la zone britannique et son économie monétaire pour m'abriter là où se pratiquait encore le troc. En fait, je ne connaissais que les prix des aliments. Ce soir, je devais encore recopier les données anthropologiques sur les schémas de Martin, puis les joindre au compte rendu rédigé pour Berlin. À tout hasard, j'en gardais une copie.

Mais il était impossible de travailler. La nostalgie me rongeait. Je n'avais même pas envie de me promener. Le rapport du soir de Pendakula me divertit un instant : la fête se déroula sans accroc et les porteurs étaient au camp. Je me sentais mal. Le café n'y pouvait rien et je n'étais pas encore au stade où on boit face à un miroir pour se sentir moins seul. De pareils instants poussaient les Européens des colonies à l'alcoolisme. La soirée fut perdue. Pire, je ne parvins pas à dormir.

Le lundi 13 janvier, Auguste me dit au petit déjeuner que mon troisième serviteur, Djuma, n'était pas rentré depuis la veille au soir. Le délit étant grave, il fallait réfléchir à sa punition. S'il était exclu de lui tanner la peau par nos propres moyens ici, je ne pouvais pas, pour des raisons pédagogiques, remettre la correction à notre départ de Fort Portal. Fermer les yeux, ce que j'aurais préféré, ne résolvait rien car mon laxisme risquait de démoraliser les porteurs : une vague de délits plus graves aurait aussitôt submergé la caravane. J'avais déjà dans ce domaine une amère expérience. Une correction paternaliste était également déconseillée : Djuma, originaire du Buganda, savait qu'on le défendrait ici en cas de plainte. L'absence du collecteur Haldane compliquait tout, car De Suza, en tant que Goanais donc homme de couleur, éviterait sûrement de pren-dre position. Par ailleurs, je ne voulais pas confier Djuma au *boma* : auteur d'une infraction au règlement allemand, devait-il être jugé par les Anglais, de plus pour une broutille ? Par respect pour le Duc, l'expédition jouissait d'extra-territorialité, mais ceux de mes collègues qui jalousaient mon autonomie, pourraient exploiter cet incident pour détruire ma réputation auprès de lui.

Ne sachant pas comment m'en sortir, j'espérais déjà que Djuma ait déserté pour de bon, rongé par le mal du pays, quand Auguste dissipa mes illusions : il avait laissé ses affaires et son argent au camp et n'avait emporté que son avance sur salaire pour faire le fou. Ce n'était pas pour rien qu'il se promenait hier soir sur la place de *boma*, cigarette roulée à l'européenne au bec.

Je réfléchissais à tout cela quand, vers huit heures, arriva un soldat en grande tenue. Après un énergique salut militaire, il me remit une lettre que son enveloppe estampillée « Au service de Sa Majesté Royale » rendait officielle. De Suza s'excusait de ne pouvoir venir me voir, prétextant une avalanche d'affaires à traiter en l'absence du collecteur, et m'invitait dans son bureau, afin d'y régler un incident désagréable : il avait arrêté un homme qui se disait mon domestique.

Sans me demander si cette convocation polie mais émanant d'un homme de couleur m'était préjudiciable aux yeux de l'opinion locale, je m'y rendis sur-le-champ. Dans le vestibule du *collectorate*, Djuma consterné était gardé par un policier armé d'une carabine baïonnette au canon ! Ça, alors ! Les plus grands criminels n'étaient pas mieux surveillés ! Encore une chance qu'il n'eût pas de menottes. Je commençais à respirer, lorsque j'entendis une voix s'adressant à De Suza : Bon, quinze coups, ça ira ! C'était le vieux sergent débonnaire que j'avais observé au *boma*, le jeudi dernier, qui parlait.

Le sergent-major était à la fois le commandant et le père, au sens large du terme, de la compagnie policière locale : il secourait toutes les veuves ou femmes délaissées par les soldats et assurait leur existence jusqu'à ce qu'elles organisent mieux leur vie. Dans l'enclos où elles vivaient régnait la même discipline que dans sa famille. Et c'était dans ce gynécée nid de guêpes que Djuma, admirateur malchanceux des grâces féminines, fut capturé à vingt heures précises (le sergent avait une grande montre gousset en argent). Il avait beau répéter qu'il voulait juste y acheter du *pombe* (la bière), le sergent ne le croyait point, même lorsque Djuma eut exhibé la roupie d'argent destinée à l'achat de la bière. Elle reposait à présent comme pièce à conviction dans un sac, collé à la plainte écrite. Ce ne pouvait pas être le sergent qui l'avait rédigée, car il était illettré. Selon le vieux Noir, l'entrée de Djuma dans son kraal était une violation de domicile, et s'il n'exigeait qu'une peine minimale, c'était uniquement par égard pour moi.

Djuma méritait sans doute le châtiment, mais dès que je sus que le sergent s'en chargerait lui-même, j'eus pitié du malheureux. Je devinais que le soldat blessé dans son amour-propre voudrait montrer ce que valait encore son vieux bras. Alors je me mis à marchander pour Djuma comme s'il s'agissait de ma propre peau. On arrêta à cinq coups ! Peine vraiment minimale !

Comme je l'avais prévu, l'effet du fouet fut tel que la peau de Djuma craqua de trente centimètres à chaque coup. Le vieux frappait comme s'il voulait tuer un rival. Étrange, car il semblait doux et était sûrement bon, puisqu'il recueillait les femmes abandonnées.

Cette scène me donna l'idée de ce qu'était en fait le régime d'Emin Pacha, savant réputé pour sa bonté. On venait de montrer ici la technique d'Hawash-Éfendi[2] qui fabriquait des eunuques ! En comparaison, les châtiments exécutés par Pendakula paraissaient humains : gardant un calme olympien, il semblait caresser le pénitent, sans abîmer son vêtement. Chez nous, on ne fouettait jamais à peau nue.

Je regardais Djuma avec une terreur mêlée d'admiration. Il se comportait comme si tout le harem du vieux sergent assistait à la scène. Pendant que le fouet sifflait et claquait, Djuma gardait les dents serrées, sans la moindre plainte, et s'ébroua seulement à la fin, comme un chien sortant d'un bain froid. L'incident mal commencé dans la matinée fut clos. Mon pauvre serviteur le paya de sa peau fendue : le lourd fouet anglo-égyptien mit fin à ses émois sentimentaux.

Pendakula, à qui je racontais son aventure au rapport du soir, remarqua en souriant que c'était une bonne leçon pour l'amateur de harem et pour les porteurs : Eh bien ! qu'ils sachent que leurs Anglais adorés savent aussi tanner la peau ! Qu'ils réfléchissent, ces cavaleurs, avant de gambader ! Soldat de carrière, Pendakula était un vrai patriote germano-africain et, contrairement aux civils, hostile aux Britanniques.

---

2. Hawash-Éfendi fut l'un des officiers de la troupe d'Emin Pacha.

Quant à moi, la défense de mon page m'avait redonné un peu d'entrain. La réalité chassa la nostalgie et je pus reprendre mes activités. Au début de l'après-midi, je me rendis à la foire ethnographique organisée par les pères. On y trouvait tout ce qui pouvait plaire au musée de Leipzig et enrichir ma collection, plutôt terne car les Banyoro, malgré leur haute culture spirituelle, ne fabriquent pas d'objets aussi beaux que les anthropophages du bassin du Congo. Pour compenser la médiocrité de la collection, il fallait la rendre complète et bien inventoriée. Travail énorme et ennuyeux.

Je savais déjà que mes collections iraient à une exposition qui apporterait des médailles à quelques idéalistes de Leipzig, mécènes du Grassi-Museum et surtout de son riche et autonome département ethnographique (l'un d'eux offrit à l'expédition trois cent mille marks). Ces décorations seraient épinglées par le prince de Mecklembourg, neveu de notre chef, et le roi de Saxe. Je devais songer ici à cette cérémonie que je ne verrai même pas, comptant rester en Afrique.

Le mardi 14 janvier, après avoir rangé et inventorié les acquisitions, je me rendis vers dix heures avec le père Van Daille au tribunal, pour photographier le roi rendant justice. Décider du destin des petits et des grands était une de ses fonctions essentielles. Nous l'avons trouvé assis solennellement dans une vaste halle à haut toit, soutenu par des piliers couverts de percale imprimée. Le roi tenait à ses photographies autant que moi. J'espérais assister ensuite aux débats pour suivre la procédure locale. Malheureusement, soit notre présence gênait le roi, soit il ne se sentit pas obligé de le faire, bref, il décida qu'il n'y avait rien d'urgent à régler et différa la séance.

Profitant alors de son humeur courtoise et sociable, je lui rappelai sa promesse de me fournir un guide pour le pays des Baamba. Sa présence pourrait donner à mes projets l'aura de l'autorité royale. Le roi ne l'avait point oublié : le guide, momentanément égaré, se tenait prêt. Pendant qu'on le cherchait, nous conversions avec le roi et ses vassaux. Enfin, le guide apparut, Sa Majesté me le confia officiellement et tous les trois, avec le père Van Daille, nous quittâmes la halle. J'étais très déçu d'avoir manqué l'audience au tribunal. J'aurais aimé savoir si on appelait à la justice royale ici de même façon qu'au Ruanda.

Les halles comme celle que je venais de photographier furent édifiées au Banyoro récemment. Jusqu'à présent, on se passait d'elles, tout comme au Ruanda. Des édifices de moindre envergure ornaient les villages des forêts du bassin du Congo et les confins méridionaux du Soudan : Schweinfurth en avait vu de beaux dans le bassin de l'Uele, il y a quarante ans. Comme les Babito étaient trop fiers pour emprunter quoi que ce soit, même de très utile, aux habitants de la forêt qu'ils méprisaient, et encore moins aux Baamba qu'ils administraient officiellement, on pouvait supposer que la grande halle du roi du Toro fut érigée sur l'initiative discrète du pouvoir britannique qui l'utilisait parfois. À en juger par sa construction, elle était bâtie sur le modèle des églises.

Après avoir salué le père Van Daille au carrefour, je rentrai chez moi pour déjeuner. L'après-midi, j'achetai des objets pour le musée, cette fois-ci seul pour ne pas abuser de la gentillesse des pères. Auguste m'avait trouvé, en faisant ses emplettes au marché, un assistant soi-disant commerçant. Le résultat de son « travail » fut tel que même en doublant les prix et en négociant, je ne pus acheter un seul objet digne d'intérêt. Le soir, je pris des notes et développai les photographies, par bonheur, réussies. J'avais donc un cadeau pour ma visite d'adieu au roi ! Leur bonne qualité était une surprise, car l'éclairage de la halle était déficient.

Je perdais tout espoir de voir Haldane. Selon les informations confidentielles (du pharmacien !), les indigènes qui adoraient pourtant tout ce qui les distrayait de leur routine, voyaient d'un mauvais œil la récente introduction de l'impôt et pratiquaient une résistance passive.

Le mercredi 15 janvier fut le jour le plus important de tous ceux que j'avais passés sur le continent noir. J'étais en train d'inventorier les pièces pour le musée lorsque deux hommes franchirent ma porte : le premier, longtemps attendu, était le Pygmée élevé par un marchand local, et le second, un géant Écossais de deux mètres. Leur apparition conjointe, arrangée par Umberto, fut d'un effet saisissant. Par malchance, le cliché qui les unissait se révéla sous-exposé et je n'eus plus l'occasion de les voir ensemble.

L'authenticité du Pygmée était indubitable, mais il n'était pas adulte. De plus, il venait des forêts du bassin de l'Ituri et non des flancs du Ruwenzori qui m'intéressaient en premier chef. Son authenticité ne permettait donc pas de savoir si les Batwa du Ruwenzori étaient des Pygmées ou une formation analogue aux Batwa du Ruanda, c'est-à-dire des pygmoïdes. Une chose était sûre : j'avais devant moi le premier Pygmée authentique.

L'Écossais, que je reçus avec un whisky soda, bien entendu écossais, était un homme d'une trentaine d'années, sympathique et instruit. Ce n'était pas la rumeur de la découverte de l'or qui l'attirait : il voulait faire du commerce, de la contrebande à vrai dire, et attendait pour cela M. Rocky, le Boer. Celui-ci devait justement revenir le jour même de la frontière de l'État indépendant. J'espérais obtenir de lui des informations sur le moyen de rencontrer les Pygmées par l'intermédiaire des contrebandiers noirs. De cet entretien dépendait le choix d'un passage à travers le pays baamba, où il avait séjourné à maintes reprises. Je fis un cadeau au Pygmée et, après le départ de l'Écossais, je repris mon travail. Après le déjeuner, je me rendis de nouveau à la mission, car on m'avait averti que les indigènes, enchantés par ma manie d'acheter des objets, même usés et inutiles, promettaient de venir nombreux. En effet, ils en avaient apporté une multitude, dont certains assez jolis. Il y eut des palabres, des bousculades et des cris. Ils m'avaient épuisé au point que le soir je ne pouvais même pas développer les photographies prises dans la journée.

Le lendemain, le jeudi 16 janvier, je fus réveillé avant l'aube par une vive conversation devant la fenêtre de ma chambre. Un certain colonel Harrison avait pris ses quartiers chez moi à son retour d'Europe, où il avait fait une tournée en compagnie de six Pygmées. Lors de leur séjour dans la capitale allemande, mon chef, le professeur von Luschan, les avait examinés, et put ainsi voir des Pygmées à Berlin plus tôt que moi en Afrique centrale ! Je m'imaginais le triomphe du brave *Geheimrat*[3] ! Mais le but principal du voyage du colonel retraité était Londres et la présentation de ses protégés à la famille royale au Palais de

3. Conseiller privé, éminence grise.

Buckingham. Cela fut fait et il en était très fier. Maintenant, il retournait au Congo, dans les forêts de l'Ituri, pour rendre les « touristes », paraît-il volontaires, à leur milieu familial.

Comment ce soldat émérite avait-il pu sortir les petits sauvages de leur forêt m'intriguait au plus haut point. Le colonel esquiva ma question en racontant qu'il leur était très proche et qu'il jouissait de leur confiance. À l'en croire, il les avait amenés en Europe sans la moindre difficulté.

Tout en écoutant ses vantardises, je remarquais qu'il peinait pour converser avec ses protégés qui parlaient mal le kisuaheli. Vêtus de frusques fleuries, ils ressemblaient à de petits animaux malheureux. Plutôt effrayés, ils ne paraissaient pas avoir une grande confiance en leur tuteur qui rappelait un impresario entouré d'animaux dressés. Selon l'usage pratiqué dans les foires, il appelait la Pygmée *Princess*.

Auguste prit l'initiative de nous ménager une surprise et fit venir le Pygmée local. L'apparition du « cousin » enchantait les mondains revenants. Sortant de leur torpeur résignée, ils lui témoignaient tant d'intérêt que nous nous attendions presque qu'ils se reniflent. Le Pygmée le plus âgé et le moins apeuré, appelé pompeusement « Roi » par le colonel, affirma que le Pygmée de Fort Portal était leur frère. Pourtant, celui-ci ne parlait que le runyoro et ils avaient du mal à se comprendre. Je voulais leur offrir un déjeuner, mais le colonel pressé déclina mon invitation : à l'approche de la forêt les Pygmées devenaient nerveux. On se mit d'accord pour un modeste petit déjeuner. Auguste, interrogé sur ce qu'on pouvait vite préparer, me répondit, avec un geste dédaigneux du bras, qu'après la saucisse et l'omelette, il allait servir le riz sucré aux pruneaux, puis ajouta, déjà à la porte, qu'à un Anglais il faut servir de la cuisine anglaise, et que la cuisine anglaise défie le bon sens. Normalement, le riz se consomme relevé, à l'indienne, et les pruneaux à part, en compote, du moins c'était ainsi que nous les consommions tous les deux. Après avoir étalé son savoir culinaire, Auguste se rendit en courant à la cuisine. Mon aide de camp pouvait se permettre de critiquer la gastronomie anglaise : par ses capacités et son sens de l'initiative il m'ôtait les soucis domestiques, y compris celui de donner des consignes. Il suffisait d'annoncer des invités pour qu'Auguste fasse le nécessaire, avec beaucoup d'application car je le laissais faire et ne changeais rien à ses dispositions.

Le petit déjeuner terminé, nos hôtes prirent la route. J'admirais la robustesse du colonel. Âgé d'une soixantaine d'années, probablement mis à la retraite à cause de la limite d'âge, il avait marché toute la nuit pour profiter de sa fraîcheur, s'était reposé un peu ce matin dans ma chaise longue et voilà qu'il partait déjà sous une chaleur accablante ! Étrange ! Je supposais, n'ayant trouvé d'autre explication, que le colonel émérite arrondissait sa pension en exploitant les possibilités offertes par l'empire colonial. Il avait choisi de voyager avec les sauvages pour les exhiber dans des échoppes foraines où ils exécutaient des danses fantasques, peut-être de sa propre composition. Cette activité sem-blait peu lucrative : sa caravane était misérable et l'état des porteurs, affligeant. La visite au Palais de Buckingham n'avait rien changé. Le pauvre homme vagabondant dans des conditions précaires me faisait pitié. Débordant d'énergie, il supportait probablement mal sa retraite, en dehors de toute question financière. Mais elle aussi avait sa signi-fication : était-ce parce que le service aux colonies n'assurait pas aux retraités leurs vieux jours que l'Empire britannique manquait d'hommes ? Le vieux Soudanais, sergent-major analphabète remplaçant à lui seul quelques Anglais à Fort Portal, en était l'exemple frappant. Cela dit, la façon dont le colonel Harrison résistait à la misère et à l'ennui m'attristait.

En réfléchissant ainsi, j'avançais dans mon travail jusqu'au déjeuner, pour me rendre ensuite à la mission où j'espérais trouver encore quelques objets intéressants. Le soir, j'écrivis mon journal.

Le vendredi 17 janvier, j'ai modifié mon emploi du temps : collecte ethnographique à la mission dans la matinée ; visite chez M. Rocky l'après-midi. Le Boer me reçut en pantoufles de drap rouge, modestement brodées au point de croix. Pour porter de tels chaussons, il ne devait pas craindre les chiques (puces de sable). Mon premier Sud-africain, l'homme qui arriva jusqu'à Ruwenzori dans son *treck*, me faisait penser à un antique Allemand ; il ne lui manquait que la chibouque pour que la ressemblance soit parfaite. D'apparence débonnaire, il m'accueillit chaleureusement. Ici, au cœur du continent, on savait tout sur tous et ma réputation était déjà faite, en grande mesure grâce à mes subordonnés qui parlaient de moi partout et à tout propos. Mon nouvel ami me faisait donc confiance et ne cachait guère l'étendue de ses relations avec les indigènes de la zone frontalière, me priant seulement de garder le silence sur ses secrets commerciaux. Grâce à ses informations, sans carte, je pus dresser l'itinéraire de mon voyage chez les Baamba, où il n'y avait d'autre route que des sentiers entre les villages. Il s'agissait de l'un de ses propres itinéraires. M. Rocky me cita les noms de ses amis, des potentats locaux qui pourraient m'aider si je me recommandais de lui. L'escorte qui m'accompagnerait serait un obstacle plus qu'une aide, dit-il, en insistant pour que les soldats de Sa Majesté ne commettent aucune violence sous aucun prétexte, car cela pouvait avoir des suites imprévisibles. Il mentionna l'aventure de Dewat, sur laquelle il n'avait pas d'opinion arrêtée parce que les indigènes en parlaient diversement. Dans le récit de Rocky, les terribles cannibales ne semblaient pas bien méchants.

Je n'avais, selon lui, aucune chance d'entrer en contact avec les Batwa des versants du Ruwenzori, farouches et méfiants, mais je pouvais en revanche rencontrer les Pygmées vivant sur le territoire des Bambuba, qui étaient leurs amis et dont ils connaissaient le dialecte. Rocky me conseilla de passer par le village de Mwera, son fournisseur d'ivoire. Il s'agissait là d'un fait hautement confidentiel, soulignait-il, car si jamais les Belges l'apprenaient, ils arrêteraient Mwera. Celui-ci recevait l'ivoire d'une bande d'environ trois cents Pygmées en échange des vivres produits par ses hommes. Les Pygmées régnaient sans partage sur la forêt où ils chassaient les éléphants.

On comprenait aisément que Rocky, contrebandier vivant sous la protection du pouvoir britannique, soit hostile à l'État indépendant qui considérait son activité comme un acte criminel, comparable à la livraison d'armes et de poudre aux indigènes. Le pieux Boer, de son côté, estimait que l'État indépendant était une « maison d'esclavage » biblique, et de ce fait se sentait libre de toute obligation à son égard. L'impitoyable exploitation des indigènes privés de liberté le scandalisait. Parti de son pays après la guerre perdue contre les Anglais, le Boer admirait maintenant la liberté qui régnait dans leurs colonies[4]. Il vantait la modération de l'impôt et la possibilité de commercer librement, après l'achat d'une licence. L'administration britannique privilégiait les commerçants sans regarder s'ils étaient anglais, boers ou hindous. Il ne se plaignait pas, comme la plupart des Blancs, que le pouvoir favorise des indigènes au dam des Européens. Questionné à ce sujet, il me répondit brièvement que les Noirs étaient des hommes comme les autres et qu'on devait les aider. Quant à lui, il préférait traiter avec eux qu'avec des Hindous ou des Arabes. Rocky avait quitté à regret son pays vaincu par les Anglais, mais cela ne l'empêchait pas de se lier avec eux ici et de prêcher la réconciliation. Il avait eu la chance de voir ce qui se passait dans d'autres colonies africaines. Nous bavardâmes ainsi tout l'après-midi, et il me resta peu de temps pour faire autre chose après le retour à la maison. Je développai les photographies.

Le samedi 18 janvier, j'emballai les collections ethnographiques, pas tout à fait complètes. Umberto et le pharmacien m'avaient cédé quelques bonnes caisses d'emballage. En revenant de la mission avec les porteurs chargés de colis, je rencontrai une Anglaise, l'infirmière de l'hôpital de la mission anglicane. Elle pouvait avoir une trentaine d'années. Je n'avais encore jamais entendu parler d'elle. Marchant légèrement, dans ses chaussures de tennis et bas blancs, elle protégeait d'un joli parasol sa tête blonde, ornée plus que couverte d'un petit béret. Tout autour d'elle flottaient les bons parfums et l'air d'Europe. Nos regards interloqués se croisèrent : sa posture ne traduisait en rien la résignation devant la vie monotone de Fort Portal. Me paraissait-elle belle par contraste avec les beautés noires qui traînaient lourdement leurs jambes surchargées de bracelets d'herbe depuis la cheville jusqu'à mi-mollet ? À mes yeux, la blanche demoiselle était tombée au royaume du Toro d'une autre planète. Les dernières Européennes, vues à Marienberg[5] il y a sept mois, étaient des nonnes françaises aux visages peu avenants et enlaidies par leurs habits dénués de coquetterie. Quant aux Noires,

4. La guerre des Boers prit fin en 1902. Le Transvaal et l'État d'Orange furent annexés par l'Angleterre.

5. Kashozi, sur la rive ouest du lac Victoria.

elles sentaient le beurre rance et les décolletés de la plupart d'entre elles auraient fait fuir le plus téméraire. Les pères qui les incitaient à se couvrir n'avaient pas entièrement tort.

Encore sous le choc de cette surprenante rencontre, je me demandais pourquoi le charmant pharmacien ne se donnait-il pas la peine de conquérir une si brillante jeune femme ? Ils y gagneraient tous les deux : elle échapperait à la tutelle des missionnaires anglicans et lui aurait une maison où on boirait peut-être moins de whisky, mais ô combien plus sympathique ! Avait-il peur de se retrouver dans le cas que j'avais vu à Port Florence[6], chez un riche propriétaire de la firme Clarck & Co ? Son épouse assommante et hautaine s'ennuyait et reprochait insolemment à son mari de n'être qu'un commerçant. Pour le pharmacien, qui n'était pas assez fortuné pour envoyer sa femme chaque année en Angleterre, cela pouvait être pire. Mais j'avais connu aussi, sur le bateau qui m'amenait en Afrique, une charmante Mme Pordage, épouse d'un ingénieur d'Entebbe, arrivée en Afrique elle aussi comme infirmière. Sans grief contre la profession de son mari, elle racontait, ravie, qu'il avait chassé deux éléphants si grands qu'ils avaient pu, grâce à cela, prendre un congé en Angleterre avec leur enfant.

Réfléchissant sur les chances matrimoniales de mon ami, je rentrai chez moi pour emballer mes collections. Elles encombraient toute une pièce, et pourtant le plus gros restait encore à la mission où je devais retourner cet après-midi. Après y avoir pris un café avec le père Van Daille, nous visitâmes un lieu où on exploitait, fondait et forgeait le fer.

Les mines de fer de Viriko se trouvent à moins de deux kilomètres de la mission. Le minerai est puisé à partir de puits larges de soixante-quinze centimètres environ et atteignant vingt mètres de profondeur. Les mineurs y descendent sans échelle, posant leurs mains et leurs pieds dans des cavités creusées dans les parois. Je vis une seule échelle – un tronc d'arbre long de plusieurs mètres, dont les branches coupées court servaient de barreaux – dans un puits où les parois très friables risquaient de céder sous le poids du mineur. Le minerai arrive à la surface dans des paniers attachés par des cordes en fibre de bananier.

---

6. Kissumu, sur la rive est du lac Victoria.

La houe sert d'unique outil d'excavation. Comment peut-on travailler dans ces couloirs étroits sans ventilation ? Il devait y avoir des fissures, mais je ne l'ai pas vérifié.

On fondait le fer dans des cavités disposées tout près de la mine. Deux hommes activaient quatre soufflets en forme de pipe, comme au Ruanda, et non comme chez les Bakondjo où une personne agite deux soufflets plus petits et taillés dans une seule pièce de bois. Le premier martelage s'effectue, de même qu'au Ruanda, à l'aide d'une grande pierre ronde tenue à deux mains, ce qui exige autant de force que d'adresse. On poursuit le travail avec un marteau en fer à deux faces, donc différent de celui employé au Ruanda et rappelant plutôt le battoir de nos lavandières[7]. Les forgerons locaux sont moins riches que leurs collègues ruandais, sinon miséreux, d'après les missionnaires. Ils gagnent bien leur vie mais leur travail étant extrêmement pénible, ils dépensent tout pour manger et surtout boire. Le père Van Daille m'enchanta en acquérant pour moi une forge complète, perle de ma collection.

Le dimanche 19 janvier, je ne pensais même pas à travailler : c'était un jour férié. À la messe, le latin à la française ne m'importunait plus. Au déjeuner fut servie une chèvre façon chevreuil et un flan au sirop de citron, gourmandise de mon enfance (mais aux griottes).

Ensuite, je me rendis chez Umberto. De concert avec le pharmacien, nous fixâmes mon départ au vendredi suivant. La veille, je devais saluer le roi, le remercier des cadeaux pour ma collection et lui rappeler sa promesse au sujet du guide.

Sirotant le café et le whisky soda, nous commentions les potins locaux que je commençais à bien connaître. Ma remarque selon laquelle le charme local consistait à vivre à l'européenne, contrairement à la manière dont j'avais vécu pendant les sept derniers mois, déconcerta mes amis. On portait ici des costumes, des cols empesés et des cravates... J'étais le seul à chausser mes lourds souliers de soldat de peur

---

7. Au Rwanda, le profil du manche du marteau était circulaire et celui du battant en x. (Note de l'auteur sur une photographie représentant des forgerons rwandais. *Catalogue de l'exposition « Sur les traces de Jan Czekanowski »*, musée de l'université de Varsovie, mai 2000.)

d'attraper des chiques. J'avais une telle horreur de ces parasites que la nuit je rangeais les chaussures et les allumettes près du lit, sur une chaise, pour les enfiler plus vite en cas d'alarme. Mais aujourd'hui, je mis ma *french*[8] blanche et je l'avais même déboutonnée pour pouvoir porter une cravate. La vie civilisée me manquait et ici tout ravivait la nostalgie : il y avait un télégraphe, et le postier – Goanais d'origine, évidemment – affichait tous les jours les télégrammes de l'Agence Reuter. La station télégraphique ne possédait pas d'appareil auto-enregistreur – car le fil qui l'alimentait tombait presque à chaque orage – mais un appareil de Morse qui fonctionnait tant que le fil restait entier, même s'il était à terre. Les messages étaient relevés par un télégraphiste hindou. À mes yeux nostalgiques, Fort Portal devenait un centre de culture européenne où les nouvelles affluaient sans cesse. Il arrivait tantôt un vétéran naufragé du genre du colonel Harrison, tantôt un long Écossais aventurier ou encore un Rocky imposant, contrebandier en pantoufles rouges, chacun avec son lot de potins de la frontière du Congo. Ce pays suscitait une peur épouvantable, car on présumait que les soldats noirs de *Bula Matari* (Léopold II) dévoraient les indigènes tués ! Et si personne n'arrivait, le postier affichait les messages quotidiens de l'Agence Reuter. Le courrier d'Europe arrivait ici – fait hautement important – toutes les deux semaines sur le dos de coureurs ultra-rapides ! C'était une telle fête ! Tous les Européens, peu nombreux d'ailleurs, prenaient des mains du postier les sacs qu'ils vidaient par terre pour tirer leur courrier d'une montagne de lettres et de journaux. Puis ils le lisaient avidement et se mettaient en file pour signer les colis recommandés, marqués d'une croix au crayon bleu, à la manière anglaise. Le postier tolérait ce comportement irrespectueux de sa fonction, car il comprenait la nostalgie des Européens et ne craignait pas d'abus de leur part. Pendant ce temps, les Hindous s'énervaient à la porte, dans l'attente de leurs lettres envoyées de Kampala et surtout de Bombay, concurrent de Londres. Ce n'était pas à cause de la

8. Veste de type militaire, à quatre poches plaquées et à petit col boutonné jusqu'au cou.

couleur de leur peau qu'on ne les laissait pas entrer avec les Européens, le postier étant goanais lui-même, mais par manque de confiance.

Notre *five o'clock* dura jusqu'au dîner, café et l'éternel peppermint, auquel les missionnaires substituaient avec bonheur la liqueur d'eucalyptus de leur fabrication. Enfin, Umberto dit : « L'Europe nous manque, mais personne ne souhaite y retourner vite et pour toujours. Nous étions partis, comme vous, à la recherche de la Grande Aventure. La nôtre, sans majuscule, consiste à vivre à Fort Portal et avoir une chance de chasser, après avoir acheté la licence, deux éléphants par an. Vous, vous rêvez des mystères du continent noir, mais la nostalgie vous ronge. Fort Portal vous rappelle l'Europe et à vos porteurs Tabora ou même la *Mrima* (la côte), bref : dimanche, loisir, nostalgie. »

Le lundi 20 septembre, je finis de compléter ma collection pour le musée de Leipzig. La dernière position portait le numéro 418 : la forge avec ses outils comptait pour un seul article. Les collections ethnographiques, y compris celles que von Wiese avait ramassées au Ruanda, étaient si imposantes qu'on pouvait considérer que l'expédition avait rempli ses obligations envers le musée de Leipzig. Je connaissais tous les objets, ayant lu à Kazindi les notes consciencieuses de mon collègue. Tout mon bazar, emballé dans dix-neuf caisses, devait partir le surlendemain au consulat allemand à Entebbe, sous l'escorte des hommes de confiance du bienveillant roi.

En rentrant à midi de la mission, où j'avais emprunté des clous qui manquaient dans la *duka* indienne – pourtant équipée de tout ce que l'on pouvait désirer en Afrique – je me sentais mal. Mais je m'activais encore auprès de mes caisses jusqu'au soir. En prévision d'une complication, même si je pouvais compter sur Auguste pour les clouer, il fallait qu'elles soient prêtes aujourd'hui pour partir le surlendemain. À la fin, j'étais malade : maux de tête, troubles gastriques, faiblesse et forte fièvre m'empêchèrent d'aller chez le pharmacien qui m'avait invité avec Umberto.

Le mardi 21 janvier, mon mal persistait. Auguste, très inquiet parce qu'il ne m'avait encore jamais vu souffrant, courut chercher le pharmacien au dispensaire. Le brave homme vint aussitôt et avec son humour habituel se mit à plaisanter : j'étais malade parce que c'était le seul moyen d'entrer à l'hôpital de la mission anglicane où travaillait la jolie infirmière, trop chaperonnée par la femme du pasteur pour être vue ailleurs. Il promettait de faire tout son possible pour que mon séjour à l'hôpital soit inévitable. Il m'ausculta, constata qu'il n'y avait rien, m'ordonna de rester au lit et partit chercher des médicaments.

Bien que j'aie hérité du milieu allemand une grande défiance vis-à-vis de la médecine anglaise, je ne résistai pas à la thérapie du pharmacien et avalai ses poudres régulièrement pour lui faire plaisir. J'avais de toute façon plus de foi en lui qu'en notre Dr von Raven qui méprisait sa profession. Ma confiance grandissait à mesure que le mal de tête s'estompait. La fièvre tomba dans la soirée et je me sentis un peu mieux. Je ne pouvais rien avaler, mais je savais que ma maladie ne compromettrait pas mon escapade dans le bassin de l'Aruwimi. Et cela seul comptait.

Le mercredi 22 janvier, j'avalai d'autres médicaments. L'amélioration était telle que je décidai de reprendre mes notes. Mais la chaise me fatiguait. Trop faible, je retournai au lit. Le père Van Daille me rendit visite. J'avais attrapé un coup de soleil à la foire ethnographique, dit-il. Pour finir avec ma faiblesse, nous parlâmes de la visite au roi : si je ne venais pas à la mission le lendemain, pour le déjeuner d'adieux, cela signifierait que mon état aurait empiré.

Dans la soirée, le pharmacien et Umberto m'apportèrent un excellent arak. Il devait m'aider, expliquaient-ils, à avaler une grande quantité de thé. Puis, ils se prescrivirent un whisky soda et se mirent à me consoler de ma tentative manquée de m'abriter sous les ailes protectrices de la belle infirmière. Ils dégustaient le dîner fort réussi par Auguste pendant que je me contentais du bouillon de poule. Après leur départ, je me rendis compte que ces deux hommes, aimables et désintéressés, m'étaient finalement plus proches que mes collègues de l'expédition.

Le jeudi 23 janvier, je me sentais rétabli. J'écrivais et je faisais les bagages à tour de rôle. Après le déjeuner à la mission, nous allâmes chez le roi. Je lui offris les photographies. Avant de nous séparer, le roi m'assura que le guide serait prêt le lendemain et que mes collections prendraient la route d'Entebbe[9]. Puisque ma première étape, jusqu'aux versants du Ruwenzori, était courte, je ne demandais pas que le guide vienne le soir même, tout en prévoyant qu'il n'arriverait qu'aux alentours de midi. Je comptais partir de toute façon à trois heures, considérant cette étape comme un entraînement pour les porteurs immobilisés depuis longtemps.

Le vendredi 24 janvier, le guide ne vint pas. Je remis la marche au lendemain, car moi-même, à l'africaine, je n'étais pas prêt. Les quatre soldats de l'escorte qu'on m'avait donnée étaient chargés de retrouver le guide. À cette occasion, je fis une scène : tout devait être prêt pour le départ le lendemain à quatorze heures ! Comme il ne me restait que le marquage des caisses à faire, je repoussai cette corvée au lendemain et j'adressai une plainte au roi au sujet du guide. Auguste m'aida à l'écrire en kisuaheli mais avec les politesses européennes. Je mis sur l'enveloppe le titre auquel seul le roi du Buganda avait droit : « Son Altesse », et la fis porter par Auguste, chaussé et armé pour donner à sa mission un cachet officiel. Ensuite, remettant tout souci au lendemain, je me rendis chez Umberto et passai la soirée avec lui et le pharmacien. Les vacances à Fort Portal s'achevaient. En guise d'adieu, l'Italien m'offrit le premier tome du livre de sir Harry Johnston[10] sur le Protectorat de l'Uganda, sachant que je n'avais que le second.

Mon séjour à Fort Portal, fort agréable certes, avait duré une semaine de plus que prévu. Et à présent il fallait se hâter, ce que je n'aimais guère. Tout ce que j'avais à faire était fait. J'avais promis de fournir la collection la plus riche possible au musée de Leipzig et à son directeur, Karl Weule (qui occupait dans sa jeunesse le même poste que le mien). J'avais rempli ma mission, mais cela avait pris du temps. L'ayant prévu, mon directeur berlinois, von

9. Le roi Dawdi Chwa Kassagama mourut en 1928. Son fils G.D. Kamurasi Rukidi lui succéda. La villa où le roi avait reçu Czekanowski fut détruite en 1970, après l'abolition des monarchies en Ouganda. Depuis 1995, on observe leur restauration au Buganda et aussi au Toro. Une nouvelle maison, construite à proximité, attend que le descendant de Kassagama, Oyo Nyimba Kabamba Iguru (qui a fêté ses sept ans en 2000), termine ses études. *(Catalogue..., op. cit.)*

10. Sir Harry H. Johnston, *The Uganda Protectorate*, 2 vol., London, Hutchinson, 1902.

Luschan, m'incitait dans ses lettres à ne pas le gaspiller pour Leipzig. Comme les deux directeurs ne s'aimaient pas et rivalisaient, je tenais surtout compte de l'avis du Duc. Weule m'indifférait depuis la remarque qu'il m'avait faite à Leipzig lorsque je lui rendais une visite de politesse : « À quoi bon vous déranger et dépenser votre argent pour venir me voir ? Avec votre piston, vous pouvez vous ficher de moi ! » Il n'avait pourtant aucun candidat susceptible de me remplacer. Apprenant cela, von Luschan ne s'étonna point : *« Der Kerl ist burschikos*[11] *»,* me dit-il.

Je savais qu'un règlement consciencieux des affaires du musée de Leipzig rendrait le Duc sensible à mes efforts et m'obligerait à traiter mes devoirs vis-à-vis du musée de Berlin, bien plus importants, avec le même sérieux. Et cela nécessitait la prolongation de mon séjour en Afrique. Si je devais rentrer en Europe seul, il était utile d'avoir un point d'appui à Fort Portal. Ma maladie compliquait les choses car j'avais perdu trois jours sur le programme prévu, sans dire que j'avais maintenant une raison de me soucier de ma santé. Le pharmacien déclara qu'il m'avait appliqué un traitement de cheval, sans lequel je n'aurais pas tenu debout. Selon lui, mon organisme avait bien résisté à la fois au traitement et à l'intoxication qu'il trouvait étrange. C'était tout ce qu'il pouvait me dire. N'étant pas sûr de mes jambes, je ne m'emportais pas outre mesure contre les caprices de mon futur guide et protecteur.

Le samedi 25 janvier, l'agitation régnait chez moi dès l'aube. Les caisses estampillées furent portées à la Societa coloniale italiana et Umberto chargé de les expédier sous la garde d'hommes de confiance du roi, pour l'instant invisibles. À dix heures, je me rendis au *boma* pour saluer De Suza et le remercier de ses politesses. Il m'avoua que le collecteur, très réticent au sujet de mon voyage chez les Baamba, préférait encore me voir partir avec sa permission et une escorte que me laisser tenter seul ma chance, ce qui était à craindre, vu le nombre de bons amis que j'avais ici. Le vieux sergent-major me donna ses meilleurs soldats dignes de confiance. Selon De Suza, ma chance de traverser le pays baamba sans encombre était à présent

11. Le gaillard est cavalier.

meilleure qu'il y a quelques semaines, car la Commission du méridien 30° œuvrait sur le segment le plus dangereux de la frontière. Elle se déplaçait en relevant des points trigonométriques et je ne devais pas la manquer.

Je quittai De Suza convaincu qu'il méritait d'être reconnu comme un Européen civilisé, voire un gentleman, ce que je ne pouvais pas dire de tous les Blancs. Proche des Hindous, De Suza se distinguait pourtant des marchands de la *duka*, peut-être à cause de son catholicisme ou de sa prétendue appartenance à une vieille famille portugaise. En tout cas, il n'attendait pas de moi un bakchich, comme cet intellectuel indien, diplômé d'université, qui m'avait indiqué la route. Ce petit incident, je l'avoue, pesait sur mon opinion à propos des Hindous.

Malgré ses promesses, le guide était toujours absent à midi et je dus envoyer le soldat le plus âgé de l'escorte à sa recherche. Il revint à quinze heures, l'heure du départ, disant qu'il avait trouvé le guide dans sa maison et que celui-ci devait nous rejoindre dès qu'il aurait fini de réconcilier deux paysans. Il avait promis de ne pas fêter l'accord conclu. Comme je ne pouvais pas l'amener de force, il ne me restait qu'à l'attendre.

Vers dix-sept heures, le soleil déclinait déjà quand le guide apparut. Ses explications emberlificotées et son éloquence ne laissaient aucun doute sur sa participation active, et contraire à sa promesse, aux libations. Trop content d'avoir un guide, je ne lui fis aucun reproche. Il connaissait la langue baamba et conversait aisément avec moi en kisuaheli, ce qui résolvait le problème du vocabulaire.

La caravane attendant le départ depuis trois heures déjà, je lançai l'ordre de partir, sous la garde de la force armée germano-britannique unie, commandée par Pendakula. Les hommes rouspétaient de devoir marcher au crépuscule, mais la route était parfaite, comme tout d'ailleurs dans ce royaume ultra-loyal que seul le retard du guide avait quelque peu compromis. Je raisonnais mes hommes : étaient-ils des porteurs d'État (*na serkali*) bien nourris, ou des marchands baganda que la sous-alimentation rendait aveugles la nuit ? Un peu honteux, ils se mirent alors en route, mais sans habituels cris et tam-tams. Quant à moi, je cédai à l'invitation du pharmacien d'aller boire un dernier thé à l'arak « pour mon plus grand bien », gardant comme escorte Auguste et le guide. Le premier, armé d'un fusil et d'un parapluie surveillait le second dans le jardin du pharmacien, de peur qu'il ne se sauve pour finir la libation.

En avalant le thé qu'Umberto allongeait d'arak, j'écoutais le pharmacien qui me conseillait de prendre ma température un certain temps encore. Il m'inquiéta un peu lorsqu'il avoua qu'il avait pensé au début que j'avais le *typhus recurens*, le mal que l'on attrape sur les routes. En fait, il ne savait toujours pas ce que j'avais eu. Ni malaria ni coup de soleil – dit-il – plutôt une intoxication.

À ce moment, une dernière nouvelle arriva, clamée par un porteur venu chercher à Fort Portal des conserves pour le colonel Harrison : les Pygmées s'étaient sauvés ! Dès qu'ils eurent compris que la forêt était proche, ils arrachèrent leurs frusques fleuries et s'enfuirent. Leur impresario espérait certainement les retrouver, s'il demandait des conserves. Les adieux précipités des Pygmées démentaient leur attachement au vieux colonel. L'abandon des vêtements, si précieux, indiquait plutôt le contraire. L'affirmation qu'ils étaient partis en Europe de plein gré perdit sa crédibilité. Ils ne lui étaient guère reconnaissants de les avoir présentés à la cour d'Angleterre !

Vers dix-neuf heures, je partais sur les traces de ma caravane, salué par mes deux compagnons, informateurs attentionnés et gardes-malades. Le pharmacien m'assurait qu'ils attendraient tous les deux mon retour, dans un an. Je ne devais pas traîner au Congo, si je ne voulais pas ruiner ma santé, me conseilla-t-il. Voilà l'idée qu'avaient du Congo les gens qui vivaient près de sa frontière, fermée pour tous sauf pour les contrebandiers.

CHAPITRE X

SUR LES PENTES DU RUWENZORI

Marche idyllique. – Au croisement des pistes. – À travers le pays des Bakondjo. – Beau paysage. – Kwa Rwandika. – Sur les pentes du Ruwenzori. – Énigmatiques Bahuku. – Dans le village ivre. – Guide-dignitaire. – Forte densité de population. – Âge d'or. – Élégance indigène. – Boma kwa Kasudju – Hameau de Wangwana. – Souci d'autorité. – Revue de la garnison. – Tentative de profiter de la situation. – Dans les huttes des Batwa. – Rechute de la maladie. – Recherche du contact avec les Batwa. – Abandon des tentatives. – Départ décidé. – Bienveillance ou méfiance ? – Garde de nuit. – Révision de provisions. – Courrier d'Europe.

La nuit était belle, fraîche et claire, bien que la lune n'apparût qu'après minuit. Les étoiles argentées éclairaient le ciel, mais du paysage on ne voyait que les silhouettes des bananiers bordant la route. Le moindre souffle faisait doucement danser leurs belles feuilles sur le fond du ciel étoilé. Un beau vers de Pouchkine me remonta à la mémoire – nuit calme en Ukraine, peupliers, manoirs polonais... Rien de cela ici, que des bananiers pour m'enchanter. Oh ! que la vie était agréable depuis que je n'étais plus obligé d'apprendre par cœur les poèmes russes. Poèmes, école, mon amitié avec Kirschstein... Je lui en voulais depuis mon conflit avec Weiss, où il se montra sec et opportuniste.

Nous rejoignîmes la caravane à vingt heures. Le guide prit aussitôt la tête de notre troupe et attacha sa torche au bout de la hampe du drapeau de l'expédition, à la grande joie des porteurs. Sans éclairer la route, elle brillait dans la nuit, entraînait les retardataires. Les seuls dangers de cette *barabara* étaient les branches et les épines tombées à terre. Mes soldats étaient chaussés – moins pour épargner leurs pieds que pour montrer leur superbe aux nu-pieds de l'escorte anglaise – mais je songeais avec appréhension à tous ceux qui portaient les fardeaux pieds nus. Par chance, personne ne se blessa. Parfaitement entretenue, la route avait même des ponts, guère vus sur la piste reliant Katwe à Fort Portal. Les hommes avançaient animés, commentant leurs récentes vacances. Celles-ci avaient vidé leurs poches des quelques avances sur salaire que j'accordais à la demande. Au cours des sept mois écoulés, ils n'avaient dépensé leurs sous qu'à Kissenyi, où nous restâmes aussi longtemps qu'à Fort Portal. Cette fois-ci, ils s'en étaient donnés à cœur joie, asséchant presque ma réserve de roupies d'argent. J'étais ravi de sortir de la zone d'économie monétaire pour retrouver bientôt le troc, comme les Bakondjo qui fuyaient de l'Uganda au Congo, mais pour une autre raison : je marchais depuis Kazindi avec un stock d'articles d'échange que je n'arrivais pas à écouler et qui surchargeait les porteurs.

Les bananeraies cédaient peu à peu la place aux buissons. Nous sortions du terrain peuplé qui cernait la capitale royale, atteignant les premières collines tapies au pied du Ruwenzori. Au-delà commençait le vide. La répartition de la population montrait que la ville royale garantissait la sécurité maximale. Il en allait autrement au Ruanda, gouverné par les pasteurs batutsi. Le site royal était entouré de pâturages destinés aux vaches et créés après l'expulsion des paysans établis dans ces lieux auparavant. « Les vaches avaient mangé les paysans », plaisantait-on là-bas. Ici, en revanche, les paysans repoussaient les pasteurs à la périphérie. À l'espace le plus peuplé du Toro correspondait l'espace le plus dépeuplé au Ruanda. Pour le bien des vaches on y déplaçait les hommes, faisant venir de loin les vivres pour le roi et sa cour.

Nous atteignîmes l'étape de Kwa Kazinga tard dans la nuit, heureux que la promenade romantique soit terminée. Peu soucieux d'épargner leur sueur, contrairement au colonel Harri-

Jan Czekanowski (1882-1965).

J. Czekanowski, anthropologue et ethnologue; H. Schubotz, zoologiste; le duc Adolphe-Frédéric de Mecklembourg, chef de l'expédition; J. Milbraed, botaniste; le docteur Abetti (qui n'était pas membre de l'expédition), dans un poste congolais.

La caravane de J. Czekanowski traverse la rivière Akanyaru au Rwanda.

Yuhi Musinga, roi du Rwanda entre 1896 et 1931.

Les pages du roi du Rwanda s'exerçaient à la danse, à la course et au saut. En prenant appui sur une termitière, ils atteignaient 2,30 m de hauteur. La hauteur du saut présenté ci-dessus est à comparer avec la taille du Mutwa, mesurant 1,60 m, placé à droite du piquet.

Les musiciens de Mulera (Rwanda). Un joueur de cithare pince les cordes en fibre végétale de l'instrument, accompagné des chants et battements de mains de ses compagnons.

Audience publique du roi Kassagama du Toro à Fort Portal.

Le forgeron au travail (Toro).

Une femme muamba du village Kwa Kasudju, portant son enfant en bandoulière. Sa lèvre supérieure est ornée de petits bâtonnets en laiton. La mère et l'enfant portent des bracelets sous les genoux, à la manière des habitants de la forêt. Ceux de la mère sont en cuivre, ceux de l'enfant en herbe.

Groupe de Pygmées au bord de l'Ituri.

À la sortie de la forêt vierge, nous abordâmes un terrain plus peuplé que le versant oriental de la crête. Les Bakondjo se sentaient peut-être plus menacés à l'est par la masse des Banyoro, bien organisés malgré leurs conflits internes, que par les Baamba anthropophages à l'ouest. Du sommet d'un escarpement on pouvait admirer un panorama splendide : devant nous, une montagne couverte d'une forêt immense surélevait l'horizon, haut dans le ciel, faisant miroiter son vert profond au soleil. À ses pieds s'étendaient les villages idylliques des cannibales.

Contrairement aux villages bakondjo, composés de quelques huttes isolées et noyées d'herbes et de buissons, et à ceux de leurs parents linguistiques banyoro et banyaruanda, les villages baamba sont particulièrement attrayants : compacts, luisants de propreté, ils opposent à la verdure de la forêt le jaune vif de leurs places bien nettoyées et couronnées d'une grande halle et d'une ronde de huttes.

C'étaient ces places proprettes que mes hommes admiraient le plus. Rompu aux us du monde, Abd Allah ibn Massoud, dit Auguste, remarqua : « *Wanadyenga namna Sudanesi* » – ils construisent comme les Soudanais. En effet, on ne trouvait pas de tels villages dans la région des lacs. En revanche, les huttes de la tribu Ya-Luo, branche des Shilluk soudanais, encerclent de la même manière des places tout aussi bien entretenues. J'eus l'occasion de les voir près de Port Florence (Kissumu), au terminus du train ugandais. Auguste dut les voir lors de son voyage de Dar es-Salam à Bukoba par Mombasa. Mais les villages de ces « Soudanais » n'avaient pas les halles qui enchantaient tant les porteurs. Lorsque le vent apporta le son des tam-tams, ils marmonnèrent ravis : « *Ooo, wanakunya washenzi !* » – Ooo... ils boivent, les sauvages !

Les yeux remplis de ce paysage magnifique, nous descendîmes dans la région de Butama, gouvernée par Rwandika. Ici aussi la vue était merveilleuse ! J'installai ma table au bord d'un ravin et, après avoir chaussé mes lunettes de soleil, je me mis à travailler. Ces lunettes m'avaient été offertes par l'intendant Weidemann – à titre personnel car il farfouilla un bon moment dans ses bagages pour les trouver – après qu'il eut appris l'histoire du mal de tête qui me terrassa sur Édouard-Nyanza.

L'ardeur du soleil commençait à baisser. Je dessinais l'itinéraire à partir de l'étape de Kwa Kazinga, dont je connaissais la position grâce à la carte prêtée par De Suza. Une petite erreur du relevé de route m'avait fait placer l'étape un peu trop au sud, ce qui s'était traduit par une légère déviation de la *barabara* vers le nord. J'ai dû me tromper lors de notre marche nocturne, lorsque je lisais la boussole et le podomètre à la lumière de la torche.

Dans la soirée, on apporta beaucoup de vivres pour les porteurs et une *kuku* (poule) pour moi. Les fournisseurs étaient des Bakondjo et – ô surprise ! – des Babito ! Ces sauvageons vêtus d'un morceau d'écorce de ficus assouplie par le battage, passé selon la coutume forestière entre les jambes et fixé à la ceinture de cuir, n'avaient évidemment rien en commun avec la dynastie royale du Bunyoro et du Toro. Il était difficile de croire qu'ils appartenaient à l'un des quarante-deux clans des Babito, décrits par le roi Dawdi Chwa Kassagama dans son cahier. Ils portaient sous les genoux, comme les pêcheurs de la côte ouest et sud du lac Édouard, des bracelets d'herbe tressée. Sur leurs têtes couraient des motifs dessinés au rasoir, tout comme chez les Bakondjo dont ils ne différaient en rien. La coiffure caractéristique des fiers pasteurs batutsi s'inspirait peut-être de cette source archaïque, que les Bahima n'avaient pas adoptée. J'essayais en vain de savoir si le totem de ces étranges Babito était aussi l'antilope *ngabi*. J'appris seulement que ce n'était pas le roi, comme je le pensais, qui les avait établis sur la route afin de la protéger. Il s'agissait peut-être d'un groupe babito perdu, totalement assimilé par les Bakondjo.

Le lundi 27 janvier, nous quittâmes le camp à l'aube et longeâmes pendant près d'une heure une éminence en forme de vaste terrasse, montant imperceptiblement mais constamment. Nous étions encore sur les terres des Bakondjo. La densité du peuplement, estimée selon le nombre de huttes visibles, allait de dix à vingt habitants au kilomètre carré. Une descente assez raide et longue nous amena enfin au village Bomadi où vivaient les Baamba. Cet escarpement couvert de forêt formait une frontière ethnographique. Il n'y avait pas ici de périphérie inhabitée, comme aux confins du Toro, probablement à cause de la netteté de la barrière géographique qui séparait les Bakondjo et les Baamba.

Au bord de l'escarpement, avant d'amorcer la descente, je profitai de la bonne visibilité et de l'horizon dégagé pour explorer les connaissances ethno-géographiques du guide. Ce dignitaire avait sûrement été, au moins dans sa jeunesse, contrebandier. À ce titre, il pouvait me livrer quelques bons renseignements. En face de nous, au nord, entre le versant du promontoire le plus septentrional et la rivière Semliki, disait-il, vivait un petit peuple isolé : les Bahuku. Ils n'avaient, selon lui, rien en commun ni avec les Bakondjo ni avec les Banyoro, et habitaient loin au nord, dans « le pays des Belges ». Le guide désignait ainsi l'État indépendant du Congo. À l'évidence, les Africains avaient une vision plus réaliste de l'indépendance des possessions de *Bula Matari* que les Européens qui, à force d'écouter des discours débordant de nobles sentiments, étaient persuadés qu'autour d'une table ronde fut créé un État neuf pour le bien-être de l'humanité et qu'il suffisait de collectionner des timbres estampillés pour libérer les enfants noirs de l'esclavage.

Le guide savait donc que loin d'ici, dans « le pays des Belges », vivaient ses frères, les Bahuku. Ce nom ne me disait rien. En kisuaheli, il désigne tout simplement les autochtones (*huku* : ici, opposé à *hapa* : là). Il est probable que ce nom leur vienne des Zanzibarites et qu'il ait été ensuite adopté par les Africains. L'énigme des Bahuku devait attendre quelques jours pour être résolue. En premier lieu, il fallait élaborer un vocabulaire condensé de leur langue.

À Bomadi, où nous étions à sept heures et demie du matin, aucun villageois ne semblait à jeun et la libation annoncée hier par les tam-tams continuait de plus belle. De la halle qui se dressait au milieu d'une place bien balayée sortirent quelques hommes éméchés, amusés et ravis de nous voir. Tous à la fois se mirent à prier le guide de les excuser pour n'avoir pas désherbé la route pour notre arrivée. J'étais ébahi ! Quel contraste entre leur sociable politesse et l'horrible opinion qu'on avait d'eux ! Une déception en quelque sorte...

Ils connaissaient bien notre guide, le considéraient comme un puissant notable et, m'ignorant superbement, ne s'adressaient qu'à lui. Je mesurais seulement ici l'honneur dont on avait fait preuve en m'attachant un si illustre compagnon de voyage ! C'était une chance que je me sois abstenu d'inaugurer notre collaboration par une engueulade pour son retard de plus de vingt-quatre heures ! Quelle chance aussi que j'aie conversé avec lui tout au long du trajet poliment, en retirant d'ailleurs le plus grand profit scientifique ! Maintenant, il m'apprenait que Bomadi, comme d'autres villages de l'intérieur, fut jadis entouré d'une palissade et de barrières d'épineux : on y entrait par deux portes étroites qu'on bloquait en cas de danger. Ses habitants, vaincus par l'armée du Toro qui avait incendié leur village, l'avaient rebâti mais sans fortifications. Depuis ce désastre, ils acceptaient la suprématie du Toro, comme le montrait le sympathique accueil qu'ils firent à notre guide, représentant du roi.

Je ne me suis rendu compte que nous étions dans un pays fortement peuplé qu'une fois arrivé à Bomadi. Lorsque les Baamba défrichent la forêt, ils conservent les grands arbres qui dissimulent leurs champs et villages à tout observateur placé sur les pentes du Ruwenzori. *« Baamba namna nzuki »* – Tant de Baamba que d'abeilles, me dit le guide, bien qu'il vînt lui-même d'une région densément peuplée, celle de Fort Portal. Les grands arbres protègent-ils les champs et les villages du soleil ou des yeux avides des Banyoro qui les épient depuis les hauteurs de Ruwenzori ? La dernière supposition semblait la bonne car les hommes présentaient ici un réel danger. Les plus grands ennemis des Baamba étaient sans doute les Banyoro de Toro, et c'était à eux que les Anglais avaient confié l'administration des Baamba.

À Bomadi, la prospérité sautait aux yeux. Après avoir pacifié la région, le Toro se bornait à y maintenir un seul poste militaire : Boma kwa Kasudju, notre prochaine étape. Leur pays n'était pas encore exploité et les Baamba ne connaissaient que le bon côté de l'administration blanche. Ne craignant plus ni invasion ni esclavage, ils pouvaient boire, battre le tambour jour et nuit, et tirer profit du litige anglo-congolais. Cela dit, ne sachant pas que leurs voisins de l'Est peinaient pour payer des impôts et que ceux de l'Ouest étaient corvéables en vivres et en travail, ils n'avaient guère conscience de vivre un âge d'or.

Les Baamba prennent grand soin de leur corps. Les braves ivrognes de Bomadi brillaient à force de se frotter la peau d'huile de ricin (*barika*) et répandaient un parfum tout autre que celui des habitants de la région des lacs, enduits de beurre rance.

Habillés comme les Bakondjo, ils donnaient pourtant bien meilleure impression. Au lieu d'un simple cordon de fibre de bananier, ils portent une ceinture plate tressée qui maintient un pan d'écorce de ficus d'une propreté impeccable et adroitement plissé. Ces hommes se soucient autant de leurs plis que les Européens du pli de leurs pantalons. Certains portaient sur le dos une sorte de cape en peau de singe. Et leurs coiffures ! Il ne suffisait pas d'être esthète, il fallait encore savoir persévérer pour obtenir cette multitude de bouclettes minuscules d'à peine quelques millimètres ! Je vis aussi un élégant qui portait dans ses cheveux une auréole de plumes blanches attachées à une rondelle taillée dans un bulbe. Bougeant à chaque mouvement et au moindre souffle de vent, elle menaçait de dégringoler de sa tête à tout instant. Lorsque je fixais mon regard sur lui, je me sentais vaciller. En matière de bijoux, les Baamba enfilent des bracelets de fil de cuivre même au-dessus des coudes. Ils fument de longues pipes de forme singulière : deux renflements, comme deux pieds à la base du foyer rappellent des seins de femme.

La seule chose laide chez les Baamba est leurs incisives aiguisées. Elles donnent à ces innocents poivrots une expression sauvage. Leurs huttes sont très propres et le sol en terre battue impeccable. Le foyer excentré des huttes-ruches cylindriques ne sert pas pour cuisiner, car il y a pour cela, à côté, de petites cases spéciales. Les parois des huttes finissent en toit arrondi. D'une seule pièce, il ne déborde pas à l'extérieur. Deux solides rondins piqués dans le sol renforcent l'entrée, protégée par un auvent fait, comme le reste de la hutte, d'un capiton d'herbes ou de feuilles de bananier. Les chaises longues, peu confortables, composent le gros du mobilier : c'est un tronc d'arbre haut d'un mètre et coupé juste au-dessous de ramifications dont on garde trois branches de quarante centimètres environ : deux reposent sur le sol et la troisième forme un dossier pour la personne assise sur la surface du tronc rabotée à plat. Ils ont aussi des tabourets sculptés dans un tronc épais, comme chez les Banyoro et les Bahima. On évite de s'asseoir ici par terre à cause des chiques qui défient le balayage le plus scrupuleux des cases et des courettes.

Bien que les charmants buveurs aient fait une vraie fête à mes porteurs, il nous fallait reprendre la route. Après avoir marché encore trois heures dans de bonnes conditions, nous établîmes notre camp sur une colline séparée de Boma na Kasudju (Fort de Kasudju ou Kwa Kasudju) par un profond ravin. Kasudju, vassal du roi du Toro, régente ce territoire nominalement, car il vit en permanence à la cour – source de tous les privilèges. Il délègue ses fonctions à ses remplaçants qui permutent chaque mois, tout comme la garnison composée de vingt soldats de la garde royale. Selon une vieille tradition, on appelle ces soldats les *barugaruga* et on en parle très mal[1]. En dépit de leur réputation de vulgaires bandits, ils aspirent à être appelés askaris, comme les soldats de Sa Majesté Royale britannique. Ces clochards sont munis de carabines Snider, souvent sans chargeurs et munitions. Peut-être les avait-on équipés ainsi pour remplacer les massues, somme toute plus redoutables ? En tout cas, leurs carabines, plutôt symboliques, suffisent pour que l'ordre règne aux abords du poste et sur la route de Fort Portal.

Boma na Kasudju, contrairement à son nom, n'est pas fortifié. Sur sa place en terre battue, propre et sans clôture, se trouvent une chaumière et un bâtiment servant de gîte d'étape. Le remplaçant de Kasudju habite la chaumière en attendant qu'une grande maison soit construite et qu'elle devienne son siège officiel, pâle réplique de la résidence royale. Derrière ce bâtiment, la place débouche sur une ruelle qui longe la crête dominant les pentes escarpées. Sur ses côtés s'aligne une vingtaine de huttes de soldats, toutes identiques à celles vues à Bomadi. Chacune abrite une femme âgée, chargée de prendre soin du soldat qui habite chez elle ou avec elle. Relevant du Trésor, ces femmes ne permutent pas avec les garnisons. Les soldats n'ont pas le droit d'amener leurs familles dans ce poste exposé où on se méfie des indigènes. Une *duka*, tenue par un Noir qui se faisait passer pour un Zanzibarite, magnifiait le *boma*. Son propriétaire devait avoir beaucoup de domestiques car derrière sa maison il y avait une grande bâtisse que mes hommes avaient prise pour une mosquée. Sachant qu'il travaillait pour Rocky, je comptais sur son amabilité. Mais il n'en fut rien. Décidément, ce pays des indigènes sympathiques

1. Le terme *ruga-ruga,* répandu en Afrique de l'Est et du Sud, désigne aussi bien les bandes de brigands que les mercenaires engagés au service d'un chef, africain ou zanzibarite, qui les armait sans les nourrir. Ils vivaient en nomades et pillaient les populations locales.

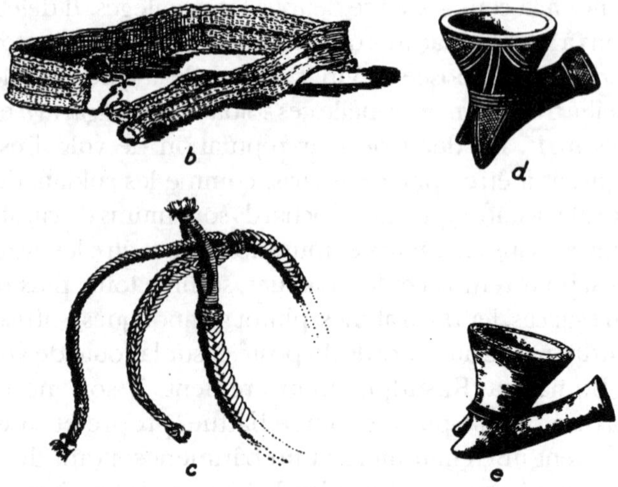

a) Pipe baamba typique ;

b) ceinture d'homme tressée en fibre végétale (Kwa Kasudju) ;

c) fermeture d'une ceinture de femme ;

d) et e) foyers de pipe baamba.

et du subordonné de Rocky antipathique me surprenait. Peut-être le commerçant se montrait-il réservé parce que, sidéré par les prix, je ne lui avais rien acheté ? D'ailleurs, il n'avait que des cotonnades, verroteries, fil de cuivre, sel et tabac – articles que je possédais déjà en telle quantité que je pouvais ouvrir sur place une échoppe concurrente. Cela dit, son chiffre d'affaires devait être élevé, car mes hommes le croyaient riche.

Le représentant de Rocky concentrait dans ses mains la contrebande en provenance du Congo voisin. Son magasin, aujourd'hui misérable, avait un lien historique avec l'établissement de Kilonga-Longa, trafiquant d'esclaves et d'ivoire et conquérant cruel du bassin du Congo du siècle passé. Avec sa contrebande, le marchand local poursuivait en fait la lutte de ses anciens maîtres contre les Belges, en l'adaptant aux nouvelles conditions. Et c'est cet héritage qui le rendait insolent. Lorsqu'il eut compris que je désirais plus m'informer sur les prix locaux qu'acheter, il se mit à ironiser, proposant d'acquérir toute ma marchandise au prix que j'offrais pour la sienne. Aimant la bonne blague, j'aurais apprécié sa réaction, mais son ton insolent m'agaça. Un comportement si effronté d'un Mungwana (Zanzibarite) n'était toléré que dans la zone anglaise. Je fis semblant de prendre ses paroles à la lettre en disant que pour l'instant je ne vendais rien, car j'allais au Congo où bientôt l'Ituri serait ouvert au commerce comme l'Uele l'était déjà, mais dans trois mois, lorsque mes hommes viendraient de Tabora, il pourrait acheter leur marchandise au prix que je venais d'annoncer. Inquiet, il voulait en savoir plus, mais je demeurai évasif. Il me salua alors obséquieusement.

Notre camp, déployé sur une colline voisine de Boma kwa Kasudju était bien visible car le terrain n'était pas boisé. Bien qu'arrivés avec une escorte de soldats-policiers anglais et un guide choisi par le roi du Toro en personne, le remplaçant du chef Kasudju ne vint pas nous voir. Il attendait peut-être ma visite, comme cela arrivait quand un voyageur omettait de prévenir le commandant du poste assez tôt de son arrivée. Les pouvoirs locaux suspectaient toujours qu'on les ignorait délibérément.

Eh bien ! C'était à mon tour de me montrer pointilleux sur l'autorité. La suite du voyage et les résultats de mes recherches en dépendaient. Après avoir donné au guide l'ordre de trouver le dignitaire local, je sonnai l'alarme pour annoncer, avec l'aide du soldat le plus gradé de l'escorte, la revue de la garnison. Je n'attendis pas longtemps. Le chef arriva essoufflé, se confondant en excuses : il ne s'était pas manifesté plus tôt parce qu'il présidait un tribunal (*shauri*) dans le village voisin. Sans lui demander de quoi il s'agissait, car il m'aurait dit n'importe quoi, je l'amenai inspecter ses forces armées. Pour magnifier mon allure, je mobilisai tout mon apparat : deux soldats de première classe et l'irremplaçable Auguste avec mon appareil photographique. Pendakula qui représentait la Schutztruppe allemande, regardait son collègue anglais avec condescendance et dédain, fier d'avoir non seulement les molletières et les mêmes chaussures que moi, mais aussi un *stramme Haltung*, le garde-à-vous irréprochable des soldats du Kaiser, acquis le plus souvent dans la douleur.

Toute cette cérémonie impressionna les badauds venus en grand nombre. Le chef, sévèrement réprimandé pour moult négligences, devint inquiet et se déclara impuissant devant la nonchalance des femmes de soldats. Il avait en effet des excuses. Il devait exposer clairement le problème aux soldats et exiger que chacun se débrouille avec sa ménagère, lui dis-je, sans trop y croire. Mon conseil trouva cependant l'approbation de Pendakula, ahuri par le désordre qui régnait dans les cases des militaires. Dans les garnisons allemandes, on exigeait que les maisons de soldats soient en ordre parfait et plus d'un militaire prit le fouet pour l'incurie de son épouse.

La revue de la garnison, après la marche journalière, même supportable, était fatigante mais nécessaire pour dompter le dignitaire local sans élever la voix. Désormais, je pouvais espérer qu'il accomplisse mes consignes sans rechigner. En guise d'entraînement, je lui demandai de mettre tout en ordre, annonçant qu'à mon retour, je vérifierais s'il avait pris cette tâche à cœur, car j'avais promis au roi de l'informer du travail de son représentant. Cela dit, je mentais, n'ayant aucune intention de revenir par la même route, pressé comme je l'étais d'atteindre les forêts de l'Aruwimi. Cependant, si jamais je devais retourner à Fort Portal, j'espérais revoir le roi pour le remercier de ses gentillesses et lui dire un mot sur Boma Kwa Kasudju.

En congédiant le chef, je lui confiai le ravitaillement de la caravane et les pourparlers avec les indigènes susceptibles de faciliter mon contact avec les Batwa. Seule la première consigne fut réalisée : des vivres apparurent comme par enchantement. La rapidité d'exécution et la présence de tous les soldats de la garde royale – elle en comptait vingt – me firent penser que le chef local était prévenu de notre arrivée mais espérait renforcer son autorité à mes dépens. La revue de la force armée, source de son prestige, avait anéanti ses ruses.

Il était en revanche plus difficile d'apprendre si les Batwa locaux étaient des pygmoïdes ou des Pygmées. On m'annonça que je les verrais le lendemain car ils vivaient dans des villages éparpillés dans le voisinage, tout en me prévenant diplomatiquement qu'ils étaient très craintifs. En fait, on promettait peu, ce qui était de mauvais augure. Mais la journée n'était pas perdue : j'avais examiné les porteurs de vivres, tous Baamba du clan Mubandi. Cette uniformité signalait que les membres du même clan vivaient groupés parce que la sécurité individuelle reposait chez eux sur la vengeance collective. D'après ce qu'on savait, c'était le cas ici.

Le mardi 28 janvier, je m'occupai des Batwa toute la matinée. Le chef prit mon problème au sérieux et fit venir le responsable d'un village voisin dont la périphérie était occupée par quatre huttes de Pygmées. L'homme était si timoré qu'il me fallut beaucoup de temps et d'arguments, matériels bien entendu, pour qu'il consente à nous y mener. Son village s'étendait sur un promontoire, à la jonction de deux profonds ravins. Les huttes des Pygmées, placées à l'écart et difficilement accessibles, étaient malheureusement vides. Il n'y avait rien, hormis les couches de feuilles étalées à même le sol et deux objets : un bouclier et un narguilé en tige de bambou sectionnée sous la cloison. La paroi de la tige était traversée par une paille, enfoncée à l'intérieur jusqu'au fond et portant, à l'extérieur, un manchon de terre cuite, rempli de tabac. La tige de bambou contenait de l'eau, au-dessous du niveau du manchon à tabac, bien entendu. Le fumeur tenait la partie supérieure de cette tige dans sa bouche et inhalait la fumée à travers l'eau. Mes porteurs Bakusu connaissaient bien cette façon de fumer le tabac. Quant au bouclier, il était rectangulaire et rappelait celui avec lequel les Lendu se protègent le dos. C'était donc l'exemple de l'étendue de l'influence soudanaise, ou plus exactement nilotique jusqu'au flanc ouest du Ruwenzori, présente même chez les Batwa. Les Baamba emploient en effet un bouclier tressé en rotin, souple et rond, et dans la région des lacs, il est également tressé mais de forme ovale. Cela me fit penser que l'habitude de dormir par terre des Batwa reflétait peut-être aussi l'influence soudanaise. Tous les autres habitants du Ruanda dormaient sur des sommiers assez élevés.

Les huttes des Batwa dans les environs de Kwa Kasudju. À gauche, le bouclier « lendu ».

Voilà les résultats de l'expédition au village des Batwa ! Misérables, compte tenu des efforts déployés. Notre guide avait même conclu un pacte de sang[2] avec le chef du village ! Déprimé, j'insistai cependant qu'on contacte d'autres chefs de villages qui abritaient des Batwa. Les objets trouvés continuaient à m'intriguer autant que leurs abris, montés à la va-vite et couverts pêle-mêle de feuilles de bananier, au diamètre inférieur à deux mètres, et très différents des huttes de leurs voisins.

Après le retour au camp, j'étudiai de nouveau les porteurs de vivres. Leur appartenance clanique n'était pas homogène : les Baguma et les Bahanda formaient deux groupes principaux et les autres venaient de clans divers.

Déjà irrité par l'échec matinal, je ressentais une étrange angoisse et faiblesse physique. J'allais mal depuis dimanche. Était-ce l'effet de la quinine, avalée deux fois cette semaine, vendredi et samedi, à raison d'un gramme par jour, de plus à jeun ? À l'insupportable sifflement des oreilles s'ajouta l'insomnie. Je finis le journal plus vite que d'habitude pour me coucher à neuf heures. Réveillé avant minuit par de violentes nausées, je me sentis un peu mieux et pus dormir.

Le mercredi 29 janvier, à huit heures, j'étais de nouveau réveillé par des nausées. Je me levai à neuf heures complètement léthargique. Le guide était de retour à onze heures, avec les cadeaux rejetés par les Batwa qui refusaient de me rencontrer. Je pris sur moi pour examiner les trois Baamba venus au camp par curiosité. Mais je ne parvenais pas à travailler. Pour vaincre le malaise, je bus un peu de whisky, ce qui déclencha une nouvelle crise. Définitivement épuisé, je restai sur le lit, tout habillé, jusqu'à cinq heures du soir. Le guide me sortit de l'hébétude,

2. Courant chez les Amba, ce rite consiste à avaler des graines trempées dans le sang de son « frère » en lui promettant la fidélité. Une défaillance entraîne la mort ou la maladie. Le pacte établit des relations durables avec un individu étranger au système des rapports claniques, lignagers ou tri-baux. Il scelle parfois un « contrat » commercial : un Konjo apporte le sel et le fer à son frère de sang amba qui le fournit en chèvres et moutons. Cette coutume implique deux individus mais ses bénéfices et ses inconvénients concernent d'autres membres de la famille ou du lignage. Ainsi par exemple, les relations sexuelles entre les frères et sœurs des « frères de sang » relèvent de l'inceste et sont réprimées.

accourant avec la nouvelle qu'à trois quarts d'heures de là, en direction du nord, il y avait trois huttes batwa. On les avait soûlés avec du vin de banane (*marwa)* et il était possible de les approcher par surprise. Oubliant ma faiblesse, je sautai du lit à pieds joints. Par malheur, le guide se perdit et au lieu des Batwa nous trouvâmes une place de village vide. Un Muamba qui avait fui devant nous avait dû les alerter car, à notre arrivée, les buissons tremblaient encore derrière leur passage. Il s'ensuivit une conversation à distance, longue et vaine. Les Batwa nous narguaient en dialecte baamba, mais le guide refusait de traduire, se bornant à répéter qu'ils parlaient très mal. À en juger par les salves de rires enivrés, leurs invectives devaient être bien grossières. Il ne restait qu'à revenir au camp, car le soleil baissait. J'y fus à la nuit tombée.

Le jeudi 30 janvier, il devint évident que l'attente n'avait plus de sens. Une nouvelle tentative de contacter les Batwa n'avait rien donné. Les vivres commençaient à manquer. Je décidai d'arrêter les recherches anthropologiques qui avançaient péniblement, subies à contrecœur par les villageois malgré les efforts du remplaçant de Kasudju. Les indigènes le respectaient peu[3]. Lorsque je protestais devant lui contre l'emploi des femmes pour le transport des vivres – elles venaient ici chargées comme des bêtes de somme – rappelant que l'administration l'interdisait, il m'écouta attentivement, puis déclara que c'était une coutume locale et qu'il n'y pouvait rien.

Dans l'après-midi quelques volontaires, curieux de voir si j'étais vraiment malade, se présentèrent pour les mesures. Mais j'étais si épuisé que je dus laisser passer cette chance. Couché, je pensais : que faire ? Il fallait partir au plus vite. Ce climat lourd, moite et incroyablement chaud ne me valait rien. On m'avait prédit à Fort Portal que j'allais souffrir dans la vallée de la Semliki. Quand la chaleur tomba, je pus travailler sur le vocabulaire baamba, profitant de la visite d'un informateur, attiré par la verroterie. Fait précieux, il parlait le kisuaheli qu'il avait appris en travaillant chez un commerçant local.

---

3. Chez les Amba le pouvoir est diffus, l'autorité faible, et chaque adulte jouit d'une grande indépendance.

Le vendredi 31 janvier, Sabairu, frère du roi Kassagama, vint me voir en compagnie de Rwabugoro et de Mshali qui le représentaient dans un autre secteur du territoire litigieux. Tout en conversant aimablement, je me rendis compte que mon séjour dans ces lieux inquiétait non seulement le pouvoir britannique, mais aussi le roi du Toro. Était-ce la méfiance qui se cachait derrière toutes ces attentions ? Partout où j'allais, j'étais accompagné d'un askari « anglais » armé d'une carabine. Quand un jour je demandai au plus sot d'entre eux pourquoi il me suivait sans y être invité, il me répondit que tel était l'ordre du commandant de l'escorte. Le guide-interprète ne me lâchait point, sauf si je l'envoyais ailleurs, par exemple chez les Batwa. Décidément, j'étais bien gardé. Avait-on peur que les Baamba ne me prennent pour un bifteck ? C'était probable. Les villageois des environs affirmaient pourtant que ce n'était pas ici qu'on consommait la chair humaine, mais chez leurs voisins du Sud. En fait, cette surveillance permanente me gênait peu, habitué comme j'étais dès le début à être épié par mes hommes qui commentaient tous mes gestes. J'étais le sujet préféré de leurs causeries et délibérations philosophiques, dont certaines parvenaient à mes oreilles. Quant à la sécurité, je m'en préoccupais aussi, veillant à ce que la garde de nuit prenne son service. À cause d'elle d'ailleurs, je ne pouvais me promener à la nuit fraîche sans risquer un tir. Mes soldats étaient ravis que l'escorte « anglaise » monte désormais la garde à la place des porteurs qu'ils devaient constamment contrôler. Quand je me réveillais, je faisais un tour d'inspection, moi aussi. Malheur à celui qu'on attrapait en train de dormir ! En plus d'un châtiment, il avait un lourd fardeau à porter : ma tente.

Au cours du dernier jour passé dans ce camp infortuné, arriva Ali, notre askari, avec sept charges de riz qui devaient nous aider à passer la famélique rive gauche de la Semliki. Je n'avais pas pris à la légère les avertissements de Rocky à ce propos, mais le prix élevé du riz à Fort Portal m'obligea à télégraphier au consulat allemand à Entebbe pour qu'on m'expédie sept charges de riz de vingt-huit kilos chacune, chez Umberto. Puisqu'on me répondit que ma commande serait vite exécutée, je laissai Ali et quelques porteurs à la factorerie avec consigne de nous l'apporter aussi vite que possible. Sachant que je pouvais compter sur lui et que l'Italien prendrait soin de mes hommes, je ne voulais plus m'attarder à Fort Portal. Bien m'en prit car les porteurs du consulat traînaient comme des tortues entre Entebbe et Fort Portal, tandis qu'Ali nous rattrapa aujourd'hui et tout alla pour le mieux. Le riz coûta le bakchich qu'Umberto avait donné aux porteurs d'Entebbe, car pour leur travail ils étaient payés, tout comme le riz, par le consulat sur la caisse de l'expédition. J'économisai ainsi l'argent qui commençait à manquer. À Fort Portal une livre anglaise de riz coûtait une roupie : les Banyoro ne le cultivaient pas et seuls les Wangwana savaient le faire, mais, dans cette contrée, ils étaient tous commerçants et contrebandiers.

Ali apporta aussi le courrier d'Europe. Cela me remit sur pied, bien qu'il ne contînt rien de spécial, hormis une lettre de mon père, quelques missives d'amis avides de mes aventures et des journaux au contenu dépassé. Le manque de nouvelles du chef de l'expédition[4] ne me contrariait pas, car il ne pouvait que compliquer mon projet de voyage solitaire. Entre les vieux journaux, je trouvai une gentille lettre de mon chef berlinois, le professeur von Luschan, satisfait du rythme de mon travail qu'il appréciait d'après les copies du journal envoyées régulièrement. Il approuvait mon projet d'expédition dans les bassins de l'Aruwimi et surtout dans l'Uele. Son appui comptait et je décidai de m'en servir lors de la discussion sur la prolongation de mon séjour en Afrique.

---

4. Pendant le séjour de Czekanowski à Fort Portal, le Duc explorait le versant ouest du Ruwenzori.

CHAPITRE XI

DANS LE PAYS DES BAAMBA ANTHROPOPHAGES

Sur les flancs du Ruwenzori. – Jungle humide. – Mwasiri, seigneur de Bushwa. – Exploit des éléphantophages. – Commission du méridien 30°. – Diagnostic médical. – Projet du retour commun par le Nil. – Villages fortifiés. – Au pays des contes. – Succès anthropologiques. – Butalinga. – Considérations critiques. – Bobata. – Malinka Gumpi. – Éclaircissement de la situation politique. – La traversée. – Crocodiles. – Adieu à l'escorte. – Appréciation générale des résultats.

Le samedi 1er février, je repris la route encore très affaibli. En dépit de mon état déplorable, je marchais tout le temps en tête de la caravane. En une heure et demie, nous dépassâmes trois villages, où je comptai quarante-sept huttes, et traversâmes trois ruisseaux parallèles, coulant des montagnes que nous longions en direction du sud-ouest. Elles forment un éperon du massif du Ruwenzori, orienté au nord-est. Nous l'avions déjà franchi dans sa partie basse, un peu plus au nord, en quittant Fort Portal. Les trois ruisseaux s'appellent : Lamu, Singiri et Rwiba.

Le Lamu coule dans la contrée de Bohanda, ou plutôt Buhanda, très fortement peuplée. En la traversant en deux heures, je mémorisais tout avec attention. Avant d'atteindre le Singiri, nous dûmes forcer notre chemin à travers une forêt dense et marécageuse, une sorte de jungle exotique que je n'avais encore jamais vue en Afrique. Des bananiers dégénérés (mais non sauvages) composaient son sous-bois. C'était certainement une plantation délaissée. L'air chaud et saturé d'humidité comme dans une serre d'orchidées m'étouffait. Après avoir passé sur la rive sud du Singiri, nous atteignîmes Bushwa, localité administrée par un Muamba sexagénaire nommé Mwasiri.

Sabairu, le frère du roi du Toro qui me fit l'honneur de sa visite la veille, y résida longtemps jadis. Ses remplaçants, deux hommes familiers de la cour du Toro, énergiques et plutôt jeunes, alimentèrent notre caravane si bien que les porteurs, même en s'y efforçant, ne parvenaient pas à tout engloutir. Cela et un autre incident, tout à fait inattendu, nous avaient contraints au repos le lendemain, c'est-à-dire le dimanche : près de notre camp, un des membres de la Commission anglaise du méridien 30° avait tué un éléphant. Mes hommes, affamés par quatre jours de jeûne à Boma kwa Kasudju, étaient fous de joie, car même à Fort Portal ils ne mangeaient de la viande qu'une fois par semaine. À vrai dire, l'éléphant abattu réjouissait seulement les Wasukuma, mais ceux-ci formaient les deux tiers de mon équipe. Oubliant la fatigue, ils partirent sur-le-champ chercher la viande. Comme leurs collègues, les Bakusu islamisés, demeuraient imperturbables, on pouvait penser que seuls les Wasukuma descendaient des éléphantophages que Ptolémée localisa aux sources du Nil. Du reste, ils venaient de cette région : leur patrie s'étendait au sud du lac Victoria, à l'est la baie de Mwanza et dans l'arrière-pays.

Leur attachement à l'antique tradition donna un résultat tragi-comique. Dimanche matin, le 2 février, la moitié de ma caravane était incapable de prendre la route : ventres tendus comme des ballons, gémissements et souffrances. Il fallut soigner tout cela énergiquement, à grand renfort de laxatifs que les Noirs tiennent en grande estime. Le contenu de ma trousse de secours fut absorbé en un clin d'œil et en toute confiance. L'exploit de ces « éléphantophages post-alexandrins » avait pourtant du bon car je fis la connaissance des membres britanniques de la Commission du méridien 30° et de l'expédition topographique. Son chef, le capitaine R.J. Jack, le géomètre McCaw, diplômé de l'université de Dublin, et le médecin, Dr Chevalier, hommes charmants et respectueux, en bons Britanniques, du repos dominical, avaient rendu le mien agréable par leur visite. Fait curieux, le Dr Chevalier, originaire des îles normandes et descendant, comme son nom l'indique, des Français, parlait leur langue moins bien que ses collègues, à vrai dire pas du tout et se présentait : Tchevalir. Évidemment, il savait déjà que j'étais souffrant, car en Afrique tout se sait. Dès son arrivée il m'ausculta, puis demanda à Auguste de lui montrer mon stock de conserves et ordonna aussitôt de jeter le saucisson, entamé à Fort Portal et conservé dans un tube métallique hermétiquement fermé. Interrogé sur ma maladie et sur les soins reçus à Fort Portal, je ne pus lui dire grand-chose, sauf que le pharmacien soupçonnait une intoxication. En fait, son diagnostic était juste car il était un médecin expérimenté, bien que sans diplôme. Le Dr Chevalier m'expliqua que le pharmacien ne pouvait pas deviner que je consommais des aliments en conserve, parce qu'à Fort Portal il y avait toujours de la viande fraîche. C'était sûrement ce même saucisson qui m'avait rendu de nouveau malade ici. Selon lui, soit mon mal était bénin, soit mon organisme résistait bien, car ici les mets européens en avaient expédié plus d'un dans l'au-delà. Son explication me réconforta.

La visite de ces Européens m'avait non seulement libéré de mes soucis sanitaires, mais de plus elle devait avoir une suite : nous décidâmes de nous revoir dans treize mois, à Hoïma, capitale du Bunyoro. Ce royaume, le plus important après le Buganda, résistait encore aux Britanniques, bien que son roi, Andrea Luhaga, ne fût qu'une marionnette exécutant les ordres de l'administration coloniale. J'avais fait connaissance du vice-gouverneur du Protectorat de l'Uganda, Mr Wilson, lors d'un déjeuner donné à Entebbe en l'honneur du Duc que j'assistais en tant qu'adjudant. Il me témoigna sa sympathie en me remerciant pour la compagnie que j'avais tenue aux dames anglaises sur le bateau naviguant de Naples à Mombasa, et m'invita à m'adresser directement à lui en cas de besoin. Je fis part de cela à mes nouveaux amis. Chevalier observa qu'il ne s'agissait sûrement pas d'une invitation à la française et nous décidâmes d'emprunter, au moment opportun, une chaloupe de service à Mr Wilson, pour naviguer de Butiaba, le port dépendant de Hoïma, jusqu'à la cataracte du Nil, en amont de Redjaf. Nous souhaitions revenir en Europe par ce fleuve, visitant l'Égypte du sud au nord. Je projetais d'achever l'exploration du Soudan méridional en treize mois, leurs travaux topographiques prenaient fin en même temps, une poignée de main scella le pacte : à nos retrouvailles au 1er mars 1909 à Hoïma, si nous vivions encore !

Un autre effet de cet agréable dimanche, de moindre importance mais très significatif tout de même, fut que j'avais omis de le noter dans mon journal. Je m'en rendis compte mercredi que ce n'était pas le mardi. La joie de penser au retour me fit perdre une journée ! Je m'empressai de signaler mon itinéraire à Berlin et de demander à mon père l'ouverture de crédits bancaires sur ma route.

Dans les environs de Bushwa les villages demeuraient fortifiés et la présence de Sabairu qui incarnait le pouvoir occupationnel de son frère, le roi du Toro, n'y changeait rien. Il manquait peut-être d'autorité pour imposer leur abandon sans employer la même méthode qu'à Bomadi, où l'ancien village fut d'abord brûlé, puis empêché de se fortifier au moment de la reconstruction.

Les villages occupent ici des crêtes étirées entre deux profonds ravins dont les pentes couvertes d'abattis d'arbustes épineux sont infranchissables. Le faîte de chaque éminence est obstrué aux deux extrémités du village par des clôtures dont les bords se perdent dans les épineux. Elles sont montées à l'aide des troncs de grands arbres, empilés les uns sur les autres entre des paires de poteaux liés par des lianes et profondément enfoncés dans le sol. On y entre par des portes, ou plutôt par des fenêtres car les ouvertures sont percées à un mètre environ au-dessus du sol. Pendant la nuit ou en cas de danger, on obture ces uniques voies d'accès à l'aide de perches, longues de trois mètres et épaisses de dix centimètres environ, qu'on glisse entre la palissade et les piliers enfoncés dans la terre, bien entendu à l'intérieur de la fortification. Dans la journée, ces poteaux gisent à côté des ouvertures, prêts à l'emploi. À proximité de l'une d'elles se trouve une halle où vaquent en permanence quelques gardes. Pauvres porteurs, obligés de franchir ces villages fortifiés ! Et encore plus pauvre ânesse ! Soulevée, poussée, tirée par ses poignées naturelles – les oreilles et la queue –, elle supportait tout stoïquement, comme si elle savait que la moindre résistance ne lui vaudrait qu'un surcroît de désagrément. Ces passages étaient inévitables à défaut d'autres pistes reliant les villages entre eux. Sur ce terrain escarpé, la traversée de la brousse épineuse serait sans doute pire.

Je découvrais ici à quel point une fortification en bois pouvait être efficace. Sans feu, sans artillerie, les palissades étaient infranchissables. Même l'artillerie de montagne de calibre 37, comme celle de Rutshuru, aurait ici fort à faire ; il serait plus facile d'incendier le village de l'intérieur. Ces villages fortifiés constituaient un obstacle considérable à la conquête du pays. En fait, le succès du royaume du Toro n'était probant que dans le domaine diplomatique et consistait, comme partout, à semer la discorde entre les clans rebelles. C'était pour cela qu'on se souciait tant de ma caravane : un voyageur empêtré dans un conflit interne s'exposait ici au plus grand danger.

Ce que je voyais autour de moi mettait en relief les enseignements du livre de Ilowajski sur les Slaves : les succès des Goths et l'invasion de la Russie par les Normands devaient se dérouler dans des conditions similaires.

Luttant contre toutes ces difficultés, je me sentais enfin plongé dans un univers de conte : chaque village était un royaume souverain, tapi derrière monts et forêts qui abritaient les effroyables mangeurs d'hommes. Malheureusement, les princesses locales n'étaient pas belles et répandaient un parfum d'huile de ricin me rappelant mon enfance, quand ce produit servait de panacée à tous les maux d'estomac. Par lui aussi commençait l'examen médical au lazaret militaire. Son odeur tenace m'empêchait parfois d'admirer les paysages : on ne pouvait les apprécier qu'en solitaire, quand la chaleur tombait et le soleil couchant réveillait la tristesse...

À Bushwa, j'atteignis le record du nombre d'observations anthropologiques. Les indigènes s'y prêtaient avec une facilité étonnante. En une journée, j'avais étudié trente-trois personnes, tandis qu'à Boma kwa Kasudju, en quatre jours, je n'en avais vu que trente-huit. Peut-être ma verroterie avait-elle ici plus de prix ?

Sur place il n'y avait pas de *duka*, et le voyage jusqu'au magasin de Kwa Kasudju était long et périlleux. Le clan Bandengoma était le mieux représenté, mais ses membres ne formaient qu'un tiers des individus étudiés. Peut-être Sabairu, le frère du roi, y avait-il résidé suffisamment de temps pour établir la paix qui favorisait le brassage de population. Si cela était vrai, il s'agirait alors d'une réussite remarquable de l'occupant tentant, comme tout occupant, de briser l'organisation traditionnelle. Ici, sur le territoire baamba, j'observais ce processus à ses débuts. Ses envahisseurs directs, les Banyoro du Toro, ne pouvaient guère s'appuyer sur les colons, comme c'était déjà le cas sur l'itinéraire de Katwe, un centre économique important, car ils disposaient d'une seule garnison – ô combien misérable ! – à Boma kwa Kasudju et de quelques diplomates et conseillers agissant sur le terrain. On ne parlait pas encore d'impôt. Nous assistions ici à la phase préliminaire de la conquête du pays[1]. Elle avançait sur les pas des contrebandiers qui entraînaient les autochtones à collaborer avec les étrangers. Derrière les envahisseurs noirs se profilaient les mentors blancs – l'administration britannique qui agissait ouvertement mais toujours indirectement. Leurs motifs étaient en tout cas plus clairs que ceux des hordes turques et mongoles qui avaient envahi l'Europe au Moyen Âge. Ilowajski nous avait appris à ce propos que la Russie n'aurait pu vaincre ni Kiev ni Novgorod sans intervention des Mongols.

Le lundi 3 février, après une petite heure de marche, nous traversâmes le ruisseau Lamu et deux profonds ravins remplis d'une végétation dense, pour atteindre enfin la lisière de la forêt. Sous les grands arbres poussaient des bananiers tandis que devant nous s'étendait un vaste terrain couvert d'une herbe immense, appelée *matete* par les porteurs. Les forêts colonisaient ici uniquement les ravins et couraient jusqu'à l'horizon en longues bandes – des *Gale-*

1. Le Toro étendit son contrôle sur les Amba du nord-ouest du Ruwenzori durant le règne de Nyaika, le père du roi Kassagama, dont J.H. Speke fit la connaissance en 1862. Conforté par l'administration coloniale, ce contrôle ne deviendra effectif qu'après la ratification de la frontière entre les possessions belges et britanniques, en 1912. Les impôts seront exigés à partir de 1919. Le pays amba sera relié à Fort Portal par route en 1938.

rienwälder (les forêts-galeries), selon la terminologie géographique allemande. Empruntant le sentier tracé par les pas au milieu de l'herbe haute de quelques mètres, nous dépassâmes deux petits villages. J'y avais repéré seulement dix-neuf huttes, mais comment voir et compter quand on est noyé dans une mer de graminées ? Elles restreignaient notre champ de vision qui dépassait rarement le sentier. Cela dit, la densité de population était ici certainement plus faible que sur les pentes boisées du Ruwenzori. On rencontrait moins de gens sur la piste et cela non pas parce que nous leur faisions peur. Notre renommée était bien établie : les indigènes savaient d'avance que nous ne molestions personne et proposions des choses utiles en échange de vivres et de petits services. Cette réputation nous valait un accueil aussi bon que celui dont jouissaient les contrebandiers. Telles étaient nos relations avec la population qui avait la réputation exécrable tant chez les Britanniques que chez les fonctionnaires de l'État indépendant.

Après trois heures de marche depuis Bushwa, nous abordâmes une nouvelle contrée populeuse : Butalinga. Son chef, Mugwe, nous reçut à bras ouverts, nous priant de passer la journée chez lui. Il avait préparé tant de nourriture, disait-il, que nous ne pourrions pas l'épuiser même en y restant plusieurs nuits. Elle commençait d'ailleurs à arriver quand nous en étions encore au stade des politesses de bienvenue. Après le gueuleton d'éléphant et les problèmes gastriques de la veille, les Wasukuma se sentaient fatigués, ce que je comprenais d'autant mieux que je n'étais pas bien rétabli moi-même. Profitant de l'invitation de Mugwe, j'ordonnai un jour de repos.

Tout le mardi 4 février, je menais des études anthropologiques. Les gens venaient nombreux, attirés par les perles de verre. Sur cinquante-deux individus vus depuis la veille, tous, sauf un, appartenaient au clan Batalinga et venaient de trois villages voisins : Butalinga, Koikoma et Kinaba. La situation locale différait de celle de Bushwa : Butalinga et ses environs formaient un ensemble cohérent, dont les habitants jouissaient du respect de leurs voisins et des hommes du roi du Toro. Il faut dire que les envoyés du roi avaient surtout peur d'eux car on racontait qu'ils étaient de terrifiants mangeurs d'hommes. Cette accusation, nous l'entendions à chaque pas ici, mais toujours à propos des voisins et suivie d'une proclamation de sa propre innocence[2].

À la sortie de la forêt, j'avais brusquement l'impression que la population était différente de celle qui vivait dans la selve, et surtout de celle de Bushwa. Dans l'attente d'une nouvelle série de mesures, je fis des estimations. Et j'avais raison : il y avait là une forte concentration de la population centre-africaine, à tête plus ronde, nez plus large et yeux plus écartés. Elle me semblait proche des Batwa du Ruanda qui se différenciaient justement du reste de la population interlacustre par ces traits. Je découvrais à cette occasion que les Noirs m'étaient devenus si familiers que je parvenais à repérer les moindres différences entre les individus et encore plus entre les formations anthropologiques.

Aujourd'hui, j'ai manqué encore un enterrement. C'était fort regrettable car les rites funèbres comportent beaucoup d'archaïsmes. Absorbé par les études anthropologiques, j'appris trop tard que des obsèques avaient lieu dans le voisinage. Je pus néanmoins constater que les Baamba enterrent leurs morts près de la route, contrairement aux Bakondjo qui les ensevelissent dans leurs huttes, délaissées par tous les autres habitants et détruites. Je comprenais enfin pourquoi les

---

2. Dans cette partie de l'Afrique la rumeur est un des facteurs de régulation des rapports entre les groupes proches géographiquement mais de langue, de culture matérielle ou de religion différentes. Czekanowski séjourna plusieurs semaines au milieu des tribus réputées cannibales, sans être témoin de l'anthropophagie. En revanche, il en a souvent entendu parler, par les Blancs et par les Noirs. Pour les Amba par exemple, considérés comme anthropophages, manger la chair humaine relève exclusivement de la sorcellerie. Il faut ajouter, ce que l'auteur ne dit pas, que les Noirs soupçonnaient souvent les Blancs de cannibalisme, notamment parce qu'ils consommaient des conserves, supposées contenir de la chair humaine. Cela dit, tout n'est pas rumeur. Il existait, en Afrique comme sur d'autres continents, un cannibalisme rituel, pratiqué pour acquérir les qualités mentales et physiques de son ennemi par exemple, donc à caractère mystique ou religieux et non alimentaire. À l'égard de tels phénomènes, la seule question que l'on puisse se poser est de savoir ce qu'est le cannibalisme « non pas en soi ou pour nous, mais pour ceux-là seuls qui le pratiquent ». (Cl. Lévi-Strauss, *Paroles données,* Paris, Plon, 1984, pp. 141-149.)

huttes en miniature, vouées aux esprits des morts, n'étaient visibles qu'au bord des pistes et jamais près de la maison du défunt. Les Noirs prennent le plus grand soin de leurs morts : ils leur élèvent parfois de grandes halles de rassemblement, appelées clubs par les ethnographes, et déposent de la nourriture dans les petites huttes érigées à leur intention.

Les observations anthropologiques m'ayant épuisé, je peinai sur mes devoirs du soir : notes et croquis de l'itinéraire. Mes yeux fuyaient les pages blanches pour scruter l'horizon fondant dans le crépuscule. La garde de nuit prit place et le feu de camp fut allumé sans que je m'en aperçoive. Le bruit des assiettes en émail (que je détestais mais n'en avais pas d'autres) me fit redescendre sur terre : Auguste me signalait à sa façon qu'il fallait débarrasser notre unique table des papiers pour qu'il puisse servir le repas. Tard dans la soirée je développai des photographies.

Le mercredi 5 février, nous ne quittâmes Butalinga et l'hospitalier Mugwe qu'à onze heures et demie, après avoir pris un second petit déjeuner en guise de déjeuner. J'étais obligé d'attendre que les plaques développées la veille sèchent. L'air était si humide ! Je me sentais comme dans une serre, trop faible pour continuer à travailler en attendant le départ. Le mal au cœur me faisait craindre le retour des nausées. Cette fois-ci, c'était la faute de l'air étouffant et non pas du saucisson de Hambourg. Assis, j'écrivais mon journal et, malgré l'absence de soleil, j'étais couvert de sueur au point de devoir me changer avant le départ.

Révolté contre la terre entière et ses habitants, je m'étais mis à douter de la sincérité de Mugwe. Pourquoi ce potentat local me montrait-il tant d'égards ? Il ne demandait rien, acceptait les cadeaux presque à contrecœur et m'amusait de sa conversation passionnante. Un charmant Noir désintéressé ? Je n'avais plus d'illusion à ce propos. Tentait-il de se lier par mon entremise avec les hommes du roi qui l'assiégeaient de plus en plus ? On tenait ce dangereux mangeur d'hommes à l'écart, tout en le considérant comme un chef très puissant. Voulait-il établir un contact direct avec un Européen pour se protéger des émissaires du roi du Toro ? J'avais tiré profit de cette situation énigmatique, une sorte de gros lot, car dans la conjecture politique locale Mugwe était un grand potentat. En quittant Butalinga, nous marchâmes pendant une heure sur ses terres bien peuplées et étendues jusqu'à la forêt déserte.

Après une heure de marche dans la forêt, nous aboutîmes de nouveau sur un terrain découvert et populeux, appelé Bobata. Nous suivîmes ensuite, en le traversant à plusieurs reprises, le ruisseau Rutakile, pour atteindre une clairière forestière et replonger, trois quarts d'heure plus tard, dans une forêt vide. On suivait soit un sentier inconfortable, soit le lit sec du ruisseau. Sur ce trajet nous attendaient les chefs de villages situés au-delà de la forêt : ils venaient nous inviter chez eux. Le représentant du roi, qui habitait pourtant le village le plus éloigné, était là aussi avec un convoi de vivres. Cet homme, appelé Malinka Gumpi, m'avait été recommandé par le roi pour son honnêteté et son dévouement. Après l'avoir consulté, nous décidâmes de dormir dans le village de Gerinkente. Son chef, qui était peut-être aussi chef du clan, me voyant ébahi par les largesses de Malinka Gumpi, décida de l'éclipser : à l'issue de cette compétition, j'étais propriétaire de trois chèvres ! C'était un don royal, car ces animaux coûtaient fort cher dans la région : une chèvre valait, semblait-il, deux fois plus qu'une femme. Voilà comment le marché réagissait à la forte croissance de la population ! Elle devait être en effet considérable, vu le nombre d'enfants qui gambadaient dans les villages. Comme ils ne craignaient pas la caravane, je pouvais aisément admirer leur multitude.

Malinka Gumpi, homme intelligent, m'enseigna les arcanes de la politique locale et m'expliqua pourquoi la population, dont on avait si piètre opinion, m'entourait d'un tel respect ; empêtré dans des luttes intestines sans merci, chaque clan voulait m'avoir pour allié. À leurs yeux, j'étais une vraie puissance militaire, puisque j'avais neuf fusils. Malinka Gumpi était donc venu à moi avec une importante charge de provisions afin de m'affranchir des villageois. Il m'informa aussi que j'étais sur un terrain peu sûr : après les derniers meurtres secrets, il fallait s'attendre à des règlements de comptes sanglants. Le roi lui avait envoyé un homme pour annoncer mon arrivée, craignant que je ne devienne victime de mon inexpérience. J'en étais touché et j'étais impressionné par l'efficacité de l'administration royale, en dépit de l'apparence misérable de sa force armée. Ce roi noir disposait d'hommes vraiment intelligents et auxquels il pouvait confier l'exécution de tâches difficiles et délicates. La seule raison de la surveillance dont je faisais l'objet était le souci de ma sécurité.

Le jeudi 6 février, nous quittâmes Gerinkente de bonne heure, après avoir salué le cordial Malinka Gumpi. Une heure plus tard, nous atteignîmes un petit village au cœur de la forêt où résidait Rubirgienga, le représentant du roi, momentanément absent car il avait été appelé à la cour. Il s'agissait du dernier village baamba sur mon trajet, avant la forêt inhabitée dont la seule distraction était le passage de la Semliki. Leur pays s'arrête à cette rivière et la forêt qui s'étend au-delà forme sa périphérie. Les Pygmées demeuraient absents, mais plus au sud, sur un éperon coincé entre les Baamba, les Bakondjo et la rive droite de la Semliki, vivaient les Bambuba, les amis des Pygmées que nous devions visiter après le passage de la rivière.

Cinq semaines s'étaient écoulées depuis mon départ de Kazindi. La maladie m'en fit perdre une à Fort Portal et je devais me presser maintenant pour rejoindre Irumu, où se trouvait notre principal magasin de provisions. À cause de cette hâte, je n'avais pas emprunté le trajet allant à Fort Beni par le sud du territoire des Baamba, non occupé par le Toro. De toutes les façons, l'anarchie qui y régnait nous aurait empêchés de voyager en paix, sans palabres et négociations. Le choix de l'itinéraire nord, suffisamment dangereux pour qu'on tente de nous le faire abandonner, nous mena sur une route où les porteurs vivaient un véritable carnaval. Et comment ils s'étaient empiffrés ! Cela n'arriva qu'au début du voyage, à Kifumbiro. La route était difficile, certes, mais il y avait tant à manger, même pour ceux qui n'aimaient pas la viande d'éléphant !

Arrivés au-dessus de la Semliki, connue pour ses crocodiles, nous tirâmes dans l'eau pour les disperser et pour appeler le batelier du village de pêcheurs d'en face. Il apparut aussitôt, se mit à naviguer dans notre direction, puis, saisi de stupeur à la vue des uniformes anglais de l'escorte de Fort Portal, il hésita à accoster. Il nous fallut, à Pendakula et à moi, beaucoup palabrer pour le convaincre de passer la caravane. J'ai confié les premiers embarqués à Pendakula et à Ali, mes soldats les plus intelligents et capables de prendre des initiatives, si le batelier manifestait l'envie de nous faire faux bond. Qui sait, si après avoir transbordé une partie de ma caravane, l'idée ne lui viendrait de tout arrêter pour demander à Fort Beni l'autorisation d'embarquer ce Blanc venu avec les *askari na Ingeleza* ? Je savais que Pendakula trouverait moyen de dissiper ses doutes.

Le passeur, promptement apprivoisé par Pendakula, revint bien disposé, me conseillant amicalement d'avancer sur la berge pour admirer la rivière. Il fallait faire ça pour découvrir l'invraisemblable ! Sur le sable du rivage, au pied de l'escarpement, reposaient plusieurs douzaines d'énormes crocodiles. Je les voyais de si près et en telle quantité pour la première fois. Mon coup de fusil provoqua un tumulte indescriptible : les lourds troncs immobiles se mirent à descendre habilement dans l'eau, même celui que j'avais touché.

Avant d'embarquer, je fis mes adieux à l'escorte et au guide que le roi du Toro m'avait prêté. Je leur confiai une lettre pour Fort Portal, contenant mes remerciements pour l'aide accordée et le message que j'avais traversé le pays baamba sans entrave, bien reçu par la population. Le guide prit aussi mon courrier pour l'Europe : dix-huit lettres de volume divers, accumulées depuis notre départ du Fort Portal. Je récompensai largement l'escorte et nous nous séparâmes en amis ; j'avais l'impression qu'ils étaient surtout heureux de voir que mon arrivée à la frontière mettait fin à leurs soucis.

Moi aussi, j'étais ravi que le voyage chez les Baamba soit fini. Mes résultats me satisfaisaient, même si je ne savais toujours pas si les Batwa de Ruwenzori étaient des vrais Pygmées ou des pygmoïdes, comme les Batwa du Ruanda. Ce problème primordial restait en suspens. Je pus collecter en revanche un grand nombre d'observations anthropologiques et ethnographiques sur le terrain dont la population subissait des agressions, meurtres secrets et règlements de comptes sanglants. Dans le domaine de l'anthropologie, je constatai la concentration de la population centrafricaine à tête ronde et aux visage et nez larges. Je disposais également de précieuses études ethnographiques du territoire frontalier où se croisaient de multiples influences.

Les Baamba avaient quelques affinités linguistiques avec l'Ouest, évidentes surtout dans les nombres, selon mon vocabulaire. On y pratiquait aussi, à la manière occidentale, la circoncision. Nous étions donc aux confins extrêmes de la province culturelle ouest-africaine. Cependant, la forme des huttes indiquait leur transformation, par amalgame d'éléments est-africains et soudanais, vers un type de construction spécifique. Cela dit, l'influence est-africaine ne dépassait pas la région proche de la station de Boma kwa Kasudju, où la hutte avait l'aspect d'une ruche. Un peu plus vers l'ouest dominait la maison cylindrique soudanaise – parenté que même mes porteurs avaient remarquée – dont le toit conique s'avançait au-dessus du mur. Les observations en tout genre me permettaient d'envisager l'élaboration d'une monographie des Baamba. Je devais cependant remettre à plus tard l'élaboration des matériaux à partir de mes notes de terrain. Il nous fallait maintenant avancer vite pour réaliser l'escapade dans les forêts du bassin de l'Aruwimi.

Après avoir passé la rivière à mon tour, j'attendais les derniers membres de ma caravane. Sur la rive opposée, l'escorte anglaise tardait à partir avant de s'assurer que personne ne reste de leur côté de la frontière. Cette attitude consciencieuse me fit réfléchir sur la sagesse de Dawdi Chwa Kassagama, roi du Toro. Le contraste entre son administration efficace et sa force armée totalement négligée était surprenant. Sachant qu'il pouvait compter sur la puissance britannique, le roi ne ressentait aucun besoin de jouer avec ses soldats bien mis mais armés de fusils de parade hors d'usage. Ô combien il était différent de ces « politiciens » qui gouvernaient le Liberia indépendant dont l'armée comptait 10 % de généraux ! Et ô combien plus africain était, à cet égard, le prince de Monaco dont j'admirais la garde colorée pendant mes vacances universitaires.

CHAPITRE XII

DANS LA VALLÉE DE LA SEMLIKI

Enclave soudanaise des Bambuba. – Le Pygmée du Ruwenzori. – Chassé-croisé des caravanes. – Épuisement des réserves. – Nuit au-dessus de l'Azamu. – Retour des perdus. – Courrier. – Fin de l'expédition. – Projets autonomes. – Accident de von Raven. – Coïncidence heureuse. – Nuit sans sommeil. – Indications des distances. – Le Pygmée borgne. – Confusion dans les noms des Pygmées. – Huttes hybrides des Bambuba. – Bivouac en brousse. – Arrivée à Fort Beni. – Accueil solennel.

Après la traversée de la Semliki, dont un bras était obstrué par une barrière qui guidait les poissons vers les nasses, je débarquai au village de pêcheurs appelé Bau. Il nichait sur la haute berge car la rive n'était qu'une mince lanière de sable coincée contre l'escarpement. Ses habitants, les Bambuba[1], proches des Baamba par leur culture matérielle, n'appartiennent pas au groupe linguistique bantu mais parlent un dialecte soudanais apparenté – comme je le découvrirai plus tard, en allant à Irumu – à celui des Momvu et des Balese de la périphérie nord-est du bassin de l'Aruwimi. Les Bambuba constituent une enclave soudanaise méridionale enfoncée dans la zone de contact des Baamba et des Bakondjo, dans les environs de Fort Beni et atteignant même la rive droite de la Semliki qui délimite, là où nous sommes, leur territoire à l'ouest.

1. Bambuba ou Mvuba.

Je grimpai sur la berge par un raccourci pour découvrir une belle surprise à mon arrivée au village : un authentique Pygmée causait avec une jeune femme qui exhibait toutes ses dents dans un sourire aguichant. Surpris par ma présence, car j'arrivais dans son dos, il resta pétrifié suffisamment de temps pour que je puisse le dévisager, puis disparut et ne voulut plus se montrer. Impossible de le mesurer ! D'après ce que j'avais pu voir, il était un représentant masculin typique de la mystérieuse tribu des Pygmées. Bau, le chef du village[2], affirma qu'il vivait dans les forêts vierges du Ruwenzori. Je n'avais aucune raison de ne pas le croire. Le Pygmée venait ainsi, sans un but précis, des environs de Butalinga. Bau disait qu'il cherchait des vivres. À l'évidence, c'était un faux prétexte car raconter qu'une disette sévissait à Butalinga était contraire à ce que nous y avions vu et relevait d'un pur mensonge. Qui pouvait connaître mieux que moi la formidable opulence de cette contrée ? Cela dit, si le Pygmée venait vraiment des versants du Ruwenzori, on pouvait supposer que les Batwa de cette région étaient de vrais Pygmées et n'avaient rien en commun – hormis le nom, sûrement donné par les Wangwana – avec les Batwa pygmoïdes du Ruanda. Cette question, source de tous mes soucis depuis Fort Portal, serait-elle résolue de façon si inattendue ? J'en doutais : et si on m'avait trompé sur le lieu d'origine du petit diable ? Pourtant, l'information semblait d'autant plus vraie que le chef avait bien dit « Butalinga » ; sinon, comment le nom de ce lieu lointain aurait-il pu sortir de sa bouche ? En toute vraisemblance, notre Pygmée séjournait au village à titre de contrebandier, ce qui expliquait le secret dont il s'entourait. J'avais beaucoup entendu parler de la contrebande, et cela souvent en rapport avec les Pygmées qui seuls chassaient les éléphants et troquaient l'ivoire précieux contre des produits agricoles. Mais mon doute persistait.

Avant de reprendre la route, j'offris à Bau du sel qu'il apprécia beaucoup. Je pris aussi quelques clichés, notamment d'une femme au ventre incroyablement déformé par une grossesse avancée. Bau était si content de son cadeau qu'il m'avait

2. Ce village, comme tant d'autres, portait le nom de son chef. Voir à ce propos la remarque de l'auteur, chapitre XV.

fourni un guide sans tergiverser. À l'embranchement d'où partait à droite la piste du poste abandonné de Lessi, les habitants de Lambi (à peine quelques cases) affirmaient avoir vu, le jour même, une caravane de quatorze hommes et deux soldats portant des vivres pour un Blanc. Je devinai qu'elle m'était destinée. Il ne pouvait en être autrement, car tout transport congolais escorté par des militaires supposait la présence d'un fonctionnaire européen, en vertu de la règle que les soldats armés n'avaient pas le droit de s'éloigner de leurs supérieurs blancs de plus d'un kilomètre.

J'avais en effet prié Weidemann, dans une lettre envoyée de Fort Portal, de m'expédier des provisions. Ayant bien précisé mon itinéraire, j'espérais qu'elles arriveraient à Butalinga en même temps que nous. Mais il n'en fut rien et Auguste m'annonça alors qu'il ne nous restait que vingt-cinq morceaux de sucre. Depuis, mon café était amer et pour le thé je n'avais que du jus de citron. Il restait un peu de whisky que je ne buvais pas seul et qui n'était même pas un bon remède. Manger tous les jours, midi et soir, une *kuku* - poule au riz - (après la chèvre), commençait à m'ennuyer. Les trois quarts de la réserve des porteurs, prise à Kazindi, furent consommés à Fort Portal. Les roupies économisées avaient servi à l'achat des objets destinés aux musées. Cela m'avait obligé à télégraphier au consulat allemand à Entebbe une commande de sept charges de riz. Ces charges, donc près de deux cents kilos de riz, apportées à Kwa Kasudju par Ali de Fort Portal, n'avaient pas été entamées chez les Baamba. Ainsi, j'avais des vivres pour mes hommes jusqu'à Fort Beni. C'était important, dans la mesure où mes moyens de paiement s'épuisaient : je disposais de trois pièces de coton, appelées *kanga*, valant six roupies, d'un peu de perles, de tabac et de sel.

Le court voyage avait englouti les provisions avec lesquelles je pouvais ouvrir une échoppe concurrente à Kwa Kasudju ! L'essentiel fut dépensé pour les recherches anthropologiques : il fallait bien récompenser tous ceux qui se laissaient étudier ! On donnait aussi des cadeaux en échange de vivres. Si la caravane attendue nous atteignait à temps, elle serait bienvenue, mais surtout pour moi car mes hommes ne manquaient de rien. D'ailleurs, si près de Fort Beni, cela n'avait plus d'importance. Je chargeai Ali, qui avait déjà une bonne expérience de ce genre de situation, de retrouver le convoi perdu. Pour qu'il ne soit pas seul en forêt, surtout la nuit, je lui attachai un soldat et je pris avec ma caravane la direction de Fort Beni.

Sous la voûte d'immenses arbres nous ne vîmes aucune trace d'homme, excepté un essartage délaissé depuis longtemps. Notre camp, établi au bord de l'Azamu, un pittoresque affluent de la Semliki, fut atteint en quatre heures et demie de marche depuis le village de Bau. Les porteurs détestaient dormir loin des villages, mais quand le guide leur montra, en figurant la distance sur son bras, que le plus proche foyer était à trois heures de marche, ils se résignèrent à préparer leur couche dans la forêt. Le ciel était couvert et lugubre, mais il n'était pas certain qu'il pleuve.

Ali ramena la caravane perdue tard dans la soirée. En dépit du mauvais souvenir laissé par le saucisson de Hambourg, les conserves sur ma table m'enchantaient d'autant plus que le poulailler de Simba se vidait et qu'on ne trouvait rien à manger dans ce lieu inhabité. Pour le repas du soir, j'avais enfin du thé avec du vin rouge et au dessert le café sucré qui m'avait tant manqué. Les hommes dévoraient le riz « nature » à défaut de *kitowero* (condiments) : ici, il n'y avait même pas une feuille de manioc.

C'était Weidemann, le membre de l'expédition le plus dévoué à mon égard, qui m'avait expédié les vivres. Chaque détail rappelait son attention pour *Herr Czeka*. Il n'avait pas oublié mon courrier. La lettre du chef de l'expédition annonçait la fin des travaux dans deux mois, au 1er avril. À partir de ce jour-là, nos colonnes devaient se diriger vers le fleuve Congo, embarquer sur un vapeur jusqu'à Léopoldville, puis contourner les cataractes en train jusqu'à Matadi et finir l'expédition sur la côte atlantique.

Le Duc demandait à tous d'être à Irumu le 20 mars et rien d'autre, ce qui laissait supposer qu'il était tacitement d'accord pour que j'y arrive par un détour. Déjà à Kazindi, il était question que je fasse le trajet de Fort Beni à Irumu par Mawambi, Avakubi, Nepoko et Adjamu. À condition de marcher vite et de prendre un seul jour de repos par semaine, on pouvait accomplir cette boucle avant le 27 mars. Cela imposait deux passages en forêt, sur des pistes à moitié abandonnées : le premier, de

Fort Beni à Nepoko, et le second, entre Adjamu et Irumu. Nous pouvions seulement stationner sur le trajet Mawambi-Avakubi-Nepoko, fréquenté par les caravanes portant provisions et courrier et équipé en gîtes d'étape.

J'étais certain que mon projet – démesuré selon mes collègues – serait approuvé par le Duc. Lorsque mon expédition chez les Pygmées, sur les traces de Stanley, serait derrière moi, personne ne m'obligerait d'emprunter de nouveau l'itinéraire Mawambi – Avakubi, pour revenir par ce chemin en Europe, et le Duc m'autoriserait à partir dans le bassin de l'Uele pour étudier ce qui restait de l'État des Azande, ces dangereux Nyam-Nyam du Soudan méridional. À notre départ de Berlin, la presse écrivait que l'expédition devait étudier les méchants gnomes des forêts vierges et les cannibales Nyam-Nyam du Soudan. Il plairait au Duc, pensai-je, d'accomplir au moins une partie de cet engagement à l'égard de l'opinion publique. Mon arrivée à Irumu par Adjamu serait bien accueillie parce qu'elle prouverait que le passage par les forêts vierges séparant le bassin de l'Uele et d'Irumu n'est pas trop difficile. Il y a seize ans, Emin Pacha et Stuhlmann y furent bloqués. Cela dit, il ne fallait pas que mon escapade alourdisse le budget de l'expédition. En principe, les réserves déposées à Irumu devaient me suffire. Mes plans s'étendaient sur quelques mois, mais j'avais décidé de parler uniquement des trois premiers. Je lisais et relisais la lettre du Duc, cherchant des signes favorables à mon projet. Le Dr von Raven qui m'avait aidé à devenir autonome pour mieux m'éloigner du Duc, ne pouvait plus intervenir.

La lettre du Duc m'apprit que notre médecin avait eu un grave accident de chasse. Un buffle blessé par son compagnon occasionnel, un capitaine autrichien, lui avait défoncé le thorax sur près de trente centimètres. Par chance, l'administration locale, prévenue de l'arrivée du Duc, lui avait dépêché le Dr Mortula, un bon médecin italien. Celui-ci parvint à sauver la vie de von Raven et à le faire ensuite transporter à Kazindi. Le Dr Mortula affirmait que notre esculape-Nemrod aurait la vie sauve, en dépit de la gravité de son état, et qu'il serait possible de le rapatrier en Europe avec l'autre invalide, le lieutenant Weiss, dans quelques semaines. Notre topographe souffrait d'un ulcère au foie, inopérable sur place, et restait alité à

Fort Beni, où je devais le voir bientôt. Quel destin étrange ! Adversaires dès le début de l'expédition, mes deux collègues devaient maintenant rejoindre l'Europe sous la garde du même médecin. Cela sonnait comme un avertissement. Mais je comptais sur ma bonne étoile, rêvant de poursuivre mon voyage. Je me savais désormais capable de vaincre les difficultés techniques. Je mûrissais vite sous le soleil tropical.

Ainsi, tout allait bien pour mes projets. Le Duc et mes autres collègues séjournaient sur les versants du Ruwenzori, et la colonne de réserve, avec Weidemann et Czeczatka, était à Fort Beni, où le pauvre Weiss attendait la miséricorde divine. Son opinion ne comptait plus et personne ne pouvait désormais compromettre mon expédition dans les forêts vierges. Quant aux provisions, l'intendant Weidemann tenait mon crédit ouvert car – me répétait-il – j'épuisais mes réserves moins vite que les autres.

La lettre du Duc n'était pas la seule à parler d'avenir. Mon père m'informait que la Banque commerciale de Varsovie m'ouvrait des comptes à Entebbe, à Khartoum et au Caire. J'avais ainsi de l'argent pour le retour, en plus des frais couverts par l'expédition.

Le courrier me tenait éveillé. Les porteurs ne dormaient pas davantage, malgré leur grande fatigue, et veillaient autour des feux de camp, craignant les léopards. Le guide leur fit peur en racontant que ces animaux étaient une plaie locale. Le cuisinier Simba, apprécié pour son art gastronomique autant que pour ses talents de grand sorcier, avait préparé un charme contre la méchante bête. Il brûla une étrange substance cornée, refusant catégoriquement de me dévoiler son origine : c'était un remède contre le léopard – *dawa na chui*, dit-il pour se débarrasser de moi.

Le résultat de cette nuit blanche fut ma lettre au Duc. Après avoir présenté mon expédition dans l'Uele comme une simple excursion, j'estimais sa durée à deux, trois mois au maximum, songeant en réalité à un an. Ce n'était pas beau, certes, mais je ne savais pas moi-même combien de temps je pourrais tenir avec mes moyens, sans lien avec ma base financière d'Entebbe. Tout dépendait du déroulement de mon expédition dans le bassin de l'Aruwimi, prévue pour six semaines. Il suffirait d'un malaise, comme à Fort Portal, pour que tout soit annulé. Je devais fournir plus d'effort, dépenser plus d'énergie. Bref, aguerrir ma volonté.

Le vendredi 7 février, nous partîmes à six heures, mais l'heure nous semblait plus matinale tant l'obscurité était profonde. D'ailleurs, même à midi le soleil traversait à peine les couronnes d'arbres. Dans la forêt, on voit rarement la position du soleil dans le ciel car il reste invisible. Pour cela, lorsqu'on interroge ses habitants sur une distance, ils ne montrent pas où sera le soleil au moment de l'arrivée à destination, à la manière des habitants des espaces ouverts, mais l'indiquent avec les doigts de la main droite sur le bras gauche. Le bras entier désigne une journée de marche, c'est-à-dire six heures de route environ. Un coude signifie trois heures de marche. Depuis le bout des doigts jusqu'au poignet, le trajet est de deux heures. À l'évidence, les gens de la forêt traitent le problème de la distance et du temps de façon presque abstraite, selon une convention, tandis que les habitants de la région interlacustre, pourtant plus civilisés, l'abordent plus concrètement. Nos porteurs connaissaient ces deux mesures et pour cela, quand le guide interrogé sur la distance qui nous séparait de Fort Beni leur montra son bras entier et le secoua avec défi, ils furent consternés : cela voulait dire que nous n'y serions pas le jour même.

Le village Bili, habité par les Bambuba du clan Malehe, fut atteint en trois heures. Les habitants de Lambi, qui dépendaient du chef Bau et que j'avais vus la veille, se disaient du clan Banzambi, tandis qu'à Lessi j'avais noté la présence du clan Mwanzambi. En fait, il s'agissait du même clan, soit au singulier, soit au pluriel, car nous parlions en kisuaheli. À Lambi, j'avais relevé le clan de chacun : tous appartenaient au même. À Bili en revanche, parmi trente-quatre hommes, il y avait sept étrangers. Interrogés sur leurs clans ils répondirent : Muswaga, Musa, Mongutu, Mundumboma et Musomba, tous cités correctement au singulier en langue lukondjo, ce qui signifiait qu'ils venaient du territoire des Banande – les plus proches voisins de la tribu Bambuba – qui habitaient les environs de Fort Beni. Ils se disaient de la tribu Bambuba, mais gardaient encore le sens de la différence entre les noms de clan au singulier et au pluriel, ce que les autres Bambuba ne faisaient plus (à moins de bien connaître le kisuaheli).

Au cours de mes travaux anthropologiques, je remarquai sur la place du village un vieux Pygmée, borgne de l'œil gauche et littéralement couvert de perles de verre rouges. Elles gardaient ici une valeur élevée, contrairement à la région des lacs. Cette verroterie était restée un poids mort de ma caravane jusqu'au territoire des Baamba où j'avais écoulé tout mon stock. Maintenant, je notai qu'il me faudrait le renouveler avant d'aborder les forêts. Facilement divisible, la verroterie est un moyen de paiement commode.

Le vieil invalide mesurait au mieux un mètre quarante. Plus ou moins, car il s'éclipsa au premier signe de mon intérêt, exactement comme le Pygmée vu chez Bau. Les Bambuba locaux affirmaient qu'il appartenait à la tribu Balese, habitant les espaces forestiers, au nord, et rejetaient vivement ma supposition qu'il était soit un Mombuti[3] soit un homme de la tribu Batwa. Leur réaction m'étonna. En général, les Noirs acceptent de bon cœur tout ce que dit l'homme blanc, pourvu qu'il cesse de les ennuyer ! Mais dans ce cas précis, mes causettes semblaient plutôt les amuser, et quant aux deux noms cités, ils ne les connaissaient même pas ! Ce qui était encore plus étrange. Le premier est employé par les hommes parlant le kisuaheli (*kingwana*[4]) – langue qui nous permettait de nous comprendre – et le second par les habitants de la région des lacs mais aussi par les Bakondjo et les Baamba. Dommage que je n'aie pas pensé à leur demander s'il était de la tribu des Eve ou des Aka.

Après la revue anthropologique de tous les habitants, qu'ils acceptèrent volontiers grâce aux petites perles rouges, je passai à l'ethnographie. En attendant le déjeuner, j'eus l'occasion d'étudier une hutte locale, typique à souhait, qui était en construction. Elle réunissait deux formes : la ruche et la maison soudanaise ronde au toit conique. La paroi cylindrique, haute d'un mètre, était faite de poteaux écorcés et enfoncés dans le sol, entre lesquels étaient piquées de longues perches souples et assemblées plus haut en coupole. Au-dessus du cylindre, elles étaient tressées de façon à supporter un toit conique qui débor-

3. Pluriel : Bambuti : les Pygmées vivant dans les forêts du Ruwenzori et dans le bassin de l'Ituri, comprenant plusieurs groupes, dont les Efe et les Aka mentionnés plus loin.

4. *Kingwana* : le dialecte des Wangwana, dérivé du swahili de la côte qui fut modifié au contact des langues du bassin du Congo. Certaines expressions citées par l'auteur sont en kingwana, par exemple : *inchi* (pays) se dit *nchi* en swahili.

dait le mur à l'extérieur. Je me rendis alors compte à quel point il fallait tout bien observer. Les huttes baamba avaient déjà ce même caractère soudanais, tandis que dans les environs de Boma kwa Kasudju, elles étaient encore des ruches, bien qu'atypiques. Bref, la hutte bambuba est un amalgame d'une hutte soudanaise avec une ruche. De l'extérieur, c'est une maison

Hutte soudanaise typique.

soudanaise typique ; de l'intérieur, au-dessus du mur, c'est une ruche. Le toit est le même que celui de leurs voisins, les Baamba occidentaux. Une épaisse couche de feuilles placées comme des tuiles est fixée en haut par des lianes à une bague qui encercle le sommet du toit, et en bas aux chevrons sortant du cylindre des poteaux. L'entrée est fermée par une porte, semblable à celle des Baamba mais faite de deux, et non de trois, planches posées horizontalement l'une sur l'autre. Elles sont taillées ici dans des troncs bien plus volumineux, leur épaisseur est en revanche moindre. Pour les obtenir, on employait sûrement des coins car il est difficile d'imaginer cela autrement. Par malchance, je n'ai jamais vu comment les Africains se servaient de cette technique en dehors de la zone d'influence arabe.

Selon le guide, nous étions séparés de Fort Beni par huit heures de route. On ne pouvait y arriver d'un seul trait sans fatiguer les porteurs, même si leurs fardeaux pesaient à présent moins qu'au départ de Kazindi. Il nous fallait donc partir, quitte à dormir dans la forêt, sous la bonne garde du sorcier-cuisinier Simba. Nous reprîmes la route après le déjeuner et installâmes notre camp à mi-chemin de Fort Beni. Cette fois-ci tout marchait mieux. Les hommes étaient ravis à l'idée de revoir le lendemain leur *ndugu* (frères, amis) qu'ils n'avaient pas revus depuis six semaines. Ils en étaient si excités qu'ils en oubliaient même les léopards : je dus rappeler à Pendakula d'allumer les feux et de poster la garde.

À la tombée de la nuit, le bivouac étant presque prêt, nous pûmes songer à la cuisson du riz. J'ordonnai de doubler les portions. Pour le *kitowero,* quelques hommes s'étaient procurés des feuilles de manioc à Bili, et Auguste leur avait donné les morceaux d'une assez grande chèvre achetée là-bas également. C'était peu, vu le nombre d'hommes à nourrir : avec mes porteurs, ceux du convoi de provisions, le guide et moi-même, la caravane comptait cinquante-quatre personnes. La chèvre n'était qu'un geste symbolisant mon souci pour les hommes. De plus, il fallait s'attendre à recevoir une pitance plutôt misérable à Fort Beni. Après quelques jours de régime congolais, les porteurs seraient sûrement impatients de partir. D'ailleurs, je ne comptais guère les exposer à ce régime au-delà d'un jour, ce qu'ils ne savaient pas encore. Pendant l'appel du soir, en examinant l'état de ma troupe à la veille de l'entrée à Fort Beni, je plaisantais à propos de notre misère protéique passagère : en Europe les chèvres étaient peut-être plus grandes qu'ici, mais pas autant que les éléphants... Cette allusion à la goinfrerie des Wasukuma qui avaient dévoré l'éléphant à s'en rendre malade, les fit bien rigoler. Les plus gloutons, confus, penchaient leurs têtes à droite, tout comme les jeunes villageoises chez nous, lorsqu'on leur offrait de la vodka en présence du régisseur.

Le samedi 8 février nous fûmes debout très tôt. Un soldat partit une heure avant tout le monde avec le message annonçant notre arrivée. Je l'adressai à Weidemann, le chargeant ainsi de représenter l'expédition devant le pouvoir local.

J'imaginais comme cela devait lui plaire ! Pour toutes les affaires internes, je n'écrivais pas au Duc mais à Weidemann : maréchal des logis émérite des hussards, il était plus gradé que le sous-officier Czeczatka, un autre homme dévoué et doté d'un tact exceptionnel. Grâce à ce traitement de mes rapports au sein de l'expédition, et à condition d'observer une distance dans mes relations personnelles, je sauvegardais mon autonomie. Cela convenait à mon tempérament et correspondait à la directive formulée par von Luschan au moment de mon départ de Berlin : « Évitez toute conspiration et ne vous soumettez à personne, excepté votre chef. Souvenez-vous que vous faites une carrière scientifique et rien d'autre. Vous verrez que votre destin, tout comme celui de vos collègues, dépendra des publications scientifiques. »

Après deux heures d'une marche soutenue, nous dépassâmes l'étape de Kanyama sans nous y arrêter. Une heure plus tard, nous abordâmes la ceinture de villages des vétérans et ouvriers retraités de Fort Beni. Enfin, quatre heures après notre départ du camp dans la forêt, nous atteignîmes le poste, qui n'était en fait pas plus fortifié que le *boma* de Fort Portal.

Le *chef de zone*, le commandant major Baudelet, le *chef de secteur,* le capitaine Benaets, et le chef de poste, le lieutenant Hommelet, sortirent pour m'accueillir. Weidemann qui représentait l'expédition, vint plus tard. Czeczatka était absent, chassant depuis quelques jours du gibier pour améliorer le régime de la colonne de réserve.

Cette réception cérémonieuse m'étonna. Le major était non seulement rasé mais aussi poudré ou peut-être fardé. Cela m'avait mis d'autant plus mal à l'aise que je n'étais même pas rasé. Je cultivais alors une grande barbe afin d'en imposer aux Africains, obsédés par les leurs (quand elles voulaient bien pousser), et en tout cas respectueux de toutes les grandes barbes. Mes vêtements détonnaient tout autant dans cette société endimanchée, car ils avaient bien souffert dans la journée, pendant que les porteurs, avides de potins, cavalaient à toute vitesse.

Dans cette tenue peu seyante on m'amena déjeuner au mess. Je dus immédiatement raconter ma traversée du territoire baamba. Qu'elle se soit bien passée semblait décevoir tout le monde ; on s'attendait à une aventure extraordinaire. Ensuite, je fus conduit

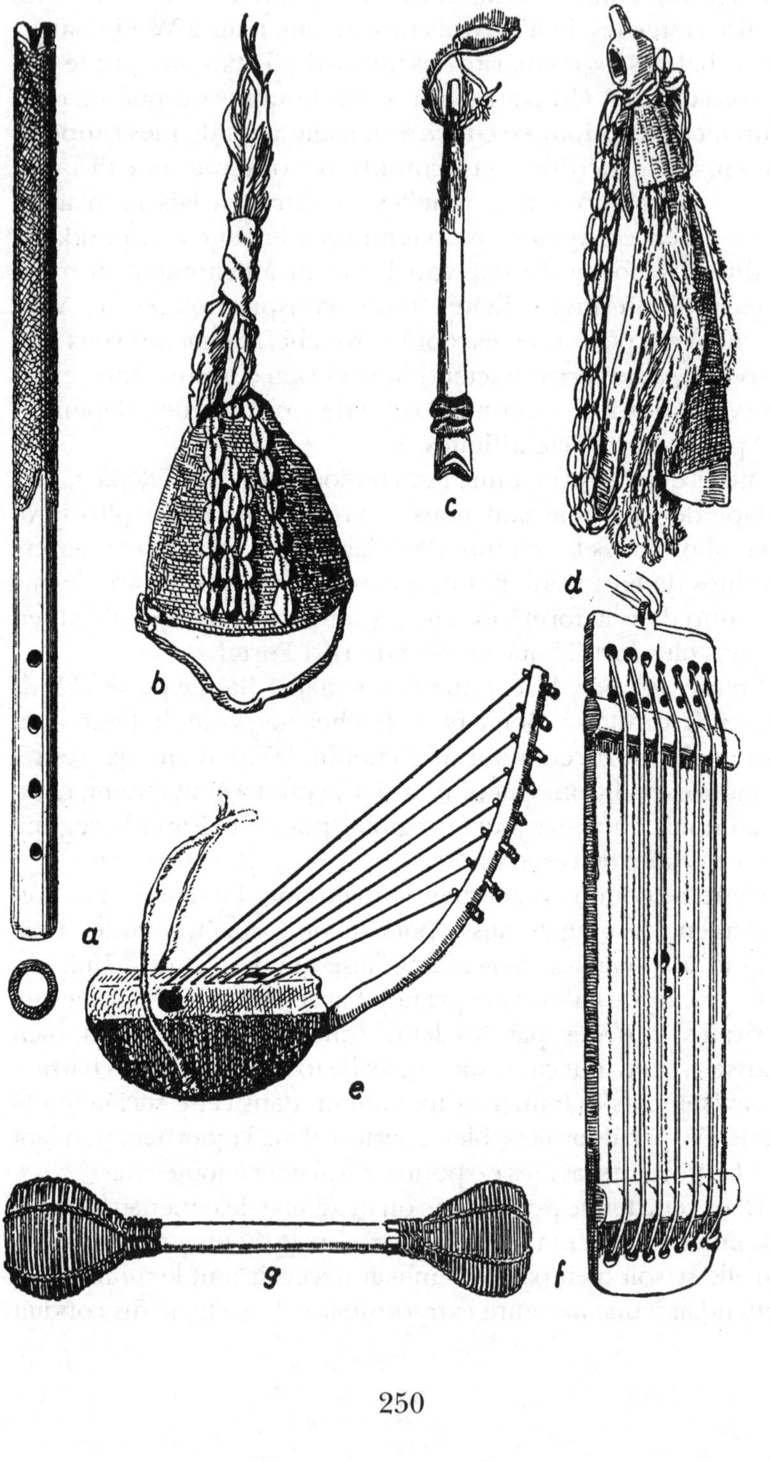
a
b
c
d
e
f
g

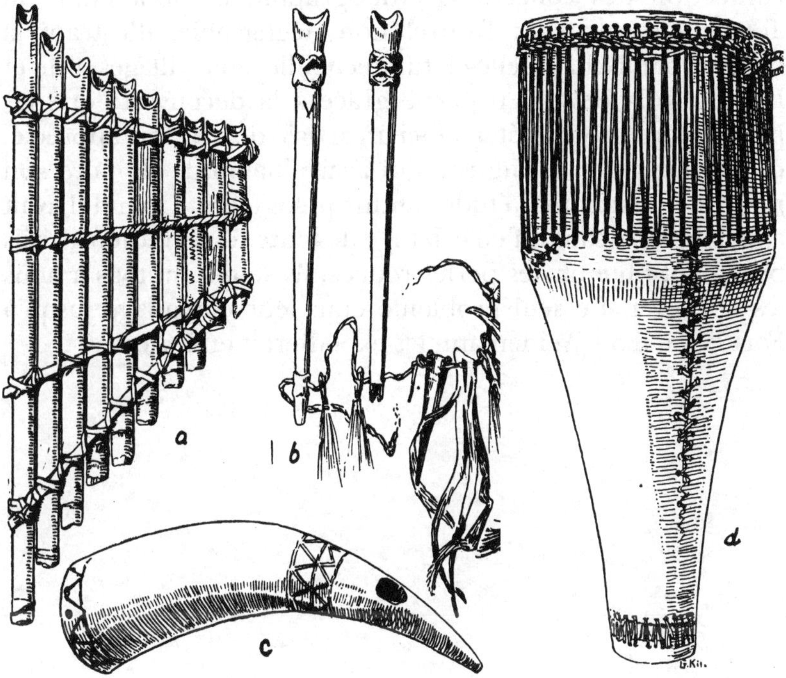

Ci-dessus :
Les instruments de musique bakondjo : a) et b) flûte et sifflets ; c) corne d'éléphant ; d) tambour des environs de Fort Beni.

Ci-contre :
Les instruments de musique bambuba : a) flûte ; b) casque de danseur (emprunté aux Lendu) ; c) sifflet ; d) corne d'éléphant ; e) harpe ; f) cithare ; g) hochet.

« à la maison », où tout était prêt, même le bain. Auguste s'occupa de chaque détail, ce qu'il savait faire à la perfection. Ainsi prit fin la première étape de mon expédition : la petite boucle autour du Ruwenzori. Il restait la deuxième : la moyenne boucle dans les forêts du haut bassin de l'Aruwimi, et enfin la troisième : le bassin de l'Uele et les confins méridionaux du Soudan.

Hormis le matériau anthropologique, le résultat principal de cette étape était l'élaboration du vocabulaire baamba et la confection des collections ethnographiques dont l'une du Toro, importante, et l'autre, non négligeable, illustrant la culture bambuba. Celle-ci fut recueillie aux villages Bili et Lambi. Je la devais en partie grâce à la découverte que les petites perles rouges étaient ici un article de troc fort apprécié, et surtout grâce à Auguste qui avait l'habitude de faire son marché pendant mes études anthropologiques. Quand il avait appris aux paysans qu'en échange de toute sorte d'ustensiles ils pouvaient obtenir des perles rouges, ils se mirent tous à nous les apporter. Le seul problème était leur emballage jusqu'à Fort Beni, d'où Weidemann les expédierait en Europe.

CHAPITRE XIII

FORT BENI ET SON SECTEUR

Potins de Weidemann. – Festin. – Accident de von Raven. – Entêtement de Weiss. – Anthropophages et pacification. – Réflexions optimistes. – Dissonance. – Bastonnade d'un gamin. – Conséquences d'irritation. – Les Banande et les Bakondjo. – Étape de Masupa. – Voisinage des Pygmées. – Hospitalité de Mwera. – Rencontre avec le père Cambron. – Causeries ethnographiques. – Recherche des Pygmées. – Relations du Boer. – Photographies des Pygmées. – Marche commune. – Pygmées non tatoués. – Autonomie. – Au pied du Rift occidental.

J'étais curieux, tout autant que mes porteurs, de savoir ce qui était arrivé à mes collègues de l'expédition en mon absence et surtout dans quelles circonstances le Duc avait pris la décision de revenir en Europe le 1er avril : avant ou après l'accident de von Raven et la maladie de Weiss ? Weidemann avait promis de me rejoindre après mon bain pour déguster un café-cognac et me raconter les dernières nouvelles. Il arriva m'annonçant qu'il venait de voir Weiss. Le malade récupérait de sa mauvaise nuit et attendait ma visite. Weidemann m'expliqua également pourquoi on m'avait préparé un accueil si cérémonieux.

Pendant le séjour de Kirschstein à Fort Beni, un scandale éclata. Lors d'un festin, le substitut du procureur, de passage dans la région, s'enivra et fit des avances si passionnées à notre grassouillet géologue que celui-ci, pour défendre sa vertu, dut sauter par la fenêtre et appeler ses soldats au secours ! L'homme de loi, ne perdant rien de son ardeur, ordonna alors au corps de garde de mettre le résistant aux arrêts. Tous les convives, sidérés, mirent un bon moment avant de se jeter sur l'officier de justice en folie pour le calmer. Ils le traînèrent au lit, craignant que notre enragé collègue ne lance ses vigoureux soldats de la Schutztruppe à l'attaque de Fort Beni. Une fois dégrisé, le procureur quitta le poste, mais Kirschstein outré décida de porter plainte. Il ne changea d'avis qu'après moult négociations. Pétris de honte, les Belges s'efforçaient maintenant de faire oublier les exploits de leur compromettant compatriote, titulaire d'un poste à haute responsabilité. C'était parce qu'ils désiraient paraître gentlemen sans faille qu'ils m'avaient accueilli de manière si solennelle. Tous redoutaient que l'aventure de Karlowicz (comme nous appelions Kirschstein entre nous) ne fasse le tour de l'Afrique orientale, à l'instar de celle de l'équipe de Hübner avec le lion anthropophage. Par chance, comme je n'avais rien vu, je ne fus pas obligé de rapporter les émois du procureur dans mon journal.

Weidemann me raconta également les circonstances de l'accident de von Raven, dont le Duc avait parlé dans sa lettre. Tout compte fait, mon départ précipité de Kazindi fut la meilleure chose qui ait pu m'arriver. Pendant la trêve de Noël, mes collègues avaient beaucoup chassé et encore plus bu, au grand regret du Duc, faisant même venir en catimini du champagne par les Hindous de Fort Portal. Toutes ces libations étaient la cause du mal dont souffrait Weiss. Cet excellent topographe, pionnier de la photogrammétrie, était un homme redoutable, et pas seulement pour les Noirs. Mon conflit avec lui avait été réglé par « le verdict d'officiers », mais Weiss clamait toujours, à l'occasion d'un verre, et en l'absence du Duc bien entendu, qu'il me réglerait mon compte. Dans ces circonstances, le repos prolongé à Kazindi aurait pu m'être néfaste.

Lorsque la caravane du Duc quitta Kazindi, pour rejoindre Fort Beni en passant par la mission de Saint-Gustave, le Dr von Raven s'en sépara et se rendit à la chasse sur les pentes du Ruwenzori. Quand le capitaine autrichien Creidt, qui chassait avec lui sur le territoire anglais, fit savoir à Fort Beni qu'un buffle avait gravement blessé son compagnon, le médecin italien, le Dr Mortula, s'occupait surtout de Weiss. Celui-ci allait si mal qu'il passait avant tous les autres infirmes, pourtant bien nombreux. Jugeant l'état de Weiss stationnaire, le médecin l'abandonna pour rejoindre le lieu de l'accident. On le porta jour et nuit dans une chaise à porteurs afin qu'il puisse secourir le médecin de notre expédition. Excellent chirurgien, le Dr Mortula parvint en effet à le ramener sauf à Kazindi. Et comme il devait rester à son chevet pour changer les pansements, le médecin exigea que Weiss soit ramené de Fort Beni à Kazindi pour qu'il puisse les soigner tous les deux en même temps. Mais la haine qui opposait mes deux collègues était plus forte que la sagesse du médecin. Ils luttaient, l'un et l'autre, pour gagner les faveurs du Duc, et pour cela Weiss ne voulait pas quitter Fort Beni. Il préférait rester près du Duc, même sans médecin. Le consciencieux Dr Mortula argumentait qu'à Kazindi, contrairement à Fort Beni, il y avait du lait de vache indispensable pour le foie épuisé de Weiss. Nous savions que le topographe ne parlait pas en l'air et n'avait pas peur de mourir. Que faire ? On lui donna deux chèvres pour nourrices, et Weidemann, que le malade respectait, le soignait. Lorsque je lui rendis visite le soir, son mauvais état me consterna : terriblement amaigri, Weiss avait le teint gris jaune. Son boy terrifié lui tendait les disques de gramophone, tous pareillement usés, et il les écoutait sans cesse, l'un après l'autre. Ce simulacre de musique lui faisait passer le temps. Le boy semblait figé dans la frayeur, pendant que Weiss demeurait plongé dans une profonde apathie. J'avais pitié de lui car visiblement il souffrait énormément. Lorsque je m'apprêtais à le quitter, il me pria, avec un sourire presque cordial, de revenir le lendemain. Il espérait aller mieux.

Je profitai des bonnes intentions des autorités locales pour avancer ma recherche. On m'envoya tant de paysans des environs que je passai tout le dimanche, de neuf heures du matin au crépuscule, à travailler. Puis je me rendis chez Weiss. Comme il l'avait prédit, son état s'améliora. Il avait meilleure mine et désirait bavarder. Même à l'égard de von Raven, son pire ennemi, ses sentiments semblaient changés : « Cette brute de buffle, dit-il, aurait mieux fait de s'en prendre à ce bousilleur autrichien qu'à notre von Raven. » Puis, avant que je ne parte, il souligna : « Au revoir en *Ulaya* (Europe) », comme s'il conjurait le sort.

Après avoir quitté Weiss, il me fallait prendre l'*apéritif* chez le major qui m'attendait avec son équipe. Et là j'appris que les Bakondjo locaux n'étaient pas des agneaux aussi innocents qu'ils le prétendaient. Quatre ans plus tôt, ils avaient englouti une compagnie entière, composée d'un sous-officier européen et de douze soldats. D'ailleurs, l'année précédente tout leur territoire était en état d'insurrection et la situation ne fut maîtrisée qu'avec la plus grande peine. On supposait que les bouillonnants cannibales demeuraient sous le choc de la pacification et pour cela ne bougeaient point pendant qu'on s'appliquait à calmer les Babira, plus à l'ouest. Les gîtes d'étape brûlés et non reconstruits témoignaient de leur révolte, tout comme la blessure, prétendument légère mais toujours ouverte, que le capitaine Benaets avait reçue au cours d'une attaque.

Voilà comment on parlait des terres que je devais bientôt traverser. Ces récits ne me laissaient pas indifférent. J'avoue qu'ils avaient plutôt l'effet d'une douche froide. Mais puisque les officiers ne trouvaient pas mon projet d'emprunter l'itinéraire de Mawambi ahurissant, je concluais qu'ils étaient sûrs des effets de la pacification. Si j'étais mangé avec mes hommes sur cet itinéraire déserté, le scandale serait immense ! Mes aimables hôtes en devraient rendre compte à leurs supérieurs et subiraient la suppression des primes ou des sanctions plus lourdes encore. L'idée qu'il était tout de même moins pénible de s'expliquer devant les autorités que de servir de rôti aux cannibales ne m'avait pas effleuré. Le souvenir de la réticence des autorités de Fort Portal devant mon expédition chez les Baamba me redonnait du courage. Elle se déroula comme une promenade dominicale, et pourtant c'était avec eux que Dewat eut son escarmouche. Cette réflexion me rassura : je ne devais avoir peur de rien.

Nous nous séparâmes tard. Les Belges, qui me savaient au courant des exploits du procureur, avaient presque réussi à les effacer. Je ne comprenais vraiment pas comment une histoire pareille pouvait arriver en compagnie d'hommes si aimables et bien éduqués. Il était difficile d'y penser calmement !

Le lendemain, lundi 10 février, je quittai Fort Beni tard, à huit heures, car Weiss me réclamait après une nouvelle nuit d'horreur. Il voulait me dire une dernière fois : « Au revoir en *Ulaya.* » Nous nous quittâmes en bons camarades, comme s'il n'y avait jamais eu de querelle entre nous.

Si j'avais pu partir plus tôt, je n'aurais pas assisté à un incident affligeant. Je fus témoin d'une scène qui n'avait peut-être rien de bouleversant ici et qui pourtant m'avait profondément choqué. Un jeune serviteur du capitaine Benaets, à vrai dire un enfant, cassa au petit déjeuner une soucoupe en porcelaine, la préférée de son maître. Si je parvenais à comprendre la colère du capitaine, qu'il devait refréner à cause de l'affaire du procureur, si je pouvais même compatir à la perte d'un objet en porcelaine au fin fond de l'Afrique (boire le café dans une tasse en fer émaillé m'agaçait, mais c'était le seul moyen de la garder), tout cela n'était rien en comparaison de la peine que je ressentis ici comme témoin impuissant d'une correction pédagogique musclée. Pour que le petit fautif apprenne à respecter la porcelaine de l'homme blanc, on lui infligea une bastonnade. Le jeune garçon n'avait pas la volonté d'un Noir adulte pour encaisser les coups sans un râle et montrer au Blanc tout son mépris, comme Djuma l'avait fait lorsque le fouet en peau d'hippopotame (*kiboko*) du sergent jaloux lui crevait la peau. Le petit, pris de panique, refusait de s'allonger. Privé de son short – pour épargner le bien public ! – il fut soulevé en l'air par quatre sbires qui l'agrippèrent par les bras et les jambes, comme un plaid. Le malheureux gigotait pour leur échapper, pendant que le cinquième, armé d'un *kiboko*, cherchait à frapper au moment où le dos du petit s'arquait pour mieux assener son coup. Excité, le fouettard montrait ses dents, fier comme s'il accomplissait un exploit sportif, pendant que les autres observaient la scène avec une passion digne d'un match. Pendant ce temps, le capitaine se promenait dans les parages, rouspétant contre le petit. Quant à moi, membre d'une expédition allemande, sans moyen d'intervenir sur le territoire congolais, énervé par ce que je venais de voir, je finis par donner une gifle à mon dévoué Auguste ! Il m'avait semblé qu'il avait flanqué un coup dans la nuque du muletier pour rien, peut-être parce qu'il était exaspéré par la bastonnade du petit. Sans lui demander de se justifier, je montrai à mon tour, impulsivement, ce que je savais faire. Cela n'était jamais arrivé, ni avant ni après. Nous vivions en si grande amitié ! Voilà où m'amenait cette horrible scène. J'avais honte mais je ne pouvais pas l'avouer sans perdre la face, car en Afrique l'autorité est importante pour régler la cohabitation avec les Noirs. Que je le veuille ou non, je devais rester ferme et donner l'ordre du départ dans cet état. Les porteurs chargèrent leurs fardeaux et nous quittâmes Fort Beni dans un silence de plomb. Je ne fis pas mes adieux au capitaine. Le jeu des gentlemen était cassé, comme la soucoupe.

Dépassant le village des soldats émérites, Kitubi d'après la carte, nous atteignîmes l'étape Kapanga-Panga sise, comme son nom l'indique, à l'embranchement des chemins. Elle se trouvait à la lisière de la forêt vierge. Ses deux gardiens étaient des Bakondjo. Établis dans la forêt, ils désignaient pourtant une zone non forestière comme leur territoire tribal. Venus des alentours de Fort Beni, ils s'appelaient eux-mêmes Banande. Dans leur patrie, soutenaient-ils, les hommes employaient la même langue que les Bakondjo – ce qui était vrai – sans appartenir à cette tribu, puisqu'ils étaient banande. À ma question, pourquoi les Bakondjo sont-ils *gudi* (étrangers), ils répondirent que les Bakondjo vivaient dans les montagnes, et les Banande pas. Alors c'était cela, la différence ? L'affaire de la langue paraissait sans importance. La différence anthropologique était pourtant remarquable : les Banande, plus proches des Baamba, accusaient une prédominance du type centre-africain à la tête ronde, avec le visage et le nez plus larges. Néanmoins, les Bakondjo et les Banande formaient une seule tribu composée de clans portant des noms identiques. Pour l'administration coloniale congolaise, les Bakondjo n'existaient pas, car elle les appelait les Wanande, nom créé – comme en témoignait le préfixe *Wa* – par les gens parlant le kisuaheli, sans doute par les Wangwana qui avaient envahi ce pays pour le compte des Zanzibarites. En revanche, pour les gens du Toro, Blancs ou Noirs, seuls existaient les Bakondjo ou les Wakondjo, selon qu'ils avaient appris ce nom par les indigènes ou par ceux qui employaient le kisuaheli. Cette explication donnée par l'intelligent gardien de l'étape m'enchantait, car elle mettait fin à la confusion qui régnait dans mes notes. Il y avait une tribu en moins. Il restait à trouver l'origine du nom Banande, par lequel les hommes de la région de Fort Beni désignaient leur tribu.

Le gardien loquace soulignait que la forêt n'était habitée que par les Bambuba. Les Pygmées vivaient sur le territoire de ceux-ci, c'était tout ce qu'il en savait. Interrogé sur les Babira, il les situait près d'Irumu. Mais il ne connaissait pas les Babira établis pourtant tout près, sur l'itinéraire de Mawambi qui se séparait justement ici du chemin menant à Irumu.

Après Kapanga-Panga, nous atteignîmes en deux heures l'étape de Masupa, sur la piste allant à Irumu. Nous avions marché cinq heures depuis notre départ de Fort Beni, d'où étaient originaires les deux gardiens banande de Kapanga-Panga. Il fallait passer la nuit à Masupa, car le village de Mwera – recommandé par le Boer Rocky – était trop loin. Pour y aller, nous avions dévié de la route allant à Mawambi et pris celle d'Irumu, mais il était impossible de l'atteindre en une journée, surtout après un départ tardif. À l'étape de Masupa, nous fûmes ravitaillés en vivres par les Bambuba du village de Kiduko.

La forêt qui nous entourait était un lieu de chasse exploité par les Pygmées. Les gardiens d'étape maintenaient le contact avec eux mais l'entouraient d'un tel mystère qu'il ne pouvait s'agir que de la contrebande. Les menus objets qu'ils m'avaient offerts moyennant une petite récompense, et dont je connaissais les noms dans la langue des Pygmées, témoignaient de leurs relations réciproques. Fiers de me les avoir livrés, les gardiens ne savaient plus comment ils les avaient acquis ! Ils m'avaient vendu un sifflet (*tsei*), une ceinture tressée en fibres végétales et un coussinet sphérique en peau (*madobi*), qui protégeait le poignet gauche du choc de retour de la corde de l'arc. Au Ruanda, un bracelet en bois assurait la même fonction.

À Masupa, nous eûmes la visite d'un lépreux. Sa maladie était très avancée : il n'avait plus de doigts à une main, mais ses blessures étaient cicatrisées. Les lépreux semblaient ici nombreux. Mis au ban de la société, ces malheureux vivaient dans des huttes à l'écart, nourris par les parents. Leur horrible maladie, appelée *mbuba*, était considérée comme un mal typique des habitants de la forêt. Est-ce que l'appellation tribale Bambuba venait de la maladie ou le contraire ? Je ne parvins pas à savoir si « Bambuba » signifiait « les lépreux », ou si la tribu s'appelait ainsi parce qu'il y avait beaucoup de lépreux. J'appris aussi que les Bambuba parlaient la même langue que les Balese du Nord.

Le mardi 11 février, après trois heures d'une marche monotone en forêt, nous arrivâmes dans le village appelé Bahu par les gardiens d'étape, et Mwera – d'après le nom de son chef – par l'administration. Ce chef, selon l'information obtenue de Rocky à Fort Portal, restait en contact étroit avec les Pygmées. Il les approvisionnait en produits de ses plantations en échange de l'ivoire qu'il expédiait par le territoire des Baamba jusqu'à l'entreprenant Boer. Le Sud-Africain s'était confié à moi de façon désintéressée, motivé peut-être par sa germanophilie, très répandue chez ses compatriotes. Bref, c'était grâce à lui que j'avais pu arriver jusqu'ici. Comme je n'avais pas parlé à Fort Beni de mon intention d'aller à Mwera, je m'imaginais l'effet que ferait là-bas le rapport des gardiens sur ma visite !

Le gîte était construit près de la nouvelle route menant à Irumu. L'ancien itinéraire conduisait vers le poste abandonné de Lessi. Nous l'avions emprunté en allant à Fort Beni, après avoir traversé la Semliki, à Lambi. Les habitants de l'étape venaient de Bili, village que j'avais traversé vendredi dernier, sur la route de Fort Beni. Ils étaient ici pour ravitailler les voyageurs. Selon leur récit embrouillé, la nouvelle route d'Irumu fut écartée de la frontière parce que les hommes qui rejoignaient ce poste par la vieille piste en profitaient pour filer chez les Anglais avec de la contrebande. Pour cela on les avait déplacés de Bili, bien que personne, affirmaient-ils, n'allât chez les *Ingeleze*. Leur nouvelle situation était inconfortable car ils devaient ramener la nourriture de l'ancien village, où se trouvaient leurs *shamby* (champs). Sur place les défrichements n'étaient pas achevés et pour les récoltes, il faudrait encore attendre longtemps.

Mwera prit grand soin de nous. La caravane reçut d'abondantes provisions, tâche ardue car il fallait les apporter de loin. Quant à moi, j'eus une chèvre et la promesse de la visite des dix nains le jour suivant. À l'évidence, Rocky avait prévenu Mwera de mon arrivée, sinon sa cordialité était inexplicable. Pourtant le chef ne le mentionnait pas clairement et toute question à ce sujet me paraissait inopportune. Les Pygmées posaient un problème : ils campaient loin et ne pouvaient pas arriver aujourd'hui. Ils viendraient le jour suivant mais en petit nombre, m'a-t-on dit, parce que les autres traquaient des éléphants au cœur de la forêt.

La journée fut égayée par ma rencontre avec le père Cambron, qui allait d'Irumu à la mission de Saint-Gustave, érigée récemment sur le flanc du Ruwenzori, entre Kazindi et Fort Beni. Il m'apprit qu'en face de la mission, sur la rive est de la Semliki, habitaient les Bambuba du chef Kengele. Il s'agissait des confins est et sud de leur territoire (au nord de Fort Beni) qui englobait la partie ouest du cours moyen de la Semliki. L'après-midi passa rapidement grâce aux études anthropologiques : d'abord les porteurs du père Cambron – des Babira venant de Panya, situé entre Irumu et Kilo ; et ensuite des Banande des environs de Fort Beni. Portant des charges à Irumu, ils faisaient ici halte pour la nuit. Je pus ainsi constituer une belle série d'observations comptant cent cinquante-deux Banande de la région de Fort Beni.

Une causerie ethnologique termina la journée. Le père Cambron, ethnographe passionné, étudiait les Bakondjo qui vivaient autour de sa mission et les soignait en tant que responsable d'une infirmerie. Les Bakondjo, thérapeutes réputés, à son avis, disposaient de beaucoup de remèdes de bon sens. Pour les maladies infantiles, par exemple, ils appliquent le lavement : la mère met l'enfant sur ses genoux, prend dans sa bouche de l'eau chaude qu'elle insuffle par un roseau dans le rectum de l'enfant. Les Bakondjo enterrent les défunts dans des huttes qu'ils ne brûlent pas systématiquement, se contentant parfois d'abattre le toit et la maison s'abîme peu à peu. Ils ne détruisent que le mobilier et les marmites du défunt pour que celui-ci puisse les utiliser dans l'au-delà. Le père Cambron y voyait la preuve d'une croyance en l'immortalité de l'âme. Cela facilitait, sinon simplifiait, le travail des missionnaires, précisa-t-il.

Le mercredi 12 février, les Pygmées – qui me faisaient perdre un temps précieux – me créèrent une nouvelle déception. Au lieu des dix, seule une femme vint : les hommes chassaient, m'informa-t-elle, mais le jour suivant cinq d'entre eux viendraient à midi chez Kiduko, chef du village voisin. Je ne la croyais pas trop mais la bonne volonté de Mwera m'impressionna : au lieu de me transmettre lui-même le message, il m'envoya la Pygmée. Du reste, il faisait tout pour me satisfaire. Il fallait donc s'armer de patience et attendre, quitte à forcer la marche plus tard. Je me rendis au village de Kiduko en compagnie du père Cambron qui devait y passer pour rejoindre Saint-Gustave.

À notre grande joie, Kiduko apparut dans l'après-midi avec les Pygmées. Ils se laissèrent étudier sans difficulté. Fait étonnant, tous étaient circoncis, comme les Bambuba avec lesquels ils entretenaient des rapports étroits et dont ils parlaient la langue[1]. Ces habitants de la forêt subissent une profonde mutation culturelle au contact de leurs voisins.

Les premiers Pygmées que je pus mesurer ! Je devais cette chance à Rocky, car ce n'était pas pour moi que le chef de village se donnait tant de peine, faisant intervenir Kiduko. Ils formaient tous ensemble une bande de contrebandiers solidaires, agiles et habitués à exécuter les ordres du chef qui les commandait depuis Fort Portal, guettant la marchandise de l'autre côté de la frontière. Ils le faisaient consciencieusement et sans contrainte aucune, ce qui m'épatait. Leur action reposait sur la solidarité d'un groupe, il faut bien le dire, de malfaiteurs. C'était peut-être préjudiciable pour l'État indépendant, mais moi, j'étais agréablement surpris par cette union des déçus. Mwera me traitait en homme de confiance, et ce fut grâce à lui que je pus venir jusqu'ici depuis la zone britannique. En revanche, les indigènes se montraient hostiles à l'égard de l'administration de l'État indépendant qui les forçait à travailler et à porter des fardeaux, tâche particulièrement pénible sur de longues distances, où la faim les guettait.

L'étude des Pygmées commença par la photographie de leur représentant le plus typé. En compagnie du père Cambron, bien entendu, pour leur montrer qu'il ne s'agissait pas d'une opération nuisible pour la santé. Si tel était le cas, un Blanc l'aurait-il fait ? Les Noirs refusaient parfois de se faire photographier, croyant que ce procédé mettait leur âme dans le boîtier, pour que le Blanc puisse s'en servir pour sa magie. La rencontre avec les Pygmées s'acheva dans une ambiance excellente. Ils me

1. Les Pygmées se soumettaient aux rites d'initiation et à la circoncision pour être considérés comme hommes adultes par les villageois avec lesquels ils restaient en contact.

promirent d'envoyer leurs parents à mon camp, pendant toute ma traversée des forêts de Mawambi. Je les gagnai à ma cause par des dons généreux de sel, de tabac et de petites perles rouges, dont Weidemann m'avait abondamment pourvu. J'en avais encore une grande quantité, car jusqu'ici elles n'étaient pas prisées. J'espérais que le récit des avantages découlant de notre rencontre me préparerait mon futur terrain.

Après avoir fini mes études et vérifié l'appellation des objets acquis à Masupa, je me séparai des Pygmées. Ils ne semblaient pas farouches. Fait frappant, ils parlaient le kisuaheli, ce qui prouvait leurs liens avec les Wangwana, donc avec les contrebandiers. Après nos adieux, les Pygmées partirent sans tarder sur les traces de leurs frères pour chasser un éléphant, ou même un troupeau entier, pendant que je reprenais avec le père Cambron la direction de Fort Beni. Le lendemain, nos chemins se séparaient : je partais à Mawambi, au nord-ouest, et lui, il poursuivait sa route vers le sud. La mission de Saint-Gustave était trop loin pour que le père Cambron puisse poursuivre sa route dans la journée. Sachant que ma caravane devait s'arrêter pour la nuit à l'étape Kapanga-Panga, il décida de s'y arrêter aussi. Nous passâmes donc là notre dernière soirée avant de nous séparer pour toujours.

Nous abordions surtout les sujets ethnographiques. Je me renseignais sur les Babira des steppes près d'Irumu, que le père Cambron fréquenta lorsqu'il recherchait un lieu pour la construction d'une mission. Il apprenait leur langue, ce qui n'était pas une mince affaire car il fallait d'abord dresser un vocabulaire. Je profitais de son acquis, encore modeste à vrai dire, mais suffisant comme base de départ. Son savoir m'avait permis de corriger une fausse information. Les Babira soutenaient que l'horrible déformation des lèvres de leurs femmes par un disque était apparue récemment et qu'elle avait pour but de décourager les marchands d'esclaves qui perdaient leur intérêt pour les femmes ainsi défigurées. En réalité, il s'agissait d'une coutume ancienne dont on retrouvait les traces dans les cultures africaines archaïques, là où aucun marchand d'esclaves n'était intervenu. L'histoire des trafiquants fut donc inventée *ad hoc*, lorsque les étrangers se mirent à poser trop de questions à ce sujet. Quand on ne pouvait pas se débarrasser d'un Blanc par un habituel, mais vrai : *desturi kwetu* (une coutume chez nous), on imaginait un conte rationnel pour se débarrasser de l'intrus qui posait des questions étranges.

À la tombée de la nuit, pendant que mon compagnon lisait son bréviaire, je développais des clichés. Ils étaient réussis. Le père Cambron n'étant pas un Écossais géant mais un Belge de taille moyenne, le contraste était moins saisissant que sur la photographie mal exposée, prise à Fort Portal quatre semaines plus tôt. En les regardant, je découvris soudainement que les Pygmées, malgré leurs liens avec les Bambuba – à qui ils avaient même emprunté la circoncision –, n'avaient pas adopté pour autant leur coutume de se tatouer le corps. Le beau tatouage des Bambuba couvrait de points tout le corps féminin, mieux visible car entièrement nu, hormis une étroite ceinture sur les hanches. Il témoignait d'un goût subtil et d'une exécution fort habile. On ne voyait guère chez eux ces horribles excroissances, rappelant l'ergot du dindon, qui m'avaient tant frappé chez les pêcheurs bakondjo du lac Édouard. C'était là aussi où j'avais vu pour la première fois des incisives taillées en pointe.

Le jeudi 13 février, je dis adieu au père Cambron. Quatre mois à peine s'étaient écoulés depuis mon départ de la mission des Pères Blancs à Nyundo, mais ce souvenir me semblait surgi d'un passé lointain. Combien de pays traversés et de nouveautés découvertes entre-temps ! Hormis les résultats scientifiques qui dépassaient toute l'attente de mon chef berlinois, ce qui m'importait c'était ma capacité de voyager seul. Avant mon départ de Nyundo vers le nord, mes déplacements consistaient à aller d'une mission à l'autre, en accord avec les instructions de Berlin. Je marchais parfois en compagnie des missionnaires qui connaissaient bien le pays et me facilitaient le travail, livrant souvent le fruit de leurs longues années d'études. Désormais, je me chargeais de tout, y compris des subtilités politiques – africaines et non africaines – permettant de gagner la confiance des contrebandiers et de rencontrer, grâce à eux, les Pygmées. Deux séparations avec les missionnaires – à Nyundo et à Kapanga-Panga – marquaient chacune une étape scientifique : la résolution du problème des Batwa au Ruanda et la prise de contact avec les Pygmées.

J'empruntais à présent le chemin qui avait jadis conduit les négriers vers le bassin du Congo et dans la région de Fort Beni. À Mawambi, je devais atteindre leur grand itinéraire qui fut pour Stanley, il y a vingt ans à peine, le chemin de la faim. À l'époque, ce monde était inconnu et si mystérieux que *Bula Matari* (les indigènes avaient donné ce nom d'abord à Stanley, puis au roi Léopold II[2]) intitula le récit retraçant son voyage : *In Darkest Africa*[3].

Une heure après le départ de Kapanga-Panga, nous arrivâmes au village Vangama, au pied du versant occidental du Rift. De près, il semblait moins escarpé que lorsqu'il me charmait à distance de sa teinte violette. Quand je le vis depuis la route, entre Nyundo et Kissenyi, il paraissait inaccessible et terrifiant avec toutes ces histoires de cannibales qui inquiétaient tant les habitants du Ruanda, paisibles et civilisés à leur manière. Il représentait ce que je m'obstinais à vivre et qui semblait fuir éternellement : la Grande Aventure.

En sortant de la fournaise de la vallée de la Semliki, qui avait éprouvé notre expédition au point de faire souhaiter à certains un prompt retour en Europe, j'abordais le bassin du Congo. Ici commençait la partie la plus intéressante de mon voyage.

---

2. Stanley fut appelé par les Africains *Bula Matari* « Casseur de roc » en 1881, à l'époque de la construction de la route contournant les cataractes du bas Congo. Ce surnom symbolisera le pouvoir et désignera ensuite Léopold II. *Cf.* H.M. Stanley, *The Congo and the Founding of its Free State*, London, 1885. En français : *Cinq Années au Congo,* Paris, éd. Maurice Dreyfous, 1886.

3. *In Darkest Africa or the Quest Rescue and Retreat of Emin, Governor of Equatoria*, 2 vol., London, 1890. En français : *Dans les ténèbres de l'Afrique. Recherche, délivrance et retraite d'Emin Pacha*, Paris, 1890.

CHAPITRE XIV

ITINÉRAIRE PERTURBÉ

Étape de Vangama. – Sédentaires forcés. – Raccourci. – Les voyageurs comme attraction. – Prétexte de vagabondage. – Confusion toponymique. – Problèmes avec les Bapakombe. – Hameau du type ouest-africain. – Comédie des Pygmées. – Errance dans la jungle. – Marche nocturne à travers la forêt. – Effets de la dernière révolte. – Confins désertés. – Avec les guides. – Rencontre inattendue. – Retour des vétérans. – Épouse, bien principal. – Les Manyema et les Wasukuma. – Ordre de marche. – Campement au bord de la Malinsi. – Deuxième nuit dans la forêt. – Fatigue générale. – Étape abandonnée. – Chez les Pygmées. – Excursion à Mupohe. – Cause de la catastrophe de Stanley. – Repos à Kwa Fundi. – Étude des Pygmées. – Méditations ethnologiques. – Culture métissée. – Courrier peu agréable. – Monotonie de la forêt. – Séparation avec le guide. – Arrogance des Wangwana. – Causeries politiques. – Sur le sentier battu. – Traversée de l'Ituri. – Plantations de riz. – Brutalité de Mohara. – Étape de Giapanda.

Nous restâmes à Vangama, ou Ongama, juste le temps de rassembler la caravane qui s'était étirée en route. Les Bakusu, arrivés les premiers, prirent un peu de repos pour repartir dès l'apparition de Pendakula qui surveillait les arrières à la place du gardien Salimu, bon à rien. Celui-ci n'avait guère d'autorité chez ses compatriotes Wasukuma, et les Manyema, surtout les Bakusu, le prenaient pour un minable. Pourtant, il avait un bon coup de fusil et des souliers qu'il chaussait pour la parade, mais c'était un incorrigible raté qui, d'après ce que je savais, compromettait son uniforme en prêtant parfois de l'argent à usure.

Trois heures et demie durant nous grimpâmes vers l'ancienne étape Kumba-Kumba, notre halte du jour. Les porteurs l'atteignirent à bout de force. Ils déposèrent leurs charges et tombèrent par terre pour rester prostrés de la sorte une bonne heure avant de se laisser convaincre de monter le camp près du gîte. Celui-ci était construit récemment, peut-être même en prévision de notre expédition. L'ancien bâtiment, comme tant d'autres sur ce trajet, avait été brûlé l'an passé par les Babira révoltés, originaires du bassin de l'Ibina, l'affluent de l'Ituri. Le bassin de l'Ituri jusqu'à l'Epulu à l'ouest, est considéré comme le territoire des Balese. Le domaine de leurs parents linguistiques, les Bambuba, ne semble pas dépasser à l'ouest les limites du bassin de la Semliki. L'escarpement inhabité entre Vangama et Kumba-Kumba formait une zone périphérique séparant les Bambuba des Babira, mais à présent on avait installé à l'étape les gens de la tribu des Banande (Bakondjo) des environs de Fort Beni. Les anciens habitants de ce village « gratifié » par le gîte d'étape, les Babira autochtones pacifiés par le capitaine Benaets, bâtissaient un nouveau village à trois quarts d'heure de là, sur la piste de Mawambi.

Selon les affirmations dignes de foi des gardiens d'étape, la révolte des Babira – très dangereuse, d'après les officiers de Fort Beni – consistait à brûler les gîtes d'étape et quelques-uns de leurs propres villages, puis fuir en forêt pour ne plus travailler pour l'homme blanc. Quant à la pacification – tâche de la garnison de Fort Beni, commandée par le capitaine Benaets – elle avait pour but de retrouver les fuyards et de les ramener dans leurs villages brûlés, en priorité dans ceux qui bordaient la route de Mawambi. Qu'il soit possible de retrouver les *washenzi* dans la forêt m'étonnait. Les gardiens soutenaient qu'ils ne partaient pas loin à cause de leurs frères, d'autres Babira qui les attrapaient pour les tuer et les dévorer. Voilà le mystère de la domination de l'homme blanc : les Babira redoutaient plus les Babira que les soldats des Européens !

Nous campions dans un village d'étape typique. Ses deux locataires forcés – dans l'État indépendant tout était fait sous la contrainte physique et non économique – gardaient le gîte d'étape et ravitaillaient les voyageurs, exclusivement fonctionnaires. Ce travail, reconnu comme une redevance due à l'État, les dispensait de la cueillette du caoutchouc sylvestre – corvée la plus lourde – et du portage. Avant la dernière révolte, ce chemin quasi abandonné était parfois parcouru par un Européen pressé de rentrer en Europe (la route par Mawambi était d'un mois plus courte que celle des lacs Kivu et Tanganyika), par un courrier exceptionnel ou encore par un vétéran ou un ouvrier retraité revenant au village. Les charges de l'étape étaient donc minimes, ce qui n'empêchait pas ses habitants d'être mécontents de leur sort. L'ennui mortel les taraudait, à l'instar de celui qui hante les héros russes des nouvelles de Tchekhov.

L'arrivée de notre caravane les avait donc sincèrement réjouis car ils menaient une vie monotone et grise. Même fatigués, nous apportions un air de fête dans ce village où tout le monde souffrait d'ennui. Le travail étant une affaire de femmes, les hommes paraissaient condamnés à flâner. Anciens ouvriers, arrachés jadis à leurs villages par le recrutement, ils ne pouvaient que regretter la vie animée qu'ils avaient connue à Fort Beni. Et même si leurs distractions ne méritaient peut-être pas tant de regrets, leur nostalgie les faisait ressembler à des citadins retenus par un sort cruel dans une villégiature après les vacances.

Les villageois de Kumba-Kumba ne récoltaient pas encore de quoi vivre et pourtant ils nous offraient ce qu'ils avaient de bon cœur. En attendant que leurs plantations de bananiers mûrissent, ils allaient souvent chercher des vivres sur leurs anciens champs, près de Fort Beni. Ils adoraient ces escapades, rappelant les excursions à la foire de nos paysans. On ne pouvait pas dire la même chose de l'administration qui les soupçonnait, peut-être à raison, de pratiquer à cette occasion la maraude et la contrebande. Elle espérait pouvoir transformer ces ouvriers, enhardis par le service de l'État, en colons laborieux et attachés à des champs qui leur donnaient à peine de quoi se nourrir et se vêtir. En fait, ils s'habillaient de fripes européennes, car on avait déjà réussi à les convaincre de l'attrait de nos « costumes ».

Nos sympathiques hôtes savaient apprécier ma générosité : je tenais à ma réputation qui m'assurait divers services, et eux, ils étaient émerveillés d'avoir les moyens de se rendre à Fort Beni. Ce lieu était, à leurs yeux, un centre de la nouvelle culture à laquelle ils adhéraient volontiers, ne serait-ce qu'à titre de modestes fonctionnaires indigènes, payés vingt et un centimes en nature par jour. Ils savaient déjà bien compter ! Je leur achetai quelques poules, une douzaine d'œufs et surtout une chèvre – ce qui n'était pas évident – pour une somme qui leur permettait de racheter la même marchandise et de se rendre, en plus, deux fois à Fort Beni. C'était en tout cas ce que m'avait annoncé leur chef en réponse à mes craintes qu'il ne pressure trop ses hommes pour ma caravane. J'appris à cette occasion qu'une des plus grandes attractions du centre administratif était les dames, bien plus attirantes que les vieilles épouses en titre, épuisées et geignardes. Ce n'étaient pourtant pas leurs mentors blancs, dont les vieilles épouses restaient en Europe, qui leur avaient transmis ce fleuron particulier de l'art de vivre. Il s'agissait en l'occurrence d'une approche originale de la nouvelle culture, plus abordable que celle qu'implantaient les missionnaires.

La deuxième étape sur le sentier de Mawambi nous offrit un après-midi idyllique. Les résultats scientifiques se limitèrent à quelques discussions, fort intéressantes d'ailleurs, avec les villageois et surtout avec leur chef, courtois et intelligent, car les Pygmées restaient introuvables. Et pourtant, selon la population locale, ils traînaient par bandes entières dans les forêts. Les villageois eux-mêmes n'avaient encore aucun rapport avec eux : originaires de la savane, ils regardaient la forêt comme une nouveauté étrange et périlleuse.

Ainsi commença mon voyage vers Mawambi, sur les traces de gens pressés de rentrer en Europe. Nous empruntions en effet la route la plus courte entre Fort Beni et Stanleyville, où finissait la marche et commençait la navigation fluviale. Malgré sa rapidité, ce trajet reste peu fréquenté. On préfère prendre la route plus longue que d'affronter la solitude de cet inquiétant désert humain. Les caravanes des marchands n'y passent pas, car les grands espaces de la Province-Orientale appartiennent au domaine privé de S.M. le Souverain de l'État indépendant du Congo. L'administration coloniale monopolise ici tout le commerce dépassant le niveau des relations de l'indigène avec le poste qui l'exploite et le magasin d'État qui le récompense pour ses redevances en travail physique, tel le portage, ou en fruits de ses champs. Même le troc entre les indigènes est mal vu. Toutes les autres pratiques commerciales, surtout avec les étrangers, relèvent de la contrebande et sont reprimées par l'appareil administratif. Celui-ci sévit selon son libre arbitre, au mieux en confisquant la marchandise. Le bruit courait pourtant que parmi les employés administratifs, on trouvait des hommes compréhensifs avec lesquels il était possible de « s'entendre ». Mais en principe, toute production devait converger vers les magasins d'État, sans que ceux-ci soient toujours en mesure de payer les fournisseurs en marchandise attractive ou même en marchandise quelconque. En cas de non-paiement, il arrivait fréquemment qu'on se débarrasse des indigènes méprisés en leur donnant un bout de papier qu'ils ne parvenaient pas à valider. Tout compte fait, il ne fallait pas s'étonner que ces hommes, nullement découragés par le risque encouru, préfèrent commercer avec les contrebandiers et leurs agents, évidemment en secret.

La marche de ce matin nous fatigua : elle ne dura que deux heures, mais une chaleur épouvantable la rendit épuisante. Vendredi, le 14 février ! Parfois, je me remémorais les dates pour mieux réaliser l'éloignement de mon pays au climat si différent. Nous étions dans un nouveau village du vieux Lukumba-Kumba, chef du clan Bapakombe de la tribu Babira. Son nom désignait l'étape Kumba-Kumba, où nous avions bivouaqué la nuit dernière. L'appellation d'un village selon le nom de son chef est fréquente en Afrique noire, chez les Bantu mais aussi chez les Soudanais, comme je l'avais constaté chez les Bambuba. Le préfixe *Kwa*, par exemple Kwa Kasudju, signifie tout simplement chez Kasudju. Lorsque le chef change, le nom du village change aussi et cela empêche d'identifier sur le terrain les lieux indiqués sur la carte. Toute carte est rapidement dépassée, tant et si bien que même pour les autochtones ayant une bonne mémoire, elle reste obscure. Seuls les cours d'eau gardent leur appellation et permettent aux voyageurs de s'orienter. Par chance, les principales modifications survenues sur notre trajet dataient de l'an passé et les indigènes se souvenaient encore assez bien de tout pour que nous puissions nous faire comprendre à partir de la carte. Pendant la collecte des renseignements sur leur rapport de voisinage avec les Bambuba et les Balese, ils m'apprirent que dans la forêt, à l'ouest ou au sud-ouest, existait une puissante tribu de cannibales, dénommés Barumbi qui, sans y vivre au temps ancien, étaient déjà là avant l'arrivée des Zanzibarites (Wangwana). Comparés à mes informateurs d'hier, ceux d'aujourd'hui se montraient d'une piètre intelligence. Maîtrisant à peine le kisuaheli, ils me comprenaient mal, mais riaient comme des gamins quand ils saisissaient une question.

Fait significatif, la définition de leur appartenance tribale se révéla difficile. La pacification menée par le capitaine Benaets les avait brisés. Ces Noirs maltraités et appauvris s'efforçaient avant tout de plaire au Blanc qu'ils craignaient, et pourtant ils affirmaient qu'ils étaient bapakombe et rien d'autre, sans se rendre compte qu'ils étaient en fait des Babira. Il fallait prendre sur soi et élaborer un vocabulaire pour mettre au jour le fait qu'ils étaient un clan de cette tribu. Tenant à me satisfaire, ils me promettaient de faire venir autant de Pygmées qu'ils avaient de doigts aux mains et aux pieds. Nous nous assîmes confortablement avec l'intention de nous restaurer sur place et partir après mes enquêtes. Arrivés à huit heures, à neuf nous palabrions encore.

Le village était intéressant et différent de ceux que j'avais vus avant : une large rue séparait deux rangées de maisons rectangulaires et mitoyennes. Du point de vue architectural, nous étions dans une province culturelle ouest-africaine. Je ne connaissais ce type de village que d'après le livre de Stanley. Ses habitants, physiquement proches des Baamba, semblaient misérables et usés, sûrement par les récents événements. Ils pleuraient leurs enfants morts lors de leur errance dans la forêt. Humiliés et abattus, ils édifiaient humblement le gîte d'étape. À peine terminé, comme l'indiquait l'éclat rouge vif du sol en latérite encore humide, il demeurait inhabitable. Encombrée des débris de bois, la cour du gîte ressemblait à un dépôt de déchets.

Les Pygmées arrivèrent avant midi. Au lieu de la vingtaine promise, ils étaient quinze. Les manquants chassaient. Eux aussi étaient humbles. À ma surprise, les Bapakombe les traitaient rudement, en chefs, les commandaient et même les malmenaient quelque peu. Sidéré, je mis un moment à comprendre qu'ils me jouaient la comédie. Lukumba-Kumba exhibait ainsi son autorité sur les petits diables qui terrorisaient le voisinage. Il voulait aussi me convaincre de sa totale soumission à l'ordre nouveau.

Les Pygmées se présentaient nettement mieux que les misérables Babira, tout en étant de dix centimètres plus petits (mais de quatre plus grands que les Pygmées de Kiduko). Cette différence de taille pouvait résulter de leur métissage avec les Babira. Leurs relations de voisinage étaient en l'occurrence bonnes, et même excellentes, vu comme ils s'entendirent pour me jouer la comédie. Il existait entre eux le même rapport d'échange qu'entre les Batwa et les Bahutu au Ruanda.

Après le déjeuner, vers deux heures, nous reprîmes la route. À un moment, sans nous en apercevoir, nous perdîmes la bonne piste pour emprunter celle des éléphants. L'inquiétude s'empara de moi au moment où il fallut tailler les lianes à coup de baïonnette pour que les porteurs puissent passer. Nous traversâmes de petits marécages, ce qui me semblait normal car nous étions sur le terrain de séparation des eaux entre le Nil et le Congo. Ce type de petits marécages annonciateurs du partage des eaux m'était familier, grâce à mes excursions dans les Alpes, en Suisse. Mais ici, personne parmi nous ne connaissait la forêt vierge et ses pistes défaillantes. Nous avancions tant bien que mal jusqu'au bord d'un marécage infranchissable. Les excréments frais d'éléphant me firent comprendre que nous suivions leur chemin vers l'eau. J'ordonnai le retour au village de Lukumba-Kumba pour y demander un guide. Deux volontaires y ayant été vite embauchés, à trois heures nous repartîmes en forêt. Quelle chance que nous fussions si près du village ! Je compris enfin pourquoi on évitait la piste de Mawambi : elle n'avait rien de ces routes taillées dans la forêt, où il était impossible à se perdre. En peu d'années la végétation tropicale avait effacé la route tracée avec tant de peine.

Le chemin de nos guides, guère meilleur que celui des éléphants, nous exposait au même risque de chute dans une boue puante et collante. De plus, la nuit s'installa sous la voûte compacte du feuillage dès cinq heures du soir. Quand les troncs d'arbres s'écartaient, on avait l'impression d'être dans la nef d'un temple gothique. Il nous fallait expier pour l'heure perdue au début de l'après-midi dans les marécages. Les porteurs glissaient, tombaient, râlaient et juraient, même en arabe. Parfois on chutait d'un mètre dans une trace d'éléphant. Fatigués à l'extrême, nous vîmes enfin la lune dans une clairière, atteignant le gîte d'étape Baraka – Iddo sur la carte – après six heures.

Cette étape était habitée, à l'instar de celle de Lukumba-Kumba, par des ressortissants de Fort Beni. Il y a un an, il existait dans les environs deux villages dont les chefs, Kotobi et Engama, étaient parents de Lukumba-Kumba et membres du même clan Bapakombe. Ils s'étaient révoltés, tout comme lui et deux autres chefs, Karibumba et Mukape, du clan Bahuni. Ces deux derniers vivaient naguère sur notre trajet, mais vers le nord-ouest, près de Mawambi. De tous ces chefs rebelles, seul Lukumba-Kumba s'était amendé et avait pu revenir sur la piste. Les autres, plus téméraires *(mkali)*, firent même reculer le capitaine Benaets en le blessant. Mukape vivait désormais au bord du cours supérieur de l'Ibina, à deux jours d'un chemin pénible de son ancien village Mabilonga. Appartenant tous à la tribu Babira, ils avaient retrouvé leur liberté et ne travaillaient plus pour les Blancs. Autrement dit, ils vivaient en dehors de la zone contrôlée et exploitée.

Sur le sentier de Mawambi, on était en train d'aménager une suite d'étapes et je ne pouvais pas espérer me ravitailler dans les gîtes. Au-delà, il n'y avait ni gîte ni population. Nous étions dans le dernier poste dépendant de Fort Beni. Plus loin, il devait exister sur ce trajet des villages de Wangwana qui s'y étaient implantés en tant qu'esclaves des Zanzibarites. Leurs anciens sites étaient tombés, avec tous leurs habitants, sous la coupe de l'administration de l'État indépendant. Le poste de Mawambi attachait ces hommes aux étapes qu'on déplaçait à présent vers le sud-est pour faire jonction avec les étapes fondées par Fort Beni qui employait de la même façon ses Banande. J'étais donc à la périphérie d'un espace vide séparant deux unités administratives et semblable à une périphérie isolant deux tribus. Il fallait sortir d'ici au plus vite à cause du riz, aliment de base pour ma caravane. Il coûtait cher et comme il était notre seule réserve, il fallait l'épargner. Nous l'avions entamée trop tôt, à la fin de la première semaine d'un voyage prévu pour deux mois !

Le samedi 15 février, je fus plus prévoyant : en partant tôt le matin, nous prîmes avec nous non pas un mais deux guides. On redoutait ici un retour au village en solitaire, à travers la forêt où il fallait dormir. Les guides estimaient, à raison, que le retour se passait mieux lorsqu'ils pouvaient se reposer, veiller et entretenir le feu à tour de rôle. À deux, ils acceptèrent le voyage d'autant plus facilement que je promis de les payer en tissu qu'ils désiraient pour se vêtir. Ils choisirent l'étoffe employée pour les uniformes des soldats de l'État indépendant, un *indigo drill*, d'un bleu foncé, épais et solide bien qu'en coton. Soldats émérites, donc civilisés, ils pensaient devoir s'habiller à l'européenne. Ce nouveau besoin transformait les *washenzi*, qui prenaient en général grand soin de leur corps, en hommes civilisés, sales et loqueteux. Ainsi je profitai du désir de vêtement que l'occupant avait fait naître chez les Noirs, les rendant dépendants des tissus importés d'Europe ou d'Inde. Autrement, il m'aurait été bien plus difficile de convaincre les deux villageois de s'engager dans ce long et périlleux voyage.

La marche dura quatre heures et fut pénible. Il fallait couper les lianes sur de longues distances pour que les porteurs passent sans se baisser, sans ôter le fardeau de leur tête et sans exploits gymniques. Le village abandonné une fois atteint, il apparut qu'il s'agissait de Mabilonga où habitait, avant la révolte, Mukape dont nous parlions la veille. Notre bref repos fut interrompu par le passage d'une caravane de dix hommes allant de Mawambi à Fort Beni. Les porteurs accompagnaient trois vétérans qui revenaient bravement dans leur village natal. Une telle décision était rare ! Elle trouvait l'approbation de l'administration tracassée par les vétérans établis aux alentours des postes. Un soldat de l'État indépendant ne disposait pas de domestique pendant son service, mais lorsqu'il revenait au village, il avait droit à trois porteurs, car l'État prenait à sa charge le transport de ses modestes biens. Il y avait le plus souvent une couverture, un coffre en bois (contenant des fichus), une bouilloire et une grande bassine en fer blanc que *madame* portait d'habitude sur la tête en y plaçant ses *biloko*, petits objets de faible valeur mais fort utiles. En principe, *madame* n'accompagnait pas son mari sur la route de retour au village, sauf en cas de dévouement exceptionnel, ou lorsqu'elle avait imprudemment contracté le mariage officiel scellé par un grand acte écrit dans le bureau d'état civil, chez le chef de poste. Fait rare, que l'administration n'appréciait d'ailleurs pas car elle ne pouvait appliquer à un mari légal la peine de la privation de femme. Les épouses légitimes devaient en principe se rendre au village de leur mari, mais elles préféraient la vie de garnison et la rotation des maris[1]. Les trois soldats de la caravane étaient sans femme. Comme ils appartenaient tous à la tribu anthropophage des Basoko, les liens maritaux avaient peut-être cédé devant la crainte de se faire manger par les congénères de leurs époux. Les soldats vivaient la dernière année de leur service avec l'idée d'être délaissés par les femmes de la garnison, et s'efforçaient de cumuler les appâts, tels tissus ou autres biens destinés à faciliter la conquête d'une nouvelle épouse au pays. C'était leur unique précaution en vue d'une vieillesse paisible, ce dont les Noirs se préoccupent peu. Il leur faut une femme dans l'immédiat et ils ne sont ni prévoyants ni précautionneux. Cela dit, les fonctionnaires blancs qui dépensent bêtement leur argent pendant leurs congés, ne sachant qu'en faire ici, ne leur donnent pas le meil-leur exemple non plus.

Sans femme, sans épouse précisément, un Noir n'imagine pas sa vie, même lorsqu'il est « civilisé », c'est-à-dire sorti des rouages de l'organisation sociale traditionnelle. La femme travaille et assure l'existence, même si le soldat émérite n'œuvre pas pour un Blanc. Pour cela, il vaut mieux épouser une paisible villageoise, non touchée par la civilisation mais sachant tenir une maison bâtie par le mari et cultiver la terre par lui défrichée, qu'une vaniteuse élégante débarquant du vaste monde, habituée à la vie animée de garnison et prompte à changer de robes tout aussi vite que de mari. Sans dire que les enfants naissent rarement chez ces dames venues d'ailleurs. Et les enfants sont le trésor du Noir : les filles apportent la dot et les fils assurent l'ascension sociale des parents. Les gens sans enfant sont un fardeau pour la communauté et on les liquide vite et sans pitié. Ce sujet ne présente

1. Le mariage civil, contracté souvent pour assurer à la concubine des rations octroyées par l'administration, n'était pris au sérieux ni par les époux ni par leurs parents, surtout parce que la dot qui scellait traditionnellement l'alliance entre les deux familles n'avait pas été versée. Il arrivait qu'à la suite d'une querelle l'épouse légitime déchire le livret d'état civil, croyant par ce geste dissoudre le mariage. L'importance de la dot était telle que les fonctionnaires et les missionnaires finissaient par demander aux futurs époux d'accomplir les obligations du mariage coutumier avant de consentir à les unir civilement ou religieusement.

aucun intérêt aux yeux des Noirs et tous s'étonnaient que je puisse m'en préoccuper. Pour eux, l'affaire est si évidente qu'il n'y a pas lieu d'en parler. Il faut souligner que les Africains, en dehors des aspects matériels et sociaux, aiment énormément leurs enfants, peut-être même moins égoïstement que les Européens. Le lien qui unit un fils à sa mère est fort touchant. Les garçons se soucient en revanche moins de leur père, comme s'ils doutaient de lui.

Nous interrogeâmes les soldats émérites sur la route qui nous restait à faire. Mes porteurs, visiblement déprimés par ce qu'ils venaient de vivre, retrouvaient le moral en discutant avec eux. Nous partîmes enfin, convaincus que cette route dont tout le monde avait peur n'était pas si mauvaise, juste un peu moins bonne que d'habitude. Enfoncés dans des espaces désertiques et bouleversés par la récente révolte des Babira, sans la moindre chance d'y trouver des vivres, nous poursuivîmes notre chemin, stimulés par la curiosité de voir ce qui se passait chez *Bula Matari*, dont parlaient tant les déserteurs du Congo assemblés à Tabora.

La forêt révéla la différence entre deux groupes de porteurs : les Wasukuma, toujours plus lents, dépaysés dans la forêt et saisis d'une peur superstitieuse, surtout depuis notre récente errance au crépuscule, avançaient à reculons, quasi muets. Ils soupiraient seulement et évoquaient, l'un après l'autre, leur mère. Leur dépression amusait les Manyema – par ailleurs mieux payés. Ils se moquaient sans pitié de leurs collègues paysans qui étaient partis dans le monde gagner de l'argent pour pouvoir payer leur impôt, mais ne pensaient qu'à leurs maisons et à leurs femmes. La bonne humeur ne les quittait pas : ils taquinaient les pauvres Wasukuma, doutant de leur envie de revoir leur mère : s'ils avançaient un peu plus vite, chacun reverrait la sienne plus tôt ! Les persiflés boudaient, maudissaient la forêt et les Manyema – dont ils ne partageaient pas les repas – et ronchonnaient des propos peu flatteurs à leur égard. Pour se venger, ils rappelaient aux farceurs qu'ils s'étaient engagés pour un an, mais s'ils couraient ainsi, ils risquaient de trépasser et saluer plus vite que prévu leur chère lune. C'était une allusion à l'islam factice des Manyema, esclaves des Zanzibarites libérés par l'État indépendant.

Le temps passait en chamailleries et querelles. Enfin, la différence de vitesse entre les bien et les mal payés devint telle que la caravane se scinda en deux colonnes. J'avançais en tête avec les rapides Manyema, les serviteurs et l'ânesse qui errait toujours près d'eux. Le guide m'accompagnait et Pendakula surveillait tout le monde. Les Wasukuma se traînaient derrière. Le *mnyampara* Salimu, le second guide et les deux soldats fermaient leur colonne. Ali supervisait l'ensemble. Tous veillaient à ce que personne ne se détache. Un perdu serait ici mort de faim et d'épuisement, comme cela arrivait souvent.

Après trois nouvelles heures de marche, très fatigués, nous établîmes le camp dans la brousse, au bord de Mayi Mkubwa (Grande Rivière). En réalité, elle était plutôt petite, et si le premier guide l'appela Nduda, le deuxième la nomma Malinsi. Ne parvenant pas à se mettre d'accord, ils soutenaient qu'il s'agissait de toute façon d'une grande eau qui se déversait vers l'Ibina, une rivière encore plus grande. C'était le premier affluent du Congo, bien mineur à vrai dire, sur notre route. Nous y restâmes pour profiter de sa bonne eau. Des marécages traversés la veille nous gardions un souvenir horrible. Ici, le terrain était sec : à l'évidence, nous étions assez loin du partage des eaux. Les rives s'inclinaient si doucement qu'on avait l'impression d'être en plaine. Rien ne rappelait plus la Semliki et ses berges escarpées. Difficile de voir un plus fort contraste géographique ! Le bassin du Nil occupait un fossé profond, tandis que cette partie du bassin congolais formait une très plate cuvette.

Le dimanche 16 février, après quatre heures d'une marche pénible, nous prîmes repos à Doughi, un gîte d'étape délaissé. Nous avions l'impression d'avancer pas à pas depuis des siècles, coupant sans cesse des lianes devant les porteurs. Le gîte, bâti à l'européenne, était vieux et entouré de bananiers et de patates douces redevenues sauvages. Le chef Doughi s'était révolté et l'avait quitté, il y a un an et demi. Il ne l'avait même pas brûlé. Qu'est-ce que cela changeait ? L'étape ne servait plus à rien. Son rôle consistait à ravitailler les voyageurs, et ici il n'y avait personne pour le faire. Tout pourrissait et moisissait dans la moiteur végétale. Une ruine ! Après un repos de deux petites heures, nous partîmes sans attendre les Wasukuma traînards. Après une heure et demie, nous fîmes halte pour la nuit près d'une source. Le guide affirmait qu'on pouvait atteindre le village le plus proche, Kulu-Kulu, en trois heures. Cela aurait condamné les lents Wasukuma à une marche nocturne. Une telle insouciance aurait été impardonnable. Nous progressions suffisamment vite, doublant partiellement les étapes.

Ils nous rejoignirent vers quatre heures de l'après-midi et ne parlaient que de leurs contrats qui prenaient fin dans quelques mois seulement. Le choix du sujet ne présageait rien de bon et témoignait de leur découragement. Par chance, nous étions profondément enfoncés dans les forêts et la peur superstitieuse de ce milieu les empêchait de songer à déserter. Le séjour prolongé dans la forêt éveille l'angoisse, ou tout au moins un pénible sentiment de solitude : ni âme qui vive, ni trace de vie d'un quadrupède, rien que l'exubérance de la végétation et l'engourdissement. Nous taillions des lianes sans répit. À la longue, cela aussi cessa d'être drôle, surtout pour moi quand mon coutelas glissa heurtant ma jambe au-dessus du genou. La blessure, petite mais profonde, saigna fortement. Pendakula et Auguste l'eurent vite bandée. Ne doutant pas de la guérison – je regrettais surtout mon pantalon – je dus reprendre la marche, en dépit du sang qui traversait le pansement.

Sortir le plus vite de ce piège ! Nourrir les hommes au riz et consommer les conserves, sans autre apport de vivres, faisait fondre les réserves, ce qui pouvait compliquer la traversée de la forêt entre Adjamu et Irumu ! Je m'inquiétais déjà pour la fin. Heureusement, les porteurs adoraient le riz, ne m'ennuyaient pas au sujet de la viande et ne réclamaient pas de condiments. Il n'y avait même pas ici une feuille de manioc !

Le lundi 17 février, après deux heures de marche un peu moins pénible, nous aboutîmes à une clairière et à l'étape abandonnée de Kulu-Kulu. Pour y arriver, il fallut dépasser les troncs d'arbres immenses tombés côte à côte, soit en sautant de l'un à l'autre, soit en se glissant sous les branches. Et ces acrobaties étaient accomplies par des hommes portant coffres, caisses, paquets et des effets personnels de près de trente kilos ! Il faut en tenir compte pour apprécier réellement le travail d'un porteur et son effort presque surhumain. À tout cela s'ajoutaient encore les déboires avec l'ânesse qu'il fallait tirer par les oreilles, soutenir par la queue, encourager pour qu'elle accroche ses sabots sur l'écorce des troncs affalés, ce qu'elle faisait assez adroitement tout compte fait. J'appréhendais toujours le passage des clairières, le plus pénible obstacle sur notre route. De plus, la blessure de ma jambe, serrée par un bandage, entravait mes mouvements.

La clairière brûlait en partie. Une âcre fumée répandue dans l'air indiquait la présence des hommes. Accordant un repos aux porteurs, je partis à leur recherche avec Auguste, Pendakula et le guide. Nous errâmes un peu, puis, en suivant quelques traces, nous trouvâmes un camp de Pygmées. Il comptait une dizaine de petites huttes faites de branches et de feuilles. Nous n'y vîmes que deux hommes adultes. Ils travaillaient un morceau d'écorce à l'aide de battoirs en défense d'éléphant pour en faire un vêtement. Ils semblèrent peu impressionnés par notre arrivée, pourtant soudaine, et en tout cas bien moins que je n'étais surpris, moi, par leur connaissance du kisuaheli. Et avec quel entrain ils nous parlèrent après avoir reçu le tabac de Pendakula ! L'un d'eux se déclara prêt à vendre son battoir bien usé, donc employé depuis longtemps, pour une bonne dose de sel et de tabac. Ils se plaignaient surtout du manque de sel ; en l'occurrence, il leur était plus facile de se procurer du tabac cultivé par les indigènes. Le chef des Pygmées, Nyalimun, dépendait ou plutôt vivait en symbiose avec le chef Kulu-Kulu. Dans leur camp, je vis un chien et aussi des poules qui caquetaient dans un panier à claire-voie en rotin. Elles seules semblaient s'inquiéter de notre visite. Le second Pygmée, encouragé par la perspective de gagner du sel, décida de nous guider par des raccourcis vers le nouveau village de Kulu-Kulu. Je l'acceptais avec joie, promettant que la quantité de sel que je lui donnerais le réjouirait tout autant.

Nous partîmes sans tarder. Quand la tête de la caravane arriva au village, nous apprîmes que quatre mois auparavant, Kulu-Kulu y avait établi son frère avec une vingtaine d'hommes, donc le personnel habituel d'un village d'étape, sur l'ordre du chef du poste de Mawambi. Quant à Kulu-Kulu, il déménagea, paraît-il, à Mawambi. Je ne comprenais pas ce qui l'avait poussé à s'établir dans ce centre où vivaient les Wangwana hostiles à la population locale. Les réponses de mon informateur étaient embrouillées au plus haut point. Mais Mawambi n'était pas habité uniquement par les Wangwana. Il y avait aussi le poste. Peut-être était-il tout simplement en prison ? Vu que sa soumission à l'État indépendant était toute récente et que son village était encore en reconstruction, c'était probable. L'administration retenait souvent dans les postes, loin de leurs femmes et mal nourris, les chefs de village jugés inaptes à assumer leurs fonctions. Ce procédé semblait stimuler leur obéissance. Mais pour l'heure, ce qui importait dans ce village, c'était que les plantations locales, trop jeunes, ne permettaient pas de compléter nos provisions entamées en forêt.

Marchant avec les Pygmées à la tête de la caravane, nous dépassâmes quantité de petits tertres. Leur couleur jaune vif, car même la mauvaise herbe n'y poussait pas, attirait l'œil. À l'évidence, on les avait dressés récemment, mais avant la saison des pluies, car on voyait en surface les traces de l'érosion. Des arçons fixés dans le sol, à proximité des tertres, rappelaient par la taille et la forme des arceaux de croquet. Le Pygmée questionné à leur propos, tournait autour du pot, à l'africaine, pour dire enfin : *chakula uyoga* (nourriture *uyoga*). Ne connaissant pas ce dernier mot, j'insistais. Il prit alors délicatement un champignon trouvé à proximité et le tenant sous son chapeau clair et uni, le sortit de la terre avec sa racine effilée et longue de quelques dizaines de centimètres. Ainsi les Pygmées, chasseurs et cueilleurs renommés, confectionnaient aussi des réserves de champignons ? Étrange, je ne l'avais lu nulle part. C'était pour moi une nouveauté. Je ne savais rien sur la coutume d'enterrer la nourriture dans la forêt. Je savais qu'il existait des greniers souterrains dans les confins occidentaux du Ruanda, et qu'on y conservait le sorgho en grain et les pois. Je savais aussi que dans les trous réchauffés par le feu les paysans mettaient pour un bref temps les bananes afin de les faire mûrir. Elles donnaient ainsi le meilleur vin. Je n'avais en revanche jamais entendu parler de la conservation de champignons, et c'était pour moi une telle surprise que j'oubliai de demander si on extrayait de ces champignons des substances toxiques. Les peuples forestiers avaient la réputation d'empoisonneurs savants et vicieux, et il fallait en tenir compte en marchant dans la jungle.

Ainsi par exemple le manioc amer, qui est un aliment de base dans de nombreuses régions du Congo, doit être débarrassé de l'odeur, du goût désagréable et surtout du poison par le rouissage et la fermentation. Seul le manioc doux peut être consommé à l'état naturel. Les hommes de Stanley, originaires de la côte orientale et ne connaissant pas le danger du manioc amer, l'avaient consommé sans précaution. Au bout du compte, c'était moins la faim que l'empoisonnement par cette plante qui fut la cause de leur mortalité catastrophique[2].

Vers cinq heures du soir, après six heures de marche, nous fûmes à Mupohe, le vrai village de Kulu-Kulu. On l'appelait ici Kwa Fundi : chez le maître. Les indigènes travaillaient le fer. Comme nous étions fatigués ! Moi tout autant que les porteurs, à cause de ma jambe. J'avais de la peine à mettre de l'ordre dans mes notes.

Le mardi 18 février, l'état physique et psychique des hommes me fit ordonner un jour de repos. J'étais aussi excessivement fatigué, bien que je ne portasse pas grand-chose. Je pensais avec compassion à mes porteurs : vingt-huit kilos sur la tête ou sur les épaules, sans compter leurs affaires personnelles, ce n'était pas une plaisanterie, surtout à cause de toutes ces lianes infernales ! Ma blessure était encore ouverte, mais je ne pouvais pas rester couché, si je voulais étudier en détail le village et ses habitants, les Babira. Trop absorbé par l'anthropologie, ces derniers temps je m'intéressais moins à la culture matérielle.

Le matin, comme toujours pendant le repos, je menai mes travaux anthropologiques. D'abord les Babira, puis les Pygmées. Ces derniers, vingt et un au total, venaient de deux camps différents. Sur dix hommes appelés par le guide la veille, seuls six apparurent, les autres préférant poursuivre la chasse. Ils ne pouvaient pas se permettre de laisser filer le gibier, m'expliquèrent-ils, car il n'était pas facile de retrouver sa trace dans la forêt. Ils chassaient surtout les antilopes naines et sporadiquement les éléphants, mais se plaignaient beaucoup de la famine. La vie des chasseurs n'a rien de commun avec les récits littéraires vantant la vie idyllique de ceux qui récoltent sans labourer et semer. C'est un travail dur et incessant, et malgré cela, la faim se fait souvent sentir. Son seul avantage est que les Pygmées, grâce à

2. Les tubercules de manioc amer sont chargés en acide cyanhydrique. Leur toxicité dépend de la variété, mais aussi des conditions écologiques et de l'âge de la plante.

leur adaptation au milieu, demeurent indépendants des Blancs. Leur vie en perpétuel mouvement avait, tout au moins à mes yeux, un charme incontestable. Bien entendu, un Noir cultivant (par les bras de sa femme) sa *shamba* (plantation) est davantage assuré de pouvoir manger à sa faim chaque jour, mais il est en revanche à la portée de l'administration de l'État indépendant. Et celle-ci le jette dans les griffes de son système d'exploitation en le forçant surtout à cueillir le caoutchouc. Le Pygmée qui reste dans la forêt est insaisissable. Le fait que les chasseurs soient venus me voir, délaissant leur « atelier de travail » au risque de perdre le gibier, prouvait à quel point le sel leur manquait.

Je consacrai le temps qui me restait à visiter le village. Je ne savais plus pourquoi j'étais convaincu que la hutte des Babira était, à l'origine, identique à celle de Baamba. Il me semblait que les maisons rectangulaires s'étaient répandues ici sous l'influence des Zanzibarites. Je les avais observées pour la première fois dans le village de Lukumba-Kumba avec cette idée en tête, oubliant que la présence des maisons rectangulaires de type ouest-africain dans une région voisine fut déjà rapportée par Stanley, à l'époque des premières installations des Zanzibarites au bord de l'Ituri[3]. Cette source d'information me semblait incertaine, non sans raison d'ailleurs. Il me fallut mener une étude détaillée pour constater que la maison rectangulaire était une construction typique des Babira.

En arrivant à Mupohe, je fus frappé avant tout par la construction d'une hutte cylindrique à l'une des extrémités du village. Dans un fossé circulaire, profond de trente centimètres et large de quinze, on avait enfoncé des piquets de cinq centimètres de diamètre. Prêts à recevoir un toit conique, ils dépassaient d'un mètre le niveau du sol. Ainsi, on était en train de construire là une hutte de type soudanais ! Je pensais tout d'abord qu'il s'agissait d'un retour à la construction originale, ancienne et ayant un rapport avec les huttes en branches et feuilles des Pygmées. Mais

3. Après avoir dépassé le confluent de la Nepoko dans l'Aruwimi, en août 1887, Stanley note le changement dans la construction des huttes : coniques en aval de l'Aruwimi, elles deviennent carrées en amont. (*In Darkest Africa,* 1890.)

je dus abandonner aussitôt ces hypothèses évolutionnistes : les deux petites huttes mortuaires, posées aux deux extrémités du village, étaient bien rectangulaires. C'étaient des plates-formes couvertes d'un toit demi-cylindrique. Les reliefs de nourriture qui s'y trouvaient témoignaient que la mémoire de ceux pour lesquels ces abris étaient construits restait vive. Et puisque tout culte est empreint d'un grand conservatisme, la maison rectangulaire de type ouest-africain était spécifique de la tribu Babira, et la hutte ronde soudanaise, en cours de construction, constituait une exception. La construction de type soudanais semblait cependant moins pénible à réaliser qu'une maison rectangulaire. « L'intrus » témoignait de l'influence culturelle des Balese, proches voisins vivant dans les grandes forêts du bassin de l'Ituri. Nous venions de la zone du partage des eaux du Nil et du Congo, habitée dans sa partie est, jusqu'à la Semliki, par les Bambuba, dont les emprunts soudanais étaient nets – d'après ce que j'avais vu récemment – et nous abordions la province ouest-africaine, étendue jusqu'à l'océan Atlantique.

À l'exception de la hutte en construction, toutes les autres maisons de Mupohe étaient en effet rectangulaires et mitoyennes. Quatre agglomérations, à vrai dire quatre bâtiments séparés par une large rue, composaient le village. Lukumba-Kumba était construit selon le même plan. Dans tous les autres villages visités jusqu'à présent, chaque famille, chaque femme plus exactement, avait une maison indépendante. Ici, sous un même toit vivaient plusieurs familles, car les maisons se rejoignaient par le haut, formant ainsi une grande bâtisse.

La maison ronde de type soudanais n'était pas la seule preuve que nous étions dans une zone où se croisaient diverses influences culturelles. Les forgerons locaux en fournissaient une autre. Ils fabriquaient des serpettes à couper les régimes de bananes qui rappelaient celles qu'on employait à Kiziba, au bord du lac Victoria. Elles avaient de longs manches cylindriques en bois d'où sortait une lame courte et légèrement courbée. Il en était de même pour la poterie qui témoignait du mélange d'influences diverses, mais venant des contrées plus proches que les bords du Victoria-Nyanza. Elle ressemblait à celle des Baamba, bien que leurs pipes à foyer en forme de seins vinssent peut-être des contrebandiers. Enfin, le fond de l'oreille troué était une trace incontestable de la présence des marchands d'esclaves. Libérés par l'État indépendant, ces hommes étaient revenus dans leurs villages depuis peu. On abordait ici le terrain où les Wangwana déployaient une forte activité économique. Nous devions passer la prochaine nuit dans un de leurs villages, où ils cultivaient beaucoup de riz.

Dans la soirée arrivèrent, impromptus, deux coursiers de Fort Beni, armés de fusils sans munitions. Après m'avoir salué, ils me livrèrent un colis postal transmis par Weidemann. Pour cette course, le chef de poste lui avait prêté ses sentinelles familiarisées avec le terrain, épargnant ainsi à nos soldats le risque de se perdre sur les traces de ma caravane.

Le courrier ! Il y avait une lettre du Duc[4] et plusieurs missives d'Europe. Notre chef n'était guère indulgent pour – selon son expression – mes ambitions exploratrices excessives. Il avait tout simplement peur pour un jeune homme obsédé par le voyage-découverte. L'accident de von Raven et la maladie de Weiss étaient, selon lui, un sacrifice suffisant sur l'autel de la science. On ne savait pas s'ils reverraient leurs proches et l'Europe, et si moi je me faisais manger par des cannibales dans un lieu désert, ce serait vraiment trop pour une seule expédition. Le Duc m'exhortait à la plus grande prudence, aucune précaution n'étant superflue à ses yeux. Il venait d'apprendre qu'une révolte avait éclaté au nord d'Avakubi. Doutant que je puisse prendre l'itinéraire du nord, il espérait que *nolens volens* je reviendrais à Irumu par Mawambi. Mais il n'imposait rien. Le ton de sa lettre était léger : il se demandait sous quelle forme il faudrait annon-cer la sensationnelle nouvelle qu'on m'ait dévoré !

Je décidai de ne pas me soucier de la révolte annoncée par le Duc. Mon courrier pour l'Europe n'était pas prêt car je n'espérais pas pouvoir contacter le monde extérieur ici. J'écrivis seulement une brève lettre pour accompagner les copies du journal destinées à Berlin. Elle présentait le plan de l'expédition dans le bassin de l'Aruwimi que j'étais en train de réaliser. Je rédigeai ensuite une grande lettre au Duc, détaillant les conditions du voyage : l'admi-

---

4. Après son séjour à Fort Beni, le Duc se dirigeait vers la rive sud-ouest du lac Albert pour atteindre les champs aurifères de Kilo, début mars.

nistration locale, sans contact direct avec les indigènes, connaissait mal la situation pour apprécier à leur juste valeur toutes les nouvelles alarmistes qui arrivaient du terrain. Je soulignais que je n'avais pas rencontré le dixième des obstacles envisagés et remarquais, non sans fierté, que j'avais déjà fait preuve d'une certaine expérience dans *kazi na safari* (le travail, le métier de voyager).

Je dus recommencer cette lettre importante deux fois, ce qui me fatigua plus que la marche et la chaleur. À la fin, nerveusement épuisé, je me suis assis sur la chaise longue pour observer un singe colobe qui exécutait des mouvements bizarres sur un arbre sec. Les poils blancs qui encadraient son dos jetaient de brusques éclairs. Je ne tirais pas sur lui car j'avais cessé de tirer sur des singes depuis le jour où, après en avoir tué un, je le vis dépecé par les porteurs avides de sa fourrure précieuse. Sa dépouille ensanglantée rappelait étrangement le corps d'un enfant assassiné. J'avais vu de tels corps quand j'assistais, en dernière année de mes études, le célèbre George Ruge.

Quand ma lettre fut définitivement mise au propre, l'impression que le Duc m'était favorable céda devant un ressentiment : je lui en voulais pour son manque d'enthousiasme devant mon plan d'atteindre Irumu par le nord. Pour ne laisser aucun doute sur ma décision, je priais qu'une colonne m'apporte des provisions à mi-chemin entre Adjamu et Irumu, soulignant que je serai à Irumu à temps. La rébellion signalée par le Duc n'était sûrement qu'une fuite massive d'indigènes dans les forêts au nord d'Avakubi. N'ayant nulle intention de les y chercher, mes chances de recevoir des bosses étaient faibles.

Le mercredi 19 février, nous avons battu la route pendant six heures. Que cette marche fut monotone ! La forêt, la forêt et rien que la forêt, tout était sombre et lassant. L'ennui ! Quand le soleil était au zénith, les rayons perçaient les couronnes d'arbres, dardant nos yeux comme des épingles. La tête me faisait mal. N'ayant rien de stimulant dans mon champ de vision – car je ne connaissais rien de la flore locale, pas plus que de l'européenne d'ailleurs – je pensais aux porteurs. Que pouvaient ressentir les Manyema de la tribu Bakusu en ce moment ? Jadis favorisés par les Zanzibarites et formant le noyau de leurs bandes, les Bakusu étaient nos meilleurs hommes, hormis les soldats qu'on sélectionnait avec le plus grand soin. Après la dispersion des Zanzibarites par l'État indépendant, les Bakusu, fidèles à leurs maîtres arabes, reculèrent massivement avec eux vers Udjidji et Tabora, en Afrique orientale allemande. Mes porteurs, à l'époque jeunes garçons, avaient accompagné leurs pères dans cette fuite. Ils se souvenaient très bien de ce temps et de ces événements ! Le plus âgé des Bakusu, homme d'une vive intelligence, aimable, doux et informateur infatigable, était alors assez âgé pour se rappeler même les noms des villages entre Mtoa (Albertville) et le Lualaba (le haut Congo). Nous approchions du premier centre des Wangwana et je voulais savoir s'il avait déjà séjourné ici. Il se montra laconique : il ne connaissait pas ces contrées, n'y étant jamais venu, mais savait cependant que la nuit serait confortable chez ses frères *(ndugu)*. La nourriture n'y manquerait pas. Elle serait bonne. Et rien de plus !

Nous atteignîmes le village d'étape avant deux heures. Habité par les Wangwana de Mawambi, il s'appelait à présent Kopa-Kopa, et sur la carte Mundala. Une fois sur place, je payai mon dû au guide de Mupohe. Il n'y avait pas moyen de le convaincre de passer la nuit avec nous ; il refusait de séjourner parmi les Wangwana. Les guides précédents tenaient à rentrer avec les coursiers qui emportaient mes lettres parce qu'ils avaient peur de la forêt, tandis que celui-ci avait plutôt peur des hommes. Les Wangwana étaient, à ses yeux, pires que la plus horrible aventure dans la jungle. En le congédiant, je remarquai un changement sensible dans son comportement : vif et bavard pendant la marche, il devint éteint, nerveux et maladroit. Quand les Wangwana régnaient ici en maîtres, ils rendirent aux gens la vie si dure qu'en dépit du changement de situation, les indigènes ne parvenaient pas à s'en remettre, les pauvres !

Je plongeai, avec intérêt, dans la conversation avec les notables locaux qui arrivèrent vêtus de lévites blanches et propres. Selon leurs paroles, Kopa-Kopa séjournait à Mawambi, chez le chef de poste au nom indéchiffrable : Popisofo. Cela ressemblait soit à une transformation phonétique propre aux langues bantu – problème central de l'éminent Carl Meinhoff, parmi tant d'autres –, soit à un banal sobriquet africain. Les notables se disaient civilisés et laissaient poindre ostensiblement leur arrogance. Cela dit, tout se passa bien jusqu'à ce qu'ils m'annoncent le prix, s'élevant à quatorze francs-or, selon le tarif officiel, pour l'achat de quarante kilos de manioc, d'une poule et de cinq œufs. Puisque je tenais surtout à nourrir les porteurs, ayant quarante et une bouches goulues bien difficiles à remplir, et non au bouillon de poule et aux œufs pour moi, je leur fis comprendre ce que je pensais de tout cela. En arabe bien entendu, langue encore mieux adaptée aux querelles que certaines langues slaves. Envoyés au diable, ils devaient réfléchir avant de me parler sérieusement.

Après un quart d'heure, ils furent de retour. Transformés, humbles, ils se mirent à étaler avec une mesquinerie teigneuse leurs griefs contre les Belges qui payaient un *doti* – deux brasses de cotonnade – pour six jours de portage. Ensuite, ils se surpassèrent en louanges à l'adresse des Anglais et baissèrent involontairement la garde, avouant que ceux qui fournissaient aux Anglais de Mboga une paire de défenses d'éléphant, même moyenne, recevaient dix *gora merikani*, cotonnade blanche appelée américaine mais tissée aux Indes. *Gora* avait trente *yards*, et le prix de *gora merikani* s'élevait à douze roupies à Fort Portal. Ainsi, j'étais en visite chez les contrebandiers ! Je leur demandai à brûle-pourpoint s'ils commerçaient avec mon *rafiki* (ami) *bana* Rocky ? En guise de réponse à cette question gênante, ils se mirent à vanter les *Wadaki* – les Allemands. Eh bien ! Cette avalanche de sympathies proallemandes, sans doute sincères, était le fruit de leur copinage avec mes Manyema. Sachant d'où venait la caravane, ils encensaient les Allemands parce que ceux-ci n'avaient pas supprimé l'esclavage dans leur zone. Au moins, là-bas, les maîtres restent les maîtres ! Et ici ? L'administration transforme les Wangwana, hommes libres, en esclaves ! Ils ne lui pardonnaient pas de les avoir établis en ce lieu isolé. Pendant qu'ils exécutaient leur répertoire de plaintes et m'amadouaient par leur germanophilie, je fixai le prix de la marchandise à fournir selon le taux officiel à quatre francs-or, les laissant déterminer les articles à vendre pour ce prix. S'ils consentaient à me vendre une quantité de nourriture suffisante pour les porteurs, disais-je, je la payerais au prix pratiqué sur le marché de Mawambi, donc deux fois plus que le tarif officiel. Étaient-ils fâchés ou manquaient-ils vraiment de vivres après leur installation récente, ils ne nous fournirent rien ! Il fallut puiser dans la réserve de la caravane et je consommai la poule au pot et l'omelette. Nous nous séparâmes froidement, mais les Manyema avaient tout de même reçu de leurs *ndugu* le *kitowero* pour le riz.

Le jeudi 20 février fut le jour de la plus longue marche : elle dura près de huit heures. Nous avancions sans guide sur une piste bien entretenue mais obstruée par des arbres géants que la dernière tornade avait abattus. Ils jonchaient encore la route parce que leur déplacement était laborieux, compte tenu de l'équipement technique africain : des hachettes assez légères et ridiculement petites, mal adaptées à une tâche si sérieuse. Il nous fallut les contourner et tailler notre piste dans le sous-bois noué par les lianes. Ces détours fatiguaient moins les porteurs que le passage au-dessus de troncs d'arbres au diamètre dépassant parfois un mètre. Seule l'ânesse grimpait et descendait allégrement, quand elle ne parvenait pas à les sauter. Avec le garçon attaché à la garde de sa majesté animale, ils s'amusaient ainsi tous deux. Nous avancions péniblement, n'ayant comme distraction que les jurons pour saluer les obstacles. Il n'y avait rien d'intéressant à observer. Je relevais l'itinéraire, lisais les distances sur le podomètre, la direction sur la boussole et je prenais des notes. Rien de pénible en somme, car la route coupait la forêt en ligne droite et les virages de la piste qui serpentait au milieu ne comptaient pas. Nous arrivâmes enfin au passage de l'Ituri. On appelait ainsi la haute Aruwimi, en amont de la Nepoko.

Nous passâmes la rivière avec deux couples de Pygmées, chacun avec un enfant. Nullement impressionnés par un moyen de transport fluvial amélioré, ils sautèrent dans la barque avec moi, sans que nous ayons été obligés de les encourager. Leurs visages étaient peints. L'arête du nez noire et les losanges de même couleur, tracés sur le front et les joues de façon que l'œil se trouve bien au milieu, enlaidissaient les hommes. Les femmes avaient des traits horizontaux noirs sur le front et sous la bouche[5]. Ils s'estompaient par endroits, à cause de la maladresse des maquilleuses, formant de vilaines plaques noires. Les cheveux de l'enfant, abîmés par le soleil, avaient la couleur

5. La teinture employée est un mélange de charbon de bois et de jus extrait des fruits verts d'une plante de la famille des rubiacées.

d'une feuille sèche de châtaignier[6]. Je demandai aux parents, presque sûr de leur refus, si je pouvais en couper une mèche. À ma surprise, ils me le permirent sans hésitation. Cela prouvait que le sel leur manquait, mais aussi qu'ils ne craignaient pas que les cheveux puissent servir aux manipulations magiques et maléfiques. Réaction inattendue de la part de tels sauvageons !

Sur l'autre rive nous attendait un grand village de Wangwana, populeux et bien aménagé. Il s'appelait maintenant Mohara et sur la carte Fariala, les deux étant, comme d'habitude, le nom des chefs de village. Ses habitants, les Wangwana d'Avakubi, établis ici sur l'ordre de l'administration, entretenaient l'itinéraire de Fort Beni, d'où nous venions. Les femmes battaient le riz de la récente récolte. Les unes chantaient pour rythmer le travail, frappant avec de longs pilons les graines qui remplissaient les mortiers à moitié. Les autres vannaient le riz à l'aide de grands plateaux tressés. Je voyais des plantations de riz pour la première fois depuis notre départ de Kiziba, sur le lac Victoria. Sa culture fut sûrement introduite ici par les Zanzibarites.

Je fus accueilli par le remplaçant du chef Mohara et les notables locaux. Comme à Kopa-Kopa la veille, le chef était absent. Appelé par Popisofo à Mawambi, il revint le jour même, avant la nuit. Cet homme, de la tribu des Bakusu, avait des formes dignes d'Hercule et la tête d'un bandit. Très correct à mon égard, Mohara nous donna tant de riz que la caravane mangea à sa faim et que, de plus, une grande moitié accrut notre réserve, bien entamée ces temps-ci. Il y avait aussi des feuilles de manioc pour le *kitowero* des porteurs et pour moi, une poule et cinq œufs. Il n'était pas question de marchander quoi que ce soit : j'étais son invité et le paiement relevait d'un simple échange de politesse. Ce qui m'obligea à être généreux pour garder la face. Mohara était un monsieur âgé, plein de tact et éduqué selon les convenances arabes. Dans sa jeunesse, il avait probablement pillé les environs pour le compte des Zanziba-

6. Cette décoloration peut être l'un des symptômes de kwashiorkor, maladie provoquée par une alimentation déficiente en protéines et acides aminées, caractéristique du sevrage trop brutal. La carence en protéines n'est pas paradoxale chez les chasseurs, si l'on tient compte de l'aspect aléatoire de leur activité et du fait qu'une partie du gibier chassé sert à se procurer les denrées et les objets qu'ils ne produisent pas.

rites, mais demeurait peu loquace sur ce sujet. Dès que j'essayais de sonder son passé, il me retournait mes questions. Il m'examina ainsi sur le but de mon voyage, étonné que l'État indépendant m'autorisât à me promener sur son territoire et intrigué par mon séjour à Fort Portal. Sans se trahir et sans se plaindre, même pas des Belges, comme tous ici, il restait aimable, très aimable, mais n'avait pas confiance en moi. C'était clair.

L'observation directe me rapporta davantage. Ma tente fut dressée près de sa maison, à proximité du gîte d'étape, et je pus ainsi voir son retour au village, avant sa visite de courtoisie. Revenu furieux, il se vengeait sur son entourage. Les femmes cessèrent de chanter à la vue de sa tête de brute. La plus jeune, et guère vilaine, reçut un coup de bâton sur ses fesses tendues au-dessus du mortier. Sans égard pour ma présence, il ordonna de fouetter deux hommes accusés d'un méfait quelconque. Il régnait ici une discipline sévère et rude, comme dans une ferme de maître. Est-ce à cause de telles pratiques que le guide ne voulait pas passer la nuit à Kopa-Kopa ? Préférait-il la forêt au risque de s'exposer à une justice expéditive sur fond de relations de voisinage envenimées ? Un homme blanc qu'il guidait pour une portion de sel lui était finalement plus proche que ses frères de couleur. La vie dans les villages des anthropophages était autrement plus agréable ! Mais peut-être n'était-ce qu'une illusion. Ne sachant pas leur langue, nous n'étions pas assez proches d'eux. Cela dit, le séjour à Mupohe m'avait laissé des souvenirs agréables, la nuit à Kopa-Kopa m'était pénible, même si personne n'y fut battu, et là, à Fariala, la terreur régnait au point que les lettres symboliques E.I.C. (État indépendant du Congo, parfois lues avec malice : *Esclavage, Ivoire et Caoutchouc*), me paraissaient, pour la première fois, annoncer un avenir plus humain.

Le vendredi 21 février, après deux heures de marche nous atteignîmes l'étape Djilapanda (Au carrefour), en abrégé Fiapanda. Notre chemin de Fort Beni rejoignait ici le grand itinéraire menant d'Irumu, et même de Mahagi, sur le lac Albert, vers Avakubi et Stanleyville.

Le chef du village se laissa persuader, moyennant du sel, de faire venir les Pygmées. Cela devait être facile car, en moins d'une heure, une quinzaine d'entre eux arrivèrent, promettant de venir plus nombreux le lendemain. Sans trop croire à sa promesse, je décidai donc de revenir ici, après avoir passé la nuit à Mawambi, distant à peine de deux heures de marche. Je rêvais d'une nuit confortable. Je traînais dans le *pori* (brousse) depuis douze jours, doublant quelques étapes. Plus fatigués que moi, mes hommes méritaient au moins deux jours de repos. Ma jambe s'était cicatrisée, sans que je m'en rende compte. Il restait juste une trace, probablement pour toujours. J'envoyai Ali au poste de Mawambi pour annoncer notre arrivée. Je ne croyais pas que les Pygmées viendraient, et pourtant ils avaient accouru. Le sel est un appât formidable.

Le matin fut consacré aux Pygmées et ensuite je partis. Durant les premiers trois quarts d'heure je suivis une allée taillée entre les arbres, puis entre les jachères et les champs. Pendant l'insurrection des Babira et des Balese, survenue l'année écoulée, les Wangwana montrèrent leur haine des autochtones en se rangeant loyalement derrière l'État indépendant qui les réhabilitait à présent. Anciens maîtres, ils devenaient *de facto* privilégiés grâce à leur supériorité culturelle.

CHAPITRE XV

MAWAMBI

État déplorable d'un centre administratif important. – Site stratégique. – Esprit d'économie. – Popisofo. – Relations professionnelles. – Sentiment russophile. – Embarras de transport. – Rémunération du travail obligatoire. – Exploitation du caoutchouc et sa haute rentabilité. – Principe de l'imposition. – Triste réalité. – Bon sens de la folie bureaucratique. – Obsession de la mort. – Problèmes avec les Noirs. – Excursion à Djilapanda. – Au chevet de Popisofo. – Rayonnement des Wangwana. – Mawambi, coin perdu. – Ravitaillement en viande. – Exonération d'impôts. – Directives administratives. – Recherche anthropologique. – Les Babira et leurs clans. – Appel sanitaire. – Meilleure résistance des Manyema. – Souci à propos du retour. – Vaine tentation. – Village wangwana. – Analogies bulgares. – Preuves du contact avec les contrebandiers. – Utilité des Wangwana.

Sur le fond des grandes et soigneuses plantations des Wangwana, le centre administratif de Mawambi paraissait misérable. Ni palissade ni jardin : les huttes des soldats loqueteux étaient délabrées et les bâtiments officiels mal entretenus – tout cela inspirait un fort malaise. De l'État indépendant je n'avais vu auparavant que sa vitrine frontalière, et là c'était plutôt côté cuisine. Une végétation splendide rendait la misère des conquérants encore plus poignante. Le merveilleux paysage éclipsait les résultats néfastes de la gestion ruineuse et mesquine du poste, qu'on n'avait pas envie de regarder.

Ituri ! Rivière de mes rêves de jeunesse, rivière de l'impénétrable jungle africaine, du pays des gnomes mystérieux et malins ! Je la voyais enfin et je ne parvenais pas à réprimer ma déception. Ce n'était donc que cela ? Et les Pygmées n'étaient pas du tout méchants ! C'était pour cette rivière qu'il fallait marcher pendant des mois, en mettant la chance de son côté ? L'Ituri me remplissait de sentiments contradictoires d'extase et de déception.

Le temps était mal choisi pour sonder mon état d'âme. Au lieu de penser à la rivière, il fallait faire des connaissances. Le chef du poste, le Bulgare Athanasoff, appelé par les Africains Popisofo, et le sous-officier Lindenquist, Suédois à l'évidence, venaient à ma rencontre et me saluaient cordialement. Cet accueil scella symboliquement la première étape de mon voyage dans le bassin du Congo. Sa difficulté majeure consistait à traverser le rideau de la forêt vierge qui protège au sud-est le grand axe routier de l'État indépendant. Nous le suivions depuis Giapanda. En fait, l'Ituri avait déjà été traversée une fois, à Fariala, mais je n'avais alors d'attention que pour les Pygmées qui sautèrent allégrement dans la barque.

Établi sur le grand itinéraire, Mawambi est néanmoins le trou le plus perdu de tous les trous d'Afrique ! L'une des causes de son état déplorable est que rien n'y compte plus : ni les indigènes ni les étrangers. Ceux-ci ne peuvent pas se montrer ingrats en racontant des vilenies car la permission de visiter les recoins du pays – que tous abordent de l'autre côté, depuis l'embouchure du Congo – est un acte fort obligeant. C'est ici le fin fond du domaine de l'État indépendant ! À sa frontière orientale, j'eus l'occasion de voir comment les Belges s'efforçaient de rattraper le niveau des colonies anglaises ou allemandes, craignant que les Noirs ne deviennent hargneux au contact de voisins peu avenants. Ici, en revanche, on pouvait les exploiter sans gêne.

Le trajet qui passe par Mawambi relie le Congo et ses ports – Basoko et surtout Stanleyville, grand centre administratif de l'est du pays – au lac Albert et à Kilo où prospèrent les mines d'or. Un bon nombre de caravanes d'État y transportent des marchandises à l'est et des matières premières à l'ouest, jusqu'au fleuve. Ensuite, ce sont des vapeurs – domaine des mécaniciens finlandais, comme à Saint-Pétersbourg – qui emportent tous ces produits exotiques d'exploitation coloniale. Une grande quantité de caoutchouc descend par la rivière jusqu'à Basoko. Seul l'ivoire, trop précieux pour être confié aux flots brisés par les cataractes que seules les pirogues franchissent, va à Stanleyville suivant le trajet pédestre établi par les Zanzibarites. L'Ituri, n'étant pas navigable à cause de ses nombreuses cataractes, l'unique moyen de transport sur ce terrain est l'homme. On achemine tout à pied : les vivres pour le personnel européen, l'équipement pour les postes de l'Est ou pour les mines de Kilo et les biens divers destinés à rétribuer les ouvriers, les porteurs et les fournisseurs de l'ivoire et du caoutchouc.

Mawambi est le centre administratif d'un vaste territoire qui forme un secteur. Il produit le caoutchouc en grande quantité, mais fournit peu d'ivoire dont les contrebandiers s'occupent bien mieux. D'ailleurs, le nombre d'éléphants dans la forêt est très faible. Malgré la forte valeur du caoutchouc cueilli, Mawambi semble abandonné et démuni de tout. Les étrangers n'y passent pas, sauf faveur exceptionnelle dont témoignait ma présence. Ce territoire – domaine privé du roi belge – est fermé.

Le poste ne compte que trois bâtiments, à l'écart des huttes des soldats et des ouvriers qui trient et emballent le caoutchouc. Dans l'un vit le chef du poste ; l'autre, où je devais loger, sert aux employés voyageant pour le service, parfois aussi loin qu'à Mahagi, au bord du lac Albert ; le troisième est un blockhaus datant du temps glorieux de la lutte contre les marchands d'esclaves. Ce dernier, habité par un sous-officier commandant un demi-peloton (vingt-cinq soldats) de la Force publique, contient aussi le mess, un grand dépôt de marchandises, plutôt vide, et une caserne équipée d'un stand de tir où deux soldats montaient la garde. À propos des soldats, je dois dire que je n'avais jamais vu de tels gueux. À côté d'eux, les soldats russes des provinces impériales sont des princes, même vêtus d'uniformes de *czetwiortyi sorok*, c'est-à-dire de la 4e catégorie qui désigne l'uniforme de travail (3e : uniforme de service, 2e : uniforme de parade ordinaire, 1re : uniforme de parade impériale). On fait ici des économies sur les uniformes qui ne valent pas plus de vingt francs-or. À Entebbe, un complet correct avec une veste *french* en coton kaki (cousu, paraît-il, à Brzeziny près de Łódz, en Pologne !) coûte une livre-or à l'effigie de saint Georges.

Le chef du poste de Mawambi, Athanasoff déjà mentionné, âgé d'une trentaine d'années, paraissait malade et usé par son service dans la colonie. Les Africains avaient changé son nom, si étrange à leur oreille, en Popisofo – ce qui ne manquerait pas d'intriguer mon professeur, Carl Meinhoff, à qui je comptais rapporter cela le jour même. Dans son pays natal, à Warna, Athanasoff était employé de police. Il y milita pour un parti qui perdit les élections et se fit mal voir par les vainqueurs qui, selon l'habitude bulgare bien connue, éliminèrent systématiquement tous leurs opposants politiques. Ainsi l'ancien gouvernement se retrouva en prison et l'insignifiant Popisofo fut privé de tout espoir de gagner son pain comme fonctionnaire. Il profita alors de ses relations à la légation belge et émigra, en dépit de son faible intérêt pour l'aventure, dans l'État indépendant. À mon arrivée, il était fort maussade. Le café, boisson préférée des Bulgares, lui manquait depuis quelques semaines. Il maudissait le ravitaillement et les pistes surchargées, miné par le souvenir d'une vie routinière mais confortable dans une petite ville bulgare...

Je m'empressai de partager avec lui ma réserve de café et l'état du pauvre exilé volontaire se métamorphosa sur-le-champ ! Il se montra chaleureux et cordial tout au long de l'après-midi passé à siroter le café et le cognac. Dès qu'il devina que j'étais au courant de la situation locale, il abandonna ses sous-entendus et devint totalement sincère. J'appris ainsi que son supérieur norvégien et docteur en droit, le major Engh, appelé par les Noirs *Komandani Moto* (Commandant feu), favorisait les Scandinaves et le brimait, lui le Bulgare, à la moindre occasion. Sa récente visite avait complètement déprimé mon hôte : Engh menaçait de le punir pour le mauvais état du poste, sans toutefois lui donner les moyens de le remettre en ordre et de changer les uniformes des soldats. Et les soldats se présentent évidemment plus mal que les *barugaruga* de Kwa Kasudju. Il était exclu d'employer pour les réparations les Wangwana qui assurent déjà mal le portage entre Mawambi et Irumu, me disait Athanasoff. Dès que les effets du transport défaillant se font sentir à Irumu, où siège le méchant major, celui-ci sévit énergiquement. Quant aux indigènes, on ne peut guère les soustraire de la cueillette du caoutchouc. Il ne reste que les soldats, mais le gros de la troupe est en forêt, aux ordres du sous-officier qui talonne les paysans chargés de la corvée de cueillette. Seuls les soldats de garde demeurent au poste pour veiller à ce que le dépôt, prêt à recevoir le caoutchouc, ne soit pas incendié. Peut-on les détourner de leur tâche ? D'ailleurs, eux aussi partent souvent dans la forêt pour relayer leurs camarades. Les cantinières, au lieu de cultiver leurs jardins, balaient sans cesse la place du village, action indispensable pour l'hygiène du poste qui grouillerait autrement de dangereux insectes. Malgré son emplacement élevé par rapport à l'Ituri, Mawambi a la réputation justifiée d'un trou à malaria où pourrissent les fonctionnaires sans piston et ceux dont on se méfie. Athanasoff pensait que le major Engh voulait par ses chicanes le contraindre à employer les indigènes pour le nettoyage du poste. Mais qu'il ose ! Qu'il détourne les indigènes de la cueillette du caoutchouc et le major lui retiendrait (couperait, en fait) sa solde à titre de punition disciplinaire ! Ayant déjà « trop » fait pendant les mémorables élections dans son pays, Popisofo soufflait maintenant sur le froid et exigeait un ordre écrit pour exécuter les travaux. Le major ne pouvait pas prendre un tel risque et se vengeait sur son pauvre subordonné qui insultait à son tour la terre entière ! Le Bulgare préparait le café à la turque et ne se rendait pas compte que le cognac, que Weidemann avait glissé dans mes bagages, était d'une qualité rare.

Nous parlions en russe, ce qui renforçait à la fois sa cordialité et sa nostalgie. J'avais devant moi un intellectuel bulgare, érudit en littérature russe qu'il avait étudiée au lycée. Ses connaissances littéraires hors du commun me faisaient davantage plaindre ce raté qui n'écrivait plus de rapports en bulgare mais en français, en les préparant sur les marges d'une gazette de son pays, car par avarice on ne lui fournissait pas assez de papier pour la besogne bureaucratique. Ô combien différent était mon chef ! Soucieux et protecteur, il m'écrivait de longues lettres, angoissé à l'idée que quelqu'un puisse me manger !

La tâche principale de Mawambi consiste à diriger les convois remontant le fleuve Congo vers Irumu et ceux d'Irumu vers Avakubi, d'où ils rejoignent le Congo, généralement par bateau. Le portage était assuré jusqu'à présent par les Wangwana du village le plus proche. Cependant, depuis l'aménagement des mines d'or à Kilo, le volume du transport ne cessait d'augmenter au cours des derniers mois, et les coupures survenaient surtout dans les postes éloignés, où les provisions arrivaient très en retard. Pour faire face à ce trafic accru, il fallait appeler les Wangwana des villages de plus en plus lointains. Ils s'installent à présent dans les environs de Mawambi, construisent des huttes et défrichent la forêt pour leurs plantations. C'était donc ça, la cause de l'agitation que j'avais remarquée en quittant Giapanda ! Les Wangwana s'efforcent de garder l'exclusivité du portage, une tâche bien pénible mais enviable comparée à la récolte du caoutchouc dans la forêt où s'égarer vaut la mort. Les porteurs traversaient des villages divertissants et pouvaient aussi pratiquer en catimini le commerce et même la contrebande.

Les porteurs recevaient en nature la valeur d'un quart de franc par jour, alors qu'une cotonnade de quatre *doti* (huit brasses) était estimée à 11,83 francs. Il faut ajouter qu'ils n'étaient payés que lorsque le magasin du poste réceptionnant les colis avait des provisions sur le compte du *Transport*. Emprunter sur un autre compte, surtout celui de la Force publique, pour payer les porteurs était strictement interdit. Quand le tissu manquait, les porteurs devaient se contenter de fil de laiton et de verroterie. Celle-ci ayant peu de succès, était prise à contrecœur, pour éviter le désespérant « Bon pour » en papier. On s'arrachait en revanche les chemises toutes faites, les fez, les chapeaux et le sel fourni en beaux cubes transparents d'un kilo.

Cueillir le caoutchouc était le devoir des méprisés Babira et Balese. Cette activité était rémunérée nettement moins que le portage. En principe, l'indemnité s'estimait sur la base de 1,875 cm par heure de travail ; une journée de travail de dix heures – on ne pouvait rester davantage dans la forêt sombre – rapportait 18,75 cm de caoutchouc par jour. En pratique, les indigènes non wangwana fournissaient à Mawambi, par individu imposable, entre deux et demi et quatre kilogrammes de caoutchouc par mois. Dans le secteur d'Irumu, pauvre en caoutchouc, cette quantité tombait à un kilo, tandis qu'à Avakubi, elle atteignait en réalité un niveau maximal de six. C'était une redevance énorme, vu que sur place un kilo de caoutchouc était évalué et assuré à six francs-or. Ainsi, l'imposition d'un sauvage démuni de tout et presque nu atteignait, selon le registre des imposables d'Avakubi, une somme affolante de 432 francs-or par an ! Bien entendu, il en fallait déduire le coût de transport et d'assurance qui tombait dans d'autres poches du souverain de l'État indépendant. Celui-ci prenait d'ailleurs sa revanche en vendant le caoutchouc à Anvers non pas à six mais à douze francs le kilo. C'était une véritable affaire en or, basée sur une économie ruineuse où ne comptaient ni l'avenir du pays ni sa population. Mais la main-d'œuvre bon marché qui rendait ce négoce possible diminuait. Le manque de bras se ressentait de plus en plus parce que le nombre d'employés augmentait, mais aussi parce que la population du pays baissait.

Les Noirs, peu habitués à un travail régulier, pour ne pas dire qu'il s'agissait là d'un effort très pénible, résistaient tant qu'ils pouvaient. Il fallait les contraindre aux redevances, tout en évitant un conflit violent, très mal vu des supérieurs. Les indigènes oubliaient vite qu'ils travaillaient pour les Blancs qui les avaient libérés des Wangwana, mettant fin aux brigandages de ces *négriers,* eux-mêmes esclaves des maîtres qui profitaient, à Zanzibar, des fruits de leurs sanglants pillages. À présent, les Blancs forçaient les Wangwana à travailler à égalité avec les Babira. Mais personne ne se souvenait plus de cela. Avec un peu de recul, la rude réalité du temps présent aurait pu contribuer à idéaliser les souffrances passées, si seulement on avait eu des horizons un peu plus larges. Les Blancs ne parlaient-ils pas, la larme à l'œil, de l'époque héroïque de la conquête, oubliant qu'ils mouraient alors comme des mouches ?

L'administration, qui considérait la forêt et ses produits comme la propriété de l'État, n'estimait pas l'impôt de ses contribuables noirs en fonction de la valeur marchande de la redevance. On ne tenait pas compte de la valeur réelle du caoutchouc livré, après la déduction des frais estimés par des opérations comptables bureaucratiques, couvrant en principe l'assurance du caoutchouc à partir de sa réception au magasin du poste. L'impôt était calculé uniquement à partir du travail de l'indigène. Sa valeur était fixée arbitrairement, d'après le principe que l'indigène devait à l'État quarante heures de travail par mois. Cela revenait théoriquement à une journée de corvée par semaine, et même moins car l'année compte plus de quarante-huit semaines. Une comptabilité complexe, pleine de pièges et de manipulations, démontrait noir sur blanc que la valeur des prestations ne dépassait jamais 26 francs-or, seuil fixé par les accords internationaux !

Cependant, la réalité était très éloignée des normes humanitaires et idéales ! En premier lieu, le travail obligatoire était ridiculement peu récompensé, en marchandise qui plus est, au mépris du souhait de celui qui la recevait. Que d'occasions pour des abus de confiance ! Les contrebandiers qui payaient un prix plusieurs fois plus élevé, et cela en marchandise désirée, représentaient dans ces conditions une concurrence redoutable. Un regard rapide sur la gestion des redevances suffisait pour constater qu'un Africain, avec toute sa proverbiale fainéantise, donnait à l'État bien plus que les quarante heures comptabilisées de façon théorique. Les heures de route entre le village et le lieu d'exploitation n'étaient jamais comptées, et pourtant les déplacements duraient des jours et non pas des heures, car la forêt s'épuisait et il fallait marcher de plus en plus loin. On ne comptait point le temps nécessaire pour déposer le caoutchouc au poste. Le principe « un jour sur sept » était extensible et occupait en fait plus de la moitié de la semaine. Dans les villages, il n'y avait presque pas d'hommes. Tous travaillaient quelque part. Les corvées absorbaient *de facto* la moitié de chaque mois, passée sans feu ni lieu à dormir dans la forêt ou sur les pistes, le ventre creux. Les hommes semblaient opprimés à l'extrême et dénués de tout espoir. Le nouvel ordre qui supprimait la différence entre anciens oppresseurs et oppressés avait un prix incroyablement élevé. À présent, la pression de l'État remplaçait celle qu'avaient exercée auparavant les Wangwana arabisés. Plus rusé, il parvenait aisément à duper les naïfs (pas ici, mais dans le vaste monde) par ses idéaux prétendus humanitaires.

Il n'y avait aucune comparaison possible entre le destin de ces hommes, libérés au nom de l'humanitarisme par l'État indépendant, et le destin des sujets du roi du Ruanda et même du Toro. On prélevait là-bas une redevance traditionnelle à laquelle s'ajoutait, au Toro, l'impôt versé à l'administration coloniale. Les vassaux du roi les collectaient en même temps. Ces redevances étaient payées par des hommes libres non seulement *de jure* mais aussi *de facto*, car ils disposaient de leur temps et pouvaient changer de vassal, s'ils trouvaient ailleurs une terre meilleure ou moins imposée. L'oppression que j'observais ici dépassait, en revanche, l'entendement. La perfidie du procédé consistant à gommer les limites entre la fiction et la réalité était scandaleuse. Les pauvres sauvages et non-sauvages se troublaient, perdaient le sens de la réalité et tout espoir, ce qui les poussait à monter des insurrections. Miséricorde ! Quelles insurrections ? Ce qu'on appelait ici insurrection n'était qu'une action spontanée de protestation des hommes désarmés et profondément désespérés.

Les fonctionnaires de l'État indépendant, pas toujours habiles dans l'art des quatre opérations arithmétiques, peinaient sur les fractions décimales, obligés à calculer au millième de centime près. Les prix de la marchandise qui récompensait le travail obligatoire, étaient également compliqués : il fallait opérer par fractions. À force de voir peiner le brave Popisofo, je compris à quoi servaient ces larges colonnes de chiffres : ces excentricités bureaucratiques n'avaient d'autre fin que d'absorber totalement le Blanc, cet exilé volontaire. Une balle de tissu de seize mètres coûtait 11,83 francs au lieu de 12, tandis que l'unité courante de tissu de deux mètres, souvent utilisée et identifiée comme l'ancien *upande* arabe, figurait dans les livres au prix de 1 franc 47,875 centimes et non de 1,50 franc. Pourquoi ? Pour qu'un Popisofo, ou un autre semblable qui veillait à ce que la machine d'exploitation ne se grippe pas et qui répondait pour tout de sa poche (pouvant même aller en prison et devenir ainsi un homme « fini »), soit accaparé par l'addition de longues colonnes de chiffres. Cette besogne ne lui laissait plus de temps ni pour faire des bêtises, ni pour penser à ses maladies et à sa mort. Une erreur de calcul était punie par une retenue sur salaire, correspondant généralement à deux semaines. C'était une sorte de thérapie empêchant de penser à la mort qui paraissait proche sous ce climat réputé meurtrier.

Athanasoff, après avoir débité ses plaintes et injures à l'adresse de ses supérieurs *ad libitum* au café, me proposa – ce à quoi je m'attendais – la visite du cimetière de Mawambi où reposaient ses prédécesseurs. Il pensait sûrement qu'il les rejoindrait d'ici peu.

Penser à la mort n'était pas ma préoccupation principale, même si personne au sein de l'expédition n'était sûr que von Raven et Weiss se reposeraient dans un sanatorium européen. Je comptais revenir en Europe en bonne santé et peut-être même sans malaria. Curieusement, l'idée qu'on ne meurt de la malaria que trois ans après la déclaration de la maladie me rassurait. C'était pour cette raison que le contrat triennal d'un fonctionnaire européen était prolongé d'une année à titre exceptionnel. Ensuite, il devait prendre ses congés en Europe au moins pendant six mois et refaire ensuite des démarches pour repartir en Afrique. Ce qu'on lui accordait volontiers, à condition que son épouse soit consentante.

Comme je ne comptais pas rester ici au-delà de quelques mois, le *black water* du stade final ne menaçait pas de m'atteindre en Afrique. À l'instar de tous les naïfs, je pensais que le retour en Europe me mettrait à l'abri de cette maladie. De toute façon, j'étais jeune et point guéri de mes rêves d'adolescent, sans parler du mauvais souvenir que je gardais de mon travail routinier au musée de Berlin. J'étais actif, j'avais la santé, un but, des ambitions, et la maladie la plus grave du Blanc en Afrique – penser à la mort – ne me concernait pas. Les Européens semblaient souvent vivre ici entourés de l'aura de la mort, de la nostalgie et de l'ennui. Même à Rutshuru et surtout à Fort Beni, où le climat paraissait pourtant bon, ils parlaient sans cesse des collègues disparus ! Et cela non seulement à propos de l'accident de chasse de von Raven mais aussi aux moments les plus inattendus, à l'occasion d'une blague licencieuse par exemple. À l'évidence un décès n'était pas ici une exception[1]. Un surcroît de travail exerçait, sans doute, une bonne influence sur la santé : j'avais déjà remarqué qu'à chaque repos ma santé me jouait des tours, comme c'était arrivé à Fort Portal.

1. Avant 1895, un tiers environ d'agents européens ont perdu la vie au Congo. (Jules Marchal, *L'État libre du Congo 1876-1900*, 2 t., Borgloon, éd. Paula Belling, 1996, t. 1, p. 210.)

J'observais donc le pauvre Popisofo, ce *guieroy nachevo vremieni*[2] bulgare qui déclamait les poèmes de Lermontov, excité par la marche. Je lui racontais à quel point j'appréciais la solitude, à défaut de trouver – fait rare – une âme littéraire comme lui ! Je lui parlais également de mes collègues qui souhaitaient de toutes leurs forces retourner au plus vite en Europe, et qui deviendraient jaloux de moi dès qu'ils y seraient. Le Bulgare buvait mes paroles pour rétorquer que lui, au contraire, il enviait mes collègues ! Avec quelle joie partirait-il pour l'Europe, vers la civilisation, le vrai monde ! Quant à moi, il me prédisait la malaria et aussi, plus au nord, la dysenterie. Son ami norvégien en était mort, il y avait tout juste un an. Étrange, un homme si droit ! Popisofo croyait que seuls mouraient les vauriens. Il insistait d'autant plus sur la droiture de son ami qu'il détestait tous les autres Normands modernes, à cause des brimades que lui infligeait le Dr Engh.

Au retour du cimetière, nous poursuivîmes notre discussion pendant l'apéritif, que j'avais en quantité grâce aux bons soins de Weidemann. Je n'y avais pas touché depuis ma séparation avec le père Cambron. Nous parlâmes jusqu'au souper de l'arrogance, cette fois-ci, des Wangwana. Popisofo me décrivait l'absence de tact de son supérieur qui sapait de façon démagogique l'autorité de ses subalternes blancs, déjà compromise sans son intervention. Le Dr Engh n'était pas mûr pour son poste, me disait-il. Par exemple, un jour, une jeune Noire du village wangwana se sauva au poste pour échapper aux brutalités de son mari ; Popisofo, pris de pitié, la conduisit chez un soldat qui n'avait pas de femme. Le mari légitime fit appel à Engh qui ordonna immédiatement au Bulgare de la lui rendre. Bien sûr, Engh défendait le droit d'un homme qui avait payé pour avoir une épouse, même s'il la battait, mais pourquoi l'avait-il fait en ébranlant l'autorité de Popisofo ? Il aurait très bien pu arranger l'affaire en mutant le soldat pour pouvoir rendre la femme à son mari sous couvert de décision administrative. Engh négligeait le fait que les Wangwana, naguère impliqués dans la cruelle *conquista* des Zanzibarites, étaient

2. Le héros de nos temps (litt. en russe), de notre époque.

connus pour leurs penchants sadiques. Accorder l'asile à un maltraité, comme à cette pauvre épouse, n'était qu'un acte de charité chrétienne !

Cependant, si le *chef de zone* n'avait pas respecté le droit du mari, il aurait créé un dangereux précédent. Si toutes les jeunes et jolies épouses battues pour diverses raisons venaient s'abriter sous les ailes des chefs de station, même en tant que cantinières, les postes seraient vite transformés en... disons, joyeuses potinières. L'État indépendant n'était pas une fondation humanitaire pour les Noires battues.

Le samedi 22 février, tout de suite après le petit déjeuner pris de bonne heure, nous partîmes avec Popisofo à Djilapanda pour terminer les recherches que j'avais commencées avant d'arriver à Mawambi. Le gardien de l'étape avait tenu sa parole : un groupe important de Pygmées m'y attendait. Enchanté par le cadeau que je lui avais donné en avance pour encourager sa médiation, il attendait avec impatience la suite. Je travaillai jusqu'à seize heures, car nous déjeunâmes sur place, à midi. J'avais amené en effet avec moi des domestiques, et quelques volontaires – attirés par le menu plus attractif qu'au poste – s'étaient chargés de la cuisine. Courageux au travail, ils y mettaient cependant moins d'ardeur que pour manger. La vue des porteurs en train de se régaler amusa le Bulgare : le *memento mori* se dissipa sans trace. Mon insouciance fit le reste : Popisofo voyait qu'en dépit de ma prochaine malaria aggravée par la dysenterie, je gardais ma bonne humeur pour mesurer les Pygmées malodorants, ce qui était tout de même assez pénible. Il m'aidait en prenant consciencieusement des notes. Dans sa tête le travail se confondait probablement avec les problèmes administratifs qui détruisaient sa santé. Ses troubles physiques, peut-être imaginaires, guidaient toutes ses pensées inexorablement vers le cimetière. Comme il était en moins bonne condition physique que moi et sans entraînement, la marche matinale de deux heures l'avait épuisé, mais il ne voulait pas l'admettre. Le café qu'Auguste lui injectait l'animait assez pour qu'il m'interroge sur mes travaux. Mais, après le déjeuner, il fut obligé de se reposer, pendant que je reprenais ma tâche. Le retour risquait d'être difficile pour un novice, d'autant plus que la route était mauvaise à la suite d'un violent orage qui avait éclaté la veille, au moment de l'apéritif. Trop absorbés par la conversation, nous lui avions alors prêté peu d'attention. En venant à Djilapanda ce matin, j'avais constaté que la piste en terre battue qui nous avait amenés à Mawambi s'était transformée en bourbier pendant la nuit. L'averse de la veille était la première depuis notre départ de Nyundo, il y a onze semaines. Pendant toute cette période, il ne tomba qu'une petite pluie à Fort Portal. Les précipitations suivaient désormais la marche du soleil vers le nord, traversant ma route.

Au retour, c'était pire : nous eûmes une averse et ne trouvant pas d'abri, nous rentrâmes trempés jusqu'aux os. Le Bulgare eut une crise de malaria et se coucha rempli d'idées sinistres sur sa santé. Le fait que je n'avais rien le déprimait. J'écrivais mon journal avec la mauvaise conscience d'avoir surestimé les forces d'un homme épuisé par son séjour dans ce lieu malsain. En lui rendant visite après le dîner, je fus soulagé d'apprendre que sa crise était légère et que son état s'améliorait. Il y avait peut-être dans sa maladie une dose d'hystérie, bref, grâce au café et au cognac servis par l'ange gardien noir appelé Auguste, il parla jusqu'à minuit, tirant un évident plaisir de l'attention que je lui prêtais. Blessé par le mépris de ses supérieurs, il appréciait que je lui parle d'égal à égal.

Cet éternel perdant n'était pas un bon à rien. En tout cas, il ne se montrait pas tendre avec ses subordonnés. Auguste m'apprit confidentiellement que ses hommes, auxquels il n'épargnait pas le fouet, ne l'aimaient guère. Par ailleurs, il ne faisait pas d'effort pour tenir le poste en bon état. Certes, venir à bout d'arrogants Wangwana qui résistaient à la corvée de portage, ne devait pas être une chose facile pour Popisofo. Il y avait fort à parier qu'il opprimait bien davantage les pauvres Babira. Quant aux Bambuba, étrangement, on n'en parlait pas. Les Babira, astreints à fournir le caoutchouc en quantité imposée par l'administration, ne résistaient même pas. Ils fuyaient en brousse ou en forêt, et allez les y chercher ! Leur défense était efficace : il fallait que l'infatigable Lindenquist les sorte de là, et ainsi de suite... Popisofo parlait du Suédois avec estime mais sans sympathie. Le Viking le méprisait, semblait-il, parce qu'il était faible et parce qu'il était bulgare.

Avant de rejoindre Mawambi, nous parcourûmes des lieux déserts, traversant les forêts par des sentiers d'éléphants dont je savais par expérience qu'ils pouvaient nous égarer. À quelques jours de marche de Mawambi, dans le premier village d'étape, les porteurs se réjouissaient déjà à l'idée de ce centre, où ils comptaient s'amuser autant qu'à Fort Portal. À partir de Kopa-Kopa, la route était bonne et nous avançâmes sans guide, et à la sortie de Mohara, nous suivîmes une large route, une allée taillée dans la forêt. À Mohara nous trouvâmes le riz local (*mchele)*, après avoir consommé celui de notre réserve. L'introduction du riz est sans doute une grande réussite des Wangwana arabisés. À Djilapanda, après avoir traversé l'Ituri, nous rejoignîmes le grand itinéraire pour nous retrouver dans la zone défrichée, en périphérie de Mawambi. Les habitants de ce populeux village wangwana se disaient « civilisés », ce qu'ils étaient sans doute par rapport aux *washenzi* contraints à cueillir le caoutchouc. L'ostentation avec laquelle ils montraient leur supériorité m'amenait, malgré moi, à les comparer aux snobs européens. La couleur de la peau varie, les vices imbéciles demeurent le lot commun des hommes.

En dépit de toute la culture arabe des Wangwana, Mawambi est un trou suffisamment perdu pour que les Pygmées s'y sentent chez eux. Ils viennent au poste chercher du sel qu'ils payent en ivoire ! On rencontre dans les environs un animal étrange : l'okapi, un mammifère parent de la girafe, de la taille d'un âne. Personne ne pensait qu'à la fin du XIXe et au début du XXe siècle, il soit encore possible de faire une découverte zoologique si merveilleuse ! L'affaire était simple : il s'agissait d'une espèce endémique de la région la moins connue de l'Afrique. L'okapi apparaissait sporadiquement jusqu'aux limites nord-est des forêts du bassin de l'Aruwimi. Il était bien implanté dans les environs des postes Makala et Mawambi, c'est-à-dire dans la zone occupée par les Européens seulement après 1897. L'animal fut découvert par le capitaine suédois Erikson. Travaillant pour l'État indépendant près de la frontière du Protectorat de l'Uganda, Erikson avait envoyé une peau d'okapi, apportée par les indigènes, au gouverneur britannique qui assemblait alors les documents pour les deux volumes de la magnifique monographie du pays qu'il administrait. Le gouverneur envoya la peau à Londres, où elle fut appelée *Okapi Johnstoni* et vendue pour beaucoup d'argent au Tringh-Museum. Ainsi, sir Harry Johnston avait fait une double affaire sans effort : il gagna une somme appréciable et donna son nom à un nouveau mammifère sensationnel. Au bout de l'affaire, il ne manquait qu'une personne : Erikson ! Fait sans importance ? Ensuite, un certain major Powell, envieux de la célébrité du gouverneur, avait cherché l'okapi pendant six mois, en errant dans la forêt avec les Pygmées, près du poste Makala en construction. Mais il n'eut guère de succès, bien qu'il fût le premier Anglais à rencontrer un spécimen chassé et tué par les Pygmées. Auparavant, on n'avait vu que sa peau, préparée par les Pygmées.

Dans les entrepôts de Mawambi quelques peaux d'okapi, destinées au Duc, attendaient leur expédition à Irumu, point du prochain rassemblement de l'expédition. Ce n'était donc pas un animal si rare. Malheureusement, elles étaient trouées, car les Pygmées attrapaient les okapis dans des filets et les achevaient à coups de lance. J'appris ainsi que les primitifs Pygmées de la haute Ituri chassent avec des filets et des lances, et pas seulement avec de petits arcs à corde de rotin, employés pour tirer dans les yeux des éléphants. En parlant de Pygmées, Athanasoff me raconta qu'à l'occasion d'un litige, les deux parties engagées consomment du poison pour prouver qui a raison. Je ne parvenais pas à éclaircir s'il s'agissait d'une institution qui leur était propre ou s'ils avaient emprunté ce « jugement divin » aux autres Africains, comme c'était le cas pour les filets de chasse et les lances.

Étant donné l'absence de bétail dans la forêt et la rareté des chèvres – je ne savais même pas si elles provenaient d'un élevage local – les Européens sont obligés de consommer ici soit des conserves, soit des poules. On m'avait vendu les poules dans deux villages wangwana que j'avais traversés. De ce fait, l'apparition d'un rôti d'antilope au dîner était une surprise. Elle fut apportée par les Pygmées qui venaient chercher du sel au poste. Ils promirent de revenir le lendemain.

La viande, occasionnellement, ou l'ivoire, très mal payé, étaient les seuls produits qu'ils fournissaient. L'administration avait pourtant essayé de les employer pour la cueillette du caoutchouc, les croyant bien adaptés à ce type d'activité.

Connaissant parfaitement la forêt, ils savaient où se trouvaient les lianes à caoutchouc car ils aimaient leurs fruits appétissants. Mais les Pygmées ne se laissaient pas prendre et il fallut assez vite accepter leur énervant désœuvrement. Dans la forêt, ils auraient été des adversaires redoutables pour les soldats mal armés. Les Pygmées tolèrent que des Noirs, plus dociles, cueillent le caoutchouc dans leurs forêts, mais leur rendent la pareille en pillant leurs plantations. On veille donc à ne pas envenimer des rapports déjà très tendus. En dépit des instructions du pouvoir central imposant la mobilisation de toute la population pour le travail productif, les Pygmées en sont tacitement dispensés, ce qui assure un *statu quo*. Ni poursuivis ni opprimés, ils venaient volontiers à Mawambi, comme je l'avais constaté, pour y échanger de la viande contre du sel et surtout du tabac, car ils sont de grands fumeurs. Récemment, ils y apportaient des peaux d'okapi. Quant à l'ivoire, les chasseurs préféraient traiter avec les contrebandiers qui leur offraient un meilleur prix que le tarif officiel. Je savais, par l'aimable Rocky, qu'ils étaient en contact avec eux.

À l'égard des Pygmées, Athanasoff appliquait le postulat de la politique générale de l'État indépendant : il maintenait le contact, mais négligeait les instructions concernant leur mobilisation pour le travail. Il en faisait une exception, et comme il se comportait avec eux simplement et directement, il n'avait pas besoin de recourir à la médiation du chef du village, comme j'avais dû le faire, avec succès, pour une affaire mineure pour eux et importante pour moi. Offrant aux Pygmées du tabac et du sel, Athanasoff agissait en chef du village, ce qui nous a permis de déguster le succulent rôti d'antilope. En revanche, il était en conflit constant avec les arrogants Wangwana qui acceptaient mal la perte du statut privilégié dont ils jouissaient à l'époque pionnière de l'État indépendant.

À présent, l'État est assez solide pour se passer de l'intermédiaire des Wangwana dans l'exploitation de la population locale et de leur aide pour organiser le transport et le ravitaillement des postes et des fonctionnaires en voyage. Le but général de l'entreprise – battre le record d'exploitation des richesses du pays – provoque cependant des tensions permanentes. Il y a des frictions à tous les échelons administratifs et les supérieurs mènent la vie dure à leurs subordonnés.

Le dimanche 23 février, les Pygmées arrivèrent au poste de bonne heure, apportant une antilope naine vivante. Venant du même camp que les Pygmées vus la veille à Djilapanda, ils étaient guidés par le même homme, fier de sa barbe de bouc, qui se déclara leur chef. Nous causions comme de vieux amis, davantage de façon détendue qu'ouverte. Mes efforts pour lui soutirer des renseignements sur leur organisation interne échouaient lamentablement. Nous en parlions beaucoup, mais mon interlocuteur donnait des réponses si contradictoires qu'il était impossible d'en tirer des conclusions claires. À croire que dans cette tribu les noms des clans étaient gardés secrets devant les étrangers. L'affaire se solda par des recherches anthropologiques.

Après les Pygmées, j'abordai les Babira. Et là, m'attendait une surprise : dans la région de Mawambi on trouvait plus facilement les Pygmées que les Babira. Nous en réunîmes treize, à grand-peine. Ils venaient aussi d'un Djilapanda – croisement de chemins – mais autre que celui où j'avais été avec Athanasoff. Le leur était situé à l'ouest, là où l'itinéraire menant à Avakubi recoupait la piste allant à Makala. Il s'agissait en fait du village babira le plus avancé à l'ouest. Pour me satisfaire, on les avait fait venir de la périphérie du territoire administré par Athanasoff ! Le Djilapanda de l'Est est habité par les Balese, m'a-t-on dit, mais je ne les avais pas vus. Malmenés par les Wangwana, ils s'étaient sûrement écartés du grand itinéraire.

Les Babira du Djilapanda de l'Ouest ravitaillaient les voyageurs passant par leur village, ce qui les dispensait de la collecte du caoutchouc. Cette « exonération » les rendait confiants à l'égard du poste. Ils s'étaient déplacés volontiers, intrigués par les merveilleuses histoires que les pistoniers venus les chercher leur avaient racontées sur notre caravane. Les cueilleurs de caoutchouc, en revanche, évitaient le poste comme le diable l'eau bénite, car c'était un lieu où on leur demandait toujours davantage que ce qu'ils pouvaient faire. Les treize Babira ne semblaient pas terrorisés. Ils parlaient volontiers et m'apprirent qu'ils n'avaient jamais entendu le nom « Babira ». À l'évidence, il leur avait été donné par les étrangers. Il s'agissait d'un groupe ethnique bantu forestier fortement différencié, composé, d'après l'état de mes recherches, de dix tribus qui semblaient être des clans exogamiques, sans que je puisse en acquérir la certitude. Il y avait donc : Mupohe au village Kwa Fundi, Mupundimu au village Kulu-Kulu, mais aussi : des Babongo, des Bakaiko, des Banashora, des Bandizubu, des Babolibe, des Babeli, des Bapokino et des Bandihugu. J'avais dû marquer « Mupohe » et « Mupundimu » au singulier, car il s'agissait des individus, tandis que plus tard on m'avait cité les noms des clans au pluriel. Les hommes vus aujourd'hui s'accordaient sur le fait que toutes ces tribus parlent le même dialecte. Eux-mêmes se nomment « Babongo ». Originaires d'un village situé près de la rivière Lenda, à l'ouest, ils la désignent comme la limite occidentale des terrains occupés par les tribus des Babira. Tout le bassin de la Lenda est probablement inclus dans leur territoire. Ils n'affirmaient pas que l'administration les avait déplacés au-delà de la rivière. Interrogés sur leurs voisins, ils citaient les Bandaka au nord-ouest, et au sud les énigmatiques Barumbi, qu'ils considéraient comme les plus dangereux. C'est tout ce que je parvins à savoir.

Une fois mes recherches terminées, je vérifiai l'état sanitaire de mes hommes. Dans l'ensemble, il n'était pas bon. L'alimentation ne posait pas de problème, mais ils semblaient épuisés par les marches forcées. Plusieurs d'entre eux souffraient de la gale, effet du contact avec les habitants de la forêt. Les Babira étaient malpropres de réputation. La gale à peine découverte, le dos me démangeait déjà, sans que je trouve le moindre point noir à la base de mes doigts, premier signe de cette maladie. Réaction névrotique, mais désagréable. Les braves Wasukuma galeux portaient mon linge et aidaient Auguste à faire mon lit. Immédiatement écartés de cette fonction, ils durent dorénavant porter le riz. Cela devait leur apprendre la propreté. Avec quel plaisir aidaient-ils Auguste dans ses tâches ménagères ! Comme ils aimaient manger les restes dans la cuisine ! Et tout cela était fini à cause d'une bêtise : des petits points noirs entre les doigts, à peine visibles sur la peau noire. De plus, les charges de riz étaient lourdes.

Cela dit, le portage des réserves était désormais moins pénible qu'au moment de notre départ de Fort Beni. Leur épuisement permettait de prévoir trois hommes pour deux fardeaux, de façon qu'il y en eût un de relève. Celui-ci ne portait que ses propres bagages. En dépit de mon souci d'épargner les hommes, l'état déplorable de deux Wasukuma m'obligea à les laisser à Mawambi, avec la consigne de les expédier avec la première caravane à Irumu, où se trouvait notre principal dépôt. L'expédition devait s'y réunir dans trois semaines, pour prendre ensuite la route de l'Europe. Les deux porteurs ne semblaient pas contents de mes dispositions, peut-être parce que j'avais confié à Athanasoff, et pas à eux, leur viatique alimentaire. En attendant le départ, ils devaient par conséquent se contenter de la maigre pitance locale. Les connaissant bien, je n'avais pas d'autre solution : ils auraient tout mangé pendant leur séjour à Mawambi, par ennui, comme les enfants, sans penser à l'avenir. Nombreux étaient ceux qui mourraient en route à cause de l'imprévoyance !

Des dix-huit Wasukuma qui avaient quitté Bukoba avec moi le 15 juin (les cinq autres furent engagés dans des tribus plus méridionales de l'Afrique orientale allemande), il en restait quatorze : je venais d'en laisser deux ici ; un homme fatigué resta à Fort Beni dans la colonne de réserve ; enfin, le pauvre barbu, Mtoto (appelé « enfant » malgré son âge mûr) attrapa froid au passage du col entre Ruaza et Nyundo, où nous affrontâmes le gel, et décéda à Kissenyi. Ainsi les dernières marches avaient épuisé un homme par semaine – triste mesure des efforts déployés pour rester un an de plus en Afrique.

Les Bakusu, dits Manyema, jouaient un rôle de plus en plus important dans ma colonne. Il est vrai qu'ils m'avaient été attribués plus tard. Je savais désormais qu'ils supportaient mieux les longues marches que les Wasukuma. Parmi les dix-sept Manyema, aucun n'avait encore défailli et aucun n'avait la gale car ils étaient propres. Sélectionnés jadis par les négriers qui connaissaient l'Afrique mieux que les Européens, les Manyema, plus forts, donnaient d'excellents porteurs. Si les Wasukuma étaient également appréciés, ils restaient moins professionnels. C'étaient des paysans qui s'engageaient pour le maudit portage afin de gagner l'argent de l'impôt. Mais ils dépensaient leurs sous sans réfléchir, cédant à toute tentation et, comme je le constatais maintenant, perdaient aussi la santé.

Après l'appel, je m'occupai du courrier, me limitant à quatre lettres. J'envoyais les copies de mes notes et une lettre au directeur von Luschan, l'informant de ma décision de rester encore un an en Afrique, indépendamment du devenir de l'expédition qui devait, je l'avais appris confidentiellement, revenir en Afrique après une petite année de repos en Europe. Ma deuxième lettre était adressée au Duc. Elle décrivait notre marche de Fort Beni à Mawambi. J'y présentais les conditions alimentaires en couleurs sombres, priant de m'envoyer un nouveau convoi de vivres à mi-chemin entre Irumu et le poste abandonné d'Adjamu, à la limite nord de la forêt vierge. Pour faire bonne impression, je ne demandais rien pour moi. D'ailleurs, cela ne posait pas de problème : Auguste, très économe, s'occupait de moi mieux que moi de lui et je pouvais, au pire, survivre grâce à mes hommes. Mais il était de mon devoir de mettre les porteurs à l'abri de la faim qui pouvait les décimer ou les forcer à abandonner une partie des bagages, ce qui signifierait la fin du voyage. Les aventures dramatiques de Kirschstein ne me tentaient pas.

La traversée de la forêt vierge d'Adjamu à Irumu s'annonçait deux fois plus longue que celle de Fort Beni à Mawambi (ô combien éprouvante !) et plus pénible. Cet itinéraire forestier était abandonné depuis peu. De l'ancien temps, il ne restait que deux villages wangwana. Leurs habitants laissés en paix, car même le courrier n'y passait plus, vivaient à leur guise, hors État. Ce chemin avait été condamné parce qu'il était difficile de s'y engager sans que les porteurs ne meurent de faim et d'épuisement. Mais personne ne niait que les Wangwana l'empruntaient pour communiquer avec Adjamu et Irumu. Perdus dans la brousse, ils avaient la réputation de réceptionner l'ivoire des Pygmées. Je pesais le pour et le contre. Comme je m'entendais facilement avec les indigènes et que les contrebandiers me respectaient (je n'abusais pas de la confiance de Rocky), je ne craignais pas grand-chose, sans ignorer pour autant les conseils de Popisofo qui essayait par tous les moyens de me faire abandonner mes projets insensés. Mon plan était élaboré à partir de vieilles cartes, dressées sur la base des itinéraires labyrinthes des colonnes d'éclaireurs, mais j'avais déjà une certaine expérience en la matière. Je savais que la forêt vue de la véranda du mess de la garnison, surtout à l'heure de l'apéritif, propice à la narration des contes, paraissait pire qu'en réalité. Que ne m'avait-on pas raconté à propos de la route de Fort Beni à Mawambi ! Pourtant, elle était déjà derrière moi.

Les lettres qui devaient partir à Irumu me prirent peu de temps car j'avais déjà expédié un courrier plus volumineux de Kwa Fundi, quelques jours auparavant, où m'avait rejoint le coursier apportant les lettres d'Europe. Après le déjeuner, au café, je dus repousser une nouvelle offensive d'Athanasoff, bien argumentée : mes travaux les plus probants concernaient les Pygmées et je ne les trouverais nulle part aussi facilement qu'ici, où ils étaient totalement apprivoisés. C'était vrai. Cela m'avait déjà frappé à Djilapanda, où deux familles pygmées avaient traversé l'Ituri avec moi. Les conditions étaient excellentes, certes, mais je devais être à Irumu dans un mois au plus tard.

Je voyais donc ma situation autrement que Popisofo qui me retenait pour avoir de la compagnie. Je le protégeais aussi, dans une certaine mesure, de son chef. Pour ce qui concernait les Pygmées, j'avais assez de matériaux pour une monographie qui ne perdrait pas son actualité de sitôt. La carte ethnographique de la région du partage des eaux entre le Nil et le Congo l'emportait désormais sur les Pygmées. Pour réaliser mon projet, je devais me presser.

Je regrettais mon séjour prolongé à Fort Portal. J'y travaillai pour le musée de Leipzig aux dépens de mon temps de recherche. Il fallait maintenant donner la priorité aux cartes ethnographique et anthropologique. Mon âme de nomade me poussait à partir sans attendre.

Athanasoff, pauvre Popisofo, me suppliait de rester un jour de plus, ne serait-ce que pour finir l'antilope. Je résistais, craignant qu'une heure supplémentaire en sa compagnie ne suffise pour que je contracte son apathie, son indolence et sa maladresse. J'observais avec satisfaction la caravane qui se montait rapidement. Les hommes partaient contents de séjourner bientôt à Avakubi et passer quelques jours dans un centre bien organisé. Il ne fallait pas s'en étonner : ils adoraient le changement. Alors, ils tapaient sur les coffres et paquets, scandant : *Safari na muaka ou ou ou...*

Nous prîmes la route le dimanche 23 février. Le Bulgare, malgré sa crise de malaria de la veille, fit un bout de chemin avec moi. Cette promenade, disait-il, le sortait de la pourriture du poste. C'était pour lui une dernière occasion de parler le russe, ce qui lui plaisait vraiment. La nostalgie le dévorait et le russe n'était pour lui qu'un succédané de bulgare, dans lequel il retombait presque inconsciemment. Je le comprenais pourtant assez bien. Je voyais enfin l'utilité du pénible apprentissage de la langue de l'Église orthodoxe slave, en classe de quatrième, enseignée par Szymanowski, un Polonais qui accentuait la deuxième syllabe de son nom, au lieu de l'avant-dernière, pour mieux signaler sa totale russification. Cela m'aidait à suivre Popisofo quand il s'emballait.

Nous fûmes enfin dans le village des Wangwana. Quel mélange de population ! Je voyais pour la première fois, dans l'État indépendant, une si forte concentration d'hommes « civilisés ». On avait amené ici des gens de tout le territoire jadis envahi par les Zanzibarites. Il s'étendait au-delà de Lomami à l'ouest et de l'Itimbiri au nord-ouest, atteignant au nord la limite du bassin de l'Uele. En restant ici, on pouvait recueillir de la documentation pour la carte anthropologique d'une grande partie de l'Afrique. Il y avait aussi des Babira enlevés des villages voisins, désormais disparus. Ils se considéraient déjà comme des Wangwana. Une fois circoncis, ils étaient nominalement musulmans et regardaient leurs frères sauvages avec un infini mépris.

Les relations que les Babira « civilisés » et se disant Wangwana entretenaient avec leurs frères « sauvages » firent observer à Popisofo qu'en Bulgarie le parti au pouvoir traitait de même façon les représentants de l'opposition. À cette différence près – méritoire selon l'ex-sympathisant d'un parti qui perdit les élections – qu'en Bulgarie, le passage de l'opposition au gouvernement était physiquement moins éprouvant que la conversion à l'islam ici. Dans son pays, il suffisait d'annoncer dans la presse : « Comment je découvris la vérité », avec sa signature en bas de l'article, pour attendre moins longtemps que les autres un bon emploi. À condition toutefois de publier sa confession avant que le parti au pouvoir n'entame sa descente aux oubliettes de l'histoire. Je n'avais pas demandé à Popisofo s'il parlait de son expérience personnelle. Une chose était sûre : il n'était pas venu en Afrique animé d'une quête juvénile de la grande aventure.

Le village wangwana étonnait par le niveau élevé de sa culture matérielle. Les alentours des vastes maisons en bois étaient en ordre et les hommes portaient des *kanzu* blanches et propres. Sur l'une, je vis un bout d'inscription : MIL, qui trahissait l'origine anglaise ou indienne de l'étoffe. Ne provenant pas d'un magasin de l'État indépendant, elle n'était certes pas gagnée par le portage. On sentait ici une main plus généreuse, celle du contrebandier. J'avais déjà entendu des merveilles sur le commerce libre à Kopa-Kopa. L'aisance locale ne provenait pas uniquement des champs bien entretenus. L'administration congolaise, représentée par Popisofo, ne parvenait pas à stopper le trafic avec la zone anglaise. La rage refoulée bouillait dans les plaintes des fonctionnaires contre l'arrogance des Wangwana – leur trait spécifique incontestable – et contre la déloyauté des voisins, allemands et surtout anglais, qui exploitaient les ressources du Congo sous le nez des Belges, ce qui était vrai aussi. Les Wangwana semblaient apprécier la monnaie d'or anglaise, plus facile à cacher que les grandes et lourdes roupies d'argent indiennes, monnaie courante des colonies britanniques (seule reconnue par ses habitants) qui servait à payer l'impôt. On racontait que ces petites pièces jaunes circulaient entre les mains noires et les mains blanches, permettant de franchir la frontière fermée. Sinon, d'où venaient les marchandises qui ne provenaient pas des magasins de l'État indépendant ?

Les Wangwana, pas tous bien entendu, connaissaient les arcanes de la politique coloniale locale. Trop émancipés pour être ignorés, ils étaient déjà « arabisés » dans l'âme, et aucun fouet ne pouvait changer ce fait. Entre le chantage et le pot-de-vin, ils s'adaptaient rapidement à la nouvelle situation. Ils savaient également commercer en cachette grâce à leur bonne organisation. Leur action nuisible était tolérée par les pays européens, « amis » de l'État indépendant qui fermaient les yeux par ruse sur la marchandise qui ne devait pas franchir la frontière. Mais sans l'aide des Wangwana l'administration congolaise ne dominerait pas la Province-Orientale, conquise depuis peu sur les Zanzibarites. Le transport – vital pour Mawambi par exemple – dépendait des bons rapports qu'elle entretenait avec eux. Le sachant, les Wangwana recouraient au chantage et leur résistance passive était redoutable. C'était de leur faute si Popisofo n'avait ni café ni médicament. Et on leur cédait en tout, comme dans l'affaire de Popisofo et de la femme battue, bien que le comportement du Bulgare fût en accord avec sa conscience et avec le discours officiel de l'État indépendant.

Je consolais ainsi l'incarnation bulgare des conquistadores européens devant un village wangwana, où nous nous quittâmes en amis. Grâce à lui, je compris les problèmes qui me semblaient confus et qui en réalité étaient simples. J'avais le sentiment d'avoir exploité ses amères expériences tropicales. Je regrettais de ne pouvoir l'aider, mais probablement personne ne pouvait rien faire pour lui.

CHAPITRE XVI

SUR LES TRACES DE STANLEY

Le passeur. – Kasanga. – Blessé, lépreux et infirmes. – Averse. – Entretiens fatigants. – Grande lassitude. – Nuit en forêt. – La rivière Lenda. – Invitation. – La caravane à l'enterrement du chef du village. – Tombeau du chef. – Pleureurs maquillés. – Grandes danses. – Curieuse visite. – Informations imprécises. – Mes principales tâches. – Analogies sentimentales. – Fatigue après la fête. – Triomphe de Wasukuma. – Djilapanda. – Flèches empoisonnées. – Les Bakumu ou les Wangwana. – Burika – Le besoin de savon. – Problèmes des autochtones. – Snobisme des Noirs. – Informations contradictoires. – Bafwaitu. – Chaos ethnographique. – Persistance du système zanzibarite. – Population métissée. – Féodalisme arabe. – Encore une nuit dans la forêt. – Fariala. – Caravane misérable. – Avakubi. – Impertinence. – La cause des soucis. – Visite du cimetière. – Visite à la mission. – Souper au réfectoire. – Piteux progrès des recherches anthropologiques. – En visite chez les Arabes. – Secrets de leur commerce. – Espoir du changement des conditions de vie. – Menus achats. – Déjeuner intéressant à la mission. – Vie chère. – Facturation démesurée.

À la sortie du village des Wangwana, l'itinéraire d'Avakubi traversait l'Ituri puis s'éloignait d'elle sur une bonne distance, tournant à l'ouest. Comme à Fariala, nous passâmes la rivière avec un nautonier de la tribu Balese. Les territoires au nord de Mawambi et avançant en coin vers l'ouest, entre l'Ituri et l'Epulu, avaient été naguère habités par les Balese. Mais depuis que ceux-ci avaient été chassés par les Wangwana qui contrôlaient la piste, cet espace était devenu le domaine exclusif des Pygmées. Il n'était pas facile de découvrir à quelle ethnie appartenait notre passeur. Il me fallut d'abord parler de tout et de rien pour qu'il se décide, à ma demande, à compter jusqu'à dix. Ma remarque que leur prononciation rappelait celle de Bambuba, sembla lui convenir. Les Balese et les Bambuba sont frères, ajouta-t-il. Auparavant, il avait soutenu qu'il était *mugeni* : terme par lequel les Wangwana désignent un pagayeur ou un batelier. Ce nom semblait venir d'une tribu de pêcheurs du bord du Lualaba (Congo), où les Zanzibarites avaient installé leurs sites lorsqu'ils atteignirent le Congo. Leur nom : Wageni (Bageni), était devenu, en langage wangwana, le synonyme de nautoniers et de marins d'eau douce. L'administration classait les Wageni dans la catégorie des arabisés, c'est-à-dire des Wangwana.

Après trois heures de marche, nous arrivâmes à l'étape de Kasanga. La route me laissa un bon souvenir : elle passait dans la forêt mais était dégagée, bien entretenue et avait un sentier en terre battue au milieu. La population de Kasanga se composait des Wangwana et des Babira. Tous se disaient « hommes civilisés ». Leur chef m'offrit en cadeau de bienvenue des œufs enveloppés dans un mouchoir bariolé et me pria de le récompenser en papier à lettres. Nous étions en 1908, au cœur du continent noir ! J'étais stupéfait. Cela m'était déjà arrivé, mais au royaume du Toro où les écoles de deux missions œuvraient depuis des années. Il y avait aussi parmi mes porteurs un homme respecté pour son savoir et qui avait dans son balluchon un *kitabu* (livre, et dans ce cas précis le Coran), mais plutôt faible en écriture. Et voilà que dans un village africain de l'Ituri, on me demandait du papier ! Je me doutais bien que la lettre écrite sur mon papier ne voyagerait pas par la poste de l'État indépendant, mais servirait à envoyer un message commercial à Fort Portal, à *Bana* Rocky peut-être ?

Quand le chef du village, visiblement ravi, emporta son papier à lettres, quelques hommes de la foule des badauds demandèrent des médicaments. Le premier me fit peur. Il avait à l'aine une grande plaie, couverte d'une horrible moisissure vert jaune qui me fit d'abord penser qu'un Européen l'avait déjà soigné avec de l'iode. Ne sachant pas quoi faire, je préparai, dans un récipient fourni, une solution de sublimé de l'iodoforme pour laver ses blessures. J'informai le pauvre homme, qui voyait sûrement dans ce médicament européen une panacée magique, que le remède n'était pas à boire. Avalé, lui disais-je, il tue l'homme comme il tue sa maladie ; de plus, s'agissant d'un *dawa kali sana* (médicament très fort), il faut à la fin briser le pot et brûler le chiffon (la gaze) après l'usage. Le deuxième malade, un lépreux en stade avancé, se plaignait de ses doigts qui tombaient ; je ne pus l'aider. Enfin, un troisième s'avança, grimaçant de sa bouche grande ouverte comme s'il voulait nous épouvanter par son sourire diabolique. Je mis un certain temps à comprendre que le pauvre homme avait jadis été puni par l'ablation de la lèvre supérieure. Plusieurs personnes avaient des oreilles coupées, traces de châtiments pratiqués par *Muarabu* – l'Arabe – Kalunga qui résidait jadis dans un village au bord du Lenda. Chassé par les *Wazungu* (Européens), qui remplaçaient les méthodes zanzibarites par des méthodes plus humanitaires, il était maintenant vieux et vivait à Avakubi. Kalunga est décrit par Stanley, dont nous suivions justement la trace, sous le nom de Kilonga-Longa[1].

Le lundi 24 février, je partis plus tard que d'habitude de Kasanga. Il pleuvait maintenant chaque après-midi. La veille, la pluie avait tardé à venir et nous arrivâmes secs à notre camp, mais ensuite il plut toute la nuit. Il fut impossible de partir avant sept heures du matin, car il fallait attendre que la route sèche. Trois heures après le départ, nous étions au village Abaranga, ou Barungu, sur la petite rivière Endibi. J'y perdis trois heures en palabrant avec les Wangwana, sans arriver à comprendre les rapports qui lient les Bakumu et les Babira, deux tribus paraissant distinctes mais parlant la même langue. Des Wangwana locaux, amas bariolé de tribus forestières et de Manyema, ne voulaient pas dévoiler leur appartenance tribale. La question

1. Stanley l'a rencontré le 15 octobre 1887, dans une contrée dévastée par ses hommes. Il laissa chez lui 70 charges de munitions et de marchandises sous la garde du chirurgien Parker et du capitaine Nelson, incapables de poursuivre la recherche d'Emin Pacha. (*In Darkest Africa*, 1890.)

paraissait indiscrète. Seuls les Bakusu affichaient fièrement la leur. Ils formaient la minorité privilégiée, une aristocratie favorisée par les Zanzibarites qu'ils remplaçaient désormais.

Mon acquis anthropologique se limita donc à l'étude des quatre Babira autochtones. Écartant les individus d'origine tribale incertaine, je repris mes investigations ethnographiques. Tous soutenaient que les Bakumu étaient tout simplement des Babira qui habitaient les forêts au sud-est de Kisangani – les Wangwana appelaient ainsi Stanleyville – ce qui signifiait « sur l'île ». Ils rejetaient ma supposition que les Bakumu étaient parents des Barumbi, une tribu soudanaise qui avait pénétré les forêts depuis le Nord-Ouest, envahissant de grands espaces forestiers à l'est du territoire des Bakumu. J'obtins aussi de précieuses données sur les Barumbi des environs. Ils parlaient la même langue que les Mangbetu du bassin de l'Uele. Bien entendu, cela restait à vérifier.

Nous partîmes vers trois heures. Après toutes ces discussions, une grande lassitude s'empara de moi. Pour la première fois depuis le départ du Ruanda, je montai sur mon ânesse. L'itinéraire étant bien indiqué sur la carte, je pouvais le faire car le relevé de route ne servait ici qu'à contrôler la boussole et le podomètre. Ce dernier comptait à présent les pas d'Auguste, en guise d'entraînement pour le cas où une défaillance de ma part m'obligerait à m'appuyer sur lui.

Je voyais maintenant combien était important de me déplacer toujours à pied. Dès que je fus sur le dos de la brave ânesse, une vague de fatigue envahit mes hommes qui se traînaient comme des mouches dans du goudron. La caravane se scinda en deux : les Manyema emboîtaient les pas de l'ânesse, encouragée par son gardien et piquée par moi au garrot, à la manière arabe mais avec un crayon ; les Wasukuma se faisaient de plus en plus distancer, malgré les appels plaintifs de Salimu. Dans ces circonstances, il n'était pas question d'arriver à Lenda avant la nuit, comme prévu. J'avais perdu trop de temps à parler ! Il faisait chaud et très humide. La saison des pluies culminait et il fallait compter sur une averse avant le soir. Par conséquent, il fallait diviser la marche de six heures en deux étapes de trois heures, pour profiter des abris disposés selon cette distance. Nous fîmes halte pour la nuit en pleine forêt, dans un gîte isolé, forcés de puiser dans nos réserves. On distribua le riz économisé à Mohara. Malgré la fatigue, nous avions parcouru tout de même près de trente kilomètres depuis le matin.

Le lendemain, après trois heures d'une morne « promenade », nous arrivâmes dans un grand village wangwana, ancien site de Kalunga sur la rivière Lenda. Pour épargner mes hommes, je décidai d'y passer la nuit, bien qu'il fût seulement onze heures du matin. Le village avait enterré son chef trois jours avant notre arrivée et cet événement pesa aussi sur ma décision : il serait inhumain d'exiger de mes Manyema qu'ils déclinent l'invitation à la cérémonie funèbre ! Musulmans nominaux, ils étaient les seuls à être invités ; les païens Wasukuma en furent écartés sans la moindre gêne. Peu après notre arrivée, on avait sorti d'une maison voisine de grandes bassines de fer-blanc remplies de montagnes de riz, d'aspect très appétissant, et on les exposa sur la place du village. Les invités se joignirent aux endeuillés pour s'asseoir autour d'elles et avaler le riz avec appétit. Ils mangeaient avec les doigts, en y mettant autant de grâce que des Italiens dégustant leurs *macaroni*. L'ambiance était paisible. Le défunt et ses aventures dans le royaume des ombres semblaient lointains, mais l'un ou l'autre convive murmurait de temps en temps une remarque sur le mort ou sur la cérémonie et tous l'approuvaient de concert, avec des sourires courtois. Les pauvres Wasukuma regardaient ce spectacle avec convoitise, soupiraient et se léchaient les lèvres. À tout prendre, les vrais endeuillés, c'étaient eux ! Et tout cela parce qu'ils n'étaient pas circoncis. Nos soldats étant aussi invités, j'ordonnai à Salimu de préparer pour les Wasukuma un festin analogue. À ma grande surprise, Abd Allah ibn Massoud et le cuisinier Simba avaient refusé de participer au banquet funèbre. Était-ce pour ne pas m'abandonner ? Ou peut-être en tant que gentlemen de la côte, se considéraient-ils supérieurs aux Wangwana forestiers qui les singeaient sans jamais voir l'océan Indien autrement qu'à titre d'esclaves des Arabes, porteurs de l'ivoire ?

Le tombeau du chef se trouvait face à sa maison, au milieu de l'allée principale qui se transformait en piste à la sortie du village. Deux adolescents gardaient le défunt en dormant sur sa tombe, abritée par un petit toit à deux pentes monté sur quatre pieux. À ma question de savoir s'il s'agissait d'une nouvelle maison du défunt, on me répondit rationnellement que c'était une protection contre la pluie qui risquait d'abîmer la tombe fraîche. Cette réponse logique coupait court à toute investigation sur des sujets délicats. Pourquoi ces garçons dormaient-ils sur la tombe, pendant que les autres festoyaient ? Je ne parvins pas à le savoir.

Les villageois étaient maculés d'une glaise blanche en signe de deuil. La quantité de barbouillage semblait dépendre du degré de deuil de chacun. Les visages des serviteurs en étaient entièrement couverts : la glaise sèche tombait des paupières, laissant leurs yeux entourés d'un cercle noir estompé. Quelle image impressionnante, ce spectacle des crânes de morts qui se balançaient sur des corps musclés ! Les moins endeuillés n'avaient qu'une barre blanche verticale sur le front, et les parties non couvertes des corps de toutes les femmes étaient peintes en blanc. Mes hommes ne s'étaient pas ornés de ce symbole funèbre, mais je ne parvins pas à savoir si ce manquement au savoir-vivre était important.

En dépit des signes de deuil évidents, on se préparait pour danser. C'étaient des danses rituelles pour commémorer le défunt et aussi pour honorer mes Manyema dont la présence avait illuminé la cérémonie. À mesure que la soirée avançait, les femmes, devenues un peu plus gaies, commençaient à se montrer aguichantes. Leur générosité envers les invités ne se limitait probablement pas au riz... Je ne savais pas si les veuves inconsolables dansaient aussi, mais en tout cas les femmes d'ici ne ressemblaient guère à ces ouvrières timorées qui vannaient le riz à Mohara. Le jour où celles-ci fêteront joyeusement le décès de leur maître bestial, je ne serai point surpris.

La nuit ne fit pas faiblir les danses commencées dans la soirée. Bien au contraire. Au bout d'un temps, les battements sourds et insistants des tambours se mirent à résonner au creux de mon estomac. Le mal de mer a-t-il un frère jumeau sur la terre ? Mes domestiques, si réservés dans la journée, se laissèrent emporter par la folie nocturne. On s'imagine mal ce qu'est le tambour et son rythme pour un Noir. Simba et son assistant Djuma se sentaient plus proches des Wangwana de la forêt que des Wasukuma avec lesquels ils voyageaient pourtant depuis longtemps. Le délirant carnaval funèbre leur faisait oublier que les Wangwana locaux étaient d'anciens cannibales !

Seuls les Wasukuma montaient la garde cette nuit. Les soldats et Auguste ne dansaient pas non plus. Ils veillaient sur les gardes. J'entendais depuis ma tente Pendakula qui leur disait que *goma* (tambour ou danses accompagnées du tambour) était une bonne occasion pour voler, surtout dans des villages de garnements pareils. Sa façon de traiter ceux qui l'avaient si bien reçu était surprenante !

Nos hôtes qui se sentaient honorés par ma décision de rester au village pour les funérailles, m'avaient offert des poules et des œufs, sans parler du riz fourni en grande quantité. La visite du successeur du chef défunt, venu me remercier pour mon geste de civilité, fut le comble de la politesse. Je me rendis compte que j'avais affaire à un Mungwana intelligent, dégourdi, et dont je pouvais beaucoup apprendre. Je demandai donc qu'on nous serve le café et je n'eus pas à le regretter car il connaissait le pays dans tous les domaines. Jeune, il vagabondait naguère avec les marchands d'esclaves qui s'installaient à l'époque dans la contrée. Il venait de la tribu des Bakusu qui aidaient en ce temps les Zanzibarites. Faisait-il partie de l'équipe du cruel Kalunga dont les exactions étaient encore visibles sur les lèvres et les oreilles mutilées des habitants de Kasanga ? Je préférais ne pas l'interroger à ce sujet car l'interview ethnographique m'était plus précieuse que les curiosités historiques. Mon hôte confirma ce qu'avait dit Athanasoff sur l'importance de la rivière Lenda en tant que frontière ethnographique. À l'exclusion des Wangwana habitant le long de l'itinéraire, qu'il appelait *barabara*, les *washenzi* Babira atteignaient cette rivière à l'est. Quelques-uns de leurs villages, à l'ouest de la Lenda, étaient leurs sites les plus avancés dans cette direction. À l'ouest des Babira vivaient toujours les Mabudu, parlant la même langue que les habitants du bassin central de la Nepoko, au nord d'Avakubi (qu'il appela Pakubi). À cette tribu, il rattacha aussi les Bahuga et les Basoma, ou Bafwasoma. Questionné sur ces premiers, dont je n'avais encore jamais entendu parler, il devint moins affirmatif à propos de l'étendue de la grande tribu des Mabudu, soutenant seulement que les Bandaka qui habitaient directement derrière la Lenda, en faisaient partie. Mais cela demandait à être vérifié. Il confirma aussi ce que j'avais déjà entendu à Abaranga : les Barumbi vivant au sud-ouest de la

Lenda parlaient la même langue que les Mangbetu. Mais par la suite, il apparut qu'il appelait Mangbetu toutes les tribus soudanaises qui pénétraient la forêt depuis le Nord ou le Nord-Ouest, et dont la culture matérielle était différente de celle des tribus forestières. À ma demande de citer les tribus du grand peuple Mangbetu, il répondit sans hésitation : Mabisanga, Baeke, Buungulu, Bazande, Bayuku. Parmi ces cinq tribus, seuls les Mabisanga étaient indubitablement des Mangbetu. Déjà Athanasoff m'avait dit qu'ils parlaient la même langue, et ses informations étaient précises. Les Bazande étaient tout simplement les Azande – les Nyam-Nyam connus des Arabes – et les Buungulu leur lignage régnant : Avungura était le nom de la dynastie sous laquelle les Azande avaient fondé leur vaste État dans les bassins de l'Uele et de la Bomu, au centre des confins méridionaux du Soudan. Quant aux Bayuku, il les avait sûrement confondus avec les Mayogu, conquis par les Mangbetu mais parlant une autre langue. Les Baeke constituaient une énigme. Il ne s'agissait pas des Bandaka, car mon hôte les avait cités comme une tribu appartenant aux Mabudu. Ils pouvaient être un petit groupe d'une tribu plus importante, ou encore une déformation du nom de la tribu Balika qui était, selon Athanasoff, une branche occidentale des Mabudu.

Quand j'eus attiré l'attention de mon interlocuteur sur ses imprécisions à propos des Azande et des Avungura, il perdit l'envie de poursuivre notre conversation. Je regrettai aussitôt de l'avoir critiqué. Il valait mieux écouter cette source d'information vive mais susceptible. J'appris néanmoins les noms de tribus sur lesquelles je devais me concentrer davantage.

Toutes les données obtenues par des interviews devaient être, indépendamment de la source, filtrées et contrôlées. Généralement on les obtenait sous une forme proche de celle exposée ci-dessus. Je regrettais beaucoup de ne pouvoir vérifier les propos tenus sur les Bandaka : étaient-ils vraiment de la tribu des Mabudu que j'allais bientôt rencontrer dans le bassin central de la rivière Nepoko ?

Au cours de mon expédition dans le bassin de l'Aruwimi, j'envisageais d'étudier les rapports ethniques dans une région mal connue, attenant aux terrains étudiés par Wilhelm Junker au nord et par Emin Pacha et Frédéric Stuhlmann à l'est. Il fallait aussi dissiper quelques doutes à propos des tribus de la périphérie septentrionale des territoires étudiés par ces deux derniers. Ils en citaient certaines dont les rapports mutuels étaient moins connus que ceux de leurs voisins. Il en allait ainsi, par exemple, pour les énigmatiques Wasongora. On savait seulement qu'ils n'avaient rien en commun avec les Wasongora du Busongora[2] qui appartenaient à la tribu des Bakondjo. Je ne pouvais pas me contenter de compléter les informations ethnographiques recueillies sur cet itinéraire par Stanley. Le grand conquistador y pénétra énergiquement, sacrifiant des vies humaines et s'intéressant peu aux hommes. Cette terre inconnue des ethnographes, où il fallait tout faire *ab ovo*, avait le charme de la nouveauté, mais le temps me manquait : il fallait vite rejoindre Irumu pour explorer ensuite le bassin de l'Uele et relier mes recherches à celles de Junker et de Schweinfurth. Hormis Stanley, peu intéressé par l'ethnographie, aucun de ces deux grands voyageurs n'était parvenu si loin dans le Sud. Je voulais surtout rejoindre les itinéraires de Junker. Les travaux qu'il avait menés pendant plusieurs années dans le sud du Soudan, avant l'expansion des mahdistes[3], donnaient une base solide à ma tentative de saisir la situation ethnique globale entre le Nil et le Congo.

Après le départ de mon hôte, j'arrêtai d'écrire pour réfléchir à cette future expédition. Il faisait déjà noir. J'écoutais dans la nuit les tam-tams. L'air était chaud et humide, les étoiles restaient invisibles, mais la pluie ne se décidait pas à tomber sur

2. *Wa*-songora : habitants du pays *Bu*-songora.

3. Le mahdi (envoyé d'Allah) Muhammad Ahmad ibn Abd Allah (1844-1885), né dans une famille d'artisans, occupa divers emplois et travailla un temps chez le médecin en chef français du Soudan, le Dr Peney. En 1880, après une période de jeûne et de méditation, il prêcha l'égalité pour tous, la communauté des biens, déclara l'abolition de l'esclavage illégale et appela les Soudanais à lutter pour leur liberté. En 1881, ses partisans se soulevèrent contre l'Égypte, soutenue par les Anglais. Ils assiégèrent Khartoum, tuèrent son gouverneur Gordon Pacha et fondèrent un État correspondant au Soudan actuel, incluant Equatoria et la ville de Redjaf, d'où fut repoussé Emin Pacha. Le commandant belge L.N. Chaltin reprit Redjaf et Lado en 1897, et le général H.H. Kitchener infligea aux mahdistes la défaite finale, après la bataille d'Omdourman, en septembre 1898. (H. Wesseling, *Le Partage de l'Afrique 1880-1914*, Paris, Denoël, 1996.)

la fête effrénée. Par analogie, je me remémorais la fête de la moisson chez mon oncle, à Płock. Une nostalgie tenace s'empara alors de moi, peut-être parce que là-bas aussi j'étais un spectateur lointain et étranger. Il suffisait qu'un bref instant les chansons entendues si loin et il y a si longtemps s'entremêlent dans mon cœur avec les battements lugubres des tam-tams, pour me faire chavirer. Je dus faire appel à toute ma volonté pour me persuader que je devais rester en Afrique le temps nécessaire pour le bien de la science. Oh ! qu'il serait agréable de revenir vite en Europe, avec mes collègues, et raconter sans fin les incroyables aventures que nous avions vécues au fin fond du continent noir. Et il ne serait même pas nécessaire d'en rajouter pour que ces récits soient passionnants.

Le mercredi 26 février, quand Abd Allah me tira du lit à l'aube, je le remerciai de n'avoir pas dansé la veille. Je lui ai dit que, ne trouvant pas le sommeil, je l'avais entendu tourner autour de la maison, toute la nuit. Les gîtes d'étape étaient ici si bien entretenus que je les préférais à ma tente. Auguste flatté, rétorqua avec mépris : « Avec la fête qu'ils avaient offerte à nos hommes, je craignais qu'ils ne cherchent à se faire rembourser cette nuit. Ils en auraient été bien capables, ces sauvages qui se font passer pour des gens de la côte. Bonne occasion pour voler, toutes ces danses ! Hier Simba dansait pour nous deux et maintenant il est impossible de le réveiller. J'ai dû préparer le petit déjeuner moi-même. »

Auguste ne cessait de me surprendre par son attitude, son savoir-faire et sa finesse. Il méprisait les sauvages et ne se distinguait d'un noble Européen, plutôt rare ici, que par la couleur de sa peau.

Au lever du soleil, les soldats se mirent à brusquer les danseurs ensommeillés en les réprimandant copieusement. Ces cordialités sonores stimulaient à peine les Manyema qui supportaient stoïquement l'évocation des conduites peu exemplaires de leurs mères (que j'avais déjà entendue dans l'armée du tsar de toutes les Russies, roi de la Pologne, archiduc de la principauté de Finlande, etc.). Les fêtards malmenés s'étiraient comme des chats et bâillaient comme un troupeau d'hippopotames. Enfin, quand les uns en eurent assez de jurer et les autres de les entendre, on souleva les charges. Les Wasukuma qui d'habitude traînaient en queue de caravane, arrachaient maintenant les bagages du sol et couraient pour se mettre en tête. Ils cognaient dans les malles et les coffres avec leurs bâtons, poussant le sempiternel : *Safari na muaka ou ou ou...* en signe de joie. Leur animation s'empara de moi : nous nous moquions des Manyema engourdis qui regardaient en arrière, remplis de bons souvenirs. Mais personne ne sortait pour les saluer. Les Wangwana récupéraient de leur nuit de fête.

Il était plus de sept heures quand les Manyema boudeurs finirent par rattraper les Wasukuma. Trois heures et demie plus tard, nous étions à Djilapanda, village fondé en 1901 sur l'ordre de l'administration. De là on allait vers le sud au poste de Makala, grand village wangwana situé au bord de la Lindi et au milieu des forêts habitées par les Barumbi. On nous accueillit à Djilapanda avec beaucoup de vivres et sans se lamenter que les éléphants venaient de saccager les plantations, plainte habituelle de ceux qui ne voulaient pas nous ravitailler. Le village occupait le centre d'une vaste clairière agrandie par les défrichements à sa périphérie. Le travail et l'ordre régnaient ici en maîtres. Les villageois, très polis, vaquaient ici et là, arcs et flèches empoisonnées à la main. Ils les manipulaient prudemment, faisant attention, même au cours d'un débat animé, qu'elles ne touchent personne. Les pointes étaient enveloppées de feuilles par sécurité, car on redoutait le poison gluant dont elles étaient enduites. Nous étions habitués à cette arme terrible, l'ayant vue dans presque tous les villages depuis la traversée de la dorsale du Congo. Seuls les hommes pacifiés de Lukumba-Kumba n'en avaient pas. Ces arcs de petite taille avaient tous une corde en rotin.

Tous les habitants de ce village se disaient wangwana, mais ne ressemblaient pas à ceux d'hier, qui s'affirmaient bakusu. Qui étaient leurs pères avant de devenir Wangwana ? « Bakumu », me dirent-ils, tout comme leurs frères du village Kopa-Kopa, sur la route de Mawambi. Ces derniers me semblaient davantage « civilisés », en dépit de leur arrogance et du fait qu'ils vivaient dans un coin perdu, tandis que ceux d'ici débordaient de gentillesse. Les gens de Kopa-Kopa, que la forêt n'avait pas encore rendu farouches, s'imaginaient peut-être que leur transfert d'Avakubi en un lieu isolé les avait débarrassés des Blancs ? Ne savaient-ils pas que les *Wazungu* (les Blancs) comptaient sur eux pour entretenir la route et alimenter les caravanes ? La mienne inaugurait la saison. Les hommes d'ici traînaient peut-être encore dans le village avec leurs flèches empoisonnées, mais ils savaient déjà qu'un bon accueil paie parfois et adoucit toujours les puissants. La rumeur des profits que notre caravane apportait nous devançait partout : ici, on connaissait déjà notre participation aux funérailles à Lenda. J'appris que le défunt était très riche, raison pour laquelle on lui fit une si coûteuse fête.

Les habitants de Djilapanda, polis et bavards, disaient que le pays des Bakumu se situait à l'est de Kisangani (Stanleyville). Il fut envahi par un Arabe – Abedi Bisarimi (Abed ibn Salim) – dont dépendaient Karoga (Kalunga, Kilonga-Longa ?), Mungamba et Penakeke. À cette époque, une partie des Bakumu avait été amenée à Pakubi (Avakubi). Depuis, ils l'avaient quitté pour s'installer ici sur l'ordre de l'homme blanc, afin de défricher la forêt et construire le village. D'autres Bakumu avaient été transférés à Mawambi qu'ils avaient tout récemment quitté pour s'installer à Kopa-Kopa. Je les interrogeais sur les relations entre les Bakumu et les Babira : à Kopa-Kopa, disaient-ils, les Wangwana d'origine bakumu dominaient les Babira qu'ils avaient soumis au moment de leur arrivée dans la région avec les Arabes, et qu'ils ne considéraient pas comme leurs proches. Je ne parvenais pas à savoir si les Bakumu étaient une tribu soudanaise, comme les Barumbi, car ils niaient parler naguère la même langue, malgré mon entêtement de leur faire dire le contraire. Plus étrange encore : personne n'avouait connaître le dialecte des Bakumu. Le problème était délicat car le fait d'être convertis depuis peu les gênait.

Dix-neuf hommes se soumirent volontiers aux études anthropologiques. Nous partîmes après le déjeuner pour arriver, trois heures plus tard, au village Burika que certains appelaient Balika. Ses habitants étaient aussi gentils que ceux de Djilapanda. Après mon installation dans le gîte d'étape, ils apportèrent des vivres et demandèrent du sel et du savon, deux articles très recherchés sur l'itinéraire caravanier. Ceux qui participaient à mes études recevaient des perles de verre qu'ils prenaient sans rechigner.

Lorsque je commençai à les interroger sur leurs frères « sauvages », ils comprirent qu'il s'agissait d'anciens autochtones, appelés Baika, Balika ou Malika, et remplacés plus tard par les Wangwana-Bakumu, envoyés d'Avakubi. Ils affirmaient aussi que les Balika parlaient la même langue que les Mabudu et les Bandaka. J'insistai alors pour qu'ils me les présentent. Ils tergiversaient disant qu'ils n'avaient avec eux aucun contact. Il me fallait donc ruser et dénigrer leur identité wangwana pour éveiller leur amour-propre : « Alors les Wangwana, ne régnaient-ils pas ici en maîtres ? Si les Washenzi ne leur obéissaient pas, c'est qu'ils étaient de drôles de Wangwana ! » Leur demande de savon n'était qu'un prétexte pour paraître civilisés, disais-je, car ils ne l'employaient ni pour eux-mêmes ni pour leur linge. L'effet de mon persiflage fut immédiat : ils s'affairèrent pour m'amener six hommes qui se disaient bandaka et non balika. Ceux-ci se laissèrent mesurer, mais je ne parvins pas à les faire compter de un à dix dans leur dialecte. Pour paraître civilisés, ils soutenaient qu'ils ne connaissaient que le kisuaheli, mais en fait, ils étaient les esclaves des Bakumu locaux, dont ils se différenciaient par des visages plus larges, des têtes plus rondes et une taille un peu moins haute. Ils paraissaient représentatifs du type de la population centrafricaine. Hantés, comme tous ici, par une rencontre avec les panthères, ils souhaitaient rejoindre leurs villages avant la nuit. Il n'y avait donc plus de temps pour discuter. Le seul effet positif de tous ces efforts fut le constat que tous considéraient les Bandaka comme des autochtones. Il était en revanche moins sûr qu'ils appartiennent à la grande tribu des Mabudu.

Au cours des entretiens ethnographiques, j'apprenais les noms des tribus par la ruse : je supposais que mon interlocuteur était de la tribu Babira, généralement méprisée, puis je demandais avec une naïveté feinte pourquoi il me le cachait ? Il en résultait une explosion d'indignation, comme si le soupçon même était déjà une infamie. Le vexé révélait alors sans tergiverser son appartenance à telle ou autre tribu. Il semblait que le nom « Babira » désignait les sauvages les plus primitifs de la forêt, mais non les Pygmées. Il s'agissait probablement d'un nom inventé par les Wangwana à partir du mot *kibira*, signifiant la forêt sauvage. « Babira » serait dans ce cas une appellation désignant tous les habitants des forêts vierges et limitée plus tard aux Bantu des forêts, à l'ouest de la région des lacs et au sud des territoires occupés par les Bambuba et les Balese.

Les Wangwana donnaient comme détail caractérisant les Babira leur coutume de se percer la lèvre supérieure. Cependant, cet enlaidissement – la seule preuve de la parenté entre les Bakumu et les Babira – était répandu dans plusieurs tribus. Les femmes bakumu auraient porté jadis de petites rondelles en bois dans leurs lèvres. Je ne comprenais donc pas pourquoi la tribu des Mabali, dont les femmes portaient des rondelles identiques et qui vivait dans des forêts du bassin de la Lindi et au sud de la rivière Libenge, ne faisait pas partie des Babira.

Il restait tant de questions sans réponse ! Les enquêtes menées à chaque occasion apportaient peu de lumière. Les contradictions de mes notes me faisaient perdre le sens de ce qu'il fallait éclaircir en premier lieu. Les faits se multipliaient et le temps pressait. Nous ne disposions plus que de trois semaines pour arriver à Irumu. Je devais progresser. Je comptais sur les Européens à Avakubi, surtout sur les missionnaires, pour en apprendre davantage. Athanasoff se montrait très sceptique quant à l'étendue de leur savoir dans le domaine des relations locales, mais cet homme qui connaissait si bien son secteur était un misanthrope aigri. Plus optimiste que lui, je gardais espoir.

Le jeudi 27 février, après trois heures de route nous atteignîmes le village de Bafwaitu où l'on voulait nous retenir pour la nuit, sous prétexte que l'étape de Fariala était trop éloignée pour l'atteindre avant le coucher du soleil. Je ne me laissai pas convaincre car, si nous restions ici, il serait alors impossible de rejoindre Avakubi le lendemain et le temps pressait. Profitant de l'envie des porteurs d'y arriver au plus vite, je décidai de passer encore une nuit dans la forêt, à mi-chemin de Fariala. Mais quand il fallut partir, le moral des hommes retomba à cause de l'habituelle averse de l'après-midi, dont ils ne se souvenaient plus. Ils devaient cependant obéir et partir avant moi sous escorte des soldats, pour dresser notre camp après trois heures et demie de marche, sauf s'ils trouvaient sur la route un gîte d'étape. Sur le grand itinéraire, il y avait généralement un gîte toutes les trois heures. Les autochtones, friands de sel, m'avaient peut-être menti à ce sujet, pour retenir la caravane qui payait tout. Je restais sur place avec Auguste et deux porteurs pour terminer mes recherches. Les volontaires, payés en sel, ne manquaient pas.

L'interview ethnographique révéla un grand nombre d'énigmes. Au début, tous se disaient wangwana, arabisés et civilisés. Mais à l'issue des entretiens en tête-à-tête, la réalité se releva bien plus complexe. Seuls ceux qui occupaient les fonctions importantes au village étaient wangwana, ou plus exactement bakumu. Originaires du Sud, ils le quittèrent en compagnie des esclaves préférés des Arabes zanzibarites, les Bakusu (dits Manyema), pour s'arrêter d'abord à Avakubi. Là où nous étions, à Bafwaitu, les Bakumu se sont installés récemment, sur l'ordre des Blancs, en venant d'Avakubi. Ils possèdent encore leurs propres esclaves qui travaillent pour eux aujourd'hui comme dans le passé. Ces esclaves, autrefois capturés sur les rives bien peuplées de la Nepoko, appartiennent à la tribu des Mabudu. Les vrais autochtones de Bafwaitu sont des Mabali, comme l'indique d'ailleurs le nom du village : Bafwa-itu. Les villages et les clans des Mabali portent le préfixe Bafwa, ce qui facilite la reconnaissance de leurs territoires. Ils ont aussi un tatouage caractéristique, rappelant les chamarrures de l'uniforme des hussards. Les Wangwana plaisantaient beaucoup à ce sujet, disant qu'au lieu d'être circoncis là où il fallait, ils l'étaient sur la poitrine et le ventre. Il était étonnant de constater que les Wangwana avaient réussi à dominer la population autochtone sur place, dans son propre village ! Les Blancs de Pakubi (Avakubi) en étaient en partie responsables, car ils avaient imposé aux Mabali un chef bakumu et l'avaient installé dans leur village.

Il devenait de plus en plus évident que l'État indépendant, après avoir vaincu et chassé les Arabes, s'efforçait d'apprivoiser leurs principaux alliés africains, les Bakusu (Manyema) et les Bakumu. Il faisait cela en ignorant que ceux-ci détenaient encore des esclaves qui n'étaient pas libérés et ne pouvaient guère retourner dans les villages où ils avaient été capturés. La dernière couche d'esclaves demeurait ainsi sous l'emprise de ses maîtres, promus aux postes de chefs ou de sous-chefs de village par l'administration. Ces nouveaux chefs continuaient d'appliquer le fouet selon leur bon vouloir, comme je l'avais vu de mes yeux à Mohara. Certes, l'émancipation immédiate de tous les esclaves aurait provoqué un chaos, peu souhaitable à l'époque où il fallait organiser l'exploitation de vastes territoires. L'État indépendant se contenta de chasser les Arabes, tout en conservant la hiérarchie sociale qu'ils avaient établie, sans doute barbare mais adaptée aux conditions locales. Les mœurs se sont-elles adoucies, après l'arrivée des Blancs ? L'ablation des oreilles et des lèvres appartenait au passé, mais le fouet persistait et il suffisait pour maintenir l'ordre. C'était cela, la grande découverte humanitaire des nouveaux maîtres.

Mes recherches apportaient des résultats intéressants sur la composition de la population de Bafwaitu. J'ai vu quatre Bakumu, quinze Mabudu, onze Balengora et six Mabali. Les Balengora semblaient proches des Bandaka et des Mabali, pendant que les Mabudu seraient plutôt leurs parents éloignés. Les plus proches des Mabudu pourraient être les Malika ou les Balika. Je ne parvenais pas à localiser les anciens sites des Balengora. Nous étions sur les confins des territoires des Bandaka et des Mabali, peut-être même sur une ancienne périphérie dépeuplée. Jadis, le village de Bafwaitu se trouvait plus près de Fariala et du poste d'Avakubi, mais il en fut éloigné ou s'était éloigné.

Il était déjà un peu plus de trois heures quand je partis sur les traces de ma caravane, regrettant de ne pouvoir éclaircir d'avantage, faute de temps, les rapports ethniques complexes. J'étais sur le terrain dévasté par les trafiquants d'esclaves et leurs alliés. Ils n'étaient plus là, mais les résultats de leur passage restaient visibles. Quel chaos ! Les autochtones avaient quitté leurs villages en grande panique pour se cacher dans la forêt devant les Zanzibarites. Sur les lieux désertés poussaient maintenant de nouveaux villages, dont certains, créés par l'administration, se peuplaient de réfugiés échappés de la mort et retrouvés dans la jungle par les colonnes de pacification de l'État indépendant. Ceux qui se trouvaient sur les territoires dominés par les Wangwana, se soumettaient et s'assimilaient à eux. Le souvenir de leur appartenance tribale n'était pas tout à fait effacé, mais ce processus avançait rapidement. Les hommes de la tribu des Mabudu, les plus nombreux parmi les Wangwana, n'avaient pas encore honte de leur origine. Les Mabali, même s'ils voulaient la cacher ne le pouvaient pas, trahis par leur tatouage. Ainsi, grâce à mes enquêtes et ce genre de détails, j'arrivais tant bien que mal à m'orienter dans cette réalité ethnique bariolée. Ma carte ethnographique avançait à grands pas, au prix de laborieux bavardages.

Je commençais à mieux comprendre comment les Zanzibarites avaient organisé leur système. C'était en réalité un système féodal typique avec, à son sommet, quelques rares hommes venus de Zanzibar. Ils avaient soumis en premier lieu les Bakusu, originaires du haut bassin du Congo, dont ils ont fait leurs meilleurs auxiliaires. Les Bakusu constituaient la plus haute strate des vassaux. Les Bakumu, vassaux de la couche suivante, très inférieure, fournissaient les cadres pour l'administration locale et les chefs des villages ou des hameaux. Les villageois devenaient soit leurs sujets, soit leurs esclaves. Enlevés de leurs villages pendant l'offensive sanglante, les Bakumu s'assimilaient progressivement à leurs maîtres, surtout par la langue mais aussi par la religion, bien que de façon factice, comme je l'avais constaté, par exemple, pendant les funérailles à Lenda. Rien n'y rappelait l'islam. Autre exemple : parmi mes Manyema, il y avait un religieux musulman, homme insignifiant et maigrichon, savant en sainte écriture.

Quelle ironie ! Après avoir combattu les Arabes au nom de grands idéaux humanitaires, les Européens poursuivaient à présent leur œuvre honteuse. Pire, ils introduisaient le kisuaheli et conversaient dans cette langue imposée par les Zanzibarites non seulement avec les indigènes, mais aussi avec leurs propres soldats.

Il y avait de quoi méditer, chemin faisant. Les villageois avaient dit la vérité : il n'y avait pas de gîte à proximité. Je retrouvai ma caravane à une vingtaine de kilomètres de Bafwaitu, dans un lieu choisi pour camper à cause de la présence d'eau. L'ordre exemplaire y régnait et les vivres étaient déjà distribués. On voyait la main de Pendakula. Après le bain, en dépit de la fatigue, j'écrivis mon journal mais j'abandonnai l'itinéraire, n'ayant pas assez d'énergie pour ce travail fastidieux.

Le vendredi 28 février, partant tôt sur la demande des porteurs pressés d'arriver à Avakubi, nous atteignîmes Fariala après deux heures de marche. Quelques notables wangwana nous y accueillirent dignement, mais avec une courtoise réserve. Il fallait encore quatre heures de route pour atteindre Avakubi, nous dirent-ils, ajoutant que tous les habitants de Fariala s'y étaient rendus et que le village était désert. Personne ne m'en donna la raison et j'y soupçonnais un faux prétexte. J'appris que j'avais dormi la nuit passée près de Lubilinga, un village en retrait de la route. La population de Fariala, hormis les Wangwana, était composée de leurs esclaves mabudu. Les Wangwana les avaient capturés jadis près du poste de Nepoko. Compte tenu de mon projet de les voir à Nepoko, il n'y avait aucune raison de rester sur place. Les porteurs pressés se levèrent dans un grand brouhaha. Ah ! Avakubi était si près !

Deux heures après notre départ de Fariala, nous abordâmes les grands espaces défrichés appartenant à Avakubi. C'étaient de très belles plantations, cultivées, semble-t-il, par huit mille esclaves soumis aux ordres des Wangwana locaux.

Juste avant, nous croisâmes une grande caravane portant de la marchandise à Mawambi. À la vue de mes hommes, en guise de bienvenue sûrement, les porteurs locaux se mirent à jeter par terre des balles de tissu. Cela fit l'effet de coups de canon, car ils y allaient de bon cœur. Leur caravane donnait pourtant une triste image : des adolescents, certains très jeunes, misérables et faméliques trimaient au-delà de leurs forces. Le fouet en peau d'hippopotame de leurs gardiens était un argument décisif dans tout conflit opposant un « libéré » à son libérateur humanitaire ! Sous la menace du fouet, plus d'un de ceux que je voyais prenait le risque de mourir sur la route. Sur le grand trajet de Stanley, les morts étaient déjà si nombreux ! Voilà ce que c'était la redevance de quarante heures de travail par mois ! J'étais bouleversé.

La vue des gardiens vociférant et secouant leurs fouets était éprouvante. L'envie me démangeait d'en attraper un pour lui appliquer avec son propre fouet les réglementaires *hamsa esherin* (vingt-cinq). Si je m'étais retenu, c'était uniquement par opportunisme, pour ne pas compliquer la suite de mon voyage. D'ailleurs, le gardien lui-même « travaillait » dans la crainte du châtiment pour son manque de zèle dans la défense des intérêts de l'État indépendant.

Après avoir marché deux nouvelles heures sur une bonne route, à travers champs, nous arrivâmes enfin au poste d'Avakubi, le centre administratif du Haut-Ituri. Le *chef de zone* résidait toutefois à Irumu, tout comme la compagnie de soldats de réserve qui complétaient ou relayaient les garnisons dispersées sur tout le territoire. Cette décision se justifiait par des raisons sanitaires : selon les médecins, Avakubi souffrait de la même mauvaise réputation que Mawambi. En dépit de cela, quelques Européens y vivaient en permanence.

Avakubi est le nœud de communication le plus difficile et le plus encombré du haut bassin de l'Aruwimi. Ses grands magasins exigent une attention constante, moins à cause des incendies qu'en raison des attaques des termites. C'est le lieu où le grand itinéraire menant de Mahagi au bord du lac Albert et de Kilo bifurque vers Irumu et Mawambi. D'ici part aussi la route terrestre la plus courte pour Stanleyville (Kisangani) et ses vapeurs qui desservent le Congo en aval, et non en amont où il y a de nombreuses cataractes. Ce trajet est emprunté par les Européens partant ou revenant de leurs congés. L'ivoire, jadis la principale source exploitée par les Zanzibarites, compte de moins en moins dans le bilan d'exploitation de la région car le nombre éléphants, naguère très élevé, diminue de façon catastrophique. Tous les autres produits qui arrivent ou partent d'Avakubi suivent le lent cours de l'Aruwimi jusqu'à sa confluence avec le Congo, où se trouve le port de Basoko. La navigation sur cette rivière commence donc ici, à Avakubi, bien que les vapeurs ne remontent pas en amont de Yambuya, où se déroula, le 16 juin 1887, le mémorable débarquement de Stanley. Il y était parvenu avec des vapeurs auparavant démontés et transportés par des Africains sur une piste qui contournait les cataractes, là où passe maintenant le chemin de fer Matadi-Léopoldville. Les marchandises partent d'Avakubi en grandes pirogues, toutes simples, taillées dans d'immenses troncs d'arbres. Les plus longues peuvent supporter, paraît-il, jusqu'à cinq tonnes de marchandise, c'est-à-dire la charge déposée par cent quatre-vingts porteurs, si chacun amène les vingt-huit kilos autorisés par le règlement. De tels bateaux, conduits par les *bageni* (pagayeurs), traversent de nombreuses cataractes avant d'atteindre Yambuya.

À Avakubi, je fus accueilli avec consternation. Mon arrivée ne faisait aucun plaisir au chef de station. Tout le contraire de Mawambi ! Mais pourquoi ? Il ne savait pas trop quoi faire de moi. Le plus commode était de dire qu'il n'avait reçu aucune instruction et ne savait même pas que notre expédition séjournait en

Afrique. C'était tellement maladroit que je ne pouvais pas me ridiculiser en faisant semblant d'avaler une blague pareille. Je finis par demander, poliment apitoyé : « Alors, cette insurrection fait autant de dégât que le disent les Wangwana ? Vous ne saviez pas que je me promène dans votre secteur avec un drapeau mecklembourgeois et des askaris de la Schutztruppe ? Pendant qu'Athanasoff m'attendait, en préparant les peaux d'okapi pour le Duc, on avait omis de prévenir de mon arrivée le poste d'Avakubi ? » Après m'avoir entendu exprimer mes inquiétudes de manière si polie, le chef se lança dans des amabilités, frôlant presque l'enthousiasme. Il était à l'évidence complètement perdu et ne savait plus à quel saint se vouer.

Je dois dire que j'étais quelque peu fautif. Dans ma hâte, j'avais oublié de lui faire parvenir la lettre annonçant mon arrivée. C'était une négligence. Pire, on pouvait penser que je voulais surprendre le poste avant qu'il ne soit prêt à me recevoir. Ce que personne n'aurait apprécié. Ma lettre aurait rappelé les instructions de l'année dernière, que nous avions attendues si patiemment à Kissenyi, ne pouvant entrer dans l'État indépendant sans elles. Et maintenant le chef de poste ne savait rien de nous... Amusant !

Sans tergiverser, il me donna un logement dans la maison des fonctionnaires absents et confia mes hommes au personnel local. Puis je fus invité pour un déjeuner au mess. Le chef d'Avakubi s'efforçait désormais de me faire oublier son faux pas. Moi, qui étais sur son territoire depuis la traversée de la Lenda, pouvais-je croire que les Wangwana s'étaient abstenus de le lui rapporter ? L'arrivée d'une caravane des *Wadaki* était trop sensationnelle pour qu'on se taise.

Pendant le déjeuner, dans un but pédagogique évident, furent évoqués des dommages causés par les voyageurs peu au courant de la situation locale. Ils colportaient des potins que la presse hostile à l'État indépendant exploitait dans des buts calomnieux. Je mis fin à ce discours en disant que j'étais depuis trop longtemps en Afrique pour m'étonner de quoi que ce soit. Tout devint plus clair après le déjeuner, lorsque M. Cousement, *agent de Ire classe*, c'est-à-dire civil du rang de capitaine, charmant et cultivé, m'accompagna jusqu'à mes quartiers. Très critique sur ce qui se passait à Avakubi et dans le secteur, il me raconta que récemment un Anglais de passage s'emporta et écrivit dans la presse tout ce qu'il avait vu. À la suite de cette publication, le chef de poste se fit mal voir et il ne fallait pas s'étonner qu'il ne veuille plus revivre pareilles émotions. Désormais, tous craignaient les voyageurs comme le diable l'eau bénite.

Après l'appel de l'après-midi, le chef et tous les Européens que j'avais vus au mess me rendirent visite. Auguste sortit le whisky soda, le café et le cognac. Il avait eu le temps d'emprunter aux serviteurs locaux une quantité de verres suffisante. Le but de l'opération était de me faire visiter le cimetière européen. Il s'agissait d'un rite auquel on soumettait tous les hôtes, une coutume obligatoire dans tous les postes de l'État indépendant que j'avais connus. On soulignait bien évidemment qu'on mourait moins depuis l'amélioration des conditions sanitaires et du confort, devenu acceptable. D'ailleurs, à Avakubi la mortalité était plus faible que dans les postes bâtis au bord du Congo, sur des marécages. Traqués par la peur de finir dans un cimetière semblable à celui que nous visitions, ils se consolaient comme ils pouvaient, sans cesser de penser à leur mort. Avant de quitter le cimetière, ils devinrent silencieux comme des tombes : soit ils priaient, soit ils conjuraient le spectre de leur propre fin.

Ensuite, je me rendis à la mission des Pères Prémontrés. Elle n'avait pas autant de dignité et de charme que les missions des Pères Blancs, chez qui les Français donnaient le ton. Les missionnaires allemands débonnaires n'avaient rien d'apôtres radieux accueillant les foules de Noirs, et semblaient plutôt écrasés par la torpeur locale. Ils ne pouvaient pas atteindre les esclaves des Wangwana musulmans qui rêvaient de devenir musulmans à leur tour pour égaler leurs maîtres. D'ailleurs, toute la population détestait le poste qui forçait les hommes à cueillir le caoutchouc. On exigeait ici d'un adulte jusqu'à six kilos de caoutchouc par mois, ce qui était énorme. La mission était très dépendante du poste et lui devait trop de reconnaissance pour compromettre ne serait-ce que les plus élémentaires relations humaines avec ses résidents par la défense démagogique des opprimés. Ainsi, la proximité du poste décidait du résultat de leur action apostolique. Je comprenais maintenant pourquoi les Pères Blancs bâtissaient leurs missions à l'écart des centres administratifs : évitant des liens trop proches dans les deux sens, ils gardaient leur indépendance aux yeux des indigènes qui seuls comptaient pour eux. Ils ne voulaient pas apparaître comme un élément constitutif du système européen d'exploitation car cela risquait de nuire à leur mission.

À Avakubi, l'action des missionnaires se limitait au personnel noir : ouvriers et soldats. La conversion ne pouvait guère transformer ces hommes démoralisés en chrétiens estimables. Au contraire ! En devenant chrétiens, ils abaissaient le prestige de la nouvelle religion aux yeux de tous. Confrontés à la dure réalité, les pères ne parvenaient pas à éveiller l'enthousiasme. Voilà le cercle vicieux. Il n'y avait personne ici pour parler d'eux avec vénération, comme on parlait des *Wafarasa* – des Français, comme les indigènes appelaient les Pères Blancs. Quant à moi, j'étais déçu de ne pas pouvoir compter sur eux pour obtenir d'intéressantes informations. Ils étaient incapables de m'aider à déchiffrer les énigmes ethniques car ils n'en savaient pas plus que moi. À vrai dire, cela ne les intéressait pas. Désenchanté, je ne m'attardais pas davantage chez eux, en dépit du bon vin et d'un café qui l'était un peu moins. Ils étaient ravis de parler avec moi en allemand, mais les affaires internes d'Avakubi, dont il était surtout question, m'intéressaient modérément. Il n'y avait rien qui méritait d'être noté dans le journal.

M. Cousement, venu chez moi peu après mon retour de la mission, m'emmena prendre l'apéritif chez le chef de poste. On s'était résigné à ma présence, peut-être même me témoignait-on un peu de confiance, en tout cas, on ne craignait plus de faux pas de ma part. Il n'était question que de travail, vu sous un angle très personnel, ce qui m'ennuyait car je ne connaissais personne, à l'exception de Popisofo, dont d'ailleurs on ne parlait pas. Qui devait aller en Europe ou en revenir ne m'intéressait guère. Plus tard, après le dîner, mes convives éméchés continuaient à discuter fermement d'affaires dont je ne savais rien. Le tabac viciait l'air et m'incommodait car je ne fumais pas. Il faisait chaud et humide et le mess devenait une sorte de bouge portuaire. C'était un dîner plutôt désagréable. Je tentais de m'isoler à un moment, pour discuter avec M. Cousement des relations ethniques locales. Après un temps convenable, je quittai la table, prétextant la fatigue. M. Cousement me reconduisit, par politesse et non par nécessité car Auguste, qui assistait comme toujours au dîner, avait sa torche.

Le samedi 29 février, je ne trouvai que six Mabali pour mes recherches anthropologiques. Les indigènes s'étant tous sauvés dans la brousse après une rébellion, il ne fallait pas espérer qu'ils viennent à Avakubi. Les vivres étaient fournis par les Wangwana. Je ne les avais pas interrogés, sachant que ce qu'ils disaient sur leurs origines était incertain.

Après cet échec, je visitai un village wangwana. Sept Arabes y habitaient encore. Je rendis visite à l'un d'eux, un boutiquier prospère, supposé très fortuné. Dans son magasin se trouvait même un siphon entouré d'un fil de fer et des cartouches. Le fait qu'une échoppe privée puisse prospérer ici sans l'aide de forces occultes dépassait mon entendement. C'était une violation évidente du monopole commercial de l'État. Les marchandises vendues provenaient sans aucun doute de la contrebande ! Ce commerçant habile méritait d'être écouté. Il insistait, sans raison apparente, sur le fait que toute sa marchandise venait de l'Uele, province voisine de l'État indépendant qui n'entrait pas dans le domaine privé du roi, souverain de l'État indépendant. Le principe des portes ouvertes, garanti par les accords internationaux, y était librement appliqué, avec quelques adaptations particulières tout de même. Par exemple, les chefs noirs pouvaient y vendre la seconde défense d'un éléphant à leur compte, à condition de céder la première à l'État au prix de cinquante centimes par kilo, c'est-à-dire pour un soixantième de sa valeur réelle ! On vendait ces défenses aux marchands ambulants qui, en théorie, ne pouvaient pas stationner dans un lieu au-delà de quelques jours. Ces marchands transportaient légalement les marchandises dédouanées, importées du Protectorat de l'Uganda. Cela dit, lorsqu'en écoutant le commerçant je lui fis un clin d'œil significatif, il éclata de rire et arrêta la litanie des dommages, sans doute véridiques, que cette route circulaire infligeait aux marchands et aux clients.

Entre-temps, quelques Arabes entrèrent et le café nous fut servi. Ils débordaient de sympathie, avant tout parce que je venais d'*inchi na Wadaki*, du pays des Allemands, car les recommandations de *bana* Rocky n'allaient pas si loin. Volubiles, ils déploraient les difficultés commerciales. Dénonçaient-ils discrètement la nécessité des pots-de-vin ? Ils étaient si gentils, si bien élevés qu'on avait du mal à croire qu'ils avaient jadis pillé cruellement ce pauvre pays ! J'avais pourtant vu les traces de leurs interventions impitoyables. Cela ne s'oublie pas facilement !

Ils manifestaient leur mécontentement à l'égard des Belges uniquement parce que ceux-ci les écartaient de l'exploitation du pays et les condamnaient à une existence marginale. Ni abrutis ni naïfs, ils se rendaient compte que les Belges avaient pris leur place sans rien changer, malgré leurs belles paroles. Ils les avaient privés de leurs esclaves wangwana, pour en faire leurs propres serfs. Pourtant les Arabes auraient bien mieux travaillé pour les Belges que ces faiblards maladifs et moribonds, me disaient-ils. Les Arabes étaient sages et connaissaient les Noirs mieux et depuis plus longtemps. Ils vantaient l'Afrique orientale allemande, où personne ne les ruinait. Et avec quel résultat ? Tout le monde était content : les Arabes étaient aussi satisfaits des Allemands que les Allemands des Arabes. Puis tomba la question la plus délicate et embarrassante : Ce pays ne passera-t-il pas entre les mains des Allemands, après la mort de *Bula Matari*, le roi Léopold II ? Et les Arabes, pourront-ils alors récupérer leurs esclaves ?

Il me fallait réfléchir avant de répondre car ils pouvaient retourner mon opinion à leur façon et elle arriverait alors au poste comme une nouvelle sensationnelle. Je risquais d'être soupçonné de semer l'agitation chez les Arabes. Le simple fait d'avoir bu le café chez eux pouvait déjà être pris pour un flagrant délit d'arabophilie, que d'ailleurs je n'éprouvais pas. J'étais surpris que ces Arabes, soi-disant coupés du monde, sachent déjà ce qui se murmurait en Europe : si la Belgique, après la mort de son grand roi, refusait de reprendre cette terre ensanglantée, l'État indépendant serait partagé entre les signataires du pacte fondateur. Je dis seulement qu'après la mort de *Bula Matari*, les Belges devraient en principe se retirer de la région située sur le Nil, près de Lado et Redjaf, qui reviendrait alors au Soudan anglo-égyptien, et que rien d'autre n'était prévu[4].

---

4. Une convention signée avec l'Angleterre, après la victoire de Chaltin à Lado, avait assuré à Léopold II un bail sur le bassin du Bahr-el-Ghazal qui expira en 1906, à l'exception d'une petite enclave autour de la ville de Lado, dont le bail prendra fin en 1910.

Après cette confidence politique, recueillie sans enthousiasme, je profitai d'un moment de silence pour détourner la conversation sur le commerce. Avec le siphon, il n'y avait rien à faire : j'en avais déjà un, sans dire que son prix était tel que seul celui qui aurait bu son contenu de Black & White l'aurait acheté. Pour finir, je pris un morceau de savon de toilette, une quantité plus importante de savons pour la lessive, de fabrication locale, car cet article avait un succès assuré sur la grande route, et quelques babioles recherchées par les indigènes. J'étais de retour à temps pour le déjeuner. Je rendis compte de ma visite chez les Arabes et de ma réponse à la question posée, sans surprendre personne. Ennemis jurés de l'ordre nouveau, les Arabes ne pardonnaient pas aux Belges de les avoir évincés de l'exploitation du pays qu'ils avaient conquis avant eux.

L'après-midi, je discutai de l'ethnographie avec M. Cousement. Grâce à sa gentillesse et à sa bonne connaissance de la situation locale, les heures passées en sa compagnie eurent pour résultat l'esquisse d'une carte ethnographique sur une page *in folio* de mon journal. Elle explique le rapport entre les Mabali, les Bafwasoma et les Bandaka, composant un sous-groupe, et les Mabudu et les Malika (Bamelika), formant un autre sous-groupe. Elle restaure également les anciennes étendues des territoires ethniques, récemment détruits par les Wangwana.

Le dimanche 1er mars, je ne pus partir à cause d'une violente rébellion qui flambait, m'a-t-on dit, sur l'itinéraire menant vers le Nord. Il semblait impossible d'atteindre Nepoko sans escorte et je dus attendre le lendemain pour partir avec M. Cousement. J'acceptai cette proposition, content d'avoir un compagnon de voyage agréable et utile dans le domaine scientifique. Je comptais compléter ma carte par des observations de terrain. L'absence de toute objection devant un si dangereux voyage m'étonnait cependant. On se bornait à dire que la situation était grave. À l'évidence, la marche de Fort Beni à Mawambi était une preuve suffisante de mes capacités. Le choix de cette piste dangereuse et désorganisée en surprenait plus d'un.

Après la messe, je me rendis à midi chez les Pères Prémontrés pour le déjeuner. J'y étais convié par une lettre du supérieur qui s'épargna ainsi un déplacement au poste que même les pères débonnaires évitaient tant qu'ils pouvaient. Au déjeuner, je les questionnai sur les rapports locaux. Ils me dirent alors ouvertement que c'était l'enfer sur la terre. L'insurrection, que l'on ignora d'abord pour échapper à la rédaction de rapports désagréables, éclata en signe de protestation contre la cueillette du caoutchouc qui exigeait des efforts inhumains. Elle rendait ma visite indésirable et c'est aussi à cause d'elle qu'on ne pouvait pas faire venir les Mabali pour mes études. Les indigènes ne venaient plus au poste, comme à Mawambi que les Balese évitaient et où seuls les Babira me furent amenés de loin. Le sympathique Popisofo ne me l'avait pourtant pas dit. J'apprenais tout cela maintenant. Les six kilos de caoutchouc cueillis à Avakubi, dont il parlait, appartenaient déjà au passé. La cueillette de quatre kilos menait déjà à la catastrophe que je pouvais observer ici, car le caoutchouc devenait rare. La forêt vierge s'épuisait et ne supportait plus une gestion pareille. Bientôt il en restera si peu que l'exploitation ne sera plus rentable et la situation des indigènes devrait s'améliorer. Ceux-ci en étaient conscients et détruisaient impitoyablement les arbres et les lianes[5]. Les pères étaient persuadés que la situation changerait radicalement après la mort du roi, quand l'État indépendant deviendrait une colonie belge. Le Congo se retrouverait alors sous le contrôle du Parlement, donc de l'opinion publique auparavant ignorée. Ils pensaient qu'il fallait attendre.

Je m'attardai chez eux à écouter leurs histoires et je dus aller aussitôt après au mess pour le dîner. J'y allais encore moins volontiers que les autres soirs, pourtant là aussi on me parla plus ouvertement. On se doutait qu'après tant d'entretiens, hier avec les Arabes et aujourd'hui avec les missionnaires, je savais déjà tout et qu'il était inutile de me mystifier. On s'étonnait poliment de ce que j'avais vu et appris.

Le lundi 2 mars, je commençai à préparer le départ dès l'aube, bien que nous prévoyions de partir après le déjeuner. Pour compléter mes réserves, j'achetai au magasin du poste deux belles pièces de tissu *bleu prints pointillés*. Sur cette

---

5. Les cueilleurs détestaient la liane *Landolphia*, atteignant 30 cm à sa base et s'enroulant sur les arbres jusqu'à 30 m de hauteur, car après l'épuisement des tiges accessibles au sol, ils devaient grimper dans les arbres pour saigner ses parties aériennes. Elle était facile à détruire : une incision profonde à sa base suffisait pour la tuer.

ancienne route famélique de Stanley, tout était encore très cher. Au marché d'Avakubi, une chèvre coûtait entre vingt et trente brasses (dix à quinze *doti*) de cotonnade *merikani* ; cinq œufs ou une poule valaient une brasse, et encore fallait-il la trouver, cette poule !

On m'a établi une facture, ignorant l'instruction qui recommandait d'accorder crédit à notre expédition. À ma grande surprise, elle se présentait comme suit :

3 jours de mess (pour moi)	45,00 F
3 jours de mess (3 soldats)	0,45 F
3 jours de mess (3 serviteurs)	0,45 F
3 jours de mess (34 porteurs)	5,10 F
2 balles *bleu prints pointillés*	31,60 F
	82,60 F

Le fait de calculer l'hébergement de mon personnel cent fois moins que le mien, n'était-il pas une erreur ? demandai-je. On me répondit qu'à Stanleyville un jour coûtait vingt-quatre francs, à Léopoldville seize, et à Boma, à l'embouchure du Congo, à peine huit. Je ne leur dis pas que c'était la première fois que je payais pour moi et pour mes hommes dans l'État indépendant, car habituellement on créditait nos frais sur ce territoire dépourvu de monnaie courante. Seuls les contrebandiers manipulaient de l'argent liquide. Je sortis de ma poche trois livres sterling-or, valant ici vingt-cinq francs chacune, priant qu'on retire du tissu acheté la quantité correspondant au solde. Le chef du poste d'Avakubi protesta alors, disant que j'étais leur hôte, mais qu'il ne savait pas comment nous traiter, n'ayant reçu aucune instruction. Je ne lui demandais pas comment il comptabilisait l'entrée d'argent imprévue et le cadeau de 7,60 francs offert à l'expédition, bien que cela m'intéressât. Mais le plus étonnant était son refus d'acquitter la facture, et cela malgré mon insistance, motivée par l'obligation de justifier ma dépense. Il me répondit que sur ce territoire sans monnaie courante, le règlement ne prévoyait pas de reçu pour les paiements effectués en liquide.

C'était pour savoir si on trichait, en essayant de m'extorquer les trois livres sterling, que j'inventai cette boutade. À vrai dire, personne ne me demandait aucune facture. On me donnait ce dont j'avais besoin, Weidemann le notait, me disait combien j'avais économisé et me proposait toute ma réserve, offre que j'avais jusqu'à présent refusée. Au contraire, je l'économisais en pensant à l'avenir et elle grandissait avec le temps, car nous avions tous la même part d'approvisionnement.

Je n'avais jamais quitté un poste de l'État indépendant avec un tel soulagement. C'était réellement l'enfer sur la terre, comme disait le père supérieur. En quittant ce nid de Zanzibarites, occupé à présent par des fonctionnaires de l'État indépendant, j'avais une vision très claire du destin des Noirs, forgé en grande mesure par un Stanley libérateur. Je pensais avec nostalgie à mes jours d'enfance passés à lire le récit de sa recherche d'Emin Pacha. Stanley était si magnifique dans son livre ! Où es-tu Stanley de mon enfance, Stanley des pages de « L'Ami des enfants » ?

CHAPITRE XVII

VERS LES SAVANES DU SOUDAN MÉRIDIONAL

Vin de palme. – Station de plantation. – Maudite bureaucratie. – Bosobangi. – *Onyoto*. – Bokwandja. – Rencontre avec un Suisse. – Problèmes du caoutchouc. – Les Maberu. – Valeureux Medje. – Déformation corporelle des Mangbetu. – Village de Malamama. – Vieillard ivre et obscène. – Assurance contre le poison. – Bafwabaka. – Séparation de M. Cousement. – Langage tambouriné. – Précision des messages. – Avertissements angoissants. – Séparation au carrefour. – Marche solitaire. – Village d'Apuna. – Beauté du site. – Absence des habitants. – Gentil gardien d'étape. – Secrets des signaux acoustiques. – Rencontre avec Parson. – Aventure anthropophage. – Dimanche chez les Suédois. – Poursuite de la marche. – Les Abarambo. – Les Mayogu. – Mélange de populations. – Kima-Kima. – Courtoisie des Wangwana. – Le passé du hameau. – Poste de Nepoko. – Sa situation difficile. – Problèmes d'approvisionnement.

J'attachai ma caravane au convoi que Cousement devait guider jusqu'au poste de Medje, pendant que nous, après la traversée de la Nepoko à Bafwabaka, nous devions suivre sa rive droite en compagnie probable d'une colonne de pacification opérant au sud du poste de Nepoko. À l'évidence, on prenait bien soin de moi. Je commençais à croire que notre arrivée avait vraiment surpris les fonctionnaires et qu'ils ne savaient quoi faire ni de moi ni de ma caravane. Le spectre du méchant *Komandani Moto* (le

Dr Engh) planait au-dessus de leurs têtes. Ils prenaient mille précautions contre toute responsabilité et s'efforçaient de gommer la mauvaise impression que je pouvais avoir d'Avakubi. Cela préoccupait en premier lieu M. Cousement qui avait enrichi mes horizons ethnographiques avec beaucoup de gentillesse. Nous devions maintenant tout vérifier sur le terrain.

Les porteurs envoyés par les Wangwana étaient à l'heure et nous quittâmes Avakubi le lundi 2 mars, à neuf heures. Après deux heures de marche animée par une discussion sur la situation locale, nous arrivâmes à la station de plantation Avakubi-Succursal, dirigée par deux Belges : MM. Pirot et Robyns. Ils nous firent une ovation, contents de voir mon compagnon, leur ami de longue date, mais aussi parce qu'ils s'ennuyaient un peu dans ce lieu isolé. Il était trop tôt pour le déjeuner et nous nous assîmes dans une halle bien aérée – la chaleur se faisait déjà sentir – autour d'une cruche de vin de palme appelé *marafu*. Étrange boisson ! Légèrement acide, rafraîchissante et apparemment sans alcool, elle devenait opaque dans le verre. Les bulles qui s'en échappaient indiquaient qu'elle était en fermentation. À son stade définitif, elle devenait *kali* : forte. C'était le jus du palmier *Raphia vinifera*, obtenu par la scarification barbare de ces beaux spécimens qui ornaient le paysage local. Trop âgés pour avoir été plantés lors de la fondation de la station, ils avaient sûrement été épargnés pendant le défrichement.

La station avait pour tâche de multiplier les arbustes à caoutchouc – *Fantumia elastica* – afin de remplacer les arbres et les lianes à caoutchouc forestier dévastés par une exploitation ruineuse. En principe, on devait les planter en quantité suffisante pour obtenir la même récolte que celle que donnait actuellement la forêt. Mais ce n'était vrai que sur le papier. En réalité, les jeunes plantes périssaient en quantité incalculable car on s'en occupait mal, faute de main-d'œuvre. D'ailleurs, même si toutes parvenaient à maturité, elles ne combleraient pas les pertes que subissait la forêt. Les pessimistes prévoyaient une chute brutale et imminente de la production de caoutchouc. Les plantations servaient surtout à protéger l'administration de l'accusation d'avoir dévasté le pays. On disait que le caoutchouc pouvait et devait être abondamment planté à proximité des postes et surtout de l'océan Atlantique. Notre conversation me fit penser que toutes ces plantations étaient un terrain propice aux exploits bureaucratiques d'une administration imprévoyante. La réussite était pourtant possible, même avec des moyens réduits, disaient les Belges. Mais il faudrait planter moins et prendre davantage soin de ce qui était fait.

En quittant la station, je constatais que le *marafu* n'était pas totalement inoffensif. Mes hôtes riaient, affirmant que le vin était servi à son meilleur stade de fermentation ; capiteux et lourd, il serait moins bon. En tout cas, c'était un euphorisant sympathique.

Une chaleur épouvantable, lourde et humide, nous faisait transpirer. Par chance, le *marafu* rendait l'âme légère. Nous suivions la berge gauche de la rivière, appelée parfois ici Aruwimi et non Ituri. Mon compagnon soutenait que la grande Aruwimi ne commençait qu'après la confluence de l'Ituri et de la Nepoko, à Bomili. Après avoir longé son cours pendant quatre heures, nous arrivâmes au passage de Bosobangi, au moment où les bagages de mon compagnon traversaient la rivière. Ma caravane s'installait déjà sur la rive droite, à l'étape bâtie au bord de l'eau. Tout allait bien, peut-être grâce au *marafu*. Potion magique !

Sur la rive droite de l'Ituri, il n'y avait plus de Wangwana qui préféraient vivre sur les grands itinéraires et les carrefours. Ici, on ne voyait que de pauvres bougres ahuris qui avaient la réputation de terrifiants cannibales. On racontait qu'ils étaient particulièrement couards et méchants. Les Européens, de concert avec les Wangwana, redoutaient leurs ruses et surtout l'empoisonnement, faisant front uni contre ces monstres possédés par la société secrète *onyoto* (panthères). Ses membres déguisés en panthères tuaient pendant la nuit, déchirant la carotide de leurs victimes avec des griffes en fer attachées à la main droite. Ils n'épargnaient même pas leurs frères. On ne distinguait pas, paraît-il, leurs traces de celles de vraies panthères, nombreuses et voraces, qui suppléaient les hommes dans leur besogne. On me parlait déjà d'elles à Mawambi, où on ne savait pourtant rien de l'*onyoto*.

Pour M. Cousement, l'existence de cette société était réelle. Il me raconta le meurtre d'un Africain, un certain Pascal du Bas-Congo, l'interprète du substitut du procureur Jacques de Lichterwelde. Réveillé la nuit par les cris de Pascal que l'on tuait dans la pièce voisine, le procureur accourut trop tard pour le sauver. L'assassin prit la fuite et Pascal mourut d'hémorragie avant l'aube. Cela arriva sur la piste menant au poste de Bomili, l'étape la plus proche du lieu où nous avons traversé l'Ituri. Le procureur en fut si effrayé qu'il cessa ses investigations sur l'*onyoto*. Mon camarade pensait qu'il s'agissait d'une association à caractère criminel, typiquement ouest-africaine, et indépendante des chefs de village qui jouissaient pourtant ici d'une grande autorité lorsqu'ils héritaient cette fonction de leurs pères. Il paraissait étrange qu'une société secrète de type ouest-africain domine une tribu de culture ouest-africaine – comme l'atteste la présence de la maison rectangulaire –, sans pratiquer la circoncision qui est une coutume typiquement ouest-africaine.

La nuit venue, nous nous couchâmes fort impressionnés par toutes ces histoires de l'*onyoto*. Notre grande caravane encerclait la maison d'étape où nous dormions. Éveillé, j'entendais les clapotis de la rivière et les appels des gardes qui signalaient qu'ils veillaient. Le rêve de mon enfance se réalisa enfin : j'étais au bord de l'Aruwimi, mystérieuse rivière gardée par les dangereux *onyoto*... C'était le lieu le plus avancé à l'ouest de mon voyage ; le lendemain, je devais aller vers le nord, puis vers le nord-est, en direction des savanes du Soudan. Mon camarade Cousement admirait beaucoup ce pays beau et radieux, et ses habitants, les valeureux Medje qui se battaient ouvertement, comme des nobles, méritant le respect de leurs adversaires. Il était ravi de quitter pour un temps le poste plongé dans un constant *qui-vive* et les lugubres forêts qui exaspèrent et humilient l'homme. J'en avais assez, moi aussi, de tout cet exotisme végétal, mais je ne m'avouais pas usé par la longue marche. Depuis Fort Portal, plus de la moitié du chemin était déjà derrière moi. Un peu de repos, ne serait-ce qu'une petite semaine, serait le bienvenu.

Le mardi 3 mars, nous arrivions au *poste de réception* Bokwandja, après cinq heures d'une rude marche en forêt. La route mal entretenue était en fait abandonnée. M. Reale, un Suisse du canton de Vaud, travaillait dans ce poste avancé comme fonctionnaire civil car, selon la constitution de leur pays, les Suisses ne peuvent servir dans une armée étrangère autre que la garde papale. Il surveillait la cueillette de caoutchouc, avec une équipe de quinze soldats.

Nous étions sur la périphérie septentrionale du territoire des Mabali. Le lendemain nous devions atteindre l'un des cinq villages des Maberu qui formaient l'enclave la plus méridionale de la tribu des Mangbetu. J'avais déjà parlé de leurs voisins, les Barumbi, établis dans les tréfonds forestiers, loin au sud, sur le territoire administré par le poste de Makala. Après avoir dépassé les villages maberu, nous devions encore marcher six heures dans la forêt vide qui constituait le territoire limitrophe des Mabali. En quittant la forêt, nous étions sur les terres des Mabudu. Je voyais ici pour la première fois une femme de cette tribu (auparavant je n'avais vu que des hommes et cela rarement car la population se cachait dans la forêt). Cette dame était une découverte ethnographique de taille : elle avait, à la manière des Babira et des Baamba, toute une série de petits trous dans la lèvre supérieure, mais sans aucun ornement.

Quand le Suisse apprit que j'avais étudié à Zurich et que je connaissais bien le canton de Vaud, où je passais mes vacances de Noël, il m'accueillit en compatriote, à bras ouverts. M. Reale souffrait du mal du pays, dont les Suisses sont souvent victimes. Je pouvais l'interroger ouvertement sur le caoutchouc car il était l'ami de M. Cousement. Et j'entendis encore une fois la même chose : la cause de la situation tragique, pour les Noirs comme pour les Blancs, était la norme excessive d'exploitation imposée par l'administration centrale. Parmi les fonctionnaires, il y avait des gens zélés qui ne voyaient que leur pourcentage et haussaient toujours plus les taux déjà inhumains. À Avakubi, la norme atteignait douze tonnes par mois ; à Makala elle n'était que de six tonnes, malgré le peuplement plus dense ; à Nepoko, entre six et huit tonnes. À Irumu, où résidait le chef du district, la situation se présentait mieux parce que la norme ne dépassait pas une tonne. Je connaissais déjà ces chiffres, atteints tout au début de ce siècle, lorsque les forêts étaient encore riches en caoutchouc. Après les premières rébellions, en 1903 et 1904, la production à Avakubi tomba à six tonnes, et après la dernière révolte qui persistait encore sous une forme atténuée, elle plafonnait à trois tonnes. Le Suisse corrigea les données exagérées, citées par les Belges. C'était du passé déjà révolu !

La position des agents du pouvoir qui travaillaient directement avec les indigènes, n'était pas enviable. Leurs supérieurs imposaient des hausses de la production, sans tenir compte de la situation sur place qu'ils connaissaient mal. C'est en appliquant les instructions de leurs supérieurs que les fonctionnaires de terrain s'empêtraient dans des conflits de plus en plus graves avec les indigènes. Pour l'heure, les Mabali, mais aussi les Barumbi et une grande partie des Medje étaient insurgés, ou au moins résistaient passivement. Mon arrivée à Avakubi n'arrangeait donc personne. Pour élaborer ma carte ethnographique, je m'entretenais souvent avec les indigènes et les fonctionnaires, et non seulement j'en savais déjà beaucoup, mais en plus je le racontais partout parce que c'était le seul moyen d'apprendre davantage et de corriger par recoupement des renseignements imprécis. À vrai dire, j'avais déjà tant d'informations sur le caoutchouc et sur les redevances qu'on pouvait douter que seules l'ethnographie et l'anthropologie m'intéressaient, et qui plus est du point de vue théorique.

Je devais bientôt quitter les terres des Mabali. La chance de les rencontrer au nord des villages des Maberu étant mince, il devenait indispensable de compléter mes informations et surtout de terminer le vocabulaire, afin de comprendre leurs rapports avec les tribus voisines. Ces problèmes n'étaient pas clairs. Le fait qu'ils aient une organisation ouest-africaine aussi typique que l'*onyoto* sans pratiquer la circoncision m'étonnait. Hormis les Wangwana qui avaient apporté la circoncision de la Côte, c'est-à-dire depuis une terre musulmane dominée par les Arabes depuis près de mille ans, cette coutume n'existait que dans la zone d'influence des Mangbetu. Quant aux Mabudu, ils pratiquaient la circoncision seulement au nord de la Nepoko, sous l'influence des Mangbetu. Les Mabali avaient des liens évidents avec les Baamba qui étaient circoncis. En conclusion, l'absence de circoncision chez les Mabali était une exception étonnante pour un chercheur. Cette coutume existait aussi chez les Bambuba et chez les Pygmées qui campaient près du village de Mwera.

Le mercredi 4 mars, après quatre heures d'une pénible marche, nous vîmes la N'Gayu : sur sa rive droite s'étendait l'enclave des Maberu, membres de la grande tribu des Mangbetu. Leur groupe se composait des parents de l'aristocratie et du roi Munza[1], si bien décrit par Georg Schweinfurth, savant qui avait voyagé sans forcer son chemin à la mitraillette, contrairement à Stanley qui fut le premier à l'avoir testée sur les Noirs. Les Maberu sont une branche méridionale de la tribu Medje. Ils ne se désignent pas eux-mêmes comme Maberu : ce nom leur fut donné par les Mabudu et les Balika qui appellent ainsi l'ensemble de la tribu Medje, puis il fut repris par les Wangwana et enfin par les Européens de l'État indépendant. L'enclave au bord de la N'Gayu date de l'époque de l'invasion des Azande qui avaient temporairement soumis les Medje. En ce temps, les ancêtres de nos Maberu se sauvèrent et s'établirent dans la forêt, ici, luttant contre les autochtones Mabali qu'ils détestent encore aujourd'hui. La raison de leur brouille fut la nécessité de voler des femmes, car le clan Maberu était exogame[2]. Les Maberu restèrent définitivement dans la forêt.

D'après Wilhelm Junker, Azanga, le roi des Mangbetu, avait vaincu le souverain azande Kana, en 1882. Les Medje auraient alors rejoint les vainqueurs, en se déplaçant vers le nord-est. Les riches savanes du bassin de l'Uele les attiraient davantage que la forêt. Azanga avait pour mère une Medje, raison qui explique son attachement à cette tribu. Les Medje, débarrassés de leurs envahisseurs azande, restèrent dans le bassin de la Nava. Ils luttèrent héroïquement non seulement contre les Wangwana mais aussi contre les Blancs. Il y a quelques années, ils avaient brûlé à deux reprises le poste de Bafwabaka, lieu où je devais me séparer de Cousement. Il était totalement abandonné en 1903, après le dernier passage des meurtriers de Tornton, venus de leurs villages distants de trois jours de route pour détruire le poste détesté. C'étaient les hommes du clan Mandole. D'ailleurs, il y a trois semaines à peine, les Medje avaient fait reculer une patrouille de soldats qui essuya de lourdes pertes. Leur officier fut si gravement blessé que le médecin, appelé d'Avakubi, ne le quittait point. L'état du blessé suscitait l'inquiétude car les flèches des Medje étaient empoisonnées. L'officier

1. Roi des Mangbetu depuis 1867 environ, et du territoire étendu entre Uélé, Bomokandi et Fada. Schweinfurth le rencontra à l'apogée de sa gloire et laissa une description élogieuse de sa capitale.

2. Ils devaient obligatoirement épouser des femmes qui n'étaient pas maberu.

souffrait toujours et pourtant la flèche l'avait à peine touché et ne s'était pas logée dans la blessure. Le poison se révéla si puissant qu'il fallait surveiller le cœur du malade en permanence.

Le convoi guidé par M. Cousement que j'accompagnais avec ma caravane, transportait justement des provisions et surtout des munitions pour le poste de Medje. On craignait que les combatifs Medje, enivrés par leur récent succès, ne le détruisent. Pour ce faire, ils n'auraient plus besoin de venir d'aussi loin qu'il y a cinq ans, car dans les environs bien peuplés du poste vivaient, paraît-il, trente mille guerriers potentiels. L'exagération de ce chiffre témoignait de la peur que cette tribu inspirait. Cela dit, l'escorte du précieux transport ne comptait que cinq soldats.

Après la traversée de la N'Gayu, je rencontrai les Maberu. Ils ne ressemblent pas aux habitants de la forêt : un magnifique tatouage pointillé couvre leur peau claire, les pavillons de leurs oreilles sont découpés, et certains individus ont le crâne déformé par la trace d'un bandeau tressé à plat que l'on applique aux nouveau-nés. Leurs yeux, parfois étonnamment beaux et plus grands que ceux de la population forestière, sont logés dans des orbites peu profondes. Leur attitude, pleine d'assurance et de dignité contraste avec la servilité des Mabali, et leur intelligence est parfois stupéfiante. Quant aux femmes, une grande liberté pointe sous une coquetterie aguichante : généreuses en sourires, elles exhibent volontiers leurs incisives supérieures largement écartées. On obtient cette déformation typique, mais peu attrayante pour un Européen, en écartant les dents à l'aide d'un couteau, ce qui fait que leurs extrémités sont souvent ébréchées.

Les déformations crâniennes n'empêchent pas les hommes d'avoir une posture aussi noble que celle des habitants de la région des Grands Lacs. Sympathiques et confiants, les Maberu se laissaient étudier en grand nombre. Leurs palabres, drôles et intéressantes, m'avaient occupé toute la journée. Mais le soir, bien qu'ils nous aient reçus comme si nous étions leurs oncles d'Amérique, nous vérifiâmes, à tout hasard, la garde de nuit, parce qu'on ne pouvait pas leur faire entièrement confiance.

Le jeudi 5 mars, nous marchâmes six heures dans une forêt vide. Ses anciens habitants, les Mabali, avaient été décimés. Nous allions vers l'étape de Malamama, tenue par dix Wangwana d'Avakubi. Elle portait le nom du chef d'une bande de Pygmées qui chassait ici naguère. Les Wangwana juraient qu'ils avaient disparu car ils ne pillaient plus leurs plantations. Il était difficile de se renseigner sur les habitants de la forêt auprès des Wangwana qui n'avaient aucun contact avec eux. Ils affirmaient seulement qu'il y avait dans les environs deux villages habités par les Mabudu, dont les chefs se dénommaient Maramba et Bara. Mais après une si longue marche, les forces me manquèrent pour leur rendre visite.

Le lendemain, vendredi 6 mars, après avoir franchi les collines couvertes de forêts nous dépassâmes Kokoniangwe, un village abandonné. Une heure plus tard nous abordions Makwana, tout aussi vide. Sa population était partie depuis un an, après avoir incendié les huttes. Il n'y en avait plus aucune trace et seules les plantations délaissées témoignaient encore de la présence humaine. Après une heure, nous vîmes enfin une contrée peuplée appelée Bagbandia. Puis nous traversâmes deux villages : Chuma-Chuma et Mangana, et avant la Nepoko, un hameau délaissé par les Wangwana : Morisi.

À Mangana, nous fûmes accueillis par le chef du village, un petit vieux à visage simiesque. Il s'avança, portant dans ses bras une gamelle contenant une vingtaine de litres de vin de banane. M. Cousement le salua comme un vieil ami, lui serra cordialement la main, puis l'invita à goûter le vin le premier. Le chef s'étant emparé de la gamelle avec dévouement, je ne sais pas quelle aurait été la fin de l'affaire, si mon compagnon n'avait pas stoppé sa soif ardente en répétant énergiquement : *Bassi ! Bassi !* Assez ! Assez ! L'homme accroupi cessa alors de boire, cracha vigoureusement et déclara le vin bon. Il avait saisi tout aussi bien que nous que l'invitation de mon camarade était moins un honneur qu'un test pour voir si le vin n'était pas empoisonné. Dans cette partie de l'Afrique, surtout en zone d'influence des Mangbetu, il y avait en effet des cas d'empoisonnement d'Européens. Tout dépendait du dévouement des serviteurs. Il arrivait que des Européens maltraitant leurs domestiques soient empoisonnés, sans que l'on sache comment et avec quoi. Ces énigmes restant insolubles, on accusait le climat ! C'était le climat, certes, mais social...

Le vilain chef appartenait à la tribu des Balika, mais s'habillait à la façon des Mangbetu qui donnaient ici le ton. Il était coiffé d'un petit bonnet de paille tressée, avec un pompon de plumes de perroquet et une épingle en ivoire. Son vêtement se composait d'un morceau d'écorce de ficus passé entre les jambes et fixé à la ceinture de cuir devant et derrière ; il avait de plus une magnifique ceinture de lianes rouges tressées, joliment polie par usage, à laquelle étaient attachées les peaux de petits prédateurs. Il tenait dans sa main un chasse-mouches confectionné en petites tiges adroitement assemblées.

Le vin de banane, jeune et sucré, était trompeur et le vieil homme était éméché. Il se mit à danser sans vergogne ni égard pour son âge et sa fonction, puis devint indécent au point d'outrer tous ceux qui attendaient leur tour devant la gamelle. Nous l'avons finalement quitté, sans le saluer, dès que les soldats et les serviteurs eurent fini de boire.

Nous passâmes la nuit à la station de Bafwabaka, deux fois détruite par les Medje et abandonnée, comme je l'ai déjà signalé. Ses environs abritaient à présent les Balika, mais auparavant y vivaient sûrement les Mabali, comme le suggérait son nom. Les Bafwasoma, proches parents des Mabali, habitaient encore tout près à l'est, dans les forêts. Sur notre itinéraire, ils furent décimés par les Wangwana auxquels les Maberu – à en croire leurs ennemis, les Balika – auraient prêté main-forte. Cela expliquerait le vide au nord des villages des Maberu. Les espaces dépeuplés se sont étendus bien davantage depuis la dernière insurrection. Les Blancs poursuivaient en fait l'œuvre des Wangwana, même si on ne capturait plus les hommes pour les contraindre à porter l'ivoire jusqu'à l'océan Indien et les vendre à l'arrivée en même temps que la marchandise qu'ils avaient amenée sur leur dos. Les nouvelles techniques, la navigation fluviale, le chemin de fer avaient amélioré les conditions d'exploitation des indigènes. Leur existence restait en revanche inchangée et ils fuyaient, comme au temps des Zanzibarites, aussi loin qu'il fallait pour trouver un terrain que leurs « libérateurs » n'administraient pas encore. Mais le pouvoir européen les poursuivait pas à pas dans le tréfonds forestier.

Je devais me séparer bientôt de Cousement. À Bafwabaka, nos caravanes campaient ensemble pour la dernière fois : je partais vers le poste Nepoko pour aller ensuite à l'est, en suivant la lisière nord de la forêt ; lui, il se rendait à Medje, au nord-ouest. Après l'assassinat de Tornton, c'était là que fut transféré le poste de Bafwabaka qui assurait le passage de la Nepoko. Depuis Avakubi nous traversions un territoire pacifié, dont les habitants étaient brimés ou décimés. Seules les réactions des Medje donnent encore du tracas à l'administration. L'implantation d'un poste au cœur de la région révoltée se révéla efficace : les Balika locaux montraient une grande civilité à notre égard. Dès que le camp fut établi, ils ravitaillèrent ma colonne et m'envoyèrent, malgré l'heure tardive, treize personnes pour mes recherches.

Il était difficile de se séparer de M. Cousement après une semaine de conversations intéressantes. Nous les poursuivîmes jusqu'à la fin de la matinée du samedi 7 mars. Pendant notre voyage j'avais souvent parlé avec ses porteurs. Appelés Wangwana, ils étaient en réalité des Mabudu que les Wangwana avaient jadis enlevés. Fait surprenant, certains d'entre eux étaient assimilés comme Wangwana depuis quelques années seulement, donc déjà bien après la création de l'État indépendant, et cela à Avakubi même. Décidément, la nouvelle administration tolérait les anciennes pratiques. Il faut noter que leur assimilation était lente et que lesdits Wangwana désertaient par groupes entiers à la première occasion, rejoignant leurs villages, si ceux-ci existaient encore. Un déserteur prenait cependant des risques, car même sur le territoire de sa propre tribu il pouvait tomber sur un village ennemi et finir dans la casserole de l'adversaire. Le cannibalisme institutionnel était un allié non seulement des Wangwana mais aussi de l'homme blanc : il freinait les escapades, surtout lointaines. Toutes ces informations obtenues des Wangwana me permirent d'avancer la monographie des Mabudu. Malheureusement, je n'en voyais pas la fin et le temps pressait.

Déjà depuis la veille on entendait dans la forêt les battements de tambour venant des confins du territoire peuplé. Leur son était différent de celui que j'avais entendu dans la région des lacs, et de celui qui m'empêcha de dormir au bord de la Lenda. Il émanait d'un type de tambour en tronc d'arbre évidé. Les frappes étaient très cadencées, mais le rythme changeait et on distinguait aisément les sons hauts et les sons bas. Cousement les écouta un moment et demanda à l'un de ses soldats : « *Wanasema nini ?* » – Que disent-ils ? Le soldat se concentra, tendit l'oreille un bon moment et dit : « Les *washenzi* parlent de divers côtés. Tous disent que deux Blancs marchent avec huit soldats et de nombreux biens. »

Ainsi le pays tout entier était déjà informé de notre présence par la signalisation tambourinée ouest-africaine. La précision des informations transmises surprenait : ce télégraphe acoustique paraissait aussi efficace qu'un télégraphe électrique. L'émetteur envoyait une sorte de code de Morse que chacun recevait dans son oreille. Dans ce domaine les indigènes devançaient les Européens car les postes n'avaient ni fils télégraphiques ni téléphone, pendant que dans la forêt chaque message important était tambouriné à tous en un temps record. D'ailleurs, il en allait de même là où le tambour n'existait pas : on ne sut jamais, par exemple, comment la nouvelle du décès de Gordon Pacha[3] et de la chute de Khartoum put atteindre Le Caire en quatre jours, où elle fut captée par les espions britanniques… au marché. Tant que les indigènes révoltés contre le travail obligatoire restaient à la portée de tambours, ils savaient tout, et par conséquent il était impossible de les surprendre. Et les Blancs ? Ceux-ci pouvaient toujours demander ce que disaient les tambours, comme venait de le faire mon compagnon. Tout dépendait de la bonne volonté des indigènes qui se montraient parfois peu coopératifs. Ici, les informateurs étaient des Mabudu qui avaient une réputation exécrable, chez les Noirs et chez les Blancs, des pleutres sans foi ni honneur, toujours prêts à trahir. De plus, ils en voulaient aux Européens, non sans raison. Les membres des autres tribus les disaient capables d'assassinats et d'empoisonnements habiles.

---

3. Charles G. Gordon Pacha (1833-1885), général britannique, servit en Crimée et en Chine avant d'être nommé gouverneur de l'Equatoria (1874), puis du Soudan (1877) par le khédive d'Égypte. Il travailla ensuite en Chine, en Inde, à Maurice et en Afrique du Sud. En 1884, il fut chargé d'aider l'Égypte à combattre les mahdistes. Après son arrivée à Khartoum, début 1885, la ville fut assiégée et vaincue. Gordon y perdit la vie. Meneur d'homme charismatique, courageux et inclassable, Gordon Pacha inspira de nombreuses œuvres romanesques et poétiques.

Après avoir marché deux heures à travers un pays densément peuplé, nous nous séparâmes à la croisée des chemins. Je comptais guider ma caravane selon les consignes de M. Cousement : il fallait s'en tenir à l'itinéraire caravanier car la région pacifiée par le poste de Nepoko pourrait se révéler dangereuse pour un Européen. Cependant les indigènes hostiles à l'administration se tenaient à l'écart des itinéraires caravaniers et la route de Nepoko devait être sûre. De plus, Cousement avait ordonné, déjà à Bafwabaka, de tambouriner mon arrivée à toutes les colonnes opérant sur le terrain afin qu'elles viennent à ma rencontre. Il demanda que l'on insiste sur le fait que j'avançais sous une bonne escorte.

Nous partîmes donc en rangs serrés, ne laissant aux porteurs aucune chance de s'éparpiller. Une heure et demie plus tard, l'étape d'Apuna fut atteinte en bon ordre, ce qui impressionnait toujours les indigènes. En tête marchait le porteur chargé du drapeau mecklembourgeois, puis moi-même en compagnie de deux soldats et d'Abd Allah qui portait ma carabine. Les porteurs nous suivaient en file indienne, Pendakula avec Salimu assuraient la garde arrière. Nous étions sur le territoire des Malika ou Balika, appartenant à la tribu des Mabudu.

J'approchais le gîte d'étape avec ravissement. La place du village, propre et soignée, s'ornait de magnifiques palmiers dont les feuilles brodaient avec fantaisie le profond azur céleste et projetaient sur le sable clair toute sorte de formes étranges. Les maisons qui l'entouraient étaient rectangulaires avec des toits à deux pentes en feuilles de bananier. À pièce unique, elles étaient munies dans leur partie frontale d'un vestibule ou plutôt d'une véranda à cloison mobile et aérée qui protégeait l'habitation de la chaleur. Au milieu de la place du village, près du gîte d'étape, trônait une vaste halle rectangulaire, sans parois et totalement déserte. De tout mon voyage aucun lieu ne me parut plus beau, calme et prospère. J'étais enchanté.

Peu après notre arrivée accourut le gardien de l'étape, légèrement essoufflé. Le village était vide car les gens travaillaient sur les plantations, déclara-t-il. J'acceptai ses paroles sans m'étonner outre mesure qu'ils fussent partis non seulement avec leurs femmes et enfants, mais aussi avec les chiens et les poules.

À l'évidence, cette désertion avait pour cause le message transmis par le télégraphe tambouriné, et signalant qu'une petite colonne s'était détachée d'une plus grande pour se rendre dans un but inconnu à l'étape d'Apuna. À la suite de quoi, on décida qu'il valait mieux se sauver. Je dois dire que si Cousement ne m'avait pas averti, ma conversation amicale avec le gardien ne m'aurait jamais permis de découvrir que je me trouvais en terrain révolté. Après notre discussion cordiale, le gardien prit deux baguettes taillées dans le raphia et tambourina assez longuement. Ni moi ni mes hommes n'ayant la moindre idée de ce qu'il avait transmis, je lui demandai quel était le contenu d'un si long message ? Avec un sourire saugrenu, il s'étonna : je ne l'avais pas compris ? J'avouais n'avoir pas saisi grand-chose, en dehors du fait que j'étais trop maigre pour être mangé et que j'avais trop de carabines pour laisser sur place mes plus gros hommes. M'entendant plaisanter sur le cannibalisme, il rit, puis m'informa qu'il avait prévenu Apuna et ses hommes qu'ils devaient fournir des vivres pour la caravane de l'homme blanc qui dormirait cette nuit dans le village. Ainsi fut scellée une amitié, que je mis à profit pour apprendre à envoyer un message précis à l'aide d'un tambour qui trônait au milieu de la place.

Le tambour était fait en un seul morceau d'arbre évidé à partir d'une étroite fente, orientée dans le sens de la longueur du tronc. Les deux bords de l'embouchure émettaient des sons de hauteur variable lorsqu'on les frappait avec les baguettes. Le batteur se plaçait là d'où sortaient les sons graves. Le signal entier tenait en quelques mesures différenciées, de trois-huitièmes chacune. Ces mesures composaient un ensemble répété plusieurs fois. La première partie du signal était un appel à l'attention : deux mesures de frappes rapides graves, une mesure de frappes tout aussi rapides mais aiguës, et la fin était identique au début, mais en une seule mesure. Après cela venait le vrai message, émis sur un rythme deux fois plus lent, donc les huitièmes après les seizièmes. Il était composé de deux sons graves, suivis d'un son aigu. Puisque cette mesure était répétée deux fois, je demandai ce qu'elle signifiait. Le gardien m'expliqua que le dernier mot était : *muzungú, muzungú*. Ce mot désignant l'Européen était accentué à la dernière syllabe en langue mabudu. Pour cela, les deux sons graves étaient suivis par un son aigu. Pour appeler les porteurs à transporter les bagages à l'étape suivante, on donnait l'ordre en répétant deux fois quatre frappes lentes, dont seule la troisième était aiguë. C'était la manière de transmettre le terme *masandúku*, c'est-à-dire les coffres, accentué sur la troisième syllabe. *Masandúku* est un mot d'origine arabe, de même que le terme russe *sunduk,* qui est un emprunt datant de l'époque de la pénétration du commerce arabe ou musulman par la Volga vers l'intérieur du continent.

Ces deux exemples étaient donnés en kisuaheli, langue que l'intelligent gardien maîtrisait parfaitement. Était-il un ancien esclave des Wangwana qui s'était évadé pour rejoindre son village natal ? Je préférais me taire à ce sujet pour ne pas l'effaroucher. Il ne fallait pas oublier qu'après l'amère expérience qu'ils avaient vécue au cours des deux dernières décennies, les indigènes étaient très méfiants.

Ce qui m'intéressait avant tout, c'était la découverte que, dans leur langage tambouriné, les indigènes employaient des abréviations codées. Des messages plus complexes, envoyés à ma demande en dialecte local, restaient pour moi totalement incompréhensibles. D'ailleurs, les Blancs qui séjournaient ici depuis quelques années et qui étaient le sujet des informations ainsi transmises, ne parvenaient pas davantage à percer leur mystère. Je l'avais constaté la veille, quand Cousement avait demandé au soldat ce que disaient les indigènes.

Chez l'hospitalier Apuna nous fûmes abondamment pourvus en vivres et je pus y étudier dix-neuf Balika. Après une nuit tranquille dans ce village insurgé d'aspect idyllique, nous reprîmes la route, le dimanche 8 mars, de bonne heure. Le pays était densément peuplé : pendant la marche nous dépassions sans cesse de petites maisons proprettes. Mais nous ne vîmes personne. On préférait ne pas se montrer. Tant pis. M. Cousement m'avait déjà expliqué les rapports ethnographiques. Nous traversions un terrain habité de façon contiguë par les Balika.

Après un certain temps, nous aperçûmes au loin une colonne qui venait à notre rencontre. À ma grande joie, elle était conduite par un Européen. C'était le sous-officier Parson, un Suédois de petite taille, carré d'épaules. Apprenant par les indigènes qu'on tambourinait la marche d'un Européen vers Nepoko, il était sorti pour nous accueillir, ce qu'il considérait comme son devoir, car le temps et la route étaient mauvais, sans parler de l'aventure qui lui était arrivée la veille et dont il avait du mal à se remettre. Il y avait en effet de quoi perdre le sommeil pour un certain temps ! En traversant la broussaille avec ses soldats, il tomba sur quatre indigènes occupés à préparer un mort pour en faire un festin. Une partie de la victime se trouvait déjà dans des gamelles posées sur le feu et le reste était découpé en quartiers. Les responsables avaient réussi à fuir. Le Suédois, familiarisé avec les récits de ces atrocités, les voyait pour la première fois de ses yeux et en fut profondément choqué. Les histoires macabres entendues à Avakubi au sujet d'un indigène attrapé au marché des Basoko avec un quartier de chair humaine fumée me revinrent en mémoire. Fumée, pour éviter qu'elle ne se gâte ! Si la tribu Basoko était connue pour son cannibalisme, ses membres montraient dans ce domaine une certaine subtilité : ils ne consommaient pas leurs parents défunts mais les transmettaient aux voisins, dans l'espoir d'un retour de politesse. Parson affirmait que les Mabudu n'étaient pas meilleurs que les Basoko, mais ne citait aucun cas concret. Peut-être les hommes qu'il fit fuir voulaient-ils se régaler de la chair d'un ennemi tué ? J'avais du mal à croire qu'un Apuna, homme distingué avec lequel j'avais passé un après-midi à boire le vin de palme et qui habitait dans un village idyllique et fort bien entretenu, pouvait être un horrible sauvage dévorant la chair humaine !

Parlant ainsi avec le Suédois de l'anthropophagie locale, nous arrivâmes à l'étape Kisanga où nous attendait déjà son supérieur, le lieutenant Johansen, officier de carrière de l'armée suédoise. Gratifié d'un congé de longue durée, il s'était enrôlé dans l'armée de l'État indépendant, tout comme Parson. Au cours d'une amicale conversation, j'appris que commander des soldats issus des tribus anthropophages imposait une attention singulière : il fallait veiller à ce qu'ils ne retournent pas en cachette à leurs pratiques ancestrales. Il n'y a pas longtemps, paraît-il, à l'occasion d'un appel, on avait trouvé dans le magasin de munitions une main d'homme coupée. Le guerrier noir qui défendait l'idéal humanitaire de l'homme blanc, l'avait prise en trophée, plus probablement à des fins culinaires que scientifiques.

Les Suédois se montrant hospitaliers et mes hommes fatigués, je décidais de dormir sur place, bien que notre marche journalière ait été courte. Il fallait épargner les porteurs en prévision des efforts qui nous attendaient.

La conversation du soir nous transporta d'Afrique en Europe. Mon courrier, reçu *via* Fort Portal (le coursier me l'avait donné il y a trois semaines, le 18 février, à Kwa Fundi), contenait des nouvelles inconnues des Suédois, car la poste accusait ici un retard considérable. Je leur appris le décès de leur noble et bien-aimé roi Oscar II. Ils en furent très affectés. Pour les détourner de leurs soucis dynastiques, je mentionnai mon excursion en Suède en 1904. Je leur racontai comment je fus surpris par l'arrivée sur la terrasse du *Café de l'Opéra* d'un serveur chargé d'une montagne de plaids qu'il distribuait en prenant les commandes, et combien je ris en voyant tous ses clients emmitouflés jusqu'aux oreilles siroter du punch glacé. Mon histoire fit surgir le punch suédois sous le ciel africain, comme par miracle, mais sans glace, hélas ! Grâce à lui, les souvenirs se déroulaient comme un ruban bleu suédois et une vague de nostalgie nous submergea imperceptiblement. Mes compagnons connaissaient ses ravages, tout autant que moi. Il valait mieux écouter les révoltantes histoires de cannibales au lieu d'idéaliser l'Europe avec toute sa grisaille !

Le dimanche passa, en accord avec le règlement de l'État indépendant qui ordonne de le respecter. En venant à ma rencontre, Parson sacrifia une partie de son repos dominical, ce qui était charmant et méritait mon bon souvenir.

Le lundi 9 mars, après les adieux, je repassai sur la rive gauche de la Nepoko pour prendre le chemin le plus court entre Kisanga et le poste de Nepoko : la ligne droite entre deux extrémités d'un grand méandre. Une heure de marche nous amena à la limite de Mabudu, territoire que nous avions abordé dès la sortie du village d'Apuna, dernier établissement des Balika. Nous passâmes ensuite par des villages où les nobles étaient des Mangbetu et leurs sujets des Mayogu. Puis nous vîmes de nouveau les villages mabudu. Les différences ethniques étaient invisibles. Plus tard, il devait apparaître que les Mangbetu étaient circoncis. Mais cela n'avait rien à voir avec l'islam, comme dans le cas des Wangwana islamisés. En avançant, nous retrouvâmes encore une fois des Mangbetu. J'observai ici un type de construction différent.

Pour la première fois depuis Kwa Fundi, où j'ai vu chez les Babira la dernière hutte ronde, empruntée à leurs voisins Balese, je voyais de nouveau des huttes cylindriques soudanaises. À propos de leur origine, on me dit que lorsque les Mangbetu avaient soumis la tribu Abarambo, ils les avaient entraînés jusqu'ici depuis leurs terres insérées dans la fourche de l'Uele et de la Bomokandi. Ils étaient partis depuis quelques années, fuyant les *Kuturia* (les Turcs). Ce terme désignait les soldats turcs d'Emin Pacha qui administrait en ce temps la province d'Équatoria au Soudan égyptien, incluant l'Uele. Les Abarambo dominés par des Mangbetu ont donc progressé avec eux dans le Sud pour s'installer finalement là où nous les avons trouvés, après de nombreuses péripéties qu'ils ne m'expliquaient pas clairement.

Chez les Abarambo, il nous arriva un incident désagréable. Les indigènes attrapèrent un de mes porteurs en train de voler du manioc. Il avait plongé dans un champ en bord de route et y avait arraché quelques bulbes. On le mit devant moi avec son fardeau et le manioc volé. Le plaignant en voulait au porteur surtout pour son arrogance : il lui laissait le manioc, s'il avait faim, mais il n'aimait pas son insolence. Selon le paysan, le porteur pris sur le fait l'aurait menacé de la vengeance du Blanc. Le voleur s'en tira avec une gifle en présence du volé, mais le propriétaire détaché de son bien restait pour moi une énigme : il n'avait pas eu peur de se plaindre malgré la menace de ma vengeance, évoquée par le porteur ? D'où lui venait cette confiance en la justice du Blanc ? Soit la situation locale était moins chaotique qu'on ne me la décrivait, soit – chose peu probable – la renommée de ma caravane était telle qu'une juste plainte ne présentait aucun risque. Les indigènes s'intéressaient à ma caravane, c'était évident. Parson avait appris notre arrivée par eux.

En sortant du territoire des Abarambo, nous traversâmes celui des Mayogu : une vaste zone, près des marécages de la rivière Maika, étendue au nord jusqu'à la Bomokandi. Armés, à l'instar des Mabudu et des habitants de la forêt, de petits arcs à corde de rotin, les Mayogu tenaient à la main une hachette ornée, considérée ici comme une arme mangbetu. Sporadiquement apparaissaient aussi des guerriers munis de boucliers en forme de grandes planches rectangulaires et de lances portées dans la main gauche. C'était plutôt des javelots ; lancés très haut, ils blessent en retombant. La chance qu'une telle lance trouve sa cible était mince. Les guerriers portaient des petits chapeaux en paille à fond carré ou rond, rappelant le fez. La coexistence des deux types de chapeaux, très appréciés ici, pouvait être l'effet du tressage. Soit on commençait par le fond et la forme était carrée, soit par le bord et on obtenait une forme cylindrique, à la fin serrée avec la corde sur un centimètre environ, de façon à imiter le gland d'un fez. La présence de ces fez de paille dans la zone d'influence des Mangbetu qui étaient en contact avec le Soudan égyptien d'Emin Pacha, signalait la proximité de ce pays.

Une heure plus tard, nous fûmes de nouveau en territoire mabudu, près du village de Kima-Kima, habité par les Wangwana. Il y avait là dans le temps une grande *zeriba* zanzibarite, d'où l'on partait à la chasse à l'homme. On les attrapait comme on attrape des animaux vivants. La majorité des huit mille « Wangwana », ouvriers des plantations ou porteurs du poste d'Avakubi, venait d'ici. En effet, les hommes ne manquaient pas. Le poste actuel de Nepoko est une extension de cette *zeriba*. Après la défaite des Arabes, un fonctionnaire de l'État indépendant et une compagnie des soldats prirent leur place. On avait tout d'abord confié l'administration des indigènes aux Wangwana, bien au courant de la situation locale, pour les en écarter ensuite peu à peu. Telle était en tout cas l'opinion des notables locaux qui déploraient devant moi l'ingratitude des Belges. Je m'imaginais mal comment les arrogants et dominateurs Wangwana pouvaient se transformer en population soumise et contrainte à travailler. Et pourtant ce sont bien les Wangwana qui transportent à présent le caoutchouc stocké dans le poste voisin vers l'Aruwimi, à Bosobangi, d'où il est ensuite évacué par bateau. On envoyait par cette voie, encore récemment, plus de six tonnes de caoutchouc par mois, ce qui exigeait plus de deux cents porteurs.

À Kima-Kima, ma caravane fut accueillie chaleureusement. Les villageois me conseillaient de rester chez eux, au lieu d'aller au poste où régnait la faim. Ils savaient que nous venions de *inchi ne Wadaki* (pays des Allemands) et cela déliait les langues. Quand ils apprirent que j'étais trop pressé pour m'arrêter chez eux, ils s'affairèrent et nous fournirent des vivres pour au moins deux jours ; l'état alimentaire de la station était, selon eux, fatal. J'appris seulement après notre sortie du village, au moment du passage de la rive gauche à la rive droite de la Nepoko, que les Wangwana locaux avaient trouvé quelques anciens amis parmi mes Manyema. Étaient-ils prêts à échanger leurs situations ? Impossible de le savoir.

Le poste de Nepoko était proche. Nous y fûmes dans la soirée. Nepoko et Medje contrôlaient aussi les savanes des extrémités sud du Soudan car la frontière de la Province-Orientale suivait la ligne de partage des eaux entre l'Aruwimi et l'Uele. La forêt vierge n'allait pas si loin dans le Nord. La frontière administrative recouvrait la limite du kisuaheli, langue employée par des tribus très diverses. Le bangala jouait le même rôle dans l'Uele. Il y fut diffusé par l'administration de l'État indépendant à partir des rives du Congo, où il dominait. Il fallait songer à l'apprendre. Cela ne semblait pas trop difficile pour ceux qui parlaient le kisuaheli ; je le connaissais assez pour converser sans peine sur tous les sujets. [...]

Je fus reçu à Nepoko par M. Simon, fonctionnaire civil du rang d'aspirant. Il s'occupait de quinze soldats convalescents, blessés ou malades. Ses supérieurs, le lieutenant Johansen et le sous-officier Parson – déjà rencontrés à Kisanga – pacifiaient le terrain. La grande gentillesse de M. Simon ne changeait rien au fait que le poste était affamé. Les indigènes révoltés ne le ravitaillaient plus. On nous donna huit bananes par personne, donc peu bien qu'elles fussent assaisonnées. Mon ordre de distribuer le riz offert par les généreux Wangwana fit exploser de joie les porteurs. Le personnel du poste suivait nos préparatifs de dîner appétissant, et surtout abondant, avec convoitise. Quant à M. Simon et moi, nous prîmes un apéritif dans mes quartiers avant de souper au mess.

CHAPITRE XVIII

LES WANGWANA[1]

Expansion des Zanzibarites. – Réactions des Européens. – Origine de la conquête territoriale. – Conquistadores arabes. – Initiative de Stanley. – Passage des Arabes en aval des cataractes. – Tippu-Tib. – Déserteur Ugarrowa. – Kilonga-Longa. – Territoire d'Abed ibn Salim. – Expédition vers l'Uele. – Défaite sur la rivière Tomu. – Itinéraire de l'Itimbiri. – Les Wangwana de Basoko. – Bandes de Tippu-Tib. – Défaite de Mirambo. – Retrait de l'Uele. – Offensive des Arabes. – Défaite finale. – Pendaison de Stokes. – Révolte de la Force publique. – Héros du Congo. – Passivité de la côte. – Crise économique à Zanzibar. – Ressorts de l'expansion arabe. – Rentabilité de l'économie coloniale. – Productivité des Wangwana. – Idéologie zanzibarite. – Discipline traditionnelle des bandits. – Nouvelle société cohérente. – Stratification sociale des Wangwana. – Arabisés. – Analogies européennes.

Après le souper, nous restâmes longtemps attablés autour du café-cognac car notre hôte parlait avec entrain de la situa-

1. L'ouvrage de François Renault, *Tippo-Tip, un potentat arabe en Afrique centrale au* XIX*e siècle* (Paris, Société française d'histoire d'outre-mer, 1987), éclaire et approfondit la plupart des événements présentés dans ce chapitre.

tion ethnique locale. Le chaos eut pour cause la migration vers le sud des populations attaquées par les Azande et les *Kuturia* d'Emin Pacha, et fut aggravé par le dépeuplement des territoires razziés par les Zanzibarites. Je décidai de mettre de l'ordre dans mes informations, profitant du confort de mon installation préparée si gentiment par M. Simon. Pour me faire une idée de l'expansion zanzibarite, je devais trier les renseignements obtenus des Européens, des Arabes, des Wangwana, de mes porteurs manyema et des indigènes. Ces derniers en savaient le moins. Il était intéressant d'apprendre ce qui se disait ici vingt ans après ce grand bouleversement, et surtout avant que la nouvelle situation ne se stabilise.

Le soir même, je mis à jour mon carnet et relus mes notes, repoussant au lendemain l'esquisse de l'itinéraire. Nous avons bu tant de café que j'avais du mal à m'endormir. J'en profitai pour digérer toutes les observations recueillies récemment. J'écrivis sur les Wangwana jusqu'à deux heures du matin. Force m'était de conclure que le village de Kima-Kima, ancien fief zanzibarite, avait l'aspect d'un lieu civilisé. Décidément, les Wangwana tranchaient sur la population locale pas seulement par leur peau plus sombre. Sur le lieu où fut installé le poste de Nepoko, s'élevait jadis leur grand centre. Cela m'a rappelé mes visites chez les Arabes et nos conversations intéressantes.

Je comparais les villages wangwana des environs avec le poste de l'État indépendant, appréciant de plus en plus le sens politique des Arabes zanzibarites, leur envergure et leur talent de colonisateurs. Pourtant, ils n'œuvraient pas dans des conditions favorables, quittant leur lointaine île alors qu'elle dépendait déjà totalement de l'Angleterre, dont le représentant décidait de tout en dernière instance. Malgré cela, ils réussirent à créer un grand empire colonial au cœur du continent noir ! Téméraires, entreprenants, méprisant profondément les non-croyants, ils compensaient leur manque de moyens par une hardiesse et une cruauté exceptionnelles. Bien qu'ils n'aient été qu'une poignée d'aventuriers fuyant à l'intérieur du continent devant les créanciers usuraires, surtout hindous, ils fondèrent rapidement des centres de vie civilisée et formèrent, à partir des ressources humaines locales, une nouvelle couche socio-ethnique – les Wangwana. Ces affranchis avaient conquis pour eux des espaces immenses de steppes, de savanes et de forêts, pratiquant une économie barbare et ruineuse qui leur assurait le bien-être et la richesse. Leur puissance était telle que, pour l'abattre, il fallut mobiliser les Européens à grand renfort d'appels humanitaires, dont le thème le plus poignant était l'abolition du honteux trafic d'esclaves.

Si la vieille Europe y croyait, en Afrique la lutte consistait surtout à arracher aux Arabes leur butin avec autant de brutalité qu'il leur en avait fallu pour l'acquérir. Et il s'agissait de l'ivoire mais aussi des hommes, car les nouveaux maîtres soumirent aux corvées tout le monde, y compris les Wangwana. Quant aux autochtones, on n'en parlait même pas. Les Wangwana, devenus porteurs à la place de leurs anciens esclaves, préféraient malgré tout leur sort à celui, bien plus cruel, des pauvres sauvages, contraints à récolter le caoutchouc forestier toute leur vie. Les déserteurs étaient traités en rebelles et poursuivis par des expéditions punitives qui brûlaient leurs villages, lorsque cela n'avait pas été fait avant par eux-mêmes. Une fois attrapés, ils étaient dépouillés de leurs biens et forcés à reconstruire les villages pour travailler comme avant. Les tuait-on pour l'exemple ? Non, sauf accident, car ils étaient une main-d'œuvre précieuse. Et tout cela était accompli au nom des idéaux humanitaires : pour éradiquer le cannibalisme, il fallait mater la révolte des hommes qui retournaient à chaque occasion à leurs pratiques ancestrales. Voilà comment se présentaient les révoltes des indigènes et l'action officiellement appelée « répression de l'insurrection ».

Cette triste vérité ne pouvait être découverte que sur place. Pour ce faire, il ne fallait pas se contenter de parler avec les représentants du pouvoir ; les missionnaires, les Arabes, les indigènes des tribus diverses et surtout les Wangwana dégourdis complétaient peu à peu mes informations.

Dans les années 1880, le nombre de conquistadores arabes était infime. Tous n'étaient d'ailleurs pas de purs Arabes. Par exemple, le grand potentat Tippu-Tib était un métis arabo-africain[2]. J'étais à présent sur le territoire envahi jadis par Abed ibn Salim, fils de Salim ibn Abed et père de Saïd ibn Abed. Le Sud-Ouest fut occupé par Tippu-Tib et son fils Sef ibn Muhammed, et par Muni-Mohala[3] et Dziko[4]. La base opérationnelle de Tippu-Tib était Kisangani (Stanleyville, près de Stanley Falls). Comme son nom l'indique, Kisangani était une île et aussi un lieu stratégique qui permettait de contrôler, en amont, les cataractes empêchant la navigation sur plus de cent kilomètres et, en aval, l'accès à la partie navigable du moyen Congo. Les hommes de Tippu-Tib avaient traversé les forêts du bassin inférieur de l'Aruwimi jusqu'à la rivière Rubi et même jusqu'aux bassins de l'Uele et de la Bomokandi. L'Arabe Dziko exploitait les grands espaces près de Basoko. En contrôlant une partie du Congo, il facilitait à ses hommes la pénétration des riches forêts par la rivière Itimbiri. Cependant, le meilleur site stratégique de tout le territoire conquis – la région de Nyangwe sur le haut Congo et sur la route de Zanzibar – était détenu par Muni-

2. Hamed ben Mohamed el-Murjibi dit Tippu-Tib (*ca* 1840-1905). Ses premiers voyages en Afrique centrale (1850) lui permettent de rejoindre ses parents commerçants, établis chez les Bemba. Dès 1870, il s'installe avec quatre mille hommes et femmes à l'ouest du lac Tanganyika où il commerce avec des chefs locaux. Il met sur pied une armée, amasse esclaves et ivoire, s'empare de Nyangwe et de son marché d'esclaves, nomme les chefs, monopolise la chasse à l'éléphant, construit des routes et organise des plantations. Stanley l'emploie lors de sa traversée de l'Afrique d'est en ouest (1874-1877). Dix ans plus tard, Léopold II lui confie le district de Stanley Falls, sur la suggestion de Stanley qui désirait couvrir ses arrières lors de son expédition de sauvetage d'Emin Pacha. Tippu-Tib s'engage à respecter l'autorité de l'État et à empêcher le trafic des esclaves. Il y restera trois ans, puis rejoindra Zanzibar en 1890. Il est une des figures les plus controversées de cette période : le sultan de Zanzibar lui ordonna d'occuper le Congo oriental sans lui en donner les moyens, les Européens le croyaient chef de tous les Arabes, à tort, les fractions arabes lui reprochaient de pactiser avec les Européens, et Stanley le rendait responsable de la tragédie de l'arrière-garde de son expédition. L'opinion publique considérait Tippu-Tib comme un *négrier* et reprochait à Léopold II de l'avoir embauché.

3. Muni-Mohala ou Munie Muhara. Métis arabe originaire de Bagamoyo (côte de l'océan Indien), il jouit d'un grand prestige dans le Manyema. Établi à Nyangwe (1890), à soixante-dix ans passés, il fut le stratège de la guerre contre l'État indépendant, en opposition avec le conciliant Tippu-Tib. Sa mort, dans un affrontement entre chefs arabes (1893), fut décisive pour la suite du conflit.

4. Non identifié.

Mohala. Il s'y installa en repoussant Saïd ibn Abed qui après avoir passé la Lindi traversa la forêt jusqu'au bassin de l'Ituri. Ses hommes empruntèrent ensuite la Nepoko pour avancer vers le nord, mais échouèrent dans leur tentative d'atteindre l'Uele à cause de la résistance des tribus guerrières des marches du Soudan. Ils y arrivèrent trop tard pour rencontrer les garnisons d'Emin Pacha. Le célèbre explorateur était en fait un piètre meneur d'hommes, incapable de maîtriser sa bande de soldats. Il recula jusqu'au Nil car il ne résistait aux mahdistes que lorsque ceux-ci étaient trop absorbés par leurs combats dans le Nord pour s'engager au Sud. Tel était le revers de la gloire du gouverneur délaissé par l'Égypte, puis « sauvé », mais en réalité évacué par Stanley.

La présence d'Emin Pacha dans le sud du Soudan égyptien, en dépit de sa passivité, avait empêché dans une certaine mesure la jonction des mahdistes avec les Zanzibarites. D'ailleurs, ceux-ci ne semblaient pas s'y intéresser vraiment, trop occupés à piller les richesses du bassin du Congo, surtout l'ivoire, et à capturer les hommes indispensables pour le transporter jusqu'à l'océan Indien. Ils se contentaient d'exploiter les terrains déjà conquis et ne progressaient que lorsqu'ils ne rencontraient pas de résistance[5].

J'avais déjà lu, en Europe, tout ce qui se rapportait à l'expansion zanzibarite, mais la littérature à ce sujet étant très chaotique, c'était ici que je découvrais l'organisation et la réussite de leur entreprise. Quand Stanley arriva pour la première fois au fleuve Congo et découvrit son cours supérieur, la base de leurs opérations de pillage était Nyangwe. Plus tard, le célèbre Tippu-Tib accompagna Stanley à Vinja-Nyara. Cette expédition arabe de reconnaissance du pays, montée à l'initiative de Stanley, inaugura en fait la progression des Zanzibarites vers le nord, par le

5. Les documents découverts depuis le séjour de Czekanowski au Congo, notamment l'autobiographie de Tippu-Tib, attestent que les Zanzibarites et les Wangwana, surtout Kilonga-Longa, Ugarrowa et le Comorien Kibonge, s'apprêtaient à lancer leurs hommes vers le nord et le nord-est, dans l'intention de rejoindre les Arabes du Soudan pour réunir leurs forces et mieux résister à la pression des Allemands à l'est et celle des soldats du roi Léopold II à l'ouest. (F. Renault, *Tippo-Tip*, 1987 ; *op. cit.*)

Congo[6]. Les Wangwana se lièrent d'amitié avec les tribus des Wageni, des Banya Ruka et des Basua près des cataractes, appelées les chutes de Stanley : Stanley Falls. Ils les franchirent grâce à leur aide, s'ouvrant ainsi la voie vers le nord. En fait, c'était après le retour de Tippu-Tib à Nyangwe que les Wangwana s'élancèrent sur le Congo vers le nord. Ainsi, l'on peut dire que Stanley, à ses débuts, ouvrait plus l'Afrique aux Arabes qu'aux Européens !

Lorsqu'en novembre 1883, Stanley prit pour la première fois un vapeur à Léopoldville et remonta le fleuve vers l'embouchure de l'Aruwimi, on pouvait déjà voir le désastreux résultat des pillages des Zanzibarites. Stanley agissait alors pour le compte de l'Association internationale du Congo dont naîtrait, deux ans plus tard, l'État indépendant.

Après avoir dépassé l'embouchure de la Lomami, Stanley rencontra le camp des gens d'Abed ibn Salim, partis seize mois plus tôt de Kirundu, situé en amont des cataractes du Congo. Dirigés par Karema, Kaburuga et les autres, après onze mois de séjour entre la Lomami et le Congo, ils gagnèrent la rive droite de celui-ci et atteignirent l'Aruwimi. Ils racontèrent à Stanley que cinq colonnes de pilleurs avaient déjà remonté le fleuve avec leur butin d'ivoire et d'esclaves.

Pour maîtriser la situation et arrêter la ruine du pays, Stanley remonta le fleuve en bateau à vapeur aussi loin que possible et fonda Stanleyville. Les conquérants européens pouvaient désormais assurer leurs arrières en maintenant le contact avec leur base, qui était alors Léopoldville, par le fleuve. Stanleyville devait freiner l'expansion des Zanzibarites vers le nord. Si ce poste parvenait à contrôler le passage des cataractes, il était néanmoins mal armé pour affronter un combat ouvert.

Cependant, les Arabes ne se résignaient pas à abandonner l'exploitation des territoires septentrionaux. Tippu-Tib, l'ancien compagnon de Stanley, s'installa à Kisangani pour paralyser les Européens, mais s'efforça de maintenir des relations amicales avec leur poste. Tout allait bien jusqu'au jour où un conflit éclata entre

6. Stanley atteignit le Lualaba (le haut Congo) en octobre 1876, y rencontra Tippu-Tib et l'engagea avec ses 210 hommes, dont 140 armés de fusils. (*Through the Dark Continent*, London, 1878. En français : *À travers le continent mystérieux*, Paris, 1878.)

Les Zanzibarites au Congo à la fin du XIXe siècle

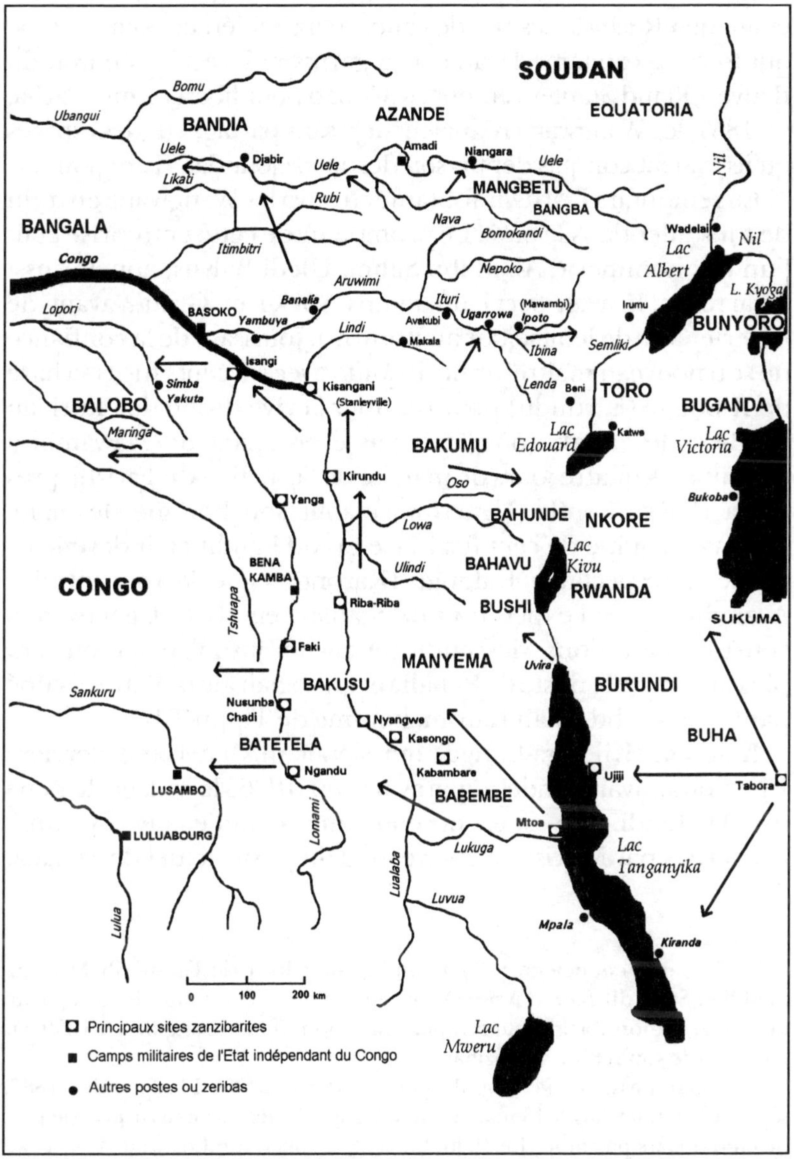

son neveu Rachid[7] et le chef de poste, le capitaine Deane. Il s'agissait d'une esclave, d'une affaire comparable à celle qu'Athanasoff avait vécue à Mawambi. Au lieu de remettre le règlement de comptes à plus tard et d'affermir sa position face aux Arabes, Deane s'emporta et attaqua Rachid. Les tirs de canon n'intimidèrent point l'Arabe qui força le capitaine Deane et sa garnison à reculer en aval du fleuve. Quand Stanley remonta le Congo pour libérer Emin Pacha, en 1887, les Wangwana régnaient déjà sans partage sur des espaces qu'ils avaient conquis depuis son dernier séjour dans la région.

En remontant l'Aruwimi, Stanley trouva les Wangwana en train de s'installer dans le pays. Le promoteur de cette entreprise était l'un des hommes d'Abed ibn Salim, Uledi Balyus, appelé aussi Ugarrowa. Il avait servi un temps Speke et Grant, avant de déserter lors de leur séjour au Bunyoro. Jouissant de la confiance de son nouveau maître arabe, il quitta avec six cents fusils sa base de Kibonge (Kirundu) pour occuper la rive droite de l'Ituri, au nord-est de Fariala (où j'étais passé en allant de Mawambi à Avakubi). À quatre jours de marche de là, au lieu-dit Farishi, près de la rivière Lenda, Ugarrowa établit son homme de main, Kalunga, équipé de cent fusils. Ce grand bandit était devenu ce vieux et respectable Kalunga (Karonga) que je rencontrai à Avakubi. Après l'expédition de Stanley, en 1888, Ugarrowa, à court de munitions, descendit l'Aruwimi jusqu'au site où sera plus tard érigé le poste de Banalia et qui venait alors d'être occupé par l'Arabe Abd Allah Karoni, homme de Tippu-Tib[8].

Kalunga (Kilonga-Longa) qui s'était mis en route derrière Ugarrowa, avait fondé auparavant, en 1886, le village Kinena sur la Lindi. Ce site, devenu une colonie des Bakumu gouvernés par Morisi, se trouve près du poste actuel de Makala.

---

7. Ce conflit eut lieu en 1886. Il impliquait le frère de Tippu-Tib, Mohammed ben Saïd, dit *Bwana Nzige* (Monsieur Sauterelle, à cause de sa capacité de nuire), et non Rachid qui remplacera Tippu-Tib à Kisangani en 1890, au moment de son retour à Zanzibar.

8. Stanley passa par le camp d'Ugarrowa deux fois. Le 14 septembre 1887, sans s'arrêter, il y laissa 46 malades que Ugarrowa devait nourrir pour le prix de cinq dollars par mois. Le 19 juillet 1888, à son second passage, Ugarrowa n'y était plus. Stanley le rencontrera le 10 août près de Banalia, avec beaucoup d'ivoire et une flottille de 57 pirogues. (*In Darkest Africa,* 1890.)

Les subordonnés de Kilonga-Longa – Ismaili, Chamisi et Sangaremi – avaient fondé le village Ipoto. Appelé aujourd'hui Mawambi, il est devenu, par sa taille, le deuxième village des Wangwana. C'est avec son chef actuel, Musafiri, successeur de Kilonga-Longa, que Popisofo se disputa à propos de la femme battue.

D'Ipoto, les Wangwana se dirigèrent vers l'est et fondèrent un village près de Fort Beni. Aujourd'hui disparu, il est mentionné par Stuhlmann qui l'avait visité au retour de la tentative avortée d'Emin Pacha d'atteindre le sud du Soudan. Emin Pacha, définitivement découragé par cet échec, avait confié l'expédition à Stuhlmann avec l'ordre d'atteindre la côte de l'océan Indien. Lui-même, aidé par les Wangwana, prit le chemin du Congo avec quelques soldats dévoués et des malades souffrant de la variole. Il s'agira alors de son ultime expédition, car il sera assassiné en route dans des circonstances mystérieuses.

Les Wangwana qui avaient fondé le village près de Fort Beni étaient également des hommes de Kilonga-Longa. Stanley les rencontra après leur progression vers le nord, aux environs de Bukoko, sur le territoire des Baamba. Stuhlmann rapporte que Kilonga-Longa y avait installé Kisenge. Ayant vite compris l'intérêt de la saline de Katwe, celui-ci dispersa les guerriers *barussura* du roi de Bunyoro, fin 1891. Le capitaine Lugard, chef des forces armées britanniques agissant au Buganda pour le compte de l'Imperial British East Africa Company, chargea alors Grant de contacter les hommes de Kilonga-Longa, communément appelés Manyema. Grant passa un accord avec leur chef, Mirembe, fixant la frontière de la zone d'influence britannique à la rivière Semliki. Pendant ce temps, les autres Wangwana traversaient les forêts pour atteindre Édouard-Nyanza par le sud-ouest, près de Vichumbi, et pillaient la région de Buitwe.

Les Wangwana n'atteignirent Irumu qu'avec Stanley, alors que celui-ci se portait au secours d'Emin Pacha. Un village qui existe encore, Kifuku, fut fondé par Ismaili (Samaili déjà mentionné), homme de Kilonga-Longa. Stuhlmann l'appelait Ndjali. Sous tous ces noms se cache le même chef de bande que l'assassinat d'Emin Pacha rendra célèbre.

La rivière Lenda séparait les Wangwana de Mawambi de ceux d'Avakubi, tous clients d'Abed ibn Salim qui croulait sous les richesses à Zanzibar. On racontait que son neveu vivait à Avakubi en 1895. Kibonge, chef de Nyangwe, semblait être également client d'Abed ibn Salim.

À partir d'Avakubi, les Wangwana envahirent la savane du bassin central de la Nepoko, où ils affrontèrent les avant-gardes des tribus guerrières Azande et Mangbetu, qui les auraient dispersés aux quatre vents si la diplomatie arabe ne les avait secourus à temps. Les Zanzibarites possédaient en effet de puissants alliés chez les Mangbetu qui cherchaient une occasion pour contrecarrer la pression des Azande et des Bangba. De connivence avec Azanga, chef des Mangbetu contrôlant la Nepoko, les Wangwana attaquèrent et repoussèrent au nord Kana, l'un des sultans des Azande. Les Wangwana conclurent aussi un pacte avec le roi mangbetu Mbala, fils de Munza rencontré jadis par Schweinfurth. Mbala, désireux de venger la mort de son père, se rallia aux Wangwana pour battre Niangara, chef de la tribu Bangba.

Au début, les Wangwana avaient remporté un franc succès, prenant même Tangazi, puis le vent tourna, comme cela arrive souvent lors d'une guerre, et il leur fallut reculer dans les forêts du Sud, au-delà de la Bomokandi. Les Bangba, non contents de leur succès, les poursuivirent pour les assiéger pendant qu'ils se reposaient au bord de la rivière Tomu, dans une *zeriba* construite en bois et protégée par une solide palissade quadrangulaire. On me raconta à Avakubi que les assiégés furent littéralement ensevelis sous les javelots : le téméraire qui quittait l'abri du toit tombait aussitôt et les défenseurs n'avaient aucune chance d'approcher la palissade pour se servir des fusils qui les auraient avantagés. Les Bangba, qui y arrivèrent les premiers avec leurs petits arcs à corde de rotin, profitaient des trous de la palissade pour leur envoyer des volées de flèches. Plusieurs vénérables Wangwana périrent pendant ce siège et furent, paraît-il, mangés. Tel serait aussi le sort du fils du roi Munza, Mbala. Il est en tout cas sûr que celui-ci perdit sa vie dans cette bataille, en 1891.

La défaite des Wangwana d'Avakubi, survenue après tant de victoires, était inattendue. Au moment où leur progression dans le bassin de l'Uele s'arrêtait, Van Kerckhoven arriva dans la région avec ses soldats[9]. Il parvint à disperser les Wangwana sur la partie ouest du territoire Azande, gagnant ainsi l'appui de ses habitants, ce qui sera décisif pour ses réussites ultérieures.

En ce temps, les Belges s'empressaient de prendre possession de l'État indépendant avec ses frontières marquées sur le papier, car les mahdistes qui régnaient invaincus, tels les Barbares, dans le Soudan égyptien, menaçaient de l'infiltrer. Les soldats belges, entraînés et armés à l'européenne, disposaient d'un avantage tactique difficile à exploiter en forêt. Pour cela, il leur fallait atteindre les savanes du Soudan méridional et maîtriser l'itinéraire passant par la rivière Itimbiri, unique voie permettant de contourner la forêt vierge de la rive droite du Congo, principal axe opérationnel. Hélas ! cette forêt était contrôlée par l'Arabe Dziko qui exploitait la région de Basoko.

La situation s'y présentait ainsi : en 1887, les Arabes Baliza et Raffa suivirent l'Itimbiri jusqu'au bassin de la Rubi et soumirent les Bikengere (Mokengere), les Bawenza (Mabinza) et les Basumbaka. Modjwa, fils de Djapalonga, sultan d'une fraction des Azande, affronta les Wangwana de Basoko en 1888, puis se lia avec leurs chefs Panga-Panga et Abianga. Les Azande partirent avec Abianga dans le bassin de la Tschimbi, pendant que Panga-Panga s'installait sur la rive gauche de l'Uele, face à Bondo où était établi le sultan Djabir de la lignée Abandja, chef légitime des Azande occidentaux. Djabir se lia avec Panga-Panga qui combattait le sultan Rafay, lequel était en bons termes avec un autre chef wangwana, Lembe-Lembe. Les querelles des chefs locaux firent le jeu des Belges qui purent ainsi s'installer dans l'ouest du basin de l'Uele, là où débouchait l'itinéraire de l'Itimbiri, dans la savane du Soudan méridional.

En comparaison avec les Wangwana opérant dans le Nord, les hommes de Tippu-Tib étaient plus chanceux. Ils occupaient les forêts de l'Est où ils avaient fondé le village Banalia, sur l'Aruwimi. Au moment du passage de Stanley, le 15 juillet 1887, ils n'y étaient pas encore mais, peu après, Abd Allah Karoni s'y

9. Cinq cents soldats lourdement chargés atteignirent l'Uélé au milieu de 1891. L'expédition du capitaine Van Kerckhoven et du lieutenant Milz devait repousser les mahdistes du haut Nil et rattacher les territoires conquis au Congo. Le roi Léopold II tentait par tous les moyens diplomatiques et militaires de relier le bassin du Congo à la vallée du Nil.

installa avec ses bandes qui se mirent à ruiner le pays. Selon Van Kerckhoven, le chef wangwana le plus dangereux était Rachid, le neveu de Tippu-Tib qui avait chassé le capitaine Deane de Stanleyville. Cependant, ce fut Mirambo qui joua le rôle le plus important. Parti des rives de l'Aruwimi, il soumit la tribu des Monganzulu et s'installa au bord de la Molenge (l'affluent de Bali) vers 1890. À partir de là, il réussit à s'impliquer dans les conflits dynastiques des Abandja qui gouvernaient les Azande occidentaux, n'hésitant pas à pendre Gurza et à faire de Modjwa, le fils du sultan Djapalonga, l'instrument docile de sa politique. De telles réussites feraient tourner la tête à plus d'un, ce qui ne manqua pas d'arriver à Mirambo : il décida de combattre l'expédition de Van Kerckhoven.

Le camp de Mirambo fut dispersé en 1891 par le capitaine Milz. Forcés de reculer, les Wangwana y laissèrent un véritable trésor en ivoire. Repoussés dans les forêts, ils vécurent quelques années au sud de l'itinéraire menant de l'Itimbiri à Bondo sur l'Uele, tenu par l'armée de l'État indépendant qui opérait déjà loin dans le Nord-Est. En dépit de sa défaite, Mirambo restait si puissant que, cinq ans plus tard, en 1896, lorsque les Arabes entrèrent ouvertement en guerre contre l'État indépendant, il attaqua la station Basoko, entraînant avec lui Modjwa, son ancien allié. Mais ils subirent une défaite tous les deux. Les Azande reculèrent alors dans le Nord-Est et se réconcilièrent avec leurs frères tribaux dont la majorité s'était rangée, dès le début, du côté des Belges.

Lorsque Ponthier approcha l'embouchure de la Bomokandi, en septembre 1891, le terrain compris entre celle-ci et la Makongo était dominé par les hommes de Tippu-Tib. L'impitoyable Purukandu pillait le nord de l'Uele ; Kutuku et Magongo (Rachid, neveu de Tippu-Tib) faisaient de même sur les terres des Abarambo, s'approchant des Bangba qui savouraient leur victoire sur les Wangwana d'Avakubi, avec l'aide des Mangbetu d'Azanga et de Bali. Komango gardait alors une petite île à l'embouchure de la Bomokandi, et Purukandu en détenait trois autres en amont. Le 11 septembre, Ponthier emporta la victoire sur Purukandu, puis s'élança à la poursuite des Wangwana, sans ménager ses hommes. Il les rattrapa dans leur camp, au bord de la Makongo, le 25 octobre. En même temps, Van Kerckhoven battait Gima, l'un des sultans des Azande qui voulait servir d'intermédiaire entre son cousin Sasa et les Wangwana, encore puissants à l'époque. Les hommes de Tippu-Tib, déjà sur la défensive, se retirèrent d'abord sur le territoire de la tribu Makere, puis se regroupèrent dans le camp de Saïd ibn Abed avant de reculer davantage. Les gens de Saïd se reposaient alors de leur expédition contre Niangara, chef des Bangba, qu'ils avaient menée de concert avec Mai-Munza, l'un des chefs mangbetu. À la fin de 1891, Ponthier triomphant fonda la station Amadi, dans un ancien village wangwana, au nom de l'État indépendant.

Au cours de la même année, Van Kerckhoven, qui dirigeait les actions militaires à la frontière de l'État indépendant avec le Soudan, arrêta l'expansion des Zanzibarites vers le nord, empêchant leur éventuelle jonction avec les mahdistes. Je ne parvenais pas à savoir si les Zanzibarites avaient tenté sciemment de rejoindre les Arabes soudanais. Probablement étaient-ils guidés par un simple instinct de survie : tout retard représentait un danger pour eux, et non pour l'État indépendant en phase d'organisation. Ils jetèrent dans la dernière bataille toutes leurs forces et faillirent compromettre l'entreprise mercantile des Européens. Les Zanzibarites ne pensaient pas que les Belges puissent, malgré leur meilleur armement, les battre et conquérir un pays si lointain, si étrange, si horrible, où les Européens mouraient comme des mouches. Les Arabes méprisaient la force armée de l'État indépendant, hormis quelques contingents de mercenaires, surtout nigérians, comme par exemple les Hausa. La Force publique, formée à la hâte à partir des ressources locales, était en effet misérable et n'inspirait pas confiance. Mais ses défauts étaient compensés par l'héroïsme des officiers et des sous-officiers appelés de tous les pays européens, scandinaves en particulier. Les Zanzibarites qui avaient des liens avec Tabora, vouaient par exemple un grand respect au soldat allemand, me répétant à tout propos : *Wadaki watu kali sana na vita* (les Allemands hommes forts au combat). Je ne pense pas qu'ils disaient cela uniquement pour flatter nos soldats de la Schutztruppe, qui se distinguaient de leurs collègues congolais par leur posture et par leur discipline. Les Zanzibarites se souvenaient avec quelle rapidité l'ordre avait été introduit en Afrique orientale allemande[10] ; ici, on laissait faire, on pactisait et on tolérait beaucoup de choses !

Eh oui ! Les Wangwana se souvenaient bien que l'héroïsme de Rachid, neveu de Tippu-Tib avait forcé le capitaine Deane à quitter la station fondée par *Bula Matari* (Stanley) en personne, et à descendre la rivière d'où les Blancs étaient venus. Ils n'oubliaient pas que ce succès leur avait donné quelques années supplémentaires pour exploiter les richesses qui partaient sur le dos de porteurs vers la côte par l'itinéraire de Tabora. Cet échec compromettant l'État indépendant encouragea les Wangwana à s'étendre davantage vers l'ouest et surtout vers le nord. Plus tard, ils eurent d'autres raisons de fierté : en mai 1892, ils battirent l'expédition de Hodister qui y trouva la mort avec son compagnon. Ce succès les enivra : Gongo Lutete[11] attaqua le baron Dhanis mais fut repoussé ; le 24 octobre, Samaili, déjà mentionné, assassina Emin Pacha totalement désarmé et presque aveugle. À ce propos je dois dire que même ici, en Afrique, je ne comprenais toujours pas le sens de sa dernière expédition. Tout semblait indiquer qu'Emin Pacha, déçu que les Allemands ne l'aident pas à fonder un grand empire au cœur de l'Afrique de peur de contrarier les Anglais, décida de jouer, au crépuscule de sa vie, sa dernière carte en misant sur les Wangwana. D'ailleurs, il était devenu lui-même musulman, bien qu'il fût d'origine juive silésienne. Pourquoi fut-il assassiné par les Wangwana et cela au moment même où leur lutte contre l'État indépendant était la plus acharnée ? Cela demeure pour moi, et pas seulement pour moi, une énigme.

Le combat se poursuivit, décisif et impitoyable. Les Belges jouaient sur le temps, convaincus que la victoire exigerait des sacrifices humains, y compris chez les recrues européennes. Il leur fallait organiser une meilleure armée et cela demandait du

10. Les Allemands ont formé une armée et réprimé la révolte des Arabes et des Swahili de la côte de l'océan Indien contre les taxes et les impôts en un an (1888-1889).

11. Chef africain établi à l'ouest de la Lomami, à Ngandu. Allié des Zanzibarites, il rafle pour eux les esclaves et l'ivoire, défait la Force publique en 1890 et attaque les postes situés à l'ouest de la zone d'occupation arabe. Vaincu par Dhanis, il devient un temps son allié, puis reprend les armes contre la Force publique. Il sera exécuté en 1893.

temps, surtout si l'on souhaitait le faire à moindre frais. Les Wangwana comprenaient la tactique de leurs adversaires et savaient bien pourquoi les hommes d'outre-mer restaient peu actifs en dépit des premiers succès, et ils étaient déterminés à profiter de leur avantage temporaire !

Face aux agressions, la Force publique entreprit une action plus énergique dès 1893. Kibonge fut vaincu. Traqué comme un animal blessé par Lothaire et Ponthier, il partit vers le nord. Pour le secourir, Rumaliza se mit en route depuis Udjidji, sur le lac Tanganyika[12]. Il attaqua la colonne de Ponthier qui y perdit la vie avec son subordonné Heusch. Pour battre Rumaliza, le baron Dhanis, appelé par les Noirs *Fimbo Mingi* (Beaucoup de fouet, dont il n'était pas avare), dépêcha Lothaire et Henry[13]. Les Wangwana se regroupèrent pour paralyser leur action, mais Henry perça leur défense et s'élança derrière Kibonge qui remontait la rivière Lowa. Henry fut aidé dans sa tâche par la trahison d'Aganiele, ancien gardien d'esclaves d'Aluta qui fut l'homme de confiance de Kibonge. Grâce à Aganiele qui croyait ses anciens maîtres finis, Henry captura Kibonge et le fit pendre au bord de la Lindi, le jour de l'an 1894. Mais le cas de Rumaliza était plus difficile à régler. Pour en finir, Lothaire dispersa son camp, non sans pertes, deux semaines plus tard, le 14 janvier 1894.

Voilà comment se termina l'épisode arabe sanglant de l'histoire de l'État indépendant, ou plus précisément de sa province voisine dans le sud de l'Afrique orientale allemande

12. Mahomed ben Khalfan, dit Rumaliza – « celui qui achève » –, représentait Tippu-Tib à Ujiji sur la rive est du Tanganyika. Chef de guerre et homme d'État en puissance, il entraîne dès 1884 les Arabes d'Ujiji à la conquête des pays au nord-ouest du Tanganyika. Après le retrait de Tippu-Tib à Zanzibar, il érige de nombreux sites fortifiés dans le Haut-Congo et s'allie avec plusieurs chefs zanzibarites pour combattre la Force publique. Les officiers belges (Dhanis, Henry, Lothaire et Ponthier) unissent leurs forces pour le vaincre (1894). Après sa défaite, Rumaliza se retira en Tanganyika.

13. J.B. Henry (1869-1957), nommé par le roi Chevalier de la Lindi en 1938, débute sa carrière comme sous-lieutenant dans l'Aruwimi-Uélé. Après avoir aidé Lothaire à vaincre les Batetela révoltés, il administre l'enclave Lado et mène deux expéditions sur le Nil. En 1911, Henry devient commissaire général de la Province-Orientale. Entre 1914-1915, il dirigera des opérations contre les colonies est-africaines allemandes.

qui constituait, en quelque sorte, la base arrière de son ennemi. Peu après commença la pacification des villages wangwana sur l'immense territoire de la Province-Orientale. Désormais, on avait les mains libres pour lutter contre les mahdistes. S'agissant de fanatiques enfiévrés par leur victoire sur l'Égypte soutenue par les Anglais, il fallait y engager toutes les forces. Les mahdistes croyaient que le vrai succès consistait à mourir dans le combat, car on allait alors tout droit au paradis. Ils cherchaient la mort, à vrai dire. Mais avant tout, ils étaient culturellement unis et mieux armés que les Wangwana, groupe social créé récemment, où des opportunistes tels que le traître Aganiele n'étaient pas une exception.

L'État indépendant était décidé à agir sans scrupule. Il faut se souvenir que l'Anglais Stokes, arrêté avec un convoi d'armes pour Kibonge, avait été pendu. C'était Henry qui l'avait pris près de la station de Kilonga-Longa. Kibonge était alors déjà mort, et Stokes fut exécuté sur-le-champ, après quelques formalités accomplies par la cour martiale. Les Anglais ne pardonnaient pas cet acte aux Belges qui durent en conséquence sacrifier Lothaire, malgré ses grands mérites, le rendant responsable de la décision de son subordonné.

Une condamnation si sévère d'un Blanc contribua grandement à la pacification de toute la région. Les Wangwana vaincus militairement furent atteints moralement, car ils se rendirent compte que les révoltes ne servaient à rien. Ils devinrent désormais sourds à l'agitation venant de la côte lointaine, avec laquelle ils gardaient un contact discret. Quant aux Arabes, à quelques exceptions près, ils quittèrent l'État indépendant en panique, retournant surtout en Afrique orientale allemande d'où ils étaient venus. Plusieurs s'arrêtèrent à Tabora. Les fournisseurs d'armes, rusés comme des renards, devinrent des trafiquants d'ivoire et plus tard de caoutchouc.

La victoire de l'État indépendant était totale. Même la révolte des soldats du baron Dhanis, dont les garnisons voisinaient avec les Wangwana, ne parvenait pas à les mobiliser pour le combat. Si les Wangwana en étaient là, où trouver des chefs ? Les soldats révoltés partirent dans les forêts, à l'ouest du lac Édouard, et y restèrent sans être inquiétés.

L'écrasement des Zanzibarites créa une situation tout à fait nouvelle sur les terrains où ils avaient régné en maîtres. Je l'observais très attentivement, d'abord étonné, puis de plus en plus déçu. Dommage que je n'aie pas été là quelques années plus tôt ! Ô combien la vie y devait être passionnante, avant qu'elle ne soit déchiquetée par les balles et étouffée sous des piles de documents administratifs ! La vie de garnison devenait ennuyeuse et même déprimante depuis qu'elle était centrée sur l'économie primaire du pillage. Je voyais cela partout et non seulement à Mawambi.

Le temps avait déjà magnifié les combats passés. Les combattants noirs et leurs ennemis blancs devenaient des géants légendaires. Il faut se souvenir que beaucoup de ces auteurs d'actions héroïques étaient des hommes très modestes dans leur pays d'origine, de jeunes officiers qui ne dépassaient pas le grade de commandant-major. Les généraux restaient en Europe ou, tout au plus, débarquaient dans l'embouchure du Congo pour inspecter Boma. Ils y attrapaient des maladies tropicales, ce qui faisait croire, surtout à eux-mêmes, qu'ils étaient courageux et pleins d'abnégation.

Il est encore trop tôt pour écrire une saga des Vikings modernes, plus belges que scandinaves. L'absence de recul ne permet pas à l'art romanesque de s'épanouir. On voit parfois les ex-héros aux cheveux grisonnants finir leur vie aventureuse derrière un comptoir, vendant des cigares dans un lieu de rencontres de *vieux Congolais* aux métiers les plus divers. On y parle des temps anciens, quand l'élan héroïque, soutenu par des commerçants calculateurs, emportait tout le monde dans son tourbillon. En ce temps, reculer signifiait l'échec, tandis qu'une décision hardie assurait une chance de réussite. Les Scandinaves étaient les plus intéressants, dans la mesure où ils répondaient à l'appel de la grande aventure, mais c'étaient les Belges qui avaient remporté les plus grands succès. Dans ce milieu, on trouvait à présent toute sorte d'hommes, y compris ceux qui y débarquaient par hasard, tel un ex-fonctionnaire bulgare, d'autant plus mal à l'aise dans cette sauce tropicale qu'elle était mitonnée par un Scandinave.

Il reste à savoir pourquoi l'expansion des Zanzibarites n'avait pas commencé plus tôt ? Les Arabes vivaient sur la côte orientale d'Afrique depuis l'éternité : sur la carte de Ptolémée, Raphta était certainement un établissement arabe. Il se situait bien au-delà de l'équateur, vers le 15° de latitude sud. Nous avons des renseignements sur la fondation des villes-États sur la côte de Zanzibar déjà au Xe siècle. Pourquoi n'avançaient-ils pas sur le continent noir à cette époque ? Nous manquons d'information à ce sujet. Peut-être avaient-ils atteint la Rhodésie bien avant l'expansion de l'islam en y laissant d'énigmatiques ruines à Zimbabwe ? Dans ce cas, l'or sud-africain aurait été exploité bien plus tôt qu'on ne le pense. Lorsque les Portugais arrivèrent aux XVe et XVIe siècles sur les côtes africaines colonisées par les Arabes, ceux-ci pratiquaient le commerce de l'or. Les héroïques navigateurs mirent fin à leur domination pour près de deux siècles. Mais même lorsque les Arabes se débarrassèrent des Portugais, au début du XVIIIe siècle, leur intérêt ne dépassa pas l'étroite bande côtière et les îles voisines du continent africain. Le changement radical n'interviendra qu'au XIXe siècle. En 1818 débutera la culture des girofliers qui fit couler beaucoup d'or vers Zanzibar. La main-d'œuvre deviendra rare et on la cherchera là où elle se trouvait en quantité, c'est-à-dire sur le continent africain. Et ainsi on commencera à mieux connaître son mystérieux intérieur.

Lorsque les Britanniques forcèrent le sultan de Zanzibar, déjà totalement soumis, à supprimer l'esclavage, ils n'avaient pas prévu qu'il s'ensuivrait une catastrophe économique. Les planteurs ruinés se convertirent alors en trafiquants d'ivoire, produit très recherché à l'époque, et les négriers désœuvrés s'élancèrent vers l'intérieur du continent dès que les éléphants devinrent rares sur la côte. Ils atteignirent ainsi le Lualaba, c'est-à-dire le haut Congo. La conclusion qui s'impose révèle un curieux paradoxe : en négligeant les effets de la crise économique survenue après la suppression de l'esclavage, la politique britannique contribua à la création de l'empire zanzibarite au cœur du continent noir ! Les caravanes prétendument commerciales transportaient armes à feu et poudre, et les aventuriers désireux d'explorer les espaces vierges obtenaient des crédits et partaient pour piller le continent. On leur prêtait de l'argent à un taux élevé car le risque de se perdre ou de mourir avant de rembourser le crédit était élevé. Les Anglais ne se portaient garants pour les affaires financières qu'à Zanzibar, car leur pouvoir ne s'étendait pas sur le continent. Lorsque la situation se normalisa, on cessa de financer les armes et la poudre pour privilégier les articles recherchés par les indigènes. Après le retour d'un commerçant, ou d'un bandit, l'ivoire qu'il apportait était vendu pour rembourser tout d'abord sa dette, puis ce qui en restait était réparti en 30 % pour le commerçant-voyageur et 70 % pour son créancier qui récupérait ainsi l'intérêt de l'emprunt et l'assurance. Parmi tous les risques que les prêteurs devaient évaluer, l'escroquerie occupait la première place : les téméraires commerçants étaient souvent malhonnêtes.

La création de l'État indépendant et les massacres d'éléphants avaient beaucoup réduit le commerce de l'ivoire. Les Arabes y jouaient un rôle de plus en plus faible. Avant leur défaite militaire, ils en retiraient des bénéfices fabuleux, bien qu'ils dussent les partager avec les usuriers européens et indiens. C'était une sorte de prime pour les pionniers qui avaient exploré les mystères africains et savaient adapter leur sens pratique à l'exploitation coloniale. Le roi Léopold II était tout aussi réaliste en achetant Stanley avec une rente viagère annuelle de mille livres sterling !

Dans l'État fondé par ces deux hommes, il restait très peu d'Arabes. D'ailleurs, à l'intérieur du continent ils étaient toujours peu nombreux mais dotés en revanche d'une force de caractère remarquable et d'une formidable capacité à entreprendre. Les Wangwana, la couche sociale créée par les Arabes, constituaient une masse compacte et cohérente. Privés de liberté de mouvement et forcés de travailler, les Wangwana poursuivaient leur expansion, à présent pacifique. Leurs relations avec la côte, considérée comme leur métropole, sinon leur patrie, devenaient difficiles. Ils étaient brisés, mais comme ils formaient l'unique élément discipliné, capable et même désireux de travailler, au moins pour leur compte, l'administration s'appuyait sur eux pour créer l'ordre nouveau. Ils jouissaient de respect, tout en restant mal aimés. Conscients de cela et de leur valeur, ils se montraient très arrogants à l'égard des Européens. Résignés à accepter la réalité imposée par l'État indépendant, ils dissimulaient la haine que ce fruit de l'humanitarisme européen leur inspirait et rêvaient d'un autre maître, britannique, allemand, peu importe, sauf belge ! Tous les autres respectaient plus ou moins la propriété privée, donc la liberté individuelle et surtout la liberté de commercer. Combien de plaintes n'ai-je pas entendu contre l'administration outrepassant le règlement, sous prétexte qu'il était rédigé en Europe par des gens qui ignoraient tout de la situation locale ! Cela dit, les erreurs des Européens étaient toujours rectifiées au dam des indigènes !

Quels hommes étranges, ces Wangwana ! Ils considèrent la côte, pays fabuleux, comme leur lointaine patrie et se prennent pour des musulmans orthodoxes, bien qu'une ou tout au plus deux générations les séparent des *washenzi*, ces sauvages qu'ils méprisent tant. Ils le savent mais tentent de l'oublier. Le contact avec les Zanzibarites avait insufflé un autre sens à leur pauvre vie. Épris de la légende qu'ils inventaient, ils y croyaient, donnant corps au mythe et occultant leur vraie origine. Pour certains d'entre eux, le pèlerinage à La Mecque devenait un puissant stimulant à leurs actions (à vrai dire, je n'ai vu qu'un seul cas de ce genre). Les Arabes étaient parvenus en peu de temps à donner une solide assise à leur présence sur les terres conquises. À quoi bon forcer les Wangwana à se soumettre, si sur le terrain on continuait à consolider la civilisation musulmane, totalement étrangère aux Européens ?

Les Wangwana puisaient leur force dans l'organisation établie par les Arabes et dont l'efficacité fut mise à l'épreuve pendant leur lutte contre l'État indépendant, et cela en l'absence d'un encadrement institutionnel. Les Wangwana, dont l'extrême cruauté à l'égard des indigènes était connue, formaient des bandes de pillards au sein d'une société très disciplinée. Dans leurs villages régnaient l'ordre et la paix. Ils étaient persuadés de vivre au milieu d'abominables cannibales tentés par leurs corps bien nourris, auxquels s'ajouta plus tard un autre ennemi, bien plus puissant : l'État indépendant. Ce dernier les avait soudés définitivement. Certes, la défaite militaire les avait brisés psychiquement – la trahison d'Aganiele en était l'une des preuves visibles – mais ils étaient en train de prendre le dessus.

La société wangwana était composée de couches nettement hiérarchisées. Tout en haut, il y avait une petite poignée d'Arabes qui donnaient le ton. Familiarisés avec l'univers africain, ils étaient plus proches des Noirs que ne l'étaient les Européens. Certains, comme le puissant Tippu-Tib, avaient un apport de sang africain si considérable que l'anthropologue aurait bien du mal à les qualifier d'Arabes. Mais l'opposé existait aussi : l'un des Arabes rencontrés à Avakubi, avait la peau si claire qu'il ne se différenciait en rien d'un Italien du Sud ou d'un Juif levantin. Cela dit, les Sémites typiques étaient ici plutôt rares. À tous les Arabes, et non seulement à ceux de peau claire, on vouait une vénération idolâtre. Ils connaissaient l'art de l'écriture ! Mais alors pourquoi les Européens, qui maîtrisaient tout aussi bien ce mystère, ne suscitaient-ils rien de pareil ? Est-ce parce qu'ils n'écrivaient pas en arabe ou est-ce parce que leur entourage africain était un ramassis de gens ignominieusement démoralisés ? Ne fallait-il pas plutôt chercher la raison dans le fait que les Noirs ne comprenaient pas les motivations de leurs nouveaux maîtres ?

Les plus proches des Arabes étaient les Wangwana de la tribu des Bakusu. Les chefs de bandes de pillards étaient recrutés dans cette tribu. Courageux, cruels et remarquablement intelligents, ils formaient l'aristocratie des tribus Manyema. Ce nom englobait toutes les tribus vivant dans le bassin supérieur du Congo, à l'ouest du lac Tanganyika, que les Arabes avaient conquis au début de leur expansion. Les Bakusu constituaient le noyau central de l'ensemble disparate des Wangwana. Les Manyema autres que Bakusu formaient la troisième strate hiérarchique. Au-dessous d'eux on trouvait les Bakumu, et plus bas encore des « sauvages » récemment absorbés : esclaves devenus Wangwana libres après leur conversion à l'islam. Ainsi tout un chacun rêvait de devenir Manyema, les Manyema rêvaient de devenir Bakusu et les Bakusu étaient flattés lorsque l'administration les appelait *arabisés*. Ils se sentaient presque, presque Arabes, sans oser toutefois se faire passer pour tels. Personne d'ailleurs n'y aurait cru.

Il me fallut un certain temps pour comprendre de quelle ethnie étaient les Wangwana qui parlaient kisuaheli. Leur kisuaheli était très justement appelé kingwana : idiome de l'intérieur du continent. Je compris seulement à Avakubi qu'il s'agissait des conséquences de l'action culturelle musulmane arabe du Sud sur fond noir-africain (les Malais d'Indonésie seraient une formation analogue). Employant le terme *arabisés*, les Belges avaient bien saisi l'essence des Wangwana.

L'analogie n'est pas une preuve scientifique. Certes, nous n'avons pas de preuve que l'expansion des Varègues en Russie et celle des Goths entre la Baltique et la mer Noire ressemblaient à l'expansion des Zanzibarites en Afrique. Cependant, ce que j'avais appris à l'école sur l'invasion varègue et sur les foyers de culture qu'ils avaient créés, correspondait à ce que je voyais et entendais partout ici. Il était impossible d'ignorer ces analogies.

En effet, des formations socio-politiques analogues sont apparues dans des conditions similaires, ayant pour objectif la protection des routes et l'exploitation de l'arrière-pays. L'expansion des Zanzibarites, dans le dernier quart du XIXe siècle, a montré qu'une poignée d'aventuriers arabes pouvait conquérir et exploiter un grand espace, comparable à celui qui fut contrôlé par les Varègues chez les Slaves orientaux. Une meilleure connaissance de ce phénomène permettrait peut-être d'en finir avec la légende de la submersion des terres slaves par une foule germano-scandinave, que le Nord faiblement peuplé aurait été bien en peine de fournir. La similitude entre ces deux expansions paraît plus forte encore si l'on considère qu'à l'instar des langues slaves qui ont beaucoup emprunté aux langues scandinaves, le kisuaheli, répandu par les Arabes, doit beaucoup à l'arabe.

CHAPITRE XIX

À TRAVERS LES SAVANES VERS L'EST

Perspectives du voyage. – Difficultés d'approvisionnement. – Poste de Nepoko. – Stockage du caoutchouc. – Population surchargée de corvées. – Recrutement. – Prix de la femme et du chien. – Maladies vénériennes. – Attributs d'un élégant. – Liaisons sentimentales. – Complément de provisions. – Densité de population. – Route vers Apu. – Marche dans l'après-midi. – Étape de Madaya. – Contribution de Vula. – Attaque des Momvu. – Haschisch, allié inattendu. – Otages dans le village d'Andudu. – Dévastation de la forêt. – La pluie à Andudu. – Fariala. – Nuit à Adja. – Constructions des Momvu. – Différences ethniques. – Pont sur la Nepoko. – Nuit chez Masomali. – À travers les savanes. – Accueil chez les Momvu. – Envoi de Mukumba à Gumbari. – Importance d'Adjamu. – Conseil médical. – Problème d'honoraires. – Village de Mengi. – Pot de Masi-Masi. – À la périphérie de deux cultures – Attente fébrile.

Je devais être à Irumu le 20 mars pour saluer l'expédition qui retournait en Europe. Il fallait, paraît-il, deux semaines de marche forcée pour rejoindre ce poste par un chemin dont personne ne savait rien de précis. Aucun des Européens rencontrés n'avait emprunté l'itinéraire que je m'apprêtais à suivre : la zone contrôlée s'arrêtait près du poste de Nepoko, et la région que je devais traverser n'était pas pacifiée. La majeure partie de mon chemin passait par la forêt où vivaient surtout les Pygmées.

Entre le grand itinéraire qui reliait Irumu à Avakubi et le mien s'étendait une forêt immense, totalement inexplorée. Certes, les Pygmées et les Balese y avaient des villages, mais on n'en savait rien car il n'y avait aucune raison d'y aller. Trois ans auparavant, on y avait fondé, paraît-il, trois villages pour les Wangwana d'Avakubi. Ils devaient entretenir la route entre Irumu et Nepoko, mais ce projet fut compromis par la révolte qui secouait presque tout le bassin de l'Ituri. Personne ne savait ce qu'il était advenu de ces villages, sinon les Wangwana que j'avais oublié d'interroger. Tout semblait plus calme maintenant, sans l'être tout à fait : le poste d'Adjamu, gardé par un sous-officier et vingt-cinq soldats, avait été évacué et installé à mi-chemin d'Andudu, pour des raisons de sécurité et de ravitaillement.

Avant son évacuation, on allait de Nepoko jusqu'à Adjamu, et au-delà s'étendait le territoire non administré, où les indigènes vivaient selon leurs coutumes. Ils réglaient leurs affaires personnelles ou tribales entre eux, sans être poursuivis pour cannibalisme et informés qu'il s'agissait d'un péché grave. Ils n'avaient gagné qu'une chose : les rapts, organisés encore récemment par les Wangwana, ne les menaçaient plus. Mais cette bonne entente risquait de cesser dès que l'administration déciderait de leur faire payer la sécurité par des corvées.

Selon M. Simon, mon expédition n'était pas spécialement périlleuse. Dans la forêt, je ne courais aucun danger car elle était vide. Dans la savane, je pouvais, au pire, essuyer les tirs des Momvu poltrons, cachés dans les buissons ; « au pire », parce que leurs flèches empoisonnées n'étaient pas obligées de m'atteindre ! D'ailleurs, les Momvu employaient un poison végétal moins violent que les Medje. Je pourrais toujours me consoler d'avoir affaire aux premiers et non aux seconds !

Sur cette route, il fallait craindre la faim plus que les flèches empoisonnées, car il n'y avait aucun ravitaillement. Comme je n'avais pu compléter mes réserves à Nepoko où sévissait la disette, il nous faudrait marcher vite et sans pause dans la journée. Sur tout le trajet, à l'exception d'Andudu distant de trois jours de route, la seule aide pourrait venir des villages wangwana, dont on savait si peu qu'ils semblaient irréels. Je compris à quel point la famine hantait ici les esprits en voyant l'étonnement de M. Simon lorsque je lui dis que je n'avais perdu aucun homme pendant mes longues marches. On pouvait me féliciter de la qualité de mes subordonnés, dit-il, sachant que je n'aurais pas pu tout faire moi-même. C'était Pendakula qui méritait surtout cette louange.

Le mardi 10 mars, en dépit de la perspective d'arriver à Irumu avec quelques jours de retard et de la nécessité de se presser en prévision d'une marche aussi longue que celle d'Avakubi à Mawambi, je décidai de passer un jour supplémentaire sur place. Je souhaitais que les hommes se reposent convenablement avant d'entreprendre une marche de deux semaines. Quant à moi, je voulais avancer mes études anthropologiques et mettre mes notes en ordre. J'espérais obtenir de mon hôte des informations complémentaires et recopier les cartes, ce que je faisais partout où c'était possible, afin de parfaire ma carte ethnographique.

Je travaillai tout le mardi. Une pause, après le déjeuner, fut consacrée à la visite du poste, et une autre, après le dîner, à une discussion prolongée. Avant de passer à table, mon hôte venait habituellement m'inviter à l'apéritif, mais Auguste lui servait alors un verre si adroitement qu'il ne lui restait qu'à me convier à partager son repas. Nous buvions ensuite beaucoup de café, excellemment préparé. Par chance, il n'y avait dans les parages aucun médecin pour nous le défendre.

Pour mes études, M. Simon avait trouvé quarante-sept Mabudu et huit Mayogu parmi les villageois qui ravitaillaient le poste. Il me fallut beaucoup palabrer pour connaître leurs clans. Les plus nombreux étaient les Bafwamanga. Ce nom était suspect : ils appartenaient à l'origine à la tribu Mabali, sûrement au sous-groupe Bafwasoma, avant d'être absorbés par les Mabudu. Les Magbanda formaient le deuxième groupe le plus nombreux. De plus, les clans Masubi, Mutuhu et Makwa étaient représentés chacun par trois personnes ; il y avait aussi deux Mayanga, deux Magboi, et un membre par clans suivants : Mahwangbara, Mangadima, Mumodu, Mamiani, Mabombira, Magboro, Matjuma et Madumhu. Enfin, je ne pus découvrir les clans de trois personnes. D'ailleurs, tous les citaient avec réticence, comme s'ils redoutaient de déclencher un règlement de comptes interclaniques.

Après le déjeuner, le café et la Bénédictine, nous visitâmes le poste. Il faut souligner que dans ce lieu éloigné des grandes routes, les bâtiments étaient mieux entretenus qu'à Mawambi.

Mais la supériorité de Nepoko s'arrêtait là. Une avarice honteuse pointait dans chaque coin. C'était surtout les uniformes des soldats qui choquaient. Quelle bandc de loqueteux ! Mes chevaliers noirs, bien habillés et même élégants pendant nos séjours dans les postes, en étaient scandalisés. Cela dit, Nepoko était très propre. L'ordre y régnait. On voyait bien que le lieu était administré par un Suédois.

Les grandes baraques, bâties à l'extérieur, servaient à stocker le caoutchouc. Les faire garder par une sentinelle n'était pas une précaution superflue : elles contenaient près de soixante tonnes de caoutchouc emballé dans des paniers en rotin, prêts à partir pour l'Europe. Cela représentait près de trois cent mille francs-or. On attendait que les porteurs wangwana cessent de râler contre l'excès de poids. Il fallait surveiller qu'ils n'y mettent pas le feu, car ils connaissaient diverses astuces pour se libérer du maudit fardeau. Et le retard était considérable ! Il faudrait plus de deux mille porteurs pour expédier tout le dépôt et on ne disposait pas de tant d'hommes. Un incendie aurait vite réglé l'affaire de la surcharge qui menaçait d'écraser les épaules des Wangwana.

Sur la longue route du caoutchouc, seule la première étape – entre Nepoko et Bosobangi – présentait de réelles difficultés. Je l'avais empruntée en sens inverse. De là, le caoutchouc descendait en pirogues jusqu'à Basoko, puis à Léopoldville sur un vapeur, pour atteindre enfin Matadi en train et l'Europe en bateau. Mais avant Bosobangi, il voyageait sur le dos des Wangwana de Kima-Kima, trop peu nombreux pour un si grand tonnage. Leurs caprices désolaient mon hôte.

Nous visitâmes l'atelier de fabrication des paniers, le triage et la salle d'emballage. Le caoutchouc bien séché ne colle pas. Modelé en petits cubes, il est déposé dans un panier dont la forme rappelle un peu un ancien étui à lunettes. Ce panier est placé dans un autre, plus grand, bouclé à l'aide de rotin.

Le caoutchouc est cueilli par les Mabudu ou les Mabode. Ils vivent en savane, à l'exception d'une petite minorité que l'invasion des Mangbetu a fait fuir dans la forêt. Pour cueillir le caoutchouc, les habitants de la savane se rendent dans la forêt, éloignée parfois de cinquante kilomètres de leurs habitations. C'est une corvée très lourde. Les quarante heures de travail mensuel, scrupuleusement calculées sur le papier, sont une escroquerie. Pour atteindre la forêt, il faut tant d'heures que le nombre de jours corvéables par mois atteint en réalité la quinzaine. Ceux qui se laissent prendre travaillent pour ceux qui réussissent à s'échapper. L'incurie qui provoque une surcharge de travail et le refus de tenir compte de la durée des déplacements poussent ces pauvres gens à la protestation qu'on qualifie de révolte.

Le caoutchouc n'est pas le seul article exporté par le poste de Nepoko. L'ivoire n'y compte plus car les éléphants ont été décimés, mais il y a cependant une autre richesse : l'homme. L'État indépendant y recrute son personnel. Les Mabudu, peu combatifs et piètres soldats, sont embauchés surtout comme ouvriers. Le constat que les Européens perpétraient l'ignoble trafic d'esclaves sous une autre forme et sous un autre nom était désolant. Les fonctionnaires ne se rendaient même pas compte qu'ils remplaçaient les Zanzibarites dans leur chasse à l'homme : avant, on organisait les rapts, maintenant chaque village doit fournir une recrue et lui donner une femme. On exerce parfois des pressions, toutefois de façon moins cruelle que les Zanzibarites. Le poste de Nepoko envoie beaucoup d'hommes vers divers postes du pays. La contrée est densément peuplée et on en profite pour faire fructifier le riche matériel humain.

En dépit de la forte densité de population, les femmes ont ici un prix très élevé. Pour une femme jeune, on paie trois *bindi* (pièces de fer coniques, de six à huit kilogrammes), équivalant à quarante-cinq francs environ. Un *bindi* vaut une balle de cotonnade de seize yards. Le prix du chien (petit, ressemblant à un pointer de couleur café au lait, avec des taches blanches sur la tête et sur le cou) s'élève à un *bindi*, ce qui signifie qu'une jeune femme a la valeur de trois chiens. Les femmes sont peu avares de leurs charmes et les maladies vénériennes sont fréquentes. On accuse les Zanzibarites de les avoir répandues car elles n'existaient pas avant leur arrivée. La situation s'est aggravée avec l'occupation européenne et l'apparition des villages de vétérans. Très répandus, ils constituent les principaux foyers de contamination, ce qui explique l'absence d'enfants. À Nepoko, les enfants étaient pourtant nombreux. La contamination se limite probablement au voisinage des postes et des villages wangwana.

La population locale fait bonne impression. Les corps sont bien soignés et joliment ornés. Tout élégant chasse nonchalamment les mouches avec un petit balai de crins ou de cordelettes, fixé à un manche d'une dizaine de centimètres, et porte sur son petit chapeau de paille un pompon en plumes de perroquet. Le vêtement, comme partout ici, est un morceau d'écorce de ficus passé entre les jambes. Le bijou le plus caractéristique, un collier de dents humaines, comme chez les Mabali, évoque le cannibalisme. Ils portent aussi des bracelets de laiton et entre trois et cinq petits anneaux de la même matière dans la partie arrière du lobe d'oreille. La peau enduite d'huile de palme est talquée avec de la poudre de bois rouge finement écrasé. Son nom – *ngula* – me donnait à réfléchir, car il désigne une rose en persan. Aucune déformation n'abîme leurs corps couverts d'un beau tatouage pointillé. On suit ici la mode des Mangbetu, mais tous n'ont pas le fond de l'oreille découpé.

Les soins dont m'entourait M. Simon m'embarrassaient, car je n'avais pas l'occasion de revanche. Notre bonne entente venait du fait qu'il était wallon, d'origine liégeoise, et que je connaissais assez bien sa ville. Il écoutait avec plaisir le récit de mes visites des monuments historiques et surtout l'aveu de mon enchantement par l'illumination nocturne de la cathédrale. Pour finir, nous découvrîmes que nous avions passé la nuit de la Saint-Sylvestre de l'an 1903 dans le même café *Le Phare* !

Au dîner, j'appris que mon hôte avait commandé des provisions de voyage pour nous, ce qui était tout à fait inespéré. Vula, le chef du village wangwana, avait reçu l'ordre de fournir soixante kilos de riz à la maison d'étape desservie par son village. Il s'agissait du riz destiné au poste. M. Simon m'indiqua le village de Vula, afin que je puisse m'y rendre au cas où le chef ne tiendrait pas parole. Ce riz était une ration, assez modeste, pour deux jours. J'en avais en réserve six charges, ce qui suffisait pour sept jours. Et la route devait durer deux semaines. J'espérais que Weidemann ne m'oublierait pas et qu'il nous enverrait des vivres d'Irumu. Il fallait donc garder les réserves pour deux ou trois jours en consommant ce qu'apporteraient les indigènes. La situation n'était pas désespérée, surtout que dans mes réserves personnelles j'avais une boîte de fer-blanc contenant vingt kilogrammes de farine.

En finissant mon journal, je réfléchissais à la raison d'une si forte densité de population sur le territoire des Mabudu. Il n'y a ici aucune trace d'une ancienne organisation politique capable d'assurer la protection de la population, et les Mabudu eux-mêmes sont peu combatifs. Ils ne sont pas liés avec leurs voisins, hormis les Balika. Le fort mélange de la population est surprenant : au milieu des Mabudu vivent en enclave des tribus dont les groupes concentrés occupent des territoires plus étendus au nord, tels les Mayogu, les Abarambo, les Niapu et les Madyo. À l'évidence, pour arriver ici, ils ont fui devant des agresseurs. La densité de population constatée sur place atteint le même niveau que chez les Baamba. Tout indique que ce type de peuplement est conditionné par l'habitude de s'abriter, en cas de danger, dans la forêt toute proche pour y attendre une accalmie, comme l'avaient fait les habitants du village d'Apuna à l'approche de ma caravane.

Le pays est fertile. Le vin de palme abonde. Près de la route on voit souvent des palmiers entaillés auxquels sont attachés les récipients recueillant le précieux liquide.

En quittant Nepoko après le petit déjeuner, le mercredi 11 mars, la caravane arriva à l'étape d'Apu quatre heures plus tard. Nous dépassâmes en route quatre villages des Mabudu et un village des Mangbetu. Ces derniers se considèrent sujets du vieux Belia qui gouverne près des sources de la Maika. Chaque village compte deux cents huttes environ, éparpillées dans tous les sens. Au début de notre marche, la région était aussi densément peuplée qu'à l'ouest de Nepoko et près de Bafwabaka, puis la population s'est raréfiée au point qu'à Apu, on nous apporta les vivres d'un village distant d'une heure et demie de route. Deux types de construction commençaient à se croiser : la maison rectangulaire, de type ouest-africain, propre à la tribu Mabudu, et la hutte ronde de type soudanais. Des toits coniques, joliment couverts d'herbe, surmontaient les huttes qui n'étaient plus rondes mais rectangulaires et même carrées. Elles ressemblent à des champignons d'un conte de géants.

À Apu, nous fûmes ravitaillés. Au fond de moi, je n'avais pas cru pas que cela puisse arriver. Nous partîmes vers quinze heures, après le déjeuner, pour atteindre l'étape de Madaya à dix-huit heures. À Nepoko M. Simon m'avait donné un guide, nous ne risquions donc pas de nous perdre. Pistonier employé à l'occasion comme coursier, il marchait bravement en tête de la caravane, équipé d'un fusil à piston mais sans munitions. Ce dernier détail importait peu car la seule vue de son arme rendait mes hommes courageux.

Après avoir quitté Apu, nous traversâmes quelques villages abandonnés. Leurs habitants s'étaient sauvés sans brûler leurs maisons. Il faisait presque nuit lorsque nous arrivâmes à l'étape. Madaya nous donna quelques bananes. Avec la nourriture reçue précédemment, c'était plus que ce que les porteurs avaient eu la veille dans la gamelle de l'État, bien qu'il n'ait pas été nécessaire d'entamer un sac de riz. Ce soir, ils ont mangé à leur faim.

Le jeudi 12 mars, marchant en lisière de la forêt, nous ne vîmes point d'hommes et arrivâmes ainsi jusqu'à l'étape brûlée de Manzi. Vula nous y attendait. Il n'avait malheureusement apporté qu'à peine cinquante kilos de riz, donc moins que prévu. Il venait de loin. C'était une grande gentillesse de sa part, et aussi la preuve qu'il avait besoin de l'étoffe promise à titre de paiement. Le portage du caoutchouc de Nepoko à Bosobangi éreintait les hommes et il n'y avait plus personne pour s'occuper du riz, me dit-il au cours de notre brève conversation. Après avoir salué Vula, nous abordâmes les terrains récemment habités par les Momvu, parents des Balese. Ces derniers vivaient dans les forêts, tandis que les Momvu, de même que les Mabudu, partaient dans la forêt seulement en cas de danger, ce qu'ils venaient de faire. Je fis peur aux porteurs en leur racontant les histoires entendues à Nepoko, pour les faire marcher en colonne fermée, en respectant l'habituelle queue leu leu. Bien m'en a pris de les alerter parce que lorsqu'on commença à tirer depuis les buissons sur nos arrières, cet ordre nous permit, à Pendakula et à moi, d'arriver à temps pour les protéger. Nous évitâmes la panique en faisant feu à cinq carabines. Un cri déchirant nous signala que l'un de nos coups aveugles avait porté. Nous n'eûmes aucune perte. Tout avait commencé au moment où deux Momvu firent leur apparition devant la caravane. Il s'agissait visiblement d'éclaireurs car lorsqu'on les appela, ils se sauvèrent et les flèches commencèrent à tomber sur nos arrières. Nous étions probablement entourés, mais la bande se dispersa aux quatre vents. L'incident eut cela de bon qu'il ne fut plus nécessaire d'appeler les porteurs à ne pas traîner sur la piste. Les Wasukuma, plus faibles, plus paresseux et aussi plus trouillards, avançaient les premiers, s'abritant comme des poussins derrière Pendakula qui prit la tête, après avoir confié les arrières à Ali. Les Manyema leur marchaient littéralement sur les talons. Armés de leurs lances, ils progressaient avec courage, excités par l'aventure qu'ils venaient de vivre. Elle leur rappelait peut-être les récits de leurs pères qui razziaient jadis les sauvages. Auguste et moi restions en arrière car c'était la position la plus souvent attaquée en terrain couvert. Auguste allait à son habitude, calme et attentif. L'incident ne l'avait pas perturbé. Il avait seulement accroché le parapluie à son sac pour porter ma carabine prête à tirer.

Dans les environs d'Andiriri, il restait peu d'habitants. Notre guide-pistonier découvrit leur village mais n'y trouva que trois Momvu capables de nous apporter des vivres. Et c'était encore une chance ! Ces hommes gardaient le village et le guide les avait surpris en train de fumer du haschisch, le chanvre indien, fort répandu chez les Mabudu et les Momvu. Leurs compagnons étaient assommés au point de ne plus pouvoir bouger. Les trois qui se laissèrent convaincre de nous apporter de la nourriture, les moins empoisonnés, n'étaient pas tout à fait dans leur état normal. Ils restaient totalement hébétés, ce qui expliquait qu'ils n'aient pas pris la fuite.

À Andiriri, nous passâmes notre première nuit sur le territoire momvu. Il n'y avait plus de tam-tam, ce moyen de communication typique de la culture ouest-africaine. Les Momvu, non circoncis, ont une parenté linguistique avec les habitants de la province du Haut-Nil. Ils représentent une branche de la population soudanaise repoussée dans les forêts, à l'est des Bantu forestiers. Nous étions donc dans le cercle culturel soudanais. Quant aux Mangbetu rencontrés récemment, ils appartiennent à la famille linguistique soudanaise, mais relèvent du cercle ouest-africain pour le reste de leur culture.

Le vendredi 13 mars, nous dépassâmes quatre autres villages momvu, abandonnés depuis longtemps à en juger par les buissons et les mauvaises herbes. Enfin nous arrivâmes à Andudu, où nous accueillit un caporal noir qui gardait, avec une section de huit soldats, le bien de l'État et les prisonniers. Il avait attrapé en effet six femmes et deux vieillards édentés dans la forêt. Reliés par le cou les uns aux autres à l'aide d'une liane, ils nettoyaient les bâtiments[1]. Je photographiai ces malheureux, profitant de l'absence des représentants blancs du pouvoir humanitaire. J'évitais de photographier en leur présence des procédés pédagogiques tels que les coups de fouet. Le seul appareil photographique discret, le Spiegelreflexkammera, était en possession de Weiss, et moi, pour prendre un cliché, je devais monter mon canon 13 x 18 sur trépied, ce qui rendait l'opération peu discrète. Mais au moins, grâce à lui, j'échappais au devoir de dessin.

Le commandant de ce poste, un sous-officier dénommé Friard (le caporal l'appelait tout simplement Fariala), était absent : il surveillait les cueilleurs de caoutchouc dans la forêt. Il fallait non seulement les protéger avec des fusils contre les méchants Momvu révoltés, mais aussi veiller à ce qu'ils n'aient pas l'idée d'abîmer les plantes à caoutchouc. Les pauvres hommes se vengeaient furieusement sur les plantes qui valaient peut-être de l'or, mais causaient la faim, le vagabondage et autres désastres. Avec leurs petites haches, ils parvenaient à abattre des gros arbres que nous devions souvent contourner. On coupait même des lianes à caoutchouc bien qu'elles donnent des fruits comestibles, gourmandise des cueilleurs affamés. Les pauvres martyrs s'imaginaient qu'il suffisait de les détruire pour se libérer de la détestable corvée exigée par l'homme blanc.

Dans la soirée nous subîmes une terrible averse. En Europe, on n'a pas la moindre idée d'une telle pluie ! Encore une chance que mes hommes aient eu un toit et qu'ils n'aient pas été forcés de s'abriter dans les buissons. Installés dans les huttes de la garnison, ils bavardaient et fabulaient autour de leur voyage. Auguste m'installa sur la véranda du gîte d'étape où vivait le sous-officier absent. Je le remerciais de l'accueil par lettre confiée au caporal. Celui-ci se montra très doué comme administrateur car il parvint à nous fournir une grande quantité de vivres. Je ne sais pas si le chef blanc aurait fait mieux.

---

1. Il s'agit sûrement d'otages, retenus au poste pour obliger leurs époux ou parents à cueillir le caoutchouc, pratique assez courante, dénoncée dans de nombreux rapports sur les abus de l'administration au Congo.

Las de mes notes, du journal et de l'itinéraire, je me rendis dans la halle où se trouvaient les soldats et les porteurs qui n'avaient pu se caser dans les huttes, auprès des femmes. Posté à l'ombre d'un pilier qui soutenait un haut toit, j'écoutais leurs caquetages sans être vu. Non sans satisfaction, je les entendais flatter notre expédition. Personne ne se plaignait de mauvais traitement ni de poids à porter. Au contraire, ils étaient fiers d'avoir vu des pays si lointains. Il fallait parfois marcher sept heures par jour, mais ils avaient toujours du riz à manger et non pas du maïs pourri. Ils étaient ravis de faire bientôt une pause à Irumu et comptaient y susciter beaucoup d'admiration par leur grand voyage. Ils parlèrent aussi de moi. On me respectait, et cela pour plusieurs raisons : avant tout, j'avais une barbe comme un missionnaire et je marchais toujours à pied, délaissant l'ânesse. Ils racontaient que les Belges sans monture se faisaient transporter par les gens sans se soucier de leur fatigue. Je découvris que ma barbe les avait mystifiés au point qu'ils ne soupçonnaient pas mon jeune âge[2]. Ils disaient qu'ils marchaient plus vite que d'habitude parce que j'avançais vite, tirant tout le monde. Ils ne mentionnaient pas, en revanche, que pendant les deux derniers mois l'un d'entre eux fut fouetté, et cela parce qu'il avait rossé un collègue. En entendant cela, je me suis dit que je pourrais peut-être en profiter pour frotter le lendemain matin les oreilles d'un paresseux qui retardait constamment notre départ. Les porteurs ont acquis une telle habileté pour plier le camp que nous perdions maintenant beaucoup moins de temps qu'au début de notre voyage. Les bœufs se sont transformés en singes agiles. Le fait que j'employais rarement à leur égard des méthodes radicales n'avait rien à voir avec mes humeurs. En fait, cela n'arrivait qu'exceptionnellement, comme lorsque j'assistai à la punition de l'enfant qui avait cassé une soucoupe, à Fort Beni. Je ne recourais à la punition corporelle que lorsque mes hommes comprenaient la nécessité de cet acte barbare et lorsqu'un laxisme excessif risquait de saper la discipline. Un comportement modéré avait fait du bâton une punition dont on avait honte ; par orgueil, on faisait tout pour l'éviter.

2. Czekanowski avait alors vingt-six ans.

Quelque peu gêné par ma façon d'obtenir des renseignements, je sortis de l'ombre d'un pas ferme pour ordonner : *Antreten !*[3] C'était l'annonce de l'appel du soir que je décidais de faire à la place de Pendakula pour vérifier l'état des réserves. Même si nous n'y avions pas touché, les renflouant même grâce à Vula, il fallait les gérer avec prudence.

L'état des bagages et des porteurs était le suivant : la tente – 3 porteurs, le lit – 2, table et chaises – 1, cuisine – 1, vêtements – 1, livres et pharmacie – 1, tente et bagage des serviteurs – 2, bagage des soldats – 3, plaques photographiques – 2, conserves et farine – 2, poulailler et ânesse – 1, riz – 3, maïs – 2, malades, fatigués et libres – 8 hommes. Au total il y avait trente-deux porteurs, car deux hommes, très fatigués à Mawambi, avaient été renvoyés à Irumu.

Pour la nourriture, il fallait encore ajouter : le gardien des porteurs – 1, les soldats – 3, mes serviteurs – 3, moi – 1. La caravane comptait en tout quarante personnes.

Et il y avait encore l'ânesse pour laquelle on dépensait autant de nourriture que pour un homme lorsqu'elle ne trouvait pas sa pitance dans la forêt. Elle était en bon état car le gardien du poulailler en prenait grand soin, appliquant sa brosse aussi sur ses propres cheveux qui s'enroulaient alors, rendant jaloux tous nos élégants.

L'état des réserves était pire que je ne le pensais, même si notre inventaire ne comprenait pas les cinquante kilos de riz de Vula. Ils entraient dans la réserve mobile où nous conservions les vivres obtenus en route et non consommés dans la journée. La charge de riz s'élevait à trente-cinq kilos. Ce lourd fardeau était porté par deux hommes, à tour de rôle. Les hommes sans charge étaient soit temporairement indisposés, soit si fatigués que porter leur propre corps leur posait déjà un problème. Nous progressions à marche forcée, *en brûlant les étapes*, comme on dit ici pour les étapes doubles. Chaque porteur savait que nous y étions contraints par nos réserves limitées et que celui qui resterait derrière risquait de ne pas revoir son village.

Après l'appel éclata la joie générale. Les porteurs plaisantaient : plus d'un avait eu du mal à quitter les bras des femmes pour se

3. Rassemblement !

présenter à l'appel, et on supposait que plus d'un aurait du mal à retrouver sa couverture, l'article suscitant ici toutes les convoitises. On n'accusait personne de rien, mais les bagages avaient été fouillés. Malgré l'état inquiétant de nos réserves, je fus content de constater que les trois prochains jours inspiraient l'optimisme.

Le samedi 14 mars, nous saluâmes le caporal noir, emportant la nourriture qui fut livrée trop tard pour être distribuée la veille comme ration journalière. Certains hommes *goi-goi* (bons à rien) râlaient contre ce fardeau supplémentaire, mais nous étions habitués à ce qu'un porteur qualifié de *goi-goi* se croie autorisé à se traîner sur la piste sans charge. Décidément, avec toute la compassion du monde, on ne pouvait pas abandonner ces provisions supplémentaires. On portait donc le riz adoré et le maïs maudit.

Après une heure de marche, nous atteignîmes un petit village wangwana dont le chef s'appelait Fariala. Une vingtaine de huttes formaient un village d'étape ordinaire, établi sur la piste par l'administration. Fariala avait le devoir de nourrir les caravanes officielles. Sans nous inviter à y rester, il exhiba toute la misère de ses loques, essayant d'« acheter » quelques brasses de coton. Je lui proposai des conditions magnifiques : il me fournirait autant de riz qu'il pouvait et je le payerais en étoffe au prix libre, c'est-à-dire celui des contrebandiers. Fariala, enchanté, fut tout de suite d'accord et commença par demander une avance. Je n'étais pas assez naïf pour cela. Le malheureux chef délaissé sur cette piste abandonnée ressemblait trop à un petit voleur pour qu'il me soit difficile d'être vigilant.

Il nous suivit pendant un bon moment. Son attitude accusait l'incurie de l'administration qui avait confié à un tel homme la responsabilité d'un village de vingt personnes. Après un quart d'heure de marche nous étions dans le village Adja, habité par les Momvu. Les hommes cueillaient le caoutchouc dans la forêt, donc je ne pus les voir. Il y avait une vingtaine de huttes groupées mais, selon le guide-pistonier, il y en avait d'autres dans le voisinage immédiat. Leur construction était bien caractéristique, ce que je constatais seulement maintenant, n'ayant traversé auparavant que des villages brûlés. Pourtant nous étions sur le territoire des Momvu depuis trois jours déjà. Au village précédent, chez Fariala, les huttes étaient les mêmes que chez Apuna qui m'avait expliqué le langage tambouriné : de petites maisons rectangulaires avec, dans leur partie frontale, une véranda soutenue par des piliers (*pali*), sur lesquels s'avançait le toit en jolie ligne. Ainsi, les soi-disant Wangwana de Fariala étaient certainement des Mabudu pas encore assimilés. Ils ne cultivaient donc pas le riz et la demande d'une avance de leur chef n'était qu'une plaisanterie.

Hutte mangbetu des environs de Nepoko.

Les Momvu n'ont pas de maisons rectangulaires. Nous étions dans la région à hutte cylindrique classique au toit conique. Un treillis de piquets plantés verticalement dans le sol et encerclés horizontalement par des rameaux qui se succèdent l'un au-dessus de l'autre, constitue sa charpente. Les parois sont en feuilles placées les unes sur les autres comme des tuiles. Certaines des huttes observées avaient une avancée de toit large, nettement décalée de la paroi verticale et soutenue par une petite colonnade, rappelant le temple romain de Vesta. Leur finition soignée rendait l'ensemble exquis. La toiture de chaume confectionnée avec adresse était l'élément le plus beau. Le chaume indiquait la proximité de la savane et la fin de la forêt. Si les Momvu n'hésitaient pas à chercher de l'herbe pour leurs toits au loin, cela signifiait que la savane leur était familière. Repoussés dans la forêt, sans doute contre leur gré, ils s'y adaptaient difficilement ; leurs proches parents, les Balese, qui y vivaient depuis longtemps, couvraient leurs huttes avec des feuilles. Bâtiment central du village, une halle ronde, se différenciait des huttes par ses dimensions plusieurs fois supérieures et par son toit, reposant sur des piliers qui encadraient un parapet, dont la hauteur arrivait à peu près à la moitié de la taille d'un homme et à un tiers des piliers. Le toit

Maison d'habitation et halle des Momvu.

était couvert de feuilles fixées à la manière des tuiles, comme pour les parois des huttes, et maintenu en place par un clayonnage tressé en baguettes de bois. Le soleil jouait avec les couleurs des feuilles sèches et cette mosaïque offrait à son admirateur plein de surprises visuelles. Quelle splendeur ! D'ailleurs tout le village était propre et bien tenu. Les habitants de ces sites idylliques étaient-ils vraiment cannibales et fumeurs de haschisch ? Sans doute. Les mangeurs d'hommes ont en tout cas un vif sens de la beauté.

Tout d'un coup, je me rendis compte que depuis la sortie du territoire des Babira, je voyais des petites huttes vouées aux morts uniquement dans les villages des Wangwana musulmans. Une autre différence par rapport aux Babira était la façon de se faire percer la lèvre supérieure pour y insérer un ornement. Les Babira, tout comme les autres tribus forestières, y compris les Bambuba proches des Momvu, décoraient leur lèvre supérieure de nombreux petits trous, tandis qu'ici on se contentait d'une seule ouverture sous la cloison nasale. C'était comme si on venait d'en retirer un bijou. J'avais déjà vu sporadiquement cette façon de décorer le visage chez les Mabudu de la périphérie du territoire momvu.

On se reposait très bien à Adja. Les femmes, loin d'être effrayées par notre présence, nous proposaient d'appétissantes bananes, bonnes pour le dessert, c'est-à-dire à consommer cuites ou crues. Nous les payions, à leur grande joie, en perles. Cette ambiance amicale et l'abondance de vivres encourageaient un *dolce far niente*, mais je mis la caravane en route. Seule une discipline sans faille permettait de vaincre une piste pénible et de réaliser un projet difficile.

Après une heure de marche (d'autant plus ennuyeuse qu'on regrettait le charmant accueil à Adja), nous étions dans le village du chef Masomali. Ce Mungwana, originaire de Kima-Kima, administrait une vingtaine de Mabudu venant de Nepoko et établis ici pour ravitailler les caravanes. Lorsque l'itinéraire fut délaissé, on les chargea de la cueillette du caoutchouc dans les proches forêts où abondait encore cette maudite matière première. Ainsi on transforma les hardis Wangwana en *washenzi* (sauvages). Ils pleuraient sur leur sort et se désolaient de passer un mois sur deux en forêt comme s'ils n'étaient pas des Wangwana, hommes libres. Ces lamentations, justifiées mais rébarbatives, m'empêchaient de travailler. Le rappel insistant de leur supériorité sociale était irritant au plus haut point. Je demandai à ces hommes « mieux nés » pourquoi ils nous donnaient des bananes alors qu'ils devaient, en bons Wangwana, cultiver le riz ? C'était le meilleur moyen de les ramener sur terre : sans riz, ils ne pouvaient pas être des vrais Wangwana. Ils étaient très embarrassés. Fariala n'avait pas de riz non plus, c'était prévisible.

Le dimanche 15 mars, nous atteignîmes en quatre heures un petit village dont tous les habitants, hormis les grands-mères et les enfants, ramassaient le caoutchouc dans la forêt. Étrange ! On travaillait ici dans la zone non contrôlée par l'administration, alors que les hommes fuyaient du territoire administré pour ne pas le faire. Et encore plus étrange était l'affirmation que les jeunes femmes « cueillaient le caoutchouc » aussi. Ne s'étaient-elles pas tout simplement cachées devant notre caravane, peut-être à la suite d'une mauvaise expérience ? Au village d'Adja, on ne s'embarrassait guère de tels préjugés. Ici en revanche, nous inspirions la crainte à tous les hommes, qui se sont enfuis, à certaines jeunes femmes, qui les ont suivis, et pas du tout aux vieilles mégères souriantes mais incapables de s'entretenir avec nous.

Notre dernière marche fut moins monotone que l'habituelle traversée d'une grande forêt. Fascinant au début, ce milieu devint vite insupportable. À deux reprises nous débouchâmes sur des savanes couvertes d'herbe rase. Je n'avais pas vu une si grande étendue herbeuse depuis le royaume du Toro. Les savanes des environs de Nepoko étaient parsemées de buissons. Ici, la terre n'était pas assez profonde pour que les arbres y poussent et les buissons étaient incendiés par les chasseurs. L'expression « partir à la chasse » signifiait « partir brûler l'herbe ». La roche mère de la mince couche de sol était le granit dont les petites bosses pointaient ici et là.

En poursuivant, nous allâmes du village Alle au village Koko où nous vîmes une trentaine d'hommes qui se reposaient – scène rare ces derniers temps – fumant et buvant le vin de banane à l'ombre d'une splendide halle. Sa belle forme rectangulaire signalait que nous étions dans la zone d'influence des Mangbetu. Ils m'admirent dans leur cercle et nous conversâmes de choses et d'autres. Mais je savais déjà poser mes questions nonchalamment, sans éveiller la moindre méfiance. Attirés par mon histoire, ils me donnèrent leur accord pour mes recherches anthropologiques. Par malchance, ce jeu les lassa vite et après avoir vu une dizaine de personnes, j'abandonnai mon travail car ils commençaient à filer à l'anglaise. Ils étaient si sociables que ça valait la peine de sacrifier la recherche anthropologique à l'entretien.

Je voulais apprendre tout d'abord la distance qui nous séparait de Gumbari. Personne ne parvenait à me la préciser : ni les Noirs ni les Blancs avec toutes leurs cartes, anciennes ou récentes (celles disponibles dans les postes se limitaient au territoire administré). Je savais que Gumbari se trouvait près du passage de la Bomokandi. Je devais y recevoir mon courrier d'Europe. Le dernier, celui du 18 février, était peu encourageant : ma lointaine expédition mécontentait le Duc. J'attendais donc avec impatience les lettres dirigées sur Gumbari. Mais il était tout aussi important d'arriver tôt à Irumu, afin d'obtenir l'accord et les moyens financiers pour la suite de mon voyage, avant que l'expédition ne parte vers l'ouest. Il fallait convaincre le Duc que mon escapade dans l'Uele permettrait de réaliser le projet initial et d'accomplir le travail le plus brillant : dresser une carte ethnographique précise des territoires entre le Congo et le Nil, complétée par une carte anthropologique.

Quand nos hôtes se mirent à longuement palabrer dans un idiome inconnu pour finir par dire que, pour atteindre Gumbari, il suffisait d'aller droit au nord pendant deux jours entiers, j'abandonnai l'idée de m'y rendre. Cependant, il me fallait récupérer le courrier et contacter le chef de poste, en prévision de la poursuite de mon voyage. Je décidai donc d'envoyer à Gumbari l'*askari* Mukumba avec une lettre, priant de lui confier mon courrier et de lui faciliter le retour pour qu'il puisse me rejoindre avant que je ne m'enfonce dans les forêts de la haute Ituri.

À cette missive, écrite en français et en kisuaheli, j'ajoutai un mot sur mon éventuelle visite du bassin de l'Uele. Pour tenir compagnie à Mukumba, je désignai un homme de la tribu des Bakusu, le plus intelligent de mes porteurs. C'était pour lui que j'avais composé la version kisuaheli de ma lettre. Il emportait le bagage de Mukumba et des vivres pour six jours, car il fallait se méfier de l'indication de distance. Je conseillais à Mukumba de se dépêcher en lui promettant de le citer pour une récompense spéciale et de la noter sur sa carte de service : il pourrait ainsi s'en vanter après la fin de notre expédition.

Je n'avais pas en lui une confiance absolue, mais il m'était difficile de me priver d'un soldat aussi précieux qu'Ali ou Pendakula. Mukumba était malin et je lui donnais une chance de se réhabiliter après la sottise qu'il avait commise à Nsasa. Je l'avais alors confié à Weiss qui, pour m'aider à résoudre mes problèmes disciplinaires, me donna en échange Pendakula, soldat sûr et homme exceptionnel. Après le licenciement de la colonne de Weiss malade, au moment de mon départ de Fort Beni, Czeczatka jugea nécessaire de renforcer mon escorte et m'attacha de nouveau Mukumba. Celui-ci se montra enthousiaste, préférant être chez moi qu'ailleurs, et je l'acceptai. À présent, il tenait sa chance et comme il était ambitieux et point bête, je savais qu'il se comporterait très bien. Je ne pouvais pas me contenter d'envoyer à Gumbari le guide avec un porteur, bien qu'il eût réglé l'affaire, moins par crainte de désertion – en cas de coup dur, même un soldat ne l'empêcherait pas de partir – que pour le prestige. Mukumba, entraîné comme un automate, impressionnerait les militaires de Gumbari. Et c'était important.

Mukumba comprit immédiatement la portée de mes promesses. Je n'avais pas fini d'écrire qu'il était déjà à mes côtés avec le porteur. À mon coup d'œil, il cria : *Tayari !* (Prêt !), l'arme au pied. Je lui donnai alors ma *barua* (lettre). Il la fourra dans sa besace, jeta sa carabine sur l'épaule, fit demi-tour et partit battant le sol avec ses souliers, réglé comme un automate. Le porteur et le guide prirent la route derrière lui. J'étais sûr qu'au premier buisson, Mukumba enlèverait ses chaussures et les confierait au porteur. Après le déjeuner, la caravane prit la direction d'Adjamu.

Le village d'Adjamu abritait naguère un poste commandé par un sous-officier. Ce poste fut ensuite déplacé à Andudu, où nous avions dormi deux jours plus tôt. Parmi tous les lieux dépendants de Nepoko, Adjamu était le plus avancé à l'est. C'était aussi un carrefour important d'où partaient trois pistes : celles d'Irumu, de Gumbari et de Nepoko. Pour récompenser le loyal chef Adjamu de son refus de participer à l'insurrection, l'administration lui avait confié la garde de ces pistes délaissées. Son travail consistait à fournir les voyageurs en vivres, ce qui n'était pas difficile car en l'espace des deux dernières années un seul fonctionnaire, maintenant décédé, s'y était arrêté lors de son voyage d'Irumu à Nepoko. J'étais le deuxième, mais j'allais en sens inverse. Tout mon savoir sur cette route venait d'une note et du croquis de route que ce fonctionnaire avait laissés à Nepoko, où je pus les recopier.

Adjamu nous reçut à bras ouverts. Nous apportions dans sa vie désespérément monotone la distraction, que les Noirs aiment autant que les Blancs. J'avais devant moi des hommes désœuvrés et ennuyés. Je me souviendrai longtemps de cette image : vie terrible et sans but, au moins à mes yeux. Adjamu m'attendait, prévenu de mon arrivée et du nombre de bouches à nourrir. Comme ici on ne transmettait pas les messages par le tambour, c'était sûrement l'un des hommes paressant à Koko qui s'était chargé d'y apporter les derniers potins. Une grande quantité de bananes, l'alimentation locale de base, nous attendait et il n'y avait pas besoin d'ouvrir nos sacs de riz et de maïs. Depuis Nepoko, je n'avais prélevé sur ma réserve que douze portions de riz pour les hommes expédiés à Gumbari.

Le chef Adjamu, rappelant un vieux faune empâté, se montrait très aimable. Il était même prêt à se fier à mon art médical : il sollicita mon conseil assez discrètement, après avoir chassé tout le monde de la halle. Le diagnostic était facile, dans la mesure où j'avais une certaine expérience dans ce domaine depuis mes vacances passées à travailler auprès des prisonniers malades à Płock, en Pologne, entre 1903 et 1906. Par chance, j'avais dans ma pharmacie beaucoup de ce *Zincum sulfuricum* que les étudiants de Zurich glorifient tant dans une chanson consacrée à la chimie minérale. Je pouvais même équiper Adjamu en applicateur ! Je n'épargnai aucun effort pour lui expliquer comment il fallait le manier pour que le remède soit efficace. Après cela, sa reconnaissance m'était tout acquise, mais j'eus toutes les peines du monde à lui arracher la promesse de rester célibataire jusqu'à mon retour et de changer ensuite ses amours de cible. À cette occasion je découvris à quel point le terrible cannibale était sentimental : il approuvait tout mais avec un manque d'enthousiasme évident, sincèrement désolé. Cette sentimentalité dans les affaires érotiques me surprit. Sentimentalité ou sentiment ? Il acceptait de renoncer à ses amours pour chercher des femmes saines dans un déluge de protestations et de regrets. Et il ne s'agissait nullement pour lui de la dépense matérielle qu'un tel changement aurait pu causer. Non, il était tout simplement amoureux de ses dames malades. À part cela, le vieux pansu était intelligent et doté de sens politique, comme le prouvait son refus de participer à la révolte dont les suites désastreuses affectaient maintenant ses voisins de l'Ouest.

Je fus très étonné de découvrir sur la place du village, bien entretenue et bordée par le gîte d'étape et les maisons d'Adjamu et de ses femmes, deux minuscules huttes funéraires cylindriques de type soudanais. Leur présence était contraire à la thèse répandue que les Momvu n'édifiaient pas d'abris pour leurs morts. Questionné à ce sujet, Adjamu me répondit : « *Sidiui kazi na wazimu* (je ne connais pas le travail avec les esprits). Après la mort de mon enfant, j'ai planté un arbre là, où il est enterré. » Et il me montra un jeune ficus, âgé de trois ans environ. Il ajouta que les huttes furent posées par deux Wangwana de passage et qu'il ne les touchait pas de peur de s'attirer la mauvaise grâce des esprits. Je lui demandai alors si je pouvais les emporter. Ma demande déclencha chez lui une telle joie, que j'en fus ébahi. « Prends-les ! Prends, si tu n'as pas peur de les toucher ! Cela serait bien que tu les emportes ! » À partir de ce moment, je fus sûr que les Momvu n'érigeaient pas des maisons pour leurs défunts mais plantaient sur leurs tombes des arbres, des ficus plus précisément.

À vrai dire, c'était ma seule observation sur le ficus funéraire. Au Ruanda, j'ai vu sur les collines d'énormes ficus, objets de vénération. Je ne les avais revus ni au Busongora ni au Toro. Au Ruanda, ces arbres avaient sans doute un rapport avec les croyances de l'aristocratie pastorale[4]. Mais quelle était l'origine de ce lien entre les arbres et le culte des morts chez les Momvu ?

Comme Adjamu se sentait mon obligé après l'attention que j'avais consacrée à sa maladie honteuse et incommodante, je profitai de sa gentillesse pour étudier trente-cinq hommes et cinq femmes, sans découvrir cependant leurs clans.

J'étais en train de rédiger mes notes, à la lumière de la lampe, quand Auguste m'apporta du café. Occupé par le ménage et la lessive, il était en retard, ce que je n'avais même pas remarqué. Après lui avoir parlé des huttes funéraires, je lui demandai de les emballer avec soin, afin qu'elles arrivent à Berlin en bon état. Je m'imaginais déjà la joie de von Luschan qui raffolait de ces curio-

4. Ils marquaient l'emplacement des anciennes résidences royales.

sités. Le silence fut sa seule réponse. Je jetai un coup d'œil à mon dévoué serviteur et ami, et dans la lumière de la lampe, je le vis pétrifié d'horreur. Auguste ! Toujours si courageux ! Il était reconnu vaillant avant notre rencontre et depuis nous étions suffisamment liés pour que je puisse confirmer sa réputation. N'avait-il pas montré sa bravoure, courant avec moi pour dégager Pendakula des flèches tirées des buissons ? Avec un parapluie, qui plus est, car il m'avait passé la carabine qu'il portait d'habitude ! Et maintenant voilà qu'il me fixait avec ses yeux élargis par la peur, murmurant en réponse à mon regard interloqué : « *Bana ! Acha !* (Monsieur ! Laisse !) Il peut nous arriver quelque chose de terrible à tous et surtout à toi ! » Je ressentis un malaise. Après réflexion, je répondis : « Peut-être vaut-il mieux les laisser, c'est vrai. Elles seraient difficiles à transporter et si jamais elles s'abîmaient, il faudrait les jeter à Irumu. » Auguste respira, soulagé, et moi, j'étais vexé de céder aux superstitions africaines. Mais je ne voulais pas le montrer à Auguste. Tous les Européens qui vivent en Afrique se laissent tôt ou tard influencer par sa mystique. Il arrivait qu'un compagnon téméraire et cynique perde la vie d'une manière tout à fait étrange.

Le lundi 16 mars, Adjamu arriva à l'aube, tout essoufflé, pour me demander de retarder mon départ. Ses hommes avaient tué un éléphant et il voulait m'offrir ses défenses. Il savait, me dit-il, que je n'étais pas l'homme de *Bula Matari* (roi des Belges) mais celui de *Mkubwa sultani na Wadaki* (grand sultan des Allemands) qui ne me les prendrait pas, comme n'eût pas manqué de le faire le premier. Oh ! Comme ils détestaient cette figure mythique ! Il était inutile de lui expliquer que tout ce que je me procurais et tout ce qu'on m'offrait appartenait à l'expédition, mais que même pour elle, je ne pouvais pas accepter son don, pour ne pas surcharger mes hommes. Quant à la largesse d'Adjamu, il faut dire qu'elle était plus spectaculaire que précieuse, car les défenses en question étaient du genre femelle. Les petites huttes sur la place du village indiquaient qu'Adjamu était en contact avec les Wangwana qui passaient l'ivoire en contrebande vers le territoire anglais. Les défenses d'une femelle avaient pour eux moins de valeur que celles d'un mâle, car elles étaient confisquées par l'administration britannique, et il fallait les expédier vers le territoire allemand par une route détournée. L'astucieux Adjamu fit un beau geste en m'offrant ce qui était sans grande valeur pour lui, mais je le laissai croire que son cadeau m'enchantait.

Les hommes étaient fatigués, cependant la réussite de mes projets dépendait de notre rapidité. Comme il fallait libérer deux hommes de leurs fardeaux, j'ordonnai de diviser une charge de riz en portions individuelles afin que chacun porte la sienne, mais ne la consomme que sur mon ordre. « Sous peine de fouet », car il me fallait prendre toutes les précautions pour que personne ne s'égare. Puis je proposai à Adjamu d'offrir à l'expédition, à la place des défenses, de la viande d'éléphant que mes Wasukuma aimaient tant. Cela ne semblait pas réjouir ses compères mais pour nous montrer son savoir-vivre et son hospitalité, il nous en donna presque cent kilos ! Les Manyema regardaient, dépités, la joie des Wasukuma qui ne cachaient pas leur bonheur : *Nyama, nyama !* (Viande, viande !) Alors, j'annonçai qu'au prochain repas, les Manyema auraient du riz, et les Wasukuma du maïs. Cet acte de justice rencontra l'approbation générale, surtout que les carnivores perdaient peu à peu leur euphorie, voyant qu'il fallait ajouter à leur charge habituelle six kilos de viande en plus. Je demandai qu'on les surveille pour qu'ils n'avalent pas tout à la prochaine étape et ne tombent pas malades, m'obligeant à déclarer une journée de repos supplémentaire, comme ce fut le cas sur les pentes du Ruwenzori. Cette affaire d'éléphant nous fit partir en retard, vers huit heures. Nous devions nous enfoncer dans une forêt dépeuplée et marcher longtemps avant de rencontrer les villages wangwana. Mais quand et où ?

Nous arrivâmes à une rivière. Selon notre guide-pistonier, il s'agissait du cours supérieur de la Nepoko. Il y avait un petit hameau de quatre huttes habitées par les sujets d'Adjamu. Après une heure de marche à travers des clairières couvertes d'une herbe rase et fraîche – les arbres ne poussaient que sur les pentes des ravins, longeant les ruisseaux en ruban qui fermaient l'horizon – nous arrivâmes dans le village de Mengi. Il reçut la caravane avec une proposition charmante de nous accompagner jusqu'à l'étape suivante, au village de son subordonné Masi-Masi qui avait déjà préparé notre ravitaillement. Mengi avait été informé par Adjamu que je comptais y arriver aujourd'hui.

Sa façon de se soucier de la caravane était à la fois touchante et intelligente. Les Momvu méritaient tout autre réputation que celle que l'administration leur faisait. Elle les qualifiait non seulement de sauvages et de feignants mais aussi de sots et de maladroits. Les Blancs répétaient peut-être cela en écho derrière les Wangwana qui traitaient les Momvu comme du bétail indigne d'une quelconque considération. À mon avis, c'était tout le contraire : ils étaient astucieux et vifs d'esprit. Adjamu ou Mengi, par exemple, étaient vraiment intelligents et on ne perdait pas son temps en discutant avec eux. Les huttes soigneusement bâties et l'abondance des vivres indiquaient leur application dans le travail. En plus, toutes leurs productions témoignaient de leur bon goût et du sens de la beauté.

En route, Mengi me raconta des histoires passionnantes sur les invasions des Mangbetu, nom qu'il donnait à toutes les tribus étrangères du bassin de l'Uele. Les visites des *Kuturia* d'Emin Pacha furent tout aussi terribles, mais au moins ils n'étaient pas cannibales, comme les Mangbetu, me dit Mengi. Il s'agissait des Soudanais noirs commandés par des officiers égyptiens ou plus rarement turcs. La persistance du terme *Kuturia* – transformation africaine du mot Turc – attestait qu'au fond de l'Afrique la conscience de l'appartenance de l'Égypte à la Turquie restait vive. Mengi s'emportait parlant de jeunes et beaux garçons enlevés et vendus très cher en Égypte pour en faire des castrats très appréciés dans les harems musulmans. C'était malheureusement vrai.

En causant ainsi, nous arrivâmes au village de Masi-Masi où se déroulait une insouciante beuverie. Le chef de village était soûl au point de ne pouvoir se lever pour m'accueillir. Il était assis sur un tabouret fuselé, finement sculpté dans une pièce de bois et utilisé plutôt par les femmes. Il tenait dans la main un récipient qui sert habituellement en Europe dans les chambres à coucher, et en aucun cas comme coupe à vin. Avec une obstination d'ivrogne, le chef voulut me faire trinquer avec lui et j'eus du mal à retenir mon haut-le-cœur. Il devait penser que je redoutais, comme tout Européen, le poison. Nous étions dans une région où les Mangbetu, les empoisonneurs célèbres, avaient transmis leur technique aux Mabudu, et on pouvait supposer qu'elle n'était pas totalement étrangère aux Momvu. Pour anéantir mon appréhension, le chef avala une partie du breuvage avec plaisir et m'invita énergiquement à boire le reste. Perdant la maîtrise de ses mouvements, il pencha vers moi le récipient avec un geste d'invitation si ample qu'il renversa tout sur lui-même et éclata d'un rire homérique. Ainsi le danger fut écarté. Je n'étais même plus obligé de lui réitérer mon invitation à prendre le thé qu'Auguste, très chic, apportait dans deux gobelets.

Je l'ai laissé, pour m'occuper des problèmes de la caravane, amusé par la découverte que l'État indépendant équipe les Noirs en ustensiles dont l'utilité leur échappe, et surpris par ma sensibilité excessive et mes nausées, bien que la scène me fît surtout rire.

Le chef éméché restait cloué sur la place, et Mengi était sidéré par mon manque de tact. Peut-être voyait-il pour la première fois quelqu'un refuser de boire le vin, mais c'était peut-être aussi la première fois qu'il accompagnait un Blanc. Peu fier de son protégé, il partit s'occuper des provisions. Dès que notre campement fut établi, j'entrepris mes études anthropologiques.

Je ne pus voir finalement que onze personnes, car j'avais du mal à travailler avec cette société éméchée. Et toute cette beuverie était organisée pour ma caravane ! En nous attendant, ils avaient perdu patience devant les délices gastronomiques et s'étaient mis à écluser le vin destiné au festin de quarante hommes ! L'intention y était en tout cas. Par chance, on n'avait pas touché à la nourriture. À ce propos, il faut dire que sur le territoire oriental des Momvu, nous étions bien ravitaillés. À l'orée de la forêt vide, nos réserves étaient plus grandes qu'il y a quelques jours, quand nous quittions la station affamée de Nepoko.

Arriva donc le dernier jour de notre voyage sur le territoire des Momvu. Ils avaient été repoussés dans la forêt récemment par leurs voisins et tentaient obstinément de s'accrocher à la périphérie de la savane. Sans entrer dans les détails, ils me semblaient différents des autres habitants de la forêt. Leur taille était plus grande et leur peau plus sombre. Ils avaient aussi des liens linguistiques avec le Nord-Est, se rapprochant de leurs voisins des steppes des bassins supérieurs du Nil et de l'Uele. Ils vivaient dans des huttes de type soudanais, mais leur culture s'apparentait à celle des habitants de la forêt. Ils étaient anthropophages. Leurs petits arcs à corde de rotin envoyaient des flèches qui avaient pour empennage une feuille, et non des plumes. De plus, ils se servaient du couteau de la même manière que les peuples forestiers : pour couper un bâton, ils poussaient le couteau, à un seul tranchant, avec le pouce de façon que la lame soit guidée entre l'index et le majeur. Cela semblait maladroit, mais c'était, comme je l'avais expérimenté moi-même, la meilleure méthode pour tailler un crayon, par exemple.

La culture des Momvu, qui étaient sans doute un amalgame entre la population de la steppe et celle de la forêt, prospérait ainsi au contact de ces deux grands cercles culturels.

Après le croquis de l'itinéraire, je pris des notes. Mes adieux à Mengi furent des moments de pause agréable. Notre dernier entretien se déroula d'autant plus amicalement qu'il m'avait enfin pardonné mon refus de boire le vin d'amitié. Je ne savais pas quel raisonnement l'avait amené à me disculper, car il était peu probable qu'il ait compris ce qu'évoquait pour moi le malheureux récipient. Je me séparai aussi du pistonier, car il ne connaissait pas la forêt que nous devions traverser. Il voulait rester encore une nuit pour partager avec les Wasukuma la viande d'éléphant. Ne s'attendant pas à être largement récompensé, il fut ravi de recevoir une pièce de coton bleu marine, dont le prix dépassait sa solde mensuelle.

Après cela, on ne me dérangea guère mais je ne parvenais plus à travailler. J'attendais le retour de Mukumba avec le courrier. J'avais mal estimé la distance entre Gumbari et Adjamu. C'était une nouvelle preuve que les cartes dont je me servais étaient des collages d'itinéraires, pour la plupart approximatifs et imprécis. Avais-je surestimé la vitesse des jambes de Mukumba ? Je calculai qu'en marchant sans charge, il lui faudrait deux jours pour la distance qui en prendrait cinq à une caravane. Il devenait évident que j'étais trop optimiste.

Ainsi notre marche vers le sud, à travers les savanes, se termina dans un village en fête. Le lendemain, nous abordions la forêt, en allant vers le sud-est.

CHAPITRE XX

LA PLUS DIFFICILE TRAVERSÉE

Départ vers l'inconnu. – Traces des hommes. – Punition des gourmands. – Nuit sous la pluie. – Attente inutile. – Rencontre avec les Mangbele. – Andelogo. – Réconciliation coûteuse. – Agréables surprises. – Réserves complétées. – Bonnes nouvelles. – Vœux de Berlin. – Divergences. – Courrier de Gumbari. – Visite de Kabonga. – Dépôt de provisions. – Lecture du courrier. – Ânesse nourrie au riz cuit. – Colonie des Mabudu. – Nuit sans sommeil. – Belle matinée. – Marche rapide. – Yenga-Yenga, chef du village. – Anglophobie surprenante. – Haine et cynisme. – Recherches manquées. – Simbo. – Rencontre avec les Babira. – Frontière entre forêt et steppe. – Domptage d'enthousiastes. – Dans la steppe. – Pont suspendu. – Entrée triomphale à Irumu. – Division de l'expédition pour le retour.

Je reprenais la route, le mardi 17 mars, très inquiet. Certes, j'avais des hommes entraînés et courageux : lorsqu'on avait tiré sur nous, ne s'étaient-ils pas abrités derrière leurs fardeaux, comme il le fallait, sans panique ? Mais l'épreuve la plus difficile restait devant nous. Si seulement je savais quelque chose sur la route à faire ! Le seul homme qui l'avait empruntée, décédé depuis, avait laissé un itinéraire tracé à l'aide d'une montre au lieu d'une boussole. Ne connaissant pas le contenu de son compte rendu officiel, je savais seulement qu'on y avait installé, en 1905, deux ou trois villages d'étape avec les Wangwana qui y étaient venus d'Avakubi, en passant par Irumu. Personne ne savait s'ils y étaient encore, ni en combien de jours on pouvait traverser cette forêt monotone et vide. À vrai dire, j'étais davantage préoccupé qu'angoissé. J'avais trois sacs de riz, dont un déjà entamé, deux sacs de maïs qui ne tarderait pas à se gâter, vingt kilos de farine de blé, un peu de bananes de Masi-Masi et le reste de la viande d'éléphant. Peu en somme pour quarante hommes qui partaient vers l'inconnu.

Comme il fallait compter, d'après certains, douze grands jours pour passer d'Irumu à Gumbari, il nous restait neuf jours de route après le village de Masi-Masi. En forçant le pas, on pouvait en économiser deux mais au risque d'épuiser les hommes, ce qui était exclu. Deux ou trois porteurs étaient déjà à bout de souffle. Par chance, nous abordions cette « route de la faim » rassasiés et globalement bien nourris. Il fallait croire en notre bonne étoile. D'ailleurs, avais-je le choix ? Il n'était pas question de revenir sur nos pas et c'était le chemin le plus court pour atteindre Irumu. J'étais pressé d'y arriver pour faire mes comptes avec la caravane et obtenir les moyens d'explorer l'Uele. Je n'avais pas l'intention de parler des crédits bancaires ouverts par mon père, car je voulais les garder en dernier recours.

À l'aube du 17 mars, je n'avais pas besoin d'annoncer mes soucis pour que mes hommes me trouvent préoccupé. Le chef Masi-Masi, ayant retrouvé au réveil sa lucidité, s'apprêtait à me faire ses adieux. Le vin de banane n'avait donc pas d'effets toxiques durables. Pour effacer le souvenir du spectacle qu'il nous avait offert la veille, il me proposa un guide. L'homme posait un problème car il parlait exclusivement en momvu et personne chez nous ne le comprenait. Il affirmait qu'il y avait un village sur notre route, sans savoir si c'était celui que nous cherchions. En tout cas, il semblait connaître la forêt et promettait de nous en sortir en cas de difficulté. En y cherchant un jour du caoutchouc, il avait trouvé un village wangwana, mais ne savait plus lequel. Mon inquiétude se dissipait. Même hésitant, le guide valait plus que la piste choisie avec une boussole et une carte imprécise. Hier, je ne pensais pas pouvoir l'obtenir, et aujourd'hui, le dévoué Masi-Masi, une fois dégrisé, avait eu cette excellente idée lui-même. Soit il tenait à ce que je revienne vite, soit c'était une suggestion d'Adjamu qui était une personne d'influence. Avant de le revoir, il me faudra apprendre comment soigner au mieux sa maladie.

Nous sortions du territoire administré par le poste de Nepoko. Le séjour d'un sous-officier et d'un demi-peloton de soldats au village d'Adjamu avait laissé des traces encore visibles : à la sortie du territoire dépendant de Masi-Masi, l'état de la route cessait d'être bon. La *barabara* élargie et nettoyée prenait fin à une heure et demie de marche de son village. Au-delà, il n'y avait qu'un sentier forestier. Nous n'y vîmes personne, sauf quelques traces d'un ancien bivouac : des estrades en branches pour dormir, confectionnées probablement par les cueilleurs de caoutchouc. Ils venaient ici de Gumbari, après avoir écumé ses environs, pauvres en cette matière.

La pluie s'était mise à tomber, faible mais tout de même pénible. Nous avions derrière nous sept heures de marche, dont deux sous la pluie, quand nous décidâmes de camper au bord du marécage où prenait source la Nepoko. Depuis Bafwabaka, où nous l'avions traversée une première fois, nous suivions son cours en passant d'une rive à l'autre. Ici, le bassin de la Nepoko cédait place à celui de l'Ituri. Une journée laborieuse s'achevait : sept heures de marche, deux heures de repos, donc neuf heures de route – l'effort avait été considérable.

Nous dépendions de nos propres réserves dans ce lieu perdu. J'ordonnai que les hommes consomment le riz distribué à la sortie d'Adjamu. La veille, ils avaient mangé et bu du vin de banane à satiété : les Wasukuma avaient la viande d'éléphant, dont les restes furent avalés ce matin, sous prétexte d'éviter de porter un fardeau susceptible de s'avarier à la chaleur du jour. Personne ne devait souffrir de la faim, et pourtant... trois Wasukuma n'avaient plus rien ce soir, après une si longue marche, parce qu'ils avaient tout englouti la veille. Du coup, l'appel du soir se transforma en appel punitif. Comme il me fallait tenir parole, ils eurent tous les deux leurs quinze coups de fouet avec la cérémonie en prime, pour l'exemple, mais sans souffrance, sans se dévêtir et sans avoir la peau entaillée, comme Djuma quand il fut fouetté par le sergent jaloux à Fort Portal. En fait, ils étaient courageux et consciencieux et je n'avais rien à leur reprocher, excepté leur gourmandise. Ils avaient déjà été malades à cause de la viande de l'éléphant chassé par le capitaine Jack de la Commission du méridien 30°, au point qu'il fallut stopper la caravane et attendre les effets des laxatifs. Cette fois, l'excès de riz ne leur avait pas donné la colique, peut-être grâce au massage exécuté correctement par Pendakula. Pour que la gravité du méfait soit évidente, je dus assister à l'horrible cérémonie. Ensuite, je demandai qu'on leur donne à manger, mais du maïs. Qu'ils l'aimassent moins que le riz m'importait peu, car il calma leur faim tout aussi bien et sans préjudice pour leur capital : les jambes !

Vers cinq heures, la lumière baissa comme toujours vers cette heure-ci, même les jours sans pluie. Tout devint calme. Sous les arbres, les porteurs avaient monté leurs abris à l'aide des branches et des buissons si adroitement que l'eau ne s'infiltrait presque pas. Les soldats se cachèrent sous les tentes montées avec des bâches dont ils étaient équipés en guise de manteaux imperméables. Deux bâches réunies formaient une tente, mais si petite que seuls deux hommes pouvaient y tenir couchés. Une bâche fixée à un côté de ma tente abritait les serviteurs. À l'opposé, sous une autre bâche, on logea quelques réserves bien entourées par les caisses qui ne craignaient pas la pluie. Le riz et le maïs étaient à l'intérieur, presque sous mon lit. Il fallait les protéger de la pluie car, déjà lourds en eux-mêmes, ils seraient intransportables mouillés. Il faudrait alors les distribuer aux hommes, avec le risque de les exposer à la tentation et à la punition...

La chaleur et l'humidité nous étouffaient. La fatigue et les mauvaises conditions météorologiques électrisaient l'atmosphère. Tout le monde était plus ou moins irrité. Au comble de l'énervement, deux porteurs engagèrent une bagarre si violente que je dus intervenir. Pour éviter un second appel punitif sous la pluie, je réglai l'affaire en giflant l'un et l'autre, ce qui, ô surprise ! détendit l'atmosphère. Nous nous couchâmes en paix.

Avec les gardes qui s'interpellaient de temps à autre pour signaler leur présence, nous étions, Auguste et moi, les seuls à veiller. Craignant la visite des panthères, les gardes entretenaient les feux et Auguste tenait au chaud mon thé au vin, ou plus exactement le vin au thé. Après avoir complété mon journal et dressé l'itinéraire – tâche importante car on risquait ici de s'égarer même avec un guide –, je glissai dans mon lit humide. Grelottant et tremblant comme une feuille sous mes deux couvertures en poil de chameau, j'attendais que mon corps réchauffe les draps jusqu'à perdre le sommeil. Mukumba me revint en mémoire et je m'énervai : sans charge, il devrait être déjà là ! J'oubliais que ma caravane courait presque et qu'un tel rythme ne pouvait servir de mesure à personne. Je me demandais s'il ne faudrait pas le punir pour sa lenteur, puis, fatigué par toutes ces réflexions, je finis par m'endormir.

Le mercredi 18 mars, nous préparâmes notre départ avant l'aube. Quelle chance que la pluie eût cessé ! Il faisait froid. Les hommes sortaient de leur couche en toussant. À six heures, dans la pénombre, nous étions déjà sur la route. Après deux heures de marche, nous vîmes les habitants de Gumbari qui cueillaient le caoutchouc. Ils étaient quarante. Certains avaient de magnifiques cors en ivoire, dont les appels servaient à se retrouver dans la forêt. Les cueilleurs ramassaient, à l'aide de feuilles, le caoutchouc qui coulait des arbres et lianes scarifiés. Travail monotone et abrutissant. La caravane s'arrêta auprès d'eux pour la pause. J'en profitai pour les observer et leur parler un peu. Nettement plus grands et plus clairs de peau que les Momvu, rappelant par leurs postures, costumes et armes les Mabudu, ils étaient de la tribu Mangbele. Arrivant par l'ouest dans la région de Gumbari, ils y avaient soumis les Momvu et les avaient forcés à travailler pour eux.

Après avoir salué les cueilleurs, nous reprîmes la route pour arriver à quinze heures au village Andelogo. J'en étais très heureux car je n'espérais guère atteindre si vite la périphérie du territoire contrôlé par Irumu. À moins de soixante-dix kilomètres du village de Masi-Masi, aucun de ses habitants ne connaissait l'existence d'Andelogo, excepté l'homme qui nous guidait. Et même lui, il savait seulement qu'il devait y avoir un village. Il s'agissait bien du village wangwana que je recherchais. Il était habité par les gens venus d'Avakubi et son chef portait un nom empreint de gaieté : Timba-Timba, qui sonnait presque comme Cymbale-Cymbale. Manyema de la tribu Mabuyu, il se déclara arabe.

Timba-Timba se présenta à nous, vêtu d'un *kanzu* propret et coiffé d'un fez. Après les formalités d'accueil, il exhiba l'acte d'installation du village, vieux de trois ans. Je le félicitai pour son hameau devenu parfait en si peu de temps, insinuant, pour finir, que chez lui la nourriture ne devait pas manquer. Mais la flatterie ne servit à rien car le chef se mit à vociférer contre la famine et la destruction des plantations par les éléphants. Pour stopper ses jérémiades pénibles à entendre, je lui dis qu'au lieu de vivres, il devait alors avoir de belles défenses. Ma supposition fit mouche sur ses connexions contrebandières : perdant tout contrôle, il commença à injurier vulgairement les Belges absents, pour hasarder enfin une remarque fort désobligeante à mon propos. Alors là, il en avait trop fait. J'appelai Pendakula et quand il fut près de moi, je lui lançai : *Maul kaputt*[1], en montrant de la tête l'arrogant chef. Pendakula exécuta l'ordre en un éclair, tel un automate. Timba-Timba se retrouva par terre, terrassé plus par la surprise que par le coup porté. Pendakula, droit comme une corde tendue, cria : *Tayari !* (Prêt !), attendant la suite. Sortant de son étonnement et voyant qu'il ne se passait rien, l'insolent cacique s'arracha du sol et sans quitter des yeux Pendakula, plongea vers sa maison pour en ressortir aussitôt avec une poule sous chaque bras. Il avançait avec sa tête penchée en avant, fleurant l'air comme un chien de chasse de façon si comique que je ne pus réprimer un sourire. Voyant cela, il s'approcha, me regarda droit dans les yeux et livra sa volaille, comme si rien ne s'était passé. Je fis de même et nous reprîmes notre conversation comme de vieux amis. Admettant que le village manquait de vivres, je demandai qu'on distribue du riz car la quantité de bananes fournies par les villageois était insuffisante. Cela fit fondre nos réserves déjà très maigres.

Il n'était nullement dans mon intention d'humilier Timba-Timba. J'aurais préféré flatter son sens de la dignité humaine au lieu de l'offenser. Je décidai de payer sa marchandise au prix pratiqué au marché libre (!) d'Avakubi. Timba-Timba en fut si ébahi qu'il en resta bouche bée, puis retrouva ses esprits et se précipita dans sa maison pour réapparaître avec un fichu contenant dix œufs. Il les donna, comme les poules, à Auguste qui observait toute la scène avec un calme olympien.

1. Casse-lui la gueule !

Puisque nos relations allaient dans le bon sens et que Timba-Timba se comportait comme cet enfant qui embrasse le bâton qui le rappelle à l'ordre, je l'invitai à s'asseoir dans une chaise longue sous la tente. Auguste nous servit le café et j'appris alors quelques nouvelles qui m'intéressaient au plus haut point. Timba-Timba précisa les distances entre les villages sur la route d'Irumu et me renseigna confidentiellement sur leur situation alimentaire. Il me dit que Kabonga ne pourrait pas et que Yenga-Yenga ne voudrait pas m'aider. Cependant, si jamais ce dernier le voulait, il pourrait m'en donner beaucoup. Au moment des adieux, il m'assura que je pouvais compter sur son soutien à mon prochain passage par son village sur la route de l'Uele. Pour finir, il donna libre cours à sa germanophilie : « Un Arabe et un Allemand finiront toujours par s'entendre ! » En fait, il n'était pas plus arabe que moi allemand.

Le jeudi du 19 mars s'annonça mal car nous avions à parcourir une distance considérable, mais en fin de compte ce fut une journée d'agréables surprises. Nous traversions le désert forestier ne sachant plus si nous étions fatigués, ennuyés ou déprimés. Je relevais la boussole, notais les distances sur le podomètre et passais mon temps à développer de mémoire la formule d'interdépendance multivariable. Je ne sais pas pourquoi, à ce moment précis, un problème très compliqué me parut soudainement si simple que je ne comprenais guère comment j'avais pu l'ignorer dans ma dissertation, écrite pour le manuel d'anthropologie du professeur Martin.

Vers quinze heures, nous atteignîmes le village wangwana dont le chef Kabonga m'avait été signalé par Timba-Timba. Deux soldats de l'expédition nous y attendaient avec douze charges de vivres apportées d'Irumu. Dans la soirée, Mukumba revint de Gumbari, bien essoufflé. Désormais ma caravane comptait 56 têtes : 5 soldats, 2 gardiens armés, 3 serviteurs personnels et 46 porteurs.

Mes problèmes d'approvisionnement furent ainsi résolus. J'ordonnai de distribuer à tous une double portion de nourriture pour compenser les deux derniers jours vécus sur la ration officielle, plutôt maigre. Connaissant les conditions de ravitaillement sur le trajet d'Irumu grâce à Timba-Timba, je décidai de laisser chez Kabonga une partie des vivres apportés d'Irumu, afin d'avoir une réserve pour ma future expédition dans l'Uele. Nous n'emportâmes que six charges : quatre de riz pour la caravane et deux pour moi, dont l'une avec les conserves qui commençaient à me manquer, et l'autre avec les boissons que je ne pouvais pas laisser ici, sous la garde d'un Mungwana. Les conserves provenaient de mes réserves du mois de mars, laissées à Fort Beni, où j'avais chargé les porteurs avec un maximum de vivres pour eux, ce qui nous avait permis de tenir jusqu'ici. Le brave Weidemann s'en souvenait car tous les membres de l'expédition avaient les mêmes parts.

Les nouvelles contenues dans mon courrier étaient bonnes. Enfin ! Seul un être coupé du monde pouvait comprendre avec quelle impatience j'ouvrais mes lettres ! Mais cette fois-ci il s'agissait surtout du courrier de notre expédition. Ma colonne n'inquiétait plus le Duc car elle ne lui donnait pas de soucis, et en tout cas pas d'aussi graves que celle de Kirschstein ou l'état de santé de Weiss et de von Raven. Les longues traversées de forêts vierges suscitaient son estime et sa confiance. Le Duc approuvait mon désir de réaliser les projets initiaux et me savait prêt à les accomplir. Comme personne ne lui signalait que les objets de mes études m'avaient dévoré, et que les lettres de Berlin vantaient mes résultats, il m'écrivait que plus rien ne s'opposait à mon expédition vers la frontière du Congo français et l'enclave Lado sur le Nil. J'en fus ravi.

La lettre de mon chef berlinois avait un autre ton. Sans être avare de compliments, le professeur von Luschan me demandait, avec beaucoup d'insistance, de ne pas sacrifier la collecte ethnographique à l'anthropologie. Il rappelait que ma bourse était en fait une somme assignée sous la rubrique « Achats pour le musée ». Allons donc ! C'était tout à fait nouveau et par ailleurs contraire aux instructions reçues avant mon départ, et dont à l'époque nous avions débattu. Il me semblait que derrière sa lettre se cachait la jalousie. Monsieur *Geheimrat*[2] enviait mes résultats scientifiques et voulait me transformer en acquéreur d'objets ethnographiques ! J'avais déjà reçu une fois la même suggestion mais sous une forme voilée. Le Duc, après l'avoir lue, me dit en riant : « *Liber* Czeka, tu sais aussi bien que moi que von Luschan te

2. Conseiller privé, éminence grise.

protège de moi, et que moi je te protège de lui. C'est une situation idéale et tu peux faire ce que tu veux, comme c'est le cas, à ce que je vois. Tes résultats me réjouissent et je ne crois pas que nous ayons un quelconque devoir vis-à-vis du musée à cause de ta bourse. Ils ont reçu des collections dépassant plusieurs fois sa valeur, et maintenant ils voudraient nous exploiter au-delà de toute mesure. L'intérêt principal de l'expédition c'est la publication, et c'est sur elle que tu dois te concentrer. »

La dernière requête de von Luschan me surprenait autant que la première avait amusé le Duc. Après avoir envoyé du Toro une importante collection, j'avais éliminé de mon budget les achats ethnographiques. Depuis, je collectais des objets à l'occasion, les achetant surtout avec des bouteilles vidées par mes invités et des boîtes de métal. Les hommes appréciaient surtout les boîtes, que les termites n'attaquent pas, et les femmes les bouteilles qui gardent l'huile de palme mieux que les casseroles, et quand elles se cassent, leurs époux en profitent pendant des mois pour se raser. Si l'on apprenait, à Berlin, mon attitude vis-à-vis des intérêts du musée, on regretterait d'avoir appuyé mon projet de continuer le voyage. L'intérêt de la science et de l'expédition était en contradiction évidente avec l'intérêt du musée berlinois für Völkerkunde.

Pour moi, il était clair qu'il fallait privilégier la science. Ma tâche principale consistait à dresser une carte ethnographique des territoires situés entre le Nil et le Congo. Et cela imposait l'exploration d'espaces peu accessibles et mal connus. Les objets, témoins de la culture matérielle, donnaient beaucoup de tracas et leur transport était onéreux. À l'occasion de la recherche scientifique, les photographies pouvaient remplacer la collecte, mais pouvait-on passer outre la passion pour les collections ?

J'ouvris avec inquiétude la lettre portant un grand en-tête : État indépendant du Congo. Pourtant il s'agissait d'un message sympathique : le chef de Gumbari, l'agent militaire Coens, m'informait que son supérieur, le capitaine Lemmens, et lui-même se feraient une joie de m'accueillir et proposait d'établir ma base opérationnelle pour le séjour dans l'Uele à Gumbari. Ainsi, nous serions dispensés de porter avec nous toutes nos réserves. Quel soulagement ! Le ton cordial de sa lettre me faisait voir la vie en rose.

J'étais déjà installé dans le gîte d'étape quand Kabonga fit enfin son apparition. Interpellé sur la raison de son retard, il me répondit qu'il lui avait fallu participer à une cérémonie de circoncision et visiter les plantations du village pour vérifier si on n'avait pas trop entamé les maigres réserves de vivres. Il racontait que son village se trouvait, il y a un an à peine, dans un autre lieu, à mi-chemin entre Andelogo et Adjamu, près de l'endroit où nous avions passé la nuit sous la pluie. Les champs n'y donnaient rien et quand sur les trente personnes de son village dix moururent de faim, l'administration permit enfin qu'ils s'établissent ici. Pour le moment la nourriture manquait car les plantations étaient jeunes, mais elles s'annonçaient bien. Les villageois étaient en train de construire leurs maisons, dont plusieurs étaient loin d'être terminées.

Je n'avais pas l'intention de visiter les champs pour vérifier les paroles de Kabonga car la cause de son retard m'importait peu : je voulais établir avec lui un *modus vivendi,* afin de lui confier en toute tranquillité mon dépôt de ravitaillement. J'avais maintenant trop de vivres et je devais tenir compte du fait que les Wangwana locaux pouvaient se révéler impertinents, comme Timba-Timba qui passait pour un seigneur. On savait déjà ici par quel moyen je lui avais fait entendre raison et je soupçonnais que la peur de s'exposer au même traitement avait retardé l'apparition de Kabonga. Peut-être s'imaginait-il qu'après le dîner je serais de meilleure humeur ? Je lui expliquai que je ne comptais pas sur ses vivres, bien qu'il fût de son devoir de me les fournir, et que j'allais laisser même sous sa garde une partie de mes réserves pour ne pas abuser de son hospitalité à mon retour. Je le prévins néanmoins que si jamais ces réserves disparaissaient, il lui faudrait nourrir toute la caravane nonobstant sa situation alimentaire et que je trouverais alors le chemin de ses plantations tout seul. Je savais que mes paroles ne seraient pas ignorées.

Après le départ de Kabonga, je revins à ma correspondance. Il y avait des lettres de la maison, d'Edward Loth, de Medard Downarowicz, de Mme Schroeder, ma logeuse de Berlin, et quelques autres. Avant la tombée de la nuit, les danses commencèrent au son des tambours pour fêter la circoncision. Les Wasukuma, assis près du feu comme pendant la cérémonie funèbre à l'étape de Lenda, cuisaient leur riz pendant que leurs collègues manyema étaient déjà partis pour se goinfrer et danser avec les villageois. Le jeune muletier nourrissait l'ânesse avec du riz dans ma bassine qui lui servait d'auge. Dans la forêt il n'y avait pas d'herbe. L'ânesse ne recevait que la portion d'un homme et avait pourtant belle apparence – les portions des porteurs étaient énormes !

Après avoir inspecté le camp et reçu le rapport de Pendakula, je retournai sous ma tente pour travailler sur l'itinéraire et le journal. Il fallait y ajouter les dernières remarques. À l'exception du chef de village, les Wangwana locaux étaient des Mabudu, comme les hommes de Timba-Timba. Jadis esclaves à Avakubi, ils étaient devenus des Wangwana après leur conversion à l'islam. Parlant entre eux encore en mabudu, ils employaient officiellement le kisuaheli. Quelques villages éparpillés dans la forêt abritaient des Balese, considérés comme des autochtones gardant contact avec les Pygmées. Mais il était impossible d'en apprendre davantage, hormis le fait que les Balese avaient donné le nom d'Andelogo au village où nous étions et où ils habitaient auparavant, et qu'ils savaient apprécier la fertilité du sol local. Après la venue des Wangwana, les Balese disparurent, personne ne savait où, au fond de la forêt. On mentionnait également le village Andelena qui se trouvait au nord du village du chef Kabonga, disant qu'il était entouré de marécages impénétrables et rien d'autre. À propos des Pygmées, on affirmait seulement qu'ils vagabondaient dans la forêt.

Le courrier reçu m'enleva le sommeil. Ma sensibilité au tam-tam qui rythmait les danses aggravait encore l'insomnie. Chaque battement me secouait comme un coup de pied lancé dans le plexus. Pressé de voir la fin de ce tambourinage nocturne, je me levai plusieurs fois pour constater que le temps n'avançait pas. Je voulais même aller à la fête, mais pour cela il fallait réveiller Auguste qui gardait l'indispensable torche. Il se traînerait derrière moi et comme j'avais pitié de lui, j'abandonnai cette idée. Je me recouchai et attendis cinq heures pour faire un grand tapage afin de partir au plus vite.

C'était le vendredi 20 mars. Je devais être déjà à Irumu. Une partie de ma caravane ne voulait pas quitter les lieux aussi vite que je l'aurais souhaité. Il était difficile de mobiliser les Manyema fêtards, d'habitude si disciplinés. Le soleil dorait déjà la montagne qui dominait la forêt quand nous partîmes enfin, peu après six heures. Hier, avec le brouillard, nous n'avons même pas remarqué cette éminence rocheuse bien arrondie, donc sûrement granitique. Après la dissipation des brumes de la fête nocturne, la caravane se mit en route avec entrain. Nous avancions en direction de Yenga-Yenga. Les Wasukuma bien reposés marchaient en tête, martelaient leurs coffres et vociféraient. Les Manyema accusaient la fatigue après la nuit blanche. Les hommes étaient de bonne humeur, surtout parce qu'il nous restait à peine quatre heures de route avant un repos bien mérité, ce qui n'était pas arrivé depuis Fort Portal. Comme il y avait neuf porteurs en bonne santé et sans charge, ils formèrent des équipes de trois pour deux colis lourds, ce qui soulageait beaucoup leur peine. Il n'y avait plus de sac de riz de trente-cinq kilos. Les porteurs venus d'Irumu répandaient quantité de nouvelles passionnantes et les bavardages allaient bon train. Tous voulaient atteindre le poste au plus vite pour se revoir encore une fois. À ces élans affectueux se mêlaient des intérêts matériels : il y avait des débiteurs parmi les porteurs qui devaient regagner leurs villages, et pour leurs créditeurs, le moment le plus propice pour récupérer l'argent était proche.

La forêt habituellement muette résonnait des voix joyeuses et alertes. On se dépêchait, on écoutait les dernières nouvelles en faisant un bout de chemin avec l'un ou l'autre baratineur afin de ne pas en perdre une bribe.

Seuls les soldats ne se laissaient pas aller. Tranchant sur les civils indisciplinés, ils gardaient l'ordre et poussaient en bons chiens de berger le troupeau en avant. Les deux *wanyampara* – gardiens de porteurs : Salimu et celui qui nous avait rejoints avec le convoi de ravitaillement, oubliaient leur manie de singer les soldats et parlaient, parlaient, parlaient... Les *wanyampara* étaient en fait des entrepreneurs qui s'engageaient dans la caravane avec leurs voisins et parents. Je savais que Salimu pratiquait une sorte d'usure amicale pour satisfaire les porteurs. Lorsque je donnais aux hommes des avances sur salaire, il était de mon devoir d'éducateur de poser quelques questions pour leur éviter le gaspillage de l'argent durement gagné. Ils pensaient sûrement que cela ne me regardait pas et préféraient emprunter de l'argent à Salimu qui était discret. Il était l'un des leurs.

Yenga-Yenga, le chef du village, me reçut courtoisement, mais pour un représentant de la tribu des Bakusu, il paraissait bien hautain. Qu'il parle de Timba-Timba avec condescendance, normal, car qui est Timba-Timba ? Un homme de la tribu Mabuyu ! Le chef local était éloquent et vaniteux, le genre d'homme satisfait de lui et connaissant le vaste monde du fait qu'il avait passé sa jeunesse à Zanzibar. L'orgueil de pouvoir me la raconter suintait de tout son être. Yenga-Yenga énumérait les mérites de ce Paris africain avec fierté. Il y avait séjourné sûrement en tant qu'esclave des Arabes, mais je renonçai à le questionner sur ce sujet pour ne pas l'effaroucher. On pouvait en effet apprendre beaucoup de lui. Il m'informa que le chef de la station d'Irumu était un *Russiani* (Russe), *bana Beristani* originaire d'Adès, c'est-à-dire Bernstein, un Juif d'Odessa. Le flatteur noir m'annonça que même si *bana Beristani* était bon pour les Wangwana, les *Wadaki* étaient encore meilleurs. Pourquoi ? Parce que les *Wadaki* laissent les Wangwana voyager dans tout le pays, respectent le droit de commercer librement et exigent que les esclaves obéissent à leurs maîtres, affirma-t-il sans hésiter.

Ce germanophile endurci se révéla un intraitable anglophobe. Il était le premier Africain que j'entendais critiquer le système colonial de la perfide Albion : les *Ingeleze* (les Anglais) sont des abrutis qui ne distinguent pas un maître d'un esclave. Si jamais un Mungwana va à la station pour y régler une querelle avec son esclave, un *Ingeleze* dit à celui-ci : si ton maître ne te plaît pas, rends-lui ses affaires et va chez un autre !

Puis Yenga-Yenga émit un avis réconciliant tout le monde : les Belges sont les pires. Ils demandent de fournir des vivres, de porter des charges et de construire des routes en plus. On travaille chez eux comme des esclaves, sans espoir. Cela dit, en ce qui concerne les litiges entre maîtres et esclaves, les Belges sont les meilleurs. Il suffit de dénoncer la fuite d'un esclave pour qu'ils le retrouvent, quitte à le sortir des entrailles de la terre. Il en va de même pour la fugue d'une femme. Ça, pour aider un homme en détresse, ils l'aident, ajoutant en prime, sur la demande, quelques *matakoni*, quelques coups sur le derrière nu, par respect pour le jupon de la dame volage. On ne ferait pas mieux soi-même ! *Bibi* se met en colère, crie et pleure, mais se souvient des Belges et ne s'enfuit plus pour rejoindre les soldats du poste.

Le fait que l'État indépendant ait déclaré, à sa création, la suppression de l'esclavage n'avait pas encore pénétré la conscience de Yenga-Yenga. Sa vision du monde n'était pas dépourvue d'un certain réalisme socio-politique, mais restait en contradiction avec ce que l'État indépendant prônait en Europe à propos de ses réussites, souvent contestées par quelques puissants groupes anglais qui protestaient, au nom des idéaux humanitaires (!), contre leur exclusion de l'exploitation du caoutchouc.

Yenga-Yenga, éloquent et éclairé, considérait les villageois comme ses esclaves. Il ne voyait aucune nécessité de modifier ses idées, datant de l'époque de la domination zanzibarite. Mais ce qu'il racontait au sujet de la flagellation des femmes dans les postes de l'État indépendant était un mensonge. C'était un passé révolu définitivement (espérons-le). L'abandon de cette méthode de persuasion causait d'ailleurs quelques problèmes d'ordre chez les cantinières car il n'y avait plus moyen de les tenir.

J'avais assez de temps pour mes observations anthropologiques. Quand on apporta la nourriture pour la caravane, je voulus contacter les livreurs. Par malchance je n'en vis que quatre. Ils étaient esclaves, originaires de la tribu Balengora, mais il fut impossible de découvrir leur parenté linguistique avec les autres tribus. Gentils mais un peu sots, ils voulaient me faire croire qu'ils ne parlaient aucune autre langue que le *kingwana* (le kisuaheli vulgarisé). Mal m'en prit d'avoir commencé ma recherche par eux. Tout l'entourage du chef Yenga-Yenga pensait désormais que ce que je faisais était juste bon pour des esclaves abrutis. Dès que j'en eus conscience, je sacrifiai l'anthropologie sur l'autel des relations amicales pour éviter de me faire mal voir de ces snobs. D'ailleurs, après les récentes difficultés n'avais-je pas mérité un peu de repos, un peu de calme pour lire *da capo* mon courrier et boire un café dans la chaise longue ?

Dans la soirée, je dus cependant revenir à mon itinéraire et à mon journal pour noter les informations données par Yenga-Yenga. J'avais rarement rencontré un Mungwana avec qui on pouvait avoir une conversation si sympathique, et généreux au point de proposer des vivres, sans qu'il n'en soit question. Il me fallut le remercier par des cadeaux et placer l'affaire sur un terrain amical, ce qui revenait évidemment plus cher que l'application des prix libres pratiqués à Avakubi. Entre Timba-Timba qui se faisait passer pour un Arabe et Yenga-Yenga, la différence était si grande que ce dernier avait bien le droit de traiter le premier avec une condescendance seigneuriale.

Le samedi 21 mars, nous étions partis à six heures pour arriver au village appelé Simbo à quatre heures de l'après-midi. C'était la marche la plus longue et nous étions diablement fatigués. Mais le nom du chef de village électrisa même les plus épuisés : Baruti ! La poudre ! C'était l'un de ces hameaux typiques des Wangwana installés par l'administration sur la piste avec une trentaine de sujets venus d'Avakubi. Dans le proche voisinage se trouvait un village de Babira trois fois plus grand. Baruti voulait me faire plaisir et y réussit parfaitement : je pus voir dix-sept Babira qui nous fournirent en vivres. Je payai chacun individuellement. Ces habitants de la forêt ne ressemblaient pas du tout aux hommes vus sur le trajet Fort Beni – Mawambi. Ils avaient un net apport de sang des populations de la steppe. Les Wangwana affirmaient que les Babira en question formaient une enclave au fond de la forêt occupée par les Balese. Sans doute, ils étaient les Babira des steppes repoussés dans la forêt. C'était le principal résultat de mes pénibles recherches. J'étais si fatigué par la marche et par les entretiens que je m'endormis à ma table de travail jusqu'au moment où Auguste me réveilla pour prendre mon bureau et le transformer en table de dîner. Après le repas, je m'occupai de l'itinéraire et du journal.

Le dimanche 22 mars, nous fûmes encore en route pendant dix heures. Sur la piste nous vîmes deux Babira, seule distraction de cette journée routinière. Ces hommes, distrayants et réconfortants à la fois, avaient un tel trac qu'ils avaient du mal à se faire comprendre. Mais les voir, c'était déjà une chance : nous les avions surpris avant qu'ils aient le temps de plonger dans les buissons. Maîtrisant mal le kisuaheli, ils nous expliquèrent néanmoins que pour être le lendemain à Irumu, nous devions dormir cette nuit au bord d'une grande rivière. C'était impossible vu que nous tombions de fatigue.

En état de dépression, les porteurs déployèrent ma tente dans la forêt muette et sombre. Brrr ! Comme nous en avions assez ! Par chance, il ne pleuvait pas et l'eau était à proximité.

J'ordonnai la distribution de tout notre riz : une double portion journalière. Pourquoi traîner avec nous les restes jusqu'à Irumu au lieu de restaurer les hommes que rien ne réjouissait plus qu'un riz bien préparé ? L'ambiance se réchauffait peu à peu et les rires éclataient ici et là. Je me sentis moi-même bien mieux dès qu'Auguste m'apporta ma soupe au vin.

Le lundi 23 mars, après une longue heure de marche accélérée, nous étions à Muto na Samaki, c'est-à-dire près d'une « rivière poissonneuse ». C'était ici que nous devions dormir, selon le conseil des deux Babira rencontrés la veille. J'avais bien fait de ne pas les écouter : nous y serions arrivés tard dans la nuit, l'installation du camp et la préparation du repas nous auraient obligés à veiller tard et à gâcher le jour suivant. La « grande rivière » n'était qu'un ruisseau. Mes frères noirs auraient-ils tendance à exagérer ?

C'était déjà le territoire des Babira des steppes. Après le passage du ruisseau, nous fûmes, en une demi-heure, au village de Mbuka, sis à la lisière défrichée de la forêt. Encore une énigme ! Pourquoi défrichaient-ils la forêt avec tant de peine au lieu de s'installer dans la steppe toute proche ? Ce non-sens apparent devait avoir une explication ! De plus en plus souvent je rencontrais des énigmes dont l'explication se trouvait là où on l'attendait le moins. Il était peu probable que les Bahima, qui traînaient ici et là avec leurs troupeaux, soient méchants avec les paysans vivant en groupes solides au point de les repousser dans la forêt. D'ailleurs ici, à l'orée de la forêt, ils n'étaient guère mieux protégés. Comme sur le territoire des Mabudu, la proximité de la forêt était attractive car on pouvait rapidement s'y cacher[3].

Nous étions, selon la carte, à trois heures de route d'Irumu. Les Babira rencontrés sur la piste soutenaient pourtant autre chose. Il était peu probable que la carte soit imprécise à ce point. Je présentai à mes hommes l'état de la situation d'après la carte. Quand ils comprirent que le but était peut-être plus

3. Un autre intérêt de cette organisation territoriale est l'exploitation simultanée de deux milieux écologiques. Elle augmente à la fois la sécurité alimentaire et le niveau de vie, car les plantes cultivées dans la forêt (bananes et tubercules) et dans la savane (céréales) se complètent par leurs exigences, cycles végétaux et qualités nutritives, tout comme les végétaux spontanés, indispensables à l'économie villageoise.

près qu'ils ne le pensaient, la folie éclata. Elle atteignit le paroxysme au moment où nous quittâmes définitivement la forêt pour aborder une plaine couverte d'herbe assez haute. Les manifestations de joie devenaient même dangereuses pour les biens de l'expédition car les porteurs jetaient leurs fardeaux par terre et les malmenaient comme leurs pires ennemis. Tout aussi excité, je devais cependant intervenir pour les calmer. Les soldats entrèrent en action énergiquement et après quelques bousculades, tout le monde se calma. Par chance, les plaques photographiques et la caisse avec les boissons se trouvaient sur les têtes des flegmatiques.

Nous passâmes par trois villages des Babira des steppes. Chaque hameau comptait entre dix et vingt huttes. Nous vîmes ici pour la première fois les femmes portant d'énormes rondelles en bois dans leurs lèvres. Ces beautés locales étaient pratiquement nues, ayant pour seul vêtement des bottes d'herbe placées là où on voit une feuille de figuier dans les galeries italiennes. Cette preuve de pudeur était accrochée à une corde qui entourait leurs hanches et qui était doublée d'une ceinture supportant le manche d'un grand couteau. Les hommes, grands et bien faits, tenaient dans leurs mains des arcs de grande dimension, munis de cordes en rotin. Près des huttes, des greniers tressés en paille prouvaient que la population se nourrissait surtout de mil et non pas de bananes et de manioc, nourriture de base des habitants de la forêt.

Avant Irumu, nous attendait une surprise qui aurait été amusante si elle n'avait pas été désagréable. Le pont suspendu sur la rivière Ituri ! Construit en lianes, il était analogue aux ponts suspendus construits par les ingénieurs européens. Des cordes tendues d'une rive à l'autre constituaient ses éléments de base. L'une d'elles, celle du milieu, suspendue quelques mètres au-dessous des deux autres cordes qui la longeaient, formait le pont proprement dit. C'était une tresse de lianes, épaisse de vingt centimètres environ et soutenue par un filet de lianes accroché sur les deux cordes latérales de façon à profiler le pont en « V ». On ne risquait pas de tomber dans la rivière car ses mailles ne dépassaient pas vingt centimètres. Malgré cela, la traversée n'était ni agréable ni facile. On avançait sur la grosse tresse qui chancelait et vacillait, on s'accrochait au filet, et le pont se balançait de plus en plus. Les porteurs perdaient l'équilibre et laissaient tomber les bagages qui déformaient le fond du filet. Il fallait les en extraire, les remettre sur la tête, toute une acrobatie... Il n'est guère facile de marcher sur un pont tremblotant avec une charge au sommet du crâne. Les soldats, avec leurs carabines à l'épaule et les mains libres, le traversaient en revanche sans le moindre problème et, dès qu'ils étaient de l'autre côté, se mettaient à invectiver les porteurs de la plus belle manière militaire. La truculence des jurons arabes traduits en kisuaheli m'était désormais familière.

Quand je me mis à mon tour à taquiner les soldats sur leur façon d'aider les porteurs, ils laissèrent leurs carabines et, confus de honte, retraversèrent le pont pour faire passer l'ânesse. Comme ce n'était pas une équilibriste entraînée au cirque, son premier pas à peine esquissé, elle était déjà allongée. Heureusement qu'elle était douce, confiante et passive pour se laisser porter en l'air par les oreilles et par la queue. Peut-être comprenait-elle qu'il s'agissait de son bien ? Les éclats de rire en cascade risquaient à tout moment d'ébranler sa confiance. Elle était lourde, et les soldats fatigués la déposaient de temps en temps, pattes pendues à travers la corde, pour souffler avant de la soulever de nouveau. Notre joie fut à son comble quand elle tituba au bout de son parcours fou sur la terre ferme, mettant ainsi un point final à notre traversée.

Ce passage prit deux heures. S'il y avait eu là un bateau à la place de ce pont techniquement très bien conçu, la traversée aurait exigé moins de temps. Compte tenu de l'effort qu'il fallait pour le construire, quel était donc son avantage ? Le pont affranchissait le voyageur de l'humeur du passeur, certes, mais pour ce qui est du confort, dans un bateau seul le rameur se fatigue, et encore moins que tout individu qui franchit un pont suspendu. L'affaire n'était guère reposante : on ne pouvait y laisser plus de trois hommes à la fois, il fallait surveiller qu'ils gardent les mêmes distances afin d'éviter la déformation du filet ; ceux qui l'avaient passé et ceux qui attendaient leur tour hurlaient leurs conseils à ceux qui étaient dessus, les seuls à rester silencieux. Dès qu'un homme touchait terre, il se mettait à vociférer comme un forcené pour rattraper le temps perdu. Tout cela causait un tumulte et un désordre incroyables mais, grâce au ciel, personne ne tomba dans la rivière. Quel soulagement ! Nous étions tous contents et surpris : c'était un effort sans pareil !

Dès que nous fûmes sur la rive gauche de l'Ituri, l'excitation s'empara de la caravane. Tous désiraient arriver à Irumu au plus vite ! Chacun voulait vanter ses exploits, et il y avait de quoi être fier ! Nous étions en route depuis deux mois, exactement depuis le 25 janvier, date de notre départ de Fort Portal. Nous avions fait des pauses d'une journée à Fort Beni, à Kwa Fundi, à Mawambi et à Nepoko, et une de deux jours, à Avakubi, où je dus attendre pour partir avec le transport administratif guidé par M. Cousement. Quatre jours furent perdus à Boma kwa Kasudju, quand nous cherchions à contacter les Pygmées, et une journée fut chômée à Bushwa pour que les Wasukuma puissent digérer l'éléphant. Ainsi, sur cinquante-neuf jours, nous étions en route quarante-huit, couvrant la distance de mille cinq cents kilomètres environ. C'était incontestablement le record de notre expédition.

À la vue des maisons blanches de la station d'Irumu, tous s'efforcèrent de rendre la caravane présentable. L'ordre y régnait comme le jour où la peur des Momvu nous avait poussés à marcher groupés. Les soldats et les gardiens mirent leurs chaussures et nous entreprîmes notre défilé en ordre déjà bien rodé : le *kirongozi* agitait en tête le drapeau mecklembourgeois, je le suivais en compagnie d'Abd Allah ibn Massoud qui portait ma carabine et le parapluie, de plus en plus rapiécé. Derrière nous marchait le cuisinier avec l'appareil photographique et Djuma à titre de coursier. Plus loin avançait le muletier avec l'ânesse harnachée et en bonne forme. Ensuite venait le cœur de la caravane : d'abord les cinq soldats menés par Pendakula et ensuite les porteurs à la file indienne, puis les gardiens (*wanyampara*), endimanchés et bien chaussés. Pour manifester leur joie, les porteurs frappaient les caisses et les coffres de toutes leurs forces et hurlaient à gorge déployée : *Safari na muaka ou ou ou...*

À un kilomètre de la station on devait déjà nous entendre, car le Duc, Mildbraed et von Wiese venaient à notre rencontre en compagnie du chef de la station, M. Tillemans et de son adjoint, M. Bernstein. Weidemann et Czeczatka les rejoignirent un peu plus tard. Schubotz était à la chasse.

Le Duc ne cachait pas sa joie de me voir arriver à temps et avec une caravane en ordre. Personne ni rien ne manquait. Les rapports ethnographiques sur le territoire étendu entre le Nil et le Congo étaient expliqués au point qu'il ne restait que la carte à dessiner pour les territoires les moins connus de l'Afrique centrale. J'avais aussi recueilli les matériaux pour la faire compléter par une carte anthropologique.

Lorsque je dis que la forêt était moins terrible que ce qu'on en racontait, tous furent surpris. Selon le Duc, j'avais eu beaucoup de chance car Kirschstein, par exemple, après son aventure sur les volcans et l'escarmouche avec les hommes de Lukara, en avait vu d'autres et ne donnait plus signe de vie. Le chef de la station, M. Tillemans, confirma que ma chance était exceptionnelle car je venais de traverser la région où grondait l'insurrection. Eh bien ! J'avais réussi à la traverser d'une telle façon que je n'avais remarqué aucun danger.

Au dîner je racontai mon trajet en détail. Weidemann m'avait appris auparavant que le Duc non seulement autorisait mon expédition dans le Nord, mais avait déjà ordonné de m'approvisionner abondamment. Je devais recevoir toute la réserve de l'expédition et des vivres complémentaires pour les porteurs. Quand il avait signalé au Duc que j'aurais ainsi des réserves pour au moins neuf mois, voire pour un an, le Duc lui avait répondu que cela n'était rien car j'allais vagabonder tant que je n'aurais pas fini mes travaux et qu'il me connaissait déjà ! Il dit aussi que je pouvais choisir les meilleurs hommes parmi ceux qui seraient volontaires pour continuer le voyage.

Après mon compte rendu, le Duc reparla de Kirschstein, déclarant que l'expédition ne l'attendrait plus. Le départ devait avoir lieu le 1er avril, comme cela était décidé depuis longtemps. Kirschstein devait retrouver l'expédition tout seul. Le Duc dit qu'il lui laissait des lettres à Fort Beni et à Irumu, puis confirma qu'il avait déjà donné des ordres pour organiser mon expédition dans le bassin de l'Uele à von Weise, Weidemann et Czeczatka. Après mes remerciements, le Duc rétorqua qu'il ne doutait pas que j'arrive au bout de cette aventure exceptionnelle ! Préoccupé par l'absence de Kirschstein, il me demanda de préparer le plan de mon expédition pour le vendredi car, dans les jours prochains, il serait totalement absorbé par la correspondance et les comptes rendus.

Ainsi, tout se déroula selon mes espérances et sans effort particulier de ma part. J'entamais maintenant la partie la plus autonome de mon voyage et je devais m'y préparer sans tarder.

Notre expédition se scindait en quatre : les deux convalescents, Weiss et son ennemi von Raven, revenaient en Europe par la route la plus courte : les chemins de fer ougandais et l'océan Indien. Les six autres membres de l'expédition, y compris Kirschstein, devaient rentrer par le Congo et l'océan Atlantique ; Czeczatka retournait en Afrique orientale allemande avec les soldats, m'en laissant trois que je devais ramener à Bukoba à la fin de mon voyage. Et moi ? Je partais vers les confins méridionaux du Soudan, pour revenir en Europe par le Nil.

INDEX DES PERSONNES

H

I

J

K

L

M

S

T

U

V

W

Y

INDEX ETHNO-GÉOGRAPHIQUE

Les noms : Afrique, Africain(e)s, Europe, Européen(ne)s, ne figurent pas dans l'index en raison de leur grande fréquence.

Certains chefs de village ou gardiens d'étape ont donné leur nom aux lieux qu'ils administraient et qui figuraient à la fois dans l'index des personnes et dans l'index ethno-géographique. L'orthographe actuelle est indiquée entre parenthèses.

C

D

H

I

J

K

L

N

S

TABLE

Formaté typographiquement
par DESK – Laval,
cet ouvrage
a été achevé d'imprimer
par l'Imprimerie Darantière
à Quétigny en octobre 2001

Dépôt légal : novembre 2001 – N° d'impression : 21-1099
Imprimé en France